포스윙

Cover art and design by Bree Archer and Elizabeth Turner Stokes
Interior map art by Amy Acosta and Elizabeth Turner Stokes
Interior endpaper map art by Melanie Korte

Stock art by Peratek/Shutterstock(1222288777)
stopkin/Shutterstock(1824628628)
Darkness222/Shutterstock(510517078)
detchana wangkheeree/Shutterstock(674202574)

FOURTH WING

Copyright © 2023 by Rebecca Yarros All rights reserved.
Korean translation copyright © 2025 by Mirae N Co., Ltd.
Korean translation rights arranged with Alliance Rights Agency through EYA Co.,Ltd.

이 책의 한국어판 저작권은 EYA Co.,Ltd.를 통한 Alliance Rights Agency와의
독점 계약으로 ㈜미래엔에 있습니다.
저작권법에 의해 한국 내에서 보호를 받는 저작물이므로 무단전재 및 복제를 금합니다.

포스 윙

FOURTH WING

레베카 야로스 지음
이수현 옮김

B 북플리오

*본문의 각주는 옮긴이가 달아둔 것입니다.
*이 책은 2024년 출간한 '엠피리언' 시리즈의 1부 《포스 윙》의 소프트커버 에디션으로, 판형에 맞게 재편집되었습니다. 또한 3부 《오닉스 스톰》(전 2권)의 초판 한정 사은품이었던 미공개 에피소드를 다룬 '포스 윙 외전'이 포함되어 있습니다.

일러두기

이 책은 드래곤 라이더를 양성하는 군사학교를 배경으로, 경쟁적인 환경에서 살아남기 위해 등장인물들이 쉴 새 없이 고군분투하는 판타지로맨스입니다. 내용 중에는 전쟁과 전투, 폭력, 살인 등 위험한 상황과 함께 성적 묘사가 다소 포함되어 있습니다. 이런 부분을 참고한 후에 모험을 시작해주세요.

나의 캡틴 아메리카, 애런에게.
주둔 중에나, 부대 이동 중에나,
햇빛 찬란한 높은 곳에서나,
어둡기 그지없는 낮은 곳에서나,
언제나 너와 나였어.

그리고 아티스트들에게 건배.
여러분에겐 세상을 빚어낼 힘이 있어요.

다음에 실린 문서는 바스지아스 군사학교 서기 분과의
제시니아 닐워트가 나바르어에서 현대어로 충실히 옮긴 내용이다.
모든 사건은 실제로 일어난 일이며, 전사자의 용기를 기리기 위해
이름도 그대로 옮겼다. 그들의 영혼이 말렉에게 맡겨졌기를.

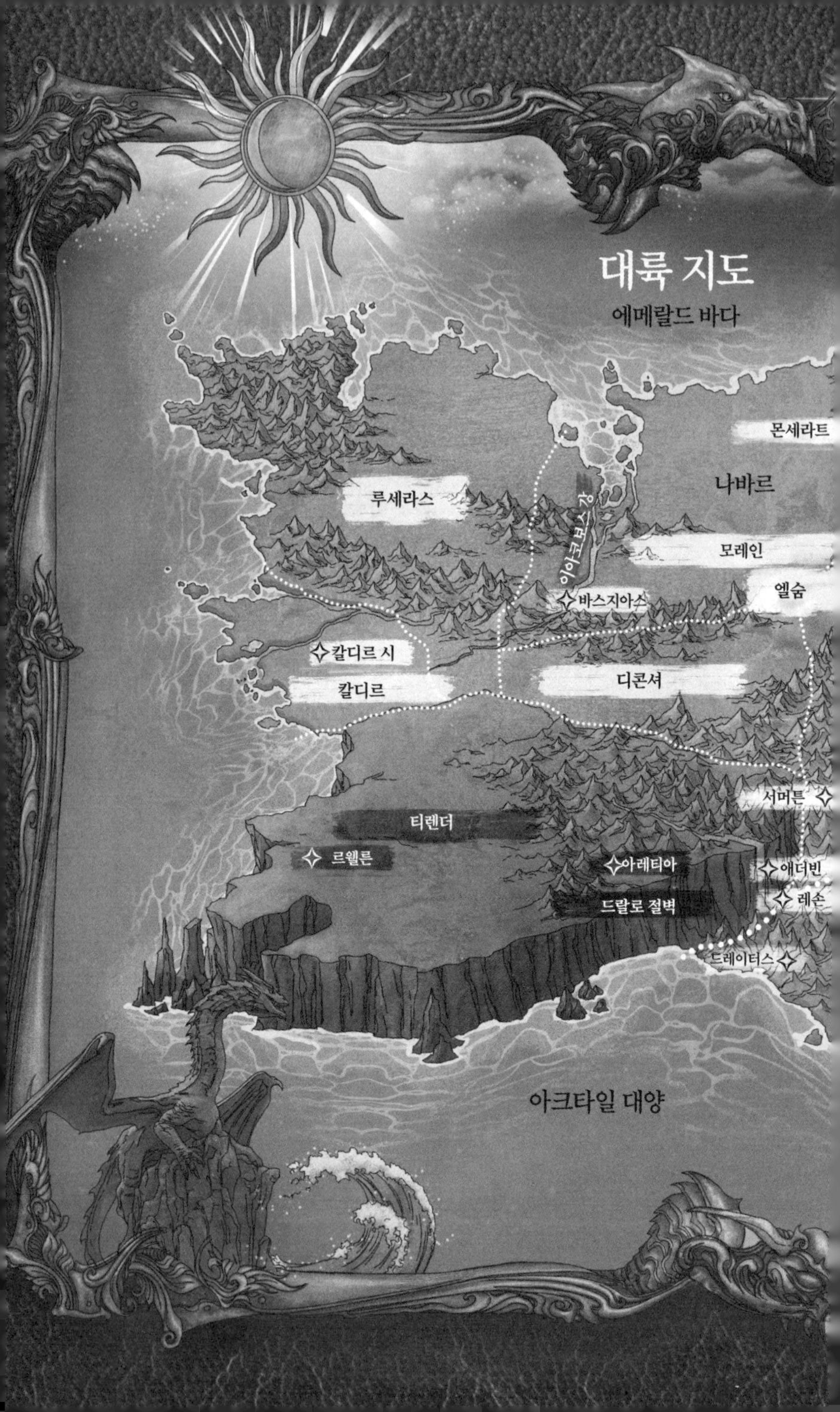
대륙 지도
에메랄드 바다
몬세라트
나바르
루세라스
이아코부스 강
모레인
엘숨
바스지아스
칼디르 시
칼디르
디콘셔
서머튼
티렌더
르웰른
아레티아
애더빈
레손
드랄로 절벽
드레이터스
아크타일 대양

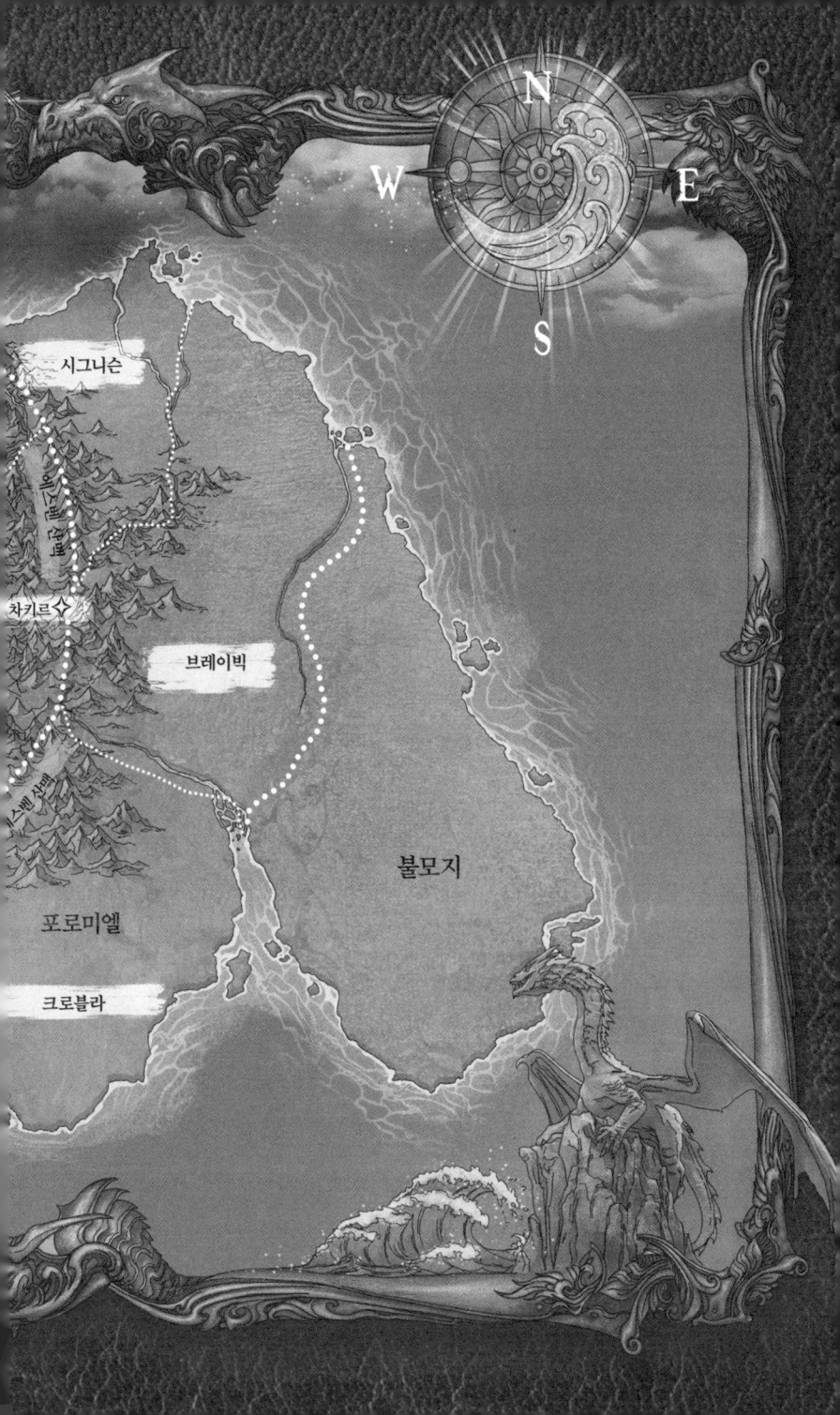

01

라이더 없는 드래곤은 비극이다. 드래곤 없는 라이더는 시체다.
— 《드래곤 라이더 코덱스》 1조 1항

드디어 좆같은 그날이 왔다. 징병일. 그래서 오늘 아침 일출이 그토록 아름다웠나 보다. 내가 보는 마지막 일출일지도 모르기에.

나는 무거운 캔버스 배낭끈을 단단히 조이고, 지금까지 집이라 부르던 석조 요새의 널찍한 계단을 터벅터벅 올라갔다. 소른게일 장군 집무실로 이어지는 복도에 도착했을 때쯤에는 힘들어서 가슴팍이 오르내리고, 폐는 불타는 것 같았다. 6개월 동안 격렬한 체력 훈련을 받은 결과가 이 정도였다. 15킬로그램의 배낭을 지고 6층 계단을 간신히 오르는 능력.

제대로 좆됐다.

각자 선택한 분과에 입학하려고 정문 밖에서 기다리고 있는 수천 명의 스무살짜리들은 나바르에서 제일 똑똑하고 튼튼한 젊은이였다. 그중에서도 수백 명은 태어난 순간부터 엘리트가 될 기회를 노리며 라이더 분과에 지원할 준비를 했다. 나에겐 6개월밖에 없었는데….

계단을 다 오르니 넓은 복도 양쪽에 줄지어 선 무표정한 경비병들이 보였다. 그들은 내가 지나가자 눈을 피했는데, 놀라운 일도 아니었다. 무시당하는 것이야말로 나에게 가능한 최선의 시나리오였다.

바스지아스 군사학교는… 누구에게도 친절한 곳이 아니다. 심지어 어머니를 사령관으로 두었다 해도 말이다.

힐러, 서기, 보병, 라이더로 구성된 네 개 분과 중 무엇을 선택하든 간에 모든 나바르 장교는 이 잔혹한 벽 안에서 무기로 만들어지고 연마된다. 그리고 포로미엘 왕국과 그들의 그리폰 라이더들이 벌이는 맹렬한 침략 시도로부터 우리의 국경을 지켜야 한다. 약한 자는 이곳에서 살아남을 수 없다. 특히 라이더 분과에서는 더 그렇다. 드래곤들이 그렇게 만드니까.

"걜 죽을 자리로 보내시는 거예요!" 익숙한 목소리가 장군 집무실의 두꺼운 나무 문을 뚫고 쩌렁쩌렁 울려 퍼지자, 나는 헉 하고 숨을 들이쉴 수밖에 없었다. 대륙에서 장군을 상대로 언성을 높일 만큼 어리석은 여자는 단 하나뿐인데, 그 사람은 원래 동부 비행단과 함께 국경에 있어야 했다. 미라 언니.

집무실 밖에서 대답 소리는 잘 들리지 않았다. 나는 문고리에 손을 뻗었다.

"걘 가망이 없다고요!" 미라는 내가 무거운 문을 밀어 열다가 배낭 무게가 앞으로 쏠리는 통에 거의 넘어질 뻔한 순간에 소리쳤다. 망할.

책상 뒤에 앉은 장군이 욕설을 뱉었고, 나는 진홍색 천을 씌운 소파 등을 붙잡고 간신히 균형을 잡았다.

"이 꼴을 봐요, 엄마. 쟤는 배낭도 감당 못한다고요." 미라가 내 옆으로 달려오면서 쏘아붙였다.

"난 괜찮거든!" 굴욕감에 뺨이 달아오른 나는 억지로 몸을 바로 세웠다. 전장에서 돌아온 지 5분도 되지 않았을 텐데 벌써부터 날 구하려고 하다니. 그야 넌 구해줘야 하는 애니까 그렇지, 멍청아.

내가 원한 일이 아니었다. 나는 이 라이더 분과에 지원하는 개짓거리를 결코 원하지 않았다. 죽고 싶은 바람은 없으니까. 차라리 바스지아스 입학시험에 떨어지고 곧장 대다수의 징집병과 함께 육군에 가는 편이 나았을 것이다. 하지만 나는 이제 내 배낭을 감당할 수 있고, 알아서 해낼 작정이었다.

"아, 바이올렛." 힘센 두 손이 내 어깨를 떠받치고, 걱정에 물든 갈색 눈이 나를 내려다보았다.

"안녕, 미라 언니." 나는 입가를 당겨 올리며 미소 지었다. 언니는 작별 인사를 하러 왔을지 몰라도, 나는 몇 년 만에 언니를 보게 된 것만으로 기뻤다.

언니의 눈빛이 부드러워지더니 내 어깨를 잡은 손가락이 나를 끌어안을 것처럼 움직였다. 그러나 언니는 뒤로 물러서더니 내 옆에 서서 어머니를 마주했다. "이러실 순 없어요."

"이미 결정된 일이다." 어머니가 어깨를 으쓱이자 몸에 딱 맞는 검은색 제복의 주름이 올라갔다가 내려왔다.

나는 코웃음을 쳤다. 마지막 순간에 집행 유예라니 어림도 없지. 자비 없기로 유명한 저 여자에게서 일말의 연민을 기대하거나 희망한 적도 없지만.

"그럼 취소해요." 미라의 화가 점점 더 끓어올랐다. "애는 평생을 서기가 되려고 훈련했어요. 라이더로 키워지지 않았다고요."

"흠, 그야 물론 바이올렛은 네가 아니지. 그렇지 않나, 소른게일 중위?" 어머니는 얼룩 하나 없는 책상에 두 손을 짚고 몸을 살짝 앞으로 내밀더니, 육중한 책상 다리에 새겨진 드래곤 조각을 꼭 닮은 가늘게 뜬 눈으로 평가하듯 우리를 보았다. 엄청난 능력 같은 것이 없어도 어머니가 지금 어떤 생각을 하는지 정확하게 읽어낼 수 있었다.

스물여섯 살의 미라는 젊은 시절의 어머니와 판박이였다. 키가 크고 오랜 시간 훈련했으며 수백 시간을 드래곤 등 위에서 보낸 덕에 자연스럽게 단련된 근육이 특히나 튼튼하고 강했다. 건강한 피부에서는 말 그대로 광채가 났고, 금갈색 머리카락은 어머니와 똑같이 전투용으로 짧게 깎았다. 단순히 외모만 비슷한 게 아니었다. 언니는 어머니와 똑같은 오만함과 자신이 '하늘'에 속한다는 흔들림 없는 확신을 갖고 있었다. 뼛속까지 라이더 그 자체였다.

언니는 모든 면에서 나와 달랐고, 못마땅한 듯이 고개를 젓는 어머니의 생각도 같았다. 일단 나는 키가 너무 작다. 몸은 너무 빈약하다. 내 몸에 그나마 존재하는 곡선이라도 근육이면 좋았을 텐데, 불충한 몸은 나를 민망할 정도로 취약한 존재로 만들었다.

어머니는 횃대에서 너울거리는 마법 불빛 속에서 검은색 부츠를 반짝이며 우리 쪽으로 걸어왔다. 그리고 길게 땋아 늘어뜨린 내 머리끝을 잡더니, 어깨 바로 위에서부터 갈색 머리카락이 따뜻한 색조를 잃고 아래로 갈수록 서서히 강철 같은 은빛으로 변하는 부분을 보고 코웃음을 치며 손을 놓았다.

"색이 흐린 피부에, 색이 흐린 눈동자, 색이 흐린 머리카락." 어머니의 시선은 골수에서부터 내 자신감을 빨아냈다. "마치 열병이 네 힘과 함께 색을 다 훔쳐 간 것 같구나." 어머니의 눈동자와 찌푸린 이마에서 슬픔이 스쳐 지나갔다. "그이에게 너를 도서관에만 두지 말라고 했건만."

나를 임신했을 때 어머니를 죽일 뻔했던 열병에 대한 욕도, 어머니가 여기 바스지아스에 교수로 배정받고 아빠는 서기가 되었을 때 아빠가 나의 두 번째 집으로 삼았던 도서관에 대한 악담도, 처음 듣는 것은 아니었다.

"전 그 도서관을 사랑해요." 나는 반박했다. 아빠의 심장이 멈춘 지 1년이 넘었건만, 기록 보관소인 아카이브는 아직까지도 이 거대한 요새에서 집처럼 느껴지는 유일한 곳이자, 아빠의 존재감을 느낄 수 있는 유일한 장소였다.

"서기의 딸 같은 말이로구나." 어머니가 낮은 목소리로 말하는 순간 아빠가 살아 있던 시절의 어머니가 보였다. 좀 더 부드럽고, 좀 더… 하다못해 가족에게만은 친절했던 여자가.

"전 서기의 딸이니까요." 허리가 비명을 지르고 있었기에 배낭을 미끄러뜨려 바닥에 내려놓았다. 그리고 방을 나선 후 처음으로 제대로 숨을 쉬었다.

어머니가 눈을 깜박이자 좀 더 부드럽던 여자는 사라지고, 장군만 남았다. "너는 라이더의 딸이고, 스무 살이며, 오늘은 징병일이다. 나는 네가 교육을 마치도록 해주겠지만, 지난봄에 말했듯이 내 자식이 서기 분과에 들어가는 꼴은 못 본다, 바이올렛."

"서기가 라이더보다 급이 떨어지는 존재라서요?" 나는 라이더가 사회적으로나 군사적으로나 위계의 꼭대기에 있다는 사실을 잘 알면서도 그렇게 투덜거렸다. 라이더와 계약한 드래곤이 재미로 사람을 구워버린다는 사실도 그 지위에 도움이 되겠지.

"그래!" 장군의 습관적인 평정이 잠시 깨졌다. "그리고 오늘 네가 감히 서기 분과로 가는 터널에 발을 들인다면, 내가 직접 그 우스꽝스러운 머리채를 뜯어내고 난간다리에 세우겠다."

속이 울렁거렸다.

"아빠는 원치 않았을 거예요!" 미라가 목이 시뻘개져서 대들었다.

"나도 너희 아버지를 사랑했다만, 그이는 죽었다." 어머니는 날씨 예보라도 하는 듯한 투로 말했다. "그러니 이제 뭘 그리 원할 리도 없겠지."

나는 숨을 훅 들이마셨지만, 입은 다물었다. 지금 말다툼을 해봤자 소용없다. 어머니는 지금까지 내가 하는 말에 눈곱만큼도 신경 쓴 적이 없었고, 오늘이라고 다를 바 없었다.

"바이올렛을 라이더 분과로 보내는 건 사형 선고나 마찬가지예요." 미라는 아직 포기하지 않은 모양이었다. 어머니에게 대들기를 멈추지 않았고, 좌절스럽게도 어머니는 그 점 때문에 언니를 존중했다. 완전한 이중 잣대.

"앤 그만큼 강하지 않아요, 엄마! 올해만 해도 이미 팔이 부러졌던 데다가,

한 주 걸러 한 번씩 어딘가가 삐끗하고, 또 전투에서 앨 살려둘 만큼 큰 드래곤을 타기에는 키가 너무 작다고요."

"진심이야, 언니?" 이게 무슨 개소리야. 두 주먹을 꽉 움켜쥐자 손톱이 손바닥을 파고들었다. 내가 살아남을 가능성이 아주 적다는 걸 안다고 해도, 면전에 대고 모자라다고 해대는 건 다른 문제였다. "나보고 약골이라는 거야?"

"그게 아니야." 미라는 내 손을 힘주어 잡았다. "그저… 섬세하다는 거지."

"그게 그거지." 드래곤들은 '섬세한' 여자들과 계약하지 않았다. 그런 대상은 태워버렸다.

"작기는 하지." 어머니는 나를 위아래로 훑어보며 오늘 아침에 내가 고심 끝에 고른 크림색 벨트 튜닉과 바지의 넉넉한 품을 눈여겨보았다.

나는 코웃음을 쳤다. "이젠 그냥 제 결점을 열거하는 건가요?"

"결점이라는 말은 한 적 없다." 어머니는 언니를 돌아보았다. "미라, 바이올렛은 하루 오전에만 해도 네가 일주일 내내 겪는 것보다 많은 아픔에 대처한다. 내 자식 중에서 라이더 분과에서 살아남을 능력 있는 아이를 하나만 꼽으라면, 바로 바이올렛이야."

나는 눈썹을 치켜올렸다. 무서울 정도로 칭찬처럼 들리는 말이었지만, 그 말이 어머니 입에서 나오니 확신할 수 없었다.

"징병일에 얼마나 많은 라이더 후보가 죽죠, 엄마? 40명? 50명? 그렇게 자식을 하나 더 묻고 싶으세요?" 미라의 분노가 들끓었다.

그 순간 방 안의 온도가 훅 떨어졌다. 어머니가 드래곤인 에임시르와의 채널링을 통해 얻은 고유 능력이 폭풍인 탓이었다.

오빠를 떠올리자 가슴이 죄어들었다. 브레넌 오빠가 드래곤과 함께 남부의 티렌더 반역에 맞서 싸우다 죽은 후 5년 동안 아무도 그들에 대해 말 꺼내지 못했다. 어머니는 나를 참아냈고 미라 언니를 존중했지만, 브레넌은 사랑했다. 아빠도 그랬다. 아빠의 심장병은 브레넌이 죽은 직후에 시작됐다.

어머니는 턱을 악물고 방금 한 말을 응징할 듯이 미라를 노려보았다. 언니는 침을 꿀꺽 삼켰지만, 그래도 눈싸움을 피하지 않았다.

"어머니." 내가 말했다. "언니도 그런 뜻은…."

"나가게, 중위." 어머니의 한마디가 차가운 집무실에 수증기를 피워올렸. "자네가 허락 없이 부대를 비웠다는 사실을 보고하기 전에 당장 나가."

미라는 자세를 똑바로 하고 고개를 한 번 끄덕이더니 한마디도 더 얹지 않고 군대식으로 정확하게 몸을 돌려 문을 향해 걸어갔다. 나가는 길에 작은 배낭도 집어들었다.

어머니와 내가 둘만 있는 건 몇 달 만이었다.

우리의 눈이 마주쳤다. 어머니가 심호흡을 하자 방 안의 온도가 올라갔다. "너는 입학시험에서 속도와 민첩성 분야에서 상위 25퍼센트에 들어갔다. 넌 잘해낼 거다. 소른게일은 모두가 잘해내지." 어머니는 손등 끝으로 피부는 거의 건드리지 않으면서 내 뺨을 슬쩍 쓸었다. "네 아버지와 어찌나 닮았는지." 어머니는 그렇게 속삭이고 나서 헛기침을 하더니 몇 걸음 물러섰다.

정서적인 능력에 주는 공훈 훈장은 없나 보다.

"난 이제 3년 동안 네게 알은체할 수 없다." 어머니는 책상 가장자리에 다시 앉으며 말했다. "지금부터 나는 바스지아스의 총사령관이자 학장으로서 너에게는 까마득한 상관이 된다."

"알아요." 지금도 나를 거의 인정하지 않는다는 점을 감안하면, 그 정도는 걱정거리 축에도 들지 못했다.

"네가 내 딸이라는 이유로 대우를 받을 일도 없다. 오히려 너를 증명하라는 압력이 더 심해지면 심해지겠지." 어머니는 한쪽 눈썹을 치켜올렸다.

"잘 압니다." 어머니가 명령한 이후 지난 몇 달간 나를 훈련시킨 사람이 길스테드 소령이라 다행이었다.

어머니는 한숨을 내쉬더니 억지 미소를 지었다. "그러면 탈곡 때 계곡에서 보자, 지원자. 해 질 녘쯤에는 생도가 되어 있겠지만."

아니면 죽었거나. 우리 둘 다 그 말은 하지 않았다.

"행운을 비네, 소른게일 지원자." 어머니는 사실상 물러가라는 명령과 함께 책상으로 돌아갔다.

"감사합니다, 장군님." 나는 배낭을 어깨에 짊어지고 집무실을 나섰다. 경비병 한 명이 곧바로 문을 닫았다.

"저 사람은 미쳤어." 미라는 복도 중앙, 경비병 두 명이 서 있는 자리 사이에서 말했다.

"경비병들이 언니가 한 말을 전할걸."

"진작부터 알았을 텐데 뭘." 미라는 이를 갈았다. "가자. 지원자가 등록하기까지 한 시간밖에 안 남았는데, 날아오면서 보니까 정문 밖에 기다리는 지원자가 수천 명이었어." 미라는 앞장서서 나를 데리고 돌계단을 내려가더니, 복도를 통과해 내 방으로 향했다. 아니… 예전에 내 방이었던 곳으로.

내가 나온 지 30분 만에 모든 물건이 상자에 담겨 구석에 쌓여 있었다. 단단한 바닥에 위장이 쏟아져내리는 기분이었다. 어머니 맘대로 내 평생을 상자에 버리다니.

"어머니가 욕 나오게 효율적인 건 인정해줘야 해." 미라는 그렇게 중얼거리며 내 쪽으로 돌아서더니 대놓고 평가하는 시선으로 나를 훑었다. "널 빼내도록 설득할 수 있길 빌었는데 말이야. 넌 라이더 분과에 어울리지 않아."

"그 얘긴 이미 했잖아." 나는 한쪽 눈썹을 치켜올렸다. "몇 번이고 했어."

"미안." 언니는 얼굴을 찡그리더니 바닥에 주저앉아서 배낭을 비웠다.

"뭐하는 거야?"

"브레넌 오빠가 나한테 해줬던 일." 미라가 조용히 대답하자 슬픔에 나도 목이 메었다. "너 장검은 쓸 줄 알아?"

나는 고개를 저었다. "너무 무거워. 하지만 나도 단검을 쥐면 꽤 빨라." 정말로 빨랐다. 나는 힘이 부족한 부분을 속도로 메꾸는 훈련을 했다.

"그럴 줄 알았어. 좋아. 자, 네 짐 내려놓고 그 끔찍한 부츠 벗어." 미라는 가져온 물건들을 헤집더니, 나에게 새로운 부츠와 검은색 제복을 건넸다. "이걸 신어."

"내 짐이 뭐가 문젠데?" 나는 그렇게 물으면서도 배낭을 내렸다. 미라는 바로 배낭을 열더니 물건들을 헤집었다. "언니! 밤새 쌌단 말이야!"

"지금 넌 짐이 너무 많고, 그 부츠는 죽음의 덫이나 다름없어. 그렇게 바닥이 매끈한 걸 신었다간 좁은 난간다리 위에서 바로 미끄러져 떨어질 거야. 나한테 만약에 대비해서 네 발 크기로 만들어둔 고무바닥 라이더 부츠가 한 켤레 있어. 그리고 사랑하는 바이올렛, 이건 최악이구나." 책들이 나무상자 근처로 날아가 떨어지기 시작했다.

"이봐, 난 내가 들고 갈 수 있는 것만 챙길 수 있는데, 그건 꼭 가져가고 싶단 말이야!" 나는 미라가 다음 책을 던져버리기 전에 달려들어서 가까스로 내가 제일 아끼는 음산한 민담집을 구해냈다.

"정말로 그것 때문에 죽고 싶니?" 미라가 엄한 눈으로 물었다.

"들 수 있다니까!" 모든 게 엉망이었다. 나는 원래 서기가 되어 책에 평생을 바칠 예정이었다. 배낭 무게를 줄이려고 구석에 책을 던질 게 아니라.

"아니. 넌 못 들어. 넌 짐 무게보다 겨우 세 배가 나가는데, 건너가야 하는 난간다리는 폭이 약 45센티미터에 높이는 무려 지상에서 60미터고, 아까 봤을 때 비구름이 몰려오고 있었어. 시험관들은 발이 미끄러워질 수 있다는 이유로 비가 그칠 때까지 기다려주지 않아, 동생아. 넌 떨어질 거야. 떨어져서 죽을 거야. 자, 이제 내 말을 제대로 들을래? 아니면 내일 아침 사망자 명단에 이름을 올릴래?" 내 앞에 보이는 라이더에게는 언니의 흔적이라곤 없었다. 이 여자는 영민하고, 교활하고, 조금은 잔인하기도 했다. 이 사람은 흉터 하나만 달고 3년을 살아남았다. 그것도 잔혹한 라이더 선별 시험인 '탈곡'에서 자기 드래곤에게 얻은 흉터였다.

"이대로 가면 넌 돌에 새겨진 또 하나의 이름이 될 뿐이야. 책은 버려."

"이 책은 아빠에게 받은 거야." 나는 책을 가슴팍에 끌어안고 중얼거렸다. 어린아이 같을 수도 있다. 그저 마력의 유혹에 대해 경고하는 이야기 모음에 불과한 데다가 심지어 드래곤을 악마처럼 그리고 있지만, 그래도 나에게 남은 건 그게 전부였다.

미라는 한숨을 내쉬었다. "어둠을 행사하는 버러지인지 뭔지와 그자들의 와이번에 대한 전설? 그거라면 넌 이미 천 번은 읽지 않았어?"

"그보다 더 읽었지." 나는 인정했다. "그리고 버러지가 아니라 베닌이야."

"하여간 아빠가 좋아하던 이야기들이란. 드래곤과 계약한 라이더도 아니면서 마력을 끌어내려고만 하지 않으면 네 침대 밑에 빨간 눈의 괴물들이 숨어서 기다리지도 않을 거고, 두 다리 달린 와이번을 타고 널 잡아다가 어둠의 군대에 합류시키는 놈들도 없을 거야." 미라는 내가 배낭에 쟁인 책 중에서 마지막 한 권을 꺼내 건넸다. "책은 버려. 아빠는 널 구할 수 없어. 그러려고 시도는 했지. 나도 그랬고. 결정해, 바이올렛. 서기로 죽을래, 아니면 라이더로 살래?"

"언니 정말 짜증나." 나는 민담집을 구석에 내려놓았지만, 다른 책 한 권은 끌어안은 채 언니를 마주했다.

"짜증날지는 몰라도 널 살려줄 사람이지. 그건 뭐에 쓰게?" 미라가 도전적으로 물었다.

"사람 죽이는 데." 나는 그 책을 언니에게 돌려줬다.

미라의 얼굴에 천천히 미소가 번졌다. "좋아. 그 책은 가져가도 돼. 자, 내가 이 나머지 짐을 정리하는 동안 갈아입어." 머리 위 높은 곳에서 종이 울렸다. 이제 45분 남았다.

나는 잽싸게 옷을 갈아입었다. 확실히 내 몸에 맞게 만들어졌는데도 왠지 다른 사람 옷처럼 느껴졌다. 낙낙한 튜닉은 팔에 딱 붙는 검은 셔츠로, 헐렁한 바지는 몸의 선이 다 드러나는 가죽 바지로 바뀌었다. 그다음에는 미라가 셔츠 위에 입는 조끼 형태의 코르셋 끈을 묶어줬다.

"이래야 쓸리지 않지." 미라가 설명했다.

"라이더들이 전투에 입고 나가는 장비 비슷하네." 그 옷이 상당히 멋있다는 건 인정해야 했다. 내가 사기꾼처럼 느껴져서 문제지. 세상에, 이게 진짜라니.

"바로 그거야. 지금 넌 전투에 나갈 거니까."

가죽과 처음 보는 천의 조합이 가슴을 감싸고 어깨 위로 교차하면서 쇄골부터 허리 바로 아래를 덮었다. 나는 옆구리를 따라 대각선으로 꿰매어놓은 숨겨진 칼집을 만져보았다.

"네 단검을 끼울 자리야."

"난 네 자루밖에 없는데." 나는 바닥에 쌓인 단검들을 집었다.

"더 얻게 될 거야."

단검들을 칼집에 차례로 밀어넣자, 옆구리 자체가 무기로 변한 기분이 들었다. 기발한 디자인이었다. 옆구리도 그렇고, 허벅지에 붙은 칼집도 있으니 단검에 손을 가져가기가 편했다.

거울에 비친 모습은 나도 못 알아볼 정도였다. 마치 라이더처럼 보였다. 그러나 기분은 여전히 서기 같았다.

몇 분 후에는 내가 쌌던 짐의 절반이 나무상자 위에 쌓였다. 미라는 불필요해보이는 물건, 감상적인 물건을 거의 다 버리고 내 배낭을 새로 쌌다. 동시에 라이더 분과에서 살아남는 방법에 대한 조언을 계속 토해냈다. 그러고 나서 미라는 가장 감상적인 행위로 나를 놀라게 만들었다. 내 머리를 땋아서 틀어올려줄 테니 자기 다리 사이에 앉으라고 한 것이다.

다시 아이로 돌아간 기분이었지만, 나는 그 말을 따랐다.

"이건 뭐야?" 나는 심장 위치에 붙은 물질을 손톱으로 긁어보았다.

"내가 설계한 물건이지." 미라는 내 머리카락을 아프도록 잡아당겨 땋으면서 설명했다. "널 위해서 특별히 우리 테인의 비늘을 꿰매 만들었으니까 조심하도록 해."

"드래곤 비늘이라고?" 나는 고개를 젖혀 언니를 보았다. "어떻게? 테인은 거대하잖아."

"내가 우연히 큰 물건을 아주 작게 만들 수 있는 고유 능력을 지닌 라이더를 알게 되었거든." 미라의 입가에 엉큼한 미소가 어른거렸다. "그리고 작은 물건은… 아주, 아주 크게 만들 수 있지."

나는 눈을 굴렸다. 미라는 언제나 자기 남자들에 대해 나보다 드러내며 말했다. 내게 남자라고 해봐야 둘밖에 없었지만. "얼마나 더 크게 말이야?"

미라는 웃음을 터뜨리고는 내 머리를 잡아당겼다. "고개 좀 숙여봐. 머리카락은 잘랐어야 했어." 미라는 땋은 가닥을 내 머리에 단단히 당겨 붙이고, 마저 손을 놀렸다. "머리가 길면 커다란 과녁이 되는 건 말할 것도 없고 대련에서나 전투에서나 불리해. 이런 식으로 자라면서 은색으로 변하는 머리카락이 또 있을 리도 없으니 그 녀석들은 안 그래도 널 노릴 거야."

"언니도 자연색은 길이에 상관없이 드러난다는 걸 알 텐데." 내 눈동자 색도 똑같이 애매했다. 다양한 색조로 바뀌는 파란색과 호박색이 섞인 옅은 헤이즐넛을 닮은 색이었는데, 사실상 어느 색깔도 아닌 것처럼 보였다. "게다가, 다른 모두가 색깔을 두고 걱정한다는 점만 제쳐두고 보면 이 머리카락은 나에게 유일하게 흠 없이 건강한 부분이야. 이걸 자르면 겨우 잘하는 걸 두고 내 몸을 벌하는 기분이 들 거야. 그리고 내 정체를 숨겨야 한다고 느끼지도 않아."

"그렇지 않아." 미라는 내 머리를 잡아당겨서 고개를 뒤로 젖히고, 눈을 마주쳤다. "넌 내가 아는 사람 중에 가장 영리해. 그 점을 잊지 마. 네 두뇌가 네 최고의 무기야. 네 꾀로 상대를 이겨, 바이올렛. 내 말 알겠어?"

나는 고개를 끄덕였다. 미라는 손에 힘을 빼고 머리를 마저 땋은 다음 나를 일으키면서 몇 년에 걸친 지식을 계속 쏟아냈다. 급하게 15분 안에 요약해 설명하느라 거의 숨도 쉬지 않는 것 같았다.

"관찰력을 발휘해. 조용하게 지내는 건 괜찮지만 주위의 모든 것과 모든 사람을 네게 유리한 방향으로 파악해. 코덱스는 읽었어?"

"몇 번." 라이더 분과용 규정집은 다른 분과에 비하면 분량이 얼마 되지 않았다. 아마 라이더들이 규칙을 따르는 데 어려움을 겪어서 그렇겠지.

"좋아. 그렇다면 라이더들이 언제든 널 죽일 수 있고, 잔인한 생도들이 실제로 시도하리라는 거 알겠지. 생도가 적을수록 탈곡 때 성공할 확률이 올라가니까. 계약할 마음이 있는 드래곤의 수는 충분하지 않고, 어차피 살해당할 만큼 경솔한 생도라면 드래곤을 얻을 자격이 없어."

"잘 때는 빼고. 어떤 생도든 잘 때 공격하는 건 위반 행위야. 코덱스 3조에 보면…."

"그래. 하지만 그렇다고 밤에 안전하다는 뜻은 아니야. 가능하면 이걸 입고 자." 미라는 내 코르셋의 배 부분을 두드렸다.

"라이더의 검은 제복은 자기 힘으로 얻어내야 하는 거잖아. 내가 오늘 튜닉을 입지 않아도 되는 거 확실해?" 나는 두 손으로 가죽을 훑었다.

"낙낙한 천은 난간다리 위에 부는 바람을 받아서 돛처럼 부풀어오를 거야." 미라는 나에게 훨씬 더 가벼워진 배낭을 건넸다. "옷이 딱 붙을수록 저 위에서도 좋고, 격투 시합을 시작하면 대련장에서도 유리해. 그 갑옷은 늘 입고 살아. 단검도 늘 가지고 다녀." 언니는 자기 허벅지에 찬 칼집을 가리켰다.

"다른 사람들이 난 이걸 입을 자격이 없다고 할 거야."

"넌 소른게일이야." 미라는 그 대답이면 충분하다는 듯이 말했다. "남들이 뭐라든 알 바 아니야."

"그리고 드래곤 비늘은 부정행위 아닐까?"

"일단 탑을 오르면 부정행위 같은 건 없어. 오직 생존과 죽음, 두 가지만 남을 뿐이라고." 종이 또 울렸다. 이제 30분밖에 남지 않았다. 미라는 침을 삼켰다. "시간 다 되어간다. 준비됐어?"

"아니."

"나도 그랬어." 미라는 입 끝을 올리며 찡그린 미소를 지었다. "난 평생 그걸 위해 훈련했는데도 그랬지."

"난 오늘 죽지 않을 거야." 나는 배낭을 어깨에 메고 오늘 아침보다는 조금 편하게 숨을 쉬었다. 확실히 훨씬 감당할 만했다.

우리가 나선계단을 내려가는 동안 요새의 중앙 행정구역 복도는 으스스할 정도로 조용했지만, 내려갈수록 바깥의 소음이 커졌다. 창밖으로, 정문 바로 밑에 위치한 풀밭에서 수천 명의 지원자들이 사랑하는 사람을 끌어안고 작별인사를 하는 모습이 보였다. 내가 해마다 지켜본 바에 따르면 대부분의 가족은 마지막 종이 울릴 때까지 지원자를 붙잡았다. 요새로 이어지는 네 개의 도로는 말과 마차로 꽉 막혔고, 학교 앞에서 길이 모이는 지점은 특히 심했다. 그러나 나는 들판 가장자리에 보이는 빈 도로들을 보고 속이 메스꺼워졌다.

시체들이 잠드는 곳이기 때문이었다.

미라는 안마당으로 이어지는 마지막 굽이 길을 돌기 직전 걸음을 멈췄다.

"뭔데… 윰." 언니는 나를 잡아당기더니, 상대적으로 사람이 적은 복도에서 꽉 끌어안았다.

"사랑한다, 바이올렛. 내가 해준 말은 전부 기억해. 사망자 명단에 올라가지 마." 언니의 목소리가 떨렸다.

나도 힘주어 포옹하며 다짐했다. "난 괜찮을 거야."

언니가 고개를 끄덕이자, 내 정수리에 언니의 턱이 부딪쳤다. "나도 알아. 이제 가자."

미라는 그 말을 끝으로 몸을 떼어내더니, 요새 정문 바로 안에 있는 북적이는 안마당으로 걸어 들어갔다. 교수들, 지휘관들, 심지어는 우리의 어머니까지도 비공식적으로 모여서 벽 바깥의 광기가 벽 안의 질서로 변하기를 기다리고 있었다. 군사학교의 모든 문을 통틀어서 정문만큼은 오늘 어떤 생도도 이용하지 않을 것이다. 각 분과마다 전용 입구와 시설이 있으니 말이다. 심지어 라이더들에게는 자기네 성채도 따로 있다. 허세 가득하고 자기중심적인 새끼들 같으니라고.

나는 몇 걸음을 빠르게 걸어서 미라를 따라잡았다.

"데인 에이토스를 찾아." 미라는 안마당을 가로질러 열려 있는 요새 정문을 향해 가면서 말했다.

"데인?" 데인을 다시 본다고 생각하자마자 미소가 지어지며 심장이 빠르게 뛰었다. 못 본 지 1년이나 지났는데, 그동안 데인의 부드러운 갈색 눈과 웃는 모습이 그리웠다. 우리의 우정도 그리웠고, 적당한 상황만 주어지면 우정 이상으로 변할지 모른다고 생각했던 순간들도 그리웠다. 나를 가치 있는 사람으로 쳐다보던 눈빛도 그리웠다. 그냥 다… 데인이 그리웠다.

"나야 분과에서 벗어난 지 3년이 넘어서 잘은 모르겠지만 소식으로는 잘하고 있다고 들었어. 데인이라면 널 안전하게 지켜줄 거야. 그렇게 웃지 말고." 미라의 잔소리가 이어졌다. "데인은 2학년이야"라며 손가락도 흔들었다. "2학년들과는 얽히지 마. 누구랑 자고 싶다면, 물론 앞날이 어떨지 모르니 자주 그렇겠지만…." 이 대목에서 나는 눈썹을 치켜올렸다. "그럴 때는 같은 학년과 뒹굴어. 생도 사이에 네가 위 학년의 보호를 받는다는 소문이 돌면 최악이야."

"그러니까 1학년이라면 누굴 침대에 들여도 자유란 말이지?" 나는 슬쩍 히죽거리며 말했다. "2학년이나 3학년만 말고."

"바로 그거야." 미라가 눈을 찡긋했다.

우리는 요새를 나서는 관문을 차례차례 통과하여, 그 너머에 펼쳐진 조직적인 혼란에 합류했다.

나바르의 여섯 개 지방 모두가 올해 몫의 군복무 지원자를 보냈다. 일부는 자원했고, 일부는 징벌 대상자였다. 대부분은 징집병이었다. 여기 바스지아스에 모인 우리에게 공통점이라고는 입학시험에 (필기시험만이 아니라 아직까지 내가 통과했다는 사실이 믿기지 않는 민첩성 시험까지) 통과했다는 것 하나뿐인데, 그건 적어도 우리가 최전선 보병단의 소모품으로 끝나지는 않는다는 뜻이었다.

미라에게 이끌려 남쪽 망루로 이어지는 낡은 자갈길을 걷는 동안에도 공기는 팽팽한 긴장감에 차 있었다. 본관은 바스지아스 산비탈에 지어졌는데, 마치 봉우리 능선 자체를 쪼개어놓은 것처럼 보였다. 초조하게 기다리는 지원자들과 눈물 바람인 가족들 위로 제멋대로 뻗어나간 무시무시한 탑들에다가, 안쪽으로 높이 솟아난 성채를 지키기 위해 지은 몇 층짜리 석벽들, 그리고 모퉁이마다 종을 품고 서 있는 방어 망루들까지.

모여 있는 사람들 대다수는 보병 분과의 입구인 북쪽 망루 아래에 줄을 서기 위해 움직였다. 일부는 우리 뒤쪽으로 향했는데, 군사학교 남쪽 끝을 차지하고 있는 힐러 분과 방향이었다. 요새 지하의 아카이브로 이어지는 중앙 터널로 들어가는 몇 명을 보자 질투심에 가슴이 답답해졌다. 힐러 분과에서 이어지는 서기 분과에 들어갈 사람들이었다.

라이더 분과 입구는 북쪽에 자리 잡은 보병용 입구와 마찬가지로 망루 기단부에 있는 견고한 문에 불과했다. 다만 보병 지원자들은 바로 1층에 있는 분과로 걸어 들어갈 수 있는 반면, 라이더 지원자들은 올라가야 했다.

미라와 함께 라이더 줄에 서서 서명할 차례를 기다리던 나는 실수로 위쪽을 보고 말았다. 대학 본관과 그보다 더 높은 남쪽 능선 위에 우뚝 솟은 라이더 분과의 성채 사이를 가르는 계곡을 난간다리가 가파르게 가로지르고 있었다. 불과 몇 시간 사이에 라이더 생도와 라이더 지원자 사이를 갈라놓을 죽음의 돌다리였다.

내가 곧 저길 건넌다니 믿을 수가 없었다.

"이렇게 될 줄도 모르고 지난 몇 년 내내 서기용 필기시험 준비만 했다니." 목소리에서 나도 모르게 날 향한 비아냥이 뚝뚝 떨어졌다. "책상이 아닌 평균대 위에서 놀았어야 했는데 말이야."

앞줄이 점점 짧아지며 지원자들이 문 안쪽으로 사라지는 가운데, 미라는 내가 한 말을 무시하고 말했다. "바람에 발밑이 흔들리면 안 돼."

우리 앞에 서서 젊은 남자를 안고 울던 여자가 배우자의 손에 이끌려 뒤로 밀려났다. 줄에서 빠져나간 그 부부는 눈물 바람으로 비탈길을 내려가, 도로 양 옆에 줄지어선 지원자 가족 무리로 돌아갔다. 이제 우리 앞에는 수십 명의 지원자만이 명단 기록관들 쪽으로 움직였다.

"네 앞에 있는 돌만 보고 아래는 내려다보지 마." 미라는 얼굴선을 팽팽하게 굳히며 말했다. "균형 잡기 좋게 팔은 뻗고, 혹시 배낭이 미끄러지거든 떨어뜨려버려. 너보다는 배낭이 떨어지는 게 나아."

뒤를 돌아보니 몇 분 사이에 내 뒤로 수백 명이 줄을 선 것 같았다. "저 사람들을 먼저 보내는 게 좋을지도⋯." 갑작스레 공황 상태에 빠졌다. 내가 지금 대체 뭘 하고 있는 거지?

"안 돼." 미라가 대답했다. "저 계단에서 오래 기다리면 기다릴수록⋯." 그러면서 탑 쪽을 가리켰다. "두려운 마음이 더 커질 가능성이 높아. 공포에 사로잡히기 전에 난간다리를 건너." 줄이 앞으로 움직였고, 다시 종소리가 울렸다. 8시였다.

수천 명의 지원자는 그 사이에 완벽하게 각자 선택한 분과로 나뉘어서 명단에 서명하고 복무를 시작하기 위해 줄을 섰다.

"집중해." 미라의 말에 나는 고개를 핵 앞으로 돌렸다. "가혹한 소리 같겠지만 저 안에서 우정 같은 건 찾지 마, 바이올렛. 동맹을 구축해."

이제 우리 앞에는 두 명밖에 남지 않았다. 한 명은 꽉 채운 배낭을 진 여자였는데, 높이 솟은 광대뼈와 계란형 얼굴 때문에 신들의 여왕인 아마리의 모습이 떠올랐다. 짙은 갈색 머리카락은 여러 줄로 짧게 땋아서 짙은 갈색의 목덜미까지만 오게 붙였다. 두 번째 지원자는 조금 전 어떤 여자가 붙잡고 울던 근육질의 금발 남자였다. 그 남자는 앞줄 여자보다 더 큰 배낭을 지고 있었다.

나는 책상으로 다가가는 두 사람을 보다 깜짝 놀라 속삭였다. "저 사람…?"

미라가 흘긋 보더니 작게 욕을 했다. "분리주의자의 자식 아니냐고? 맞아. 저 녀석 손목 위 반짝거리는 표식 보여? 저게 반역의 인장이야."

나는 놀라움에 눈썹을 들어 올렸다. 지금까지 들어본 인장이라고는 드래곤이 계약한 라이더의 피부에 마법으로 남기는 표식밖에 없었다. 인장은 명예와 힘을 상징했고, 대개 그 표식을 선물한 드래곤의 형상을 띠었다. 그런데 저 표식은 소용돌이와 사선 모양으로만 이뤄졌고, 권리 주장보다는 마치 경고처럼 느껴졌다.

"드래곤이 남긴 거야?"

미라는 고개를 끄덕였다. "엄마한테 듣기로는 멜그렌 장군이 쟤들 부모를 처형하고 나서 장군의 드래곤이 애들 모두에게 저걸 남겼다던데, 그 문제에 대해 더 말하기는 꺼리더라고. 부모가 반역을 저지르지 못하게 막으려면 아이들을 벌하는 것만 한 방법이 없긴 해."

무척 잔인해 보였지만 바스지아스의 첫 번째 원칙은 드래곤에게 의문을 제기하지 않는 것이다. 드래곤들은 무례하다 싶으면 누구든 불태워 없앴다.

"물론 반역의 인장이 찍힌 아이들은 대부분 티렌더 출신이지만 다른 지방에서 배신자로 돌아선 부모들의 자식도 몇 명 있…." 미라의 얼굴에서 핏기가 빠져나가더니, 내 배낭끈을 잡고 돌려세워서 얼굴을 마주했다. "방금 기억났어." 언니가 목소리를 낮췄고, 그 다급한 말투에 심장이 펄쩍 뛴 나는 몸을 가까이 기울였다.

"제이든 라이오슨은 꼭 피해 다녀."

순간, 폐에서 공기가 빠져나갔다. 그 이름은….

"그 제이든 라이오슨 맞아." 언니는 두려움이 피어난 눈빛으로 내 짐작을 확인해줬다. "3학년이고 네가 누군지 알자마자 죽이려 달려들 거야."

"그 아버지가 대반역자였잖아. 반역을 이끈." 나는 조용히 말했다. "그런데 제이든이 여기서 뭐하는 거야?"

"당시 반역 지도자들의 자식은 부모 죄에 대한 처벌로 징집됐어." 미라가 말하는 동안에도 우리는 옆으로 발을 끌면서 줄과 함께 움직였다. "엄마가 말해줬는데, 라이오슨이 난간다리를 통과할 거라고는 생각도 못했대. 그 후에는 어느 생도가 죽이겠거니 했고, 그런데 드래곤이 그놈을 선택하고 나서는…." 언니는 고개를 저었다. "그후에는 할 수 있는 일이 별로 없지. 지금은 비행단장으로 진급했어."

"개소리." 언니의 말에 분노가 들끓었다.

"그놈은 나바르에 충성을 맹세했지만 그렇다고 너를 가만히 놔두진 않을 거야. 일단 난간다리를 건너가면, 물론 넌 건너갈 테니까 하는 말이지만 데인을 찾아. 데인이 널 자기 대대에 넣어줄 거야. 데인의 대대가 라이오슨에게서 멀리 떨어져 있기만 바라자." 미라는 내 배낭끈을 더 강하게 쥐며 말했다. "그놈에게 접근하지, 마."

"확인." 나는 고개를 끄덕였다.

"다음." 라이더 분과 명단이 놓인 나무 테이블 뒤에서 목소리가 날아왔다. 인장이 보이는 라이더 한 명이 내가 아는 서기 옆에 앉아 있었다. 피츠기븐스 대위가 비바람에 삭은 얼굴 위로 은빛 눈썹을 올렸다. "바이올렛 소른게일?"

나는 고개를 끄덕이고는 깃펜을 들어 명단에 있는 빈칸에 이름을 적었다.

"넌 서기 분과에 가는 줄 알았는데." 피츠기븐스 대위가 조용히 말했다.

나는 대위의 크림색 튜닉이 부러워 할 말을 찾을 수가 없었다.

"소른게일 장군께서 다른 선택을 하셨죠." 미라가 대신 말했다.

나이 많은 대위의 눈에 슬픔이 차올랐다. "안타깝군. 넌 정말 앞날이 창창했는데."

"맙소사." 피츠기븐스 대위 옆에 있던 라이더가 끼어들 듯이 말했다. "미라 소른게일?" 입을 떡 벌린 모습을 보니 그 남자가 숭배하는 영웅을 단번에 알아차릴 수 있었다.

"맞아요." 미라가 고개를 끄덕였다. "이쪽은 내 동생인 바이올렛. 1학년이 될 거예요."

"난간다리에서 살아남는다면 그렇지." 뒤에 있던 누군가가 빈정거렸다. "바람이 바로 날려버릴 수도 있잖아."

"스트리스모어에서 싸우셨죠." 책상 앞에 앉은 라이더의 목소리에서 미라를 향한 경외심이 뚝뚝 떨어졌다. "거기서 적진 안쪽의 포대를 쓸어버린 공으로 발톱 훈장을 받으셨고요."

뒤쪽에서 낄낄대던 소리가 멎었다.

"말한 대로…." 미라는 내 등에 손을 얹었다. "내 동생, 바이올렛이에요."

"길은 알겠지?" 대위가 끄덕이며 망루로 들어가는 열린 문을 가리켰다. 망루 안쪽의 불길한 어둠을 보니 죽어라 달아나고 싶은 충동과 싸워야 했다.

"길이야 알죠." 미라는 그렇게 확언하고는, 내 뒤에서 비웃던 놈이 명단에 서명할 수 있게 나를 끌고 테이블을 지나쳤다.

우리는 문 앞에 멈춰서 서로를 향해 몸을 돌렸다.

"죽지 마, 바이올렛. 난 하나뿐인 자식이 되기 싫어." 언니는 씩 웃고는 느긋한 걸음걸이로 지원자들의 줄을 지나쳐 갔다. 미라의 정체가 드러나자 지원자들이 얼빠진 눈으로 그녀를 쳐다보았다.

"저런, 기대에 부응하려면 힘들겠는데." 내 바로 앞에 있던 여자 지원자가 말을 건넸다.

"맞아." 나는 배낭끈을 잡고 어둠 속으로 들어가면서 맞장구를 쳤다. 내 눈은 휘어진 계단을 따라 일정한 거리를 두고 나 있는 창문 틈으로 새어드는 흐릿한 빛에 빠르게 적응했다.

"소른게일이라면 그…?" 죽을 수도 있는 곳으로 이어지는 수백 개의 계단을 오르기 시작하면서 그 여자가 어깨 너머로 나를 돌아보고 물었다.

"응." 난간이 없었기에 나는 돌벽에 손을 댄 채로 올라가고 또 올라갔다.

"그 장군님?" 그녀 앞에 가던 금발 청년이 물었다.

"바로 그분이시지." 나는 설핏 웃어보이며 대답했다. 누구든 자기 엄마와 그렇게 꽉 끌어안는 사람이라면 그리 나쁜 사람일 리 없겠지?

"우와, 그리고 멋진 가죽옷인데." 청년이 마주 웃었다.

"고마워. 우리 언니가 챙겨준 거야."

"난간다리까지 가기도 전에 계단을 헛디뎌서 떨어져 죽은 지원자가 얼마나 될까 모르겠다." 여자는 나선계단 중앙으로 아래를 내려다보며 말했다.

"작년에 두 명 있었지." 내 말에 여자가 뒤를 획 돌아봤다. "흠, 떨어진 남자가 깔아뭉갠 여자까지 합하면 셋."

여자의 갈색 눈이 순간 커졌지만 다시 앞을 보며 계단을 올랐다. "계단 수는 몇 개나 되는데?"

"250개." 나는 대답했고, 우리는 이후 5분 동안 말없이 계단을 올랐다.

"그렇게 나쁘진 않은데." 여자는 꼭대기가 가까워지고 지원자들의 줄이 멈취서자 환하게 웃으며 말했다. "그나저나 난 리애넌 마티아스라고 해."

"난 딜런이야." 금발 청년이 열렬히 손을 흔들며 응답했다.

"바이올렛이야." 나는 우정 따위는 기대하지 말고 동맹만 맺으라던 미라의 말을 대놓고 무시하며 두 사람에게 긴장된 미소를 지었다.

"내 평생 오늘만 기다린 것 같아." 딜런은 짊어진 배낭 위치를 바로잡았다. "우리가 정말로 여기까지 오다니 믿겨져? 꿈이 실현된 순간이야."

그렇지. 당연하게도 나를 뺀 다른 라이더 지원자들은 모두가 여기 온 데 신이 나 있었다. 바스지아스 군사학교에서 징집병을 받지 않는 분과는 오직 이곳뿐이었다. 여기엔 자원한 사람밖에 없었다.

"정말이지 기다릴 수가 없네." 리애넌의 미소가 커졌다. "세상에 드래곤을 타고 싶지 않은 사람이 어디 있겠어?"

나. 이론상으로야 재미있을 것 같기는 하지만 말이다. 실제로 그랬다. 다만 졸업까지 살아남을 확률이, 뱃속이 뒤틀릴 정도로 끔찍할 뿐이었다.

"너희 부모님은 찬성하셨어?" 딜런이 물었다. "우리 엄마는 몇 달이나 나보고 마음을 바꾸라고 간청했거든. 라이더여야 진급할 기회가 더 있다고 계속 말하는데도 엄마는 내가 힐러 분과에 들어가길 원했어."

"우리 부모님은 언제나 내가 여길 원한다는 걸 알았기 때문에 꽤 지지해줬어. 게다가 애지중지할 자식이라면 내 쌍둥이 자매도 있고. 레이건은 벌써 꿈꾸던 대로 결혼해서 아기도 낳을 예정이지." 리애넌은 나를 흘긋 돌아보았다. "넌 어때? 맞혀볼까. 소른게일 같은 가문 이름이 있으니 올해 첫 번째로 자원했겠지."

"그보다는 지원 명령을 받은 셈이지." 내 대답은 리애넌보다 훨씬 열의가 없었다.

"알아먹었어."

"그리고 라이더가 다른 장교보다 특전이 있는 건 사실이야." 나는 줄이 다시 앞으로 움직이자 걸어가며 딜런에게 말했다. 내 뒤에서 비웃던 지원자도 시뻘건 얼굴로 땀을 흘리며 따라잡았다. 이젠 누가 비웃는지 보라지. "봉급도 더 높고, 제복 정책도 더 관대하고." 나는 말을 이었다. 검은색이기만 하면 라이더가 뭘 입는지 아무도 신경 쓰지 않았다. 라이더에게 적용되는 유일한 규칙은 내가 코덱스에서 외운 것뿐이었다.

"그리고 최고로 폼 나는 존재라고 자부할 권리가 생기지." 리애넌이 말을 덧붙였다.

"그것도 있지." 나는 동의했다. "비행용 가죽옷으로 자부심을 한껏 세울 수 있을 거야."

"더해서, 라이더들은 다른 분과보다 결혼을 일찍 해도 된다고 들었어." 딜런이 말을 이었다.

"사실이야. 졸업하고 바로 해도 돼." 살아남는다면 말이지만. "아마 혈통을 잇고 싶어서겠지." 가장 성공한 라이더들은 과거의 유산이니까.

"아니면 다른 분과보다 빨리 죽는 경향이 있어서일지도." 리애넌이 혼잣말처럼 말했다.

"난 안 죽어." 딜런은 튜닉 속에서 사슬에 달린 반지를 꺼내 보이며 나보다 훨씬 자신감 넘치는 목소리로 말했다. "떠나기 전에 청혼하면 불운이 닥친다고 해서 우린 졸업까지 기다리기로 했어." 딜런은 반지에 입을 맞추더니 목걸이를 옷깃 아래로 다시 집어넣었다. "3년이 길긴 하지만 그럴 가치가 있어."

나는 한숨을 삼켰다. 평생 이렇게 낭만적인 소리를 들은 적이 있었나.

"네가 난간다리를 건너갈 수 있을지 모르겠네." 우리 뒤에 있던 남자가 비웃었다. "여기 이 녀석은 산들바람 한 번 불면 계곡 바닥에 떨어질 텐데."

나는 눈을 굴렸다.

"닥치고 네 일에나 신경 써." 리애넌이 쏘아붙이는데, 돌계단을 밟는 발에서 철컹 소리가 났다.

계단 꼭대기가 보이고, 문에 흐릿한 빛이 가득 담겼다. 미라 말대로였다. 저 구름이라면 우리에게 재앙을 쏟아부을 텐데 그러기 전에 난간다리 건너편에 가 있어야 했다.

한 계단을 또 오르자 리애넌의 발에서 쇳소리가 났다.

"네 부츠 좀 보여줘." 나는 재수 없는 뒷사람이 듣지 못하게 조용히 말했다.

리애넌은 이마에 주름을 잡고 갈색 눈에 당혹감을 보였지만, 그래도 신발을 보여줬다. 내가 아까 신고 있던 것처럼 밑창이 매끄러운 걸 보니 마음이 무거워졌다.

줄이 다시 움직이더니, 입구에서 1미터도 떨어지지 않은 곳에서 멈춰섰다.

"발 크기가 몇이야?" 내가 물었다.

"뭐?" 리애넌은 나를 보고 눈을 껌벅였다.

"네 발 크기. 몇이냐고."

"250." 리애넌은 미간에 주름을 두 개나 잡으며 대답했다.

"난 240이야." 나는 재빨리 말했다. "그러니 죽도록 아프겠지만 내 왼쪽 신발을 네가 신었으면 좋겠어. 바꾸자." 내 오른쪽 신발에는 단검이 있었다.

"뭐?" 리애넌은 제정신이냐는 듯이 나를 쳐다보았다. 어쩌면 내가 미쳤는지도 모르겠다.

"이건 라이더용 부츠야. 돌다리에서 덜 미끄러질 거야. 내 신발을 신으면 발가락이 구겨지고 대체로 힘든 상태가 되겠지만 적어도 비가 내릴 때 떨어지지 않을 가망이 생겨."

리애넌은 열린 문과 그 너머로 어두워지는 하늘을 슬쩍 보고는 나를 내려다보았다. "너 정말로 부츠 한 짝을 바꾸겠다는 거야?"

"반대편으로 갈 때까지만." 나도 열린 문 너머를 보았다. 벌써 지원자 세 명이 두 팔을 활짝 벌리고 난간다리 위로 올라서고 있었다. "하지만 서둘러야 해. 우리 차례가 다 됐어."

리애넌은 입술을 오므리고 생각하더니 동의했고, 우리는 왼쪽 신발을 바꿔 신었다. 내가 겨우 신발끈을 다 묶을 때쯤에 줄이 다시 움직였고, 뒤에 있던 남자가 등을 미는 바람에 비틀거리면서 탁 트인 발판 위에 서야 했다.

"좀 가자. 건너편에서 할 일이 있는 사람도 있거든." 그 남자의 목소리가 나에게 마지막으로 남아 있던 신경마저 긁었다.

"지금 네가 그런 노력을 할 가치가 있긴 할까." 나는 바람이 살갗을 후려치는 가운데 다시 균형을 잡으면서 중얼거렸다. 습기를 잔뜩 머금은 한여름의 아침 바람이었다. 머리를 틀어올려줘서 고마워, 미라 언니.

망루 꼭대기는 휑했고, 허리쯤 올라오는 원형 구조물을 따라 울퉁불퉁하게 만들어진 석조 요철은 전망을 조금도 방해하지 않았다. 저 아래 흐르는 강이 아주아주 까마득하게 느껴졌다. 마차를 몇 대나 대기시켰을까? 다섯 대? 여섯 대? 나는 통계를 알고 있었다. 난간다리는 대략 라이더 지원자의 15퍼센트를 앗아갔다. 이 시험을 비롯해서 모든 분과 시험은 드래곤을 타는 능력을 시험하도록 고안되었다. 바람 부는 좁은 돌다리를 걷지도 못하는 사람이라면, 드래곤의 등에서 균형을 잡고 싸울 수 있을 리가 없으니까.

그래서 사망률을 어떻게 생각하느냐고? 아마 다른 라이더들은 영광을 위해 그만한 위험은 무릅쓸 가치가 있다고 생각하겠지. 아니면 자기들은 떨어지지 않는다고 생각할 만큼 오만하거나. 나는 양쪽 다 아니었다. 토할 것 같은 기분에 배를 움켜쥔 채 코로 숨을 들이쉬고 입으로 내뱉으면서 리애넌과 딜런 뒤를 걸어갔다. 난간다리로 다가가는 내 손가락이 돌 위를 스쳤다.

망루 벽 앞, 빠끔히 뚫린 구멍에 지나지 않는 입구 앞에서 라이더 세 명이 기다리고 있었다. 소매를 뜯어낸 옷차림의 라이더 한 명은 위험한 다리 위에 발을 디디는 지원자들의 이름을 기록했다. 딜런은 정수리에 한 줄 빼고는 머리털을 다 밀어버린 또 한 명의 라이더에게 자세 잡으라는 지시를 들으면서, 행운을 가져다줄 거라는 듯이 가슴 속에 숨겨진 반지를 두드렸다. 그 반지가 행운을 가져오기를 나도 진심으로 빌었다.

세 번째 라이더가 내 쪽을 돌아보는데, 심장이 그대로 멈추는 것 같았다.

그 남자는 키가 무척 컸고, 바람에 날리는 검은 머리와 짙은 눈썹이 눈을 사로잡았다. 강인한 턱선을 덮은 따듯한 황갈색 피부에 수염자국이 나 있었고, 가슴팍에 팔짱을 끼자 가슴과 팔의 근육이 물결치면서 나도 모르게 침을 꿀꺽 삼켰다. 그리고 눈동자는… 눈동자는 금빛 반점이 박혀 있는 검은색 보석 '오닉스' 같았다. 놀랍도록 선명한 대조에 입이 벌어질 정도였다. 아니, 그 남자의 모든 면이 그랬다. 이목구비는 깎아낸 듯이 강렬하면서 또 완벽했다. 한 예술가가 평생을 들여 조각한 것 같았다. 그렇다고 치면 그의 입술에만 1년은 공들였으리라.

단언하건대 내가 지금까지 본 중에 가장 아름다운 남자였다.

군사학교에 살다 보니 남자들을 정말 많이 봤는데도 말이다.

심지어 왼쪽 눈썹을 둘로 가르고 뺨 위까지 새겨진 사선 흉터마저도 남자를 더 매력적으로 만들 뿐이었다. 화끈하다 못해 타오르듯 강렬한 매력이었다. 상대를 절망에 밀어넣을 테지만 그럼에도 좋아하게 만들 수준의 압도적인 매력.

나는 순간 미라가 왜 같은 학년 말고는 엮일 생각도 하지 말라고 했었는지 완전히 잊어버렸다.

"둘 다 반대편에서 보자!" 딜런이 신난 웃음을 지으며 어깨 너머로 말하고는 두 팔을 활짝 벌려 난간다리에 발을 디뎠다.

"라이오슨, 다음 지원자 준비됐어?" 찢어진 소매의 라이더가 물었다.

제이든 라이오슨?

"준비됐어, 소른게일?" 리애넌이 앞으로 걸어가면서 물었다.

검은 머리가 획 돌더니 몸을 아예 내 쪽으로 돌렸고, 내 심장은 온갖 엉뚱한 이유로 쿵쾅거렸다. 패인 곡선과 소용돌이들로 이뤄진 반역의 인장이 그 남자의 드러난 왼쪽 손목에서 시작되어 검은 제복 안으로 사라졌다가 목깃 위로 다시 나타나서는 목을 따라 뻗어 올라가다가 턱선에서 멈췄다.

"망했네." 나도 모르게 읊조렸다. 그 남자는 단단히 고정된 내 땋은 머리를 잡아뜯으려는 요란한 바람 소리 속에서도 내 목소리를 들을 수 있다는 듯이 눈매를 좁혔다.

"소른게일?" 남자가 다가와서 나는 시선을… 올리고 또 올려야 했다.

맙소사. 나는 그 남자의 쇄골에도 닿지 않았다. 거대한 남자였다. 190은 넘을 게 확실하다.

미라의 표현대로 내가 '섬세한' 사람처럼 느껴졌지만, 나는 고개를 한 번 끄덕였다. 그러자 반짝이는 오닉스 눈동자가 차갑고 순수한 증오 덩어리로 변했다. 쌉싸름한 향수처럼 풍겨오는 혐오감의 맛까지 느껴질 지경이었다.

"바이올렛?" 리애넌이 앞으로 가면서 물었다.

"네가 소른게일 장군의 막내로군." 장중하면서도 비난하는 목소리였다.

"당신은 펜 라이오슨의 아들이고." 나는 그 확실한 사실을 뼈에 새기면서 맞받아쳤다. 굳게 턱을 들어올리며 떨지 않으려고 온몸의 근육을 고정시키는 데 최선을 다했다.

'그놈은 네가 누군지 알자마자 죽여버릴 거야.' 미라가 했던 말이 머릿속을 튀어다녀서 두려움에 목이 막혔다. 라이오슨은 나를 허공에 던져버릴 것이다. 망루 밖으로 떨어뜨릴 것이다. 나에겐 난간다리를 걸을 기회조차 주어지지 않을 것이다. 어머니가 언제나 말하려다가 만 것처럼 '약한' 채로 죽을 것이다.

제이든이 깊이 숨을 들이마시자 턱 근육이 한 번, 두 번, 수축했다.

"네 어머니가 내 아버지를 잡고 처형을 감독했지."

기다려. 여기에 증오할 권리가 있는 게 저놈뿐인가? 혈관에서 분노가 솟구쳤다. "당신 아버지는 내 오빠를 죽였어. 우린 주고받은 것 같은데."

"비교도 안 돼." 제이든의 번득이는 시선은 모든 세부사항을 샅샅이 기억하는 것처럼, 또는 약점이라도 찾는 것처럼 나를 훑어보았다. "네 언니가 라이더였지. 그래서 가죽옷이 있는 거로군."

"아마도 그렇겠지." 나는 제이든 뒤에 있는 난간다리를 건너는 시험이 아니라 이 눈싸움에서 이겨야 분과에 들어갈 수 있다는 듯이 그 시선을 받아냈다. 어쨌든 나는 건너갈 것이다. 미라가 형제를 둘 다 잃는 일은 없을 것이다.

제이든이 두 손을 꽉 움켜쥐며 근육을 긴장시켰다.

나는 혹시 모를 타격에 대비했다. 제이든이 나를 이 망루에서 던져버릴지는 몰라도, 그걸 쉬운 일로 만들어줄 마음은 결코 없었다.

"너 괜찮아?" 리애넌이 제이든과 나를 번갈아 보면서 물었다.

제이든이 그쪽을 흘긋 보았다. "친구인가?"

"계단에서 만났는데." 리애넌은 어깨를 펴고 말했다.

제이든이 시선을 아래로 내려 우리의 짝짝이 신발을 보더니 한쪽 눈썹을 치켜들었다. "재미있군."

"날 죽일 거야?" 나는 턱을 조금 더 들어올렸다.

제이든의 시선이 나와 부딪치는 사이, 하늘이 열리고 폭우가 쏟아지면서 순식간에 내 머리카락, 내 가죽옷, 그리고 우리 주위의 돌을 흠뻑 적셨다.

그때 비명이 허공을 찢었다. 리애넌과 나는 흠칫 놀라 난간다리로 주의를 돌렸다. 바로 그 순간, 딜런이 미끄러지는 모습이 보였다. 나는 심장이 목까지 뛰어오르는 기분으로 숨을 들이켰다. 겨우 두 팔로 돌다리를 잡고 매달린 딜런은 디딜 곳을 찾아서 발을 마구 걷어찼지만 아래에는 발 디딜 곳이 없었다.

"몸을 끌어올려, 딜런!" 리애넌이 외쳤다.

"신들이시여!" 나도 모르게 손을 움직여 입을 막았지만, 딜런은 빗물에 미끄러워진 돌을 놓치고 떨어졌다. 보이지 않는 곳으로 사라졌다. 그 몸뚱이가 저 아래 계곡에서 무슨 소리를 냈다 해도 바람과 빗소리에 먹혀 버렸다. 내 억눌린 비명 소리도 마찬가지였다. 공포에 질린 눈으로 돌아보니, 제이든이 해석할 수 없는 표정으로 나를 조용히 지켜보고 있었다.

"내가 뭐 하러 널 죽이는 데 에너지를 낭비하겠어? 난간다리가 해줄 텐데." 제이든의 입술이 구부려지며 심술궂은 미소가 피어올랐다. "네 차례다."

02

> 라이더 분과에서는 죽이지 않으면 죽는다는 오해가 있다. 기본적으로 라이더들은 다른 생도를 암살하지 않는다. 다만 그해에 드래곤이 부족하거나, 비행단에 골칫거리가 되는 생도만 없다면 말이다. 그때는 일이… 흥미로워질 것이다.
> — 아펜드라 소령, 《라이더 분과 지침》(무허가 판본)

난 오늘 죽지 않을 거야.

그 말이 내 주문이 되었다. 리애넌이 난간다리 입구에서 명단을 대조하는 라이더에게 이름을 대는 사이에도 계속해서 머릿속으로 그 말을 되뇌었다. 제이든의 시선에 담긴 증오는 실체가 있는 불길처럼 내 옆얼굴을 태웠고, 돌풍이 불어올 때마다 피부를 강타하는 빗방울조차도 그 열기를 누그러뜨리지 못했다. 등골을 따라 흘러내리는 두려움의 오한도 마찬가지였다.

딜런은 죽었다. 이제는 이름으로만 남아, 바스지아스로 향하는 도로 양쪽에 끝없이 줄지어 선 묘비로만 남을 것이다. 안전한 분과 대신 라이더의 길에 목숨을 건 야심찬 지원자들을 향한 또 하나의 경고비가 될 것이다. 이제는 나도 왜 미라가 친구를 사귀지 말라고 경고했는지 이해했다.

리애넌이 망루 입구 양쪽을 잡더니 어깨 너머로 나를 보았다. "반대편에서 기다릴게." 폭풍 속에서 외치는 리애넌의 눈동자에 담긴 두려움은 내 두려움을 거울에 비춘 듯했다.

"반대편에서 보자." 나는 고개를 끄덕이며 일그러진 미소를 짜냈다.

리애넌이 난간다리 위를 걷기 시작했다. 나는 행운의 남신 '지날'의 손이 오늘 부족할 것을 알면서도 소리 없는 기도를 올렸다.

"이름?" 가장자리에 있던 라이더가 물었다. 그 옆에 선 동료는 종이가 젖지 않도록 두루마리 위에 망토를 펼쳐드는 무익한 노력을 기울이고 있었다.

"바이올렛 소른게일." 대답하는데 머리 위에서 천둥이 쳤다. 이상하게 마음이 편해지는 소리였다. 나는 언제나 폭풍이 요새 창문을 때리고, 웅크린 자세로 보고 있던 책에 환한 빛과 그림자를 동시에 던지는 밤들을 좋아했다. 그러나 지금의 폭우는 내 목숨을 앗아갈지도 모른다.

잽싸게 시선을 던지자 이미 빗물 때문에 잉크가 젖어서 번져가는 딜런과 리애넌의 이름이 보였다. 묘비를 제외하고 어딘가에 딜런의 이름이 적히는 건 이게 마지막일 것이다. 서기들이 소중한 사망자 통계를 내도록 난간다리 끝에도 두루마리가 하나 더 있을 터였다. 만약 다른 인생이었다면 역사적인 분석을 위해 그 자료를 읽고 기록하는 사람은 나였겠지.

"소른게일?" 라이더는 놀라움에 눈썹을 치켜떴다. "소른게일 장군과 같은?"

"그 소른게일 맞아." 벌써부터 지겨워지는데 앞으로 더 나빠질 게 뻔하다. 어머니가 이곳 학장인 이상 그녀와의 비교는 피할 수가 없다. 더 최악은 다들 내가 미라처럼 타고난 라이더거나 브레넌처럼 눈부신 전략가라고 여기는 것이다. 아니면 나를 한 번 보고 바로 그 셋과는 전혀 다르다는 사실을 깨달은 후 인간 사냥을 선포할지도 모르지.

나는 망루 양쪽에 손을 대고 손가락 끝으로 돌을 쓸었다. 아직 아침 햇살의 온기가 남아 있었지만 비 때문에 빠르게 식어가는 중이었다. 돌은 매끈하지만 이끼가 미끄럽게 자라진 않았다. 앞에서는 리애넌이 두 팔을 벌려 균형을 잡으며 난간다리를 건너고 있었는데, 빗속을 걸어갈수록 그 모습이 흐릿해졌다.

"장군에겐 딸이 하나뿐인 줄 알았는데?" 다른 라이더가 다시 불어온 돌풍에 맞춰 망토 각도를 틀면서 물었다. 하반신이 망루에 가려져 있는 이 위치에서도 이렇게 바람이 심한데 곧 올라설 난간다리는 상상하기조차 싫은 수준으로 바람이 후려칠 것이다.

"그 소리 많이 들어요." 나는 차분하게 호흡하며 내달리는 심장의 속도를 늦추려 애썼다. 공포에 질리면 죽는다. 미끄러지면 죽는다. 난… 아, 집어치우자. 이 시험을 위해 할 수 있는 일은 더 이상 없다.

다시 불어온 돌풍이 나를 망루 벽 틈으로 비스듬히 밀어붙이는 바람에 순식간에 난간다리 위에 한 걸음을 디디며 돌벽을 잡았다.

"그러면서 드래곤을 탈 수 있다고?" 뒤에 있던 재수 없는 지원자가 조롱하기 시작했다. "그런 균형 감각이라니 대단한 소른게일 납셨네. 네가 들어갈지 모를 비행단이 안됐다."

나는 균형을 되찾고 배낭끈을 더 단단히 조였다.

"이름?" 라이더가 다시 물었다. 나에게 하는 말이 아니었다.

"잭 발로우." 내 뒤에 있던 놈이 대답했다. "그 이름을 기억해둬. 언젠가는 내가 비행단장이 될 테니까." 목소리에서마저 오만함의 악취가 풍겼다.

"출발해, 소른게일." 제이든이 낮은 목소리로 지시했다.

어깨 너머로 돌아보자 제이든이 여전히 나를 노려보고 있었다.

"혹시 동기 유발이 살짝 필요하려나?" 잭이 두 손을 들고 앞으로 돌진했다. 이런 젠장, 저놈이 날 밀어서 떨어뜨리려나.

공포가 순식간에 혈관 속을 질주하며 나는 달아나듯이 안전한 망루를 벗어나 난간다리에 올라섰다. 이제 돌아갈 길은 없다.

심장이 어찌나 거세게 뛰는지 귓속에서 북이 울리는 것 같았다.

'네 앞에 있는 돌만 보고, 아래는 내려다보지 마.'

미라의 충고가 머릿속을 울렸지만, 모든 걸음이 마지막 걸음이 될 수 있는 상황에서는 그 어떤 말도 귀담아두기 힘들었다. 나는 균형을 맞추기 위해 두 팔을 들고 길스테드 소령과 안마당에서 연습했던 신중하고 짧은 보폭으로 다리를 움직였다. 하지만 바람과 비가 더해진 데다가 까딱하면 60미터 아래로 떨어질 상황은 연습 때와는 너무나도 달랐다. 발에 닿는 돌은 울퉁불퉁하고 돌 사이를 모르타르로 발라놓아 걸려 넘어지기가 쉬웠다. 결국 발에서 신경을 떼기 위해 앞길에 집중했다. 무게중심을 고정시켜 자세를 똑바로 유지하려니 근육이 팽팽하게 긴장됐다.

맥박이 무섭도록 빨라지자 머리가 빙빙 돌았다. 침착해. 침착해야 산다.

나는 음치라서 그럴싸하게 허밍을 하지도 못했으니 신경을 분산시키기 위해 노래를 할 수도 없었다. 하지만 나는 학자다. 아카이브만큼 차분해지는 곳도 없다. 그래서 나는 그곳을 떠올렸다. 사실. 논리. 역사.

'네 마음은 이미 답을 아니까 기억을 불러오기만 해.' 아빠는 언제나 그렇게 말했다. 몸을 돌려서 망루로 되돌아가지 않으려면 내 두뇌의 논리적인 면을 작동시켜야 했다.

"대륙에는 두 개의 왕국이 있고, 우리는 400년 동안 전쟁 중이다." 나는 서기용 시험을 준비하느라 머릿속에 때려박아서 쉽게 불러낼 수 있는 기본적인 자료를 읊었다. 그러면서 한 걸음, 한 걸음 난간다리 위를 이동했다. "우리 고국인 나바르가 더 큰 왕국으로 여섯 개의 독특한 지역이 자리하고 있다. 가장 남쪽이면서 가장 큰 지방인 티렌더는 포로미엘 왕국의 크로블라 지방과 국경을 접하고 있다." 한마디를 뱉을 때마다 호흡이 가라앉고, 심장 뛰는 속도가 안정되며, 어지러움이 줄어들었다.

"동쪽에는 포로미엘 왕국의 나머지 두 지역인 브레이빅과 시그니슨이 있는데 에스벤 산맥이 자연적인 국경이 되어준다." 마침내 절반을 표시하는 선을 지났다. 아찔하게 높은 지점에 올라와 있었지만 그걸 생각할 여유는 없었다. 아래는 보지 마.

"크로블라 너머, 우리의 적국 너머에는 불모지가 있는데 사막이…." 순간 천둥이 치면서 바람이 강하게 몸을 밀어붙였다. 나는 떨어지지 않으려 두 팔을 마구 휘둘렀다. "젠장!"

강풍 때문에 몸이 왼쪽으로 기울었다. 나는 발이 미끄러지지 않게 주저앉은 다음 다리 가장자리를 붙잡고 몸을 웅크렸다. 울부짖는 바람이 나를 휘감는 동안 최대한 몸을 작게 만들어 버텼다. 공포의 칼끝이 나를 붙잡자 폐가 과호흡을 벌일 조짐이 느껴졌다.

"나바르 안에서! 티렌더는 국경지대 지방 중에서 마지막으로 동맹에 합류하여 레지날드 왕에게 충성을 맹세한 곳이다." 나는 울부짖는 바람에 대고 소리를 지르며 억지로 머리를 굴려 온몸을 마비시키는 불안이라는 실제적인 위험에 대항했다. "또한! 티렌더는 627년 후에 분리 독립을 시도한 유일한 지역으로 이 시도가 성공했다면 우리 왕국은 무방비한 상태로 남았을 것이다."

리애넌은 여전히 내 앞에 있었는데 대충 가늠하기로는 4분의 3 지점 같았다. 잘된 일이었다. 리애넌은 성공할 자격이 있었다.

"포로미엘 왕국은 주로 경작에 적합한 평원과 습지로 이뤄져 있으며, 특출난 직물과 끝없는 곡식 밭, 그리고 소소한 마법을 증폭시킬 수 있는 독특한 보석 결정체로 유명하다." 나는 머리 위의 검은 구름을 아주 잠깐 올려다본 후에 조심스럽게 앞으로 나아갔다. "반면 나바르의 산지는 광물이 풍부하며 동쪽 지방에서는 단단한 목재가 나고 노루와 큰사슴이 제한 없이 잡힌다."

다음 걸음을 옮기다가 떨어져 나온 모르타르 조각을 걷어차는 바람에 후들거리는 팔로 균형을 되찾을 때까지 멈춰서야 했다. 다시 전진하기 전에 침을 삼키며 내 몸무게를 버티는지 시험해보았다. "200년도 더 전에 체결한 레손 무역 합의에 따라 크로블라와 티렌더의 경계선에 있는 애더빈 기지에서 1년에 네 번씩 나바르의 고기와 목재를 포로미엘의 직물 및 농산물과 교환한다."

여기까지 오니 라이더 분과가 보였다. 산 위에 세운 거대한 석조 토대가 라이더 성채 맨 아랫부분까지 솟아올랐는데, 그 기단부가 이 다리 끝과 이어졌다. 내가 거기까지 갈 수 있다면 말이다. 나는 어깨 부분의 가죽으로 얼굴에 묻은 빗물을 훑어내며 흘긋 뒤를 보았다.

잭은 4분의 1 표시를 지난 직후에 다부진 몸을 가만히 멈춰 세운 상태였다. 뭔가를 기다리는 듯했다. 두 손은 옆으로 늘어뜨렸다. 운도 좋은 새끼, 바람이 불어도 균형이 전혀 흐트러지지 않네. 그때 분명 잭이 나를 보고 씩 웃은 것 같았는데, 내 눈에 빗물이 들어간 탓일 수도 있었다.

여기에 계속 있을 순 없다. 살아서 일출을 보려면 계속 움직여야 한다. 공포에 지배당할 수는 없다. 나는 다시 균형을 잡기 위해 두 다리 근육을 쥐어짜며 천천히 돌바닥에서 몸을 세웠다.

두 팔을 벌리고, 걸어. 다음 돌풍이 불어오기 전에 최대한 멀리 가야 한다.

잭의 위치를 확인하려고 어깨 너머를 돌아보았다가 피가 얼어붙는 기분이 되었다. 녀석은 나에게 등을 돌린 채 위태롭게 뒤뚱거리면서 걸어오는 다음 지원자를 마주하고 있었다. 잭은 그 여윈 지원자가 짊어진 무거운 배낭의 끈을 잡아챘고, 나는 충격에 꼼짝도 하지 못한 채로 잭이 그를 곡식자루처럼 난간다리 아래로 집어던지는 모습을 지켜보았다.

보이지 않는 곳으로 떨어진 지원자의 비명은 내 귀에 닿자마자 순식간에 희미해졌다. 빌어먹을!

"다음은 너야, 소른게일!" 잭이 소리쳤다. 협곡에서 시선을 홱 떼어내어 쳐다보니 그놈이 사악하게 웃으며 나를 가리키고 있었다. 뒤이어 잭이 성큼성큼 쫓아오는데, 무시무시한 속도로 우리 사이의 거리가 가까워졌다.

움직여. 당장.

"티렌더는 대륙 남서부를 아우른다." 나는 다시 빠르게 읊었다. 보폭은 일정했지만 좁고 매끄러운 길에서 허둥거리다 보니 왼쪽 발이 디딜 때마다 조금씩 미끄러졌다. "험한 산지로 이뤄진 데다 서쪽으로는 에메랄드 바다, 남쪽으로는 아크타일 대양을 접한 티렌더는 거의 난공불락이다. 지리적으로는 자연 보호막인 드랄로 절벽에 의해 나뉘기는 하지만…."

다시 한번 돌풍이 나를 후려쳐 발이 미끄러졌다. 심장이 펄쩍 뛰었다. 비틀거리다가 넘어지자 돌바닥이 맹렬한 기세로 나를 맞이했다. 무릎이 돌을 쾅 찧으며 날카로운 통증에 저절로 비명이 터져 나왔다. 왼발은 지옥에서 솟은 듯한 다리 가장자리에서 달랑거리고, 잭은 이제 멀지 않은 곳까지 왔는데 내 두 손은 잡을 곳을 찾아 헤매느라 정신이 없었다. 그러다 뱃속이 뒤틀리는 실수를 저질러버렸다. 아래를 보고 만 것이다.

코와 턱으로 흘러 떨어진 빗물이 돌바닥에 튀었다가 60미터 아래에 있는 계곡을 요란하게 관통하는 강물에 합류했다. 나는 점점 목을 조르는 응어리를 꿀꺽 삼키고 빠르게 뛰는 심장을 가라앉히려 눈을 깜박였다.

난 오늘 죽지 않을 거야.

간신히 돌다리 가장자리를 붙잡고, 미끄러운 돌이 버텨주겠다 싶은 최대치까지 몸무게를 실은 후에 왼쪽 다리를 빙 돌려 끌어올렸다. 발바닥 앞부분이 바닥에 닿았다. 여기서부터는 세상 어떤 사실을 떠올려도 마음을 안정시킬 수 없었다. 바닥 마찰이 더 좋은 오른발을 몸 아래 두는 게 좋겠지만, 한 번만 잘못 움직여도 저 아래 강물이 얼마나 차가운지 경험하게 될 터였다.

떨어지는 충격만으로 죽겠지.

"잡으러 간다, 소른게일!" 뒤에서 목소리가 들렸다.

나는 돌을 밀치고 벌떡 일어나면서 부츠가 바닥을 제대로 디디기만을 기도했다. 떨어진다면 좋다, 그건 내 실수다. 하지만 저 재수 없는 놈에게 살해당하진 않겠다. 다른 살인자들이 기다리는 반대편까지 가야지. 분과의 모두가 나를 죽이려고 들지는 않을 것이다. 내가 비행단의 골칫거리라고 생각하는 생도들만 날 죽이려 들겠지. 라이더들이 힘을 숭배하는 데는 그만한 이유가 있었다. 비행단이나, 비행전대나, 비행대대나, 오직 가장 약한 고리만큼만의 효과를 발휘하며, 또한 그 고리가 끊어지면 모두가 위험에 빠진다.

잭은 내가 가장 약한 고리라고 생각하거나 아니면 그저 살인을 즐기는 정신이 불안정한 개새끼거나 둘 중 하나일 것이다. 어쩌면 둘 다겠지. 어느 쪽이든 간에 나는 더 빨리 움직여야 했다.

나는 이 길 끝, 성채 안마당에 온 신경을 집중했다. 리애넌이 막 안마당을 디디고 있었다. 나도 빗발을 무릅쓰고 나아갔다. 온몸에 힘을 주고 무게중심을 고정시키려니 이번만은 내가 대다수보다 키가 작다는 사실에 감사했다.

"넌 떨어지는 내내 비명을 지를까?" 미친놈이 또 조롱했다. 여전히 소리를 지르고 있었으나 목소리가 전보다 가까웠다. 나에게 다가오고 있다.

두려움을 느낄 여유도 없기에 나는 그 감정을 마음속에 있는 철창 뒤에 밀어넣는 상상을 했다. 드디어 난간다리 끝이, 성채 입구에서 기다리는 라이더들이 보이기 시작했다.

"꽉 채운 배낭 하나도 짊어지지 못하는 사람이 입학시험에 통과할 리가 없어. 넌 오류야, 소른게일." 잭이 더 또렷해진 목소리로 외쳤지만, 나는 그놈이 얼마나 뒤에 있는지 확인하려 속도를 늦추는 멍청한 짓은 하지 않았다. "사실 지금 내가 널 찍어내는 게 최선이라고 생각하지 않냐? 드래곤이 널 먹어치우게 두는 것보다 훨씬 자비롭잖아. 드래곤은 네가 아직 살아 있는 동안 그 가느다란 다리부터 먹어치울걸. 자, 자." 잭이 역겹게 꾀어내는 소리를 냈다. "내가 널 기꺼이 도와주겠다 이거야."

"개소리 작작해." 나는 중얼거리며 앞을 올려다보았다. 거대한 성채벽 외곽까지 4미터도 채 남지 않았다. 순간적으로 왼발이 미끄러지면서 잠깐 기우뚱했지만 심장이 한 번 뛰는 사이에 다시 앞으로 나아갔다. 두꺼운 성벽과 이어진 요새는 알파벳 L자 형태로 산속에 파묻힌 키 큰 석조 건물에 불에 잘 견디도록 만들어졌다. 이유야 뻔하다. 성채 안마당을 에워싼 성벽은 두께가 3미터에 높이가 2.5미터이며 열린 틈은 딱 한 군데였다. 그리고 나는 그 틈에 이제, 거의, 다, 왔다.

양쪽으로 벽이 감싸인 지점에 발이 닿는 순간, 나는 안도감에 터지려는 눈물을 꾹 참아야 했다.

"그 안에 들어가면 네가 안전할 것 같아?" 잭의 목소리는 여전히 귀에 거슬렸고… 가까웠다.

난간다리 양옆이 벽에 안전하게 에워싸이자 아드레날린이 몸에서 최대치를 끌어내는 가운데, 쿵쾅거리는 심장을 붙잡고 마지막 3미터를 뛰었다. 잭의 발소리가 바로 내 뒤로 돌진했다. 우리가 동시에 가장자리에 도착한 순간, 잭이 손을 뻗어 내 배낭에 달려들었다가 놓치고는 내 엉덩이를 스쳤다. 나는 돌격하듯 안마당으로 뛰어내렸고, 그곳에는 라이더 두 명이 기다리고 있었다.

잭이 좌절감에 내지르는 고함 소리가 들썩이는 가슴을 옥죄었다.

나는 빠르게 몸을 빙글 돌리면서 옆구리에 꽂혀 있던 단검을 뽑았다. 잭은 바로 그 순간에 미끄러지듯 내 바로 위쪽 난간다리에 멈춰섰다. 호흡이 뚝뚝 끊겼고, 얼굴은 벌게져 있었으며, 나를 내려다보는 가늘게 뜬 차가운 푸른 눈에 살의가 새겨져 있었다…. 이어 그 눈이 내 단검 끝을 향했다. 단검은 그의 바지에서 움푹 들어간 지점, 정확히 그의 불알 있는 곳을 겨눴다.

"당장은, 안전, 할 것, 같은데." 나는 숨을 몰아쉬며 겨우 말했다. 근육이 다 떨렸지만 단검을 쥔 손만큼은 떨리지 않았다.

"과연 그럴까?" 잭은 분노로 몸을 떨었다. 숱 많은 금빛 눈썹이 푸른 눈동자 위로 날카로운 사선을 그리더니 무섭도록 큰 몸 전체가 내 쪽으로 기울었다. 그러나 한 걸음을 더 내딛지는 않았다.

"분과가 집합 중이거나 관리 중일 때, 즉 선배 생도가 지켜보고 있을 때 다른 라이더를 해치는 것은 불법이다." 나는 아직도 심장이 목에서 뛰는 기분으로 코덱스 조항을 읊었다. "이는 비행단의 효율을 저해하기 때문이다. 그리고 우리 뒤에 모인 사람들이 있으니 집합한 거라고 주장하겠어. 코덱스 3조…."

"알 게 뭐야!" 잭이 움직이는 동시에 내 단검이 그의 바지 맨 위를 갈랐다.

"다시 생각해봐." 나는 잭이 그대로 돌진할까 봐 자세를 조정했다. "내 손이 미끄러질 수도 있어."

"이름은?" 내 옆에 있던 라이더는 우리가 오늘 본 장면 중에서 제일 지루한 축에 속한다는 듯이 느릿느릿 물었다. 나는 1,000분의 1초 정도 그쪽을 보았다. 그 여성 라이더는 한 손으로는 턱까지 오는 불같이 빨간 머리카락을 귀 뒤로 넘기고, 다른 한 손으로는 두루마리를 쥔 채 우리를 지켜보고 있었다. 망토 어깨에 수놓인 세 개의 은빛 사각별을 보니 3학년이었다. "넌 라이더치고는 꽤 작은데 그래도 해낸 것 같군."

"바이올렛 소른게일." 나는 다시 잭에게 집중하면서 대답했다. 잭이 내려뜬 눈썹 능선에서 빗방울이 떨어졌다. "그리고 미리 답하자면 그 소른게일 맞아."

"그 움직임을 보니 놀랍지도 않군." 여자는 두루마리 위에 우리 어머니가 쓰는 것 같은 펜을 쥐고서 말했다.

내 평생 들어본 가장 근사한 칭찬일지도 몰랐다.

"너는?" 여성 라이더가 잭에게 묻는 게 분명했지만 확인하려고 그쪽을 보기에는 내 적을 살피기에도 바빴다.

"잭, 발로우." 이제 잭의 입가에는 사악한 작은 미소도 맺히지 않고, 나를 죽이는 게 얼마나 즐거울지 떠들어대는 조롱도 나오지 않았다. 그의 이목구비에는 응징을 예고하는 순수한 악의만이 가득했다.

불안감에 목덜미 털이 곤두섰다.

"흠, 잭." 내 오른쪽에 있던 남성 라이더가 정돈한 검은 염소수염을 긁으면서 느릿느릿 말했다. 그는 망토를 걸치지 않아서 낡은 가죽 재킷에 꿰매어 붙인 헝겊조각들이 비에 젖어 있었다. "소른게일 생도는 지금 네 급소를 움켜쥐었다. 실제로만이 아니라 비유적으로도 그래. 그 말이 맞아. 집합 시에 라이더들은 서로를 존중해야 한다는 게 규정이야. 쟬 죽이고 싶다면 대련장에서 해야 할 거다. 쟤가 널 난간다리에서 내려오게 해준다면 말이지. 엄밀히 말해서 아직 난간다리에서 내려오지 않았으므로 너는 생도가 아니다. 쟤는 생도고."

"내가 내려가자마자 쟤 목을 꺾어버린다면?" 으르렁거리는 그의 눈빛은 진심이었다.

"그러면 넌 좀 일찍 드래곤들을 만나게 되겠지." 빨간 머리 라이더가 무덤덤하게 대답했다. "여기에선 재판을 기다리지 않아. 바로 처형하지."

"어쩔래, 소른게일?" 남성 라이더가 물었다. "잭이 고자로 시작하게 할래?"

젠장. 어떻게 하지? 이 각도에서는 잭을 죽일 수가 없다. 고환만 잘라냈다가는 저놈이 날 더 미워하게 만들 뿐이다. 그게 가능하다면 말이지만.

"규칙에 따를 거야?" 잭에게 물었다. 머리가 지끈거리고 팔은 죽도록 무겁게 느껴졌지만 그래도 나는 단검을 제대로 겨누고 있었다.

"나한테 선택권이 없는 것 같군." 잭이 입꼬리를 기울이며 비웃음을 자아냈고, 그가 두 손바닥을 활짝 펴서 들어올리자 자세에서도 긴장이 풀렸다.

나는 단검을 내렸지만 계속 손바닥에 쥐고 준비태세를 갖춘 채 옆걸음으로 두루마리에 기록 중인 빨간 머리 쪽으로 이동했다.

잭도 안마당으로 내려섰다. 옆으로 지나가다가 나와 어깨를 부딪치더니 잠시 멈춰 몸을 바싹 기울였다. "넌 죽은 목숨이야, 소른게일. 그리고 널 죽이는 사람은 내가 될 거야."

03

> 블루 드래곤들은 위대한 고름팔리아스의 자손이다. 가공할 몸집으로 유명한 이들은 무자비한 성격으로, 특히 드물게 나타나는 블루 대거테일은 꼬리 끝에 있는 칼날 같은 스파이크를 한 번 휘둘러서 적의 내장을 꺼낼 수 있다.
>
> — 케이오리 대령, 《휴대용 드래곤 도감》

잭이 날 죽이고 싶다면 줄을 서야 할 것이다. 게다가 제이든 라이오슨이 잭을 이길 것 같다는 예감이 든다.

"오늘은 아니야."

나는 단검 손잡이를 단단히 쥔 채 대꾸했고, 잭이 몸을 기울여 숨을 들이마실 때도 어찌어찌 몸서리를 참아냈다. 잭은 미친 개처럼 내 냄새를 맡았다. 그러더니 비웃음을 던지며 성채의 널찍한 안마당에 모여서 축하하고 있는 생도와 라이더들 사이로 걸어갔다.

9시쯤이나 되었을까, 아직 이른 시각이었지만 내 앞줄에 서 있던 지원자들에 비해 생도 수가 적다는 사실을 알아보았다. 압도적으로 가죽옷 비중이 많은 것으로 보아 새로운 생도들을 살펴보려 나온 2학년과 3학년 같았다.

폭우는 보슬비로 변했다. 마치 내 인생에서 제일 힘든 시험을 더 힘들게 만들려고 했을 뿐이라는 듯이… 그래도 나는 해냈다.

나는 살아 있다.

내가 해냈다. 그제야 몸이 떨리고 왼쪽 무릎에 욱신거리는 통증이 터졌다. 난간다리를 내리찍었던 무릎이었다. 한 걸음을 디디자 왼쪽 다리가 무너지려고 했다. 누가 내 약점을 알아차리기 전에 단단히 묶어야 한다.

"적을 만든 것 같군." 빨간 머리는 어깨에 메고 있던 치명적인 쇠뇌를 가볍게 고쳐 메면서 말했다. 두루마리 너머로 나를 위아래로 훑는 헤이즐색 눈동자에 기민한 빛이 어렸다. "나라면 저놈이 등을 찌르지 않게 조심하겠어."

나는 고개를 끄덕였다. 등은 물론이고 모든 부위를 조심해야 할 것이다.

다음 지원자가 난간다리에서 다가오는 사이에 누군가가 등 뒤에서 내 어깨를 잡더니 돌려세웠다. 나는 단검을 반쯤 들어올리고 나서야 리애넌이라는 사실을 깨달았다.

"우리가 해냈어!" 리애넌은 내 어깨를 쥔 손에 힘을 주며 씩 웃었다.

"우리가 해냈어." 나도 억지 웃음을 지으며 말했다. 이제는 허벅지까지 덜덜 떨렸지만 단검을 옆구리 칼집에 넣는 데 성공했다. 우리 둘 다 생도가 되어 여기에 섰으니 리애넌을 믿어도 되지 않을까?

"얼마나 고마운지 몰라. 네가 도와주지 않았다면 적어도 세 번은 떨어졌을 거야. 네 말대로였어. 신발 바닥이 미친 듯이 미끄럽더라. 여기 있는 사람들 봤어? 방금 머리카락에 분홍색 줄을 넣은 2학년을 봤어. 그리고 이두박근 전체에 드래곤 비늘을 문신한 남자도 있어."

"규칙에 순응하는 건 보병 몫이지." 내가 말하는 동안에도 리애넌은 나에게 팔짱을 끼고 사람들 쪽으로 끌고 갔다. 무릎이 비명을 지르며 엉덩이부터 발까지 통증을 길게 뻗쳤고, 나는 절뚝거리면서 리애넌에게 무게를 실었다.

빌어먹을. 이 메스꺼움은 대체 뭐야? 왜 몸의 떨림을 멈출 수가 없지? 당장이라도 쓰러질 것 같았다. 다리에는 지진이 일어나고 머리는 빙빙 돌고, 몸을 똑바로 유지할 길이 없었다.

"말이 나온 김에 말인데." 리애넌이 아래를 보며 말했다. "우리 부츠 바꿔야지. 저기 벤치가 하나…."

군중 사이에서 깔끔한 검은 제복을 입은 키 큰 인물이 튀어나오더니 우리에게 달려들었다. 리애넌은 용케 피했지만 나는 그의 가슴팍을 들이받았다.

"바이올렛?" 힘센 두 손이 내 팔꿈치를 잡아 지탱했고, 나는 척 봐도 충격에 크게 뜬 친숙하고도 매력 넘치는 갈색 눈을 올려다보았다.

그러자 안도감이 온몸을 휘감았다. 미소를 지으려 했지만 아마도 일그러진 표정이 되어 나왔을 것이다. 그는 작년 여름보다 키가 커 보였고, 내가 눈을 깜박일 수밖에 없을 만큼 몸이 엄청나게 좋아졌다… 아니, 어쩌면 그건 내 시야 가장자리가 흐릿해져서일지도 모르겠다. 여러 차례 나의 공상에 등장했던 아름답고 편안한 미소는 지금 그의 찌푸린 입매와 거리가 멀었고, 모든 면에서 예전보다 날카로워 보였지만, 그것도 잘 어울렸다. 턱선과 이마, 심지어는 균형을 잡으려는 내 손가락에 잡힌 이두박근마저도 단단했다. 데인 에이토스는 1년 사이에 귀엽고 매력적인 남자에서 끝내주는 남자로 변모했다.

그리고 나는 그의 부츠에 대고 토하기 직전이었다.

"네가 여기서 뭘 하는 거야?" 데인이 빽 소리를 질렀다. 눈에 깃들었던 충격은 뭔가 낯설고 치명적인 감정으로 변했다. 이건 나와 같이 자란 소년이 아니었다. 그는 이제 2학년 라이더였다.

"데인, 만나서 반가워." 많이 절제된 표현이었지만, 몸의 떨림이 극도로 커진 데다가 담즙이 목으로 기어오르고 현기증 때문에 메스꺼움이 심해지기만 했다. 그때 무릎이 풀려버렸다.

"망할, 바이올렛." 데인이 나를 일으켜 세우면서 중얼거렸다. 그는 한 손으로 내 등을 받치고 반대쪽 손으로는 내 팔꿈치를 잡은 채, 재빨리 나를 데리고 성채의 첫 번째 방어 망루에 가까운 벽감으로 갔다. 그늘이 있는 이 숨겨진 공간에는 단단한 나무 벤치가 하나 있었는데, 데인은 그곳에 나를 앉히더니 배낭을 벗게 도왔다.

입에 침이 가득 고였다. "나 토할 것 같아."

"무릎 사이에 머리를 넣어." 데인이 지시하는 냉혹한 말투가 익숙하지 않았지만 그 말에 따랐다. 그는 내가 코로 숨을 들이쉬고 입으로 내쉬는 동안 등허리를 둥글게 문질렀다. "아드레날린 때문이야. 조금 지나면 괜찮아질 거야." 자갈길을 밟으며 다가오는 발소리가 들렸다. "넌 대체 누구지?"

"난 리애넌이야. 바이올렛의… 친구인데."

나는 짝짝이 부츠 아래 자갈을 노려보면서 뱃속에 든 빈약한 내용물이 가만히 있기를 빌었다.

"잘 들어, 리애넌. 바이올렛은 괜찮아." 데인이 지시했다. "그리고 혹시 누가 묻거든 정확히 내가 말한 대로 대답해라. 바이올렛의 몸에서 아드레날린이 빠져나가서 그럴 뿐이라고. 이해했나?"

"바이올렛이 어떤지는 누가 상관할 바가 아니지." 리애넌은 데인 못지않게 날카로운 투로 되받아쳤다. "그러니까 난 아무 말도 안 할 거야. 특히나 내가 난간다리를 건넌 게 바이올렛 덕분일 때는."

"그 말, 진심인 편이 좋을 거다." 경고하는 데인의 신랄한 목소리가 내 등을 끊임없이 문지르는 편안한 손길과 대조를 이뤘다.

"그러는 너는 누군데." 리애넌이 쏘아붙였다.

"내 아주 오랜 친구야." 떨림이 서서히 가라앉고 메스꺼움이 약해졌다. 그게 그럴 때가 되어서인지 자세 덕분인지 알 수 없었기에 나는 계속 무릎 사이에 머리를 처박은 채로 어찌어찌 왼쪽 부츠 끈을 풀었다.

"오." 리애넌이 대답했다.

"그리고 2학년 라이더다, 생도." 데인이 화난 목소리로 말했다.

리애넌이 한 걸음 뒤로 물러섰는지 자갈이 부딪히는 소리가 났다.

"여기에선 아무도 널 못 보니까, 천천히 해. 바이." 데인이 부드럽게 말했다.

"그야 난간다리에서 나를 던져버리려 한 개자식에게서 살아남고, 겨우 건너자마자 토하면 약하다고 여겨질 테니까 말이지." 나는 천천히 고개를 들어 똑바로 앉았다.

"정확해." 데인이 대답했다. "다쳤어?" 그의 시선이 내 몸 구석구석을 직접 확인해야겠다는 듯 절박하게 훑었다.

"무릎이 아파." 작은 소리로 인정했다. 데인이니까. 우리는 내가 다섯 살, 데인이 여섯 살 때부터 알았고, 데인의 아버지는 내 어머니가 가장 신뢰하는 조언자 중 하나였다. 데인은 미라가 라이더 분과로 떠났을 때나 브레넌이 죽었을 때 나를 지탱해준 사람이었다.

그는 엄지와 검지로 내 턱을 잡고 얼굴을 왼쪽 오른쪽으로 돌리면서 살폈다. "그게 다야? 확실해?" 그의 두 손이 내 옆구리를 쓸어내리다가 갈비뼈가 있는 곳에서 멈췄다. "단검을 차고 있는 거야?"

리애넌이 내 부츠를 벗더니 안도의 한숨을 내쉬며 발가락을 꼼지락댔다.

나는 고개를 끄덕였다. "옆구리에 셋, 부츠 안에 하나 있어." 신들에게 감사할 일이었다. 단검이 없었다면 지금 내가 여기에 앉아 있을 수나 있었을지.

"허." 데인은 두 손을 내리더니 나를 한 번도 본 적 없는 사람처럼, 완전히 낯선 사람처럼 쳐다보았다. 그러나 눈을 한 번 깜박이자 그런 표정은 사라졌다. "부츠를 바꿔 신다니. 너희 둘 다 터무니없군. 바이, 이 녀석을 믿어?" 그는 리애넌을 고갯짓으로 가리켰다.

리애넌은 성채 앞에서 기다리다가 잭이 하려고 했던 것처럼 나를 던져버릴 수도 있었는데 그러지 않았다. 나는 고개를 끄덕였다. 다른 1학년들을 어디까지 믿을 수 있느냐는 문제일 뿐, 믿을 수 있는 최대치로는 믿었다.

"좋아." 데인은 일어나서 리애넌을 돌아보았다. 그의 가죽옷 옆구리에도 칼집이 있었는데, 내 것은 아직 빈 데가 있는 반면에 그의 칼집에는 모두 단검이 꽂혀 있었다. "나는 데인 에이토스고, 제2비행단 불꽃전대 2대대장이다."

대대장이라고? 눈썹이 휙 올라갔다. 생도 중에서 가장 높은 직책이 비행단장과 전대장이었다. 둘 다 엘리트 3학년이 맡았다. 2학년도 대대장까지 오를 수는 있지만 특출한 경우에만 가능했다. 드래곤이 계약할 상대를 고르는 탈곡 시간이 있기 전까지는 생도고, 그 후에 라이더가 된다. 일찍부터 계급장을 주기에는 사람들이 너무 자주 죽는 곳이기 때문이다.

"지원자들이 얼마나 빨리 건너거나 떨어지느냐에 달렸지만 난간다리 시험은 몇 시간 안에 끝날 거다. 두루마리를 든 빨간 머리를 찾아서, 아마 쇠뇌를 메고 있을 텐데, 데인 에이토스가 너와 바이올렛 소른게일 둘 다 자기 반에 넣는다고 전해라. 혹시 뭐라고 물어보면 작년 탈곡 때 구해준 일로 나에게 빚진 게 있지 않냐고 해. 바이올렛은 내가 곧 안마당으로 데리고가겠다."

리애넌은 나를 슬쩍 보았고, 나는 고개를 끄덕였다.

"누가 우릴 보기 전에 가." 데인이 날카롭게 말했다.

"갑니다." 리애넌은 부츠에 발을 밀어넣고 잽싸게 끈을 묶으면서 대답했다. 나도 빠르게 끈을 묶었다.

"너한테 이렇게 큰 승마 부츠를 신고 난간다리를 건넜어?" 데인은 못 믿겠다는 표정으로 내려다보며 물었다.

"나랑 신발을 바꾸지 않았으면 걘 죽었을 거야." 나는 일어섰다가 무릎이 항의하면서 꺾이려고 하자 얼굴을 찡그렸다.

"그리고 우리가 널 여기서 내보낼 방법을 찾지 못하면 네가 죽겠지." 데인이 팔을 내밀었다. "잡아. 널 내 방으로 데려가야겠어. 그 무릎을 싸매야 해." 그러면서 눈썹을 치켜올렸다. "혹시 네가 작년에 내가 몰랐던 기적의 치료법이라도 발견했다면 또 모르지만?"

나는 고개를 젓고 그 팔을 잡았다.

"빌어먹을, 바이올렛. 빌어먹을." 그는 내 팔을 조심스럽게 자기 옆구리에 끼우더니, 빈 손으로 내 배낭을 집어들고 외벽 끝에 있던 터널로 들어갔다. 그때까지 나는 터널이 있는 줄도 몰랐다. 우리가 지나갈 때마다 촛대 안에서 마법 불빛이 깜박거리다가 꺼졌다. "넌 여기 오면 안 됐어."

"알고 있어." 이젠 아무도 우리를 볼 수 없으니 다리를 절뚝거렸다.

"서기 분과에 가기로 했잖아." 데인은 터널을 통과하면서 법석을 떨었다. "대체 어떻게 된 거야? 네가 라이더 분과에 자원했다는 소리는 하지 말아줘."

"어떻게 된 것 같아?" 트롤… 아니면 드래곤을 막기 위해 만들어진 것 같은 철제 대문 앞에 도착한 나는 맞혀보라고 물었다.

데인은 작게 욕을 했다. "네 어머니로군."

"내 어머니지." 나는 고개를 끄덕였다. "소른게일은 모두가 라이더인 거 몰랐어?"

우리는 원형 계단에 도착했다. 데인은 앞장서서 1층과 2층을 지나치더니 3층에 멈춰서 또 다른 출입문을 열었다. 삐걱이는 쇳소리가 났다.

"여긴 2학년 층이야." 데인이 조용히 설명했다. "즉…."

"내가 여기 올라오면 안 된다는 뜻이겠지, 당연히." 나는 좀 더 바싹 붙었다. "걱정하지 마. 혹시 누가 우릴 본다면 내가 첫눈에 욕망에 휩싸인 나머지 네 바지를 벗길 때까지 1초도 기다릴 수 없었다고 말할게."

"언제나 참 똑똑하기도 하지." 데인이 입술을 당겨 쓴웃음을 지었다.

"신빙성을 더하기 위해 네 방에 들어가면 '오, 데인!' 소리도 몇 번 외쳐줄 수 있어." 이 제안은 진심이었다.

데인은 코웃음을 치면서 내 배낭을 나무 문 앞에 내려놓더니, 문고리 앞에서 손으로 돌리는 동작을 취했다. 철컥 소리를 내며 문이 열렸다.

"능력을 가졌구나."

물론 새로운 소식은 아니었다. 데인은 2학년 라이더였고, 드래곤이 마력을 흘려 보내고부터는 모든 라이더가 소소한 마법을 부릴 수 있었다. 하지만 이건… 데인이었다.

"그렇게 놀란 표정 짓지 마." 데인은 눈을 빙 굴리면서 다시 배낭을 들고 부축해서 나를 안으로 들였다.

방 안은 소박하니 침대, 옷장, 책상, 서랍장만 있었다. 책상 위에 놓인 책 몇 권을 제외하면 개인 물품이라곤 없었다. 그중 한 권이 작년 여름에 데인이 떠나기 전 내가 준 크로블란 언어 책인 걸 알아보고 강한 만족감을 느꼈다. 데인은 언어에 재능이 있었다. 침대 위의 담요마저도 단순한 형태에 라이더를 상징하는 검은색이었다. 자는 동안에라도 여기 온 이유를 잊고 싶지 않았을까. 아치형의 창문으로 다가가자 유리 너머로 바스지아스가 한눈에 내다보였다.

같은 군사학교인데도 마치 세상 반대편 같았다. 난간다리에는 지원자 두 명이 서 있었는데 그들이 떨어지는 모습을 보게 될까 봐 시선을 돌렸다. 한 사람이 하루에 감당할 수 있는 죽음에는 한계가 있고, 나는 이미 한계치였다.

"이 안에 붕대가 있어?" 데인이 내 배낭을 건넸다.

"길스테드 소령님에게 전부 받았지." 나는 고개를 끄덕이며 대답하고는, 데인이 각 잡아놓은 침대 가장자리에 앉아서 배낭을 뒤지기 시작했다. 다행히도 미라는 나보다 훨씬 짐을 잘 쌌고, 붕대는 찾기 쉬운 곳에 있었다.

"편하게 있어." 데인은 문에 등을 기대고 발목을 꼬며 씩 웃었다. "네가 여기 있는 게 정말 싫긴 해도 얼굴을 봐서 너무 좋다는 말은 해야겠다, 바이."

눈이 마주쳤다. 지난주 내내, 아니 망할 6개월 내내 가슴을 조이고 있던 긴장이 느슨해졌다. 잠시 동안은 우리 둘뿐이었다. "보고 싶었어." 약해 보인다 해도 상관없었다. 데인은 나에 대해 거의 모르는 게 없었다.

"그래. 나도 보고 싶었어." 그는 부드러워진 눈으로 조용히 대답했다.

가슴이 조였다. 데인이 나를 바라보자 우리 사이에 어떤 자각이, 거의 만질 수 있을 듯한… 기대감이 어렸다. 어쩌면 이렇게 오랜 시간이 지나 이제야 우리가 같은 마음으로 서로를 원하게 됐는지도 모르겠다. 아니면 데인은 그저 오랜 친구를 만나서 안심했을지도 모르지.

"다리를 묶는 게 좋겠어." 그는 돌아서서 문을 보았다. "난 안 볼게."

"다 예전에 본 건데 뭘." 나는 허리를 굽히고 몸을 흔들어가며 가죽 바지를 무릎까지 끌어내렸다. 젠장. 왼쪽 무릎이 부어 있었다. 다른 사람이 나처럼 넘어졌다면 기껏해야 멍이 들었거나 긁힌 자국이 남았을 것이다. 하지만 나는? 나는 무릎뼈가 제자리에 붙어 있게 고정시켜야 했다. 약한 건 근육만이 아니었다. 관절을 붙들어두는 인대도 제대로 일하질 않았다.

"그야 뭐, 우리가 지금 강에 헤엄치러 몰래 빠져나가는 중은 아니잖아?" 데인이 장난스럽게 말했다. 우리는 부모님이 임관하는 기지마다 거쳐가면서 함께 자랐고, 어디에 있더라도 늘 헤엄칠 곳과 기어오를 나무들을 찾아냈다.

나는 무릎 위에 붕대를 단단히 묶었다. 나이를 먹고 힐러들에게 방법을 배운 후에는 늘 같은 방식으로 붕대를 감아 관절을 고정했다. 자면서도 할 수 있을 만큼 연습한 동작이었고, 그 익숙함에는 마음을 달래주는 구석마저 있었다. 그게 부상을 입은 채로 분과 생활을 시작한다는 뜻만 아니었다면 말이다.

작은 금속 버클로 붕대를 고정하자마자 일어서서 가죽바지를 다시 엉덩이 위로 끌어올려 단추를 채웠다. "다 됐어."

데인은 돌아서서 나를 훑어보았다. "너 좀… 달라 보여."

"가죽옷 때문이야." 나는 어깨를 으쓱였다. "왜? 나쁜 쪽으로 달라?" 배낭을 닫고 어깨에 짊어지는 데 1초가 걸렸다. 고맙게도 내 무릎 통증도 이렇게 묶어놓으면 감당할 만했다.

"그냥…." 데인이 아랫입술을 씹으며 천천히 고개를 저었다. "달라."

"뭐야, 데인 에이토스." 나는 씩 웃고는 걸어가서 그의 몸 옆에 있는 문고리를 잡았다. "내가 수영복 입은 것도 보고, 튜닉도 보고, 드레스도 봤잖아. 설마 가죽옷이라야 눈에 찬다는 소리야?"

데인은 코웃음을 쳤지만, 문을 열려고 내 손 위를 잡으면서 뺨이 살짝 붉어지기는 했다. "선배 상대라고 혀가 무뎌지지 않은 걸 보니 기쁘다, 바이."

"오." 나는 복도로 걸어나가면서 어깨를 돌려보았다. "나야 혀로 할 수 있는 게 많지. 알게 되면 놀랄걸." 나는 아플 정도로 크게 웃음 지었고, 잠깐이지만 우리가 라이더 분과에 있다는 사실이나 내가 방금 난간다리에서 살아남았다는 사실을 잊었다.

데인의 눈이 열기를 띠었다. 데인도 잊었나 보다. 미라는 항상 라이더들이 이 벽 속에 숨어서 욕망을 억제하는 사람들이 아니라고 말했다. 내일까지 살지 못할 수도 있는데 자기 욕망을 부정할 이유가 뭐가 있겠는가.

"널 여기서 내보내야 해." 그는 머리를 맑게 해야겠다는 듯이 고개를 흔들면서 말했다. 그러더니 다시 허공에 손짓하자 문이 잠기는 소리가 들렸다. 복도에는 아무도 없었지만 우리는 빠르게 계단에 이르렀다.

"고마워." 나는 내려가면서 말했다. "무릎이 훨씬 낫네."

"너희 어머니가 널 라이더 분과에 집어넣었다니… 아직도 믿을 수가 없어." 데인의 분노는 실제로 만질 수 있을 지경이었다. 그는 옆에 난간이 없는데도 신경 쓰지 않는 것 같았다. 한 계단만 잘못 디뎌도 끝일 텐데.

"나도 마찬가지야. 어머니는 지난봄에 내가 1차 입학시험에 통과하자마자 분과를 결정했고, 그때부터 바로 길스테드 소령님과 훈련을 시작했어." 소령님이 내일 내가 사망자 명단에 없는 걸 알면 정말 뿌듯해 하겠지.

"이 계단 밑바닥, 본관 층보다 더 아래에는 협곡 건너편에 있는 힐러 분과로 이어지는 통로가 있어." 1층이 가까워지자 데인이 말했다. "거길 통해서 널 서기 분과에 들여보내야겠어."

"뭐?" 나는 발이 본관 층의 반질반질한 계단참을 때리자마자 멈춰섰지만, 데인은 계속 내려갔다.

데인은 아래로 세 계단이나 내려가고 나서야 내가 따라오지 않는다는 사실을 깨닫고는 몸을 돌려 천천히 말했다. "서기 분과 말이야."

이 각도에서는 내가 더 높은 곳에 있었기에 데인을 내려다보았다. "난 서기 분과에 못 가, 데인."

"뭐라고?" 데인의 눈썹이 확 치솟았다.

"어머니가 용납하지 않을 거야." 나는 고개를 저었다.

데인은 입을 열었다가 닫고 옆구리에 두 주먹을 꽉 쥐었다. "이곳은 널 죽일 거야, 바이올렛. 넌 여기에 계속 있을 수 없어. 모두가 이해할 거야. 넌 자원하지 않았어. 실제로는 아니었지."

그의 말에 순간 분노가 척추를 타고 올라왔다. "첫째, 난 여기에서 내가 살아남을 확률을 아주 잘 알고 있어, 데인. 그리고 둘째, 보통 지원자의 15퍼센트가 난간다리를 통과하지 못하는데 난 지금 여기에 서 있어. 그러니까 이미 그 확률을 극복하고 있는 셈이야."

데인이 한 계단 올라섰다. "네가 여기까지 끝내주게 잘해냈다는 사실을 부정하는 게 아니야, 바이. 하지만 넌 떠나야 해. 대련장에 들어가자마자 깨질 텐데, 그건 심지어 드래곤들을 보기도 전이고. 드래곤은 네가 어떤지 감지할 거야…." 그는 고개를 저으며 턱에 힘을 주어 시선을 돌렸다.

"내가 어떤데?" 목덜미 털이 곤두섰다. "마저 제대로 말해. 드래곤들이 내가 다른 생도보다 못하다는 걸 감지할 거라고? 그런 뜻이야?"

"빌어먹을." 데인은 짧게 쳐낸 밝은 갈색 곱슬머리를 손으로 쓸었다. "자꾸 말꼬리 잡아서 몰아세우지 마. 내 말뜻 알잖아. 설령 네가 탈곡에서 살아남는다고 쳐도 드래곤이 너와 계약한다는 보장은 없어. 작년만 해도 계약을 맺지 못한 생도가 서른넷이나 있는데, 걔들은 다시 한번 계약할 기회를 얻으려고 이번 학기가 시작하기만 기다렸어. 모두가 완벽하게 건강한 데다가…."

"재수 없게 굴지 마." 어쩐지 뱃속이 쓰렸다. 그의 말이 맞다고 해서 내가 그 말을 들을 이유는 없다…. 내가 건강하지 않다는 소리도 듣고 싶지도 않고.

"난 널 살리려는 거야!" 데인의 고함 소리가 벽에 부딪쳐 메아리쳤다. "지금 널 서기 분과에 데려가기만 하면, 넌 여전히 서기 시험에서 수석하고도 남을 거고, 그 사람들에게 늘어놓을 끝내주는 이야깃거리도 생긴 셈이야. 다시 저기로 나가면…." 그는 안마당으로 이어지는 입구를 가리켰다. "내 손을 벗어난 일이 돼. 여기에서 난 널 지킬 수가 없어. 완전히는 못 지켜."

"그래 달라고 하지도 않아!" 잠깐만… 데인이 날 지켜주길 바랐던가? 미라가 그러라고 하지 않았던가? "날 뒷문으로 빼돌리고 싶었다면 왜 리애넌을 시켜서 날 너희 대대에 넣게 한 거야?"

가슴이 조여들었다. 미라를 제외하면 데인은 이 망할 대륙에서 나를 제일 잘 아는 사람이었다. 그런데 데인마저 내가 버티지 못할 거라고 확신했다.

"걜 보내야 널 빼돌릴 수 있으니까!" 데인은 두 계단을 올라서 우리 사이의 거리를 좁혔지만 그의 어깨에는 구부정한 구석이 하나도 없었다. 결단이라는 단어에 물리적인 형태가 있다면 바로 지금의 데인 에이토스일 것이다. "내가 절친이 죽는 모습을 보고 싶을 것 같아? 네가 소른게일 장군의 딸이라는 사실을 아는 작자들이 너한테 무슨 짓을 할지 지켜보는 게 재미있을 것 같아? 가죽옷을 입는다고 라이더가 되진 않아, 바이. 그 작자들은 널 갈기갈기 찢어버릴 거고 사람들이 그러지 않는다면 드래곤이 그럴 거야. 라이더 분과에서는 졸업하거나 죽거나 두 가지 결말뿐이라는 걸 너도 알잖아. 내가 널 구하게 해줘." 데인의 자세 전체에서 힘이 빠졌고, 그 눈동자에 담긴 탄원은 내 분노마저 찢어놓았다. "제발, 내가 널 구하게 해줘."

"넌 못 구해." 나는 속삭였다. "어머니는 날 바로 다시 집어넣을 거라고 했어. 내가 라이더가 되지 않으면 돌에 새긴 이름이 되어서야 여길 나갈 거야."

"진심은 아니셨을 거야." 데인이 고개를 저었다. "진심일 리가 없어."

"진심이야. 미라 언니조차도 말리지 못했어."

데인은 내 눈을 탐색하더니 진실을 본 것처럼 몸을 굳혔다. "망할."

"그래. 망했다니까." 나는 지금 우리가 논의하는 게 내 인생이 아니라는 듯이 어깨를 으쓱였다.

"좋아." 데인이 이 정보에 맞춰 마음가짐을 바꾸는 걸 알아볼 수 있었다. "다른 방법을 찾아야겠네. 일단은, 가자." 그는 내 손을 잡고 아까 들어왔던 벽감으로 향했다. "저기로 나가서 다른 1학년들을 만나. 나는 돌아가서 망루 문으로 들어갈게. 어차피 다들 우리가 아는 사이라는 걸 금세 알게 되겠지만 누구에게도 굳이 정보를 주지는 마." 그는 내 손을 힘주어 잡았다가 놓고는 말없이 터널 속으로 사라졌다.

나는 배낭끈을 잡고 햇빛이 아롱진 앞마당으로 걸어갔다. 하늘엔 구름이 갈라지고 있었고, 라이더와 생도들을 향해 자갈을 밟으며 걸어가는 사이에 비가 완전히 걷혔다.

라이더 천 명도 수용할 만큼 거대한 안마당은 아카이브에 기록된 지도 그대로였다. 눈물 모양으로 둥근 쪽은 두께 3미터가 넘는 커다란 외벽으로 이뤄졌다. 양옆을 따라서는 석조 건물들이 있었다. 나는 끝이 둥근 형태로 산속에 파고 들어간 4층짜리 건물이 학예동이고, 그 아래 절벽 위에 우뚝 선 건물이 기숙사라는 것을 알고 있었다. 데인이 나를 데려갔던 건물이기도 했다.

두 건물을 연결하는 웅장한 로톤다는 천장에 돔을 얹은 원형 건물로 강당과 공용 구역, 그리고 그 뒤의 도서관으로 들어가는 입구 역할을 했다. 나는 얼빠진 듯이 바라보다가 외벽을 마주하는 방향으로 몸을 돌렸다. 난간다리 오른쪽에 돌로 만든 연단이 하나 있었는데, 생도대장과 부생도대장이 완전한 군복을 갖춰 입고 햇빛 아래 훈장을 반짝이고 있었다.

점점 불어나는 사람들 속에서 리애넌을 찾는 데만 몇 분이 걸렸다. 리애넌은 새까만 머리카락을 데인처럼 짧게 자른 다른 여자와 이야기 중이었다.

"거기 있었구나!" 리애넌의 미소에는 진실함과 안도감이 가득 담겨 있었다. "걱정했어. 전부…." 리애넌이 눈썹을 치켜들며 말했다.

"준비 완료야." 나는 고개를 끄덕인 뒤 다른 여자 쪽으로 몸을 돌려 리애넌의 소개를 받았다. 그 생도의 이름은 타라, 북쪽의 에메랄드 바닷가에 있는 모레인 지방 출신이었다. 미라처럼 자신만만한 분위기가 흘러넘쳤고, 리애넌과 어릴 때부터 드래곤에 얼마나 집착했는지에 대해 떠들 때는 흥분해서 눈동자가 반짝거렸다. 나는 우리가 동맹을 맺어야 할 경우에 필요한 사항을 떠올릴 수 있을 만큼만 관심을 두고 대화를 들었다.

여기에서도 들을 수 있는 바스지아스의 종소리에 따르면 한 시간이 흐르고 또 한 시간이 흘렀다. 그제야 마지막 생도 세 명이 안마당으로 걸어 들어왔고, 바깥 망루에 있던 라이더 세 명이 뒤따랐다.

그 셋 중 하나는 제이든이었다. 이 많은 사람 속에서도 제이든이 눈에 띄는 건 단순히 키가 커서만은 아니었다. 다른 라이더들은 마치 상어와 마주친 작은 물고기들처럼 그를 피하는 듯 보였다. 잠깐이지만 그가 드래곤과 계약해서 얻은 특별한 능력이 무엇일까 생각했다. 혹시 그 능력 때문에 3학년들조차도 치명적으로 우아하게 연단으로 걸어가는 제이든 앞에서 비켜서는 걸까? 이제 앞쪽에는 총 열 명이 있고, 팬첵 생도대장이 우리를 보고 앞으로 나섰다.

"이제 시작하려나 봐." 내가 리애넌과 타라에게 말하자 둘 다 연단 쪽으로 몸을 돌렸다. 모두가 그랬다.

"오늘, 301명이 난간다리에서 살아남아 생도가 됐다." 팬첵 생도대장은 우리 쪽을 손짓하면서 정치가의 미소로 연설을 시작했다. 그 사람은 항상 손을 움직이면서 말을 했다. "잘했다. 67명은 해내지 못했다."

내 두뇌가 잽싸게 계산하는 중에도 가슴이 죄어들었다. 거의 20퍼센트였다. 비 때문이었을까? 바람 때문이었을까? 평균보다 더 많이 죽었다. 67명이 여기에 오려다 죽었다.

"저분한테는 이 자리가 발판에 지나지 않는데." 타라가 소곤거렸다. "다음에는 소른게일 장군의 자리를, 그다음에는 멜그렌 장군 자리를 원하대."

멜그렌 장군은 나바르 전군의 총사령관이다. 어머니 때문에 여러 번 만난 적이 있는데, 멜그렌 장군의 반짝이는 눈을 보면 매번 몸이 움츠러들었다.

"멜그렌 장군의?" 리애넌이 반대쪽에서 속삭였다.

"절대 그 자리엔 못 가." 생도대장이 라이더 분과에 온 우리를 환영하는 가운데 나는 조용히 이야기했다. "멜그렌 장군의 드래곤은 전투가 일어나기 전에 결과를 미리 볼 수 있는 고유 능력을 선사했어. 그런 능력을 이길 수는 없지. 미리 안다면 암살도 불가능하고."

"코덱스에 이르다시피, 너희는 이제 진정한 시련의 장을 시작한다!" 팬첵의 커다란 목소리가 안마당에 모인 500여 명에게 전해졌다. "너희는 선배의 시험을 받고 동급생에게 사냥당하며 본능의 인도를 받을 것이다. 너희가 탈곡까지 살아남는다면, 그리고 드래곤의 선택을 받는다면 라이더가 된다. 그때 우리는 너희 중에 얼마나 많은 사람이 졸업하게 되는지 두고 볼 것이다."

통계에 따르면 졸업까지 살아남는 사람의 수는 4분의 1 정도였고, 해마다 몇 명 정도 차이가 있을 뿐이었다. 그래도 라이더 분과에는 지원자가 모자라는 일이 없었다. 이 안마당에 있는 모든 생도가 자신만은 엘리트가 되기 위해 필요한 자질을 갖추고 있다고 믿는다. 나바르 최고의 군인… 드래곤 라이더가 될 수 있다고. 아주 잠깐이지만 나도 어쩌면 가능할 수 있겠다는 생각이 들었다. 어쩌면 살아남는 데 그치지 않고 그 이상을 할 수도 있다고.

"교수들이 너희를 가르칠 것이다." 팬첵은 학예동 문 앞에 늘어선 교수들을 손짓했다. "얼마나 잘 배울지는 너희에게 달렸다." 이번엔 손가락으로 우리를 가리켰다. "규율은 부대 단위에서 결정하며 비행단장이 최종 결정권을 갖는다. 혹시 내가 끼어들어야 할 경우에는…." 그의 얼굴에 천천히 불길한 미소가 번졌다. "너희는 그런 사태를 바라지 않아야 할 것이다."

"이제 그만 너희를 비행단장들에게 맡기겠다. 내가 해줄 수 있는 충고가 있다면, 죽지 말아라." 그는 부생도대장과 함께 연단을 내려갔다. 연단 위에는 라이더들만 남았다.

떡 벌어진 어깨에 얼굴에 흉터를 가진 갈색 머리 여자가 비웃음을 흘리며 앞으로 걸어나왔다. 제복 어깨에 박힌 은색 가시들이 햇빛을 받아 번득였다. "나는 나이라다. 분과 선임 비행단장이자 제1비행단장이지. 전대장과 대대장들, 위치로."

리애넌과 나 사이에서 누군가가 내 어깨를 거칠게 밀치고 걸어나갔다. 다른 사람들도 차례차례 걸어나가더니, 우리 앞에 50명 정도가 대형을 이뤘다.

"비행전대와 비행대대야." 나는 혹시 리애넌이 군인 집안에서 자라지 않았을까 봐 소곤거렸다. "4개 비행단에 각각 3개의 전대가 있고, 전대마다 3개 대대가 있어."[*]

"고마워." 리애넌이 답했다.

데인은 제2비행단 구역에 섰는데, 나를 마주보면서도 용케 눈은 피했다.

"제1비행단! 발톱전대! 1대대!" 나이라가 외쳤다.

---

[*] 원서의 군편제는 'wing-section-squad'로 나뉘며, 현행 미군이나 한국군 편제와 일치하지는 않는다. 한국어판은 조직 규모를 참고해 명칭을 구분했다. 스쿼드는 공군에서는 대대, 육군에서는 분대에 해당한다.

연단에 가까이 있던 남자가 손을 들었다.

"생도들, 이름이 호명되면 너희 반장 뒤에 대열 맞춰 선다."

쇠뇌를 메고 두루마리를 든 빨간 머리가 앞으로 나와서 이름을 부르기 시작했다. 생도들은 대열로 이동했고, 나는 옷차림과 오만한 정도에 근거하여 빠른 판단을 내리며 숫자를 셈했다. 대대마다 대략 15명이 들어가는 것 같았다.

잭은 제1비행단 불꽃전대에 호명됐다. 타라는 같은 비행단 꼬리전대에 들어갔고, 곧 제2비행단 호명이 시작됐다. 나는 비행단장이 앞으로 나갈 때 제이든이 아닌 걸 보고 감사의 한숨을 내쉬었다.

리애넌과 나는 제2비행단 불꽃전대 2대대에 호명됐다. 우리는 재빨리 대열에 합류해 정사각형으로 정렬했다. 빠르게 살펴보니 대대장 한 명(나를 쳐다보지 않고 있는 데인), 여성 부대대장이 한 명, 2학년이나 3학년일 수 있는 라이더 네 명, 그리고 1학년 아홉 명이 있었다. 라이더 중 제복에 별이 두 개 붙어 있고 머리카락 절반은 분홍색, 절반은 삭발한 여자는 반역의 인장을 휘감고 있었다. 표식은 손목에서부터 팔꿈치까지 올라가다가 제복 안으로 사라졌는데 혹시나 빤히 쳐다보는 모습을 들킬까 봐 급히 시선을 돌렸다.

우리는 나머지가 호명되는 동안 침묵했다. 이제는 제대로 떠오른 해가 가죽옷을 때리고 살을 지졌다. '그이에게 널 도서관에만 두지 말라고 했건만.' 어머니의 말이 떠올랐지만 어차피 이 상황에 대비할 순 없었다. 햇빛에 관해서라면 나에게는 정확히 두 가지 피부 상태밖에 없다. 창백하거나, 화상을 입거나.

그때 명령이 들려와 우리는 연단 쪽으로 몸을 돌렸다. 나는 두루마리를 든 여자에게 시선을 두려고 했지만, 두 눈이 배신자처럼 혼자 움직이면서 맥박이 치솟았다. 제4비행단의 단장 자리에 선 제이든이 내 죽음을 계획하는 듯이 차갑고 계산적인 눈빛으로 나를 지켜보고 있었다.

나도 턱을 들어올렸다. 제이든은 흉터 있는 쪽 눈썹을 비뚜름하게 꺾었다. 그러더니 제2비행단장에게 무슨 말을 건넸다. 곧이어 모든 비행단장이 합세해서 열띤 토론을 벌였다.

"무슨 이야기를 하는 것 같아?" 리애넌이 속삭였다.

"조용." 데인이 잇새로 말했다.

등이 뻣뻣해졌다. 이 자리 이런 상황에서 그가 '나의' 데인이기를 기대할 수야 없지만 그래도 그 말투는 거슬렸다.

마침내 비행단장들이 우리 쪽을 돌아보았고, 제이든의 입술 끝이 살짝 올라간 모습을 보자 바로 불안해졌다.

"데인 에이토스, 너와 너희 대대는 아우라 바인헤븐의 대대와 자리를 바꾼다." 나이라가 명령했다.

잠깐, 뭐라고? 아우라 바인헤븐이 누구야?

데인은 고개를 끄덕이더니 우리를 돌아보았다. "따라와." 그는 딱 한 번 말하더니 성큼성큼 대열을 뚫고 걸었고, 우리는 종종걸음으로 따라갈 수밖에 없었다. 이동해오는 다른 대대를 지나쳤는데…. 폐에서 숨이 그대로 얼어붙었다.

우리는 제4비행단으로 가고 있었다. 제이든의 비행단이었다. 1분, 어쩌면 2분 걸려서 우리는 새로 대열에 맞춰 섰다. 나는 억지로 숨을 쉬었다. 제이든의 오만하고 잘생긴 얼굴에는 욕 나오게 능글맞은 웃음이 떠올라 있었다.

나는 이제 제이든의 지휘계통에 속한 하급자로, 완전히 그의 자비에 따라 살아야 한다. 그는 아무리 사소한 위반을 두고도 나를 처벌할 수 있다. 심지어 상상 속의 위반이라 해도.

나이라의 시선에 제이든이 고개를 돌려 끄덕이면서 우리의 눈싸움이 끝났다. 심장이 달아난 말처럼 뛰고 있는 것을 보면 제이든이 이긴 게 확실하다.

"너희는 이제 모두 생도다." 제이든의 목소리는 다른 사람들보다 더 강하게 안마당에 울려 퍼졌다. "너희 비행대대를 봐라. 코덱스에서 너희를 죽이지 않는다고 보장한 사람들은 너희 대대원뿐이다. 하지만 대대원이 너희 목숨을 끊을 수 없다고 해서 다른 이들이 그러지 않는다는 뜻은 아니다. 드래곤을 원하나? 그럼 직접 얻어내라."

대부분 환호했지만 나는 입을 꾹 다물었다. 오늘 67명이 추락하거나 다른 방식으로 죽었다. 딜런 같은 사람이 67명, 그 부모들은 자식의 시체를 가져가거나 소박한 묘비 아래 산자락에 묻히는 모습을 지켜보게 될 것이다. 나는 그 사람들의 상실을 두고 차마 환호할 수가 없었다.

제이든과 눈이 마주쳤다. 그가 시선을 옮길 때까지 속이 뒤틀리는 기분이었다. "그리고 지금 너희는 꽤나 끝내주는 무법자가 된 기분일 것이다. 그렇지 않나, 1학년들?"

다시 환호가 일었다.

"난간다리를 건너고 나니 무적이 된 기분이겠지, 안 그래?" 제이든이 외쳤다. "너희가 천하무적이라고 생각하겠지! 너희는 엘리트가 되는 길에 접어들었으니까! 소수의! 선택받은!"

선언이 떨어질 때마다 환호가 점점 더 커졌다.

아니야. 그냥 환호만이 아니다. 날개가 공기를 때려 굴복시키는 소리였다.

"세상에, 아름다워." 그들이 보이자 리애넌이 속삭였다. 드래곤 무리였다.

나는 평생을 드래곤 근처에서 살았지만 언제나 거리를 두었다. 그들은 직접 선택하지 않은 인간들을 참아주지 않았다. 하지만 이 여덟 마리의 드래곤은? 그들은 우리에게 똑바로 날아왔다. 그것도 고속으로.

그대로 우리 머리 위를 날아가겠구나 싶은 순간에 드래곤들이 수직으로 떨어져 내리더니 반투명한 거대한 날개로 공기를 때리며 멈춰섰다. 돌풍이 어찌나 거센지, 그들이 반원형의 외벽 위에 내려앉는 동안 나는 비틀거리며 뒷걸음질을 칠 뻔했다. 드래곤들이 움직이자 가슴 비늘이 물결쳤고 면도날처럼 날카로운 발톱이 벽 양쪽을 파고들었다. 그제야 외벽 두께가 왜 3미터나 되는지 이해했다. 그것은 장벽이 아니었다. 요새 가장자리는 드래곤용 횃대였다.

반사적으로 입이 떡 벌어졌다. 여기서 5년을 살았지만 이런 광경은 처음이었다. 하지만 다시 생각해보면 나는 징집일에 무슨 일이 벌어지는지 지금껏 보지 못하고 살았다.

생도 몇 명이 비명을 질렀다. 모두가 드래곤 라이더가 되고 싶어 한다고는 해도, 6미터 앞에 실제로 서게 되면 다른가 보다.

내 바로 앞에 앉은 군청색 드래곤이 넓은 콧구멍으로 숨을 내뿜자 수증기가 얼굴을 후려쳤다. 드래곤 머리 위에서는 우아하면서도 치명적인 곡선을 그리는 파란 뿔이 반짝였다. 두 날개는 잠시 확 펴졌다가 접혔는데 날개 맨 위의 관절 끝에 딱 하나의 사나운 발톱이 얹혀 있었다. 꼬리도 똑같이 치명적일 테지만 이 각도에서는 보이지 않았다. 꼬리라는 단서 없이는 각각이 어떤 드래곤인지 알 수가 없다.

그럼에도 모든 드래곤은 존재 자체로 치명적이었다.

"또 석공들을 불러야겠군." 드래곤들이 붙잡은 벽에서 바위가 바스러지며 내 몸통만 한 돌덩어리들이 안마당에 떨어지자 데인이 중얼거렸다.

다양한 색조의 빨간 드래곤이 셋, 미라의 드래곤인 테인과 같은 녹색이 둘, 어머니의 드래곤 같은 갈색이 하나, 오렌지색이 하나, 그리고 내 앞에 앉은 거대한 군청색이 하나. 하나같이 육중한 몸으로 성채에 그늘을 드리운 채 금빛 눈을 가늘게 뜨고 우리를 보며 절대적인 판단을 내렸다.

계약을 통해서 고유 능력을 개발하고 나바르 주위에 보호 마법을 치기 위해 별 볼 일 없는 인간들이 필요하지만 않았더라면, 그들은 분명 우리를 다 먹어 치웠을 것이다. 그러나 그들은 무자비한 그리폰으로부터 드래곤들의 집이자 바스지아스 뒤쪽에 위치한 계곡인 베일을 지키고 싶어 했고, 우리는 살고 싶었으므로 지금 이렇게나 믿기 힘든 동반자 관계에 있었다.

드래곤을 직접 마주하니 심장이 가슴을 뚫고 나올 것처럼 뛰었다. 사실 나도 같은 심정이었다. 달아나고 싶었다. 이런 대단한 존재의 등에 올라타야 한다니 아무리 생각해도 터무니없었다.

갑자기 제3비행단에서 생도 한 명이 튀어나오더니 비명을 지르면서 우리 뒤쪽에 있는 성채로 뛰어갔다. 모두가 몸을 돌려 그 생도가 중앙에 있는 거대한 아치문으로 질주하는 모습을 보았다. 이 거리에서도 아치에 새겨진 문구가 보일 듯했지만, 애써 읽지 않아도 나는 이미 외워서 알고 있었다.

'라이더 없는 드래곤은 비극이다. 드래곤 없는 라이더는 시체다.'

일단 계약을 맺은 라이더는 드래곤 없이 살지 못하지만, 대부분의 드래곤은 라이더가 죽은 후에도 잘만 살았다. 그들이 신중하게 고르는 것도 그래서였다. 겁쟁이를 골랐다가 망신당하지 않으려고 말이다. 드래곤이 실수했다고 인정하는 일이야 있을 리가 없지.

왼쪽에 있던 빨간 드래곤이 거대한 입을 벌려 내 몸집만 한 이빨을 드러냈다. 원한다면 나를 포도처럼 짓이길 수 있는 턱이었다. 그 혓바닥을 따라 불길은 섬뜩한 칼날이 되어 달아나는 생도 쪽으로 쏘아져 나갔다.

그 생도는 성채 그림자까지 가기도 전에 자갈 위의 잿더미로 변했다.

68명 사망.

나는 열기에 옆얼굴이 화끈거리는 가운데 시선을 앞으로 휙 틀었다. 또 누군가가 달아나다가 처형당한다면… 보고 싶지 않다. 그때 또 비명이 울렸다. 나는 조용히 내 자리를 사수하기 위해 턱을 악물었다.

열풍이 두 번 더 느껴졌다. 한 번은 왼쪽, 또 한 번은 오른쪽이었다.

70명이 됐군.

군청색 드래곤이 나를 보고 고개를 기울이는 것 같았다. 그 가늘게 뜬 금빛 눈은 마치 내 뱃속에 똬리를 튼 두려움과 심장을 서서히 휘감는 의심을 꿰뚫어 보는 것만 같았다. 내 무릎을 감은 붕대도 볼 수 있겠지. 그 드래곤은 내가 불리하다는 것, 즉 드래곤의 앞다리를 타고 올라가기에는 너무 작고 등에 올라타 날기에는 너무 연약하다는 걸 알고 있다. 드래곤들은 항상 알고 있다.

그러나 나는 달아나지 않을 것이다. 도저히 극복하지 못하겠다 싶을 때마다 그만뒀다면 지금 이 자리에 서 있지도 못했을 것이다. 난 오늘 죽지 않을 거야. 난간다리 앞에서나, 난간다리 위에서 그랬듯이 그 말이 머릿속에 되풀이되어 울렸다. 나는 더 억지로 어깨를 펴고 턱을 들어올렸다. 군청색 드래곤은 인정한다는 뜻인지 지루하다는 뜻인지 모르게 눈을 깜박이더니 시선을 돌렸다.

"또 마음을 바꾸고 싶은 사람이 있나?" 제이든이 등 뒤에 선 군청색 드래곤과 똑같이 예리한 시선으로 생도들의 대열을 훑어보며 외쳤다. "없나? 잘됐군. 내년 여름 이맘때쯤이면 너희 중 절반 가까이가 죽을 것이다." 왼쪽에서 몇 명이 터트린 때 아닌 울음소리를 제외하면 모두가 조용했다. "그다음 해에는 다시 3분의 1이 죽고, 마지막 해에도 마찬가지다. 여기에선 너희 부모가 누구인지 아무도 신경 쓰지 않는다. 타우리 왕의 둘째 아들도 탈곡 도중에 죽었다. 그러니 다시 말해봐라. 지금도 라이더 분과에 들어온 스스로가 무적처럼 느껴지나? 천하무적 같아? 엘리트 같고?"

아무도 환호하지 않았다.

또 한 번 열기가 밀어닥쳤다. 이번에는 정통으로 내 얼굴을 때려 몸의 모든 근육이 경직됐다. 그러나 불길이 아니었다…. 그저 수증기였다. 드래곤들이 동시에 숨을 내쉬자 리애넌의 땋은 머리가 거꾸로 날렸다. 내 앞에 선 1학년의 바지 색이 어두워지더니 다리까지 번졌다.

그들은 우리에게 겁을 주고 싶어 했다. 완벽한 임무 완수였다.

"너희는 무적도 아니고 저들에게 특별하지도 않다." 제이든이 군청색 드래곤을 가리키더니, 몸을 살짝 앞으로 숙이면서 비밀을 알려주겠다는 듯이 우리에게 눈을 맞췄다. "저들에게, 너희는, 그저 먹잇감에 불과하다."

04

대련장은 라이더를 만들어내거나 부순다. 어쨌든 훌륭한 드래곤은 스스로를 지키지 못하는 라이더를 선택할 리 없고, 훌륭한 생도는 비행단에 해를 끼치는 인물이 훈련을 계속하게 허락할 리 없기 때문이다.

— 애펜드라 소령, 《휴대용 라이더 분과 도감》

"엘레나 소사, 브레이든 블랙번." 피츠기븐스 대위가 다른 서기 두 명을 옆에 거느리고 연단에 서서 사망자 명단을 읽었다. 우리는 안마당에 조용히 대열을 맞춰 서서 눈을 가늘게 뜨고 이른 아침 해를 보았다.

오늘 아침, 우리는 라이더의 검은 제복을 입었다. 내 쇄골에는 1학년을 의미하는 은색 사각별 한 개가, 어깨에는 제4비행단 패치가 붙어 있었다. 어제 난간다리 시험이 끝난 뒤 제복 한 벌과 여름용 딱 붙는 튜닉, 바지, 액세서리를 지급받았지만 비행용 가죽옷은 받지 못했다. 10월에 있을 탈곡에서 절반이 살아남지 못할 테니 이보다 두껍고 단단한 전투용 제복을 나눠줘 봐야 소용이 없을 터였다. 미라가 나에게 만들어준 코르셋 갑옷은 정규복장이 아니었지만 개조한 제복이 주위에 수백 벌이다 보니 운 좋게 잘 섞여 들었다.

지난 24시간을 보내고 1층 막사에서 하룻밤을 자고 나니 이제 나도 라이더 분과 특유의 분위기를 알 것 같았다. 내일 죽을지도 모르기 때문에, 본능에 충실한 쾌락주의와 무자비한 효율주의가 기묘하게 뒤섞여 있었다.

"제이스 서덜랜드." 피츠기븐스 대위는 명단을 계속 읽었고, 옆에 선 서기들은 자세를 바꿔 섰다. "두갈 루페코."

50명쯤 부른 후였나, 몇 분 전에 딜런의 이름이 나왔을 때는 나도 숫자를 잊어버렸다. 그들의 추도식은 이 자리가 다였고, 이 성채에서 이름이 불리는 것도 지금뿐이라서 모든 이름을 기억하려 했지만, 너무 많았다.

미라가 말한 대로 밤새 갑옷을 입고 잤더니 피부가 들뜨고 무릎도 아팠지만 몸을 굽혀 붕대를 바로잡고 싶은 충동을 꾹 참았다. 사생활이라곤 존재하지 않는 1학년 막사 침대에서 용케 다른 사람이 깨어나기 전에 묶어둔 것만도 다행이었다.

기숙사 건물 1층에는 생도 156명이 있었고, 침대는 뻥 뚫린 공간에 깔끔하게 네 줄씩 놓여 있었다. 다행히 잭 발로우는 3층에 배정받았지만 누구에게도 내 약한 모습을 보여줄 수는 없다. 누굴 믿을 수 있을지 알기 전까지는 안 된다. 개인실은 비행용 가죽옷과 마찬가지로 탈곡에서 살아남아야만 얻을 수 있다.

"시몬 카스타네다." 피츠기븐스 대위가 두루마리를 말았다. "이들의 영혼을 말렉에게 맡기노라." 말렉은 죽음의 남신이다.

나는 눈을 깜박였다. 명단이 생각보다 끝에 가까웠나 보다.

공식적으로 해산하라는 마무리는 없었다. 마지막 묵념의 시간도 없었다. 두루마리에 적힌 이름들은 서기들과 함께 연단을 떠나고, 침묵은 대대장들이 몸을 돌려 자기네 대대원에게 말을 걸면서 깨졌다.

"다들 아침을 먹었길 바란다. 점심식사 전까지는 아무것도 먹을 기회가 없을 테니까." 데인이 말했다. 그의 눈은 심장이 한 번 뛸 시간만큼 내 눈을 쳐다보았다가 무관심한 척 곧 멀어졌다.

"너랑 모르는 사이인 척 잘한다." 리애넌이 옆에서 속삭였다.

"그러게." 똑같이 조용히 대꾸했다. 입 끝이 저절로 올라갔지만, 나는 데인의 모습을 만끽하면서도 얼굴을 최대한 무표정하게 유지했다. 햇빛이 그의 황갈색 머리카락에서 춤을 췄다. 데인이 고개를 돌리자 어째선지 어제는 놓쳤던 수염자국 안의 흉터가 보였다.

"2학년과 3학년은 어디로 갈지 알고 있겠지." 데인이 말하는 동안에도 서기들은 안마당 가장자리를 지나 자기네 분과로 돌아가고 있었다. 나는 그곳이 '내' 분과여야 했다고 항의하는 마음속 작은 목소리를 무시했다. 지나간 길에 매달려봤자 살아서 내일의 태양을 보는 데 도움이 되진 않을 것이다.

앞에 선 선배 생도들이 동의하는 소리를 냈다. 1학년인 우리는 1대대를 구성하는 작은 사각형의 뒤쪽 두 줄에 서 있었다.

"1학년들, 너희 중에 어제 받은 학사 일정을 외운 생도가 한 명쯤은 있겠지."
데인의 목소리가 쩌렁쩌렁 울려 퍼졌다. 이 엄한 얼굴의 진지한 지휘관과 내가 쭉 알고 지냈던 재미있고 잘 웃는 남자를 조화시키기란 쉽지 않았다. "한데 뭉쳐라. 오후에 체육관에서 만날 때까지 전원 살아 있기를 바란다."

젠장, 오늘 대련이 있다는 사실을 잊었다. 일주일에 체육관 수업은 두 번 뿐이니까 오늘 수업만 별 탈 없이 끝낸다면 앞으로 며칠은 위험에서 벗어난다. 적어도 '건틀릿' 시험을 감당하기 전까지는 시간이 있다. 건틀릿이란 두 달 후 나뭇잎 색이 변하면 우리가 통달해야 할 무시무시한 수직 장애물 코스였다.

우리가 마지막 건틀릿을 정복한다면 그 너머의 깎아지른 협곡을 통과해 '시연'을 위한 비행장으로 갈 것이고, 그 자리에서 올해 계약할 의사가 있는 드래곤들이 남은 생도들을 처음으로 볼 것이다. 그리고 이틀 뒤에 성채 아래 계곡에서 드래곤의 선택 또는 죽음을 받는 탈곡이 시작된다.

나는 새로운 대대 동료들을 둘러보면서 누가 계곡은 고사하고 비행장까지라도 가게 될지 생각했다. 누구라도 가게 되기는 할까.

내일의 골칫거리를 미리 생각하진 말자.

"우리가 못 살아남으면 뭔데요?" 뒤쪽에 있던 건방진 1학년이 물었다.

나는 굳이 돌아보지 않았지만 리애넌은 돌아보더니 다시 앞을 보면서 눈동자를 굴렸다.

"그때는 내가 너희 이름을 외울 필요가 없겠지. 내일 아침 명단으로 읽힐 테니까." 데인이 어깨를 으쓱이며 대답했다.

내 앞에 있던 2학년이 비웃음을 터뜨리는 바람에 왼쪽 귓불에 달린 작은 고리 모양 귀고리 두 개가 쟁그랑거렸는데, 옆자리의 분홍 머리 2학년은 흔들림이 없었다.

"소여?" 데인이 내 왼쪽에 선 1학년을 쳐다보았다.

"제가 데려가겠습니다." 주근깨가 뒤덮인 밝은 색 피부의 키가 크고 강인한 생도가 절도 있게 고개를 끄덕였다. 주근깨 있는 턱이 움직이는 모습을 보자 연민으로 마음이 아팠다. 그는 일명 '되풀이 생도'였다. 탈곡 때 드래곤과 계약을 맺지 못해서 1년을 또 반복해야 하는 생도.

"해산." 데인이 명령하자 우리 대대도 다른 대대와 비슷하게 흩어졌다. 안마당은 각 잡힌 대형에서 수다 떠는 생도 무리로 변했다. 2학년과 3학년은 다른 방향으로 걸어갔고, 데인도 마찬가지였다.

"우리에겐 수업에 들어갈 때까지 20분이 있다." 소여가 여덟 명뿐인 우리 대대 1학년에게 외쳤다. "학예동 건물 4층 왼쪽 두 번째 방이다. 늦지 않도록 해." 그는 우리가 제대로 들었는지 확인하지도 않고 기숙사 쪽으로 가버렸다.

"힘들겠다." 기숙사 쪽으로 이동하는 군중을 따라가면서 리애넌이 말했다. "다시 이 모든 걸 반복해야 한다니 말이야."

"죽는 것보다야 낫지." 아까의 건방진 녀석이 오른쪽으로 지나가면서 말했다. 그는 키가 조금 작았는데 한 걸음 디딜 때마다 이마 위로 짙은 갈색 머리카락이 흔들렸다. 어젯밤 저녁식사 전에 있었던 짧은 소개를 내가 제대로 기억하고 있다면 그의 이름은 리독이었다.

"그건 사실이야." 나는 문 앞을 메운 사람들 사이로 들어가면서 대꾸했다.

"내가 3학년이 하는 말을 엿들었는데, 1학년이 계약 없이 탈곡에서 살아남으면 원할 경우에 1년을 되풀이해서 다시 시도하게 해준대." 리애넌이 덧붙여 말했다. 나는 1년을 살아남고 나서도 언젠가 라이더가 될 수 있는 기회를 위해 이 생활을 반복하려면 얼마나 투지가 있어야 할까 생각했다. 말이 두 번째지 결국은 첫 번째와 똑같이 쉽게 죽을 수 있는데 말이다.

왼쪽에서 새소리가 들려 군중 너머를 본 나는 심장이 펄쩍 뛰었다. 그 소리를 바로 알아들었기 때문이다. 데인이었다.

새소리가 다시 들렸고, 나는 소리의 진원지를 로톤다 문 근처로 좁혔다. 데인이 널찍한 계단 위에 서 있었고, 눈이 마주치자 아주 살짝 문 쪽으로 고갯짓을 했다.

"나는 저기…." 내가 말하기도 전에 리애넌은 이미 내 시선을 읽었다.

"네 물건은 내가 챙겨갈게. 네 침대 밑에 있는 거 맞지?"

"괜찮겠어?"

"네 침대는 내 침대 옆이야, 바이올렛. 귀찮을 것도 없어. 가봐!" 리애넌은 공모자 같은 미소를 짓더니 내게 어깨를 부딪쳤다.

"고맙다!" 나는 얼른 미소 짓고는 모여 있는 사람들 사이를 헤치며 가장자리로 빠져나갔다. 다행히도 공용 구역 쪽으로 가는 생도는 많지 않았다. 로톤다에 달린 거대한 네 개의 문 중 하나로 슬쩍 들어가는 내 모습을 볼 사람이 많지 않다는 뜻이었다.

안에 들어서자마자 숨을 훅 들이켰다. 아카이브에서 보았던 투시도와 같았지만 어떤 그림이나 예술매체도 그 공간이 얼마나 압도적인지, 모든 면에서 얼마나 아름다운지는 제대로 잡아낼 수 없었다. 이 로톤다는 라이더 성채만이 아니라 바스지아스를 통틀어 가장 아름다운 건축물일 수도 있다. 반질반질한 대리석 바닥에서부터 부드러운 아침 햇살을 걸러 넣고 있는 돔 형태의 유리 천장까지 3층 높이였다. 왼쪽에는 학예동으로 이어지는 육중한 아치문이 두 개 있고, 오른쪽에는 기숙사로 이어지는 똑같은 문이 두 개 있으며, 내 앞으로 여섯 개의 계단을 올라가면 강당으로 열리는 입구 네 개가 나온다.

로톤다 내부에 똑같은 간격을 두고 서 있는 빨간색, 초록색, 갈색, 오렌지색, 파란색, 검은색으로 반짝이는 위압적인 대리석 기둥 여섯 개는 마치 저 위 천장에서부터 떨어져내리는 드래곤 같은 모습으로 조각되어 있었다. 기둥 아래쪽에 새겨진 으르렁거리는 드래곤의 입들 사이, 중앙에는 최소한 4개 대대가 들어가고도 남을 공간이 있지만 지금은 다 비어 있었다.

짙은 빨간색 대리석으로 조각한 첫 번째 드래곤 옆을 지나는데 어떤 손이 내 팔꿈치를 잡더니 기둥 뒤쪽에 있는 발톱과 벽 사이 틈으로 끌어당겼다.

"나야." 나를 돌려세워서 마주보는 데인의 목소리는 낮고 조용했다. 그의 온몸에서 긴장감이 뿜어져 나왔다.

"그럴 거라고 생각했어. 새소리로 날 불렀잖아." 나는 고개를 내저으며 씩 웃었다. 데인은 우리가 크로블란 경계선 근처에 살던 어린 시절부터 그 신호를 사용했다. 우리 부모님이 남부 비행단과 함께 주둔했을 때부터 말이다.

데인은 나를 훑어보면서 이마를 찌푸렸다. 보나마나 새로운 상처가 없나 살피는 눈길이었다. "여기가 꽉 찰 때까지 몇 분 안 남았어. 무릎은 어때?"

"아프지만 죽진 않을 거야." 나는 이보다 훨씬 심한 상처도 입어봤고, 우리 둘 다 그 사실을 알았지만 긴장을 풀라고 말해봐야 소용없을 게 뻔했다.

"어젯밤에 네게 집적댄 사람은 없고?" 데인은 걱정하느라 이마에 골이 패였다. 나는 손가락으로 그 주름을 펴주고 싶어지는 스스로를 다잡으려 팔짱을 꼈다. 데인의 걱정은 내 가슴에 돌덩이처럼 내려앉았다.

"그랬다 한들 그렇게까지 나쁠까?" 나는 억지로 활짝 웃으면서 놀렸다.

데인은 두 팔을 옆에 늘어뜨리면서 로톤다에 메아리칠 정도로 크게 한숨을 내쉬었다. "그런 뜻이 아닌 거 알잖아, 바이올렛."

"어젯밤에 날 해치려던 사람은 없었어, 데인." 나는 등을 벽에 기대면서 무릎에 가해지는 무게를 덜었다. "아직 서로를 죽여대기엔 다들 너무 지친 데다가 살아남았다는 사실에 안심한 상태였겠지." 어젯밤에 막사는 소등하자마자 빠르게 조용해졌다. 감정적으로 너무나도 피곤한 하루였다.

"그리고 뭘 먹긴 한 거야? 6시가 되어 종소리가 울리면 기숙사에서 빨리 내쫓는 거 알아."

"다른 1학년과 같이 아침을 먹었고, 혹시나 잔소리하기 전에 말해두자면, 종소리가 들리기 전에 이불 속에서 무릎을 다시 싸매고 머리도 땋았어. 난 몇 년이나 서기 일정으로 살았어, 데인. 서기들은 한 시간 일찍 일어나. 실은 그것 때문에 아침식사 직무에 자원할까 싶기도 해."

그는 정수리 쪽으로 단단히 틀어올려 핀으로 고정시킨 내 은빛 땋은 머리끝을 보았다. "그 머리는 잘라야 해."

"말도 꺼내지 마." 나는 고개를 저었다.

"여기 여자들이 머리를 짧게 자르는 데엔 이유가 있어, 바이. 누군가가 대련장에서 네 머리채를 잡는 순간…."

"대련장에서 내가 먼저 걱정해야 할 건 머리카락이 아니야."

데인은 내 말에 눈을 크게 떴다. "난 그저 너를 지키려고 하는 것뿐이야. 내가 오늘 아침에 널 피즈기븐스 대위님 품에 밀어넣고 제발 여기에서 데리고 나가달라고 하지 않은 것만도 운 좋은 줄 알아."

나는 그 엄포를 무시했다. 우리는 시간을 허비하고 있었고, 나는 데인에게 얻어내야 할 정보가 있었다. "왜 어제 우리 대대가 제2비행단에서 제4비행단으로 이동한 거야?"

데인은 뻣뻣하게 시선을 돌렸다.

"말해." 내가 혹시 있지도 않은 의미를 부여하고 있는 건지 알아야 했다.

"젠장." 그는 거칠게 머리를 흐트러뜨리며 중얼거렸다. "제이든 라이오슨이 네가 죽기를 원해. 어제 이후로 지휘부는 다 아는 사실이야."

아니군. 과잉 반응이 아니었어.

"나와 직통으로 연결되게 대대를 이동시킨 거네. 자기가 원하는 대로 해도 아무도 문제 제기를 못하게 만든 거야. 난 그놈이 내 어머니에게 복수할 수단이고." 이미 알고 있던 사실을 확인하자니 심장이 펄쩍 뛰지도 않았다. "생각대로네. 그냥 내 상상이 과하지 않았다는 사실을 확실히 해둬야 했어."

"내가 너에게 아무 일도 일어나지 않게 할 거야." 데인이 걸음을 내디디며 내 얼굴을 두 손으로 감싸더니 달래듯이 엄지손가락으로 광대뼈를 쓸었다.

"네가 할 수 있는 일이 많진 않아." 나는 벽을 밀어 데인의 손이 닿지 않는 곳으로 걸어나갔다. "수업에 가야 해." 이미 로톤다를 통과해 가는 생도들의 목소리가 조금씩 울려 퍼지고 있었다.

데인의 턱이 잠시 움직이더니 미간에 주름이 다시 잡혔다. "최대한 눈에 띄지 않도록 해. 특히 전투 브리핑 시간에는 납작 엎드려 있어. 머리카락 색깔으로도 네 정체가 드러나기는 하겠지만, 그건 딱 하나 우리 분과 전체가 듣는 수업이야. 혹시 2학년생 한 명이 경호할 수 있을지 내가 알아볼게."

"역사 시간에 누가 날 암살하진 않을 거야." 나는 눈을 찌푸렸다. "학예동이야말로 내가 걱정할 필요가 없는 단 한 곳이야. 제이든이 뭘 어쩌겠어? 날 강의실에서 끌어내 복도 한가운데서 칼질이라도 하겠어? 아니면 진심으로 제이든이 전투 브리핑 시간에 날 찌를 거라고 생각하는 거야?"

"나라면 그럴 가능성도 배제하지 않겠어. 제이든은 말도 못하게 무자비해, 바이올렛. 녀석의 드래곤이 왜 녀석을 선택했다고 생각해?"

"어제 연단 뒤에 착륙했던 군청색 드래곤 말이지?" 속이 뒤틀렸다. 그 금빛 눈이 나를 재보던 모습이란….

데인이 고개를 끄덕였다. "스케일은 블루 대거테일이고… 광포해." 그는 침을 꿀꺽 삼켰다. "오해하지 마. 캐스도 열받으면 험악하게 굴어. 레드 소드테일이니까. 그렇지만 드래곤들도 대부분 스케일은 피해."

나는 데인을, 정확히는 데인의 턱을 특징짓는 흉터와 친숙하면서도 낯선 냉정한 두 눈을 응시했다.

"왜?" 데인이 물었다. 주위에 들리는 목소리들이 커지고 오가는 발소리도 늘었다.

"넌 드래곤과 계약했지. 내가 알지도 못하는 능력을 가졌어. 마법으로 문을 여는 데다가 대대장이기도 해." 나는 한 문장, 한 문장을 느릿느릿 말했다. 그게 무슨 의미인지를, 그가 얼마나 변했는지를 정말로 이해하고 있다는 사실을 전달하고 싶었다. "네가 아직도… 데인이라는 사실을 이해하기가 힘들어."

"난 여전히 나야." 데인의 자세가 부드러워지더니 짧은 튜닉 소매를 들어올려 어깨에 찍힌 레드 드래곤의 인장을 드러냈다. "그저 이게 생겼을 뿐이야. 능력에 대해서 말하자면, 캐스가 다른 드래곤보다 많은 마력을 흘려보내긴 하지만 내가 그 힘에 숙련되려면 아직 멀었어. 난 그다지 변하지 않았어. 그리고 계약으로 생긴 인장을 통해 쓰는 마법에 대해서라면 전형적이고 사소한 마법밖에 못 써. 문을 연다거나 속도를 올린다거나 불편한 깃펜을 쓰는 대신 잉크 펜을 작동시키는 정도야."

"네 고유 능력은 뭔데?" 모든 라이더는 계약한 드래곤이 채널링을 시작해서 마력을 흘려보내면 소소한 마법을 쓸 수 있게 되지만, 고유 능력은 그중에서 두드러지는 특별한 능력이다. 드래곤과 라이더 사이에 맺어진 독특한 유대 관계의 결과로 각각 발현되는 가장 강력한 기술이다.

같은 고유 능력을 갖는 라이더들도 있다. 불, 얼음, 물을 조종하는 능력은 가장 흔한 고유 능력이고 모두 전투에 유용했다.

그러나 라이더를 특별한 존재로 만드는 고유 능력이 따로 있다.

내 어머니는 폭풍의 힘을 행사할 수 있다.

멜그렌은 전투의 결과를 미리 볼 수 있다.

다시 한 번, 제이든의 고유 능력이 무엇일지 궁금할 수밖에 없었다. 그리고 내가 가장 생각하지 못한 때에 그 능력을 써서 나를 죽일지 여부도.

"난 사람의 최근 기억을 읽을 수 있어." 데인이 조용히 인정했다. "본질적으로 마음을 읽는다거나 하는 건 아니야. 그 사람에게 손을 대야 하니까 보안상 위험인물도 아니지. 하지만 내 고유 능력이 널리 알려진 건 아니야. 아마 날 정보부에 쓸 것 같아." 그는 한쪽 어깨에 달린 제4비행단 표식 아래 나침반 모양 패치를 가리켰다. 그 표식은 고유 능력이 기밀이라는 의미다. 어제는 내가 그 패치를 눈치 채지 못했다.

"그럴 수가." 나는 미소 지으며 제이든의 제복에는 그런 패치가 달려 있지 않다는 사실을 떠올리고는 진정하려 숨을 들이마셨다.

데인은 고개를 끄덕였고, 입가에 신이 난 웃음이 걸렸다. "아직은 배우는 중이야. 물론 캐스와 가까이 있을 때 더 잘하지만 말이야. 난 다른 사람의 관자놀이에 손을 얹기만 하면 그 사람이 본 걸 볼 수 있어. 정말… 믿기지 않지."

그런 고유 능력이라면 데인은 눈에 띌 수밖에 없다. 그는 우리가 가진 가장 값진 심문 도구가 될 것이다.

"그러면서 안 변했다고 하다니." 반쯤은 놀리는 말이었다.

"이 학교는 사람의 거의 모든 것을 뒤틀 수 있어, 바이. 허세도 치장도 다 잘라내서 사람의 핵심을 드러내버리지. 군에서 그러길 원해. 사람의 가장 소중한 유대 관계를 잘라내어 소속 비행단에만 충성하게 만들고 싶어 해. 그게 1학년생이 가족이나 친구들에게 편지를 보내지 못하는 이유 중 하나이고. 그게 허용됐다면 내가 너한테 편지 썼을 거라는 거 알지? 하지만 1년으로는 절친한 친구에 대한 마음이 사라질 순 없어. 난 여전히 데인이고, 내년 이맘때의 너도 여전히 바이올렛일 거야. 우린 여전히 우리일 거야."

"내가 살아 있다면 말이지." 나는 종소리를 들으며 농담을 던졌다. "수업 가야겠어."

"그래. 그리고 난 비행장에 늦을 거야." 데인은 기둥 모서리 쪽을 가리켰다. "봐, 라이오슨은 그래도 비행단장이야. 널 노리기는 하겠지만 코덱스 안에서 방법을 찾을 거야. 최소한 사람들이 보고 있을 때는 그래. 나는…." 그의 두 뺨이 붉어졌다. "현재 제3비행단장인 앰버 메이비스와 작년에 아주 좋은 친구로 지냈거든. 장담하는데 비행단장들에게 코덱스는 신성한 규칙이야. 이제 너 먼저 가. 대련장에서 보자." 그가 나를 안심시키는 미소를 지었다.

"나중에 봐." 나는 마주 미소 짓고는 방향을 돌려 거대한 기둥 아래쪽을 빙돌아서 사람들이 늘어난 로톤다 안으로 돌아갔다. 생도 수십 명이 이 건물에서 저 건물로 걸어가고 있었고, 내가 갈 방향을 잡는 데 잠시 시간이 걸렸다.

나는 오렌지색과 검은색 기둥 사이에 있는 학예동 문을 발견하고는 사람들 사이에 섞여서 걷기 시작했다. 로톤다 중앙을 가로지르는데 목덜미 털이 쭈뼛 서더니 한기가 등줄기를 타고 흘렀다. 걸음을 멈췄다. 생도들이 내 주위로 움직였지만 내 눈은 위쪽 강당으로 이어지는 계단 꼭대기로 향했다.

이런 망할!

제이든 라이오슨이 눈을 가늘게 뜨고 나를 지켜보고 있었다. 굵은 두 팔은 제복 소매를 걷어올린 채로 가슴 앞에 팔짱을 끼고 있어서 팔을 뒤덮은 경고의 인장이 그대로 드러나 보였다. 옆에 선 3학년생이 뭐라고 말을 하고 있었지만 제이든은 노골적으로 무시했다.

심장이 튀어올라 내 목구멍에 둥지를 틀었다. 우리 사이의 거리는 고작 6미터 정도였다. 내 손가락은 옆구리에 꽂힌 단검을 잡을 태세로 씰룩거렸다. 저놈이 여기에서 저지를까? 로톤다 한가운데서? 대리석 바닥은 회색이니까 직원들이 피를 닦아내기도 그렇게 어렵지는 않을 터였다.

그는 고개를 기울이더니 믿기 어려울 만큼 새까만 눈으로 나를 관찰했다. 마치 내 어디가 가장 취약한지 가늠해보는 것 같았다. 도망쳐야겠지? 하지만 이 위치를 고수하면 최소한 제이든이 오는 모습을 볼 수는 있다.

제이든의 관심이 옮겨가더니 내 오른쪽을 보고는 한쪽 눈썹을 들어올렸다.

기둥 뒤에서 데인이 나타나자 속이 철렁 내려앉았다.

"뭐하는…." 데인은 당황해서 이마를 구긴 채 나에게 다가왔다.

"계단 위. 네 번째 문." 나는 그의 말을 끊으며 잇새로 말했다.

주위에 있던 사람들이 줄어드는 가운데, 데인의 시선이 위쪽으로 꺾이더니 욕을 하면서 대놓고 나에게 더 가까이 붙었다. 사람이 적다면 증인도 적다는 뜻이지만 나는 바보가 아니었다. 제이든이 원한다면 분과 전체가 앞에 있어도 날 죽일 터였다.

"너희 부모들끼리 끈끈한 줄은 알았지만." 제이든이 입술을 비딱하게 기울이며 잔혹한 미소로 외쳤다. "둘이 그렇게까지 뻔하게 굴어야 하나?"

아직 로톤다에 있던 생도 몇 명이 고개를 돌려 우리를 보았다.

"어디 맞혀볼까." 제이든은 데인과 나를 번갈아 보며 말을 이었다. "어린 시절 친구? 어쩌면 첫사랑이려나?"

"저놈도 이유 없이 널 해칠 순 없어, 맞지?" 나는 속삭였다. "이유도 있어야 하고 비행단장 정족수도 있어야 해. 넌 대대장이니까. 4조 3항."

"정확해." 데인은 목소리를 굳이 낮추지도 않고 대답했다. "하지만 너는 다르지."

"너라면 애정이 어디로 향하는지 좀 더 잘 숨길 줄 알았는데, 에이토스." 제이든이 계단을 걸어 내려왔다.

젠장, 젠장, 젠장!

"뛰어, 바이올렛." 데인이 명령했다. "당장."

나는 달아났다.

05

멜그렌 장군의 명령과는 정면으로 충돌한다는 사실을 알지만, 저는 오늘 브리핑에서 제시된 계획에 공식적으로 반대합니다. 반역의 자식들이 부모의 처형을 지켜봐야 한다는 것은 본 장군의 의견이 아닙니다. 어떤 아이도 부모가 죽는 모습을 봐서는 안 됩니다.

— 티렌더 반역에 대해 릴리스 소른게일 장군이 타우리 왕에게 보낸 공식 보고서

"첫 전투 브리핑 시간에 온 걸 환영한다."

오전, 거대한 강의실의 우묵한 바닥에서 드베라 교수가 말했다. 어깨에 붙인 불꽃전대의 밝은 자주색 패치가 그녀의 짧은 머리와 완벽하게 어울렸다. 이건 학예동 전체의 끝부분 곡선을 차지하는 원형의 계단식 방에서 열리는 유일한 수업이었다. 이 강의실은 모든 생도를 들여놓을 수 있는 단 두 개의 방 중 하나이기도 했다. 삐걱거리는 나무 의자 전체가 다 찼고, 뒤쪽 벽에 3학년 선배들이 기대어 서 있긴 했지만 그래도 다 들어오기는 했다.

1학년 3개 대대만 있던 역사 수업과는 달랐지만 적어도 우리 대대의 1학년은 모두 함께 앉아 있었다. 이름을 다 기억할 수만 있다면 좋으련만.

리독은 기억하기 쉬웠다. 녀석은 역사 시간 내내 건방진 논평을 달아댔다. 여기에서는 같은 짓을 하지 않았으면 좋겠는데. 드베라 교수는 농담을 받아줄 사람이 아니었다.

"과거에는 라이더들이 졸업하기 전에 복무에 임하는 일이 드물었다." 드베라 교수는 뒤쪽 벽에 걸린, 우리 국경선을 따라 배치된 전초기지들이 복잡하게 붙어 있는 6미터 높이의 지도 앞을 천천히 오가면서 말을 이었다. 창문이 없다

는 사실을 벌충하기 위해 공간을 밝히는 수십 개의 마법 불빛이 드베라 교수가 등에 메고 있는 장검에 반사하여 반짝였다.

"그리고 과거에는 복무 소집을 받는다 해도 언제나 전방 비행단을 따라다닌 경험이 있는 3학년생만이었지. 하지만 너희들은 우리가 처한 상황을 온전히 알고 졸업하기를 바란다. 모든 비행단이 어디에 주둔하는지만 알 게 아니다." 교수는 뜸을 들이며 모든 1학년생과 눈을 마주쳤다. 그녀의 어깨에 붙은 계급장은 대위였지만, 가슴에 달린 훈장으로 보아 여기에서 가르치는 시간을 끝내면 소령이 되어 떠날 게 분명했다. "너희는 적의 정치를 이해하고, 지속적인 공격으로부터 전초기지들을 방어하는 전략들을 이해해야 하며, 최근의 전투들과 과거 전투들에 대해 속속들이 알아야 한다. 이런 기본적인 주제도 이해하지 못한다면 너희는 드래곤의 등에 탈 일이 없다." 그녀는 짙은 갈색 피부보다도 몇 단계는 어두운 검은 눈썹을 구부렸다.

"그것 참 부담되네." 옆에서 리애넌이 맹렬히 필기하면서 중얼거렸다.

"우린 괜찮을 거야." 나는 소곤소곤 장담했다. "지금까지 내륙 기지에 증원 병력으로 간 것도 3학년이고 최전선에 불려간 적은 한 번도 없어." 어머니 주위에서 그 정도는 주워들을 만큼 귀를 열고 살았다.

"이 수업은 너희가 매일 듣는 유일한 수업이다. 혹시 너희가 일찍 복무하게 될 경우에 중요한 수업은 이것뿐이기 때문이다." 드베라 교수의 시선이 왼쪽에서 오른쪽으로 움직이다가 나에게 와서 잠깐 멎었다. 짧은 순간 그녀의 눈동자가 확 커졌지만, 그녀는 잘했다는 듯한 미소를 지으며 고개를 끄덕이고는 시선을 옮겼다. "이 수업은 매일 이어지는 데다가 가장 최신 정보를 필요로 하므로 너희는 나만이 아니라 마컴 교수에게도 배울 것이다. 너희가 지극히 존경해야 마땅한 분이지."

드베라가 서기에게 앞으로 나오라고 손짓하자, 마컴 교수가 나서서 그 옆에 섰다. 그의 크림색 제복은 드베라의 새까만 제복과 대조를 이뤘다. 그는 드베라가 뭐라고 속삭이자 몸을 기울여 듣더니 고개를 홱 돌려서 내 쪽을 보며 숱 많은 두 눈썹을 치켜올렸다.

마컴 대령이 피곤한 눈을 나와 마주치며 한숨을 내쉬자 무거운 슬픔이 차올랐다. 나는 원래 서기 분과에서 그의 스타 학생, 그가 은퇴하기 전에 남길 최고의 성취가 될 예정이었다. 그런 내가 지금은 이 분과에서 성공할 가능성이 제일 적은 학생이라니, 이 얼마나 끝내주는 아이러니인지.

"과거를 공부하고 숙지할 뿐만 아니라 현재를 중계하고 기록하는 것도 서기의 의무다." 마컴 교수는 나를 보던 실망한 눈빛을 겨우 갈무리하고는 둥글납작한 콧대를 문지르며 말했다. "최전방에 대한 정확한 그림, 즉 전략적인 결정을 내리는 데 필요한 믿을 만한 정보와 무엇보다도 중요하게는, 미래 세대의 안녕을 위하여 역사를 기록하는 정확한 세부 내용이 없다면 우리는 망한 것이다. 왕국으로서만이 아니라 사회로서도."

바로 그게 내가 언제나 서기가 되고 싶어 한 이유였다. 지금은 아무 의미 없지만.

"오늘의 첫 번째 주제다." 드베라 교수가 지도 앞으로 움직이더니, 손을 휙 움직여서 마법 불빛 하나를 포로미엘 왕국의 브레이빅 지방과 접한 동쪽 국경 위로 끌고 왔다. "어젯밤, 동부 비행단이 차키르 마을 근처에서 브레이빅의 그리폰과 라이더들에게 공격을 받았다."

젠장. 강의실 전체에 웅얼거리는 소리가 퍼졌다. 나는 받아적을 수 있도록 앞에 놓인 책상 위 잉크병에 깃펜을 담갔다. 어머니가 쓰는 것 같은 펜을 쓸 수 있게 얼른 드래곤에게 마력을 받으면 좋을 텐데. 그 생각을 하자 입술 끝이 올라갔다. 라이더가 되면 확실히 특권이 있다. 있을 것이다.

"당연히 보안 때문에 몇 가지 정보는 뺐지만 에스벤 산맥 꼭대기를 따라 쳐진 보호막이 불안정해졌다는 사실은 말해줄 수 있다." 드베라 교수가 두 손을 벌리자 빛이 팽창하며 우리와 브레이빅 사이 국경을 형성하는 산맥을 비췄다. "문제의 무리가 나바르 영역으로 들어오는 것을 허용했을 뿐 아니라 라이더들이 자정 무렵 그리폰들과 채널링하여 능력을 행사하는 것까지 허용했다."

생도들, 특히 1학년 사이에 웅성임이 커졌고 나는 속이 철렁했다. 라이더들에게 마력을 전달할 수 있는 동물은 드래곤만이 아니다. 포로미엘의 그리폰도 그런 능력을 갖고 있다. 다만 국경선 안에서 우리의 마법은 모두 가능하되 적의 마법을 불가능하게 만드는 보호막을 강화할 수 있는 건 오직 드래곤뿐이었다. 그것이 나바르의 국경이 원형에 가까운 이유였다.

모든 전초기지에 대대를 주둔시킨다 해도 보호막의 힘은 베일에서 퍼져서 국경까지밖에 연장되지 않는다. 그 보호막이 없다면 우린 끝장이다. 나바르의 마을들은 사냥터나 다름없어질 테고, 포로미엘의 습격대는 필연적으로 내려오고 말 터였다. 그 탐욕스러운 개자식들은 자기들이 가진 자원으로 만족하는 법이 없었다. 언제나 우리 자원까지 갖고 싶어 했다. 그리고 놈들이 우리의 무역 협상에 만족하는 방법을 배울 때까지는, 나바르에서 징집이 끝날 가능성도 없었다. 평화를 경험할 가능성이 없는 것이다.

하지만 지금 우리가 높은 경계 태세가 아니라는 건 분명히 보호막을 다시 쳤거나 최소한 안정이라도 시켰다는 뜻이다.

"동부 비행단의 1개 대대가 도착하기 전에 민간인 37명이 죽었지만, 라이더와 드래곤이 놈들을 격퇴하는 데 성공했다." 드베라 교수는 팔짱을 끼고 말을 끝냈다. "이 정보에 근거하여 너희라면 어떤 질문을 던지겠나?" 그녀는 손가락 하나를 들어올렸다. "우선 1학년들에게만 답을 듣고 싶군."

내 첫 번째 질문은 대체 왜 보호막이 불안정해졌냐는 것이었지만, 보안 등급도 없는 생도가 가득한 방에서 그런 질문에 대답을 해줄 리는 없었다. 지도를 뜯어보았다. 에스벤 산줄기는 우리가 브레이빅과 맞대고 있는 동부 국경에서 가장 높은 곳이어서 공격받을 가능성은 가장 낮았다. 특히나 그리폰은 드래곤만큼 높은 고도를 잘 견디지 못한다. 아마 반은 사자, 반은 독수리여서 높은 고도의 희박한 공기를 처리하지 못하기 때문일 것이다.

지난 600년간 우리가 영토에 대한 대규모 공격을 모조리 막아낼 수 있었고, 또 끝나지 않는 400년간의 전쟁에서 우리 땅을 성공적으로 방어해온 이유가 있다. 사소한 능력이든 고유 능력이든 간에 우리 능력이 더 우월한 건 분명하다. 우리의 드래곤이 그리폰보다 더 많은 마력을 흘려 보낼 수 있기 때문이다.

그렇다면 왜 저 산줄기를 공격했을까? 무엇 때문에 그곳의 보호막이 불안정해진 걸까?

"자, 1학년들. 너희가 균형감각만 좋은 게 아니라는 사실을 보여다오. 여기에 있을 만한 비판적 사고능력이 있다는 걸 보여줘." 드베라 교수가 말했다. "너희가 국경 너머의 상황에 대비하는 것이 그 어느 때보다 중요하다."

"보호막이 불안정해진 게 이번이 처음입니까?" 몇 줄 앞에 앉은 1학년 여자 생도가 물었다.

드베라 교수와 마컴 교수가 눈빛을 교환하더니, 드베라가 생도를 돌아보았다. "아니다."

심장이 목으로 뛰어오를 듯했고, 방 안은 물을 끼얹은 듯 조용해졌다.

처음이 아니라니.

질문한 생도가 헛기침을 했다. "그러면… 얼마나 자주 불안정해집니까?"

마컴 교수가 기민한 눈을 가늘게 뜨고 그녀를 보았다. "그건 네 권한 밖의 정보다, 생도." 그는 우리 구역으로 관심을 돌렸다. "지금 논의 중인 공격에 대해 또 관련 있는 질문은?"

"당시 비행단에서 나온 사상자는 몇입니까?" 내 오른쪽 한 줄 너머에 있는 1학년이 물었다.

"부상을 입은 드래곤 하나. 죽은 라이더 하나."

또다시 강의실에 웅성임이 일었다. 졸업까지 살아남는다고 해서 우리가 복무에서도 살아남는다는 뜻이 아니었다. 통계적으로는 대부분의 라이더가 은퇴 연령이 되기 전에 죽었고, 특히 지난 2년간은 하늘에서 우수수 떨어지는 수준이었다.

"하필 그 질문을 한 이유는?" 드베라 교수가 질문한 남자 생도에게 물었다.

"얼마나 많은 증원 병력이 필요한지 알기 위해서입니다." 그는 대답했다.

드베라 교수가 고개를 끄덕이더니 프라이어에게 몸을 돌렸다. 그는 우리 대대에서 제일 온화한 1학년인데, 손을 올렸다가 잽싸게 내리더니 검은색 눈썹을 찡긋거렸다. "질문을 하고 싶었나?"

"네." 프라이어는 고개를 끄덕이면서 검은 머리카락 몇 가닥에 눈이 찔리더니, 다시 고개를 저었다. "아닙니다. 신경 쓰지 마세요."

"결단력이 넘치네." 옆에 있던 루카가 조롱하니 주위 생도들이 웃음을 터뜨렸다. 루카는 우리 대대에서 제일 심술궂어서 어떻게든 피하고 싶은 인물이었다. 루카는 입술 끝을 슬쩍 올려서 비웃는 표정을 짓더니, 전혀 무심하지 않은 동작으로 긴 갈색 머리카락을 어깨 너머로 획 넘겼다. 나와 마찬가지로 우리 분과에서 머리카락을 짧게 자르지 않은 몇 안 되는 여자였다. 그 사실이 스스로에게 해가 되지 않으리라 여기는 그 자신감은 부러워도 결코 그 태도는 부럽지 않았다. 알고 지낸 지 하루도 안 됐는데도.

"프라이어는 우리 대대야." 오렐리가, 적어도 내 기억에는 그런 이름의 그가 진지한 검은 눈을 가늘게 뜨며 루카를 보고 비난했다. "동료애를 좀 보여."

"웃기지 마. 질문을 하고 싶은지 아닌지도 결정 못하는 녀석과 계약하는 드래곤이 있을 리가 없어. 게다가 오늘 아침식사 때 봤어? 쟤는 베이컨과 소시지도 선택을 못해서 배식 줄 전체를 기다리게 했다고." 눈가에 검은색 화장 가루인 콜을 바른 루카가 눈을 희번덕거렸다.

"제4비행단이 서로 할퀴기를 끝냈다면 질문해보겠나?" 드베라 교수가 한쪽 눈썹을 올리며 물었다.

"그 마을 고도가 얼마였는지 물어봐." 나는 리애넌에게 속삭였다.

"뭐?"

"물어보기나 해." 나는 데인의 충고를 지키려고 노력하며 대꾸했다. 일곱 줄 뒤에서 데인이 내 뒤통수를 노려보는 것을 느낄 수 있었지만, 고개를 돌려서 볼 생각은 없었다. 제이든도 거기 어딘가에 있을 게 뻔했다.

"그 마을은 고도가 얼마였습니까?" 리애넌이 물었다.

드베라 교수는 리애넌을 돌아보면서 양쪽 눈썹을 올렸다. "마컴?"

"3,000미터에 살짝 못 미쳤다." 마컴이 대답했다. "왜지?"

리애넌은 나를 곁눈질하고는 헛기침을 했다. "그리폰으로 계획적인 공격을 하기에는 조금 높아 보이네요."

"잘했어!" 리애넌에게 속삭였다.

"계획적인 공격을 하기에는 조금 높은 게 사실이다." 드베라가 말했다. "그게 왜 신경 쓰이는지 말해보는 게 어떻겠나, 소른게일 생도? 여기서부터는 자네가 직접 묻고 싶은 것을 물어도 좋겠지." 그녀의 날카로운 시선을 받으니 앉은 자리에서 몸을 꼴 수밖에 없었다.

방 안에 있는 모두가 내 쪽으로 고개를 돌렸다. 혹시 내가 누군지에 대해 의혹이 있던 사람이라도 이제는 의심이 싹 가셨으리라.

끝내주네.

"그리폰들은 그 고도에서 원래만큼 강하지 않으며 힘을 흘려보내는 능력 또한 마찬가지입니다." 결국 나는 말했다. "보호막이 고장 나리라는 사실을 알았다면 모를까, 그곳을 공격하는 건 비논리적입니다. 특히나 그 마을은… 제일 가까운 전초기지에서 비행거리가 한 시간밖에 떨어지지 않은 것 같으니까요." 혹시나 내가 바보짓을 하고 있지 않나 확인하려고 지도를 다시 보았다. "저기가 차키르 맞죠?" 이럴 땐 서기 훈련이 빛을 발하는군.

"맞다." 드베라의 입꼬리가 슬쩍 올라갔다. "그 생각을 계속 이어가봐."

잠깐만. "그 라이더 대대가 도착하는 데 한 시간이 걸렸다고 하지 않으셨습니까?" 나는 눈을 가늘게 떴다.

"그랬지." 드베라는 기대감을 품은 얼굴로 나를 보았다.

"그렇다면 그 대대는 이미 출발한 후였군요." 나는 불쑥 말해놓고 바로 얼마나 멍청한 소리인지 알았다. 주위에서 웃음소리가 일자 얼굴이 뜨거워졌다.

"그렇겠지. 그게 말이 되고말고." 맨 앞줄에 앉은 잭이 몸을 돌려 대놓고 비웃었다. "멜그렌 장군님은 전투가 일어나기도 전에 결과를 아시지만 그분이라 해도 언제 전투가 일어날지는 모르거든, 멍청아."

다른 생도의 웃음소리가 뼈에 울리는 것 같았다. 이 우스꽝스러운 책상 밑으로 기어들어가서 사라지고 싶었다.

"꺼져, 발로우." 리애넌이 쏘아붙였다.

"예지 같은 게 있다고 생각하는 사람은 내가 아닌데." 잭은 비웃음으로 응수했다. "그런 사람이 드래곤 등에 앉는다면 신들이 우릴 보우하셔야지." 다시 한번 웃음소리가 터지면서 내 목이 화끈거렸다.

"왜 그렇게 생각하나, 바이올렛…." 마컴 교수가 얼굴을 찡그렸다. "아니, 소른게일 생도?"

"이미 출발한 게 아니고서는 공격받은 지 한 시간 안에 마을에 도착할 방법이 없기 때문입니다." 나는 잭을 쏘아보며 주장을 펼쳤다. 잭도, 잭의 웃음소리도 꺼지라지. 내가 저놈보다 약할진 모르지만 머리는 훨씬 좋거든.

"저 산줄기에서 봉화를 올려 도움을 청하는 데만도 30분은 걸릴 테고, 온전한 대대가 필요할 때를 기다리면서 앉아 있을 리도 없습니다. 대대원 절반 이상이 잠들어 있었겠죠. 그러니 이미 가고 있었다고 봐야 합니다."

"그렇다면 왜 이미 가고 있었을까?" 드베라 교수가 재촉하는데, 그 눈빛을 보니 내가 옳은 게 분명했다. 덕분에 내 생각을 한 걸음 더 밀어붙일 자신감이 생겼다.

"어떻게인지는 몰라도 보호막이 불안정해지고 있다는 사실을 알아서입니다." 나는 턱을 들어올리며, 내가 옳기를 바라는 동시에 전쟁의 여신 '던'에게는 내가 틀렸기를 빌었다.

"그것 참…." 그때 잭이 입을 열었다.

"그 말이 맞다." 드베라가 잭의 말을 자르자 강의실 안에 침묵이 내려앉았다. "동부 비행단 소속의 드래곤 하나가 불안정한 보호막을 감지해서 비행단이 날아올랐다. 그러지 않았다면 사상자 수는 훨씬 많았을 거고 마을도 훨씬 심하게 파괴됐을 것이다."

내 가슴속에 작은 자신감의 거품이 솟아오르다가, 잭이 노려보는 시선에 찔려 터졌다. 아무래도 잭은 날 죽이겠다는 다짐을 잊지 않은 모양이다.

"2학년과 3학년, 이어받아라." 드베라 교수가 지시했다. "너희는 동료 생도들을 좀 더 존중할 수 있는지 어디 보자." 그녀가 잭을 보고 한쪽 눈썹을 들썩이는 사이, 우리 뒤쪽에 있는 라이더들이 질문을 쏟아내기 시작했다.

현장에는 라이더가 몇 명이나 배치되었나?

사망자 한 명은 누가 죽었나?

마을에서 그리폰들을 치우는 데 얼마나 걸렸나?

심문할 수 있는 적은 몇 명이나 생포했나?

나는 모든 질문과 답을 적었다. 그러면서 서기 분과에 있었다면 그 사실들을 조합하여 어떤 보고서를 썼을지, 어떤 정보가 보고서에 포함시킬 만큼 중요하고 또 어떤 정보가 무관한지 생각했다.

"마을 상태는 어땠습니까?" 강의실 뒤쪽에서 저음의 목소리가 들렸다.

내 몸이 등 뒤에 임박한 위협을 알아차리고는 목덜미 털을 세웠다.

"라이오슨?" 마컴이 손바닥으로 눈부신 마법 불빛을 가리고 강의실 맨 위쪽을 쳐다보며 물었다.

"마을 말입니다." 제이든이 다시 물었다. "드베라 교수님은 피해가 더 클 수도 있었다고 하셨는데 실제 상태는 어땠습니까? 마을이 불탔습니까? 파괴됐습니까? 놈들이 거점으로 삼으려고 했다면 마을을 없애지 않았을 테니 공격의 동기를 밝히려면 마을 상태가 중요합니다."

드베라 교수가 칭찬하듯 미소 지었다. "비행단이 도착했을 때 놈들이 이미 빠져나간 건물들은 불타 있었고 나머지는 약탈당하는 중이었다."

"뭔가를 찾고 있었군요." 제이든이 절대적인 확신을 담아 말했다. "그리고 그게 재물은 아니었습니다. 보석을 채굴하는 곳이 아니니까요. 그렇다면 우리의 무엇을, 놈들이 그렇게 간절히 원하느냐는 질문이 떠오르는군요."

"바로 그거야. 그게 문제다." 드베라 교수가 강의실 안을 둘러보았다. "바로 그래서 라이오슨이 비행단장인 거다. 뛰어난 라이더가 되려면 힘과 용기 이상이 필요해."

"그래서 답은 뭔가요?" 왼쪽에 있는 어느 1학년이 물었다.

"우리도 모른다." 드베라 교수가 어깨를 으쓱이며 대답했다. "이 또한 어째서 우리가 지속적으로 평화를 구하려 하는데도 포로미엘 왕국이 거부하느냐는 퍼즐의 한 조각일 뿐이지. 저들은 무엇을 찾고 있을까? 왜 저 마을일까? 보호막이 무너진 게 저들 때문일까, 아니면 보호막은 이미 흔들리고 있었을까? 내일도, 다음 주도, 다음 달에도 공격이 있을 테고, 그러면 우리도 또 다른 단서를 얻을지 모른다. 답을 찾고 있다면 역사를 보아라. 역사 속 전쟁들은 이미 해부하고 분석된 후다. 전투 브리핑 시간은 유동적인 상황을 다룬다. 이 수업에서 너희가 어떤 질문을 던져야 모두가 집에 살아 돌아갈 가능성이 있는지를 배우기 바란다."

그의 말 어딘가에서 올해는 3학년만 소집되지 않을 수도 있다는 의미가 전해지자 뼛속까지 한기가 스몄다.

"너 정말로 역사 수업의 모든 답을 아는구나. 전투 브리핑 시간에 물어볼 올바른 질문도 아는 것 같고." 점심식사 후 리앤넌은 나와 같이 대련용 매트 가장자리에 서서 격투용 가죽옷을 입은 리독과 오렐리가 원을 그리며 도는 모습을 지켜보다가 고개를 저으며 말했다. 리독과 오렐리는 몸집이 비슷했다. 리독이 좀 더 작은 편이었고, 오렐리는 딱 미라 언니 같은 몸이었다. 아버지 쪽의 피를 물려받았으니 놀랄 일도 아니지만. "넌 시험공부도 할 필요 없지 않아?"

나머지 1학년들은 우리 쪽에 서 있고, 2학년과 3학년은 반대쪽에 있었다. 그들은 이미 1년 이상 전투 훈련을 받았으니 당연히 이 대련에서 유리한 입장이었다.

"난 서기 훈련을 받았어." 내가 어깨를 으쓱이자, 그 움직임에 따라 미라가 나에게 만들어준 조끼가 반짝거렸다. 위장용 그물망 아래 드래곤 비늘은 정통으로 빛을 받을 때만 아니면 어제 보급소에서 나눠준 상의와 잘 어우러졌다. 지금은 모든 여자들이 비슷하게 입었는데 가죽옷의 재단 형태만 취향에 따라 달랐다.

남자들은 대부분 웃통을 벗고 싸웠다. 셔츠를 입으면 적에게 붙잡히기 쉽기 때문이다. 개인적으로는 그런 논리에 반대할 마음이 추호도 없이 풍경을 즐길 따름이었다…. 물론 존중하는 마음으로 말이다. 그렇다는 건 우리 대대 매트에만 눈을 고정한 채, 학예동 1층을 다 차지하는 거대한 체육관에 즐비한 다른 20개의 매트는 쳐다보지 않는다는 뜻이었다. 한쪽 벽을 이루는 창문과 문을 전부 열어놓고 바람을 들이는데도 숨 막히게 더웠다. 조끼 안에서 등골을 따라 땀이 흘렀다.

오늘 오후에는 각 비행단마다 3개 대대씩 와 있었는데, 내가 빌어먹게 운도 좋은지 제1비행단이 보낸 3개 대대에 잭 발로우가 포함되어 있어서 들어온 이후 줄곧 매트 두 개 너머에서 나를 노려보고 있었.

"그렇다면 넌 머리 쓰는 수업은 걱정이 없는 거네." 리애넌이 눈썹을 들어올리며 말했다. 리애넌도 가죽 조끼를 선택했는데, 그 조끼는 쇄골 위까지 파여 있어 목은 감싸면서도 어깨는 움직이기 쉽게 드러낸 형태였다.

"댄스 파트너처럼 빙빙 돌기는 그만하고 공격해!" 에메테리오 교수가 매트 건너편에서 지시했다. 그곳에서는 데인도 우리 부대대장인 시애나와 함께 오렐리와 리독의 시합을 지켜보고 있었다. 고맙게도 데인은 셔츠를 입은 채였다. 내 차례가 됐을 때 신경을 흐트러뜨릴 요소가 하나는 줄었다는 뜻이다.

"난 이 시간이 걱정이야." 매트 쪽을 턱짓하며 리애넌에게 말했다.

"진짜?" 리애넌은 회의적이라는 눈으로 나를 보았다. 땋은 머리는 작게 말아서 목 뒤쪽에 틀어 올린 채였다. "넌 소른게일이니까 격투에서 위협적일 줄 알았는데."

"그렇지도 않아." 내 나이에 미라는 격투 훈련을 12년 동안 받은 후였다. 나는 나름대로 굉장한 6개월을 경험했지만, 내가 도자기 찻잔만큼 깨지기 쉬운 몸이 아니었다면 아무것도 아닌 시간이었을 것이다. 그러나 이제 우린 이곳에 있었다.

리독이 오렐리에게 덤벼들었다. 오렐리는 몸을 숙여 피하면서도 다리를 쭉 내밀어서 발을 걸었다. 리독은 비틀거렸지만 넘어지지는 않았다. 잽싸게 몸을 돌려서 손에 단검을 잡았다.

"오늘은 날붙이 금지다!" 에메테리오 교수가 매트 옆에서 외쳤다. 내가 만나본 교수라야 겨우 네 번째였지만 확실히 이 사람이 가장 위협적이었다. 아니, 어쩌면 담당 과목 때문에 내가 그 작은 체구를 거대하게 보는지도 모르겠다. "오늘은 평가만 하는 시간이야!"

리독이 툴툴거리면서 단검을 꽂아 넣고는 아슬아슬하게 오렐리의 오른쪽

혹을 피했다.

"저 갈색 머리 펀치 좀 날리는데." 리애넌이 감탄하는 미소로 말하고는 내 쪽을 흘긋 보았다.

"넌 어떤데?" 나는 리독이 오렐리의 갈비뼈에 잽을 먹이는 모습을 보며 물었다.

"쌍!" 리독은 고개를 내젓고 한 걸음 물러섰다. "난 널 해치고 싶지 않아."

오렐리는 자기 옆구리를 잡고 턱을 들어올리며 말했다. "네가 날 해친다고 누가 그래?"

"주먹에 힘을 빼는 게 상대에게 해를 끼치는 짓이다." 데인이 팔짱을 끼며 말했다. "북동쪽 국경에 있는 시그니슨 놈들은 여자라는 이유로 봐주지 않는다, 리독. 적진에 들어가서 드래곤에서 떨어진다면 똑같이 죽겠지."

"덤벼!" 오렐리가 손가락을 구부려 리독에게 손짓했다. 대부분의 생도가 이 분과에 들어오려 평생을 훈련한 건 분명했고, 오렐리는 특히 그랬다. 그녀는 리독의 잽을 흘려 보내고는 몸을 틀어서 그의 신장 쪽을 빠르게 때렸다.

윽.

"내 말은… 젠장." 리애넌은 중얼거리면서 오렐리를 한 번 더 쳐다본 다음에 나를 돌아보았다. "난 매트 위에서 꽤 잘해. 우리 마을은 시그니슨 국경선에 있다 보니 모두가 꽤 어릴 때부터 몸을 지키는 방법을 배웠거든. 물리학과 수학도 문제는 아니야. 하지만 역사학?" 그녀는 고개를 내저었다. "역사 수업이 나한테는 죽을 자리일지도 몰라."

"역사에 낙제한다고 죽진 않아."

리독이 오렐리에게 달려들어서 매트에 넘어뜨리는데 보기만 해도 얼굴이 찌푸려졌다. 하아. "난 아마 이 매트 위에서 죽을 거야."

오렐리는 리독에게 다리를 얽고는 어떻게 한 건지 모르겠지만 그를 지렛대로 삼아서 위로 올라가더니, 얼굴을 때리고 또 때렸다. 매트에 피가 튀었다.

"격투 훈련에서 살아남을 만한 팁이라면 내가 좀 알려줄 수 있어." 리애넌 옆에 있던 소여가 하루 사이에 자란 갈색 수염을 만지면서 말했다. 수염자국이 생겼어도 주근깨가 다 가려지지 않는 얼굴이었다. "그렇지만 나도 역사는 잘 못해."

치아 하나가 허공을 날아오르는 모습을 목격하니 목으로 담즙이 치솟았다.

"그만!" 에메테리오 교수가 외쳤다.

오렐리가 리독의 몸 위에서 내려 서더니 찢어진 입술을 만져보고 피를 확인한 후에야 리독에게 손을 내밀었다.

리독은 그 손을 잡고 일어났다.

"시애나, 리독을 힐러에게 데려가라. 평가 시간에 치아를 잃을 이유는 없다." 에메테리오 교수가 지시했다.

"거래하자." 리애넌이 갈색 눈으로 나를 똑바로 보며 말했다. "서로 돕자고. 네가 역사 공부를 도와주면 우린 너의 격투 훈련을 도와줄게. 괜찮을 것 같아, 소여?"

"완전 좋아."

"좋아." 나는 3학년 한 명이 수건으로 매트를 닦는 모습을 보며 침을 삼켰다. "하지만 내 쪽에 더 좋은 거래 같은데."

"내가 날짜 외우는 모습을 못 봐서 그래." 리애넌이 농담을 던졌다.

매트 몇 개 건너편에서 들려온 누군가의 비명 소리에 모두가 돌아보았다. 잭 발로우가 다른 1학년에게 헤드록을 걸고 있었다. 상대는 잭보다 키가 작고 말랐지만 그렇다 해도 나보다는 20킬로그램 넘게 무거워보였다.

잭은 여전히 상대의 머리를 단단히 붙잡은 채로 팔을 당겼다.

"저놈은 진짜 개…." 리애넌이 입을 여는데…. 뼈가 부러지는 소름끼치는 소리가 체육관에 울려 퍼졌고, 잭이 잡고 있던 1학년이 축 늘어졌다.

"자비로운 말렉이시여." 나는 잭이 그 남자를 바닥에 떨구는 모습을 보며 속삭였다. 말렉의 이름을 얼마나 자주 불러야 할지, 이곳에 죽음의 신이 사는 건 아닐지 의심스러워졌다. 아침에 먹은 게 올라오려 했지만 코로 숨을 들이쉬고 입으로 내쉬면서 꾸역꾸역 참았다. 여기에서는 무릎 사이에 머리를 묻을 수 없으니 말이다.

"내가 뭐라고 했지?" 그쪽에 있던 강사가 매트 위로 달려들며 외쳤다. "목을 부러뜨리다니!"

"이 녀석 목이 이렇게 약할 줄이야 몰랐죠!" 잭이 반박했다.

'넌 죽은 목숨이야, 소른게일. 그리고 널 죽이는 사람은 내가 될 거야.'

어제 잭이 했던 다짐이 기억을 스쳤다.

"앞을 봐라." 에메테리오 교수가 명령했다. 우리 모두가 죽은 1학년에게서 시선을 돌렸을 때 그의 말투는 이전보다 친절했다. "익숙해질 필요는 없지만 너희는 이런 상황 속에서도 멀쩡하게 움직여야 한다. 너, 그리고 너."

그는 리애넌과 우리 대대의 다른 1학년을 지목했다. 다부진 몸에 새까만 머리, 특히 각진 이목구비가 특징인 남자였다. 쯧, 이름이 기억이 나지 않았다. 트레버였나? 토마스였나? 이 시점에서 누가 누군지 기억하기에는 새로운 사람이 너무 많았다.

나는 데인을 흘긋 보았지만 그는 매트에 오른 두 명을 지켜보고 있었다.

리애넌은 상대방을 빠르게 해치웠는데 펀치를 피하고 타격을 꽂을 때마다 놀라웠다. 빠른 데다 타격은 강력하니 미라만큼이나 두드러지게 치명적인 조합이었다.

"항복?" 리애넌은 상대를 쓰러뜨린 후, 내리치던 손을 목 바로 위에서 멈추고서 물었다.

태너였나? 분명히 T로 시작하는 이름이긴 했는데.

"아니!" 그는 외치더니 리애넌에게 다리를 걸어 쾅 소리 나게 쓰러뜨렸다. 그러나 리애넌은 몸을 굴리더니 빠르게 일어나서 다시 그를 같은 자세로 눕혔고, 이번에는 목에 부츠를 갖다댔다.

"글쎄, 타이넌. 항복하는 게 나을 것 같은데." 데인이 씩 웃으면서 말했다. "널 갖고 놀잖아."

아, 그렇지. 타이넌이었네.

"꺼져, 에이토…." 타이넌은 쏘아붙였지만, 리애넌의 부츠가 그의 목을 누르고 있어서 마지막 말은 제대로 나오지 않았다. 타이넌의 얼굴빛이 검붉게 물들어갔다.

그래, 타이넌은 상식적인 판단보다 자존심이 더 강했다.

"항복했다." 에메테리오 교수의 외침에 리애넌은 물러서서 손을 내밀었다.

타이넌은 그 손을 잡고 일어섰다.

"너하고…." 에메테리오 교수는 반역의 인장이 있는 분홍색 머리 2학년을 가리켰다. "그리고 너." 그의 손가락이 움직이더니 내 앞에서 멈췄다.

분홍 머리는 나보다 머리 하나는 더 컸고 몸도 드러난 팔뚝만큼 탄탄해서 완전히 좆된 상황이었다.

저 여자가 나에게 손대게 둘 순 없었다. 심장이 쿵쾅거리다 못해 튀어나올 지경이었지만 나는 고개를 끄덕이고 매트에 올랐다.

"넌 할 수 있어." 리애넌이 지나치면서 내 어깨를 두드렸다.

"소른게일." 분홍 머리는 신발에 묻은 오물 보듯이 나를 쳐다보며 연한 초록색 눈을 가늘게 떴다. "모두가 네 어머니가 누군지 아는 사태를 원치 않았다면 머리카락을 염색했어야지. 이 분과에 은발 괴짜는 너뿐이야."

"내 어머니가 누구인지 알리기 싫단 말은 한 적 없는데." 나는 매트 위에서 상대방과 맴돌았다. "난 외부와 내부 양쪽의 적에게서 우리 왕국을 지킨 어머니가 자랑스러워."

상대방이 턱을 악물자, 내 가슴에 희망의 거품이 피어올랐다. 오늘 아침에 들으니 팔에 반역의 인장이 찍혀 있는 이들은 '낙인자'라고도 불렸는데, 그들은 부모의 처형을 내 어머니 탓으로 돌렸다. 좋아. 날 미워하라지. 어머니는 종종 싸움에 감정을 넣는 순간 이미 진 거라고 말했다. 혈관에 얼음이 흐르는 내 어머니가 옳았기를 지금보다 간절히 기도한 적이 없었다.

"나쁜 년." 상대가 부글부글 끓었다. "네 어머니가 내 가족을 죽였어."

그녀는 앞으로 달려들며 거칠게 팔을 휘둘렀고, 나는 잽싸게 피하면서 두 손을 올려 몸을 돌렸다. 그런 동작이 몇 번이나 반복됐다. 나는 그녀에게 잽을 몇 대 때리고는 내 계획이 통할지도 모르겠다는 생각을 했다.

그녀는 한 번 더 나를 빗맞히고는 낮게 으르렁거리더니 이번엔 내 머리로 발을 날렸다. 나는 쉽게 아래로 피했지만 다음 순간에 그녀가 재빠르게 바닥에 내려앉으면서 반대쪽 발을 내질렀다. 그 발차기는 내 가슴을 정통으로 때려서 뒤로 날렸다.

나는 쿵 소리 나게 매트에 쓰러졌고, 동시에 그녀는 이미 내 위에 올라탔다. 정말 욕 나오게 빨랐다.

"여기에선 네 능력을 쓸 수 없어, 이모젠!" 데인이 외쳤다.

이모젠은 나를 죽이려고 최선을 다했다.

이모젠의 눈이 내 눈을 내려다보았고, 그녀가 미소를 짓는 순간에 뭔가 단단한 것이 내 옆구리를 빠르게 긋는 느낌이 났다. 하지만 그 미소는 우리 둘 다 아래를 보는 순간 사라졌다. 나는 단검 하나가 칼집에 들어가 있는 것을 알아차렸다.

갑옷이 내 목숨을 구했다. 고마워, 미라 언니.

이모젠은 혼란으로 잠시 얼굴을 일그러뜨렸다. 잠시라곤 해도 내가 그녀의 뺨을 주먹으로 후려치고 몸을 굴려 빠져나올 정도의 시간은 됐다. 주먹을 제대로 쥐고 쳤는데도 손이 아프다고 비명을 질렀다. 하지만 둘 다 일어서면서 나는 통증을 차단했다.

"그건 무슨 갑옷이야?" 이모젠은 원을 그리면서 내 옆구리를 노려보았다.

"내 갑옷." 나는 다시 이모젠의 공격에 몸을 숙이고 피했지만, 이번에는 그녀의 움직임이 흐릿했다.

"이모젠!" 에메테리오 교수가 외쳤다. "또 그러면 내가…."

이번에 나는 엉뚱한 방향으로 몸을 틀었지만 그녀가 나를 붙잡아서 바닥에 쓰러뜨렸다. 매트가 내 얼굴을 때렸고, 이모젠은 내 등에 올라타 무릎으로 누르며 내 오른팔을 등 뒤로 잡아당겼다.

"항복해!" 이모젠이 외쳤다.

나는 항복할 수 없었다. 첫날에 항복한다면 둘째 날에는 어떻게 되겠는가?

"싫어!"

이제 나는 타이넌처럼 상식적인 판단이 없는 사람이 되었고, 차이가 있다면 내 몸은 타이넌보다 훨씬 부서지기 쉬웠다. 이모젠이 내 팔을 더 강하게 잡아당기자 아픔이 모든 생각을 집어삼키고 시야 가장자리를 검게 물들였다. 나는 인대가 늘어나다가 찢어지면서 팝! 소리를 내자 비명을 질렀다.

"항복해, 바이올렛!" 데인이 외쳤다.

"항복해!" 이모젠이 요구했다.

나는 이모젠의 무게를 등에 얹고 숨을 헐떡이며 얼굴을 옆으로 돌렸다. 이모젠이 내 어깨를 비틀어 뜯자 아픔이 그대로 나를 잡아먹었다.

"항복해라. 그만하면 됐어." 에메테리오 교수가 끼어들며 말했다.

뼈가 부러지는 섬뜩한 소리가 다시 들렸는데, 이번에는 그게 내 뼈였다.

06

라이더들이 제공하는 모든 고유 능력 중에서도 복원 능력이 가장 귀중하다는
것이 나의 견해지만, 우리는 그런 고유 능력자가 있다 해도 안일해질 수 없다.
복원 능력자는 희귀하고, 부상자는 많기 때문이다.

— 프레드릭 소령, 《현대 힐러 지침》

데인이 나를 안고 라이더 분과 아래쪽 통로로 협곡을 넘어서 힐러 분과로 가는 동안, 내 팔과 가슴은 불타는 듯한 아픔에 휩싸여 있었다. 통로는 돌다리였는데, 지붕은 물론이고 벽도 돌로 덮여 있다 보니 사실상 창문이 몇 개 달린 허공의 터널이나 다름없었다. 하지만 데인이 성큼성큼 거리를 좁히며 서둘러 통로를 이동하는 동안에는 그런 생각을 할 만큼 머리가 맑지 않았다.

"거의 다 왔어." 데인이 나를 안심시켰다. 나는 쓸모없어진 팔을 가슴 위에 올려놓고 있었는데, 내 옆구리와 무릎 아래를 잡은 그의 손은 흔들림 없게 무척 조심스러웠다.

"다들 네가 이성을 잃는 걸 봤어." 나는 무수히 그랬듯이 이번에도 통증을 차단하려고 애쓰면서 속삭였다. 보통은 내 안에서 맥박 치는 고통에 정신적으로 벽을 두른 다음, 아픔은 그 상자 안에만 존재해서 실제로 느껴지지 않는다고 스스로를 타이르곤 했다. 그러나 이번에는 전처럼 잘되지 않았다.

"난 이성을 잃지 않았어." 데인은 도착해서 문을 세 번이나 걷어찼다.

"소리를 지른 데다가 나와 의미 있는 사이라는 태도로 안아 들고 나왔잖아." 나는 데인의 턱에 남은 흉터, 햇빛에 탄 피부에 돋은 수염자국, 뭐가 됐든 어깨가 완전히 부서진 느낌에서 신경을 돌릴 뭔가에 집중했다.

"그래, 넌 나에게 큰 의미가 있어." 데인은 다시 발길질을 했다.

그리고 이젠 모두가 그걸 알게 됐지.

문이 빙글 열리더니, 자주 봐서 익숙한 힐러가 데인이 나를 들고 들어갈 수 있게 비켜섰다. "또 부상인가? 라이더들은 우리 침상을 꽉 채우려고 노력이라도 하는 것 같… 세상에, 바이올렛?" 위니프레드의 눈이 커졌다.

"안녕, 위니프레드." 나는 아픔 속에서 겨우 말했다.

"이쪽으로." 그녀는 우리를 병동 안으로 이끌었다. 침대가 늘어선 긴 방이었는데, 그중 절반은 라이더의 검은 옷을 입은 사람이 채웠다. 힐러들은 마법을 쓰지 못하고 제조한 전통적인 약물 팅크와 의약 훈련에 의지해서 최대한 사람을 치유했지만, 복원 능력자들은 달랐다. 부디 놀론이 오늘 밤에 있으면 좋으련만. 그는 지난 5년간 위기 때마다 나를 살려준 복원 능력자였다.

복원하는 능력은 라이더들 사이에서도 희귀했다. 그들은 고치고, 회복시키고, 뭐든 원래 상태로 되돌리는 능력을 가졌다. 찢어진 원단에서부터 부서진 다리, 부러진 뼈에 이르기까지 다 가능했다. 내 오빠인 브레넌도 복원 능력자였다. 살아 있다면 역사상 가장 위대한 복원 능력자 반열에 올랐을 것이다.

데인은 위니프레드가 안내한 침상 위에 나를 부드럽게 내려놓았다. 위니프레드는 내 엉덩이 옆 매트리스 가장자리에 걸터 앉았다. 풍상에 닳은 손으로 내 이마를 쓸어내리는데, 그녀의 얼굴에 새겨진 주름 하나하나가 마음을 편안하게 했다. "헬렌, 가서 놀론을 데려와요." 위니프레드는 지나가던 40대의 힐러에게 지시했다.

"안 됩니다!" 데인이 공포에 질려 외쳤다.

뭐라고?

갈등에 처한 중년의 힐러는 데인과 위니프레드를 번갈아 보았다.

"헬렌, 이쪽은 바이올렛 소른게일이에요. 그리고 놀론이 바이올렛이 여기 왔는데 자기를 부르지 않았다는 사실을 알면, 흠… 판단은 맡길게요." 위니프레드는 언뜻 듣기에는 차분한 테너음으로 말했다.

"소른게일이요?" 힐러는 높아진 목소리로 그 이름을 되풀이했다.

나는 아픈 어깨를 무시하고 데인에게 집중하려 했지만, 방 안이 빙빙 돌기 시작했다. 왜 내 어깨가 낫기를 바라는지 묻고 싶지만 다시 밀려온 통증의 파도가 무의식의 세계로 끌고 가려고 해서 신음할 수밖에 없었다.

"놀론을 데려오지 않으면, 그이가 헬렌 당신을 드래곤에게 산 채로 먹일 거예요. 침울한 얼굴까지 전부요." 위니프레드는 다시 한번 복원 능력자를 부르지 말라고 주장하는 데인을 무시하고 은빛 눈썹을 들어올렸다.

헬렌이라는 여자는 하얗게 질려서 사라졌다.

데인이 나무 의자를 침대 가까이 당기자 끔찍하게 바닥을 긁는 소리가 났다. "바이올렛, 지금 아픈 건 알지만 혹시…."

"혹시 뭐지, 데인 에이토스? 바이올렛이 고통받는 모습을 보고 싶니?" 위니프레드가 훈계했다. "네 어머니에게 그곳에 보내면 네가 망가질 거라고 경고했는데 말이다." 위니프레드는 내 위로 몸을 굽히더니 그 회색 눈동자에 걱정을 가득 담은 채 중얼거렸다. 그녀는 바스지아스 최고의 힐러로, 처방하는 모든 물약을 직접 준비하며 지난 몇 년간 헤아릴 수 없을 만큼 내 상처를 봐준 사람이었다. "그런들 내 말을 듣겠니? 절대 아니지. 네 어머니는 고집이 너무 세."

나는 그녀가 손을 뻗어 내 팔을 살짝 들어올리고 손가락으로 어깨를 찌르자 고통에 얼굴을 찡그렸다.

"음, 확실히 부러졌구나." 위니프레드는 내 팔을 보고 혀를 찼다. "그리고 어깨에는 외과의사가 필요하겠는데. 어떻게 된 일이지?" 데인에게 물었다.

"대련이요." 내가 한마디로 설명했다.

"너는 조용히 해라. 에너지를 아껴." 위니프레드는 다시 데인을 보았다. "넌 쓸모 있게 굴고. 주위에 커튼을 치거라. 바이올렛이 다친 모습을 본 사람이 적을수록 좋아."

데인은 벌떡 일어나 지시에 응했다. 파란 천을 우리 주위에 쳐서 작지만 효율적인 방을 만들고, 병동에 실려온 다른 라이더들과 우리를 분리했다.

"이걸 마시렴." 위니프레드는 허리띠에서 호박색 액체가 담긴 병을 꺼냈다. "우리가 네 몸을 치료하는 동안 이 약이 통증을 잡아줄 거야."

"놀론에게 복원을 부탁하시면 안 돼요." 데인은 그녀가 약병을 여는 동안에도 항의했다.

"우리 둘은 지난 5년간 이 아이를 고쳐왔어." 그녀는 약병을 가까이 가져오며 타일렀다. "내가 뭘 할 수 있고 없는지 말도 꺼내지 말거라."

데인은 내가 살짝 몸을 일으켜서 액체를 마실 수 있게 한 손은 내 등에, 다른 한 손은 머리를 받쳤다. 언제나처럼 쓴 맛이 목을 넘어갔다. 나는 그 약의 효과를 잘 알고 있다. 데인은 다시 나를 침대에 눕힌 뒤 위니프레드를 돌아보았다. "저야 바이가 아프길 바라지 않죠. 그러니 여기에 온 거고요. 하지만 바이가 이렇게 심각하게 다쳤다면 서기들이 늦게라도 받아줄지 알아볼 수 있을 겁니다. 아직 하루밖에 안 지났으니까요."

데인이 복원을 원하지 않는 이유를 듣고 내가 느낀 분노는 몸의 통증도 잠시나마 잊을 정도로 강렬했다. "난 서기 분과로 가지 않을 거야."

그때 기분 좋은 진동이 혈관을 타고 흐르면서 나는 눈을 감고 한숨을 쉬었다. 곧 고통스러운 통증이 점차 약해지는 걸 느끼며 억지로 다시 눈을 떴다.

최소한 나는 '곧'이라고 생각했지만 그 사이에 놓친 대화가 이어진 게 분명하다. 그러니 실제로는 몇 분이 흐른 모양이었다.

커튼이 홱 젖혀지고 놀론이 지팡이에 몸을 기댄 채로 걸어 들어왔다. 그가 아내를 향해 미소를 짓자, 갈색 피부와 대조를 이루는 하얀 이가 드러났다. "날 불렀다고요?" 그러곤 나를 보자 놀론의 미소가 흔들렸다. "바이올렛?"

"안녕, 놀론." 나는 억지로 입꼬리를 올렸다. "손을 흔들고 싶은데 팔 한쪽은 잘 안 움직이고 바안대쪽은 굉에에자히 무거네요."

맙소사, 지금 내가 말을 뭉개고 있는 건가?

"레기아스 혈청을 줬거든." 위니프레드가 남편에게 비딱한 미소를 지었다.

"바이올렛이 너와 같이 있는 거냐, 데인?" 놀론은 데인에게 비난의 눈빛을 돌렸고, 나는 갑자기 열다섯 살 때 오르지 말아야 할 곳을 데인과 함께 오르다가 발목이 부러져서 실려 왔던 때로 돌아간 기분이었다.

"제가 바이의 대대장이에요." 데인은 복원 능력자가 더 가까이 올 수 있게 서둘러 비켜서면서 대답했다. "바이를 안전하게 지키기 위해서 생각할 수 있는 방법이라곤 제 지휘 하에 넣는 것뿐이었어요."

"별로 잘하고 있진 못한 것 같구나?" 놀론이 눈을 가늘게 떴다.

"격투 평가일이었어요." 데인이 설명했다. "이모젠이… 2학년인데 바이올렛의 어깨를 탈구시키고 팔을 부러뜨렸어요."

"평가일에?" 놀론은 으르렁거리면서 단검으로 내 민소매 셔츠의 천을 잘라 냈다. 그는 적어도 84세는 되었건만 아직도 라이더의 검은 옷을 입고 무기를 칼집에 넣고 다녔다.

"걔네 어머니가요. 페엔 라이오슨의 부운리, 부우운리, 부우우운리주의자

중에 하나여써요." 나는 또렷하게 발음하려다가 실패했지만 천천히 설명했다. "그리고 저언 소르게이이니까 이해해요."

"난 이해 못하겠다." 놀론이 툴툴거렸다. "부모의 죄에 대한 벌로 아이들을 라이더 분과에 징집한 결정을 도저히 이해할 수가 없어. 라이더 분과에서는 징집을 강제한 적이 없다. 한 번도. 그럴 만한 이유도 있지. 대부분의 생도는 살아남지 못하니까. 아무래도 그게 이유가 아닌가 의심스럽긴 하다만. 그렇다 해도 네가 네 어머니의 명예 때문에 고통받을 이유는 없어. 소른게일 장군은 매국노를 잡아서 나바르를 구했어."

"그렇다면 장군님에게 신경 쓰지 않으시겠죠?" 데인은 커튼 바깥에서 듣지 못하게 조용히 물었다. "전 그저 힐러가 맡아서 자연스럽게 천천히 낫도록 해 달라는 것뿐이에요. 마법 없이요. 바이가 깁스를 하고 돌아가거나 어깨 재건 수술에서 회복하는 동안 스스로를 방어해야 한다면 버틸 가능성이 없어요. 지난번 수술은 회복하기까지 4개월이 걸렸죠. 이번이 아직 바이가 숨을 쉬고 있을 때 라이더 분과에서 빼낼 기회예요."

"난 아 가거야, 서이…." 발음이 새는 건 이쯤하면 됐다. "서이에." 나는 다시 말해보았다. "서, 이에."

아, 제기랄. "복, 원, 해, 줘요."

"난 언제나 널 도울 거야." 놀론이 약속했다.

"이번, 한, 번만요." 나는 모든 단어에 집중했다. "다른, 생도들이, 제가, 늘상, 복원을, 필요로, 하는, 걸, 보면, 약하다고, 생각할, 거예요."

"그러니까 이번 기회를 이용해서 널 빼내야지!" 데인의 목소리에 공포가 차올랐고, 그 순간 내 심장은 내려앉았다. 그는 모든 것으로부터 나를 지킬 수 없다. 내가 부서지는 모습을 보다가 결국 죽는 모습을 보면 데인도 망가질 것이다. "여기에서 곧장 서기 분과로 가는 게 네가 살아남을 가장 좋은 기회야."

나는 데인을 노려보며 말을 조심스럽게 골랐다. "난, 라이더 분과를, 떠나지, 않아. 그래봤자, 엄마가, 다시 집, 어넣을걸. 난, 남을 거야." 고개를 돌리고 놀론을 찾으려니 방이 빙빙 돌았다. "고쳐조어어요…. 이번, 한 번만요."

"지옥처럼 아플 테고 그러고도 몇 주는 통증이 있을 거라는 건 알지?" 놀론은 침대 옆 의자에 앉아서 내 어깨를 들여다보며 물었다.

나는 고개를 끄덕였다. 복원을 받는 게 처음도 아니었으니. 나처럼 뼈가 잘 부러지는 몸으로 태어나면, 복원의 아픔이 부상의 아픔 다음으로 익숙할 수밖에 없다. 늘 겪는 일이었다.

"제발, 바이." 데인이 조용히 애원했다. "제발 분과를 바꿔. 너만을 위해서가 아니라 나를 위해서라도…. 내가 충분히 빨리 끼어들지 못했어. 내가 막았어야 했는데. 난 널 지킬 수가 없어."

내가 위니프레드의 약을 받아먹기 전에 데인의 계획을 알았다면 좋았을 것이다. 그랬다면 더 잘 설명할 수 있었을 텐데. 이 중에 어느 것도 데인의 잘못이 아니었건만, 데인은 언제나처럼 책임을 짊어지려고 했다. 나는 숨을 깊이 들이마시고 다시 말을 이었다. "난 결정, 했어."

"분과로 돌아가거라, 데인." 놀론이 시선을 올리지도 않고 말했다. "다른 1학년생이었다면 진작에 갔을 거잖니."

데인은 고통스러운 시선으로 뚫어지게 나를 보았고, 나는 주장을 꺾지 않았다. "가. 아침에, 봐." 어찌 됐든 데인이 이런 모습을 보길 바라지 않았다.

그는 패배감을 삼키고 고개를 한 번 끄덕이더니, 한마디도 더 하지 않고 몸을 돌려 커튼 사이로 걸어나갔다. 나는 오늘의 선택이 나중에 내 절친한 친구를 망가뜨리는 결과로 이어지지 않기를 진심으로 빌었다.

"준비됐니?" 놀론이 내 어깨 위에 두 손을 올리고 물었다.

"꽉 물거라." 나는 위니프레드가 내민 가죽끈을 꽉 물었다.

"시작한다." 놀론이 두 손을 내 어깨 위로 움직이면서 중얼거렸다. 그는 집중하느라 이마를 찌푸리더니 비트는 동작을 취했다.

어깨에 하얗게 달군 듯한 통증이 폭발했다. 비명을 지르느라 이가 가죽끈을 잘랐고 심장이 한 번, 두 번, 뛸 정도나 버티다가 곧 앞이 캄캄해졌다.

내가 그날 밤늦게 돌아갔을 때쯤에는 막사가 거의 꽉 차 있었다. 욱신거리는 오른팔을 하늘색 삼각건에 매달고 있으려니 이전보다 더 큰 표적이 된 느낌이었다. 그게 가능하다면 말이다.

삼각건은 약하다는 뜻이다. 부러질 수 있다는 뜻이다. 또 비행단의 골칫거리라는 의미다. 이렇게 빨리 매트 위에서 뼈가 부러진다면 드래곤 등에 앉았을 때는 무슨 일이 벌어질까?

해는 진 지 오래였지만, 1학년 여자들이 잘 준비를 하는 동안에도 홀 안에는 부드러운 마법 불빛이 밝혀져 있었다. 내가 부어오른 입술에 피가 튄 천을 대고 있는 여자애에게 미소를 지어 보이자 그녀는 찡그린 표정을 돌려줬다.

우리 줄에 빈 침대가 세 개 있었지만, 그 생도들이 죽었다는 뜻은 아니었다. 그렇겠지? 나처럼 힐러 분과에 가 있을 수도 있고 욕실에 있을 수도 있다.

"왔어!" 이미 잠옷용 반바지와 티셔츠를 입고 있던 리애넌이 나를 보자 안도의 눈빛과 미소를 숨기지 않고 침대에서 뛰어내렸다.

"그래, 왔어." 나는 확언했다. "셔츠 하나는 벌써 버렸지만 왔어."

"셔츠는 내일 중앙보급소에서 또 받을 수 있어." 리애넌은 나를 끌어안을 듯했지만, 삼각건 붕대를 보더니 한 걸음 물러서서 침대 가장자리에 앉았다. 나도 리애넌을 마주보고 내 침대에 앉았다. "얼마나 나쁜 거야?"

"앞으로 며칠 동안 아프긴 하겠지만 움직이지만 않으면 괜찮을 거야. 매트 위 시합을 시작하기 전까지는 다 나을 거고."

어떻게 하면 이런 일이 또 일어나지 않게 할지 생각할 시간이 2주 있었다.

"내가 도와줄게." 리애넌이 다짐했다. "넌 여기에서 내 유일한 친구니까 진짜 시합이 벌어질 때 죽지 않았으면 좋겠어." 그녀의 입꼬리가 올라가며 씁쓸한 미소를 지었다.

"나도 그러지 않도록 최선을 다할게." 욱신거리는 어깨와 팔의 통증 속에서 씩 웃었다. 약효는 오래전에 사라지고 이제는 지옥같이 아프기 시작했다. "난 네 역사 공부를 도와줄게." 왼손에 내 몸무게를 싣는데, 손이 베개 밑으로 미끄러져 들어갔다.

베개 밑에 뭔가가 있었다.

"우린 막을 수 없는 팀이 될 거야." 리애넌이 우리 둘의 침대 옆을 지나치는 검은 머리의 타라를 눈으로 따라가며 선언했다. 타라는 모레인에서 온 끝내주는 몸매의 소유자였다.

나는 작은 책을, 아니 일기장을 꺼냈다. 그 위에 미라의 손글씨로 '바이올렛'이라고 적힌 쪽지가 놓여 있었다. 나는 한 손으로 쪽지를 펼쳤다.

바이올렛,
오늘 아침에 명단을 읽어볼 만큼은 머물렀는데, 신들에게 감사하게도 네 이름은 없더라. 난 계속 있을 수 없어. 비행단으로 돌아가봐야 해. 설령 내가 남을 수 있었다 해도 어차피 널 만나게 해주진 않았겠지. 서기

한 명에게 뇌물을 줘서 이걸 네 침대에 넣어달라고 했어.

내가 네 언니라서 얼마나 자랑스러운지 알았으면 좋겠다. 브레넌 오빠도 내가 분과에 들어가기 전 여름에 이걸 써줬거든. 이 내용이 날 구했으니, 너도 구할 수 있을 거야. 여기저기에 내가 힘들게 얻은 지혜도 더하긴 했지만 대부분은 오빠가 쓴 내용이고, 오빠도 네가 이걸 갖고 있길 원했을 거야. 네가 살아남기를 원했을 거라고.

사랑한다, 미라

나는 목이 메이는 걸 꿀꺽 삼키며 쪽지를 챙겼다.

"뭔데 그래?" 리애넌이 물었다.

"우리 오빠 물건이야." 일기장을 여는데 그 말이 간신히 입술 사이로 새어나왔다. 어머니는 오빠가 죽은 후에 전통에 따라 오빠 물건을 모두 태워버렸다. 오빠의 대담한 필적을 본 지가 까마득했는데 여기에 그게 있었다. 가슴이 조이고 새로운 슬픔이 온몸을 휩쓸었다.

"브레넌의 책." 나는 첫 장을 읽고 나서 두 번째 장으로 넘어갔다.

미라,

너는 소른게일이니까 살아남을 거야. 나만큼 끝내주진 않을지 모르지만, 모두가 내 기준에 맞출 수는 없지. 안 그래? 농담은 제쳐두고, 여기 내가 배운 모든 게 담겨 있어. 안전하게 지켜. 잘 숨기고. 바이올렛이 보고 있으니까 넌 꼭 살아야 해. 바이에게 네가 넘어지는 모습을 보여줄 순 없어.

브레넌

눈물이 확 고였지만 눈을 깜박여서 안으로 밀어넣었다. "그냥, 오빠 일기장이야." 나는 책장을 휙휙 넘겨보면서 거짓말을 했다. 오빠가 쓴 말들을 훑어보려니 익살스럽고 빈정거리는 말투가 들리는 것 같았다. 마치 바로 옆에 오빠가 서서 모든 위험을 윙크와 웃음으로 밝게 덧칠하는 것 같았다. 젠장, 오빠가 보고 싶다. "5년 전에 죽었거든."

"아, 그게…." 리애넌이 공감이 짙게 담긴 눈으로 몸을 기울였다. "우리도 언제나 전부 다 태우진 않아. 때로는 뭔가를 갖고 있는 게 좋잖아. 그렇지?"

"응." 나는 속삭였다. 이게 남아 있는 전부지만, 어머니가 알게 된다면 이것 마저 불에 던져버릴 터였다.

리애넌은 침대에 기대앉아서 역사책을 펼쳤고, 나는 3쪽부터 시작되는 브레넌의 역사에 빠져들었다.

> 난간다리에서 살아남았구나. 다행이다. 앞으로 며칠 동안은 관찰력을 발휘하고 관심 끄는 행동은 하지 마. 내가 강의실의 위치뿐만 아니라 강사들이 어디에서 만나는지도 알 수 있는 지도를 그려놨어. 격투 시합이 불안하겠지만 네 오른손 훅이라면 그러지 않아도 돼.
> 시합이 무작위로 이뤄지는 것처럼 보여도 그렇지 않아. 강사들은 말해주지 않는데, 사실은 일주일 전에 도전자를 결정해, 미라. 어떤 생도든 도전을 요구할 수 있는 건 사실이지만 강사들은 제일 약한 생도들을 걸러내려는 목적으로 시합을 배정해. 그러니까 진짜 격투가 시작되면 강사들은 이미 그날 네가 누구와 맞붙을지 안다는 뜻이지.
> 비밀은 바로 이거야. 어디를 봐야 할지 알고 눈에 띄지 않게 빠져나올 수만 있다면 누구와 싸울지 알아내서 준비할 수 있어.

나는 숨을 훅 들이마시고, 가슴속에 희망이 피어오르는 기분으로 나머지 내용을 허겁지겁 읽었다. 내가 누구와 싸울지 안다면 매트에 발을 딛기도 전에 싸움을 주도할 수 있다. 머릿속이 빙빙 돌면서 계획이 떠올랐다.

2주일, 본격적인 시합이 시작되기 전에 필요한 모든 것을 갖춰야 한다. 그리고 세상에 나처럼 바스지아스를 잘 아는 사람은 없다. 모든 게 이 안에 있다.

얼굴에 천천히 미소가 퍼졌다. 나는 살아남을 방법을 알았다.

07

나바르 내의 평화 유지를 위하여, 반역의 인장을 가진 생도는 어느 분과의 어느 대대에도 세 명 넘게 배정하지 않는다.
— 바스지아스 군사학교 행동수칙, 부칙 5.2

작년의 변화에 덧붙여, 이제 낙인자들이 세 명 넘게 모일 경우에는 반정부 음모 행위로 간주할 것이며 따라서 사형죄임을 선언한다.
— 바스지아스 군사학교 행동수칙, 부칙 5.3

"망할." 나는 발가락을 돌부리에 찧고는 성채 아래 강가를 따라 허리 높이까지 자란 풀밭 속에서 비틀거렸다. 환한 보름달이 앞길을 비췄지만, 그건 내가 통금 시간 이후에 바깥을 돌아다니고 있다는 사실을 누가 볼까 봐 몸을 감추느라 걸친 망토 속에서 쪄 죽어가고 있다는 뜻이었다.

이아코보스 강은 여름마다 저 위 산봉우리에서 물이 콸콸 흘러 내렸기에 해마다 이맘때쯤이면 흐름이 빠르고 위협적이었다. 특히 협곡이 가파르게 떨어지는 곳에서는 더 심했다. 어제 휴식시간에 강물에 빠진 1학년이 죽은 것도 당연했다. 난간다리 시험 이후로 아무도 잃지 않은 대대는 우리뿐이었지만, 이 무자비한 군사학교에서는 그 기록도 오래가지 못할 게 뻔했다.

나는 삼각봉대 위로 무거운 가방을 단단히 메고 강에 더 접근했다. 여기 늘어선 오래된 참나무들 사이에서는 곧 포닐리 열매 넝쿨이 제철을 맞이할 것이다. 익으면 자줏빛이 되는 그 열매는 맛이 떫어서 먹을 만한 게 못되지만 일찍 따서 말려두면 훌륭한 무기가 될 수 있다. 9일 동안 밤에 몰래 빠져나가면서 내 무기고는 점점 불어났다. 이래서 내가 독물학 책을 가지고 온 거지.

본격적인 시합은 다음 주부터니까 가능한 한 모든 이점이 필요했다.

나는 지난 5년 동안 경계 표시로 이용해온 바윗돌을 찾아내고 강둑에 선 나무들의 숫자를 셌다. "하나, 둘, 셋." 속삭이면서 나에게 필요한 참나무를 찾았다. 그 나무는 가지가 넓고 높게 뻗어나갔고, 그중에는 강 위까지 뻗은 가지도 있었다. 다행히도 제일 낮은 가지를 쉽게 기어오를 수 있었다. 아래쪽 풀이 이상하게 짓밟혀 있으니 더 쉬웠다.

오른팔을 삼각건에서 빼내 달빛과 기억에 의지해서 나무를 타기 시작하자 날카로운 아픔이 어깨를 쑤셨다. 매트 위에서 리애넌에게 호된 훈련을 받는 매일 저녁마다 그랬듯이 날카로운 아픔은 곧 둔한 아픔으로 사그라들었다. 부디 내일은 놀론이 이 짜증나는 삼각건을 영영 떼어내주기를.

나무줄기를 휘감고 올라가는 포닐리 덩굴은 교묘하게 담쟁이와 닮았지만, 이 나무를 여러 번 올라본 나는 이게 포닐리라는 사실을 알고 있다. 단지 망토를 걸친 채로 나무를 올라야 했던 경험이 없을 뿐이다. 몇 시간씩 책을 읽으며 보내던 넓은 가지를 지나서 천천히 꾸준하게 올라가는 동안에도 망토가 가지마다 걸렸다.

"아, 씨!" 발이 나무껍질에 미끄러지며 더 나은 발판을 찾지 못하자 심장이 잠시 덜컥거렸다. 낮이었다면 훨씬 쉬웠겠지만 다른 사람에게 걸릴 위험을 감수할 수는 없었다.

더 높이 올라가자 나무껍질이 손바닥을 긁었다. 이 높이에서는 덩굴 잎사귀 끝이 하얘서 달빛에 얼룩덜룩해진 나뭇잎 사이에서 가려내기가 힘들었지만, 마침내 정확히 원하던 걸 찾아내고 히죽 웃었다.

"여기 있구나." 자줏빛 열매는 아직 덜 익어서 멋진 라벤더색이었다. 완벽했다. 나는 위쪽 가지에 손톱을 박아 넣고, 잠시나마 흔들림 없이 버틴 채 가방에서 빈 유리병을 꺼내 이로 코르크를 여는 데 성공했다. 그다음에는 덩굴에 달린 열매를 따서 유리병을 채우고 다시 마개를 닫았다. 이 열매와 오늘 밤에 이미 수확한 버섯들, 그리고 지금까지 모아놓은 물건들이면 다음 달 대련까지는 헤쳐나갈 수 있을 것이다.

나는 나무를 거의 다 내려갈 때쯤 아래쪽의 움직임을 알아차리고 멈췄다. 부디 사슴이면 좋겠는데.

아니었다.

오늘 밤 유행하는 변장 도구인가? 검은 망토를 뒤집어쓴 그림자 둘이 나무 아래로 걸어왔다. 키가 작은 쪽이 제일 낮은 가지에 기대더니 후드를 젖혀서 내가 너무나 잘 아는 반삭발을 한 분홍 머리를 드러냈다.

10일 전에 내 팔을 뜯어낼 뻔했던 비행대대 동료, 이모젠이었다.

뱃속이 조여들었는데 두 번째 라이더가 후드를 젖히자 뱃속이 조여들다 못해 아예 내장이 굳는 것 같았다.

제이든 라이오슨이었다.

망할. 우리 사이의 거리는 5미터도 되지 않았고, 이 바깥에는 제이든이 나를 죽이지 못하도록 막을 게 아무것도 없었다. 공포가 목을 꽉 움켜쥐었다. 손마디가 하얗게 질리도록 나뭇가지를 잡은 채, 제이든이 내 소리를 듣지 못하게 숨을 멈추는 것과 그러다가 산소 부족으로 기절해서 나무에서 떨어지는 것 중에 뭐가 더 나을지 고민했다.

둘이 대화하기 시작했지만, 콸콸 흐르는 강물 소리 때문에 무슨 말인지 들을 수는 없었다. 안도감이 내 폐를 채웠다. 내가 저 둘의 소리를 듣지 못한다면 저들도 내 소리를 듣지 못할 테니까. 내가 가만히 앉아 있기만 하면 말이다. 만약 제이든이 위를 올려다본다면 나는 통구이가 되겠지. 나를 자기의 블루 대거테일에게 먹이기로 한다면 말 그대로 통구이가 될 것이다. 몇 분 전만 해도 고마웠던 달빛이 이제는 제일 큰 골칫거리가 되었다.

나는 천천히, 조심스럽게, 조용히 달빛을 벗어나 옆 나뭇가지로 이동해서 어둠에 몸을 숨겼다. 제이든은 밖에서 이모젠과 뭘 하는 걸까? 둘이 연인 사이인가? 친구 사이인가? 내가 알 바는 아니지만 그래도 혹시 저런 여자를 좋아하나? 하는 생각이 들 수밖에 없었다. 아름답기보다 잔혹하다는 표현이 더 어울리는 여자 말이다. 제기랄, 둘이 잘 어울리긴 하네.

제이든은 누군가를 찾듯이 강 반대쪽으로 몸을 돌렸다. 과연 라이더들이 도착해서 나무 아래에 모두 모였다. 다들 검은 망토를 뒤집어쓴 채로 악수를 나눴다. 모두가 반역의 인장을 갖고 있었다.

숫자를 세어보니 눈이 저절로 커졌다. 거의 스물다섯 명에 가까웠는데, 몇 명은 3학년과 2학년이었지만 나머지는 다 1학년이었다. 나는 이곳의 규칙을 잘 알고 있다. 낙인자들은 3인 이상 모일 수 없다. 그들이 모여 있는 것만으로도 사형죄고, 이건 분명히 모종의 모임이다. 나는 늑대들이 아래에서 맴도는 동안 나뭇가지 끝에 매달린 고양이가 된 기분이었다.

무해한 모임일 수도 있겠지, 그렇지? 쟤들도 향수병을 느끼는 걸지도 몰라. 모레인 지방에서 온 생도들은 그리운 바다를 떠올리게 한다는 이유만으로 근처 호수에서 토요일을 다 보내잖아. 아니면 낙인자들이 바스지아스를 뿌리까지 태워버리고 부모가 시작한 일을 마무리하려 음모를 짜고 있을지도.

나는 여기 앉아서 그들을 무시할 수도 있지만, 무서워서 가만히 있다가는 저들의 모종의 계획에 사람들이 죽는 사태를 막지 못할 것이다. 데인에게 말하는 게 맞겠지만, 나는 그들이 무슨 말을 하는지 들을 수조차 없었다.

젠장, 젠장, 젠장. 속이 메스꺼웠다. 그들에게 더 가까이 가야 한다.

철저히 어둠에 감싸인 채 나무늘보 같은 속도로 나뭇가지 하나를 더 내려갔다. 숨을 참고 몸무게를 살짝 실어서 시험해본 후에야 가지에 몸을 내렸다. 여전히 그들의 목소리는 강물 소리에 가려졌지만 그래도 제일 큰 목소리는 들을 수 있었다. 창백한 피부의 키 큰 검은 머리 남자였는데, 어깨가 여느 1학년의 두 배는 넓었다. 제이든 맞은편에 선 그는 3학년 표식을 달고 있었다.

"우린 이미 서딜랜드와 루페코를 잃었어." 그 남자가 말했는데 답변은 잘 들리지 않았다.

나뭇가지를 두 단 더 내려가고 나서야 말이 제대로 들렸다. 심장이 갈비뼈 밖으로 튀어나갈 듯이 쿵쾅거렸다. 나는 이제 누구든 집중해서 보기만 하면 발견할 만큼 가까웠다. 음, 나에게 등을 돌리고 있는 제이든만 빼면 누구든.

"좋든 싫든 졸업까지 살아남으려면 우리가 한데 뭉쳐야 해." 이모젠이 말했다. 오른쪽으로 살짝만 뛰면 이모젠의 머리를 걷어차서 그녀가 나에게 안겨준 어깨 부상을 되갚을 수 있을 정도로 가까웠다.

하지만 복수보다 목숨이 더 소중했기에 나는 발을 가만히 두었다.

"그러다가 놈들이 우리가 만난다는 사실을 알아내면?" 올리브색 피부의 1학년 여자가 원을 그리고 모인 사람들을 훑어보며 물었다.

"2년 동안 이렇게 모였는데도 놈들은 알아채지 못했어." 제이든이 팔짱을 끼고 내 오른쪽 아래 가지에 등을 기대며 대꾸했다. "너희 중 누군가가 말하지 않는 한 앞으로도 모를 거야. 그리고 너희가 말한다면 내가 알겠지." 말투만으로도 위협이 선명하게 느껴졌다. "개릭이 말했듯이 이미 우린 부주의하게 1학년 두 명을 잃었다. 라이더 분과에서 우리는 겨우 41명뿐이고 더는 잃고 싶지 않아. 하지만 너희 스스로가 노력하지 않으면 더 잃게 되겠지. 확률은 언제나 우리에게 불리하고, 장담하는데 분과에 소속된 나바르인들은 언제든 너희를 배신자라고 부르거나 실패하게 만들 이유를 찾을 거다."

웅성웅성 동의하는 소리가 들렸고, 나는 제이든의 목소리에 담긴 격렬한 감정에 숨이 가빠졌다. 망할, 제이든 라이오슨에 대해 감탄할 구석은 하나도 알고 싶지 않건만 여기에 있는 그는 짜증나도록 존경스러웠다. 개자식.

인정해야겠지. 우리 지방 출신의 라이더가 동향 사람들의 목숨에 신경 쓴다면 좋긴 할 것이다.

"격투 시간에 두들겨 맞은 사람은 몇이지?" 제이든이 물었다.

네 개의 손이 올라갔는데, 그중에 팔짱을 끼고 선 삐쭉삐쭉한 금발의 1학년은 없었다. 다른 사람들보다 머리 하나는 더 큰 금발의 리암 메이리는 우리 비행단의 꼬리전대 1대대였는데, 이미 1학년 최고 생도였다. 난간다리는 말 그대로 뛰어서 건넜고, 평가일에는 모든 적수를 박살냈다.

"젠장." 제이든이 욕을 하자, 어쩐지 나는 그가 얼굴에 손을 올릴 때의 표정을 볼 수 있다면 뭐든 할 것 같은 기분이 엄습했다.

덩치 큰 남자 개릭이 한숨을 내쉬었다. "내가 가르칠게." 자세히 보니 제4비행단 불꽃전대의 지휘관이었다. 즉 내 직속상관인 데인의 직속상관이다.

제이든이 고개를 저었다. "넌 우리 최고의 싸움꾼이야."

"최고 싸움꾼은 형이지." 제이든 근처에 서 있던 2학년이 슬쩍 웃으며 맞받아쳤다. 잘생긴 남자였는데, 황갈색 피부에 마치 구름 같은 검은색 곱슬머리에 망토 아래 보이는 제복에는 패치가 잔뜩 붙어 있었다. 제이든과 친척일 수도 있겠다 싶을 만큼 이목구비가 닮았다. 사촌이려나? 내 기억이 맞다면 펜 라이오슨에게 누이가 있었다. 젠장, 그 사람 이름이 뭐였지? 몇 년이나 기록을 읽었는데 아마 B로 시작하는 이름일 것이다.

"제일 비열한 싸움꾼이긴 하겠지." 이모젠이 신랄하게 말했다.

거의 모두가 웃음을 터뜨렸고, 1학년들마저도 미소를 지었다.

"그보다는 존나 무자비하다는 게 맞지." 개릭이 덧붙였다.

대체로 찬성하는 듯 고개들을 끄덕였다. 리암 메이리까지 그랬다.

"개릭이 우리 중 가장 뛰어난 싸움꾼이지만 이모젠도 그에 맞먹고 훨씬 더

인내심이 있지." 제이든의 평이 터무니 없는 소리로 들렸다. 내 팔을 부러뜨릴 때는 인내심이라곤 없어 보이던데. "그러니까 너희 넷은 둘씩 나뉘어 저 둘에게 훈련을 받아라. 세 명이 모이는 정도로는 원치 않는 관심을 끌지 않을 거야. 달리 또 골칫거리는?"

"난 못하겠어." 호리호리한 1학년 한 명이 어깨를 구부정하게 움츠리고는 가느다란 손가락을 얼굴로 올리면서 말했다.

"무슨 뜻이지?" 제이든의 목소리가 날카로워졌다.

"못하겠다고!" 1학년은 고개를 내저었다. "죽음이며, 싸움이며, 하나도 못하겠어요!" 목소리가 점점 커졌다. "평가일에는 어떤 놈이 내 앞에서 목이 꺾여서 죽었어! 난 집에 가고 싶어! 그것도 도와줄 수 있어?"

모두가 제이든 쪽으로 고개를 돌렸다.

"아니." 제이든은 어깨를 으쓱였다. "넌 못 버티겠군. 지금 그 사실을 받아들이고 내 시간을 더 뺏지 않는 게 최선이겠다."

나는 헉 소리를 내지 않으려고 최선을 다했고, 모여 있는 사람 중에 몇 명은 굳이 충격을 숨기려고 하지도 않았다. 뭐 저런 재수 없는 놈이 있담.

1학년은 한 대 맞은 표정이었고, 나로서는 안타깝게 여길 수밖에 없었다.

"조금 모진 말이었어." 제이든을 닮은 2학년이 눈썹을 올리며 말했다.

"내가 뭐라고 말하면 좋겠는데, 보디?" 제이든이 고개를 옆으로 기울이더니 차분하고 고른 목소리로 말했다. "내가 모두를 구할 순 없어. 특히나 스스로를 구하려는 의지도 없는 사람은 더욱 더."

"망할, 제이든." 개릭이 콧잔등을 문질렀다. "격려하는 방법도 있잖아."

"우리 둘 다 격려의 말이 필요한 놈들이 졸업일에 날아서 떠나지 못한다는 걸 알잖아. 현실적으로 굴자. 그런 걸로 마음 편해진다면 나도 손을 잡고 모두가 해낼 수 있다는 공허한 약속을 줄줄이 늘어놓을 수도 있어. 하지만 내 경험상으로는 진실이 훨씬 더 가치 있다."

제이든이 고개를 돌렸고, 나는 그가 공황상태에 빠진 1학년을 쳐다보고 있겠거니 짐작했다. "전쟁에선 사람들이 죽는다. 음유시인의 노래처럼 영광스럽지도 않아. 목이 꺾이고 60미터를 떨어지는 일이라고. 불타는 땅과 유황 냄새에도 낭만적인 구석 따윈 없어. 이건…." 그는 뒤쪽 성채를 가리켰다. "모두가 살아서 나가는 동화 같은 게 아니야. 무정하고, 차갑고, 냉담한 현실이지. 여기 있는 모두가 집으로 가진 못해. 우리 고향의 남은 부분이 얼마나 되든 간에. 그리고 오해하지 마라. 우리는 이 분과에 발 들인 모든 순간에 전쟁을 치르고 있다." 그는 몸을 살짝 앞으로 기울였다. "그러니 정신 차리고 살기 위해 함께 싸우지 않는다면, 그래. 너희는 살아남지 못할 거다."

정적 속에 귀뚜라미 소리만이 울려 퍼졌다.

"자, 누구든 내가 해결할 수 있는 문제를 말해봐." 제이든이 명령했다.

"전투 브리핑 시간이요." 내가 얼굴을 아는 1학년이 조용히 말했다. 그 생도의 침대는 리애넌과 내 침대에서 한 줄밖에 떨어져 있지 않았다. 쯧… 이름이 뭐였더라? 모두를 알기에는 막사에 여자가 너무 많았지만 분명히 제3비행단 소속이기는 했다. "따라갈 수 없는 건 아니지만 그 정보는…." 그녀는 어깨를 으쓱이며 말했다.

"그건 힘들긴 하지." 이모젠이 제이든을 쳐다보며 대답했다. 달빛에 비친 그 옆모습은 내 어깨를 부숴놓은 사람과 전혀 달라 보였다. 그 이모젠은 잔인하고 악랄하기까지 했다. 그러나 제이든을 쳐다보는 이모젠의 눈과 입은 부드러웠고 짧은 분홍색 머리를 귀 뒤로 넘기는 자세도 그랬다.

"그자들이 가르쳐주는 내용을 배워야지." 제이든은 진지한 목소리로 1학년에게 말했다. "네가 아는 내용을 간직하되 그자들이 말하는 내용을 외워."

이마에 주름이 졌다. 저게 대체 무슨 소리지? 전투 브리핑은 우리 분과에서 기밀이 아닌 부대 이동과 전선에 관한 최신 정보를 알 수 있게 서기들이 가르치는 수업이었다. 우리에게 외우게 하는 내용은 최전선 근처에서 벌어진 최근 사건들과 일반 지식 정도였다.

"질문?" 제이든이 물었다. "지금 묻는 게 좋을 거다. 밤새 떠들 시간 없어."

그 순간에야 나는 이들이 세 명 이상 무리지어 만났다는 점을 제외하면 아무런 나쁜 짓도 하지 않는다는 사실을 깨달았다. 음모도, 쿠데타도, 위험도 없었다. 그저 선배 라이더들이 같은 지방 출신의 1학년들을 상담해주는 모임일 뿐이었다. 하지만 데인이 안다면, 데인은….

"바이올렛 소른게일은 언제 죽여?" 뒤쪽에 있던 남자 하나가 물었다.

피가 싸늘하게 식었다.

다들 동의의 소리를 내자 등골을 타고 공포의 전율이 흘렀다.

"그러게, 제이든." 이모젠이 연한 녹색 눈을 들어올려 제이든을 보며 상냥하게 말했다. "언제면 드디어 우리의 복수를 할 수 있을까?"

그는 나에게 얼굴을 가로지르는 흉터가 보일 만큼만 고개를 돌리더니 이모젠을 보고 눈을 가늘게 떴다. "이미 말했지. 소른게일 막내는 내 몫이고, 적당한 때에 내가 처리한다고."

그가 나를… 처리한다고? 울컥 분노가 치솟으며 얼어 있던 근육이 녹았다. 나는 그렇게 쉽게 처리할 만한 불편 사항이 아니다. 짧은 시간이나마 제이든에게 품었던 존경심이 사라졌다.

"교훈을 이미 얻지 못했어, 이모젠?" 제이든 닮은꼴이 반대편에서 책망했다. "듣자 하니 네가 매트 위에서 능력을 썼다는 이유로 에이토스가 다음 날 너보고 저녁 설거지를 시켰다며."

이모젠이 그쪽으로 고개를 홱 돌렸다. "걔네 엄마에겐 내 엄마와 언니를 처형한 책임이 있어. 걔 어깨를 부러뜨리는 정도로 끝내지 말았어야 했다고."

"-우리 부모님 거의 모두를 사로잡은 책임이 있는 건 걔 엄마지." 개릭이 넓은 가슴 앞에 팔짱을 끼고 맞받아쳤다. "그 여자 딸이 아니야. 부모의 죄를 두고 자식을 처벌하는 건 티렌더가 아니라 나바르 방식이고."

"그래서 우리 부모님이 한참 전에 한 짓 때문에 우리를 이 사형선고나 다름없는 학교에 처넣었잖아." 이모젠이 항변했다.

"혹시 몰라서 말해주는데 걔도 똑같은 사형선고를 받았거든." 개릭이 쏘아붙였다. "이미 우리와 같은 운명으로 고통받고 있는 것 같은데."

내가 정말로, 저들이 내가 릴리스 소른게일의 딸이라는 이유로 벌을 받아야 하는지 말아야 하는지를 두고 토론하는 모습을 보고 있는 건가?

"걔 오빠가 브레넌 소른게일이라는 점도 잊지 마." 제이든이 덧붙였다. "걔도 못지않게 우리를 미워할 이유가 있어." 그러면서 이모젠과 처음 질문한 1학년을 날카롭게 쳐다보았다. "더 말하지 않는다. 걘 내가 처리해. 나와 싸우고 싶은 사람?"

침묵이 내려앉았다.

"좋아. 세 명씩 침대로 돌아가." 제이든이 고갯짓을 하자 지시대로 세 명씩 무리를 지어 떠났고, 제이든이 마지막으로 자리를 떴다.

천천히 숨을 들이쉬었다. 맙소사, 겨우 살아남았나 보다.

하지만 완벽히 떠났는지 확인해야 했다. 나는 허벅지가 당기고 손가락이 저

려도 꼼짝 않고 머릿속으로 500까지 세면서 맹렬히 뛰는 심장을 가라앉히려고 최대한 고르게 호흡했다.

나 혼자라는 확신이 들고, 다람쥐들이 바닥을 뛰어다닌 후에야 나무를 타고 내려가서 마지막 1미터를 펄쩍 뛰어 풀밭에 착지했다. 행운의 지날 신께서 나에게 약하신가 보다. 나야말로 대륙에서 제일 운 좋은 여자일 테니….

순간 그림자 하나가 내 뒤로 달려들었다. 비명을 지르려고 했지만 팔꿈치 하나가 내 목을 휘감고 단단한 가슴팍으로 당기는 바람에 공기가 끊어졌다.

"비명 지르면 죽는다." 속삭이는 소리를 듣고 뱃속이 철렁 내려앉는 사이에 목에 닿아 있던 팔꿈치가 날카로운 단검 끝으로 바뀌었다.

나는 그대로 얼어붙었다. 제이든의 거친 목소리였다.

"망할 소른게일." 그의 손이 내 망토 후드를 젖혔다.

"어떻게 알았어?" 분개한 기색이 드러났지만 알 게 뭔가. 제이든이 날 죽이려 든다면 나도 히죽거리다 죽을 마음은 없었다. "맞혀볼까? 내 향수 냄새를 맡았겠군. 책 속 여자 주인공은 늘 그렇게 들통나잖아?"

그는 코웃음을 쳤다. "난 그림자를 지배하지만 그렇고 말고, 네가 들통 난 건 향수 때문이지." 그는 단검을 내리고 물러섰다.

나는 숨을 들이켰다. "고유 능력이 그림자 지배라고?" 제이든이 그렇게 높이 진급한 것도 당연했다. 그림자 지배는 대단히 드문 데다 전투에서 아주 탐나는 능력이고, 힘이 얼마나 강하냐에 따라서 그리폰 한 무리를 떨어뜨리거나 혼란시킬 수 있었다.

"뭐야. 에이토스가 어둠 속에서 혼자 있다가 나한테 잡히지 말라고 경고해주지 않았나?"

그의 목소리는 내 피부를 스치는 거친 벨벳 같았다. 나는 몸을 부르르 떨고 나서 허벅지에 꽂혀 있던 칼을 뽑아 들고 몸을 빙글 돌려 죽음 앞에서 방어할 태세를 갖췄다. "날 이렇게 처리할 계획이야?"

"엿들었나 보군?" 그는 검은 눈썹 한쪽을 치켜올리더니, 내가 위협이 될 리 없다는 듯 단검을 칼집에 꽂았다. 덕분에 나는 전보다 더 열이 받았다. "이젠 정말로 널 죽여야 할지도 모르겠군." 그 비웃는 눈 속에 진실이 있었다.

이건… 말도 안 되는 상황이다.

"그렇다면 어서 끝내지 그래." 나는 망토 아래, 옆구리에 달려 있던 단검 하나를 더 뽑아들었다. 혹시 제이든이 덤벼들 때에 대비해서 단검을 던질 거리를 확보하려 몇 걸음 뒤로 물러섰다.

그는 단검 두 개를 날카롭게 쳐다보더니 한숨을 내쉬며 팔짱을 꼈다. "그게 네가 발휘할 수 있는 최선의 방어 자세냐? 이모젠이 네 팔을 뜯어낼 뻔한 것도 놀랍지 않군."

"난 네 생각보다 위험해." 나는 죽어라고 외쳤다.

"그건 알겠어. 몸이 덜덜 떨리는군." 제이든의 입꼬리가 올라가며 노골적으로 나를 비웃었다.

개자식. 나는 두 개의 단검을 손 안에서 뒤집어 칼끝을 잡은 다음, 손목을 털어서 제이든의 머리 양옆으로 던졌다. 머리 옆을 스쳐 간 단검은 그 뒤의 나무 줄기에 제대로 꽂혔다.

"빗맞혔군." 그는 꿈쩍도 하지 않았다.

"그래?" 남은 두 자루에 손을 뻗었다. "몇 걸음 물러서서 시험해보지 그래?"

그의 눈에 호기심이 피어올랐다가 다음 순간에는 차가운 조롱조의 무관심에 가려 사라졌다. 내 모든 감각은 초경계 태세였지만, 제이든이 눈을 마주친 채 뒤로 움직일 때도 내 주위 그림자는 좁혀들지 않았다. 그가 나무에 등을 대자, 내 단검 자루가 귀를 스쳤다.

"내가 빗맞혔는지 다시 말해봐." 나는 오른손에 단검 끝을 잡고 위협했다.

"매력적이군. 허약하고 깨지기 쉬워 보이는데 사실은 폭력적인 꼬맹이라 이건가?" 제이든의 완벽한 입술에 감탄의 미소가 떠오르더니, 그림자가 참나무 줄기 위로 춤을 추며 손가락 모양을 취했다. 그림자 손은 나무에 꽂힌 단검 두 자루를 뽑아서 기다리는 제이든의 손으로 가져갔다.

나는 원치 않게 날카로운 숨을 내쉬고 말았다. 제이든에게는 손가락 하나 까딱하지 않고도 나를 없앨 수 있는 능력이 있었다. 그림자 지배라니. 그를 상대로 헛되이 몸을 지키려고 한다는 사실 자체가 웃음거리였다.

나는 제이든이 너무나 아름답다는 사실이 싫었다. 내디디는 발 주위로 그림자를 휘감고 내 쪽으로 성큼성큼 다가오는 남자가 실로 치명적인 능력을 가졌다는 사실도 싫었다. 그는 동쪽의 시그니슨 숲에서 자란다고 읽었던 독이 있는 꽃 같았다. 그의 매력은 너무 가까이 다가오지 말라는 경고였건만, 지금 나는 확실히 너무 가까웠다.

나는 다시 단검을 자루 쪽으로 쥐며 공격에 대비했다.

"그 귀여운 재주는 잭 발로우에게 보여주지 그래." 제이든은 손바닥을 펴서 내 단검을 내밀며 말했다.

"뭐라고?" 이건 속임수야. 분명히 속임수일 거야.

제이든이 더 가까이 다가오자 나는 단검을 들어올렸다. 심장이 덜커덩거렸다. 공포가 흘러넘치면서 심장 박동이 불규칙적으로 뛰었다.

"대놓고 널 죽여버리겠다고 맹세하며 목을 꺾던 1학년 말이야." 제이든은 내 단검이 그의 망토 위로 배를 누르는 가운데 명확하게 말했다. 그리고 내 망토 안으로 손을 뻗어서 단검 하나를 허벅지 칼집에 밀어넣더니 망토 옆을 젖히고 멈칫했다. 그의 시선이 내 땋은 머리를 훑었고, 나는 그가 나머지 단검을 내 옆구리 칼집에 넣기 전에 잠시 숨을 멈췄다고 확신했다.

"그놈 머리에 단검을 몇 개 던져주면 생각을 달리할지도 모르지."

이건… 이건… 기괴했다. 분명히 나를 혼란스럽게 할 게임이다. 안 그런가? 만약 그런 거라면 그는 정말 욕 나오게 게임을 잘한다.

"나를 죽이는 영예는 네 것이라서?" 나는 도전적으로 말했다. "넌 네 작은 클럽이 내 나무 아래에서 모이기 한참 전부터 내가 죽길 원했잖아. 그러니까 네 마음속에서는 나를 이미 묻고도 남았겠지."

그는 자기 배를 겨눈 단검을 흘긋 보았다. "내 작은 클럽에 대해 누군가에게 말할 계획인가?" 그와 눈이 마주쳤다. 그 눈 속에는 차갑고 계산적인 죽음밖에 기다리고 있지 않았다.

"아니." 나는 소름을 누르고 사실대로 대답했다.

"어째서?" 그는 고개를 옆으로 기울이며 특이한 걸 본다는 듯이 내 얼굴을 살폈다. "분리주의자 장교들의 자식들이 모이는 건…."

"세 명 넘게 모이면 불법이지. 나도 알아. 난 너보다 오래 바스지아스에 살았거든." 나는 턱을 들어올렸다.

"그런데 엄마나 그 소중한 데인에게 달려가서 우리가 모이는 걸 일러바치지 않는다고?" 그가 눈을 가늘게 떴다.

난간다리 위로 걸어나가기 직전처럼 뱃속이 뒤틀렸다. 마치 내 몸도 다음에 내가 할 행동이 평생을 결정하리라는 것을 아는 듯했다. "넌 걔들을 돕고 있었어. 벌을 받아야 할 이유가 있을까." 그건 제이든에게도 다른 사람들에게도 불공평했다. 그 작은 모임이 불법이었냐고? 물론이다. 그런데 그것 때문에 죽어야 하는냐면? 절대 아니다. 그런데 내가 말을 하면 다들 죽겠지. 여기 모였던 1학년들은 그저 조언을 구했다는 이유로 처형당하고, 선배들은 단지 남을 도왔다는 이유로 죽을 것이다.

"난 말하지 않을 거야."

그가 나를 꿰뚫어 보려는 듯이 쳐다보자 두피가 다 오싹했다. 손은 떨리지 않았지만 신경은 앞으로 30초 동안 무슨 일이 일어날지를 두고 벌벌 떨었다. 그는 이 자리에서 나를 죽여 시체를 강에 던져 넣을 수도 있다. 그러면 하류에서 시체가 발견될 때까지는 아무도 내가 죽은 줄도 모를 것이다.

하지만 나도 제이든이 피 한 방울 흘리지 않고 나를 죽이게 둘 마음은 결코 없었다. 그것만은 확실하다.

"재미있군." 그가 조용히 말했다. "그 말을 지키는지 두고 보지. 네가 정말로 그 말대로 한다면, 유감이지만 너에게 빚을 하나 지는 셈이군." 그는 물러서서 몸을 돌려 성채로 이어지는 절벽 계단을 향해 걸어갔다.

잠깐만. 뭐라고?

"날 처리하지 않을 거야?" 나는 충격에 눈썹을 올린 채 그의 등 뒤에 대고 외쳤다.

"오늘 밤은 아니야." 그가 어깨 너머로 소리쳤다.

코웃음이 나왔다. "뭘 기다리는데?"

"미리 알면 재미가 없지." 그는 어둠 속을 성큼성큼 걸어가며 대꾸했다. "이제 네가 통금시간 이후에 밖에 나왔다는 사실을 비행단장에게 들키기 전에 침대로 돌아가."

"뭐?" 나는 얼이 빠진 채로 그 뒷모습을 지켜보았다. "네가 내 비행단장이잖아!"

하지만 그는 이미 어둠 속으로 사라졌고, 나만 바보처럼 혼자 떠들었다.

그는 내 가방 안에 무엇이 있는지도 묻지 않았다.

팔을 다시 삼각건에 밀어넣었다. 어깨에 걸리는 무게가 덜어지면서 안도의 한숨을 내쉬는 내 얼굴에는 천천히 미소가 번졌다.

포닐리 열매를 가진 바보긴 하지.

08

독을 쓸 때 자주 논의되지 않는 기술이 있으니, 그것은 타이밍이다. 오직 숙련자만이 적절하게 투여해서 효과적으로 공격할 수 있다. 침투 방법만이 아니라 상대방의 질량 또한 고려해야 한다.

— 로런스 메디나, 《야생과 재배 약초의 효과적인 이용》

새로운 아침을 위해 옷을 입는 동안 여성용 막사는 조용했다. 멀리 있는 창문 밖 지평선 바로 위로 빼꼼 올라온 태양이 보였다. 나는 침대 끝 행거에 걸어 말린 드래곤 비늘 조끼를 집어들고 검은색 반소매 셔츠 위에 입었다. 리애넌이 침대에 없었지만 혼자서 등 뒤의 끈을 묶는 데 능숙해서 다행이었다.

적어도 우리 중 한 명은 절실히 필요한 오르가슴을 누리고 있으리라. 이 안에 꽉 찬 침대 사이에도 파트너와 함께 흩어진 사람이 한둘은 있었다. 지휘관들은 통금을 강화하겠다는 소리를 늘어놓았지만, 사실은 아무도 신경 쓰지 않았다. 음, 데인만 예외로 하자. 데인은 모든 규칙에 신경을 썼다.

데인. 가슴이 조여들었다. 나는 머리를 땋아서 왕관 모양으로 틀어올리며 미소를 지었다. 데인을 보는 건 하루 중에서 제일 좋은 부분이었다. 오직 공적으로 접하는 잘생긴 남자에 불과한 순간조차도 그랬다. 데인이 이 학교에서 나를 구하겠다는 생각에만 사로잡혀 있는 순간조차도.

나는 가방을 집어들고, 살아서 8월을 맞이하지 못한 이들의 빈 침대 십여 개를 지나쳐 나가면서 문을 열었다.

저기 있네. 딱 봐도 나를 기다리고 있던 데인이 복도 벽에서 몸을 떼어내며 눈을 빛냈다. "안녕."

입술 끝이 올라가는 걸 막을 수가 없다. "알겠지만 매일 아침 날 호위해줄 필요는 없어."

"이게 네 대대장이 아닌 채로 널 보는 유일한 시간인걸." 그는 빈 복도를 함께 걸으며 맞받아쳤다. 우리가 탈곡에서 살아남는다면 언게 될 방들로 이어지는 복도가 연이어 지나갔다. "그것만으로도 한 시간 일찍 일어날 가치가 있지만, 아직도 네가 다른 임무를 다 제치고 아침식사 당번을 고른 이유는 잘 모르겠다."

나는 어깨를 으쓱였다. "나름의 이유가 있어." 정말, 정말, 정말 훌륭한 이유지. 지난주에 각자의 할당 임무를 선택하기 전까지 한 시간 더 자던 시간이 정말 그립기는 하지만.

오른쪽 문 하나가 확 열렸고, 데인이 나를 뒤로 잡아끌면서 앞으로 튀어나가는 바람에 그의 등에 얼굴이 부딪혔다. 가죽 냄새와 비누와….

"리애넌?" 데인이 날카롭게 말했다.

"미안!" 리애넌이 눈을 크게 떴다.

나는 데인의 팔에서 벗어나서 리애넌을 볼 수 있게 데인 옆으로 움직였다. "오늘 아침에 어디 있나 했네." 리애넌 옆에 타라가 나타나자 내 얼굴에 능글맞은 웃음이 번졌다. "여, 타라."

"여, 바이올렛." 타라는 나에게 손을 흔들더니 셔츠를 바지에 쑤셔 넣으며 복도 저편으로 향했다.

"통금에는 다 이유가 있다, 생도." 데인이 훈계를 하자, 나는 눈을 굴리고 싶은 충동과 싸워야 했다. "그리고 탈곡 때까지는 아무도 개인 기숙사에 들어갈 수 없다는 걸 알 텐데."

"우리가 그냥 일찍 일어났을 수도 있잖아." 리애넌이 반박했다. "지금 두 사람처럼." 그녀는 짓궂은 웃음을 흘리며 우리 둘을 번갈아 보았다.

그 말에 데인이 콧잔등을 문질렀다. "그냥… 공동 침실에 돌아가서 거기서 잔 척해. 알았나?"

"당연하지!" 리애넌은 지나가면서 내 손을 꾹 잡았다.

"해냈네." 나는 잽싸게 속삭였다. 리애넌은 여기 들어온 첫날부터 타라에게 꽂혀 있었다.

"나도 알아. 그치?" 그녀는 웃으면서 뒷걸음질치다가 복도 문을 밀고 지나가기 위해 몸을 돌렸다.

"대대장 자리에 지원했을 때 생각한 임무에 1학년들의 성생활 감시는 없었는데 말이야." 데인의 중얼거림을 들으며 우리는 주방을 향해 걸어갔다.

"아, 그러지 마. 작년엔 너도 1학년이었잖아."

그는 생각에 잠겨서 눈썹을 들어올리더니, 결국에는 어깨를 으쓱였다. "타당한 지적이야. 그리고 이젠 네가 1학년이지…." 로톤다로 나가는 아치 문에 다가가면서 그의 시선이 내 쪽으로 미끄러졌다. 뭔가 더 말할 것처럼 입술이 벌어졌지만, 그는 시선을 돌리고 몸을 빙글 돌려서 문을 열어줬다.

"뭔데, 데인 에이토스! 설마 지금 내 성생활에 대해 묻는 거야?" 나는 그린드래곤 기둥의 드러난 이빨을 손가락으로 훑으면서 미소를 삼켰다.

"아니야!" 그는 고개를 내젓더니 생각에 빠져서 잠시 머뭇거렸다. "그게… 말할 성생활이 있어?"

우리는 공용 구역으로 이어지는 계단을 올라갔고, 나는 문 바로 앞에서 몸을 돌려 데인을 마주보았다. 데인이 두 계단 밑에 있으니 눈높이가 맞았다. "여기 온 이후에?" 나는 손가락으로 턱을 두드리며 미소 지었다. "그건 네가 상관할 바 아니지. 여기 오기 이전에? 그것도 네가 상관할 바는 아니고."

"타당한 지적이야." 하지만 그의 입술이 그리는 모습을 보니 데인이 상관할 문제라면 좋겠다 싶어졌다.

나는 그걸 데인의 문제로 만든다거나 하는 멍청한 짓을 하기 전에 몸을 돌렸다. 우리는 공용 구역을 계속 걸어 들어가면서 텅 빈 책상들과 도서관 입구를 지나쳤다. 서기들의 아카이브만큼 경외심을 불러일으키는 도서관은 아니지만 그래도 여기에서 공부하는 데 필요한 책은 다 있었다.

"오늘 준비는 됐어?" 데인이 강당이 가까워오자 물었다. "오후에 시작하는 격투 시합 말이야."

뱃속이 뭉치는 느낌이 들었다.

"난 괜찮을 거야." 장담했지만, 그는 내 앞을 막아서며 걸음을 멈췄다.

"네가 그동안 리애넌과 연습한 건 알아. 하지만…." 걱정으로 데인의 이마에 주름이 졌다.

"난 할 수 있어." 그의 눈을 들여다보며 장담했다. "걱정할 필요 없어." 어젯밤, 브레넌이 말한 곳을 찾아가니 내 이름 옆에 오렌 시퍼트의 이름이 붙어 있었다. 제1비행단 소속의 키 큰 금발로, 칼솜씨는 평범했지만 펀치는 굉장했다.

"난 늘 네가 걱정돼." 데인이 두 손을 움켜쥐었다.

"그러지 마." 나는 고개를 내저었다. "내가 알아서 할 수 있어."

"난 그냥, 네가 또 다치는 모습을 보고 싶지 않아."

갈비뼈가 고정 기구인 바이스처럼 심장을 죄어왔다.

"그러면 보지 마." 나는 굳은살이 박힌 그의 손을 잡았다. "데인, 넌 날 이 상황에서 구할 수 없어. 나도 다른 생도처럼 일주일에 한 번씩 시합을 치를 거야. 그걸로 끝나지도 않지. 넌 탈곡이나 건틀릿 시험에서도 지켜줄 수 없고, 잭 발로우에게서도…."

"그놈 눈에는 띄지 말아야 해." 데인이 얼굴을 찡그렸다. "그 우쭐대는 개자식은 최대한 피해, 바이. 그놈에게 널 쫓을 핑계를 주지 마. 그놈은 이미 사망자 명단에 너무 많은 이름을 올렸어."

"그렇다면 드래곤들이 그놈을 사랑하겠네." 드래곤들은 언제나 잔인한 이들을 좋아했다.

데인은 가만히 내 손을 쥐었다. "그냥 그놈을 피해."

나는 눈을 깜박였다. 이 충고는 어제 제이든의 '그놈 머리에 단검을 몇 개 던져'와 너무나 달랐다.

제이든. 지난주부터 내 뱃속에 박힌 죄책감이 한 뼘 더 커졌다. 교칙상으로는 데인에게 참나무 밑에서 낙인자들을 보았다고 말해야 하지만 나는 말하지 않을 생각이었다. 제이든에게 약속해서가 아니라, 비밀을 지키는 게 올바른 일이라고 생각했기 때문이다. 한 번도 데인에게 비밀을 둔 적이 없었는데도.

"바이올렛? 내 말 들었어?" 데인이 한 손을 들어올려 내 얼굴을 감쌌다.

나는 화들짝 시선을 맞추고 고개를 끄덕이며 그의 말을 되풀이했다. "발로우는 피해."

그는 내린 손을 바지 주머니에 밀어 넣었다. "그놈이 너에 대한 앙심을 잊어버리길 빌자."

"여자가 자기 고환에 칼을 겨눈 일을 남자들이 잊을 수 있을까?" 나는 한쪽 눈썹을 구부리며 말했다.

"못 잊지." 그는 한숨을 내쉬었다. "있지, 네가 몰래 서기 분과로 내려가기에 아직 늦지 않았어. 피츠기븐스라면 널 받아줄 거야."

5시 15분을 알리는 종이 울리면서 데인이 서기 분과로 도망치라고 애걸하는 시간을 또 견딜 뻔한 나를 구했다.

"다 괜찮을 거야. 점호 시간에 봐." 나는 데인의 손을 꾹 잡은 다음에 주방으로 걸어갔다. 언제나 내가 제일 먼저 도착했고, 오늘도 예외는 아니었다.

나는 가방에 넣어두었던 말려서 빻은 포닐리 열매 병을 주머니에 넣고 다른 사람들이 졸린 눈으로 툴툴거리며 하나씩 도착하는 가운데 일을 시작했다. 한 시간 후 배식 줄에 섰을 때 그 가루는 하얀 색에 가까워서 거의 보이지 않았고, 내게 다가오는 오렌 시퍼트의 스크램블드에그에 살짝 뿌렸을 때도 전혀 눈에 띄지 않았다.

"탈곡 시간에 어떤 드래곤에게 접근하고 또 어떤 드래곤에게서 달아날지 결정할 때는 각각의 종에 따른 기질을 명심하도록 해라." 케이오리 교수가 신입생들을 관찰하면서 진지한 검은 눈동자를 코 쪽으로 모으더니 띄워놓은 투사체를 그린 대거테일에서 레드 스콜피온테일로 바꿨다. 그는 환상 능력자였다. 우리 분과에서 마음속에 그리는 장면을 투사하는 고유 능력을 지닌 유일한 교수였다. 그래서 나는 이 수업을 제일 좋아하는 수업으로 꼽았다. 또한 케이오리 교수 덕분에 나는 오렌 시퍼트가 정확히 어떻게 생겼는지 알게 됐다.

다른 생도를 찾는 이유를 두고 교수의 오해를 대놓고 유도했다고 해서 죄책감을 느끼냐고? 아니다. 내가 부정행위를 한다고 생각하느냐고? 역시 아니다. 나는 정확히 미라가 말한 대로 두뇌를 썼다.

우리가 둥글게 둘러앉은 테이블 가운데에 나타난 레드 스콜피온테일은 실제 크기보다 작아서 기껏해야 1.8미터가 될까 말까했다. 그래도 베일에서 탈곡을 기다리고 있을, 실제로 불을 뿜는 드래곤의 정확한 복제였다.

"여기 그라이언 같은 레드 스콜피언테일은 성질이 제일 급하다." 케이오리 교수는 완벽하게 다듬은 콧수염을 구부려가며 환상을 향해 미소 지었다. 그 드래곤을 실제로 보는 듯한 태도였다. 우리는 열심히 내용을 받아적었다. "그러니까 너희가 불쾌하게 하면…"

"점심식사가 되겠죠." 내 왼쪽에 있던 리독이 말하자 모두가 웃었다. 30분 전에 대대원들과 같이 착석한 이후 줄곧 나를 노려보던 잭 발로우마저도 코웃음을 쳤다.

"정확하다." 케이오리 교수가 대꾸했다. "그러면 레드 스콜피언테일에게 접근하는 가장 좋은 방법은 뭘까?" 그가 방 안을 훑어보았다.

나는 답을 알고 있었지만 눈에 띄지 말라는 데인의 충고에 따라 손을 올리지 않았다.

"접근하지 않는 거지." 옆에 앉은 리애넌이 중얼거리는 바람에 나는 웃음을 참아야 했다.

"가능하다면 왼쪽에서, 그리고 앞에서 접근하는 것을 좋아합니다." 다른 대대 소속 여자 생도가 대답했다.

"훌륭하다." 케이오리 교수가 고개를 끄덕였다. "이번 탈곡에는 계약할 의사가 있는 레드 스콜피언테일이 셋이다." 우리 앞에 떠오른 영상이 다른 드래곤으로 변했다.

"드래곤을 다 합치면 얼마나 되나요?" 리애넌이 물었다.

"올해는 100마리다." 케이오리 교수가 다시 영상을 바꾸며 대답했다. "하지만 몇몇은 두 달쯤 후에 있을 시연 시간 중에 마음을 바꿀 수도 있다. 그들이 무엇을 보느냐에 달렸지."

뱃속이 내려앉는 기분이었다. "작년보다 서른일곱이 적네요."

탈곡 이틀 전에 우리를 잘 보라고 드래곤들 옆을 행진하는 시연을 하고 나면 더 줄어들지도 모른다. 우리 모습이 마음에 들지 않는다면 말이다. 하지만 어차피 그 행사를 하고 나면 생도 숫자가 줄어들곤 했다.

케이오리 교수의 시커먼 눈썹이 치켜올라갔다. "맞다, 소른게일 생도. 그리고 그 전해보다는 스물여섯이 적지."

계약을 선택하는 드래곤은 점점 줄어드는데 분과에 들어오는 라이더 수는 일정 수를 유지했다. 머릿속이 빙빙 돌았다. 이제까지의 전투 브리핑에 따르면 동쪽 국경에 대한 공격은 심해지고 있는데 나바르를 방어하기 위해 계약하려는 드래곤 수는 줄어들다니.

"드래곤들이 왜 계약하지 않는지 말해주요?" 다른 1학년이 물었다.

"아니지, 멍청아." 잭이 얼음장 같은 푸른 눈을 가늘게 뜨고 그 생도를 노려보며 비웃었다. "드래곤들은 계약한 라이더에게만 이름을 알려주고 계약한 라이더에게만 말해. 지금쯤이면 그 정도는 알아야지."

케이오리 교수의 눈빛을 받은 잭이 바로 입을 다물었지만, 다른 생도를 비웃는 걸 멈추진 않았다. 교수가 말했다. "드래곤들은 이유를 말해주지 않는다. 그리고 드래곤의 삶을 존중하는 사람이라면 그들이 대답하려 하지 않는 질문을 굳이 묻지 않는다."

"그 숫자가 보호막에도 영향을 미칩니까?" 뒤에 앉은 오렐리가 깃펜으로 책상 가장자리를 두드리며 물었다. 오렐리는 도무지 가만히 있을 줄을 몰랐다.

케이오리 교수의 턱이 두 번 움직였다. "확실하진 않다. 이전에는 계약한 드래곤의 숫자가 보호막 상태에 영향을 미친 적이 없지만, 전투 브리핑을 들어서 알 테니 점점 더 보호막에 틈이 많이 생긴다는 사실을 두고 거짓말을 하지는 않겠다."

보호막이 불안정해지는 속도는 드베라 교수가 매일 전투 브리핑을 시작할 때마다 내 속이 조여들 정도로 빨랐다. 우리가 약해지고 있거나, 아니면 우리의 적이 강해지고 있다. 어느 쪽이 진실이든 이 방에 앉은 생도들이 이전보다 더 많이 필요하다는 의미다. 나 같은 생도조차도.

영상이 제이든과 계약한 군청색 드래곤인 스게일로 변했다. 스게일이 첫날에 나를 꿰뚫어 보던 모습이 떠오르면서 뱃속이 더 엉망이 되었다.

"이번 탈곡에는 계약할 의사가 있는 블루 드래곤이 없으니 접근하는 방법을 걱정할 필요 없다. 하지만 스게일을 봤을 때 알아볼 수는 있어야 한다." 케이오리 교수가 말했다.

"뭐 빠지게 달아날 수 있게 말이죠." 리독이 느물느물 말했다.

다른 생도들은 웃었지만 나는 진지하게 고개를 끄덕였다.

"스게일은 블루 드래곤 중에서도 가장 희귀한 블루 대거테일이니, 맞다. 계약한 라이더가 없는 스게일을 본다면… 다른 곳으로 도망쳐야 한다. 스게일은 무자비하다는 말 정도로는 부족하다. 우리가 드래곤의 법이라고 추정하는 규칙에 따르지도 않는다. 심지어 예전 라이더의 혈족과 계약을 맺었는데 다들 그게 일반적으로는 금지라는 사실을 알고 있겠지. 하지만 스게일은 뭐든 원하는 대로 하고 언제든 원하는 대로 한다. 누구든 블루 드래곤을 보거든 접근하지 말아라. 그냥…."

"도망쳐야죠." 리독이 늘어진 갈색 머리를 헤집으며 다시 말했다.

"도망쳐라." 케이오리 교수가 미소 지으며 동의하자, 윗입술 위에 자란 콧수염이 살짝 떨렸다. "현역 복무 중인 블루 드래곤이 좀 더 있기는 한데 모두 전투가 가장 치열한 동쪽 에스벤 산맥에 있다. 그들 모두가 위협적이지만 스게일은 그중에서도 가장 강력하다."

그 순간 숨이 멈췄다. 제이든이 그림자를 지배할 수 있는 것도 이제는 놀랍지가 않다. 나무에서 스스로 단검을 뽑고 아마도 그 단검을 던질 수도 있는 그림자들. 그런데도… 그는 나를 살려줬다. 나는 그 생각에 살짝 따뜻해지는 마음을 멀리, 멀리, 밀어냈다.

아마도 그는 날 가지고 노는 걸 거야. 괴물이 먹잇감을 덮치기 전에 가지고 노는 거지.

"블랙 드래곤은 어떤가요?" 잭 옆에 앉은 1학년이 물었다. "여기에 한 마리 있죠?"

잭의 얼굴이 밝아졌다. "내가 원하는 드래곤이야!"

"네가 뭘 원하는지는 중요하지 않단다." 케이오리 교수가 손목을 털자 스게일이 사라지고 거대한 블랙 드래곤이 그 자리를 대신했다. 환상마저도 너무 커서 머리를 보려면 고개를 살짝 뒤로 젖혀야 했다. "너희의 호기심을 달래기 위해 보여줄 뿐이다. 너희가 이 드래곤을 보는 일은 이번 한 번뿐일 테니까. 멜그렌 장군의 드래곤을 제외하면 유일한 블랙이다."

"거대하네요." 리애넌이 말했다. "클럽테일인가요?"

"아니, 모닝스타테일이다. 클럽테일과 비슷하게 타격하지만, 꼬리 끝쪽의 뾰족뾰족한 부분 때문에 대거테일과 마찬가지로 사람의 내장을 뜯어내지."

"양쪽의 장점을 다 갖췄군!" 잭이 외쳤다. "살인 기계처럼 생겼네."

"실제로도 그렇다." 케이오리 교수가 대꾸했다. "솔직히 말하면 나도 지난 5년간 만나보지 못해서 이 영상은 조금 낡은 셈이다. 하지만 기왕 이렇게 영상을 띄워놓았으니 블랙 드래곤에 대해 무슨 말을 할 수 있을까?"

"블랙은 제일 영리하고 제일 분별력 있습니다." 오렐리가 외쳤다.

"제일 희귀하죠." 내가 덧붙였다. "지난… 한 세기 동안 하나도 태어나지 않았어요."

"정확하다." 케이오리 교수는 영상을 다시 빙그르르 돌렸고, 나는 번쩍이는 노란 눈동자와 눈이 마주쳤다. "또한 블랙은 가장 교활하기도 하다. 블랙 드래곤을 꾀로 이길 수 있는 존재는 없다. 이 드래곤은 백 살이 조금 넘었으니 중년쯤 된 셈이지. 드래곤들 사이에서는 전투 드래곤으로 존경받고 있고, 사실 이 친구가 아니었다면 지난번 티렌더 반역 때 졌을지도 모른다. 더해서 그는 모닝스타테일이고 나바르에서 가장 치명적인 드래곤 중 하나다."

"분명히 계약자에게 주는 고유 능력도 끝내주겠죠. 접근은 어떻게 하죠?" 잭이 자리에서 몸을 앞으로 기울이며 물었다. 그의 눈에 탐욕이 이글거렸고, 옆에 앉은 그의 친구도 똑같았다.

잭같이 잔인한 녀석이 블랙 드래곤과 계약하는 것이야말로 우리 왕국에서 일어나지 말아야 할 일이다. 진심으로 사양하고 싶다.

"접근하지 않는다." 케이오리 교수가 대답했다. "그는 유일했던 전 라이더가 반란 중에 죽은 이후 쭉 계약에 동의하지 않았다. 그리고 그에게 가까이 갈 방법은 베일 안에 들어가는 것뿐인데, 협곡을 통과하기 전에 재가 되어버릴 테니 그럴 수도 없다."

원탁에서 내 맞은편에 앉은 창백한 빨간 머리가 불편하게 움직이더니 소매를 내려 팔에 찍힌 반역의 인장을 감췄다.

"누군가는 다시 물어봐야죠." 잭이 충동질을 했다.

"그렇게 돌아가는 게 아니다, 발로우. 자, 다른 블랙 드래곤은 딱 하나 있는데 현역이고…."

"멜그렌 장군님의 드래곤이죠." 소여가 말했다. 앞에 놓인 책은 펼쳐져 있지 않았지만 나무랄 수 없는 일이었다. 나도 이 수업을 두 번째 듣는 입장이라면 거의 필기를 하지 않았을 것이다. "코다흐, 맞죠?"

"그렇다." 케이오리 교수가 고개를 끄덕였다. "베일에서 가장 나이가 많은 소드테일이지."

"하지만 어디까지나 호기심에서 묻는데요." 잭의 얼음 같은 파란 눈은 아직 띄워져 있는, 계약자 없는 블랙 드래곤 영상에서 떠나지 않았다. "이 친구가 라이더에게 선사할 고유 능력은 뭘까요?"

케이오리 교수가 주먹을 쥐자 영상이 사라졌다. "알 수 없다. 고유 능력은 라이더와 드래곤 사이의 고유한 화학반응으로 인한 결과라서 보통은 드래곤보다는 라이더에 대해 더 많이 알려주지. 둘의 유대관계가 강하고 드래곤이 강할수록 고유 능력도 더 강하다."

"좋아요. 그러면 예전 라이더의 능력은 뭐였죠?" 잭이 물었다.

"나올린의 고유 능력은 흡수다." 케이오리 교수의 어깨가 축 내려앉았다. "다른 드래곤이나 다른 라이더에게서 힘을 흡수한 다음에 그 힘을 이용하거나 재분배할 수 있었지."

"죽이네요." 리독의 말투에는 영웅 숭배의 마음이 가득했다.

"그랬지." 케이오리 교수가 맞장구를 쳤다.

"그런 고유 능력을 가진 사람이 어쩌다 죽은 거죠?" 잭이 두꺼운 가슴 앞에 팔짱을 끼고 물었다.

케이오리 교수는 순간적으로 나를 쳐다보았다가 시선을 돌렸다. "나올린은 그 힘을 이용해서 쓰러진 라이더를 되살리려고 했지만 부활이 가능한 고유 능력은 없기에 성공하지 못했다. 그 시도는 오히려 나올린을 고갈시켰다. 탈곡 시간 이후에 너희가 익숙해질 표현을 쓰자면, 나올린은 힘을 다 소진해서 문제의 라이더 옆에서 죽었지."

그 말을 듣자 가슴속에서 뭔가가 움직였다. 설명할 순 없지만 떨쳐낼 수도 없었다.

종소리가 수업이 끝났음을 알렸다. 우리 모두는 소지품을 챙기기 시작했다. 대대원들이 하나둘 복도로 빠져나갔고, 나도 가방을 어깨에 메면서 책상에서 일어났다. 리애넌은 얼떨떨한 표정으로 문가에서 나를 기다렸다.

"브레넌이었죠. 아닌가요?" 나는 케이오리 교수에게 물었다.

나를 마주 보는 교수의 눈에 슬픔이 차올랐다. "그래, 나올린은 네 오빠를 구하려다 죽었다. 하지만 브레넌은 이미 멀리 떠난 후였지."

"왜 그랬을까요?" 나는 가방의 무게중심을 옮기며 말을 이었다. "부활은 불가능해요. 브레넌은 이미 죽었는데 왜 나올린은 스스로를 죽이고 만 걸까요?" 몰려오는 슬픔이 심장을 짓밟고 숨을 앗아갔다. 브레넌이라면 누구든 자기를 위해 죽기를 바라지 않았을 것이다. 그런 성격이 아니다.

케이오리 교수는 책상에 기대어 앉더니 검은색의 짧은 콧수염을 잡아당기면서 나를 응시했다. "소른게일이어서 여기에서 얻는 혜택이 없지?"

"안 그래도 절 쓰러뜨리고 싶어 하는 생도가 꽤 있는데, 제 이름이 그 마음에 못을 박았죠."

그는 고개를 끄덕였다. "여길 떠나면 그렇지도 않을 거다. 졸업하고 나면 소른게일 장군의 딸이라는 건 여러 사람이 널 살리기 위해 무엇이든 한다는 뜻임을 알게 될 거야. 심지어 네 비위를 맞추려고도 하겠지. 네 어머니를 사랑해서

가 아니라, 네 어머니가 두렵거나 네 어머니의 호의를 원해서 말이다."

"나올린은 어느 쪽이었나요?"

"양쪽 다 조금씩. 그리고 그렇게 강력한 고유 능력을 지닌 라이더는 때로 자신의 한계를 받아들이지 못하지. 계약은 사람을 특별한 라이더로 만들어주지만 죽은 사람을 되살린다? 그건 신이나 할 일이야. 아무래도 말렉께서는 인간이 자기 영역에 발 들이는 걸 친절하게 봐주지 않으시는 것 같구나."

"답변해주셔서 감사합니다." 나는 몸을 돌려 문 쪽으로 향했다.

"바이올렛." 케이오리 교수가 부르는 바람에 다시 몸을 빙글 돌렸다. "난 네 형제 둘 다를 가르쳤다. 내 고유 능력이 교실에서 유용한 탓에 비행단 근무를 오래 할 수가 없었거든. 브레넌은 굉장한 라이더이자 훌륭한 남자였다. 미라는 기민하고 드래곤을 타는 데 재능이 있고."

나는 고개를 끄덕였다.

"하지만 너는 그 둘보다 더 똑똑해."

깜짝 놀라 눈을 껌벅였다. 내가 오빠와 언니에게 비교되어 좋은 평가를 받는 일은 흔치 않았다.

"매일 밤마다 공용 구역에서 친구들의 공부를 도와주는 모습을 보니 네가 연민의 마음도 더 갖고 있는 것 같구나. 그 점을 잊지 말거라."

"감사합니다. 하지만 똑똑함과 연민의 마음은 탈곡 시간에 절 도와주지 않겠죠." 자기 비하의 웃음이 새어 나왔다. "교수님은 우리 분과에서, 어쩌면 대륙 전체에서 누구보다 더 드래곤에 대해 잘 아시잖아요. 드래곤은 힘과 기민함을 선택해요."

"드래곤은 우리가 알 수 없는 이유를 가지고 라이더를 선택한다." 그가 책상을 밀고 일어섰다. "그리고 물리적인 힘만이 힘은 아니야, 바이올렛."

교수가 선의로 한 칭찬에 대해 적절한 반응을 찾을 수가 없었기에 나는 고개만 끄덕이고 문가에 선 리애넌을 향해 걸어갔다. 지금 내가 확실히 아는 게 하나 있다면, 점심식사 후 매트 위에서 연민의 마음이 날 도와주지는 않으리라는 것뿐이다.

널찍한 검은색 매트 가장자리에 서서 리애넌이 상대를 두들겨 패는 모습을 지켜보니 토할 것처럼 초조했다. 상대는 제2비행단 소속의 남자 생도였는데,

리애넌이 헤드록을 걸어서 숨을 못 쉬게 만들기까지 몇 분이 채 걸리지 않았다. 지난 몇 주 동안 나에게도 새겨 넣으려고 최선을 다한 동작이었다.

"쟤가 하니까 진짜 쉬워 보이네." 나는 팔꿈치가 스칠 정도로 내 옆에 가까이 선 데인에게 말했다.

"저놈이 널 죽이려고 할 거야."

"뭐?" 나는 데인의 시선을 따라 매트 두 개 너머를 보았다.

데인은 리애넌이 제2비행단 1학년의 목을 더 꽉 조이는 동안 매트 건너편에서 지루하기 짝이 없다는 표정을 하고 서 있는 제이든을 칼 같은 시선으로 노려보았다.

"네 상대 말이야." 데인이 조용히 말했다. "저놈과 친구들 몇이서 하는 소리를 들었어. 발로우 놈 덕분에 다들 네가 비행단의 골칫거리라고 생각하더라." 그의 시선이 곧 부술 장난감처럼 나를 재보고 있는 오렌에게로 옮겨갔다.

하지만 그 얼굴에는 초록빛이 감돌고 있었기에 나는 씩 웃었다.

"난 괜찮을 거야." 나는 그 말을 되풀이했다. 나의 주문이었다. 슬슬 두 번째 피부처럼 느껴지는 드래곤 비늘 조끼와 전투용 가죽옷만 남기고 겉옷을 벗었다. 단검 네 자루는 모두 칼집에 꽂혀 있었고, 계획이 제대로 먹힌다면 곧 단검을 하나 더 얻게 될 터였다.

제2비행단의 1학년이 기절했다. 리애넌은 박수 속에서 의기양양하게 일어섰다. 그런 다음에는 몸을 기울여 상대방의 옆구리에 찬 단검 하나를 뽑았다. "이건 이제 내 거네. 낮잠 잘 자." 그녀가 상대방의 머리를 톡톡 두드리는 모습을 보니 웃음이 터졌다.

"네가 왜 웃는지 모르겠다, 소른게일." 뒤에서 비웃는 목소리가 날아왔다.

몸을 돌리자 3미터쯤 떨어진 판자벽 앞에 발을 쩍 벌리고 선 잭이 보였다. 얼굴에는 사악하다고밖에 표현할 수 없는 미소가 걸려 있었다.

"꺼져, 발로우." 나는 가운데 손가락을 들어 보였다.

"난 진심으로 네가 오늘 도전에 이기길 바라는데." 그의 눈동자 속에서 춤추는 가학적인 기쁨을 보자 속이 메스꺼웠다. "내가 기회를 얻기 전에 다른 사람이 널 죽이면 아쉽잖아. 하지만 그런 일이 일어난다고 놀라진 않겠어. 바이올렛(제비꽃)은 정말이지 섬세하고… 연약한 생물이잖아."

미친, 섬세 같은 소리 하고 자빠졌네.

'그놈 머리에 단검을 몇 개 던져주면 생각을 달리할지도 모르지.' 제이든의 말이 떠오르자 나는 한 번의 동작으로 옆구리에서 단검 두 자루를 뽑아서 잭이 있는 방향으로 튕겼다. 둘 다 정확히 내가 의도한 위치에 꽂혔다. 하나는 그의 귀를 자를 뻔했고, 다른 하나는 고환에서 3센티미터 아래에 꽂혔다.

공포로 잭의 눈이 커졌다. 나는 뻔뻔스럽게 웃으며 손가락을 흔들었다.

"바이올렛." 잭이 단검을 피해 벽에서 물러서는 사이에 데인이 잇새로 내 이름을 불렀다.

"이 대가는 치를 줄 알라고." 잭이 나를 손가락질하더니 성큼성큼 걸어가는데 어깨가 약간 거칠게 들썩거렸다. 나는 잭의 뒷모습이 멀어지는 것을 지켜보다가 단검을 회수해서 옆구리에 꽂은 다음 데인 옆으로 돌아갔다.

"대체 그건 뭐였어?" 데인은 화를 냈다. "저놈 눈에 띄지 말라고 했더니…." 그는 나를 보고 고개를 흔들었다. "심지어 더 열받게 만들어?"

"납작 엎드려 있어봤자 아무것도 못 얻어." 나는 리애넌의 상대가 매트 밖으로 실려나가는 모습을 보며 어깨를 으쓱였다. "저놈도 내가 비행단의 짐이 아니라는 걸 깨달아야 해."

그리고 날 죽이기가 생각보다 힘들다는 걸 알아야지.

두피가 오싹하는 느낌을 무시할 수 없었기에 시선을 따라 옮기다 제이든과 눈이 마주쳐버렸다. 심장이 또 덜컹거렸다. 마치 제이든이 내 갈비뼈 안으로 그림자를 넣어서 심장을 쥐어짜는 것만 같았다. 그는 흉터 진 눈썹을 들어올렸다. 나는 그 자리를 떠나서 다음 매트에 올라간 제4비행단 생도를 보러 걸어가는 그의 입술에 미소의 전조가 스쳤다고 확신한다.

"죽여줬어." 리애넌이 옆으로 오면서 말했다. "잭이 바지에 지리는 줄 알았지 뭐야."

나는 웃음을 억눌렀다.

"애 좀 그만 부추기지." 데인이 리애넌에게 잔소리를 했다.

"소른게일." 에메테리오 교수가 공책을 슥 보더니 숱 많은 검은 눈썹 한쪽을 올리며 호명을 이었다. "시퍼트."

나는 목구멍으로 기어오르려는 공포를 꾹 눌러 삼키면서 매트 위로 올라가 오렌과 마주섰다. 그는 확실히 얼굴이 초록빛이 되어 있었다.

시간 딱 맞췄네.

나는 내가 할 수 있는 최선을 다해 준비했다. 오렌이 다리를 노릴 경우에 대비해서 발목과 무릎도 감아두었다.

"개인적인 감정은 없어." 우리 둘 다 두 손을 앞으로 들고 원을 그리며 움직이기 시작하자 오렌이 먼저 말을 꺼냈다. "하지만 넌 비행단에 위험 요소밖에 안 될 거야."

말을 끝마치며 오렌이 나에게 돌진했지만 발놀림이 느렸다. 나는 빙글 몸을 돌려 피하면서 녀석의 신장을 한 대 친 후에 발꿈치로 뛰어 물러나며 단검을 하나 꺼냈다. "너보다 더한 위험 요소는 아닐걸."

오렌은 가슴을 크게 들썩였고 이마에 땀이 송골송골 맺혔는데, 땀을 털어내더니 빠르게 눈을 깜박거리며 단검에 손을 뻗었다. "내 누나가 힐러거든. 네 뼈가 나뭇가지처럼 잘 부러진다며."

"어디 직접 확인해보지 그래?" 나는 억지 미소를 지어 보이고 오렌이 다시 돌진하기를 기다렸다. 실제로 그는 계획대로 달려들었다. 나는 세 번이나 오렌이 다른 매트에서 대련하는 모습을 관찰했다. 그는 황소처럼 힘만 내세웠지 우아함이라곤 없었다.

오렌은 토하려는 것처럼 몸 전체를 말더니, 빈손으로 입을 막고 깊이 숨을 쉬다가 다시 똑바로 섰다. 나는 공격해야 했지만 그러지 않고 기다렸다. 얼마 안 있어 오렌이 단검을 찌르려는 자세로 손을 높이 들어올리며 돌진했다.

오렌이 가까이 올 때까지 고통스러운 몇 박자를 기다리려니 심장이 쿵쾅거렸지만 내 두뇌가 어찌어찌 몸을 설득해서 가능한 한 마지막 순간까지 제자리를 지키게 만들었다. 내 사정권 안에 들어온 오렌이 단검을 아래로 내리찍는 순간, 나는 왼쪽으로 피하면서 단검으로 그의 옆구리를 벤 뒤 재빠르게 몸을 돌려 그의 등을 걷어차서 그대로 엎어뜨렸다.

지금이야.

오렌은 매트에 쓰러졌고, 나는 즉시 유리한 위치를 선점해서 이모젠이 나에게 그랬던 것처럼 그의 척추에 무릎을 대고 목에 칼을 겨눴다. "항복해." 나에겐 속도와 강철이 있는데 힘이 왜 필요하겠는가?

"싫어!" 오렌이 외침과 동시에 내 밑에서 꿀렁거렸다. 그러고는 오늘 아침 이후에 먹은 모든 것을 게워내며 우리 옆 매트에 흩뿌렸다.

역겨웠다.

"세상에나." 리애넌이 혐오감이 뚝뚝 떨어지는 투로 외쳤다.

"항복해." 나는 한 번 더 요구했지만, 오렌이 이어지는 구토에 본격적으로 들썩이고 있었기에 실수로 목을 긋지 않게 단검을 치워야만 했다.

"네가 졌다." 에메테리오 교수가 역겨움에 일그러진 얼굴로 선언했다.

나는 단검을 집어넣으며 오물 구덩이를 피해서 일어났다. 그런 다음에 오렌이 토하는 틈을 타서 1미터쯤 떨어진 곳에 떨어진 그의 단검을 집어들었다. 내 단검보다 무겁고 길기는 했지만, 이제 그건 내 단검이고 내가 얻어낸 칼이었다. 그러고는 왼쪽 허벅지의 빈 칼집에 그 단검을 꽂았다.

"네가 이겼어!" 내가 매트 밖으로 걸어나가자 리애넌이 나를 꽉 끌어안으며 말했다.

"쟤가 아프잖아." 나는 어깨를 으쓱였다.

"난 언제든 실력보다 운을 택할 거야." 리애넌이 맞받아쳤다.

"이 난장판을 치울 사람을 찾아야겠군." 데인이 초췌해진 얼굴로 말했다.

내가 이겼다.

사실 내 계획에서 제일 어려운 부분은 타이밍이었다.

오렌과의 시합 이후, 일주일 뒤 격투 시합에서는 제1비행단의 다부진 여자 생도가 제대로 펀치를 먹일 만큼 집중하지 못하는 틈을 타서 이겼다. 어쩌다가 그쪽 점심 식사에 레이고럴 버섯 몇 개가 들어간 덕분이었다. 그 여자가 내 무릎을 제대로 걷어차기는 했지만 며칠 감아놓으면 나을 수준이었다.

그다음 주에는 제3비행단의 키 큰 남자를 이겼다. 협곡 근처 어느 노두에 자라는 지나 뿌리 덕분에 그의 커다란 발이 일시적으로 감각을 잃어버린 탓이었다. 하지만 내가 계획한 타이밍과 살짝 어긋나서 그는 내 얼굴에 썩 괜찮은 펀치를 몇 번 먹였고, 나는 입술이 찢어지고 이후 11일 동안 멍자국으로 얼굴을 물들인 채 지내야만 했다. 그래도 턱이 부서지진 않았다.

그다음 주에는 풍만한 여자 생도가 시합 도중에 시야가 흐려지면서 운 좋게 이겼다. 어쩌다 그 여자가 마시는 차에 들어간 타르실라 잎 때문이었다. 그 생도는 무척 빨라서 나를 매트에 던지고는 배에 압도적인 고통을 선사하는 발차기를 몇 번이나 날려서 색색의 타박상 흔적을 남겼다. 그 후에는 허물어지다시피 해서 놀론을 보러 갈 뻔했지만, 잭이나 어느 낙인자가 원하는 대로 나를 이곳에서 숨아낼 이유를 주지는 않겠다는 다짐으로 이를 악물며 갈비뼈에 붕대를 감았다.

8월 마지막 시합에서는 앞니 틈이 벌어진, 땀이 특히 많은 남자를 매트에 쓰러뜨리면서 다섯 번째 단검을 얻어냈는데, 이번에는 칼자루에 예쁜 루비가 박혀 있었다. 어쩌다가 카민 나무껍질이 물주머니 속에 들어가면서 그의 몸이 아프고 느려진 덕분이었다. 그 효과가 포닐리 열매와 지나치게 비슷하다 보니 제3비행단 발톱전대의 대대 전원이 배앓이로 고생한 건 안타까운 일이었다. 모종의 바이러스성 질병이 분명했다. 적어도 그 남자가 내 엄지를 탈구시키고 코를 거의 부러뜨리기 직전까지 갔다가 상황이 역전되어 내 헤드록에 걸려서 항복했을 때, 내가 한 말은 그랬다.

9월 초, 여섯 번째 시합 매트 위로 올라가는 걸음이 들썩였다. 나는 지금껏 다섯 명을 쓰러뜨리면서 아무도 죽이지 않았는데, 우리 학년의 4분의 1은 나와 달랐다. 지난달에만 사망자 명단에 1학년이 20명 넘게 이름을 더했다.

나는 아픈 어깨를 돌리며 상대를 기다렸다.

하지만 이번 주 계획과 달리 제3비행단의 레이마 코리는 나타나지 않았다.

"미안하다, 바이올렛." 에메테리오 교수가 짧은 검은색 수염을 긁으며 말했다. "레이마가 너와 싸울 예정이었는데 똑바로 걸을 수가 없어서 힐러에게 실려갔지 뭐냐."

월원 열매 껍질을 생으로 먹으면 그렇게 된다… 이를테면, 아침식사용으로 페이스트리 위에 섞어서 얹는다면 말이다.

"그건…." 하, 젠장. "정말 안타깝네요." 나는 얼굴을 찌푸렸다. 너무 일찍 먹였어. "제가 그냥…?" 나는 이미 매트에서 물러서면서 말을 꺼냈다.

"제가 올라가죠." 저 목소리. 저 말투. 머리에 소름이 돋았다.

아, 안 돼. 안 된다고. 아니야. 아니야. 아니야.

"진심이냐?" 에메테리오 교수가 어깨 너머로 돌아보며 물었다.

"그럼요."

내장이 바닥을 때리는 기분이었다.

그리고 제이든이 매트 위로 올라왔다.

09

난 오늘 죽지 않을 거야.

— 브레넌의 일기에 바이올렛 소른게일이 덧붙임

아주 제대로 망했다.

한밤의 어둠 같은 새까만 전투용 가죽옷을 입은 제이든의 거대한 몸이 앞으로 나섰다. 딱 맞는 반소매 셔츠는 피부 위에서 희미하게 빛나는 검은 반역의 인장을 더욱 큰 경고처럼 보이게 만들었다. 우스꽝스러운 소리인 줄 알지만 정말 그랬다.

머리가 아직 이 상황을 받아들이지 못한다는 사실을 몸도 아는 듯이 심장이 전속력으로 질주했다. 나는 엉덩이를 걷어차이거나… 더 지독한 꼴을 당하기 직전이었다.

"모두에게 좋은 기회다." 에메테리오 교수가 손뼉을 치며 말했다. "제이든은 가장 뛰어난 싸움꾼 중 하나지. 지켜보고 배우도록."

"물론 그러시겠지." 중얼거리는데, 월윈 열매 껍질을 먹은 게 나인 것처럼 속이 뒤틀렸다.

제이든의 입꼬리가 올라가며 능글맞은 웃음을 지었고, 눈동자의 금빛 반점들이 춤을 추는 것 같았다. 가학적인 개자식이 이 상황을 즐기는 게 분명하다.

내 무릎과 발목, 손목에는 붕대가 감겨 있었고 회복 중인 엄지손가락을 보호하는 하얀 천이 검은 가죽옷과 선명한 대조를 이뤘다.

"너무 무리한 상대 아닙니까?" 데인이 매트 옆에서 항의하는데, 모든 단어에서 긴장감이 뿜어져 나왔다.

"진정해, 에이토스." 제이든은 내 어깨 너머를 보고 시선에 더 힘을 넣었다. 데인이 서 있을 위치였다. 그는 내가 매트에 올라가면 언제나 그 자리에 섰다. 제이든이 그에게 던지는 눈빛을 보니 나와 눈싸움을 할 때는 적당히 봐준 모양이었다. "내가 가르치고 나서도 멀쩡한 몸일 거다."

"이건 공평하지 않다는 생각이…." 데인의 목소리가 커졌다.

"아무도 네 생각을 요구하지 않았다, 대대장." 제이든이 옆으로 이동해서 몸에 지닌 무기를 모조리 떼어내 이모젠에게 넘기며 대꾸했다. 많기도 해라.

씁쓸하고도 비논리적인 질투의 맛이 입 안을 가득 채웠지만, 그 이상한 기분을 곱씹어볼 시간은 없었다. 금방이라도 제이든이 다시 내 앞에 설 터였다.

"칼이 필요할 거라는 생각은 안 해?" 나는 단검을 쥐면서 물었다. 제이든의 가슴은 거대하고, 어깨는 넓었으며, 근육이 무겁게 붙은 두 팔이 붙어 있었다. 이렇게 큰 과녁이라면 맞추기 쉬워야 했다.

"아니. 네가 우리 두 사람이 써도 넉넉할 만큼 가져왔으니 필요 없지." 손을 쭉 뻗어 손가락을 구부리며 덤벼보라는 동작을 취하는 제이든의 입가에 심술궂은 미소가 떠올랐다. "어디 해볼까."

격투 자세를 취하고 제이든의 공격을 기다리려니 심장이 벌새의 날갯짓보다 더 빨리 뛰었다. 이 매트는 사방으로 길이가 6미터밖에 되지 않았건만, 내 세상 전체가 그 작고 위험한 공간 속으로 좁혀들었다.

정확히 말하면 그는 내 비행대대가 아니기 때문에 나를 죽여도 벌을 받지 않는다. 나는 그의 어처구니없이 조각 같은 가슴에 똑바로 단검을 날렸다.

짜증나게도 그는 그 단검을 잡아채고 혀를 찼다. "그 동작은 이미 봤는데."

그는 미치도록 빨랐다.

내가 더 빨라야 한다. 그게 내가 가진 유일한 이점이었다. 앞으로 나가며 리애넌이 지난 6주 동안 내 몸에 새겨 넣은 휘두르기와 발차기 콤보를 시전하면서 한 생각이라곤 그것뿐이었다. 그는 예술적으로 내 칼을 피한 다음 내 다리를 잡았다. 땅이 빙글 돌면서 나는 등을 쾅 부딪쳤고, 갑작스러운 충격 때문에 폐에서 공기가 빠져나갔다.

하지만 그는 나를 죽이러 오지 않았다. 잡아챈 단검을 떨궈서 매트 밖으로 차내기만 했다. 1초 후 공기가 폐에 힘겹게 밀려들자, 벌떡 일어나 단검을 들고 그의 허벅지를 노리며 달려들었다.

그는 팔뚝으로 공격을 막더니 재빠르게 반대쪽 손으로 내 손목을 잡고 단검을 빼내며 얼굴을 바싹 갖다댔다. "오늘은 피를 보려고, 바이올런스(폭력)?" 그가 속삭였다. 단검은 다시 매트로 떨어졌고, 그는 내 머리 옆으로 멀리 칼을 차버렸다.

그는 내게 쓰려고 단검을 빼앗는 게 아니었다. 그저 할 수 있다는 사실을 보여주려고 내 무장을 해제하고 있었다. 피가 끓었다.

"내 이름은 바이올렛이야." 숨이 거칠어졌다.

"바이올런스가 더 잘 어울리는데." 그는 내 손목을 놓아주고 바로 서더니 한 손을 내밀었다. "아직 안 끝났다."

타격에서 회복 중이라 가슴이 들썩였기에 그가 내민 손을 잡았다. 그는 나를 잡아당겨 일으키더니 균형을 회복할 기회도 잡기 전에 맞잡은 손을 꼼짝 못하게 붙들고 팔을 등 뒤로 꺾어서 단단한 제 가슴팍으로 잡아당겼다.

"망할!" 나는 소리쳤다.

허벅지가 당기는 느낌이 나서 돌아보자 그가 내 뒤통수에 가슴을 붙이면서 내 허벅지에서 꺼낸 단검으로 목을 눌러왔다. 그의 팔뚝이 내 상체를 옭아맸는데, 꼼짝도 하지 않는 게 마치 몸이 아니라 거대한 조각상 같았다. 이 자세로는 뒤로 박치기를 해봐야 소용없을 것이다. 제이든의 키가 워낙 커서 성가시게 하는 정도밖에 되지 않을 테니.

"이 매트에서 마주하는 사람은 단 한 명도 믿지 마라." 그가 잇새로 경고하는데, 귓바퀴에 와닿는 숨이 따뜻했다. 주위에는 사람이 가득했지만 나는 그가 일부러 귓속말을 하는 의도를 깨달았다. 오직 나에게만 주는 교훈이었다.

"내게 빚진 게 있는 사람이라도?" 나도 똑같이 작은 소리로 맞받아쳤다. 어깨가 부자연스러운 각도에 대해 항의했지만 나는 움직이지 않았다. 제이든에게 이 이상의 만족감을 안겨줄 생각은 없다.

그는 나에게서 빼앗은 세 번째 단검을 떨어뜨려 앞으로 차냈다. 데인이 서 있는 자리였고, 데인의 손에는 이미 나머지 단검도 같이 들려 있었다. 제이든을 노려보는 데인의 눈에 살의가 이글거렸다.

"그 빚을 언제 갚을지 결정하는 사람은 나야. 네가 아니라." 제이든이 내 손을 놓고 물러섰다. 풀려나자마자 나는 몸을 홱 돌리면서 그의 목에 주먹을 날렸고, 그는 내 손을 쳐냈다.

"좋아." 그는 숨도 흐트러지지 않은 채 나의 다음 타격을 피하면서 미소 지었다. "목을 노리는 게 네게는 가장 좋은 선택지지. 노출되어 있기만 하다면."

격분한 나는 근육 기억에 의존하여 똑같은 패턴으로 발차기를 날렸고, 그는 손쉽게 내 다리를 잡더니 이번에는 다리에 꽂아두었던 단검을 낚아채어 매트에 떨구고 나서야 손을 풀면서 실망했다는 듯이 한쪽 눈썹을 올렸다. "실수로부터 배우길 기대했는데." 그러면서 또 단검을 차버렸다.

이제 남은 단검은 다섯 개뿐이고, 모두 옆구리에 있었다.

나는 단검 하나를 쥐고 두 손을 방어 자세로 올린 후에 그의 주위를 맴돌기 시작했다. 짜증스럽게도 그는 나를 마주할 생각조차 하지 않았다. 그저 매트 중앙에 가만히 선 채 내가 주위를 도는 동안 매트에 뿌리박힌 듯이 서서 두 팔을 느슨하게 늘어뜨렸다.

"뛰어오를 건가, 아니면 칠 건가?"

망할 놈.

나는 앞으로 주먹을 내질렀지만, 그가 몸을 살짝 낮추자 내 단검은 그의 어깨 한참 위를 찔렀다. 족히 20센티미터는 벗어났을 것이다. 가슴이 철렁 내려앉는 가운데 그는 내 팔을 잡고 앞으로 당기더니 몸 옆으로 휙 돌렸다. 나는 잠시 동안 허공에 떴다가 매트를 정통으로 때렸고, 그 충격은 고스란히 갈비뼈가 받아야 했다.

바로 뒤이어 그는 내 팔을 꺾으며 움직이지 못하게 몸을 눌렀다. 나는 팔다리에 가해진 고통에 눈앞이 새하얘지는 가운데 소리를 지르며 단검을 떨궜지만, 그는 아직 시합을 끝내지 않았다. 아니, 그는 여전히 무릎으로 내 갈비뼈를 누른 채, 한 손으로 내 팔을 붙잡고서는 나머지 팔로 내 칼집에서 단검을 빼내 데인의 발치에 던졌다. 그리고 또 한 자루를 꺼내어 이번엔 내 턱과 목이 만나는 부드러운 지점에 갖다댔다.

그러고는 내게 아주 가까이 몸을 기울였다. "싸움을 하기도 전에 적을 제거하다니 그거 하나는 인정해." 그가 속삭이자 따뜻한 숨결이 귓바퀴를 스쳤다.

신들이시여. 그는 내 계획을 알고 있다. 제이든이 그 정보로 무슨 짓을 할지 생각하자 내 속을 뒤집은 메스꺼움에 비하면 팔의 통증은 아무것도 아니었다.

"문제는, 네가 여기에서 스스로를 시험하지 않는다면…." 그는 단검으로 내 목을 긁어내렸지만 따뜻한 핏방울이 흐르지 않았으므로 칼끝이 피부를 베지 않은 것은 알 수 있었다. "너는 전혀 발전하지 않을 거라는 거야."

"너야 당연히 내가 죽는 쪽이 더 좋겠지." 나는 얼굴 옆을 매트에 짓눌린 채 쏘아붙였다. 이건 그냥 아픈 게 아니라 굴욕적이었다.

"그러면 너와 같이 지내는 즐거움을 못 누리잖아?" 그는 조롱했다.

"재수 없는 새끼." 입을 다물기도 전에 이 말이 입 밖으로 튀어나왔다.

"너에게만 특별히 그런 것도 아냐."

가슴과 팔의 압력이 덜해졌다. 제이든은 일어서서 단검 두 개를 데인 쪽으로 걸어찼다. 이제 나에게 단검은 두 개밖에 남지 않았다. 이쯤 되니 분노와 분한 마음이 두려움을 훌쩍 넘어섰다.

내가 제이든이 내뻗은 손을 무시하고 일어서자 그의 입술이 구부러지며 미소를 지었다. "가르칠 만한 학생이군."

"그 학생은 빨리 배우거든." 나는 쏘아붙였다.

"그건 두고봐야지." 그는 두 걸음 물러서서 우리 사이에 공간을 벌리고는 다시 손가락을 구부려서 덤비라는 손짓을 했다.

"빌어먹을 요점은 전달됐어." 나는 이모젠이 헉 소리를 낼 정도로 외쳤다.

"설마. 이제 겨우 시작인데." 그는 팔짱을 끼며 발꿈치 쪽에 중심을 실었다. 내가 움직이기를 기다리는 게 확실했다.

나는 더 생각하지 않았다. 그저 낮게 몸을 날려 그의 무릎 뒤쪽을 걷어찼다.

제이든이 통나무처럼 쓰러지는 소리가 너무나 만족스러웠다. 나는 재빨리 헤드록을 걸려고 덤벼들었다. 아무리 덩치가 큰 사람이라도 공기는 필요한 법이다. 나는 그의 목에 팔을 걸고 숨통을 조였다.

그러나 그는 내 팔을 떼어내려 하지 않고 몸을 비틀더니, 내 허벅지 뒤쪽을 잡으며 내가 지렛대 효과를 잃게 만들었다. 곧이어 우리 둘의 몸은 매트 위를 데굴데굴 굴렀다. 제이든이 내 위로 올라갔다.

당연히 그렇겠지.

그의 팔뚝이 내 목에 놓였는데, 공기를 차단하지는 않았지만 얼마든지 그럴 수 있는 자세였다. 그리고 그의 엉덩이가 내 골반을 찍어누르자 무겁게 엎드린 그의 몸 양옆으로 놓인 내 다리는 무용지물이 되어버렸다. 그 몸은 정말 꼼짝도 하지 않았다.

주위의 모든 것이 희미해지고 내 세상은 그의 눈에 깃든 오만한 빛으로 좁혀들였다. 내가 볼 수 있는 것, 내가 느낄 수 있는 것은 오직 그뿐이었다.

그리고 난 그놈이 이기게 둘 수 없었다.

나는 단검 하나를 뽑아서 그의 어깨를 향해 내질렀다.

그는 내 손목을 잡아서 내 머리 위로 눌렀다.

망했어. 망했어. 망했어.

제이든의 얼굴이 내려오면서 우리의 입술이 가까워지자 목에 열기가 치솟고 불길이 뺨을 핥았다. 나는 그의 새까만 눈에 박힌 금빛 점 하나하나를 알아볼 수 있었고, 울퉁불퉁한 흉터도 자세히 보였다.

아름다운, 개새끼.

숨이 멎고 몸이 따뜻해졌다. 이 배신자 같은 몸뚱이. 위험한 남자에게 매력을 느끼면 안 돼. 스스로를 일깨웠지만 그의 매력에 빠졌다는 사실은 차마 부정할 수 없었다. 더 솔직하게 털어놓는다면 그를 처음 본 순간부터 그랬다.

그는 내 주먹에 손가락을 밀어넣어 억지로 펼치더니, 단검을 매트 저편으로 날려보내고 나서야 손목을 풀어줬다.

"단검 잡아." 그가 명령했다.

"뭐?" 내 눈이 커다래졌다. 그는 이미 나를 무방비로 만들고 죽을 위치에 두었다.

"네, 단검, 잡으라고." 그는 내 손을 잡고 마지막 단검을 내 옆구리 칼집에서 회수하면서 명령을 되풀이했다. 그의 손가락이 내 손가락을 덮으며 칼자루를 쥐어주었다. 그의 손가락이 내 손가락과 얽히는 감각에 피부가 불붙는 것 같았다.

해로워. 위험하고. 날 죽이고 싶어 해. 아니, 그건 중요하지 않았다. 내 심장은 여전히 십대처럼 뛰고 있었다.

"넌 작아." 그는 모욕처럼 말했다.

"잘 알거든." 나는 눈을 가늘게 떴다.

"그렇다면 큰 동작으로 몸을 노출시키는 짓은 그만하지." 그는 단검 끝으로 자기 옆구리를 쭉 긋는 시늉을 했다. "옆구리 공격도 똑같이 잘 먹혔을 거다." 그런 다음에 그는 겹쳐 잡은 손을 등 뒤로 돌려서 자기 몸을 취약한 상태로 만들었다. "이 각도에서는 신장 공격도 적합하지."

나는 이 각도에서 적합한 다른 일을 생각하지 않으려 애쓰며 침을 삼켰다.

그는 내게서 시선을 떼지 않은 채로 우리의 손을 자기 허리로 가져갔다. "네 상대가 갑옷을 입고 있다면 아마도 여기가 약할 거다. 이 세 곳이 상대방에게 널 막을 시간이 주어지기 전에 공격할 수 있는 쉬운 지점들이다."

또한 치명상을 입힐 터이기에 그동안 내가 무슨 수를 쓰든 피해온 부위이기도 했다.

"내 말 듣고 있나?"

나는 고개를 끄덕였다.

"잘됐군. 네가 마주치는 모든 적에게 독을 먹일 순 없거든." 그의 속삭임에 나는 얼굴이 하얗게 질렸다. "브레이빅의 그리폰 라이더가 날아올 때는 차를 먹일 시간이 없을 거야."

"어떻게 알았어?" 나는 결국 물었다. 근육이 경련을 일으켰다. 아직도 그의 엉덩이와 붙어 있던 허벅지도 마찬가지였다.

그의 눈이 어두워졌다. "아, 바이올런스. 네 솜씨가 좋긴 하지만 난 더 뛰어난 독 전문가와 알고 지냈어. 그렇게 뻔하게 만들면 안 되지."

나는 입술을 벌렸다가, 뻔히 보이지 않으려고 조심했다는 반박을 삼켰다.

"이 정도면 하루 가르침으로는 충분했다고 생각합니다." 데인의 외침이 이곳에 우리 둘만 있지 않다는 사실을 일깨웠다. 둘만 있기는커녕 우리는 끝내주는 구경거리였다.

"저 녀석은 언제나 저렇게 과보호인가?" 제이든이 매트에서 몸을 조금 일으키며 툴툴거렸다.

"날 걱정하는 거야." 나는 그를 노려보았다.

"널 방해하는 거겠지. 걱정 마. 네가 독을 쓴다는 작은 비밀은 지켜줄 테니까." 그는 나도 그의 비밀을 하나 지키고 있다는 사실을 일깨우려는 듯이 한쪽 눈썹을 치켜들었다. 그러더니 우리 둘의 손을 다시 내 옆구리 쪽으로 되돌리고 칼자루에 루비가 박힌 단검을 내 칼집에 밀어넣었다.

정말이지 심하게… 짜릿한 동작이었다.

"날 무장해제 하지 않는 거야?" 도전적으로 묻는데, 제이든이 손을 풀고 나를 누르던 몸을 일으켰다. 이제야 제대로 숨을 들이쉬자 갈비뼈가 팽창했다.

"안 한다. 무방비한 여자는 내 취향이 아니거든. 오늘 수업은 여기까지." 그는 일어서더니 한마디도 더 하지 않고 걸어나갔고, 내가 무릎을 세워 일어나는 사이에 이모젠에게 풀어놓은 무기들을 받았다. 온몸이 쑤셨지만 그럭저럭 일어날 수는 있었다.

처음 자리로 돌아가서 제이든이 빼앗아간 단검들을 받으려 했을 때, 데인의 눈에는 안도감이 가득했다. "괜찮아?"

나는 고개를 끄덕였지만, 재무장하는 손가락이 덜덜 떨렸다. 제이든에게는 나를 죽일 기회도, 죽일 이유도 잔뜩인데 벌써 두 번이나 나를 놓아주었다. 대체 어떤 게임을 하고 있는 걸까?

"에이토스." 제이든이 매트 건너편에서 외쳤다.

데인은 턱을 악물고 고개를 홱 들어올렸다.

"걘 보호 대상이 아니라 가르칠 대상이다." 제이든은 데인이 고개를 끄덕일 때까지 응시하고 있었다.

에메테리오 교수가 다음 시합을 호명했다.

"그놈이 널 살려주다니 놀라울 뿐이야." 그날 밤, 데인이 방에서 내 목과 어깨 근육을 엄지로 꾹꾹 누르면서 말했다.

어찌나 달콤한 아픔인지, 힘들게 숨어든 보람이 있었다.

"매트 위에서 내 목을 꺾는다고 제이든이 존경받을 것 같진 않아." 가슴과 옆구리를 감싸는 탄력 밴드 말고는 상의를 벗은 채로 데인의 침대에 엎드려 있으니, 배와 가슴에 닿는 담요가 부드러웠다. "게다가 그건 제이든의 방식도 아니야."

마사지를 하던 데인의 손이 멈췄다. "네가 제이든의 방식을 안다는 거야?"

제이든의 비밀을 지켜주고 있다는 죄책감에 뱃속이 내려앉았다. "난간다리 시험 때도 다리가 대신해줄 테니 직접 날 죽일 필요는 없다고 했어." 나는 사실대로 대답했다. "그리고 까놓고 말해서 정말 날 죽이고 싶다면 없애버릴 기회는 많았잖아."

"흐음." 데인은 침대 옆에서 몸을 기울인 채 내 굳은 근육을 풀어주면서 생각에 잠긴 투로 말했다. 리애넌이 저녁식사 후에 나를 두 시간 더 훈련시켰는데, 그게 끝날 때쯤에는 움직이기도 힘들 지경이었다.

오늘 오후에 제이든에게 겁먹은 사람이 나 하나가 아니었던 모양이다.

"제이든이 나바르에 반하는 음모를 짜면서도 계속 스게일과 계약 관계를 유지할 수 있었을까?" 나는 데인의 담요에 뺨을 댄 채로 물었다.

"처음에는 그렇게 생각했어." 데인의 두 손이 내 등뼈를 따라 내려가면서 오늘 밤 훈련의 마지막 30분 동안 팔을 들어올리지도 못하게 만든 뭉친 곳들을 꾹꾹 눌렀다. "하지만 그러다가 나도 캐스와 계약을 했고, 드래곤들은 베일을 지키고, 자기들의 성스러운 둥지를 지키기 위해서라면 뭐든 하리라는 사실을 깨달았지. 나바르를 지키겠다는 마음이 거짓이라면 어떤 드래곤도 라이오슨이나 다른 분리주의자와 계약을 맺었을 리 없어."

"하지만 거짓말을 한다면 드래곤이 알까?" 나는 데인의 얼굴을 볼 수 있게 고개를 틀었다.

"알아." 그는 씩 웃었다. "캐스라면 알 거야. 내 머릿속에 있거든. 네 드래곤에게서 그런 걸 숨기기란 불가능해."

"캐스가 언제나 네 머릿속에 있어?" 그걸 묻는 게 규칙 위반인 줄은 알았다. 드래곤들이 워낙 비밀스럽다 보니 계약에 대한 거의 모든 것이 논의 금지 사항이었다. 하지만 이 사람은 데인이었다.

"그래." 대답하는 그의 미소가 부드러워졌다. "필요하다면 차단할 수 있고 탈곡 이후에는 방법도 가르쳐줄 텐데…." 갑자기 그의 표정이 무너졌다.

"뭐야?" 나는 베개를 가슴에 대고 일어나 앉아서 침대머리에 등을 기댔다.

"오늘 저녁에 마컴 대령님과 대화를 했어." 그는 걸어가서 책상 앞에 놓인 의자를 끌고 오더니 자리에 앉자마자 두 손에 머리를 묻었다.

"무슨 일이 생겼어?" 두려움이 등골을 타고 흘렀다. "혹시 미라 비행단에?"

"아니야!" 데인이 고개를 홱 들어올렸다. 그 눈빛이 어찌나 비참한지 나도 침대에서 발을 내리고 말았다. "그런 게 아니야. 단지 내가… 라이오슨이 널 죽이고 싶어 하는 것 같다고 말해버렸어."

나는 눈을 깜박이며 제대로 침대 위에 앉았다. "어. 음, 그건 새로운 게 아니잖아? 반역의 역사를 읽은 사람이라면 누구나 2 더하기 2는 4를 해볼 수 있어, 데인."

"그래, 그런데 내가 발로우 얘기도 했고 시퍼트 얘기도 했어." 그는 머리를 문질렀다. "오늘 아침 점호 시간 전에 시퍼트가 널 벽에 밀어붙이는 모습을 내가 못 봤다고 생각하진 마." 그가 나를 향해 눈썹을 들어올렸다.

"걔는 그냥 첫 도전에서 나한테 단검을 빼앗긴 데 화가 난 거야." 나는 베개를 쥐어짰다.

"그리고 리애넌이 그러는데 지난주에 네 침대 위에서 짓이겨진 꽃을 발견했다며?"

나는 어깨를 으쓱이며 답했다. "죽은 꽃일 뿐이야."

"일부러 뜯어낸 바이올렛 꽃이었지." 데인의 입매가 굳었고, 나는 그의 머리에 두 손을 얹었다.

"사망 통지서가 같이 있었던 것도 아니잖아." 나는 그의 부드러운 갈색 머리를 쓰다듬으며 놀렸다.

데인이 나를 쳐다보는데 마법 불빛 때문에 깔끔한 수염 위로 보이는 눈동자가 좀 더 밝게 빛났다. "위협이었어."

나는 어깨를 으쓱였다. "생도들은 누구나 위협을 받아."

"모든 생도가 매일 아침 무릎에 붕대를 감는 건 아니지."

"부상을 입은 생도들은 감아." 슬슬 짜증이 올라오면서 이마가 찌푸려졌다. "그런데 마컴에게 그 이야기는 왜 한 거야? 마컴은 서기잖아. 뭔가 할 수 있다고 해도 해줄 일이 없어."

"마컴은 여전히 널 받아준댔어." 데인의 두 손이 불쑥 날아와서 내 허리를 잡고 그 자리를 벗어나려는 나를 붙들었다. "네 안전을 위해서 서기 분과에 받아주겠냐고 물었더니 좋다고 했어. 널 다른 1학년들과 같이 넣어줄 거야. 다음 징병일을 기다리거나 하지 않아도 돼."

"뭘 어쨌다고?" 나는 잡힌 손을 뿌리치며 몸을 비틀어서 뒷걸음질쳤다.

"널 위험에서 빼낼 방법이 보여서, 그 길을 택했어." 데인이 일어섰다.

"내가 해내지 못할 거라고 생각해서 내 뒤통수를 친 거지." 그 말에 담긴 진실이 바이스처럼 내 몸을 조여드는데, 나를 잡아주는 게 아니라 숨통을 막으며 숨 가쁜 상태로 만들었다. 데인은 나를 누구보다 잘 안다. 그런데도 여전히 내가 해내지 못할 거라고 생각한다면, 그것도 내가 여기까지 해냈는데도 그런다면….

눈물이 차올랐지만 떨구지는 않았다. 그 대신에 턱을 들어올리고 드래곤 비늘 조끼를 잡아서 머리 위로 뒤집어쓴 다음 등 뒤에서 끈을 묶었다.

데인이 한숨을 내쉬었다. "네가 해내지 못할 거라곤 한 적 없어, 바이올렛."

"매일 하잖아!" 나는 날카롭게 반박했다. "점호 후에 수업하러 가는 나를 데려다줄 때마다 말했지. 그러다가 비행 대기선에 늦는 것도 아랑곳 않고 말이야. 그리고 우리 비행단장이 날 매트에 올릴 때도 소리쳐 말했어."

"그놈에겐 그럴 권리가 없…."

"직속 비행단장이야!" 나는 머리 위로 튜닉을 뒤집어썼다. "원하는 건 뭐든 할 권리가 있어. 날 처형할 권리까지 있지."

"그러니까 네가 여길 나가야지!" 데인이 목 뒤에 손을 얽고 왔다갔다 움직이기 시작했다. "난 지켜봤어, 바이. 제이든은 그냥 널 가지고 놀고 있어. 고양이가 죽이기 전에 생쥐를 가지고 노는 것처럼 말이야."

"난 지금까지 잘 버텨냈어." 어깨 위로 멘 가방은 책으로 무거웠다. "모든 시합에서 이겼고…."

"오늘 제이든이 너를 가지고 몇 번이나 바닥을 닦을 때는 빼고 말이지." 그가 내 어깨를 잡았다. "아니면 그놈이 네 무기를 모조리 빼앗아서 널 패배시키기가 얼마나 쉬운지 알려주던 부분이 그리워?"

나는 턱을 들어 데인을 노려보았다. "장본인은 나고, 여기에서 두 달 가까이 살아남았어. 그것만 해도 우리 학년 4분의 1보다는 낫지!"

"탈곡에서 무슨 일이 벌어지는지 알기나 해?" 그의 말투가 확 가라앉았다.

"나보고 아는 게 없다는 거야?" 격한 분노로 혈관이 들끓었다.

"그냥 계약이 아니야." 데인이 말을 이었다. "학교에선 모든 1학년을 훈련장에, 그것도 너희가 한 번도 들어간 적 없는 훈련장에 던져 넣어. 그다음엔 너희가 어떤 드래곤에게 접근하고 어떤 드래곤에게서 도망칠지 결정하는 모습을 2학년과 3학년이 지켜본다고."

"나도 어떻게 돌아가는지는 알아." 턱에 힘이 들어갔다.

"그래. 라이더들이 지켜보는 동안에 1학년들은 하고 싶었던 복수를 하고, 비행단에… 짐이 되는 생도를 모두 제거해."

"난 망할 짐덩이가 아니야." 다시 가슴이 답답해졌다. 그야 마음 깊은 곳에서는, 물리적인 차원에서는 내가 짐이라는 걸 아니까.

"나에겐 아니지." 그는 속삭이면서 한 손을 올려 내 뺨을 감쌌다. "하지만 다른 사람들은 나처럼 알지 못해, 바이. 그리고 발로우와 시퍼트 같은 1학년들이 널 사냥하는 모습을 우린 지켜봐야만 해. 내가 지켜봐야만 한다고, 바이올렛." 목멘 소리가 들리자 분노가 조금은 빠져나갔다. "우리가 널 돕는 건 허용되지 않아. 널 구할 수가 없어."

"데인…."

"그리고 사망자 명단을 위해 시체를 모을 때면 그 생도가 어떻게 죽었는지 기록하지도 않을 거야. 발로우의 칼에 맞거나 드래곤의 발톱에 죽거나 똑같겠지."

나는 철렁 하는 두려움 속에서 숨을 들이쉬었다.

"마컴은 네 어머니에게 말하지 않고 네가 1학년을 끝내게 해주겠다고 했어. 네 어머니가 알아챘을 때면 이미 서기로 입대한 상태겠지. 그 후에는 아무리 장군이라도 어쩔 수 없어." 그는 반대쪽 손을 들어올려서 두 손바닥 사이에 내 얼굴을 담고 살짝 들어올렸다. "제발 부탁이야. 너 스스로를 위해서가 아니라면 나를 위해서라도 그렇게 해줘."

데인의 논리는 꽤나 정확하게 나를 유혹했다. 하지만 이렇게 멀리까지 왔는데. 흔들리는 와중에도 마음속 일부가 속삭였다.

"난 널 잃을 수 없어, 바이올렛." 데인이 내게 이마를 맞대고 속삭였다. "그냥… 난 못 해."

나는 눈을 질끈 감았다. 빠져나갈 길이 앞에 놓였지만 나는 그 길을 택하고 싶지 않았다.

"생각해보겠다는 약속만 해줘." 데인이 애걸했다. "아직 탈곡까지 4주 남아 있어. 그냥… 생각만 해봐." 그 말투에 깃든 희망, 그리고 나를 잡고 있는 부드러운 손길이 내 방어벽을 뚫었다.

"생각해볼게."

10

건틀릿이라는 시험을 얕보지 마, 미라. 너의 균형감, 힘, 그리고 민첩성을 시험하도록 설계된 시련이야. 꼭대기까지 올라가기만 하면 되고 시간은 전혀 중요하지 않아. 필요할 때는 밧줄을 잡아. 꼴찌로 올라가는 게 죽는 것보다 나아.

— 브레넌의 일기, 46쪽

시선을 위로, 위로, 위로 올리자 뱃속에 두려움이 공격 태세의 뱀처럼 똬리를 틀었다.

"음, 저건…." 리애넌이 나와 마찬가지로 고개를 한껏 젖히고, 절벽이라 해도 무방할 정도로 가파른 능선 앞에 새겨진 험악한 장애물 코스를 올려다보며 침을 삼켰다. 우리 위에는 지그재그로 꺾인 죽음의 덫 같은 등반로가 솟아올랐는데, 다섯 번은 뚜렷하게 180도 각도로 꺾이며 올라갔고 그럴 때마다 난도가 더 심해졌다. 라이더 성채를 비행장과 베일로부터 갈라놓는 절벽 끝까지 그런 식으로 올라가야 했다.

"멋져." 오렐리가 한숨을 내쉬었다.

리애넌과 나는 고개를 돌려 마치 머리를 한 대 맞은 사람 보듯 오렐리를 응시했다.

"저 지옥 같은 풍경이 멋지다고?" 리애넌이 물었다.

"난 이 순간을 몇 년이나 기다렸어!" 오렐리가 씩 웃고는 두 손을 마주 비비며 기쁘게 한쪽 다리에서 다른 쪽 다리로 중심을 옮겼다. 평소에는 진지한 검은 눈동자가 아침 햇빛을 받아 춤을 췄다. "우리 아빠는 작년에 은퇴할 때까지 라이더였는데, 우리가 연습할 수 있게 언제나 이거랑 비슷한 장애물 코스를 마련해줬어. 그리고 체이스 오빠는 탈곡 이전에는 여기가 최고였다고 했지. 진짜 짜릿했다고."

"너희 오빠는 남부 비행단이었지?" 나는 물어보면서도 욕 나오는 절벽 옆면을 따라 올라가도록 설계된 장애물 코스를 유심히 보았다. 내겐 짜릿한 도전이라기보다는 죽음의 함정처럼 보였다. 그래, 그렇게 생각할 수도 있지. 이기려면 긍정적인 생각을 해야 하잖아?

"응, 크로블라 국경 근처에서 일어나는 작전행동을 보자면 대부분 내근이지만." 오렐리는 어깨를 으쓱이고 장애물 코스 3분의 2 지점을 가리켰다. "오빠가 저기 절벽 옆면에 툭 튀어나온 거대한 말뚝을 조심하랬어. 빙글빙글 도니까 빨리 지나가지 못하면 말뚝 사이에 짓이겨질 수 있대."

"이야, 좋네. 언제 시험이 더 어려워지나 궁금했는데." 리애넌이 중얼댔다.

"고마워, 오렐리." 나는 더 위쪽에서 길의 방향이 홱 꺾이는 지점까지 닿을 듯 말 듯한 간격으로 이어지는 1미터 길이의 통나무들을 확인하고 고개를 끄덕였다. 마치 땅바닥에서 솟아오른 둥근 계단처럼 바위 표면에 튀어나와 있었다. 저길 빨리 가라 이거지. 알았어.

이런 재미있는 내용은 써줬어야지, 브레넌 오빠.

장애물 코스는 내 최악의 악몽을 구현해놓은 시험이었다. 나는 지난주에 데인이 제발 떠나라고 애걸한 후 처음으로 마컴 대령의 제안을 고려했다. 서기 분과에 죽음의 코스가 없는 건 확실하니까.

하지만 벌써 여기까지 왔잖아. 아아, 또 그 목소리다. 최근에 내 어깨 위에 앉아서 내가 정말로 시연에서 살아남을지도 모른다는 희망을 속삭이고 있는 작은 목소리.

"아직도 저걸 왜 건틀릿이라고 부르는지 모르겠어." 내 오른쪽에 있던 리독이 아침의 추위를 막으려 두 손을 모아 입김을 불면서 말했다. 햇빛이 아직 이 작은 바위틈까지 닿지는 않았지만 장애물 코스의 마지막 4분의 1 위쪽은 빛을 받아 반짝였다.

"약한 자들을 골라내 드래곤들이 계속 탈곡에 오게 해야 하니까." 리독 옆에 있던 타이넌이 팔짱을 끼고 뾰족한 시선으로 나를 보면서 비웃었다.

나는 그를 노려본 후에 감정을 털어냈다. 타이넌은 평가일 때 리애넌에게 박살난 이후 줄곧 열받아 있었다.

"개소리 하지 마." 리독이 날카롭게 받아치자 대대 전원의 관심이 쏠렸다.

나도 눈썹을 들어올렸다. 리독이 농담으로 상황을 진정시키지 않고 욱하는 모습은 이번이 처음이었다.

"뭐가 문젠데?" 타이넌이 눈에 흘러내린 검은 머리를 걷어내며 리독을 위협하려는 듯 몸을 돌렸지만 딱히 성공적이진 않았다. 리독이 옆으로 두 배는 크고 키도 15센티미터는 더 컸다.

"문제? 넌 네가 발로우, 시퍼트와 친구 맺었다는 이유로 같은 대대원에게 좆같이 굴 권리가 있다고 생각해?" 리독이 비난했다.

"바로 그거야. 같은 대대원." 타이넌은 장애물 코스를 턱짓으로 가리켰다. "우리의 경주 시간은 개인별로만 매겨지는 게 아니야, 리독. 대대 단위로도 점수가 매겨지고 그걸로 시연 순서가 정해진다고. 다른 대대가 다 지나가고 난 다음에 들어간 생도와 계약하고 싶을 드래곤이 있을 것 같냐?"

좋아, 일리 있는 지적이야. 재미없긴 해도 맞는 지적이지.

"오늘은 시연을 위해 시간을 재는 날이 아니야, 개자식아." 리독이 한 걸음 내디뎠다.

"그만." 소여가 둘 사이에 끼어들더니 타이넌의 가슴을 세게 밀었다. 그가 비틀거리다가 그 뒤에 서 있던 여자에게 부딪칠 정도였다. "작년에 시연을 통과한 사람으로서 말하는데 통과 시간은 아무 의미도 없어. 작년에 마지막으로 들어간 생도는 멀쩡하게 계약을 맺었고 비행장에 맨 처음으로 들어간 대대에서는 몇 명이나 계약을 못했어."

"그거 좀 씁쓸했겠네?" 타이넌이 재수 없게 웃었다.

소여는 그 말에 박힌 가시를 무시했다. "게다가 저 절벽이 건틀릿이라고 불리는 건 생도들을 추려내서가 아니야."

"베일을 지키는 절벽이기 때문에 건틀릿이라고 불리는 거다." 에메테리오 교수가 우리 대대 뒤로 걸어오며 말했다. 박박 민 머리가 점점 강해지는 햇빛을 받아 반짝였다. "그리고 실제로 써보면 금속으로 만든 보호용 건틀릿은 말도 못하게 미끄럽거든. 참고로 그 이름은 20년 전에 붙었다." 그는 타이넌과 소여를 보고 한쪽 눈썹을 구부렸다. "두 사람의 말다툼은 끝난 건가? 다른 대대에도 연습할 기회를 주려면 너희 아홉 명 모두가 꼭대기까지 올라갈 시간이 정확히 한 시간밖에 없는데, 너희가 매트에서 보여준 민첩성을 생각하면 일분일초가 아까울 거다."

우리의 작은 무리에서 동의하는 웅얼거림이 퍼졌다.

"알다시피 너희가 여기에 집중할 수 있도록 시연의 날까지 2주 반 동안 격투 시험은 없다." 에메테리오 교수는 들고 다니는 작은 수첩을 한 장 넘겼다. "소여, 이미 경험이 있으니 네가 생도들에게 방법을 보여줘라. 그다음에 프라이어, 트리나, 타이넌, 리애넌, 리독, 바이올렛, 오렐리, 그리고 루카 순서다." 그는 냉혹한 입매를 구부려 미소를 지으면서 우리 대대 전원의 이름을 불렀고, 우리는 순서대로 정렬했다. "너희는 난간다리 시험 이후 전원이 남아 있는 유일한 대대다. 놀라운 기록이지. 너희 대대장이 무척 자랑스러워하겠군. 여기에서 잠시 기다려라." 그는 절벽 위 높은 곳에 있는 누군가에게 손을 흔들면서 우리 옆을 지나쳐갔다.

분명 누군가가 시계를 가지고 서 있겠지.

"에이토스야 소른게일을 특히 자랑스러워하지." 교수가 우리 말을 듣지 못할 거리까지 걸어가자 타이넌이 나를 보고 히죽거렸다.

나는 눈앞이 벌게졌다. "이봐, 나에 대해 헛소리를 하더라도 데인은 빼."

"타이넌." 소여가 고개를 내저으며 경고했다.

"너희는 우리 대대장이 대대원과 붙어먹는다는 사실이 신경도 안 쓰이나 봐?" 타이넌이 두 손을 펼치며 말했다.

"난 그런…." 말을 꺼냈다가 심호흡을 하기도 전에 격분하는 마음이 나를 지배했다. "솔직히 내가 누구랑 자든 네가 상관할 바는 아니야, 타이넌." 하지만 비난을 받을 거라면 혜택도 좀 받을 수 없나 싶었다. 내가 아는 데인은 여기 이 개자식처럼 지휘 계통 안에서 위아래가 맺는 관계에 찬성하지 않는 사람이긴 했다. 하지만 그래도 데인이 정말 원했다면 행동을 했겠지?

"그걸로 네가 특혜를 받는다면 상관해야지!" 루카가 끼어들었다.

"정말이지." 리애넌이 콧잔등을 문지르며 중얼거렸다. "루카, 타이넌, 닥쳐. 두 사람은 자는 사이가 아니야. 어렸을 때부터 친구라고. 너희는 대대장의 아버지가 쟤네 엄마의 보좌관인 것도 모를 정도로 자기네 지휘관을 모르냐?"

타이넌은 정말로 놀란 것처럼 눈을 크게 떴다. "진짜야?"

"진짜야." 나는 고개를 내저으며 장애물 코스를 연구했다.

"젠장. 난… 미안해. 발로우가…."

"바로 그게 네가 저지른 첫 번째 실수야." 리독이 끼어들었다. "그 가학적인 개새끼가 하는 말에 귀 기울이다가 네가 죽는 수가 있어. 그리고 에이토스가 여기 없어서 운 좋은 줄 알아."

사실이었다. 데인이라면 타이넌의 어림짐작에 예외를 두지 않고 한 달 동안 청소 임무에 배정했을 것이다. 이 시간이면 비행장에 있을 테니 다행이지.

제이든이라면 그냥 두들겨 팼겠지만.

나는 눈을 깜박이며 방금 한 비교만이 아니라 제이든 라이오슨에 대한 다른 모든 생각을 머릿속에서 밀어냈다.

"시작한다!" 에메테리오 교수가 우리 줄 앞으로 걸어왔다. "성공할 경우, 코스 꼭대기까지 가면 걸린 시간을 알려줄 거다. 하지만 명심해라. 2주 반 남은 시연 시간에 순위를 매기기까지 아직 아홉 번의 연습 시간이 있다. 드래곤들이 탈곡에서 너희를 받아줄 만한지는 그때 가서 결정된다."

"1학년들이 난간다리 시험 직후부터 여기 연습을 시작하는 게 더 말이 되지 않나요?" 리애넌이 물었다. "그러면 죽지 않게 조금이라도 더 연습할 수 있잖아요."

"아니다." 에메테리오 교수가 대꾸했다. "타이밍 자체가 시련의 일부다. 지혜로운 조언이라도 있나, 소여?"

소여가 위험한 코스를 시선으로 따라가며 천천히 숨을 내뿜었다. "수직의 절벽 꼭대기에서 바닥까지 이어지는 밧줄이 약 2미터에 하나씩 있어. 그러니까 몸이 떨어지려고 하면 손을 뻗어서 밧줄을 잡아. 그러면 30초를 잃겠지만, 죽으면 다 잃으니까."

끝내주네.

"저기, 저쪽에는 아주 멀쩡한 계단이 있는데요." 리독은 건틀릿의 지그재그 코스 옆 절벽에 새겨진 가파른 계단을 가리켰다.

"계단은 시연 이후에 능선 꼭대기에서 비행장으로 가는 데 쓰인다." 에메테리오 교수는 그렇게 대답하더니, 두 손을 장애물 코스 쪽으로 들어올리고 손목을 털어서 다양한 장애물을 가리켰다.

오르막길 시작 지점에서 4.5미터짜리 통나무가 회전하기 시작했다. 세 번째 오르막길에 박힌 기둥들은 흔들렸다. 처음 길이 꺾이는 지점에 있는 거대한 바퀴는 반시계방향으로 돌았고, 오렐리가 말했던 작은 말뚝들은 모조리 반대 방향으로 돌았다.

"이 코스에 준비된 다섯 개의 오르막길은 모두 너희가 전투에서 마주하게 될 시련을 본떠 만들어졌다." 에메테리오 교수는 평소의 격투 훈련 때와 똑같이 엄한 얼굴로 우리를 돌아보았다. "너희가 드래곤의 등에서 지켜야 할 균형 감각, 너희가 기동 중에 자리에 붙어 있기 위해 필요한 근력…." 그는 더 위쪽, 이 각도에서 보면 90도 각도의 경사로처럼 보이는 마지막 장애물을 가리켰다. "지상에서 싸우다가 순식간에 다시 드래곤에 올라탈 수 있도록 필요한 지구력까지."

기둥들이 화강암 한 덩이를 건드리자, 바윗덩어리가 장애물 코스 아래로 떨어지면서 걸리는 모든 장애물에 부딪치더니 우리 앞에서 6미터쯤 떨어진 곳에서 으스러졌다. 적절한 비유를 찾자면… 마치 내 인생 같았다.

"와." 트리나가 갈색 눈을 크게 뜨고 부서진 바위를 쳐다보면서 속삭였다. 우리 대대에서 제일 작은 사람은 나지만, 제일 내성적인 사람은 트리나였다. 난 간다리 시험 이후에 트리나가 나에게 말을 건 횟수는 열 손가락에 꼽는다. 트리나가 제1비행단에 친구들을 두지 않았다면 나도 걱정했을지 모르지만, 분과에서 살아남기 위해 꼭 우리에게 마음을 열어야 하는 건 아니었다.

"너 괜찮아?" 나는 그녀에게 속삭였다.

트리나가 침을 꿀꺽 삼키고 고개를 끄덕이자 적갈색의 곱슬머리가 이마 위에서 흔들렸다.

"끝까지 올라가지 못하면요?" 오른쪽에 있던 루카가 물었다. 오늘은 긴 머리카락을 느슨하게 땋았고 평소의 노골적인 오만함은 없었다. "대안은 뭡니까?"

"대안은 없다. 이걸 해내지 못하면 시연에 참여하지 못하겠지. 위치 잡아라, 소여." 에메테리오 교수가 지시하자 소여가 코스 시작점으로 이동했다. "소여 생도가 코스를 완주하는 모습에서 모두가 배울 수 있도록, 소여가 마지막 장애물을 통과한 후에 60초에 한 명씩 출발한다. 이제… 출발!"

소여가 화살처럼 튀어나갔다. 절벽과 수평으로 놓여 돌고 있는 4.5미터짜리 통나무와 그다음에 솟아오른 기둥들을 쉽게 뛰어서 건넜지만, 바퀴 안에 들어가서는 딱 하나 있는 틈으로 뛰어 나가기까지 세 번을 돌아야 했다. 하지만 그것 외에는 첫 번째 오르막길에서 단 한 번의 실수도 없었다. 단 한 번도.

그는 몸을 돌리더니 두 번째 오르막길을 올라 줄줄이 매달린 거대한 금속 공들을 하나씩 끌어안으며 앞으로 나아갔다. 발이 다시 바닥에 닿자 그는 몸을 돌려서 세 번째 오르막길로 향했는데, 여기는 두 가지 코스로 나뉘었다. 앞쪽은 절벽에 수평으로 매달린 금속 가로대들이 나열되어 있었다. 가로대에 올라탄 다음 몸무게와 가속도를 이용해 앞뒤로 흔들어 15센티미터 위에 달린 다음 가로대의 줄을 잡아 건너는 식으로 팔을 옮겨가며 가뿐히 통과했다. 마지막 가로대에서 이어지는 서브 코스는 흔들리는 높은 기둥들을 건너가야 했다. 소여는 쉽게 기둥 위를 폴짝폴짝 뛴 다음, 다시 자갈길 위로 뛰어내렸다.

오렐리의 오빠가 경고했던 회전하는 통나무 말뚝 계단을 거뜬히 지나가고 네 번째 오르막길의 마지막 코스에 도착할 때까지 소여는 그 모든 과정을 어린아이의 놀이처럼 쉽게 해냈다. 이 장애물 코스가 지상에서 보는 것만큼 어렵지 않을지도 모른다는 희망이 찾아올 정도였다.

하지만 수직에서 20도 기운 거대한 굴뚝을 마주하고 소여가 멈춰 섰다.

"다 왔어!" 내 옆에서 리애넌이 외쳤다.

소여는 그 말을 들은 것처럼 경사진 굴뚝을 향해 전력 질주해 순식간에 오르고는, 넓은 둘레의 굴뚝 안쪽 벽면에 손발을 쫙 펼쳐 X자 형태로 달라붙었다. 그 자세로 끝까지 기어오른 다음 다섯 번째 장애물 앞에 뛰어내렸다. 마지막 장애물은 거의 수직으로 절벽 가장자리까지 올라가는 거대한 경사로였다.

속도와 관성을 이용해 경사로로 질주한 소여가 단숨에 3분의 2 지점까지 올라가자 나는 숨이 턱 막혔다. 그는 발이 떨어지기 직전에 한 팔을 뻗어 경사로 꼭대기의 가장자리를 붙잡더니 그대로 몸을 끌어올렸다.

리애넌과 나는 소리를 지르며 소여를 응원했다. 흠잡을 데가 없었다.

"완벽한 기술이다!" 에메테리오 교수가 외쳤다. "너희 모두 바로 저렇게 해야 한다."

"완벽한데도 소여는 탈곡에서 무시당했잖아." 루카가 비아냥거렸다. "드래곤들에게도 입맛이 따로 있나 봐."

"그쯤 해둬, 루카." 리애넌이 밀했다.

소여처럼 영리하고 운동 잘하는 사람이 어떻게 계약을 못할 수가 있지? 그런 소여도 못했다면 나머지 우리에게 대체 무슨 희망이 있을까?

"저 굴뚝을 오르기엔 난 키가 너무 작아." 나는 리애넌에게 속삭였다.

리애넌은 나를 슬쩍 훑어보고 다시 장애물을 보았다. "넌 끝내주게 빠르잖

아. 속도를 올린다면 관성으로 꼭대기까지 올라갈 수 있을 거야."

크로블라 국경선 지역에서 온 수줍음 많은 생도, 프라이어는 세 번째 오르막에서 망설이다가(예상할 수 있는 망설임이었다) 가로대에서 몸부림을 쳐야 했지만 무사히 건넜다. 같은 순간에 트리나는 흔들리는 기둥들에서 떨어질 뻔해서 밧줄에 손을 뻗었다. 회전하는 말뚝 계단을 오르기 시작했을 때는 트리나의 붉은 머리가 번득이는 모습밖에 볼 수 없었지만, 문제의 밧줄이 바닥 근처에서 흔들리자 내지른 트리나의 비명은 내 발가락까지 전해졌다.

"넌 할 수 있어!" 소여가 꼭대기에서 아래로 외쳤다.

"그 나무들은 반대 방향으로 돌아!" 오렐리도 위를 향해 외쳤다.

"타이넌, 출발해라." 에메테리오 교수는 코스가 아니라 회중시계만 보면서 지시했다.

트리나가 말뚝 계단을 통과하자 귓가에서 심장이 쿵쿵 뛰는 것 같았다. 리애넌이 출발 지시를 받는 동안에도 그 소리는 사그라들지 않았다. 리애넌은 내가 기대한 대로 우아하게 첫 번째 오르막을 통과하고 나서 멈칫했다.

타이넌이 두 번째 오르막에서 매달린 다섯 개의 공 중에서 두 번째, 그러니까 딱 발아래 땅이 푹 꺼지는 지점에 매달려 있었다. 거기서 떨어지면 첫 번째 오르막에서 돌고 있는 긴 통나무에 부딪칠 확률은 낮고, 아래 땅바닥까지 9미터를 떨어질 확률은 매우 높았다.

"계속 움직여야 해, 타이넌!" 내 목소리가 들릴 것 같지는 않았지만 그래도 소리를 질렀다. 잘 속아 넘어가는 개자식일지는 몰라도 타이넌 역시 우리 대대원이었다.

타이넌은 흔들거리는 공을 두 팔로 감싼 채 쩨지는 비명을 질렀다. 두 손을 맞잡는 것은 불가능했고, 그게 핵심이었다. 그는 미끄러지고 있었다.

"쟤 때문에 리애넌 기록을 망치겠네." 오렐리가 지겹다는 한숨을 내쉬며 말했다.

"이게 연습이라서 다행이야." 리독이 말하더니 타이넌을 향해 우렁차게 외쳤다. "무슨 일이야, 타이넌? 높은 곳이 무서워? 이젠 누가 짐덩어리지?"

"그만해." 나는 리독의 옆구리를 팔꿈치로 찔렀다. 이제는 리독도 꽤 군살 없는 몸이 되었다. 지난 7주의 시간으로 근육도 붙었다. "저 녀석이 머저리라고 너까지 그럴 건 없어."

"하지만 저렇게 놀릴거리를 던져주면 참기 힘들어." 리독은 입꼬리를 올려 능글맞은 웃음을 지으며 출발 지점으로 향했다.

"다음 공으로 건너가!" 트리나가 코스 꼭대기에서 외쳤다.

"못하겠어!" 산 아래에 메아리치는 타이넌의 악쓰는 소리는 유리도 깨뜨릴 수 있을 것 같았다. 그 소리를 들으니 가슴이 답답해졌다.

"리독, 출발!" 에메테리오 교수가 지시했다.

리독은 통나무 위로 돌진했다.

"리!" 나는 리애넌에게 외쳤다. "밧줄이 첫 번째와 두 번째 사이에 있어!"

리애넌은 나를 향해 고개를 끄덕이고는 첫 번째 공으로 뛰어올라 맨 위쪽, 공을 위쪽의 철제 걸이에 매달아놓은 사슬 근처를 잡고서 옆으로 건넜다.

아주 탁월한 접근법이었고, 나도 써먹을 수 있을 것 같았다.

출발 지점으로 이동하는 내 부츠 아래 자갈이 밟히는 소리가 났다. 이것 봐, 심장이 전보다 더 빨리 뛰는 게 가능하다니. 축축한 손바닥을 가죽 바지에 문지르는 동안 내 저주받은 심장은 말 그대로 파닥거렸다.

리애넌은 밧줄을 타이넌의 손에 쥐어줬는데, 그는 밧줄을 이용해서 다음 공으로 건너가는 대신… 아래로 내려왔다.

나는 내려오는 타이넌을 보고 입을 딱 벌렸다. 이건 예상 못한 일이었다.

"바이올렛, 출발!" 에메테리오가 지시했다.

저와 함께하소서, 지날. 내가 행운의 신전에서 보낸 짧은 시간을 생각하면 그분이 지금 나에게 일어날 일에 신경을 쓸 것 같지 않았지만 그래도 시도해볼 가치는 있었다.

나는 오르막 앞부분을 빠르게 뛰어올라서 순식간에 회전하는 통나무에 도달했다. 지옥에서 온 평균대가 속을 휘젓는 기분이었다. "평균대일 뿐이야. 균형을 잡을 수 있어." 나는 중얼거리며 통나무를 건너기 시작했다. "빠른 발. 빠른 발. 빠른 발." 나는 내내 그 말을 되풀이하면서 건너간 후, 끝에서 네 개의 화강암 기둥 중 첫 번째로 뛰었다. 기둥은 갈수록 높아졌다.

기둥과 기둥 사이 거리는 1미터 정도 됐는데 끄트머리에서 미끄러지는 일 없이 기둥에서 기둥으로 건너뛸 수 있었다. 그리고 여긴 쉬운 부분이지. 두려움이 목을 틀어막으려 했다.

나는 회전하는 바퀴 안으로 건너뛴 다음, 달리다가 유일한 출구가 스쳐 지나가는 것을 지나쳐 보내고 두 번째로 돌아오는 모습을 지켜보았다. 타이밍. 이 장애물은 타이밍이 생명이었다.

나는 다음 기회를 붙잡아 질주했다. 열린 틈을 통과해서 두 번째 오르막의 자갈길에 섰다. 금속 공이 바로 앞에 보였지만, 손바닥에 나는 땀이 멈추지 않으면 그냥 미끄러져 떨어질 터였다.

'페더테일 드래곤은 우리가 가장 알지 못하는 종이다.' 나는 마음속으로 읊었다. 길 끝에서 첫 번째 공까지 질주한 다음 리애넌이 했던 것처럼 공 위쪽을 붙잡으려니 심폐 능력을 전부 쥐어짜야 했다. 곧바로 어깨에 실리는 부담 때문에 관절 탈구를 막으려고 온몸의 근육을 긴장시켰다.

침착하게. 침착하게. 몸무게를 실어 공을 회전시킨 다음, 그다음 공으로 몸을 옮겼다. '보고에 따르면 페더테일은 폭력을 혐오하며, 따라서 계약에 적합하지 않기 때문이다.' 나는 같은 움직임으로 오직 사슬만 쳐다보면서 공에서 공으로 옮겨갔다.

'내 평생 한 번도 베일을 떠난 페더테일을 본 적이 없으니, 본 학자로서는 이 보고를 확신할 수 없다.' 나는 다섯 번째이자 마지막 공에 손을 뻗으면서 기억 속의 글을 외웠다. 마지막으로 공을 흔든 후에 몸을 비스듬히 날려서 공을 놓고 발목을 접질리는 일 없이 어깨 너비의 자갈길에 안착했다.

전부 다음 오르막을 위한 운동량이었다.

"그린 드래곤은…." 작은 소리로 중얼거렸다. "고귀한 웨인로이직의 후손으로 예리한 지성으로 유명하며, 드래곤 중에서 가장 이성적이어서 완벽한 공성 무기로 활약한다. 클럽테일이 특히 그렇다." 나는 첫 번째 금속 가로대와 각도를 맞춰 전력 질주할 태세를 갖추면서 문장을 끝맺었다.

"너 지금… 공부하는 거야?" 오렐리가 아래에 있는 첫 번째 공에 뛰어오르면서 외쳤다.

"마음이 진정되거든." 나는 재빨리 설명했다. 지금은 민망해할 시간이 없다. 그건 나중에 해도 된다.

내 앞에는 금속 가로대가 세 개 놓였는데, 각각이 다음 가로대를 향해 달려가는 공성 망치처럼 정렬해 있었다. "지금은 서기 분과가 꽤 좋아 보이네." 나는 들리지 않게 중얼거린 다음 첫 번째 가로대를 향해 덤벼들었다. 그나마 손을 차례로 옮길 때 제대로 붙들기 힘든 미끄러운 재질은 아니었다. 첫 번째 가로대 끝에 도달해서 다음으로 건너뛸 운동량을 얻으려고 발을 흔들거릴 때쯤에는 어깨의 아픔이 심하게 욱신거리는 통증이 되어 있었다.

가로대끼리 처음 부딪쳤을 때의 충격으로 손가락이 미끄러졌고, 나는 공포가 속을 할퀴는 가운데 숨을 들이마셨다. '살구색에서부터 당근색까지 다양한 색조가 존재하는 오렌지 드래곤은….' 다음 가로대로 몸을 던졌다. '드래곤 중에서 가장 예측 불가하며 그러므로 언제나 위험부담이 크다.' 나는 어깨의 노골적인 항의를 무시하고, 똑같이 손을 차근차근 움직여서 두 번째 가로대 끝까지 갔다. '페이코레인의 후손으로….'

오른손을 놓치면서 몸무게 때문에 흔들린 몸이 가파른 산사면으로 내던져지며 뺨이 바위를 때렸다. 귓속에 높고 날카로운 소리가 일고, 시야 가장자리가 어두워졌다.

"바이올렛!" 리애넌이 꼭대기에서 외쳤다.

"네 옆에! 밧줄이 네 옆에 있어!" 오렐리가 밑에서 외쳤다.

왼손이 미끄러지면서 철봉이 손톱을 긁었지만 밧줄을 붙잡고 매듭에 발을 버틴 채 단단히 매달려서 머릿속의 이명이 가라앉을 때까지 버텼다. 이제 밧줄을 흔들어서 건너가거나 아니면 아래로 내려가야 한다.

나는 이 저주받을 분과에서 7주 동안 살아남았다고. 오늘 이 장애물에 질 순 없어.

나는 절벽에서 몸을 밀어내며 그 반탄력으로 가로대 위의 철봉을 잡았다. 즉시 손을 움직여서 다음 철봉으로, 그다음 철봉으로 건너가다가 마침내 손을 놓고 흔들리는 첫 번째 철 기둥에 내려섰다. 기둥이 심하게 흔들리니 뇌가 덜그럭거렸다. 그러나 다음 기둥으로 뛰고 나서는 제대로 발을 디디지도 않고 그 오르막길 끝에 있는 자갈길로 뛰어내렸다.

오렐리가 활짝 웃으면서 바로 내 뒤에 내려섰다. "여기가 최고야!"

"넌 아무래도 힐러를 보러 가야겠어. 이게 재미있다고 생각한다면 머리를 다친 게 분명해." 나는 헉헉거리며 숨을 몰아쉬었지만, 오렐리의 선명한 기쁨을 보고는 웃을 수밖에 없었다.

"여기는 그냥 쭉 달려서 건너는 거야." 오렐리는 나와 같이 절벽에 솟아난 회전하는 말뚝 계단 앞에서 서면서 말했다.

너비가 1미터쯤 되는 통나무들은 이 장애물 코스에서 가장 가파른 구역에

서서 통째로 회전했다. 재빨리 계산해보니 그 말뚝에서 떨어지면 아마도 아래의 바위땅까지 9미터에서 12미터는 떨어질 터였다. 나는 목으로 기어올라오는 두려움을 꿀꺽 삼키고, 내 가벼운 몸과 민첩성이 이 장애물에서 유리하게 작용할 가능성에 초점을 맞췄다.

오렐리가 말을 이었다. "명심해. 멈칫했다간 바로 저게 널 떨어뜨릴 거야."

나는 고개를 끄덕이고 가볍게 폴짝거리면서 내게 남은 용기를 긁어모았다. 그런 다음, 뛰었다. 내 발은 빨랐고, 기둥을 밟는다기보다는 다음 기둥까지 몸을 밀어낼 접촉만 허용했다. 그리고 심장이 몇 번 뛸 시간 안에 나는 반대편에 도착해 있었다.

"좋았어!" 나는 오렐리가 뛸 수 있게 비키면서 주먹을 치켜들고 자축했다.

"잘한다, 바이올렛!" 오렐리가 외쳤다. "이제 내 차례야!" 회전하는 기둥에서 기둥으로 뛰는 오렐리의 발놀림은 나보다 더 민첩했다.

머리 위에서 포효가 들려서 고개를 홱 드는 순간에 우리 바로 위를 날아 베일로 돌아가는 그린 대거테일의 배가 보였다. 저건 영영 익숙해지지 못하겠어.

그 순간 오렐리가 비명을 질렀다. 급히 그쪽으로 고개를 홱 돌리자 다섯 번째 기둥에서 기우뚱거리다가 미끄러지는 그녀의 모습이 보였다. 기둥에 배를 부딪치는 모습이 느리게 보이면서 폐 속의 공기가 다 얼어붙는 기분이었다.

"오렐리!" 나는 소리를 지르며 그녀에게 돌진했고, 내 손가락 끝은 일곱 번째 기둥을 스쳤다.

우리의 눈이 마주쳤다. 오렐리는 크게 뜬 검은 눈에 충격과 공포가 가득한 채 회전하는 기둥에 밀려 나에게서 멀어지더니 떨어졌다. 절벽 절반을.

태양빛이 아침 점호 시간에 선 내 눈을 지졌다.

"캘빈 앳워터." 피츠기븐스 대위가 언제나처럼 엄숙한 목소리로 읽었다.

제4비행단, 발톱전대, 1대대. 그는 전투 브리핑 시간에 내 뒤의 뒷줄에 앉았다. 그랬었다.

오늘 아침도 특별할 것은 없었다. 우리의 첫 건틀릿 시도로 사망자 명단이 더 길어졌지만, 그것도 별다를 것 없는 하루의 별다를 것 없는 목록이었다…. 아니, 사실은 달랐다. 이름을 읊는 이 의식의 유별난 잔인함이 오늘처럼 세게 마음을 때린 적이 없었다. 첫날과도 달랐다. 나는 이제 호명되는 이름 절반 이상을 알았다. 눈앞이 뿌예졌다. "뉴랜드 재본." 그는 계속해서 읽어나갔다.

제4비행단, 불꽃전대, 2대대. 그는 나와 같은 아침식사 당번이었다.

지금쯤이면 20번대에 접어들었을 것이다. 어떻게 이게 다일 수가 있을까? 이름만 한 번 읊고는 그들이 존재하지도 않았던 것처럼 계속하다니? 옆에 선 리애넌이 무게중심을 잃더니, 코를 훌쩍이느라 어깨를 한 번 들썩였다.

"오렐리 도넌스."

눈물이 한 방울 흘렀고, 나는 그 눈물을 세게 닦아내느라 뺨에 있던 상처 딱지를 하나 뜯어버렸다. 다음 이름이 호명될 때는 피가 한 줄이 흘렀지만, 나는 그 피를 닦지 않고 내버려두었다.

다음 날 밤.

"정말 괜찮겠어?" 데인이 물었다. 내 어깨를 움켜쥐는 그의 이마에 걱정으로 주름 두 개가 잡혔다.

"걔네 부모님이 묻으러 오지 않는다면, 걔 물건을 처리해야 할 사람은 나야. 내가 마지막으로 봤으니까." 나는 어깨를 말고 오렐리의 가방 무게를 조정하며 설명했다.

바스지아스 생도가 죽었을 때 모든 부모에게는 별다를 것 없는 선택지만 주어진다. 부모가 시신과 개인 소지품을 되찾아서 매장하거나 화장하는 방법, 아니면 학교에서 시신을 돌 아래 묻고 소지품은 알아서 태우는 방법. 오렐리의 부모는 후자를 골랐다.

"게다가 나와 같이 가고 싶지 않다고?" 그가 내 목덜미를 감싸쥐며 물었다.

나는 고개를 저었다. "소각장 위치는 알아."

그는 욕설을 우물거렸다. "내가 거기 있었어야 했는데."

"네가 할 수 있는 일은 없었어, 데인." 나는 손가락이 가볍게 얽히도록 손을 겹쳐 잡으면서 조용히 말했다. "아무도 할 수 있는 일이 없었어. 오렐리에겐 밧줄에 손을 뻗을 시간조차 없었어." 머릿속으로 그 순간을 몇 번이고 몇 번이고 돌려보았지만 매번 같은 결론에 이르렀다.

"그러고 보니 네가 끝까지 올라갔는지 물어볼 기회도 없었네."

나는 고개를 저었다. "난 굴뚝 구조물을 통과하지 못해서 밧줄로 내려가야 했어. 그 간격을 메우기엔 내 키가 너무 작아. 하지만 오늘 밤은 그 문제를 생각하지 않을래. 시연 날에 공식적으로 건틀릿 주파 시간을 재기 전까지 방법을 생각해낼 거야."

그래야만 했다. 마지막 날에는 생도가 밧줄을 타고 내려갈 수 없다. 건틀릿을 끝까지 오르거나 떨어져 죽거나 둘뿐이었다.

"알았어. 혹시 내가 필요하면 말해." 데인은 그제야 나를 놓아주었다.

나는 고개를 끄덕이고 온갖 핑계를 동원해서 기숙사 복도를 나섰다. 오렐리의 배낭 무게에 걸음이 비틀거렸다. 오렐리는 이 많은 짐을 지고도 난간다리를 넘을 만큼 힘이 좋았는데, 그런데도 떨어졌다.

그런데 나는 어째서인지 아직 서 있었다.

내려가는 생도 몇 명과 스치면서 전투 브리핑실을 지나 돌 지붕까지 학예동 망루 계단을 올라가는 동안 오렐리를 지고 가고 있다는 기분을 떨칠 수가 없었다. 소각장은 특별히 넓은 철통에 지나지 않았고, 오직 태우는 것만이 목적이었다. 산소가 간절한 상태로 비틀거리며 지붕 위로 나섰을 때는 불길이 밤하늘을 배경으로 밝게 타고 있었다.

몇 달 전까지 나는 이렇게 무거운 배낭을 짊어지지도 못했다.

배낭을 내리는 동안 지붕 위에는 아무도 없었다.

"정말 미안해." 나는 속삭였고, 넓은 끈에 손가락을 파묻었다가 배낭을 빙 돌려서 금속 소각장 가장자리로 던져 넣었다.

불길이 배낭에 달라붙더니, 불에 새로운 연료가 더해지면서 슉, 하는 소리를 냈다. 죽음의 신 말렉에게 바치는 또 하나의 공물이었다.

나는 계단을 다시 내려가는 대신 망루 가장자리로 걸어갔다. 구름이 낀 밤이었지만 서쪽에서 다가오는 세 마리 드래곤의 그림자를 알아볼 수 있었다. 심지어는 건틀릿이 다음 피해자를 기다리고 선 능선도 보였다.

그게 나는 아닐 거야.

하지만 어떻게? 마침내 건틀릿을 정복해서? 아니면 데인의 요청에 항복하고 서기 분과에 숨어서? 두 번째 선택지에는 내 온몸이 역겨워했고, 그 덕에 통금 종소리가 울리기 전까지 몇 분을 흘려보내며 모든 것에 의문을 가질 수밖에 없었다. 나는 뚜렷한 답을 찾지 못한 채 다시 계단을 내려갔다.

거의 텅 빈 안마당을 통과하는데, 키스를 할지 연단 쪽으로 걸어갈지 결정하지 못한 커플 한 쌍이 있었다. 나는 시선을 피하며 난간다리 시험 이후에 데인과 내가 앉았던 벽감 쪽으로 갔다.

그로부터 거의 두 달이 흘렀고, 나는 아직 여기에 있다. 아직도 매일 아침 걸어나와서 해가 뜨는 모습을 보았다. 그건 뭔가 의미가 있지 않을까? 아무리 작다 해도 내가 탈곡 시간까지 통과할 가능성이 있지 않을까? 내가 여기에 속할 가능성이?

학예동 바로 왼쪽의 안마당 벽에 있는 문이 열리자 나는 이마를 찌푸렸다. 오늘 아침에 우리가 능선을 건너서 건틀릿까지 가는 데 이용했던 터널 문이었다. 이렇게 늦게 누가 돌아오는 거지?

벽에 바싹 붙어 앉아서 어둠에 몸을 숨기자 제이든, 개릭, 그리고 제이든의 사촌인 보디가 마법 불빛 아래를 지나서 내 쪽으로 걸어왔다.

아까 돌아온 드래곤 세 마리. 셋이 나가서… 뭘 한 거지? 내가 알기로 오늘밤에 훈련은 없었다. 3학년들이 하는 일을 다 아는 건 아니지만 말이다.

"분명히 우리가 할 수 있는 일이 뭔가 더 있을 거야." 내 옆을 지나가면서 보디가 제이든을 쳐다보고 낮은 목소리로 주장했다. 세 사람의 부츠가 자갈을 밟는 소리가 크게 들렸다.

"우린 할 수 있는 일은 다 하고 있어." 개릭이 잇새로 말했다.

두피에 소름이 돋더니, 제이든이 3미터쯤 떨어진 곳에서 어깨를 굳히며 멈춰섰다. 망할. 그는 내가 여기 있는 것을 알았다.

평소처럼 제이든이 있다는 사실만으로 두려워지기보다는 가슴속에 분노가 솟아올랐다. 날 죽이고 싶어 한다면 좋다, 나도 기다리는 데 질렸다.

공포에 질린 채 복도를 걷는 것도 질렸고.

"무슨 문제 있어?" 개릭이 즉시 어깨 너머를 돌아보면서 물었다. 나와는 반대 방향, 통금 시간까지 기숙사 안으로 돌아가는 것보다는 섹스가 더 중요하다고 결정한 커플이 있는 쪽이었다.

"들어가. 안에서 보자." 제이든이 말했다.

"진심이야?" 보디는 이마에 주름을 잡고 안마당 안을 훑어보았다.

"가." 제이든은 그렇게 지시하더니, 막사 건물 안으로 들어간 다른 두 명이 2학년과 3학년 층으로 이어지는 계단이 있는 왼쪽으로 방향을 꺾을 때까지 꼼짝도 않고 서 있었다. 그는 두 사람이 사라진 후에야 몸을 돌려 정확히 내가 앉아 있는 자리를 쳐다봤다.

"내가 여기 있다는 걸 아는 줄 알아." 혹시 내가 숨어 있다거나, 더 심하게는 자기를 겁낸다고 생각하지 않도록 몸을 일으켜서 그쪽으로 걸어갔다. "그리고 제발 그림자를 지배하는 능력에 대한 수다는 떨지 마. 오늘 밤은 그럴 기분 아니니까."

"내가 어디에 다녀왔는지는 묻지 않고?" 그는 팔짱을 끼고 달빛 속에서 나를 관찰했다. 이런 빛 속에서 보니 흉터가 더 위협적이었지만, 나는 겁먹을 에너지도 찾을 수가 없었다.

"솔직히 관심 없어." 어깨를 으쓱이자 쑤시는 통증이 강렬해졌다.

끝내주네. 내일 건틀릿을 연습해야 하는데.

그는 고개를 옆으로 기울였다. "진심이로군?"

"응, 나도 통금 이후에 나와 있긴 마찬가지니까." 입술 사이로 무거운 한숨이 나왔다.

"통금 이후에 밖에서 뭘 하고 있는 건데, 1학년?"

"도망칠까 생각하는 중이지." 나는 대답해주지 않을 줄 알면서 조롱조로 물었다. "당신은? 뭔지 말하고 싶어?"

"같아."

가학적인 개자식.

"이봐, 날 죽일 거야, 말 거야? 기대감 때문에 죽도록 짜증나기 시작하는데." 한 손을 어깨에 올리고 이리저리 아픈 근육을 눌렀지만 통증을 없애는 데는 도움이 되지 않았다.

"아직 결정 못했어." 그는 저녁식사로 뭐가 더 좋으냐는 질문을 받은 사람처럼 대답했지만 내 뺨을 보고는 눈을 가늘게 떴다.

"흠, 결정해줄 수 없어?" 나는 중얼거렸다. "그러면 확실히 이번 주 계획을 세우는 데 도움이 되겠는데." 마컴이냐, 에메테리오냐. 서기냐, 라이더냐.

"내가 네 일정에 영향을 주나, 바이올런스?" 그 입술에는 분명히 재수 없는 웃음이 떠올랐겠지.

"내 가능성이 얼마나 되는지 알아야 해서 말이지." 나는 두 주먹을 쥐었다.

망할 자식은 배짱 좋게도 미소를 지었다.

"그것 참, 이제까지 받아본 고백 중에 제일 이상한…."

"너하고 뭐라도 될 가능성 말고, 이 거만한 새끼야!" 제기랄, 다 꺼지라 그래.

나는 제이든을 지나쳐 걸었지만, 그가 내 손목을 잡았다. 힘이 실리진 않았지만 단단한 손길이었다.

그의 손끝이 닿자 맥박이 빠르게 뛰었다.

"무슨 가능성?" 그는 딱 내 어깨가 그의 이두근에 스칠 정도로 끌어당기며 물었다.

"아무것도 아니야." 그는 이해하지 못할 것이다. 그는 저주받을 비행단장이니 우리 분과의 모든 분야에서 뛰어나다는 뜻이었다. 심지어 라이오슨이라는 성마저 극복할 정도로 뛰어나겠지.

"무슨 가능성이냐고." 그는 되풀이해서 물었다. "세 번 묻게 하지 마." 음산한 말투가 부드러운 손길과 상충했다. 젠장, 그런데 이놈에게 이렇게 좋은 냄새가 나야 해? 민트와 가죽 향에 내가 정확히 짚을 수 없는 냄새가 섞여 있었다. 감귤과 꽃향기 사이의 무언가.

"이 모든 과정을 살아서 통과할 가능성! 난 그 망할 건틀릿 끝까지도 못 올라갔어." 나는 반쯤 진심으로 손목을 당겼지만 그는 놓아주지 않았다.

"그렇군." 그는 개탄스럽게도 침착하건만, 나는 내 감정을 다스리지 못했다.

"아니, 당신은 몰라. 아마 내가 떨어져 죽으면 당신이 수고스럽게 죽일 필요도 없을 테니 축배를 들겠지."

"널 죽이는 건 전혀 수고스럽지 않아, 바이올런스. 널 살려두는 게 오히려 내 수고로움의 큰 부분을 차지하는 것 같은데."

내 시선이 홱 돌아가서 그의 시선과 부딪쳤지만, 어둠에 감싸인 그의 얼굴은 읽을 수가 없었다. 이해가 가지 않는다.

"번거롭게 해서 죄송하군요." 목소리에서 빈정거림이 뚝뚝 떨어졌다. "지금 문제가 뭔지 알아?" 팔을 다시 당겼지만 그는 손을 놓지 않았다. "당신이 손댈 권리가 없는 데다 손을 댄다는 문제 말고?" 나는 그를 보며 눈매를 좁혔다.

"네가 말해주겠지." 그의 엄지손가락이 내 핏줄을 쓸고 나서 손목을 놓아주자 속이 간질거렸다.

나는 더 생각하지 않고 대답해버렸다. "희망."

"희망?" 그는 제대로 들은 게 맞는지 모르겠다는 듯이 내 쪽으로 머리를 더 기울였다.

"희망." 나는 고개를 끄덕였다. "당신 같은 사람은 영영 모르겠지만 난 여기

오는 게 사형 선고라는 걸 알았어. 내가 평생 서기 분과에 가려고 훈련했다는 사실은 아무 의미도 없었지. 소른게일 장군님이 명을 내리면 무시할 수가 없거든."

신들이시여, 왜 내가 이 남자에게 아무 생각 없이 지껄이고 있는 걸까. 저 사람이 해봐야 뭘 하겠어? 널 죽이겠어?

"당연히 무시할 수 있지." 그는 어깨를 으쓱였다. "그저 결과가 마음에 안 들 뿐이야."

나는 눈을 굴렸고, 정말 민망하게도 이제는 손이 풀렸는데도 멀리 물러서는 대신 살짝 더 가까이 몸을 기울였다. 그러면 그의 용기를 조금이라도 흡수할 수 있다는 듯이 말이다. 제이든에게는 용기가 남아도는 게 확실했다.

"성공할 가능성이 얼마나 낮은지 알면서도 와버렸어. 내가 살아남을 얼마 안 되는 가능성에 집중하면서. 그리고 두 달 가까이 버티면서…." 나는 턱에 힘을 주며 고개를 내저었다. "희망에 찼지." 희망이라는 말이 떨떠름했다.

"아, 그러다가 같은 대대원을 잃고, 굴뚝을 제대로 올라가지 못하고, 그래서 포기하는 거로군. 이제 슬슬 알겠군. 썩 아름다운 그림은 아니지만 네가 서기 분과로 도망치고 싶다면…."

나는 공포가 뱃속에 구멍을 뚫는 느낌에 숨을 들이켰다. "어떻게 그걸 알아?" 제이든이 안다면… 제이든이 말한다면, 데인이 위험했다.

제이든의 완벽한 입술에 심술궂은 미소가 떠올랐다. "난 이 안에서 벌어지는 모든 일을 알아." 우리 주위에 어둠이 소용돌이쳤다. "그림자, 기억하나? 그림자는 모든 것을 듣고, 모든 것을 보고, 모든 것을 감추지." 나머지 세상이 사라졌다. 그가 이 안에서 나에게 무슨 짓을 하더라도 알 사람이 없을 것이다.

"데인의 계획을 보고하면 장군님이 확실히 보상하시겠네." 나는 부드럽게 말했다.

"장군은 네가 내… 뭐라고 불렀었지? 그래, 내 클럽에 대해 말해도 확실히 보상하겠지."

"난 말하지 않을 거야." 변명 같은 대답이 나왔다.

"알아. 그래서 네가 아직 살아 있는 거고." 그는 나와 시선을 마주쳤다. "알아둬라, 소른게일. 희망은 변덕스럽고 위험하다. 희망은 네 집중력을 훔쳐서 원래 가야 할 곳이 아니라 가능성을 겨냥하게 만들어. 넌 일어날 수도 있는 일이 아니라 일어날 일에 집중해야 해."

"그래서 어쩌라고? 내가 살 거라는 희망을 품지 마? 죽을 계획이나 짜?"

"죽지 않을 방법을 찾기 위해서는 너를 죽일 수 있는 것들에 집중해야 해." 그는 고개를 내저었다. "이 분과에 네가 죽기를 바라는 사람이 얼마나 되는지 세지도 못하겠다. 너희 어머니에게 복수하고 싶은 사람도 있고, 그냥 네가 사람들을 열받게 하는 데 아주 뛰어난 탓도 있지. 하지만 넌 확률을 거부하고 아직 서 있어." 그림자가 나를 감쌌고, 나는 다친 뺨 옆을 어루만지는 손길을 느낀 것만 같았다. "사실 보고 있자면 좀 놀랍기도 해."

"단장님의 오락거리가 되어 기쁘군요. 이만 자러 가겠습니다." 나는 발꿈치를 땅에 대고 몸을 홱 돌려서 막사 입구로 향했지만, 그는 내 바로 뒤에 따라왔다. 어찌나 가까웠는지, 그가 말도 안 되게 빠른 움직임으로 문을 붙잡지만 않았다면 내가 닫은 문이 그의 얼굴을 정통으로 때렸을 것이다.

"자기 연민에 빠져 부루퉁해 있지 말고 생각해보면, 건틀릿을 오르는 데 필요한 건 너에게 전부 다 있다는 사실을 알게 될 거다." 등 뒤에서 외치는 목소리가 복도에 메아리쳤다.

"자기 연… 뭐가 어째?" 나는 입을 딱 벌리며 돌아보았다.

"사람들은 죽어." 그는 숨을 깊이 들이마시고 턱을 움직이며 천천히 말했다. "이런 일은 계속 계속 일어날 거야. 그게 여기의 본질이지. 널 라이더로 만들어 주는 건 사람들이 죽은 후에 네가 뭘 하느냐다. 네가 왜 아직 살아 있는지 알고 싶다고? 내가 매일 밤 나 스스로를 재보는 척도가 너이기 때문이다. 너를 하루 살려둘 때마다 나에게 아직 괜찮은 사람 같은 부분이 남아 있다고 믿을 수 있거든. 그러니 그만두고 싶다면 제발 부탁인데, 날 자꾸 유혹하지 말고 얼른 그만둬버려. 하지만 뭔가를 하고 싶다면 그냥 해."

"난 그 폭을 메우기엔 키가 너무 작다고!" 나는 누가 듣거나 말거나 신경 쓰지 않고 잇새로 말했다.

"올바른 방법이 유일한 방법은 아니야. 알아내." 그는 몸을 돌려 걸어갔다.

망할. 자식.

11

사랑하는 이의 유품을 간직하는 것은 말렉에게 심각한 죄를 짓는 것이다. 그 물건들은 떠나간 이들과 함께 죽음의 신이 계신 저승에 있어야 한다. 적절한 신전이 없을 때는 어떤 불이든 허용된다. 말렉을 위해 태우지 않는 자는 말렉에게 불타게 될지니.

— 로릴리 소령, 《신들을 달래는 방법》(제2판)

다음 번 건틀릿 연습은 첫 번째 연습보다 별로 나아진 게 없었지만, 최소한 대대원을 또 잃지는 않았다. 타이넌은 함부로 말하기를 그만뒀다. 본인부터가 코스를 완주하지 못했기 때문이다.

타이넌은 큰 공이 달린 장애물에서 무너졌다.

내가 무너지는 곳은 굴뚝이었다.

아홉 번째이자 마지막 연습에서 나는 장애물 코스 전체에 불을 지르고 싶어졌다. 나의 파멸을 부르는 굴뚝 코스는 드래곤을 타는 데 필요한 근력과 민첩성을 시험하기 위해 만들어졌는데, 나는 몸집이 작아서 망했다.

"어쩌면 네가 내 어깨를 밟고 올라가서…." 리애넌은 나의 숙적이 된 바위틈을 뜯어보다가 고개를 내저었다.

"그래 봐야 난 반쯤 올라가고 말겠지." 나는 이마에 맺힌 땀을 손등으로 닦으며 대꾸했다.

"소용없는 얘기야. 경주 중에는 다른 생도를 건드릴 수 없어." 옆에 선 소여가 가슴 앞에 팔짱을 꼈는데 뜨거운 햇빛 때문에 콧끝이 새빨개져 있었다.

"넌 희망과 꿈을 짓밟으러 온 거야, 제안하러 온 거야?" 리애넌이 쏘아붙였다. "시연은 내일이니까 혹시라도 묘안이 있다면 지금이 내놓을 때야."

내가 서기 분과로 달아난다면 오늘 밤이 마지막 기회였다. 생각만 해도 심장이 조여들었다. 그게 논리적인 선택지였다. 안전한 선택지.

내가 그러지 못하게 막는 건 딱 두 가지 생각뿐이다. 하나는 어머니의 눈을 피할 보장이 없다는 점. 마캄이 입을 다문다고 해서 다른 교수들도 그러리라는 보장은 없다. 무엇보다 떠난다면, 숨어 버린다면… 내가 여기 있을 만큼 실력이 있는지를 영영 알지 못할 거다. 이곳에 남는다면 살아남지 못할 수도 있겠지만, 떠난다면 그런 나를 견디고 살 수 있을지 자신이 없었다.

"도리아 메릴." 연단에 선 피츠기븐스 대위가 명단을 읽었다. 대위의 이목구비가 선명하게 보였는데, 태양이 구름에 숨어서만이 아니라 내가 더 가까이 섰기 때문이었다. 우리 대열은 생도가 한 명 떨어질 때마다 줄어들었다.

브레넌의 말과 통계 양쪽에 따르면, 오늘이 1학년에게 치명적인 날이 될 터였다. 시연의 날이고, 우리는 비행장에 서기 위해서 먼저 건틀릿을 올라가야 했다. 라이더 분과에서 하는 모든 훈련은 약한 사람을 걸러내기 위해 고안되었다. 오늘도 예외가 아니다.

"캠린 다이어." 대위는 사망자 명단을 계속 읽었고, 나는 움찔했다. 캠린은 드래곤 종족 수업에서 내 맞은편에 앉았었다. "아벨 펠리파."

내 앞에 있던 이모젠과 퀸, 두 명의 2학년이 숨을 훅 들이켰다. 1학년만 위험한 게 아니었다. 그저 1학년이 제일 많이 죽을 뿐.

"미셸 아이브럼." 피츠기븐스 대위가 명단을 닫았다. "이들의 영혼을 말렉에게 맡기노라." 마지막 말을 끝으로 대열은 흩어졌다.

"2학년과 3학년은 건틀릿 관련 임무를 맡지 않았다면 강의실로 가도록. 1학년, 우리에게 너희가 뭘 갖췄는지 보여줄 때다." 데인은 억지로 미소를 그리며 나를 건너뛰고 우리 대대를 보았다.

"행운을 빈다." 이모젠이 삐져나온 분홍색 머리카락을 귀 뒤로 넘기면서 나를 향해 느글느글한 미소를 지었다. "네가 뒤… 떨어지지 않길 빌어."

"나중에 봐." 나는 턱을 들어올리며 대꾸했다.

그녀는 극도로 혐오스럽다는 눈빛으로 나를 잠시 노려보더니, 퀸과 시애나와 함께 걸어갔다. 우리의 부대대장인 시애나의 어깨까지 내려오는 금빛 곱슬

머리가 걸음에 맞춰 흔들렸다.

"행운이 가득하길." 우리 대대에서 가장 두꺼운 몸에 불타는 화염처럼 염색하고 심지어 화염 모양으로 자른 3학년생 히튼이 두 개의 패치가 달린 심장을 두드리더니, 우리 모두에게 진심이 담겼지만 입술 끝은 올리지 않은 미소를 던지고 나서 강의실로 향했다.

나는 멀어지는 등을 보면서 히튼의 오른쪽 위팔에 붙은 물 위에 뜬 구체 모양의 둥근 패치는 무슨 뜻일지 궁금해졌다. 왼쪽에 붙은 장검이 들어간 삼각형 패치는 매트 위에서 얽히지 말라는 뜻인 줄 알고 있다. 데인이 고유 능력을 가리키는 패치에 대해 말해준 이후부터 나는 다른 이들의 패치들을 유심히 보았다. 대부분은 그런 패치를 명예 훈장처럼 달고 다녔지만, 나는 진짜 의미를 알아보았다. 그것도 언젠가 그들을 꺾어야 할 때 필요할지 모르는 정보였다.

"난 히튼이 말을 할 수 있는지도 몰랐어." 놀란 리독의 이마에 주름이 두 개 패였다.

"오늘 우리가 구워지기 전에 인사 정도는 해야겠다고 생각했나 봐." 리애넌이 말했다.

"다시 집합." 데인이 명령했다.

"같이 가?" 내가 물었다.

그는 여전히 나를 쳐다보지 않은 채 고개를 끄덕였다.

우리 여덟 명은 네 명씩 두 줄로 섰고, 다른 비행대도 마찬가지였다.

"어색하네." 리애넌이 옆에서 소곤거렸다. "너한테 열받은 것 같은데."

나는 왕관처럼 틀어 올린 머리에 산들바람이 스치는 가운데, 트리나의 호리호리한 어깨 너머를 슬쩍 보았다. 바람이 트리나의 곱슬머리도 살짝 흐트러뜨렸다. "데인이 내가 줄 수 없는 걸 원해서 그래."

리애넌이 눈썹을 치켜올렸고, 나는 눈을 굴렸다. "아니, 그런 거 아니고…."

"그런 거여도 괜찮을 텐데." 그녀는 소곤소곤 대꾸했다. "섹시하잖아. 옆집 소년같이 친근하면서도 죽여주게 멋진 남자 분위기가 있단 말이지."

나는 미소를 눌렀다. 맞는 말이었다. 데인은 정말 그랬다.

"우리 대대가 제일 커." 제1비행단이 있는 제일 왼쪽에서부터 차례차례 안마당 서쪽 문을 통과하는 동안 리독이 우리 뒤에서 중얼거렸다.

"이제 총 몇 명까지 줄어들었지?" 타이넌이 물었다. "180명?"

"171명이다." 데인이 대답했다. 제2비행단의 대대들이 단장의 인솔하에 움직이기 시작했다. 그건 제이든이 우리 앞쪽 어딘가에 있다는 뜻이다.

내 신경은 장애물 코스에 쏠려 있었지만, 그래도 제이든의 저울이 오늘은 어느 쪽으로 기울지 궁금함을 떨칠 수는 없었다.

"드래곤은 100마리인데? 하지만 우리가…." 트리나가 질문하다 말고 불안에 말을 끊었다.

"목소리에 무서워하는 티 좀 내지 마." 루카가 리애넌 뒤에서 날카롭게 말했다. "드래곤이 널 겁쟁이로 여기면 내일 넌 이름만 남게 될 거야."

"…라는 말이 두려움을 더 유도했다." 리독이 내레이션을 읊었다.

"닥쳐." 루카가 반격했다. "사실인 건 너도 알잖아."

"자신감 있는 척 연기만 해. 그러면 괜찮을 거야." 내가 뒤쪽에 선 대대원들이 듣지 못하게 몸을 앞으로 기울이고 말하는 사이, 제3비행단이 문을 향해 행진하기 시작했다.

"고마워." 트리나가 마주 속삭였다.

데인이 드디어 나와 눈을 마주치고 눈매를 좁혔지만, 적어도 나를 거짓말쟁이라고 부르지는 않았다. 하지만 그 눈빛에는 거짓말이라는 죄로 나를 재판하고 유죄 선고까지 했을 법한 비난이 담겨 있었다.

"초조해, 리?" 나는 우리가 다음 순서임을 알고 물었다.

"너 때문에?" 리가 되물었다. "전혀. 우린 해낼 거야."

"아, 난 내일 있을 역사 시험 이야기였는데." 나는 친구를 놀렸다. "오늘은 공포에 질릴 이유가 없지."

"말이 나왔으니 말인데 아리프 조약이 날 죽일지도 몰라." 리가 씩 웃었다.

"아아, 에스벤 산맥의 좁고 긴 일부분, 서머튼과 드레이터스 사이 영공은 드래곤과 그리폰 양쪽이 공유한다는 나바르와 크로블라 사이의 상호 협의 말이지." 나는 고개를 끄덕이며 기억을 불러냈다.

"네 기억력은 정말 무시무시해." 그녀는 나를 보고 씩 웃었다.

하지만 내 기억력이 나를 건틀릿 꼭대기까지 올려주지는 않을 것이다.

"제4비행단!" 제이든이 멀리 어딘가에서 외쳤다. 나는 보지 않고도 명령을 내린 사람이 부단장이 아니라 단장 본인임을 알 수 있었다. "이동!"

우리는 불꽃전대, 발톱전대, 마지막에 꼬리전대 순서로 문을 나섰다.

문 앞에서 잠시 병목 현상이 일어났지만, 우리는 곧 문을 통과해서 매일 아침 건틀릿에 가기 위해 걷던 마법 불빛이 켜진 어두운 터널로 들어갔다. 앞에 이어지는 바위 바닥 가장자리를 그림자가 담요처럼 감싸고 있었다.

그런데 제이든의 능력이 지닌 한계는 뭘까? 그림자를 움직여서 여기 있는 모두의 목을 조르는 것도 가능할까? 능력을 쓰고 나면 쉬거나 재충전해야 할까? 그런 어마어마한 능력에도 일종의 견제와 균형이 있을까?

데인이 뒤쳐져서 리애넌과 나 사이를 걸었다. "마음 바꿔." 속삭임이라고 하기에도 너무 작은 소리였다.

"싫어." 내 목소리가 실제 기분보다 더 자신 있게 나왔다.

"마음, 바꾸, 라고." 데인이 내 손을 잡는 모습이 터널을 통과하는 동안 취한 밀집 대형에 가려졌다. "부탁이야."

"난 못해." 나는 고개를 저었다. "네가 캐스를 버리고 서기 분과로 도망칠 수 없는 거나 마찬가지야."

"그건 다르지." 데인이 손에 힘을 줬고, 나는 그 손가락과 팔에 어린 긴장감을 느낄 수 있었다. "난 라이더야."

"음, 어쩌면 나도 그럴지 모르잖아." 나는 앞에 나타난 빛을 보면서 속삭였다. 예전에는 나도 믿지 않았다. 내가 떠날 수 없는 이유가 어머니 때문이었을 때는. 하지만 이제 나에겐 선택지가 있다. 그리고 난 남는 쪽을 선택했다.

"제발…." 그는 말을 끊고 내 손을 떨궜다. "나는 너를 땅에 묻고 싶지 않아, 바이."

"언젠가는 둘 중 하나가 다른 하나를 묻긴 해야 할걸." 섬뜩하지만, 있는 그대로의 사실이었다.

"내 말뜻 알잖아."

3미터 높이의 아치 길에 빛이 점점 들어차더니 우리를 건틀릿 맨 아랫부분에 토해냈다.

"제발 이러지 마." 얼룩덜룩한 그림자가 진 햇빛 속으로 나가는데 데인이 이번에는 목소리를 낮추지도 않고 애원했다.

앞에 보이는 풍경은 언제나처럼 장관이었다. 우리가 있는 곳은 여전히 계곡에서 1,000미터 넘게 위에 있는 산이었고, 남쪽으로 초록이 끝없이 이어지며, 야생화가 알록달록 핀 경사면 사이에 드문드문 땅딸막한 나무들이 운집해 있었다. 절벽에 자리한 건틀릿으로 시선을 돌리자 장애물 코스를 눈으로 따라 올라갈 수밖에 없었다. 어느새 나는 깊은 협곡으로 이어지는 능선 꼭대기를 응시하고 있었다. 공부한 지도에 따르면, 저길 넘어가면 비행장이다. 나는 늘어선 나무들이 끊기는 부분을 보며 입술을 깨물었다.

보통은 오직 라이더만이 비행장에 설 수 있다. 시연의 날만이 예외였다.

"내가 지켜볼 수 있을지 자신이 없어." 데인의 말에 내 관심은 다시 그의 강렬한 얼굴로 되돌아갔다. 그가 얼굴을 찌푸리자 완벽하게 다듬은 수염이 도톰한 입술 양 옆으로 가까워지는 모습이 보였다.

"그럼 눈을 감아." 나에겐 계획이 있고, 형편없는 계획이긴 해도 시도해볼 가치는 있었다.

"난간다리에서 지금까지 사이에 도대체 뭐가 바뀐 거야?" 데인이 다시 묻는데 그 눈에 담긴 풍성한 감정은 해석할 엄두도 나지 않았다. 아니, 두려움만은 읽을 수 있었다. 그건 해석도 필요하지 않았다.

"나."

한 시간 뒤, 내 발은 빙글빙글 도는 말뚝으로 이뤄진 계단 위를 날아서 안전한 자갈길 위에 착지했다. 네 번째 오르막 완료. 이제 마지막 둘 남았다. 지금까지 나는 밧줄을 하나도 건드리지 않았다.

타이넌과 루카가 아직 코스를 시작하지 않은 아래쪽에서 데인이 보고 있을 테지만, 나는 굳이 내려다보지 않았다. 데인이 생각하는 마지막 인사 따위에 시간을 쓸 여유가 없었고, 또 앞에 장애물 두 개가 남은 상황에서 그를 다독이느라 지체할 여유도 없었다.

남은 장애물이 두 개라는 건, 내가 지금까지 연습도 해보지 못한 장애물이 하나 더 있다는 뜻이었다. 마지막에 남은 수직에 가까운 경사로 말이다.

"넌 할 수 있어!" 꼭대기에서 리애넌이 외쳤다.

"아니면 우리 모두에 대한 호의로 떨어질 수도 있지!" 또 다른 목소리가 외쳤다. 보나마나 잭이었다. 그나마 연습 때는 우리 대대만 있었지, 지금은 모든 1학년이 볼 수 있었다. 코스 밑바닥에서든 위의 절벽 가장자리에서든.

나는 올라가야 하는 텅 빈 굴뚝 형태의 장애물을 올려다보고 자갈길 뒤쪽으로 1미터쯤을 달려갔다.

"뭐하는 거야?" 내가 밧줄 하나를 붙잡고 절벽 표면에 수평으로 끌어당기면서 자갈을 우르르 떨어뜨리자 리애넌이 외쳤다.

엄청나게 무거운 밧줄은 내가 당기는 힘에 저항했지만, 나는 그럭저럭 그 밧줄을 굴뚝 구조물 맨 아래까지 늘어뜨릴 수 있었다. 나는 밧줄을 최대한 팽팽하게 당긴 다음, 한 발을 수직 통로 옆에 대고 밧줄을 한 번 끌어당겨본 후에 제발 성공하게 해달라고 지닌 신에게 기도했다.

"저래도 되는 거야?" 누군가가 외쳤다.

지금 하고 있거든. 다음 순간 나는 밧줄을 잡고 나머지 한쪽 발을 들어올려 굴뚝을 오르기 시작했다. 오직 오른쪽 면만 이용해서, 내 몸무게를 밧줄에 싣고 벽을 지지하며 올라갔다. 반쯤 올라갔을 때 밧줄이 커다란 바윗돌을 긁으면서 줄이 미끄러졌지만 나는 잽싸게 느슨해진 부분을 다잡고 계속 올라갔다. 심장 뛰는 소리가 요란했다. 그러나 정말로 죽을 맛인 쪽은 손이었다. 불길이 손바닥을 파고드는 느낌에 비명을 지르지 않으려고 이를 악물었다.

다 왔다. 다 왔어.

밧줄은 아슬아슬하게 굴뚝 구조물 구석에 걸쳤고, 나는 남아 있는 상체 근력을 다 써서 몸을 끌어올린 후에 자갈길에 손과 무릎을 대고 기어올랐다.

"좋았어!" 리독이 위에서 환호했다. "역시 우리 대원이야!"

"일어나!" 리애넌이 외쳤다. "하나만 더!"

가슴이 들썩였고 허파가 아팠지만 일어서는 데 성공했다. 이제 마지막 오르막, 즉 비행장으로 가는 마지막 길이었다. 앞에는 절벽에서 3미터쯤 튀어나온 나무 경사로가 있었다. 경사로는 절벽을 따라 올라가면서 그릇 안쪽처럼 휘어졌고, 제일 높은 지점은 3미터 위에서 절벽과 수평을 이뤘다.

이건 생도가 드래곤의 앞다리를 타고 올라가서 자리에 닿을 수 있는지 능력을 시험하는 장애물이었다. 그런데 나는 키가 너무 작았다. 그러나 올바른 방법이 유일한 방법은 아니라던 제이든의 말이 밤새도록 머릿속에 몇 번이고 울려 퍼졌다. 덕분에 해가 뜨면서 어둠을 몰아냈을 무렵에는 계획이 생겼다.

내가 그 계획을 실제로 성사시킬 수 있기만 바랄 뿐이었다.

나는 제일 큰 단검을 뽑으면서 지저분한 손등으로 이마에 맺힌 땀을 닦았다. 그다음에는 아픈 손바닥도, 쑤시는 어깨도, 기둥을 통과한 후에 잘못 착지해서 찌릿한 무릎도 잊었다. 평생 그랬듯이 모든 통증을 차단해 내가 세운 벽 뒤에 가둬놓고, 올라가는 데 목숨이 달린 것처럼 경사로에만 집중했다.

여기엔 밧줄이 없다. 이 장애물을 넘을 방법은 하나뿐이다.

욕 나오게 순수한 의지력. 그래서 나는 속도를 이점으로 삼아서 돌진했다.

발이 경사로를 때리면서 북치는 소리가 났고 경사가 가팔라졌다. 내가 아직 이 장애물을 정복한 적이 없긴 해도 대대원들이 뛰어넘는 모습이라면 수없이 보았다. 몸을 앞으로 내던지자 추진력이 나를 위로 끌어올리면서 몸이 경사로 옆을 타고 올라갔다.

나는 꼭대기까지 거의 60센티미터쯤 남았을 때 중력이 내 몸을 되찾으려고 하는 순간을, 그 소중한 변화의 순간을 느낄 때까지 기다렸다가 팔을 뻗어서 단검으로 매끄럽고 부드러운 경사로를 내리찍었다. 그리고 그 힘을 이용해서 마지막 남은 부분으로 몸을 밀어 올렸다.

손가락이 위쪽 가장자리를 긁자 어깨가 항의의 소리를 지르면서 원초적인 비명이 목구멍을 찢고 튀어나왔다. 나는 지렛대 효과를 더 얻고자 팔꿈치를 위로 올리고, 단검 손잡이를 마지막 계단 삼아서 몸을 위로 끌어올려 절벽 꼭대기로 몸을 던졌다. 아직 안 끝났어.

경사로 꼭대기에 배를 깔고 엎드린 나는 아래로 손을 뻗어서 단검을 뽑아 옆구리 칼집에 꽂고 나서야 비틀거리면서 일어섰다. 내가 해냈다. 안도감이 몸에 차올랐던 아드레날린을 쭉 빨아들였다.

리애넌의 두 팔이 나를 휘감더니 헐떡이고 있는 내 몸을 지탱해줬다. 리독이 등 뒤에서 샌드위치처럼 나를 누르면서 기쁨의 함성을 질렀다. 항의하고 싶었지만, 지금 당장은 내가 똑바로 서 있는 것 자체가 두 사람 덕분이었다.

"저럴 순 없어!" 누군가가 외쳤다.

"뭐래. 방금 해냈거든!" 리독이 나를 끌어안은 힘을 약간 풀면서 어깨 너머로 외쳤다.

무릎이 떨렸지만 두 사람은 내가 헉헉대는 동안에도 나를 지탱해줬다.

"네가 해냈어!" 리애넌이 갈색 눈에 눈물을 가득 담고 내 두 손을 잡았다. "네가 해냈다고!"

"운이야." 나는 숨을 한 번 더 들이마시고 날뛰는 심장에게 속도 좀 늦추라고 애걸했다. 아드레날린도.

"부정행위야!"

나는 목소리 쪽으로 몸을 돌렸다. 앰버 메이비스, 딸기빛 금발을 지닌 제3비행단의 여자 단장이었다. 작년에 데인과 친했다고? 몇 미터 떨어진 곳에 지루한 얼굴로 명단을 들고 서서 초시계로 기록을 재고 있던 제이든을 향해 달려가는 그녀의 얼굴에는 오직 분노뿐이었다.

"당장 물러서, 메이비스." 전대장 개릭이 앰버와 제이든 사이를 몸으로 막으며 위협하자 그의 등에 맨 장검 두 자루가 햇빛에 반짝였다.

"저 부정행위자는 한 번도 아니고 두 번이나 외부 도구를 사용했어." 앰버가 소리쳤다. "허용할 수 없는 일이야! 우린 규칙에 따라 살거나 규칙에 따라 죽는다고!"

앰버와 데인이 친한 것도 놀랍지 않다. 둘 다 코덱스와 사랑에 빠져 있었으니 말이다.

"내 지휘하의 생도를 부정행위자라고 부르는 건 좋게 받아들일 수 없어." 개릭이 경고했다. 그는 거대한 어깨로 앰버의 시야를 막은 채 몸을 돌렸다. "그리고 소속 비행단에서 벌어진 규칙 위반은 우리 비행단장이 알아서 할 거야." 그가 옆으로 비켜서자, 나는 앰버의 이글거리는 푸른 눈과 마주쳤다.

"소른게일?" 제이든이 책 위에 펜을 놓고, 어디 한 번 말해보라는 듯 한쪽 눈썹을 구부리며 물었다. 그러고 보니 제이든은 제4비행단과 비행단장의 상징만 달았을 뿐, 다른 이들이 뽐내는 패치를 하나도 달지 않았다.

"밧줄을 썼으니 30초가 더해지겠군요." 나는 호흡을 고르며 대답했다.

"그리고 단검은?" 앰버가 눈매를 좁혔다. "쟨 자격 박탈이야." 제이든이 대답하지 않자, 그녀는 몸을 돌려 그를 노려보았다. "당연히 실격이지! 비행단 내의 위법행위를 허용할 순 없어, 라이오슨!"

그러나 제이든은 나에게서 시선을 떼지 않은 채 내 대답을 기다렸다.

"라이더는 지고 갈 수 있는 물건만 가지고 분과에 들어갈 수 있으며…."

"감히 나에게 코덱스를 인용해?" 내가 입을 떼자 앰버가 고함을 질렀다.

"…그게 어떤 물건이든 관계없이 라이더와 그 물건은 분리해 생각하지 않는다." 나는 인용을 마저 읊었다. "일단 난간다리를 함께 건넌 물건은 그 사람의 일부로 간주되기 때문이다. 부칙 B, 3조 6항."

슬쩍 보니 앰버의 파란 눈이 확 커져 있었다. "그 부칙은 절도를 중범죄로 만들기 위해 만들어진 거야."

"맞습니다." 나는 앰버와 나를 똑바로 꿰뚫어 보는 검은 눈을 번갈아 보면서 고개를 끄덕였다. "하지만 그러기 위해서 이 부칙은 난간다리에 지니고 건넌 물건은 무엇이든 그 라이더의 일부라는 지위를 부여합니다." 나는 손바닥에 날카로운 통증을 느끼면서 이가 나가고 너덜너덜해진 단검을 뽑았다. "이건 도전에서 따낸 단검이 아닙니다. 제가 몸에 지닌 채로 건넌 단검이고, 그러므로 제 일부로 간주됩니다."

제이든의 눈동자가 확 커졌다. 나는 그 화나도록 퇴폐적인 입에 스친 웃음기를 놓치지 않았다. 저렇게까지 잘생겼으면서 저렇게 무자비한 거야말로 코덱스 위반이어야 하지 않나.

"올바른 방법만이 유일한 방법은 아닙니다." 나는 제이든이 했던 말을 되돌려줬다.

제이든은 나를 응시했다. "소른게일이 이겼어, 앰버."

"사소한 조항이야!"

"그래도 여전히 맞는 말이야." 그는 고개를 살짝 돌리더니, 앰버에게 절대로 내가 받고 싶지 않은 시선을 던졌다.

"넌 서기처럼 생각해!" 앰버가 나에게 소리 질렀다.

모욕을 의도했겠지만 나는 그냥 고개를 끄덕였다. "압니다."

앰버가 가버리고, 나는 단검을 다시 꽂은 후에 두 손을 늘어뜨리며 눈을 감았다. 안도감이 어깨에 실려 있던 무게를 벗겨냈다. 내가 해냈다. 또 한 번의 시험에 통과했다.

"소른게일." 제이든의 목소리에 눈이 떠졌다. "뭐가 새고 있는데." 그의 시선이 내 두 손을 향했다.

손끝에서 피가 뚝뚝 떨어지고 있었다. 내가 엉망으로 만들어놓은 손바닥을 보자 고통이 몰아치는 격류처럼 내 정신적 댐을 밀어내면서 통증이 폭발했다.

"조치를 취하도록." 제이든이 명령했다.

나는 고개를 끄덕이고 물러나서 우리 대대에 합류했다. 리애넌은 내가 셔츠 소매를 잘라서 손바닥을 감도록 도와줬고, 나는 절벽을 오르는 마지막 두 명의 대대원을 응원했다.

우리 모두가 해냈다.

12

> 시연일은 다른 어떤 날과도 다르다. 가능성이 무르익은 분위기에, 아마도 불쾌해진 드래곤이 내뿜은 유황 냄새도 가득할 것이다. 레드 드래곤의 눈은 절대로 보지 말라. 그린 드래곤에게는 절대로 등을 돌리지 말라. 브라운 드래곤에게 두려움을 드러냈다가는… 흠, 그냥 두려움을 보이지 말라.
>
> — 케이오리 대령, 《드래곤 도감》

오전의 시련이 끝났을 때는 169명이 살아남았고, 내가 밧줄을 이용해서 받은 불이익을 반영하고도 우리 대대는 시연에 나설 36개 대대 중에서 11번째 순번을 받았다. 오줌을 쌀 것 같은 생도들이 올해 계약할 의사가 있는 드래곤들 앞을 행진하는 행사 말이다. 탈곡 시간 이전에 약한 사람을 추려내려 마음먹은 드래곤의 코앞을 걸어야 한다고 생각하니 다리가 덜덜 떨렸다. 우리 차례가 마지막이었으면 좋겠다는 생각까지 들었다.

건틀릿을 제일 빨리 오른 생도는 역시나 리암 메이리여서 건틀릿 패치도 받았다. 그 녀석은 2등 하는 방법을 모르는 게 확실했다. 하지만 나도 제일 느린 생도는 아니었고, 그거면 충분했다.

양쪽이 절벽에 에워싸인 훈련장 계곡이 오후 햇빛을 받는 모습은 장관이었다. 제일 좁은 지점인 계곡 입구에서 기다리는 우리의 삼면으로 가을 색에 물든 초원과 산봉우리들이 몇 킬로미터나 뻗어나갔다. 계곡 끝에 한 줄기 폭포를 알아볼 수 있었는데, 아마 지금은 졸졸 흐르지만 눈 녹은 물이 흘러내리는 철이 되면 괄괄 쏟아질 터였다.

나뭇잎은 누군가가 단 한 가지 색만 붓에 묻혀서 풍경에 칠한 것처럼 모두 금빛으로 변하고 있었다.

그리고 그곳에 드래곤들이 있었다.

평균 키가 7.5미터를 넘는 드래곤들은 나름의 대형을 갖추고 길에서 몇 미터 물러선 곳에 줄지어 서 있었다. 걸어서 지나가는 우리에게 판결을 내리기에 충분히 가까운 거리였다.

"가자, 2대. 너희가 다음이다." 개릭이 우리에게 손짓하자 드러난 팔뚝에 새겨진 반역의 인장이 반짝였다.

데인과 다른 대대장들은 뒤에 남았다. 데인이 내가 건틀릿을 올랐다는 사실에 기뻐할지, 아니면 내가 규칙을 교묘하게 이용했다는 사실에 실망했을지 모르겠다. 하지만 나로 말하자면, 이보다 더 흥분할 수가 없는 상태였다.

"열 맞춰." 개릭이 철저히 사무적인 목소리로 지시했는데, 그는 임무가 먼저이고 배려는 나중인 지휘관이기에 놀랍지 않았다. 제이든과 친할 만도 했다. 하지만 제이든과는 달리 제복 오른쪽에는 불꽃전대장이라는 깔끔한 패치 말고도 다양한 무기 기술을 자랑하는 다섯 개 이상의 패치가 달려 있었다.

우리는 명령에 따랐고, 이번에는 리애넌과 내가 거의 맨 끝이었다.

저 멀리서 돌풍이 부는 듯한 소리가 들렸다가 순식간에 멈췄다. 나는 또 누군가가 드래곤에게 자격 미달 판정을 받았음을 알았다.

개릭의 헤이즐넛색 눈동자가 우리를 훑어보았다. "에이토스가 제대로 가르쳤다면, 다들 초원을 똑바로 걸어가면 된다는 걸 알겠지. 최소한 2미터씩 사이를 두고 걷기를 추천하겠…."

"누군가가 구워질 때에 대비해서 말이지." 앞쪽에 선 리독이 중얼거렸다.

"정확하다, 리독. 원한다면 뭉쳐도 좋지만, 어떤 드래곤이 너희 중 한 명을 탐탁잖게 여길 경우에는 한꺼번에 태워버릴 수 있다는 사실은 알아둬라." 개릭은 잠시 동안 우리와 시선을 마주치며 경고했다. "또한 너희는 드래곤에게 접근하러 온 게 아니라는 사실을 명심해라. 접근했다가는 오늘 밤 기숙사에 돌아가지 못할 것이다."

"질문 하나 해도 됩니까?" 앞줄에 있던 루카가 물었다.

개릭은 고개를 끄덕였지만, 턱에 힘이 들어간 걸 보면 짜증이 난 기색이었다. 비난할 수도 없었다. 루카는 나도 정말 짜증났으니까. 루카는 끊임없이 사람을 깎아내려야 직성이 풀렸기에 우리 대부분은 그녀에게 거리를 뒀다.

"제4비행단 꼬리전대 3대대가 이미 통과했는데, 그쪽 생도 몇 명과 대화해 봤더니…."

"그건 질문이 아닌데." 개릭이 눈썹을 치켜올렸다.

그래, 짜증났네.

"맞습니다. 다만 그 생도들이 페더테일이 있다고 하던데요?" 루카의 목소리가 올라갔다.

"페, 페더테일?" 내 앞에 선 타이넌이 말을 더듬었다. "대체 누가 페더테일과 계약하고 싶어 하겠어?"

나는 눈을 굴렸고, 리애넌은 고개를 저었다.

"케이오리 교수님은 페더테일이 있을 거라고 하지 않았어." 소여가 말했다. "난 알아. 교수님이 보여준 드래곤 100마리를 모조리 외웠거든."

"흠, 이제는 101마리인 모양이군." 개릭은 우리를 성가신 어린아이 보듯이 쳐다보며 대꾸하더니 어깨 너머로 계곡 입구를 돌아보았다. "긴장 풀어라. 페더테일은 계약을 맺지 않는다. 베일 바깥에서 마지막으로 목격된 게 언제인지조차 기억나지 않아. 아마 그냥 호기심에서 나왔을 거다. 출발해라. 길에만 머무르고, 앞으로 걸어가서 대대 전체를 기다렸다가 다시 걸어온다. 꼬맹이들아, 앞으로 이보다 쉬운 일은 없을 거다. 지금 받은 단순한 지시도 따르지 못한다면, 안에서 무슨 일을 겪든 그래도 싸다." 그는 몸을 돌리고 드래곤들이 앉아 있는 계곡 앞길로 향했다.

우리는 1학년들 무리에서 떨어져나와 그 뒤를 따랐다. 나는 소매를 뜯어서 손을 감싸는 바람에 드러난 양쪽 어깨가 바람을 맞았지만, 그래도 손에서 흐르던 피는 멈출 수 있었다.

"전원 인계합니다." 개릭이 분과 선임 비행단장에게 말했다. 전투 브리핑 시간에 그 여자가 제이든에게 뭔가 중얼거리는 모습을 몇 번 본 기억이 있다. 제복에는 여전히 특유의 스파이크가 붙어 있었는데, 이번에는 금색이고 끝내주게 날카로워 보였다. 오늘은 그쪽도 더 험악해 보이고 싶었던 듯했다.

그녀는 고개를 끄덕이며 개릭을 해산시켰다. "일렬로."

우리는 일렬로 섰다. 리애넌이 내 뒤에, 타이넌이 내 앞에 있었다. 그렇다는 건 내내 타이넌의 군소리를 들어야 한다는 뜻이었다. 하, 멋져라.

"말해라." 선임 비행단장이 팔짱을 끼고 말했다.

"시연하기 좋은 날입니다." 리독이 농담을 던졌다.

"나에게 하라는 게 아니다." 선임 비행단장은 리독을 보고 눈을 가늘게 뜨더니, 몸짓으로 앞에 선 생도들을 가리켰다. "시연하는 동안 근처에 있는 대대원들에게 말을 걸어라. 드래곤들이 너희가 누구이고, 다른 이들과 얼마나 잘 어울리는지 감지하는 데 도움이 될 거다. 대화를 많이 나눈 생도가 계약하는 비율이 높았다."

이제 난 자리를 바꾸고 싶어졌다.

"드래곤을 쳐다보는 건 자유고, 특히 드래곤이 꼬리를 과시한다면 보아도 좋지만 목숨이 귀하다면 시선이 마주치는 건 피해라. 혹시 불탄 자국과 마주치거든 계속 걷기 전에 현재 불붙은 데가 없는지 확인해라." 그녀는 그 조언이 스며들 시간을 준 후에 덧붙였다. "산책하고 와서 다시 보자."

선임 비행단장은 손을 탁 털면서 비켜서서 계곡 중앙을 관통하는 흙길을 보여줬다. 한참 앞에 올해 계약하기로 한 101마리의 드래곤이 석상인가 싶을 정도로 미동도 없이 앉아 있었다.

우리는 지시받은 대로 앞사람이 2미터쯤 걸어간 후에야 뒤따라갔다. 나는 모든 걸음을 극도로 의식했다. 흙길은 단단하고 확실히 유황 냄새가 났다.

처음에는 세 마리의 레드 드래곤 앞을 지나갔다. 발톱 하나가 내 몸의 절반만 했다.

"꼬리를 볼 수도 없잖아!" 내 앞에서 타이넌이 소리쳤다. "어떤 종인지 어떻게 알라는 거야?"

나는 그들의 육중한 근육질 어깨선에 눈을 고정시킨 채 걸으며 대꾸했다. "우린 이 드래곤들이 무슨 종인지 알 수 없어."

"웃기지 마." 타이넌이 어깨 너머로 말했다. "난 탈곡 시간에 어느 드래곤에게 접근할지 알아내야 한단 말이야."

"드래곤이 결정할 수 있도록 우리가 이 짧은 산책을 하는 걸 텐데."

"부디 어느 드래곤이 너는 탈곡까지 올 녀석이 아니라고 결정하면 좋겠다." 리애넌이 끼어들었는데, 워낙 조용한 목소리여서 나밖에 듣지 못했다.

나는 웃으면서 한 쌍의 브라운 드래곤에게 접근했다. 둘 다 내 어머니의 에임시르보다는 약간 작았지만 차이가 크지는 않았다.

"내가 생각했던 것보다 조금 더 크네." 리애넌이 목소리를 높였다. "난간다리에서 보지 못한 건 아니지만…."

어깨 너머를 돌아보니 리애넌의 크게 뜬 눈이 길과 드래곤들 사이를 바쁘게 오가고 있었다. 초조해 보였다. "그래서, 네 조카가 딸인지 아들인지는 알아?" 나는 오렌지 드래곤 몇 마리를 지나쳐서 계속 걸으며 물었다.

"뭐?" 리애넌이 되물었다.

"임신 후반부에는 아이 성별을 잘 맞추는 힐러들도 있다던데."

"아, 난 짐작도 못하겠어. 다만 레이건이 딸을 낳으면 좋겠다고 생각하긴 해. 1학년을 끝내고 가족에게 편지를 쓸 수 있게 되면 알겠지."

"거지 같은 규칙이야." 나는 어깨 너머로 말하다가, 오렌지 드래곤 한 마리와 우연히 눈이 마주쳐서 바로 시선을 내리깔았다.

평범하게 숨 쉬어. 공포는 삼키고. 공포와 약한 마음은 나를 죽일 테고, 안 그래도 이미 피를 흘리고 있는 나는 별로 유리하지 않았다.

"넌 그 규칙이 비행단에 대한 충성심을 고취한다고 생각하지 않아?"

"난 편지를 받든 받지 않든 똑같이 우리 언니에게 충실하다고 생각해." 나는 리의 말에 반박했다. "깨뜨릴 수 없는 유대관계도 있는 법이야."

"나라도 너희 언니에겐 충성하겠다." 타이넌이 몸을 돌려 뒷걸음질로 걸으면서 히죽거렸다. "끝내주는 라이더잖아. 게다가 그 엉덩이라니. 난간다리 바로 앞에서 봤는데 이야, 바이올렛. 네 언니는 죽여줘."

우리는 다시 레드 드래곤 몇 마리를 지나쳤고, 다시 브라운 하나와 그린 둘을 지났다. "몸 돌려." 나는 타이넌을 보며 손가락을 빙 돌렸다. "미라는 널 아침 식사로 먹어치울 거야, 타이넌."

"난 그저 자매 한쪽은 온갖 좋은 자질을 가졌는데 왜 다른 한쪽은 찌꺼기만 받은 것처럼 보일까 궁금할 뿐이야." 그의 시선이 내 몸을 훑어내려갔다.

온몸이 떨릴 정도로 역겨웠다.

"넌 개새끼야." 나는 가운뎃손가락을 들어 보였다.

"그냥 그렇다고. 일단 특권을 얻고 나면 나도 편지를 쓸지도 모르지." 그는 몸을 돌리고 계속 걸었다.

"남자애도 괜찮을 거야." 리애넌은 대화가 방해받은 적 없다는 듯이 말했다. "남자애도 그렇게 나쁘진 않아."

"우리 오빠는 엄청 좋았지만, 남자애들과 같이 자란 경험이 오빠와 데인밖에 없어서 표본이 적네." 호흡이 점차 안정되기 시작했다. 유황 냄새가 사라졌거나 그 냄새에 익숙해진 모양이었다. 드래곤들은 우리를 구워버릴 만큼 가까웠고, 실제로 대여섯 개의 그을린 자국이 그 사실을 증언했다. 나에겐 드래곤이 숨을 들이마시는 소리가 들리지도 않았고 다른 느낌도 없었다. "그렇지만 데인은 대부분의 아이들보다 조금 더 규칙을 잘 지켰던 것도 같아. 질서를 좋아하고, 자기 계획에 깔끔하게 맞지 않으면 뭐든 아주 싫어했지. 앰버 메이비스처럼 데인도 내가 건틀릿을 오른 방법을 두고 화가 났을지도 몰라."

우리는 중간 지점을 지나서 계속 걸었다. 드래곤들이 우리를 응시하는 눈빛이 그렇게 무섭냐고? 물론이다. 하지만 그들도 우리와 마찬가지로 여기에 있고 싶어서 왔으니, 적어도 화력을 신중하게 쓰기를 빌 뿐이다.

"밧줄 계획은 왜 나한테 말하지 않았어? 단검도 그렇고." 리애넌은 상처받은 티를 내며 목소리를 올렸다. "나는 믿을 수 있다는 거 알잖아."

"어제까지는 생각도 못한 계획이었어." 어깨 너머로 리애넌을 보면서 대답했다. "그리고 혹시 성공하지 못할 경우에 널 공범으로 만들고 싶진 않았고. 넌 여기에 진짜 미래가 있는데, 내가 실패해서 너까지 끌어내리기는 싫어."

"네가 날 지켜줄 필요는 없어."

"알아. 하지만 그게 친구끼리 하는 일이잖아, 리." 나는 세 마리의 브라운 드래곤 옆을 걸으면서 어깨를 으쓱였다. 몇 분 동안은 검은색 자갈을 밟는 우리의 부츠 소리만 울렸다.

"또 나한테 숨기는 비밀 있어?"

제이든과 낙인자들의 모임을 생각하자 죄책감에 뱃속이 무거워졌다. "난 누군가에 대해 모든 것을 알기란 불가능하다고 생각해." 형편없는 기분이었지만, 그래도 거짓말은 하지 말아야 했다.

리애넌이 가볍게 웃었다. "질문을 회피한 것 같은데. 그럼 이건 어때? 혹시 도움이 필요할 때는 내 도움을 받겠다고 약속해줘."

무시무시한 그린 드래곤들 옆을 지나고 있는데도 얼굴에는 미소가 번졌다. "이건 어때." 나는 어깨 너머로 말했다. "네가 도와줄 수 있는 일로 도움이 필요하다면 꼭 부탁한다고 약속할게. 다만…" 둘째손가락을 들어올렸다. "너도 똑같이 약속해야 해."

"거래 성립." 리애넌이 환하게 웃었다.

"거기 뒤에서 우애 다지기는 끝난 거냐?" 타이넌이 코웃음을 쳤다. "혹시 몰라서 말하는데, 이제 거의 다 왔거든." 그는 길 한가운데에 멈춰 서서 오른쪽으로 시선을 돌렸다. "그리고 난 아직도 어느 드래곤을 고를지 모르겠어."

"그런 굉장한 자만심이라면 모든 드래곤이 너와 정신을 공유하는 걸 행운이라고 생각하겠지." 나는 혹시라도 타이넌을 선택할 드래곤이 안타까웠다.

대대원들이 길 끝에서 우리 쪽을 보고 있었지만, 우리의 관심은 온전히 오른쪽에 쏠려 있었다.

마지막 브라운 드래곤을 지나치면서 나는 숨을 훅 들이마셨다.

"뭐?" 타이넌이 빤히 쳐다보았다.

"계속 걸어." 그렇게 말하면서도 내 시선은 얼어붙어 있었다.

줄 끝에 작은 금빛 드래곤이 있었다. 똑바로 서서 몸 옆으로 깃털 달린 꼬리를 획획 움직이고 있는 그 드래곤의 비늘과 뿔에 햇빛이 부서졌다. 페더테일이었다.

나는 우리를 관찰하는 드래곤의 빠른 머리 움직임과 날카로운 이빨을 보며 입을 딱 벌렸다. 금빛 드래곤은 똑바로 서도 나보다 조금 더 클 뿐이어서 옆에 있는 브라운 드래곤의 축소 모형 같았다.

나도 모르게 타이넌의 등을 들이받고는 깜짝 놀랐다. 우리는 길 끝에 도착했고, 나머지 대대원들이 기다리고 있었다.

"떨어져, 소른게일." 타이넌이 잇새로 말하며 나를 밀어냈다. "대체 누가 저런 거랑 계약할까 몰라."

나는 가슴이 답답해져서 중요한 사실을 상기시켰다. "드래곤들은 네 말을 들을 수 있거든."

"미친! 저건 노란색이잖아." 루카가 혐오스럽다는 듯이 입술을 말면서 그 드래곤을 똑바로 가리켰다. "전투에서 라이더를 태우기에도 너무 작은 데다가 진짜 색을 띨 만큼 강하지도 않다는 뜻이야."

"실수인지도 몰라." 소여가 조용히 말했다. "오렌지의 새끼일 수도 있어."

"다 성장한 개체야." 리애넌이 반박했다. "다른 드래곤들이 어린 개체가 계약하도록 허용할 리가 없어. 살아 있는 인간 중에 새끼 드래곤을 본 사람은 아무도 없어."

"실수라면 잘됐네." 타이넌이 금빛 드래곤을 보고 코웃음을 쳤다. "네가 저거랑 계약해야겠다, 소른게일. 둘 다 기형적으로 약골이잖아. 하늘이 맺어준 짝이네."

"널 태워 죽일 정도로는 강해 보이는데." 나는 울컥해서 뺨을 붉히며 맞받아쳤다. 저 새끼가 날 약골이라고 부르다니, 그것도 우리 대대원들만이 아니라 드래곤들 앞에서.

소여가 우리 사이로 달려들더니 타이넌의 멱살을 잡았다. "대대원에 대해 그딴 소리 절대 하지 마. 특히나 계약하지 않은 드래곤들 앞에서는."

"놔줘. 우리 모두의 생각을 말한 것뿐이잖아." 루카가 중얼거렸다.

나는 입을 살짝 벌린 채로 천천히 몸을 돌려 루카를 응시했다. 상관이 듣지 못하는 곳에 오자마자 이렇게 되는 건가? 서로에게 등을 돌리다니.

루카는 몸짓으로 내 머리카락을 가리켰다. "네 머리카락 절반은 은색인 데다가 너도… 쪼그맣잖아." 그녀는 가짜로 웃는 척했다. "저쪽은 금색에다… 작은 몸집이라니. 딱 어울리네."

트리나가 소여의 팔을 잡으며 속삭였다. "저들 앞에서 실수하지 마. 저들이 어떻게 할지 모르잖아." 그리고 이제 우린 한데 모여 있었다.

나는 소여가 타이넌의 멱살을 놓는 모습을 보며 살짝 뒤로 발을 옮겼다.

"저게 계약을 맺기 전에 누가 죽여버려야 해." 타이넌이 씩씩대며 말하자 나는 평생 처음으로 쓰러진 누군가를 발로 걷어차고 싶은 충동에 휩싸였다. 그것도 일어나지 못하게 계속 걷어차고 싶었다. "저게 라이더를 죽음으로 몰아넣을 텐데, 혹시 계약하고 싶어 하면 우리에겐 선택지도 없잖아."

"그걸 이제 막 알아차렸구나?" 리독이 고개를 내저었다.

"우린 돌아가야 해." 프라이어가 모두를 둘러보며 말했다. "그러니까… 다들 돌아가야 한다고 생각한다면 말이야. 물론 꼭 그래야 하는 건 아니지."

"평생 한 번쯤은 결정 좀 내려라, 프라이어." 타이넌이 프라이어를 밀어내고 길을 걸어가며 말했다.

우리는 2미터 간격을 두고 하나씩 다시 출발했다. 이번에는 리애넌이 내 앞으로 갔고, 리독이 뒤따랐으며, 루카가 맨 뒤에 섰다.

"다들 정말 굉장하지 않아?" 리독의 목소리에 담긴 경이감 덕분에 나도 웃음이 나왔다.

"그러게." 나도 같은 의견이었다.

"난간다리에서 그 블루 드래곤을 보고 나니 난 솔직히 감동이 덜해." 루카의 말에 리애넌은 놀랍다는 얼굴로 돌아보았다.

"저들을 모욕하지 않아도 충분히 긴장되는 시간 아니냐?" 리가 물었다.

이번에는 나도 빨리 진정해야 했다. "더 나쁠 수도 있었어. 우리가 줄지어 선 와이번 앞을 걸을 수도 있었다고, 그렇지 않아?"

"아 제발, 바이올렛. 또 그 횡설수설 헛소리하는 시간이냐." 루카가 빈정거렸다. "어디 맞혀볼까. 와이번이라는 건 너 같은 서기 두뇌로만 기억할 수 있는 어느 전투에서 우리가 했던 짓 때문에 그리폰 라이더들이 만든 엘리트 비행대대 겠지."

"와이번이 뭔지 몰라?" 리가 묻고는 다시 걷기 시작했다. "너희 부모님은 자기 전에 이야기도 안 해주셨어, 루카?"

"깨우쳐줘 봐." 루카가 느물거렸다.

나는 계속 걸으면서 눈을 굴렸다. "와이번은 전설이야." 그러고는 어깨 너머로 말했다. "드래곤과 비슷한데 더 크고, 다리가 넷이 아니라 둘이고, 면도날처럼 날카로운 깃털로 이뤄진 갈기가 목을 따라 쭉 이어지고, 사람고기 맛을 좋아하지. 우리에게 약간 비린내가 난다고 생각하는 드래곤들과는 달라."

"우리 엄마는 레이건과 나에게 말대꾸하는 어린이는 현관에서 와이번에게 잡혀간다고 했어. 혹시 우리가 받으면 안 되는 선물을 받으면 소름끼치는 눈의 베닌 라이더들이 우릴 포로로 잡아갈 거라고도 했지." 리는 나를 보고 씩 웃었다. 나는 리의 발걸음이 가벼워졌다는 사실을 눈치 챌 수밖에 없었다.

나도 마찬가지였다. 지나치는 모든 드래곤에게 신경을 쓰긴 했지만, 이제는 심장도 차분하게 뛰었다. "우리 아빠는 매일 밤마다 그런 이야기를 읽어주곤 했어. 그리고 한 번은 내가 진지하게 물었지. 엄마는 마력을 받을 수 있으니까 혹시 베닌으로 변하는 거 아니냐고."

리애넌은 우리를 노려보는 레드 드래곤들 옆을 걸으면서 킥킥거렸다. "아버지가 사람이 베닌으로 변하는 건 원천에서 직접 채널링할 때만이라고 말해주셨어?"

"그랬지. 하지만 그건 우리가 동쪽 국경 근처에 주둔할 때 엄마가 아주 힘겨운 밤을 보낸 후의 일이었거든. 엄마 눈이 새빨갛게 충혈되어 있어서 겁에 질린 내가 비명을 지르기 시작했지 뭐야." 나는 그 기억에 미소 지을 수밖에 없었다. "엄마는 내 동화책을 빼앗아서 한 달 동안 안 돌려줬어. 비명 소리에 기지 위병들이 다 뛰어왔고 나는 오빠 뒤에 숨었는데, 오빠는 웃음을 멈추질 못하고, 암튼 온통… 엉망이었어." 나는 옆에 있던 커다란 오렌지 드래곤이 쿵쿵거리자 눈을 앞쪽 중앙에만 두는 데 집중했다.

리애넌은 어깨를 떨면서 웃었다. "우리 집에도 그런 책이 있었으면 좋았을 걸. 농담 아니라 우리 엄마는 말을 안 들을 때마다 겁주려고 이야기를 막 바꿔버렸던 것 같아."

"딱 국경 마을의 헛소리 같네." 루카가 코웃음을 쳤다. "베닌? 와이번? 조금이라도 교육을 받았다면 우리의 보호막이 드래곤과 무관한 마법은 모조리 막는다는 걸 알 텐데."

"그냥 옛날이야기잖아, 루카." 리가 어깨 너머로 말했고, 나는 우리가 얼마나 걸어왔는지 의식할 수밖에 없었다. "프라이어, 조금 더 빠르게 걸어도 될 것 같아."

"속도를 늦추고 느긋하게 가야 하지 않을까?" 리애넌 앞에서 프라이어가 제복 옆구리에 손바닥을 문지르면서 말했다. "여기에서 나가고 싶다면 더 빨리 걸을 수도 있겠지만."

레드 드래곤 하나가 줄 밖으로 나오더니 우리 앞에 한쪽 발톱을 내려놓았다. 묵직한 공포가 온몸을 가득 채우면서 속이 철렁 내려앉았다. "안 돼, 안 돼, 안 돼." 나는 얼어붙은 듯 멈춰서서 속삭였지만, 소용없었다.

레드 드래곤이 입을 열어 날카롭게 반짝이는 송곳니를 드러내더니, 혀 양쪽을 따라서 불이 뿜어져 나와서 허공을 가르고 리애넌의 앞길을 때렸다.

리애넌이 놀라서 소리를 질렀다.

내 얼굴에도 열기가 밀려왔다.

그리고 끝났다. 유황 냄새와 불타버린 풀…, 불타버린… 뭔가의 냄새가 콧속으로 밀려들었고, 리애넌 앞에는 전에 없던 새까맣게 탄 자국이 보였다.

"리, 괜찮아?" 내가 앞을 향해 외쳤다.

리는 고개를 끄덕였지만 다급하고 덜컥거리는 움직임이었다. "프라이어가… 프라이어가…"

프라이어가 죽었어. 토할 것처럼 입안에 침이 괴었지만, 나는 코로 숨을 들이마시고 입으로 내쉬면서 그 느낌이 지나갈 때까지 참았다.

"계속 걸어!" 소여가 저편에서 소리쳤다.

"괜찮아, 리. 넌 그냥…." 그냥 뭘 하라고? 시체를 밟고 걸으라고? 그런데 시체가 있나?

"불은 꺼졌어." 리애년이 어깨 너머로 말했다.

나는 고개만 끄덕였다. 안심시킬 만한 말이 없었다.

우리는 빌어먹게도 하찮은 존재였다. 리는 계속 걸어갔고 나는 그 뒤를 따라서 예전에 프라이어였던 잿더미를 피해 빙 돌아 걸었다.

"세상에, 냄새 한 번 지독하네." 루카가 불평했다.

"제발 조금이라도 예의를 차릴 수 없겠어?" 나는 날카롭게 말하며 루카를 노려보려고 몸을 돌렸지만, 리독의 얼굴을 보고 멈칫했다.

리독은 접시만 해진 큰 눈으로 입을 딱 벌리고 있었다. "바이올렛."

속삭임이었고, 잠깐이지만 나는 내가 그 말을 들은 건지 입술 모양으로 본 건지 알 수 없었다.

"바이…."

뜨끈한 날숨이 목덜미에 불어왔다. 마지막 호흡이 될지도 모르는 숨을 들이마시면서 드래곤들이 서 있는 쪽으로 고개를 돌리려니 심장이 쿵쾅거리면서 변덕스럽게 박동 수가 치솟았다.

하나도 아니고 그린 드래곤 두 마리의 금빛 눈동자와 마주치자 시야가 꽉 찼다. 젠장!

'그린 드래곤에게 접근하려면 탄원하는 몸짓으로 시선을 낮추고 그들의 허락을 기다려라.' 내가 읽은 내용이 그게 맞지?

나는 한 마리가 다시금 숨을 내뿜는 동안 시선을 아래로 떨궜다. 뜨겁고 놀랍도록 축축한 숨결이었지만 아직 죽지 않았으니 그만하면 선방이었다.

오른쪽에 선 드래곤이 목 안 깊숙이 캑캑거렸다. 잠깐만, 저게 내가 바라는 허락의 소리야? 젠장, 미라에게 물어봤으면 좋았을걸.

미라 언니. 사망자 명단에서 내 이름을 읽으면 큰 타격을 입겠지.

나는 고개를 들고 날카로운 숨을 들이켰다. 그들은 전보다 더 가까워져 있었다. 왼쪽 드래곤이 거대한 코로 내 두 손을 살짝 밀었다. 나는 넘어지지 않으려고 발꿈치에 힘을 주어 기우뚱하기만 했을 뿐, 어찌어찌 버티고 섰다.

'그린 드래곤이 가장 합리적이다.'

"장애물 코스를 오르다가 손을 다쳤어요." 나는 그들이 상처를 감아놓은 검은 천을 꿰뚫어 볼 수 있다는 듯이 두 손을 들어올렸다.

오른쪽 드래곤이 내 가슴에 코를 대더니 다시 식식 소리를 냈다.

기절하겠네.

그 드래곤은 목구멍으로 캘캘 소리를 내면서 숨을 들이마셨고, 다른 드래곤은 내 옆구리에 코를 들이밀었다. 나는 그들이 한 입 뜯어먹을 때에 대비해서 두 팔을 올렸다.

"바이올렛!" 리애넌은 속삭이면서도 고함을 치는 것 같았다.

"난 괜찮아!" 나는 마주 외치고는, 방금 드래곤들의 귀에 대고 소리를 질러서 운명을 매듭지은 게 아니길 빌면서 얼굴을 찌푸렸다.

다시 쿵쿵, 다시 캘캘, 그들은 내 냄새를 맡으면서 대화라도 하는 것 같았다. 왼쪽 드래곤이 콧구멍을 내 등으로 옮겨서 다시 냄새를 맡았다.

깨달음이 찾아온 나는 긴장감에 비현실적인 웃음을 터뜨렸다. "테인의 냄새를 맡은 거군요?" 나는 조용히 물었다.

둘 다 뒤로 물러섰다. 딱 그들의 금빛 눈을 들여다볼 수 있을 만큼의 거리였지만, 입은 다물고 있었기에 나도 계속 말할 용기를 얻었다.

"난 미라의 동생, 바이올렛이에요." 나는 천천히 두 팔을 내리고 콧물에 뒤덮인 조끼와 그 조끼에 조심스럽게 꿰매어 붙인 갑옷을 손으로 쓸었다. "미라가 테인이 작년에 떨군 비늘을 모아서 축소시켰어요. 저를 안전하게 지켜줄 조끼에 꿰맬 수 있게요."

오른쪽 드래곤이 눈을 껌벅였다.

왼쪽 드래곤은 코를 다시 붙이고 큰 소리로 쿵쿵거렸다.

"이 비늘이 절 몇 번 구해줬어요." 나는 속삭였다. "하지만 다른 사람은 아무도 이게 여기 있는 줄 몰라요. 미라와 테인만 알죠."

둘 다 나를 보고 눈을 껌벅였다. 나는 시선을 내리고 고개를 숙였다. 그래야 할 것 같았다. 케이오리 교수는 드래곤에게 접근할 방법을 모조리 가르쳐줬지만, 접촉한 드래곤과 멀어지는 방법은 하나도 가르쳐주지 않았다.

그들은 한 걸음씩 물러섰고, 나는 시야 가장자리로 그 둘이 제자리로 돌아간 것을 보고 나서야 겨우 고개를 들었다.

나는 심호흡을 몇 번 하면서 근육의 떨림을 멈추려 했다.

"바이올렛." 리애넌이 1미터도 떨어지지 않은 곳에서 공포가 가득한 눈으로 서 있었다. 두 드래곤의 머리 바로 뒤에 있었던 모양이었다.

"난 괜찮아." 애써 웃으며 고개를 끄덕였다. "내가 조끼 안에 드래곤 비늘 갑옷을 입고 있거든." 나는 소곤소곤 말했다. "둘이 우리 언니 드래곤의 냄새를 맡은 거야." 리애넌이 나의 신뢰를 원한다면, 이게 그 신뢰였다. "아무한테도 말하지 말아줘."

"말 안 해." 리애넌도 속삭였다. "진짜 괜찮아?"

"수명이 몇 년 줄어든 것만 빼면." 나는 웃었다. 히스테리에 살짝 걸친 떨리는 웃음소리였다.

"여기에서 나가자." 리애넌은 줄지어 선 드래곤들 쪽에 시선을 던지며 침을 삼켰다.

"좋은 생각이야."

리애넌이 몸을 돌려 자기 자리로 돌아갔고, 나는 4미터 넘게 거리가 벌어지고 나서야 뒤따라갔다.

"나 방금 지린 것 같아." 들판을 가로지르면서 리독이 말하자 내 웃음소리가 더 높아졌다.

"솔직히 난 저것들이 널 잡아먹을 줄 알았어." 루카가 말했다.

"나도야." 나도 인정했다.

"그랬다 해도 저것들을 비난할 순 없지." 루카가 말을 이었다.

"루카, 넌 참아줄 수가 없는 녀석이야." 리독이 응수했다.

나는 길에만 집중해서 계속 걸었다.

"왜? 쟤가 프라이어 다음으로 약한 고리인 건 분명하잖아. 저것들이 죽여버린다고 해도 탓할 수 없지." 루카는 멈추지 않았다. "프라이어는 도통 결정이라곤 내리질 못했고 저런 애는 아무도 라이더로 원하지…."

뜨거운 열기가 내 등을 눌러 그대로 딱 멈춰 섰다.

리독은 아니어라. 제발 리독은….

"드래곤도 쟤는 참아줄 수 없었나 봐." 리독이 중얼거렸다.

우리 대대 1학년은 여섯 명으로 줄었다.

13

탈곡을 목격하는 것만큼 사람을 겸허하게 만들거나 경외심을 일으키는 경험은 없다…. 어쨌든 살아서 통과한 사람들에게는 그렇다.

— 케이오리 대령, 《드래곤 도감》

10월 1일은 언제나 탈곡의 날이었다.

10월 1일이 월요일이든, 수요일이든, 일요일이든, 어느 해든 상관없었다. 10월 1일이면 라이더 분과의 1학년 생도들이 성채 남서쪽에 있는 우묵한 그릇 모양의 울창한 계곡으로 들어가면서, 살아서 나오기를 기도했다.

난 오늘 죽지 않을 것이다.

오늘 아침에 굳이 식사를 하지 않은 나는 지금 오른쪽에서 나무 밑둥에 대고 속을 게워내고 있는 리독을 동정했다.

리애넌은 등에 장검을 메고 있었는데, 방방 뛰면서 가슴 앞으로 팔을 늘려 스트레칭할 때마다 칼자루가 등 위로 솟아올랐다.

"여기에서는 귀를 기울이는 방법을 기억해라." 케이오리 교수가 147명의 우리들 앞에서 가슴을 두드리며 말했다. "어떤 드래곤이 이미 선택을 완료했다면 너희를 부르고 있을 거다." 그는 엄지손가락으로 가슴을 가리켰다. "그러니 주위 환경만이 아니라 느낌에도 주의를 기울이고, 그 느낌을 따라가라." 교수는 얼굴을 찌푸렸다. "그리고 혹시 직감이 너희에게 다른 방향으로 가라고 한다면… 그 목소리에도 귀를 기울여라."

"넌 어느 드래곤에게 갈 거야?" 리애넌이 조용히 물었다.

"모르겠어." 나는 고개를 저었지만, 완전히 실패한 느낌을 떨칠 수 없었다.

미라 언니는 이 시점에서 테인을 찾고 싶다는 걸 알았다고 했다.

"카드는 외운 거 맞지?" 리애넌이 눈썹을 들어올리며 물었다. "그러니까 저기에 뭐가 있는지 알지?"

"알아. 그저 어느 드래곤과도 연결된 느낌이 들지 않을 뿐이야." 다른 라이더가 눈여겨본 드래곤에게 연결된 느낌을 받는 것보다 낫기는 했다. 오늘은 죽도록 싸우고 싶은 마음이 없으니까. "데인은 브라운으로 가라고 설득하려 하더라."

"데인은 너보고 분과를 떠나라고 설득할 때부터 발언권을 잃었어." 리애넌이 반박했다.

대단히 옳은 말이었다. 나는 시연 이후 지난 이틀 동안 딱 한 번 데인과 대화했는데, 그는 5분이 지나자마자 또 도망치라고 설득하려 했다. 오늘 아침에 우리는 교수들밖에 보지 못했지만, 2학년과 3학년 라이더들이 관찰을 위해 이 계곡 여기저기에 흩어져 있음을 알고 있다. "너는 어때?"

그녀는 씩 웃었다. "난 그 그린을 생각하고 있어. 바싹 다가와서 네 냄새를 맡을 때 내 쪽에 가까이 있던 드래곤 말이야."

"흠, 널 잡아먹지 않았으니 시작은 좋네." 공포감이 혈관을 질주했지만 나는 미소를 지었다.

"나도 그렇게 생각해." 리애넌은 나에게 팔짱을 꼈고, 나는 다시 케이오리 교수의 말에 주의를 돌렸다.

"무리 지어서 들어간다면 계약을 맺기보다 불타버릴 가능성이 높다." 케이오리 교수는 계곡 중앙에 가까이 있는 누군가와 언쟁하고 있었다. "서기들이 낸 통계가 있어. 각자 따로 가는 게 나을 거다."

"저녁식사 때까지도 선택을 받지 못하면요?" 내 왼쪽에 있던 짧은 수염의 남자가 물었다.

그 남자 너머로 나를 보며 손가락으로 목을 그어 보이는 잭 발로우가 보였다. 참 독창적이기도 하지. 이어서 오렌과 타이넌이 발로우 양쪽에 섰다.

같은 대대의 충성심이고 뭐고, 오늘은 모두가 모두와 싸울 뿐이었다.

"밤이 될 때까지 선택받지 못한다면 문제가 있다." 케이오리 교수는 숱 많은 콧수염 끝을 아래로 늘어뜨리며 대답했다. "교수나 지휘관이 너희를 데리고 나올 테니, 우리가 너희를 잊었다고 생각하고 포기하지는 말도록." 그러면서 회중시계를 확인했다. "산개하고, 이 계곡 구석구석을 유리하게 이용해라. 지금이 9시니까 금방이라도 드래곤들이 날아오를 거다. 이제 너희에게 할 말은 행운을 빈다는 것뿐이구나." 그는 고개를 끄덕이더니, 이 순간을 영상으로 투사할 수 있겠다 싶을 만큼 진지한 눈빛으로 우리 모두를 훑어보았다.

자리를 떠난 교수는 언덕으로 올라가다가 나무 사이로 사라졌다.

머릿속이 빙빙 돌았다. 이제 때가 왔다. 나는 라이더가 되어 이 숲을 떠나거나… 아니면 영영 떠나지 못할 것이다.

"조심해." 리애넌이 나를 잡아당겨 포옹했다. 꽉 끌어안기자 리의 땋은 머리가 내 어깨 위에서 흔들렸다.

"너도." 나는 마주 안아주었고, 팔을 풀자마자 다른 사람 품에 안겼다.

"죽지 마라." 리독이 명령조로 말했다.

그게 우리의 유일한 목표였다. 우리 대대는 흩어져서 마치 빙글빙글 도는 바퀴의 원심력에 내던져진 것처럼 각자 다른 방향으로 향했다.

태양 위치로 미뤄보아, 머리 위를 날아가던 드래곤들이 차례차례 천둥 같은 소리와 함께 계곡에 착륙하며 땅을 뒤흔든 이후 몇 시간은 지났을 터였다.

나는 그린 둘, 브라운 하나, 오렌지 넷과 마주쳤다. 거대한 나무 잎사귀들 바로 아래에 머리를 둔 레드 드래곤 하나가 시야에 들어오자 심장이 덜컹거렸고, 발은 숲 바닥에 얼어붙었다.

이건 내 드래곤이 아니다. 어떻게 아는지는 몰라도, 알 수 있었다.

나는 그 드래곤의 머리가 오른쪽, 왼쪽으로 휙휙 움직이는 동안 소리 내지 않으려 숨을 멈췄고, 고개를 숙이면서 바닥에 시선을 내리꽂았다.

지난 한 시간 동안 나는 생도를, 아니 이제는 라이더가 된 이들을 등에 태우고 날아오르는 드래곤들을 계속 보았지만 동시에 연기 기둥도 몇 개나 보았다. 그중 하나가 되고 싶지는 않다.

레드 드래곤은 식식거리더니 계속 가던 길을 갔다. 그의 곤봉 모양의 꼬리가 위로 날아오르더니 낮게 늘어진 나뭇가지 하나를 때렸다. 가지가 무시무시한 소리를 내면서 바닥에 떨어졌고, 나는 드래곤의 발소리가 멀어진 후에야 겨우 고개를 들었다.

이번에 나온 드래곤을 색깔별로 다 마주쳤는데, 아무도 나에게 말을 걸거나 연결되어 있다는 느낌을 주지 않았다. 속이 내려앉았다. 혹시 내가 라이더가 되지 못할 생도라면 어쩌지? 몇 번이고 1학년을 다시 시작하다가 결국에는 사망자 명단에 들어갈 생도라면? 이 모든 일이 다 헛수고였을까?

감당하기엔 너무 버거운 생각이었다.

계곡을 볼 수만 있다면, 케이오리 교수님이 말한 느낌을 받을지도 모른다.

나는 제일 가까이에 올라갈 만한 나무를 찾아서 가지를 타고 올랐다. 두 손에서 통증이 퍼졌지만, 그런 아픔에 주의를 빼앗길 생각은 없었다. 손을 덮고 있는 붕대가 나무껍질에 걸렸다…. 이제 그 붕대는 팔을 옮길 때마다 계속 멈춰 서서 껍질에 걸린 천을 빼내게 만드는 짜증스러운 방해물이었다.

더 높은 나뭇가지들은 내 무게를 지탱하지 못할 게 확실했으므로, 나는 꼭대기에서 4분의 3 정도 지점에 멈춰서 근처를 살폈다.

왼쪽으로 그린이 몇 마리 보였는데 가을 단풍 사이에 있으니 눈에 잘 띄었다. 지금은 1년 중에 딱 한 번 오렌지색과 갈색, 붉은색이 주변에 녹아들 수 있는 시기였다. 숲을 지켜보다가 정남쪽에서 몇 마리를 더 발견했지만 이번에도 나를 끌어당기는 느낌이 없고, 또 그 방향으로 가야만 한다고 안달이 나지도 않았다. 그러니 저들도 역시 내 드래곤이 아니라는 뜻이겠지.

목적 없이 헤매고 있는 1학년이 여섯 명 넘게 보이자 민망할 정도로 강한 안도감이 들었다. 저들도 자기 드래곤을 찾지 못했다고 이렇게 기뻐하면 안 되지만, 그래도 나 혼자가 아니라는 사실이 희망을 안겨줬다.

북쪽에는 공터가 하나 있었는데, 나는 햇빛을 반사하는 섬광을 보고 눈을 가늘게 떴다. 거울인가. 아니면 금빛 드래곤일지도. 그 작은 페더테일이 여전히 호기심을 달래러 나와 있나 보다.

나무 위에서 내 드래곤을 찾을 순 없을 것 같아서 조심조심, 최대한 조용히 아래로 내려갔다. 발이 바닥에 닿는 순간 목소리들이 다가왔기에 나는 눈에 띄지 않게 숨으려 나무줄기에 몸을 붙였다.

우리는 무리 짓지 말아야 한다.

"확실하다니까. 그놈이 이쪽으로 가는 걸 봤어." 그 뻐기는 목소리는 바로 알 수 있었다. 타이넌이었다.

"그 말대로여야 할 거다. 이 욕 나오는 길을 다 올라왔는데 못 찾는다면 내가 널 죽여버릴 거니까." 뱃속이 뒤틀렸다. 잭이었다. 다른 누구의 목소리도, 제이든의 목소리조차도 나에게 이런 신체 반응을 일으키지는 못했다.

"정말로 각자 드래곤을 찾는 데 시간을 보내지 않고 그 기형을 사냥해야 해?" 알 듯 말 듯한 목소리였기에 몸을 내밀고 확인했다. 오렌이었다.

얼른 나무 뒤로 몸을 숨기자 위협적인 장검을 하나씩 멘 삼인조가 지나갔다. 내 몸 여기저기에 아홉 개의 단검이 꽂혀 있으니 비무장 상태는 아니었지만, 장검을 효과적으로 휘두르지 못하는 내 무능함이 원통할 정도로 불리하게 느껴졌다. 장검은 나에겐 너무 무거웠다.

잠깐만… 그런데 저놈들이 뭘 하고 있다고 했지? 사냥?

"우리 드래곤들이 다른 라이더들과 계약할 것도 아니잖아." 잭이 쏘아붙였다. "드래곤은 우릴 기다릴 거야. 이 일을 해치워야 해. 그 말라깽이 때문에 누군가가 죽고 말 거라고. 우리가 먼저 제거해야 해."

메스꺼움에 속이 뒤틀리고 손톱이 손바닥을 파고들었다.

저것들이 작은 금빛 드래곤을 죽이려는 거야.

"걸리면 우린 좆되는 거야." 오렌이 말했다.

절제된 표현이었다. 나로서는 드래곤들이 자기네 일원을 살해하는 행위를 좋게 받아들이리라 상상할 수 없다. 하지만 저 삼인조가 그렇게 짐작하는 이유는 알 만했다. 그들은 우리 인간 중에 약한 것을 도태시키는 데 열심인 것 같으니, 자기네 종족에게도 마찬가지일지 모른다.

"그러면 아무도 듣지 못하게 입 닥치고 있는가." 타이넌이 들으면 얼굴을 한 대 치고 싶어지는 조롱조로 목소리를 높이며 대꾸했다.

"이게 최선이야." 잭은 목소리를 낮추며 주장을 펼쳤다. "그건 탈 수도 없어. 누가 봐도 기형이라고. 게다가 페더테일은 전투에 쓸모없다는 거 알지. 그것들은 싸움을 거부해." 놈들이 북쪽으로 더 걸어가자 목소리가 멀어졌다.

그들은 공터를 향해 가고 있었다.

"젠장." 나는 지금쯤이면 그 개자식들이 듣지 못할 줄 알면서도 작게 중얼거렸다. 페더테일에 대해서는 아무도 아는 게 없으니 잭이 그런 정보를 어디에서 얻었는지 알 수 없지만, 지금은 잭의 추측에 대해 생각할 겨를이 없다.

나에게는 케이오리 교수와 접촉할 방법이 없고, 선임 라이더들이 우리를 지켜보고 있다는 단서도 없으니 그들이 이 미친 짓을 막아주길 기대할 수도 없다. 그 금빛 드래곤도 불을 뿜을 수 있을 테지만, 혹시 그러지 못한다면?

놈들이 금빛 드래곤을 찾지 못할 가능성도 있기는 하지만… 젠장, 그건 나도 못 믿을 소리였다. 놈들은 정확한 방향으로 가고 있고, 그 드래곤은 반짝이는 신호등이나 다름없다. 분명히 놈들이 찾아낼 것이다.

나는 어깨를 늘어뜨리고 잠시 하늘을 보며 좌절의 한숨을 토해냈다.

아무것도 안 하고 여기 그냥 서 있을 수는 없다.

내가 먼저 가서 그 드래곤에게 경고할 수도 있어.

쓸 만한 계획이었고, 2번 선택지보다는 훨씬 나았다. 2번은 나보다 90킬로그램은 더 나갈 법한 무장한 남자 셋을 쓰러뜨리는 것이었다.

나는 발소리를 죽이고 잭의 패거리와는 약간 다른 각도로 숲을 질주했다. 어렸을 때 데인과 숲속에서 숨바꼭질을 하며 자란 덕분이었다. 이건 내가 자신 있게 내밀 수 있는 전문 분야 중 하나였다. 놈들이 먼저 출발했고, 공터는 생각보다 가까웠기에 속도를 올리며 놈들이 가고 있을 왼쪽 길에 시선을 던졌다. 멀리 어슬렁거리는 그림자를 확인했다.

갑자기 파열음이 들리더니 발밑이 무너지고, 그다음에는 땅이 내 얼굴로 달려들었다. 나는 두 손을 내밀어서 충격에 대비하려 했지만 숲 바닥에 제대로 부딪쳤다. 비명을 지르지 않으려고 아랫입술을 깨무는 사이에도 발목은 비명을 질렀다. 파열음은 좋지 않았다. 좋았던 적이 없었다.

뒤를 돌아본 나는 낙엽에 가려져 있던 떨어진 나뭇가지를 보고 욕을 했다. 방금 그 나뭇가지가 내 발목을 망가뜨렸다. 젠장! 통증을 차단해. 하지만 어떤 정신적인 속임수로도 일어날 때 솟구치는 통증을 막을 수가 없었다.

이를 악물고 공터까지 마지막 3미터쯤을 절뚝이며 걷는 수밖에 없었다. 그래도 잭을 앞섰다는 희미한 만족감만으로 미소를 지을 뻔했다.

커다란 나무에 빙 둘러싸인 풀밭은 드래곤 열 마리가 들어갈 만큼 컸는데, 금빛 드래곤 하나만 햇빛이라도 쬐는 것처럼 중앙에 서 있었다. 내 기억 그대로 아름다웠지만, 불을 뿜지 못한다면 확실히 손쉬운 목표이기도 했다.

"여길 벗어나야 해요!" 나는 나무 사이에 몸을 숨긴 채, 그래도 내 목소리를 들을 수 있다는 걸 알고 잇새로 말했다. "여길 떠나지 않으면 놈들이 죽일 거예요!"

드래곤이 고개를 빙글 돌리더니, 내 목이 다 아파지는 각도로 기울였다.

"그래요!" 이번에는 크게 속삭였다. "거기! 골디!"

드래곤은 금빛 눈을 깜박이며 꼬리를 휙휙 움직였다. 지금 장난해?

"가요! 뛰어요! 날아가!" 나는 새를 쫓듯이 휘이휘이 손을 젓다가, 상대가 빌어먹을 드래곤이고 발톱만으로도 나를 갈기갈기 찢을 수 있다는 사실을 기억하고 손을 내렸다. 이건 틀렸다. 완전히 글러먹었어.

남쪽에서 바스락거리는 소리가 나더니, 잭이 든 장검을 흔들면서 공터로 들어왔다. 한 걸음 뒤에는 장검을 뽑아든 오렌과 타이넌이 잭의 양옆에 붙었다.

"젠장." 나는 가슴 졸이며 중얼거렸다. 공식적으로 끔찍해질 상황이었다.

금빛 드래곤이 그들 쪽으로 고개를 홱 돌리더니, 낮게 으르렁거렸다.

"고통 없이 끝내주마." 잭이 말했다. 그럼 상대가 기꺼이 죽어줄 것 같나?

"저것들을 태워버려요." 나는 놈들이 다가오는 모습을 보며 두근거리는 심장으로 속삭였다. 하지만 그 드래곤은 불을 뿜지 않았고, 어째서인지 나는 그 드래곤이 그럴 수 없다는 사실을 알아차렸다. 그 드래곤에게는 훈련된 세 명의 전사를 상대로 할 무기가 이빨밖에 없었다.

이 드래곤은 다른 드래곤보다 작고 약하다는 이유만으로 죽을 것이다… 나와 마찬가지였다. 목이 메었다.

금빛 드래곤이 이를 드러내고 더 크게 으르렁대며 물러섰다.

내장이 요동을 치면서, 난간다리에서와 같은 느낌이 찾아왔다. 지금 내 행동이 내 인생을 끝낼 확률이 압도적으로 높다는 느낌.

그럼에도 나는 그렇게 할 것이다. 이건 잘못됐으니까.

"이럴 순 없어!" 내가 정강이까지 오는 풀밭에 첫 걸음을 내딛자 잭의 주의가 내 쪽으로 쏠렸다. 발목은 심장과 별개로 두근거렸고, 절뚝이는 모습을 보이지 않으려고 접질린 관절에 무게를 싣자 통증이 등뼈를 타고 올라왔다. 이가 딱딱 맞부딪칠 지경이었다. 그러나 놈들에게 내가 다친 것을 알릴 순 없다. 그랬다간 놈들이 더 빨리 공격할 것이다.

한 번에 하나씩이라면 나도 드래곤이 도망칠 정도의 시간을 벌어줄 가능성이 있지만, 한꺼번은…. 생각하지 마.

"이것 봐라!" 잭이 장검 끝으로 나를 가리키며 히죽 웃었다. "제일 약한 고리 둘을 한꺼번에 없앨 수 있겠는데!" 그는 친구들을 보더니 전진을 멈추고 웃음을 터뜨렸다.

걸으면 걸을수록 더 아팠지만, 나는 공터 중앙까지 걸어가서 잭 패거리와 금빛 드래곤 사이에 섰다.

"이 시간을 오래 기다렸다, 소른게일." 잭이 천천히 걸어왔다.

"날 수 있다면 바로 지금이에요!" 나는 옆구리 칼집에서 단검 두 개를 뽑으며 어깨 너머로 작은 드래곤에게 외쳤다.

드래곤은 식식 소리를 냈다. 참으로 도움이 되는 반응이었다.

"너희는 드래곤을 죽일 수 없어." 나는 아드레날린과 공포가 혈관에 같이 흐르는 가운데, 세 사람을 보고 고개를 저으며 설득을 해보려고 했다.

"죽일 수 있고말고." 잭은 어깨를 으쓱였지만, 오렌은 조금 자신이 없어 보였다. 그래서 나는 그들이 3미터쯤 거리를 두고 산개하며 공격에 완벽한 대형을 갖추는 동안 오렌에게 집중했다.

"그럴 순 없어." 나는 오렌에게 직접 말했다. "그건 우리가 믿는 모든 가치에 위배돼!"

오렌은 움찔했다. 잭은 전혀 아니었다.

"저렇게 약하고 싸움도 못하는 걸 살려둔다면 그거야말로 우리의 믿음에 반하지!" 잭이 외쳤고, 나는 그게 드래곤에게만 하는 말이 아닌 걸 알았다.

"그렇다면 나를 밟고 지나가야 할 거야." 손에 잡은 두 단검 중 하나를 던질 태세로 끄트머리로 바꿔 쥐면서 나와 공격자들 사이에 남은 6미터 정도의 거리를 가늠하고 있으려니 심장이 갈비뼈를 뚫고 나올 것 같았다.

"솔직히 그건 문젯거리가 아닌걸." 잭이 이를 드러내며 말했다.

셋 다 장검을 들어올렸고, 나는 숨을 깊이 들이마시며 싸울 준비를 했다. 여긴 매트 위가 아니다. 교수도 없고, 항복도 없다. 저놈들이 나를…, 아니 우리를 도살하지 못하게 막을 장치가 없었다.

"강력하게 권하는데, 다시 생각해보지." 어떤 목소리가, 그의 목소리가 내 오른쪽 저편에서 요구했다.

모두가 그쪽으로 고개를 홱 돌렸고, 나는 두피가 따끔거렸다.

제이든이 팔짱을 낀 채 나무에 기대 서 있었고, 그 뒤에서 금빛 눈을 가늘게 뜨고 송곳니를 드러낸 채 우리를 바라보고 있는 것은 그의 무시무시한 블루 대거테일, 바로 스게일이었다.

14

6세기에 걸친 드래곤과 라이더의 기록된 역사에서, 계약을 맺은 라이더를 잃은 후 감정적으로 회복하지 못한 드래곤의 사례는 수백 건이 알려져 있다. 유대감이 특히 강한 경우에 일어나는 일인데, 심지어 드래곤이 때 이른 죽음을 맞이한 사례가 세 건이나 기록되어 있다.

— 루이스 마컴 대령, 《나바르, 편집되지 않은 역사》

제이든이라니. 그의 모습이 내 가슴에 희망을 불어넣기는 처음이었다. 제이든이라면 이런 일이 벌어지게 두지 않겠지. 나를 싫어해도 비행단장이다. 저놈들이 드래곤을 죽이는 모습을 지켜만 볼 수는 없다.

하지만 나는 우리 분과에서 그 누구보다 더 규칙을 잘 아는 사람이다.

싫어도 지켜봐야 하겠지. 목에 쓴물이 올라왔다. 나는 타는 속을 가라앉히려고 턱을 기울였다. 제이든이 뭘 원하는지는 언제나 의심스러웠지만, 지금은 그가 뭘 원하든 의미가 없었다. 그는 개입하지 못하고 보기만 해야 했다.

내 죽음에 관객이 생긴 셈이다. 환상적이군. 희망은 개뿔.

"우리가 다시 생각하지 않으면 어쩔 건데?" 잭이 외쳤다.

잭은 내 쪽을 보았고, 나는 이렇게 먼 거리에서도 그의 턱에 힘이 들어가는 걸 알아볼 수 있었다.

'희망은 변덕스럽고 위험하다. 희망은 네 집중력을 훔쳐서 원래 가야 할 곳이 아니라 가능성을 겨냥하게 만들어. 넌 일어날 수도 있는 일이 아니라 일어날 일에 집중해야 해.' 제이든이 했던 말이 놀랍도록 명료하게 되살아났다. 나는 그에게서 시선을 떼어내고 내 앞에서 일어날 일에 집중했다.

"댁이 할 수 있는 일이 없는 거지? 비행단장?" 잭이 소리쳤다.

저놈도 규칙을 아는 모양이었다.

"오늘 너희가 걱정해야 할 상대는 내가 아니다." 제이든이 대꾸하자 스게일이 고개를 기울였다. 힐끗 본 스게일의 눈에는 위협만이 가득했다.

"진짜로 이럴 거야?" 나는 타이넌에게 물었다. "같은 대대원을 공격하겠다고?"

"오늘은 소속 대대에 아무 의미도 없어." 흥분한 타이넌은 위협적으로 입술을 말아올려 불길한 미소를 지었다.

"그래서 날기 싫다고요?" 나는 어깨 너머로 다시 말했는데, 금빛 드래곤은 대답 삼아 목 안쪽으로 낮게 식식거렸다. "멋져라. 좋아요, 혹시 발톱으로 내 뒤를 받쳐줄 수 있다면 정말 고맙겠어요."

드래곤이 두 번 식식거렸고, 나는 그 발톱을 흘끗 내려다보았다.

아니… 발톱이 아니라 발을.

"아오, 미치겠네. 발톱도 없어요?"

내가 세 남자 쪽으로 몸을 돌린 순간, 잭이 전투의 함성을 지르더니 내 쪽으로 질주했다. 나는 머뭇거리지 않았다. 빠르게 줄어드는 우리 둘 사이의 공간으로 던진 칼이 놈의 어깨에 꽂혔다. 장검을 떨군 잭이 고통의 소리를 지르며 무릎을 꿇었다.

좋아.

하지만 오렌과 타이넌도 동시에 돌진을 시작해서 이미 내 앞에 거의 다 와 있었다. 나는 두 번째 단검을 던져서 타이넌의 허벅지에 꽂았는데, 속도는 늦췄지만 멈추지는 못했다.

오렌이 내 목에 장검을 휘둘렀고, 나는 단검을 하나 더 뽑으면서 몸을 숙여 피하는 동시에 격투 시합 때처럼 옆구리를 그었다. 발목 때문에 발차기를 할 수도 없고, 제대로 된 펀치를 날릴 수도 없으니 칼에 의지해야 했다.

오렌은 재빨리 회복하더니 장검을 들고 빙글 돌면서 내 배를 깔끔하게 그었다. 미라의 갑옷이 아니었다면 내장이 쏟아졌을 것이다. 그러나 칼날은 드래곤 비늘을 스치면서 내 몸 위로 미끄러졌다.

"뭐야?" 오렌이 눈을 크게 떴다.

"저게 내 어깨를 망가뜨렸어!" 잭이 비틀비틀 일어나면서 고래고래 소리를 쳐서 다른 사람들의 주의를 흐트러뜨렸다. "움직일 수가 없어!" 잭이 어깨를 붙들자 나는 씩 웃었다.

"약한 관절을 타고나면 이런 이점이 있지." 나는 단검을 하나 더 꺼내면서 말했다. "공격할 곳을 정확히 알게 되거든."

"죽여버려!" 잭이 어깨를 붙잡은 채로 몇 걸음 물러서면서 명령하더니, 돌아서서 반대 방향으로 달려갔다. 그는 순식간에 나무 사이로 사라졌다.

겁쟁이 새끼.

타이넌이 장검을 휘둘렀고 나는 몸을 돌려 피하다가, 눈앞이 하얘지는 고통에 잠시 앞을 보지 못한 채로 반격하여 단검을 그의 옆구리에 쑤셔 넣었다. 그런 다음 회전해서 팔꿈치로 공격해오는 오렌의 턱을 올려쳐서 머리통을 제대로 흔들어놓았다.

"이 망할 년!" 타이넌이 피가 배어나오는 옆구리를 손바닥으로 누르면서 비명을 질렀다.

"그것 참 독창적인…." 나는 오렌의 멍해진 표정을 놓치지 않고 그의 허리를 그었다. "…욕이네!"

그러나 방금의 내 움직임에는 대가가 따랐다. 타이넌의 장검이 내 오른팔 위를 세로로 베었고, 그러자 나 역시 비명이 터져 나왔다.

갑옷 덕분에 옆구리가 뚫리지는 않았지만, 내일이면 어마어마한 멍이 남을 것이다. 장검에서 벗어나자 팔에서 피가 콸콸 흘렀다.

"뒤쪽!" 제이든이 외쳤다.

몸을 돌리자 오렌이 내 머리와 어깨를 분리시키려고 장검을 높이 든 모습이 보였는데, 금빛 드래곤이 턱을 딱 부딪치자 오렌은 공포가 가득한 눈으로 비틀거렸다. 마치 이제야 그 드래곤에게 이빨이 있다는 사실을 깨달은 듯한 눈빛이었다.

나는 옆으로 피하면서 단검 자루로 오렌의 두개골 아래쪽을 때렸다.

오렌은 의식을 잃고 무너졌고, 나는 놈이 쓰러질 때까지 기다리지 않고 다시 타이넌에게 몸을 돌렸다. 그는 피 묻은 장검을 들어올리고 있었다.

"끼어들면 안 되잖아!" 타이넌이 제이든에게 외쳤지만, 나는 비행단장이 어떻게 반응하는지 볼 만큼 적에게서 시선을 뗄 엄두가 나지 않았다.

"해설은 할 수 있지." 제이든이 받아쳤다.

그는 확실히 지금 내 편이었는데, 정말이지 혼란스러운 일이었다. 제이든은 내가 죽기를 바랄 게 확실했으니 말이다. 하지만 그가 지키려는 건 내가 아니라 금빛 드래곤의 목숨일지도 모른다.

나는 잽싸게 시선을 던졌다. 그래, 스게일은 열받은 모양이었다. 뱀처럼 파도 모양으로 움직이는 머리통만 해도 확실히 격앙된 신호였고, 가늘게 뜬 금빛 눈동자는 타이넌을 주시하고 있었다. 타이넌은 이제 매트 위에서처럼 내 주위를 돌려고 했지만, 나는 그가 나와 작은 금빛 드래곤 사이에 끼어들게 둘 생각이 없었다.

"팔이 아플 텐데, 소른게일." 타이넌이 창백하게 진땀 흘리는 얼굴로 씩씩거렸다.

"난 아픈 상태로 움직이는 데 익숙하단다, 개새끼야. 너도 그럴까?" 나는 피가 팔을 타고 흐르다 못해 칼날 끝에서 뚝뚝 떨어지고, 붕대에 스며드는데도 움직일 수 있다는 사실을 증명하려고 오른손에 든 단검을 들어올렸다. 내 시선은 의미심장하게 그의 옆구리에 떨어졌다. "난 네 옆구리 어디를 그었는지 정확히 알아. 얼른 힐러에게 가지 않으면 내부에서 출혈이 일어날걸."

타이넌은 격분해서 얼굴을 일그러뜨리더니 공격하려고 움직였다.

나는 그에게 단검을 던지려고 했지만, 피에 젖은 손에서 미끄러진 칼은 텅 소리를 내면서 1미터쯤 떨어진 풀밭에 떨어졌다.

그리고 나는 이제 허세만으로는 이길 수 없다는 사실을 알았다.

팔을 다쳤다. 다리도 다쳤다. 그래도 최소한 죽기 전에 잭 발로우는 도망치게 만들었네. 마지막 장면으로 나쁘진 않다.

타이넌이 장검을 양손으로 잡고 치명타를 준비하는데, 내 오른쪽에서 얼핏 어떤 움직임이 보였다. 제이든이었다. 그리고 그는 규칙 따윈 아랑곳하지 않고 타이넌이 나를 죽이지 못하게 막으려는 듯 앞으로 나서고 있었다.

제이든이 나를, 어떤 이유에서든 간에 나를 구하려 한다는 사실에 놀라기도 전에 돌풍이 등을 때렸다. 나는 앞으로 넘어질 뻔했다가 두 팔을 벌려서 겨우 균형을 잡았다. 망가진 발목으로 비틀거리다 올라온 날카로운 통증에 얼굴을 일그러뜨렸다.

타이넌이 입을 쩍 벌리더니, 상체와 수직이 될 때까지 고개를 뒤로 젖히며 비틀비틀 뒷걸음질을 쳤다. 타이넌이 계속 뒷걸음질 치는 사이에 그림자가 우리 둘을 감쌌다. 나는 공기를 절박하게 요구하는 폐 때문에 가슴을 들썩이면서도 타이넌이 왜 물러나는지 보려고 어깨 너머를 보았다.

그리고 심장이 목구멍까지 튀어올랐다.

흉터가 진 거대한 검은 날개가 금빛 드래곤을 감싸고 서 있었다. 내 평생 본 중에 제일 큰 드래곤이었다. 케이오리 교수가 강의 시간에 보여준 계약자 없는 블랙 드래곤. 나는 그 드래곤의 발목에도 미치지 못했다.

침이 뚝뚝 떨어지는 이빨을 드러낸 거대한 머리통이 내려오자 으르렁거리는 소리가 드래곤의 가슴을 울리고 주위 땅을 흔들었다.

드래곤의 뜨거운 입김이 내 위로 불자 온몸의 모든 세포에 공포가 번졌다.

"*물러나거라, 은빛 아이야.*" 명령하는 목소리는 깊고, 걸걸하고, 확실히 남성이었다.

나는 눈을 깜박였다. 잠깐만. 뭐라고? 지금 나한테 말을 건 거야?

"*그래, 너. 비켜라.*" 그 목소리에는 반박할 여지가 조금도 없었고, 나는 오렌의 의식 없는 몸에 걸려 넘어질 뻔하면서 절뚝절뚝 옆으로 비켰다. 타이넌은 비명을 지르며 나무 쪽으로 달아나고 있었다.

검은 드래곤이 두 눈을 가늘게 뜨고 타이넌을 노려보더니 입을 활짝 벌리기가 무섭게 들판을 가로지르며 불길이 쏟아졌다. 그 불은 내 옆얼굴에 열기를 내뿜고 지나가는 길에 있는 모든 것을 태워버렸다…. 타이넌도 포함해서였다.

새까맣게 타버린 길 가장자리에서 화염이 타닥타닥 소리를 냈고, 나는 혹시 내가 다음 차례인가 생각하면서 천천히 몸을 돌려 드래곤을 마주했다.

그의 거대한 금빛 눈이 나를 뜯어보았지만, 나는 턱을 치켜들고 버텨섰다.

"*네 발치에 있는 적을 끝장내야지.*"

나는 눈썹을 휙 치켜들었다. 그는 입을 움직이지 않았다. 나에게 말하고 있지만… 입은 움직이지 않았다. 젠장. 내 머릿속에 있는 거구나. "의식 없는 사람을 죽일 순 없어요." 나는 고개를 저었지만, 그것이 그의 제안에 대한 항의인지 그저 내 혼란의 결과인지는 논란의 여지가 있었다.

"*저놈에게 같은 기회가 주어진다면 널 죽일 텐데.*"

나는 아직 정신을 차리지 못한 채 발치에 누워 있는 오렌을 내려다보았다. 그 평가에 반박할 수는 없었다. "음, 그건 저 녀석이고요. 난 아닙니다."

드래곤은 그 말에 눈만 깜박였는데, 그게 좋은 신호인지 아닌지는 잘 알 수가 없었다.

시야 가장자리에 파란 빛이 번득이더니, 쉭 하는 소리와 함께 제이든과 스게일이 나를 거대한 검은 드래곤과 작은 금빛 드래곤 옆에 두고 날아올랐다. 내 목숨에 대한 제이든의 일시적인 걱정도 끝난 모양이었다.

검은 드래곤의 콧구멍이 부풀어올랐다. *"피를 흘리고 있군. 멈춰라."*

아, 내 팔.

"칼에 베이면 그렇게 간단하지가…." 나는 그러다가 고개를 내저었다. 내가 정말로 드래곤과 말다툼을 하고 있는 건가? 정말이지 비현실적이었다. "아니지. 좋은 생각이에요." 나는 오른쪽 셔츠 소매의 남은 부분을 잘라내어 상처에 감고, 천 한쪽 끝을 물고 당겨서 피부를 압박했다. "이제 좀 낫나요?"

"나아질 거다." 그는 나를 향해 고개를 기울였다. *"손에도 붕대를 감았군. 피를 자주 흘리나?"*

"안 그러려고 노력하고 있어요."

그는 비웃었다. *"가자, 바이올렛 소른게일."* 그가 고개를 들자, 금빛 드래곤이 그 날개 밑에서 빼꼼 고개를 내밀었다.

"내 이름을 어떻게 알아요?" 나는 얼빠진 얼굴로 쳐다보았다.

"그러고 보니, 인간들이 얼마나 말이 많은지 잊을 뻔했군." 그가 한숨을 내쉬자 뿜어져나온 돌풍이 나무를 흔들었다. *"등에 타거라."*

오, 젠장. 나를… 선택한 거야.

"등에 타라고요?" 나는 정신 나간 앵무새처럼 그 말만 되풀이했다. "자기 모습을 본 적은 있어요? 얼마나 거대한지 몰라요?" 그 등에 올라타려면 사다리가 있어야 했다.

그가 나를 보고 지은 표정은 짜증이라고밖에 할 수 없었다. *"100살이나 되지 않았어도 내 몸집 정도는 잘 알지. 타거라."*

금빛 드래곤이 거대한 검은 드래곤의 날개 밑에서 빠져나왔다. 내 앞에 선 거대한 몸에 비하면 자그마했고, 이빨 말고는 완전히 무방비한 듯했다. 큰 강아지 같다고나 할까. "제가 그냥 가버릴 순 없어요. 오렌이 깨어나거나 잭이 돌아오면 어떻게 해요?"

검은 드래곤이 식식거렸다.

금빛 드래곤이 몸을 구부리고 다리를 굽히더니 하늘로 날아올랐다. 나무 위를 스치듯 날아가는 금빛 날개가 햇빛을 받아서 반짝였다.

그러니까 날 수 있었던 거군. 20분 전에 알았으면 좋았을 텐데.

"타거라." 검은 드래곤이 으르렁거리자 땅바닥도 흔들리고 공터 가장자리의 나무들도 흔들렸다.

"절 원할 리가 없어요." 나는 반박했다. "저는…."

"두 번 말하지 않겠다."

알겠습니다.

공포가 목을 움켜잡는 것 같아서 나는 절뚝거리며 그의 다리로 다가갔다. 이건 나무타기와 달랐다. 손잡이도 없고, 쉬운 경로도 없고, 그저 발받침도 되어주지 않는 돌처럼 딱딱한 비늘의 연속이었다. 내 발목과 팔 상태도 도움이 되지 않았다. 대체 저기까지 어떻게 올라가지? 나는 왼팔을 들어올리고 심호흡을 한 뒤에 앞다리에 손을 올렸다. 비늘 하나 크기가 내 손보다 더 크고 두꺼웠는데, 만졌을 때는 놀랍도록 따뜻했다. 비늘과 다음 비늘이 정교한 패턴을 이루면서 겹쳐져 있어서 잡을 만한 틈도 없었다.

"넌 라이더 아니냐?"

"당장은 그 점에 논쟁의 여지가 있어 보이네요." 심장이 쿵쾅거렸다. 혹시 너무 느리다는 이유로 날 산 채로 구워버릴까?

좌절이 느껴지는 낮은 그르렁 소리가 그의 가슴 속을 울리더니, 너무나 놀랍게도 그는 몸을 쭉 펴고 앞다리를 경사로 모양으로 만들었다. 드래곤들은 누구에게도 굽히지 않는데, 지금 그는 내가 더 쉽게 올라가도록 고개를 숙인 셈이었다. 이제 가파르긴 해도 올라갈 만했다.

나는 망설이지 않고 앞다리를 올라갔다. 균형을 잡고 발목을 아끼기 위해 두 손과 무릎으로 기어 올라갔지만, 목 뒤로 갈기처럼 돋아난 뾰족한 스파이크를 하나하나 피하면서 어깨를 타고 넘어 등에 도착했을 때쯤에는 팔에 걸리는 부담 때문에 헉헉거려야 했다.

이런 세상에. 내가 드래곤 등에 있어.

"앉거라."

나는 좌석을, 곧 그의 두 날개 바로 앞에 있는 비늘 뒤덮인 매끈한 부분을 보고는 케이오리 교수가 가르쳐준 대로 무릎을 굽히고 앉았다. 그다음에는 드래곤의 목과 어깨가 만나는 곳, 칼자루 끝과 모양이 닮아서 우리가 폼멜이라고 부르는 두껍게 솟아오른 비늘 이랑을 잡았다. 이 드래곤은 모든 것이 우리가 연습한 모델보다 컸다. 내 몸은 이런 크기는 고사하고 어떤 드래곤의 등에 타기에도 적합하지 않았다. 잘 앉아 있을 방법이 없었다. 이게 내 처음이자 마지막 라이딩이 될 터.

"*내 이름은 테르니나크, 영리한 두브마딘 계보의 후손이며 머트키디엄과 피아클랜퓨일의 아들이다.*" 그가 몸을 쭉 펴고 서자 공터를 에워싼 나무들의 울창한 나뭇가지와 내 눈이 같은 높이가 되었다. 나는 허벅지를 조금 더 힘주어 조였다. "*하지만 비행장에 도착해서 네가 그대로 외울 수 있을 것 같지는 않으니, 일단은 테른으로 해두고 다시 알려주마.*"

나는 빠르게 숨을 들이마셨지만, 그 이름이나 역사를 소화할 시간도 주어지기 전에 테른이 몸을 살짝 굽히더니 곧장 하늘로 날아올랐다.

투석기에서 쏘아올린 돌덩이가 이런 느낌일까. 이 돌덩이에 붙어 있기 위해서는 내 근력을 전부 다 쥐어짜야 했지만.

"아오, 씨!" 테른의 거대한 날개가 공기를 때리며 아래로 내려갔다가 위로 올라가면서 날아오르는 우리 아래로 땅바닥이 멀어졌다.

순간 내 몸이 그의 등 위로 떠올랐다. 두 손을 파묻고 붙어 있으려 애는 썼지만 바람과 각도와 이 모든 것이 너무 힘들어서 꽉 붙잡기가 힘들었다.

손이 미끄러졌다.

"젠장!" 붙잡을 것을 찾아서 두 손이 테른의 등을 긁는 가운데, 내 몸은 그의 날개를 지나 미끄러져서 빠른 속도로 모닝스타 모양의 꼬리에 돋은 뾰족한 비늘로 접근하고 있었다. "안 돼, 안 돼, 안 돼!"

테른이 몸을 옆으로 기울였고, 어떻게든 뭔가 잡아보겠다던 희망이 나와 함께 굴러 떨어졌다.

나는 자유낙하 하고 있었다.

15

> 탈곡에서 살아남았다고 해서 비행장까지의 라이딩에서도 살아남는다는 보장은 없어. 선택받는 것만이 유일한 시험이 아니야. 만약 자리에 붙어 있지 못한다면, 넌 똑바로 땅을 향해 날게 될 거야.
>
> — 브레넌의 일기, 50쪽

무시무시한 공포가 목구멍을 틀어막아 심장이 버벅거렸다. 아래에 펼쳐진 산악 지형으로 똑바로 떨어지는 내 옆을 바람이 맹렬히 스쳐 지나갔고, 한참 아래를 날고 있는 금빛 드래곤의 비늘에 햇빛이 반짝였다.

난 죽을 것이다. 가능한 결과라곤 그것뿐이다.

그때 바이스 같은 것이 내 옆구리와 어깨를 감싸면서 추락을 막았고, 순간적으로 몸이 채찍처럼 휘어지며 다시 위로 당겨져 올라갔다.

"너 때문에 우리 꼴이 안 좋아 보이잖느냐. 그만해라."

나는 테른의 발톱에 잡혀 있었다. 그가… 내가 무가치하다고 여기고 떨어져 죽게 놓아두는 대신 나를 잡아챈 것이다. "곡예를 하면 등에 붙어 있기가 어렵단 말이에요!" 내가 외쳤다.

그가 나를 내려다보는데, 눈 위의 이랑이 쓱 올라갔다고 맹세할 수 있다.

"단순한 비행을 곡예라고 할 순 없지."

"당신에겐 뭐 하나 단순한 게 없거든요!" 나는 그의 발톱 마디를 두 팔로 끌어안으면서, 날카로운 발톱이 내 몸을 아무 피해 없이 감싸고 있음을 알아차렸다. 그는 거대했지만, 조심스럽게 산 위를 날 수도 있었다.

그는 나바르에서 가장 치명적인 드래곤 중 하나다. 케이오리 교수의 수업에서 그렇게 들었다. 또 무슨 말이 있었지? 계약자가 없는 유일한 블랙 드래곤은 올해 계약에 동의하지 않았다고 하지 않나. 지난 5년 동안 아예 모습을 보인 적도 없었다. 그의 라이더는 티렌더 반역 때 죽었다.

테른이 나를 위쪽으로 휙 올려서 던졌고, 나는 테른보다 한참 위를 날면서 팔다리를 퍼덕였다. 던져진 높이 때문에 내장이 다 내려앉았는데, 2초 정도 떨어지자 테른이 휙 올라오면서 두 날개 사이 등으로 받았다.

"이제 자리에 앉아서 이번에는 제대로 버텨라. 안 그러면 아무도 내가 널 선택했다고 믿지 않을 거다." 테른이 으르렁거렸다.

"나도 아직 내가 선택받은 게 안 믿겨요!" 나는 자리로 돌아가 앉는 것도 쉽지 않다고 말할까 했지만, 테른이 수평비행을 하면서 두 날개가 바람의 저항을 끊고 부드럽게 공기를 탔다. 조금씩 조금씩 등을 기어서 자리에 도착한 나는 다시 앉았다. 그리고 솟아오른 폼멜을 손에 쥐가 나도록 힘껏 붙잡았다.

"넌 다리에 힘을 더 넣어야겠다. 연습하지 않았나?"

분한 마음이 등골을 타고 올라왔다. "물론 연습했죠!"

"고함칠 필요 없다. 조용히 말해도 잘 들려. 산 전체가 네 목소리를 들을 수 있겠구나."

모든 드래곤이 다 괴팍한가? 아니면 내 드래곤만 이런가?

나는 눈을 크게 떴다. 나에게… 드래곤이 있다. 그것도 여느 드래곤이 아니다. 테르나크다.

"무릎으로 더 세게 잡아라. 등에 있는지도 못 느끼겠다."

"노력 중이에요." 내가 무릎을 밀어내자 허벅지 근육이 파르르 떨렸다. 그는 한결 부드러운 각도로 몸을 기울이더니 크게 호선을 그리면서 바스지아스로 돌아가기 시작했다. "난 그냥… 다른 라이더들만큼 힘이 세지 않아요."

"난 네가 누구고 어떤 존재인지 정확히 안다, 바이올렛 소른게일."

두 다리가 덜덜 떨리다가 고정되더니, 마치 붕대로 감은 것처럼 근육의 움직임이 멈췄다. 그래도 통증이라곤 없었다. 어깨 너머를 돌아보니 그의 모닝스타 꼬리가 보였는데, 체감으로는 몇 킬로미터나 멀리 있는 것 같았다.

테른이 한 일이었다. 테른이 나를 제자리에 붙잡고 있었다.

죄책감이 뱃속에 똬리를 틀었다. 근력 훈련에 더 집중했어야 했는데. 이 상황에 대비해서 시간을 더 썼어야 했는데. 드래곤이 라이더를 자리에 앉혀두려고 에너지를 쓰게 만들다니. "미안해요. 난 내가 여기까지 올 줄 몰랐어요."

커다란 한숨 소리가 내 머릿속에 공명했다. *"나도 내가 여기까지 올 줄 몰랐다. 그러니 우리에게 공통점은 있구나."*

더 높은 풍경을 내려다보자 바람이 눈가에 맺힌 눈물을 털어냈다. 대부분의 라이더가 고글을 쓰는 것도 당연했다. 허공에는 드래곤이 열 마리 넘게 있었는데, 각자가 휙 내려갔다가 방향을 돌리거나 하며 라이더를 시험하고 있었다. 레드, 오렌지, 그린, 브라운, 온갖 색깔로 하늘이 알록달록했다.

어느 레드 소드테일의 등에서 라이더가 떨어지는 모습을 보자 심장이 철렁했다. 테른과 달리 그 드래곤은 하강해서 그를 잡아주지 않았다. 나는 그 사람이 바닥에 떨어지기 전에 시선을 돌렸다.

내가 아는 사람은 아닐 거야. 나는 스스로를 타일렀다. 리애넌, 리독, 트리나, 소여… 다들 안전하게 계약을 맺고 비행장에서 기다리고 있을 것이다.

"우리가 쇼를 좀 해야겠군."

"끝내주네요." 다만….

"넌 떨어지지 않을 거다. 내가 허락하지 않아." 내 다리를 감싼 끈이 손까지 연장되었고, 나는 보이지 않는 에너지의 맥동을 느꼈다. *"너는 나를 믿는다."*

그건 질문이 아니라, 명령이었다.

"얼른 끝내버리죠." 나는 다리도, 손가락도, 손도 움직일 수 없으니 편하게 앉아서 테른이 밀어 넣으려는 알 수 없는 지옥을 즐길 수 있기만 빌었다.

테른이 날개를 강하게 치더니, 내 위장을 저 아래 고도에 내버려둔 채로 90도에 가까운 각도로 치솟아올랐다. 그는 눈 덮인 봉우리들 위에 이르더니 잠시 머물다가, 몸을 비틀면서 똑같이 무시무시한 각도로 몸을 내리꽂았다.

내 인생에서 가장 무서우면서도 가장 신나는 순간이었다.

테른이 다시 몸을 비틀어서 나선 비행을 하기 전까지는 그랬다.

회전하고 또 회전하는 동안 내 몸은 이쪽저쪽으로 비틀렸다. 그는 다이빙에서 벗어나자마자 땅이 하늘과 뒤집혔다 싶을 만큼 격하게 옆으로 몸을 기울이고는, 그 모든 과정을 반복했다. 결국 내 얼굴에는 활짝 웃음이 떠올랐다.

어디에도 비교할 수 없는 경험이었다.

"우리가 요점을 전한 것 같군." 테른은 수평비행으로 전환하더니, 오른쪽으로 비스듬히 날면서 협곡 안 훈련장으로 이어지는 계곡을 따라가기 시작했다.

해는 산봉우리들 너머로 저물기 직전이었지만, 그 정도 빛으로도 저 앞에서 마치 기다리는 것처럼 맴돌고 있는 금빛 드래곤은 보였다. 아마 저 드래곤은 라이더를 선택하진 않았겠지만, 내년에 다시 결정할 수 있게 살아 있을 테니 그거면 된 거였다.

아니면 우리 인간들이 별로 대단치 않다는 걸 알게 됐을지도 모르지.

"왜 날 선택했어요?" 나는 알아야 했다. 착륙하면 질문이 쏟아질 테니까.

"*네가 저 애를 구했기 때문이지.*" 테른은 고갯짓으로 가까워지는 금빛 드래곤을 가리켰고, 그 드래곤은 우리 뒤를 따라왔다. 테른이 속도를 늦췄다.

"하지만…" 나는 고개를 저었다. "드래곤은 라이더의 힘과 교활함과… 잔인함을 높이 사잖아요." 그중 어느 것도 나에게는 해당되지 않는다.

"*그래, 내가 뭘 높게 쳐야 하는지 더 말해보든가.*" 그의 말투에서 비아냥이 뚝뚝 떨어지는 가운데, 우리는 건틀릿 위를 지나서 훈련장으로 가는 높은 입구 위에 이르렀다.

나는 엄청나게 많은 드래곤이 모인 모습을 보고 숨을 혹 들이켰다. 밤 사이에 세워진 야외관람석 뒤쪽 산비탈의 울퉁불퉁한 가장자리를 따라서 수백 마리의 드래곤이 모여 있었다. 장관이었다. 그리고 계곡 바닥, 내가 며칠 전에 걸었던 바로 그 들판에는 드래곤들이 두 줄로 서서 마주보고 있었다.

"*지난 몇 년 동안 라이더를 선택한 후에 분과에 소속해 있는 드래곤들과 오늘 선택한 드래곤들로 나뉘어 있군.*" 테른이 나에게 말했다. "*우리가 71번째로 훈련장에 진입한다.*"

어머니가 저 관람석 앞 연단에 있을 것이다. 그리고 나에게도 잠시 시선을 주겠지만 70쌍쯤 되는 새로운 계약자들에게 관심이 쏠려 있을 것이다.

우리가 날아 들어가자 드래곤들 모두가 격렬한 축하의 포효를 올렸다. 나는 그것이 테른에 대한 존중의 뜻임을 알았다. 테른이 착륙할 공간을 만들기 위해 중앙에 있던 드래곤들이 쫙 갈라진 것도 마찬가지였다. 테른은 나를 자리에 묶어두고 있던 보이지 않는 끈을 풀더니, 날개를 몇 번 퍼덕이면서 풀밭 위에 체공했다. 우리를 따라잡으려 맹렬히 날아오는 금빛 드래곤이 보였다.

이 얼마나 아이러니한가. 테른은 베일에서 가장 명성이 높은 드래곤인데, 나는 우리 분과에서 가장 예상 밖의 라이더라니.

"*너는 네 학년에서 가장 영리하지. 가장 교활해.*"

나는 침을 꿀꺽 삼키며 그 칭찬을 일축했다. 나는 라이더가 아니라 서기 훈련을 받은 사람이었다.

"*너는 가장 작은 것을 맹렬히 방어했다. 용기의 힘은 물리적인 힘보다 더 중요하다. 아무래도 착륙하기 전에 네가 그걸 알아야 할 것 같구나.*"

그 말에 나는 목이 메었고, 울컥하는 감정을 삼켜야만 했다.

아, 젠장. 난 그 말을 입 밖에 내지 않았다. 생각으로만 했지.

그는 내 생각을 읽을 수 있었다.

"*봤지? 너희 학년에서 제일 영리하다니까.*"

사생활은 어디로 간 거지.

"*넌 두 번 다시 혼자가 아닐 거다.*"

"*위로라기보다는 위협처럼 들리는데요.*" 이번엔 말하지 않고 생각했다. 물론 나는 드래곤이 라이더와 정신적인 유대를 유지한다는 사실을 알고 있었지만, 그 실제 수준은 감당하기 힘들 정도였다.

테른이 대답 대신 비웃음 소리를 냈다.

금빛 드래곤이 테른의 두 배 속도로 날갯짓을 하면서 따라잡았고, 우리는 훈련장 정중앙에 내려앉았다. 충격이 살짝 있기는 했지만 나는 자리에 똑바로 앉아 폼멜에서 손을 뗐다.

"*봐요. 안 움직일 때는 나도 멀쩡하게 매달려 있을 수 있다고요.*"

테른이 날개를 위로 접어들더니 어깨 너머로 나를 보았는데, 지금까지 본 중에 사람으로 치면 어이없어서 눈을 굴릴 때와 가장 가까운 표정이었다.

"*내가 선택을 재고하기 전에 내려서 명단 기록자에게 말하는 게…*"

"뭘 해야 할지는 나도 알아요." 떨리는 숨을 들이마셨다. "그저 살아서 그 일을 하게 될 거라고 생각하질 않았어요." 내려가는 길 양쪽을 검토한 나는 발목을 최대한 오래 보호하기 위해서 오른쪽으로 움직였다. 비행장에는 라이더만 허락되고 힐러는 들어올 수 없지만, 부디 누군가가 구급상자를 챙겨왔으면 좋겠다는 생각이 들었다. 상처를 꿰매고 부목을 대야 했다.

서둘러 테른의 어깨 비늘을 타 넘는데, 망가진 발목으로 뛰어내려야 하는 거리에 탄식하기도 전에 테른이 앞다리를 기울였다. 그때 산비탈 쪽에서 웅성거리는 소리가 났다. 드래곤들도 웅성거린다면 말이다.

"*그럴 수 있고, 지금 그러고 있다. 무시해라.*" 이번에도 테른의 말투에는 반박할 여지가 없었다.

"고마워요." 나는 속삭이고 나서 치명적인 놀이 기구를 타듯이 엉덩이를 대고 쭉 미끄러져 내려간 다음, 지면에 닿는 충격을 왼쪽 다리로 받아냈다.

"그것도 한 가지 방법이군."

나는 얼굴에 떠오른 미소를 거둘 수도, 자기 드래곤 앞에 선 다른 1학년들을 보고 눈에 차오르는 즐거움을 거둘 수도 없었다. 나는 살아 있고, 이제 일반 생도가 아니다. 나는 라이더다.

첫 번째 한 걸음은 죽도록 아팠지만, 나는 빙글 돌아서 금빛 드래곤을 보았다. 금빛 드래곤은 테른 옆에 착 붙어서 반짝이는 눈으로 나를 바라보며 깃털 꼬리를 흔들고 있었다.

"살아줘서 기뻐요." 기쁘다는 건 정확한 말이 아니었다. 신나고, 마음이 놓이고, 고맙기도 했다. "하지만 다음에 누군가가 구해주려고 하면 바로 날아가는 게 좋지 않을까요?"

금빛 드래곤은 눈을 깜박였다. *"내가 널 구한 걸지도 모르지."* 머릿속에 울리는 목소리는 테른보다 좀 더 높고 감미로웠다.

입술이 저절로 벌어지고 충격으로 얼굴 근육이 느슨해졌다. "자기 라이더가 아닌 인간에게는 말을 걸면 안 된다고 아무도 말 안 해줬어요? 곤경에 빠질 일은 하지 마요, 골디." 나는 소곤소곤 말했다. "드래곤들은 규칙 위반에 엄청 엄격하다고 들었어요."

그녀는 그대로 앉아서 날개를 접더니 나를 향해 고개를 기울이기만 했다. 도무지 어떻게 그게 가능한지 모를 각도라서 웃음이 터질 뻔했다.

"맙소사!" 내 오른쪽에 있던 붉은 드래곤의 라이더가 소리를 지르기에 돌아보았다. 그는 제4비행단 발톱전대의 1학년이었는데, 이름은 기억나지 않았다. "저건…." 그는 대놓고 두려움에 커진 눈으로 테른을 응시하고 있었다.

"그래." 나는 활짝 웃으며 말했다. "맞아."

절뚝거리면서 넓은 훈련장을 가로질러 작은 집합 대열을 향해 걸어가는 동안 발목이 지끈지끈 거렸다. 언제든 분해되어 버릴 것만 같았다. 등 뒤로 다른 드래곤들이 착륙할 때마다 돌풍이 불고, 라이더들이 이름을 기록하기 위해 내려섰다. 하지만 줄이 길어지며 불어오는 바람도 점점 약해졌다.

황혼이 깔렸고, 줄줄이 늘어선 마법 불빛이 관람석 안과 연단 위에 모인 이

들을 비췄다. 연단 정중앙, 난간다리에서 보았던 빨간 머리가 명단을 기록하고 있는 자리 바로 위에 어머니가 앉아 있었다. 군복을 입고 훈장도 전부 단 모습이었다. 연단 위에는 각자 비행단을 대표하는 다양한 장성들이 있지만, 릴리스 소른게일보다 훈장이 많은 인물은 단 한 명뿐이었다.

나바르 전군의 총지휘관인 멜그렌이 반짝이는 눈으로 테른을 대놓고 평가하고 있었다. 그의 시선이 내 쪽으로 옮겨왔고, 나는 몸서리를 눌렀다. 그 눈 안에는 차가운 계산 말고는 아무것도 없었다.

내가 연단 밑에 선 명단 기록자에게 다가가자 어머니가 일어섰다. 기록자는 드래곤의 본명을 비밀로 유지하기 위해 앞 사람의 계약을 기록한 다음에야 다음 라이더에게 다가오라고 손짓하고 있었다.

케이오리 교수가 내 왼쪽에 있던 2미터짜리 플랫폼에서 펄쩍 뛰어내려서 입을 딱 벌리고 테른을 쳐다보았는데, 거대한 검은 드래곤을 시선으로 훑으며 세세한 부분을 모두 기억하려는 것 같았다.

"저게 정말로…." 하나같이 입을 떡 벌린 다른 고위 장교 십여 명과 함께 연단 가장자리를 맴돌던 팬첵 생도대장이 입을 열었다.

"말하지 말게." 어머니는 내가 아니라 테른을 보면서 잇새로 말했다. "계약자가 말하기 전까지는 안 돼."

드래곤의 본명을 아는 사람은 오직 라이더와 명단 기록자뿐이고, 어머니는 내가 정말로 테른의 계약자인지 확신하지 못했다. 바로 그게 어머니의 말에 함축된 의미였다. 내가 테른을 납치할 수라도 있다는 거야? 라이더가 한 명만 남을 때까지 줄에 서 있는 동안 분노가 온몸을 돌고 있는 통증을 밀어냈다.

어머니는 날 강제로 라이더 분과에 들여보냈다. 난간다리를 건너는 동안에도 내가 살든 죽든 신경 쓰지 않았다. 지금도 어머니가 신경 쓰는 거라곤 내 결함이 본인의 훌륭한 명성을 어떻게 손상시킬까, 아니면 내 계약이 어떻게 본인 목적에 더 도움이 될까 하는 것뿐이었다.

그리고 지금 어머니는 내가 괜찮은지 내려다볼 생각도 하지 않고 내 드래곤만 보고 있었다. 빌어먹을. 예상한 바였지만 너무나 실망스러웠다.

내 앞의 라이더가 기록을 끝내고 옆으로 움직였다. 명단 기록자가 휘둥그레 뜬 눈으로 테른을 보고 나서 놀란 시선을 내려 앞으로 오라고 손짓했다.

"바이올렛 소른게일." 그녀는 〈라이더 기록부〉에 적으면서 말했다. "네가 성공한 모습을 보니 기쁜데." 그녀는 나를 보고 짧게 불안한 미소를 지어 보였다. "기록을 위해 생도를 선택한 드래곤의 이름을 말해줘."

나는 턱을 들어올렸다. "테르니나크."

"*발음은 좀 더 연습하는 게 좋겠군.*" 테른의 목소리가 머릿속을 울렸다.

"*그래도 기억은 했잖아요.*" 나는 들판 저편에서도 목소리를 들을 수 있을까 생각하며 대충 테른이 있는 방향으로 생각했다.

"*나도 널 떨어뜨려 죽이진 않았지.*" 지루하기 그지없다는 목소리였지만, 내 생각을 들은 건 분명했다.

기록자가 고개를 내저으며 웃는 얼굴로 그 이름을 받아적었다. "그가 계약을 맺다니 믿을 수가 없다. 바이올렛, 그는 전설이야."

나도 동의하려고 입을 여는데….

"*앤다나우람.*" 금빛 드래곤의 감미로운 높은 목소리가 머릿속을 채웠다. "*줄여서 앤다나야.*"

나는 얼굴에서 핏기가 싹 빠지고 시야 가장자리가 흔들리는 기분으로 성한 발목 쪽으로 몸을 홱 돌려 들판 너머를 보았다. 금빛 드래곤, 앤다나가 이제는 테른의 앞다리 사이에 서 있었다. "뭐라고?"

"바이올렛, 괜찮아?" 붉은 머리가 물었고, 내 주위는 물론이고 위쪽에 선 모두가 몸을 기울였다.

"*걔한테 말해.*" 금빛 드래곤이 강하게 말했다.

"*테른, 내가 어떻게 해야….*" 테른을 향해 생각했다.

"*명단 기록자에게 그 이름을 말해라.*" 그러자 테른이 대꾸했다.

"바이올렛?" 명단 기록자가 다시 나를 부르며 말했다. "혹시 복원 능력자가 필요한가?"

그녀를 돌아보고 헛기침을 한 뒤 속삭였다. "그리고 앤다나우람이요."

그녀의 눈이 휘둥그레 떠졌다. "드래곤이 둘이라고?" 꽥 소리가 났다.

나는 고개를 끄덕였다.

그리고 난장판이 벌어졌다.

16

본 장교는 스스로를 드래곤의 모든 것에 대한 전문가로 자부하지만, 우리는 드래곤들이 스스로를 어떻게 통치하는지에 대해 모르는 것이 정말 많다. 가장 강력한 드래곤들 사이에는 분명한 위계가 있고, 나이 많은 드래곤들에게 경의를 표하는 것도 확실하지만, 그들이 스스로에게 적용되는 법을 어떻게 만드는지, 그리고 어떤 시점에서 드래곤이 두 명의 라이더라는 더 나은 확률을 택하지 않고 오직 한 명의 라이더와 계약하기로 결정했는지 같은 문제는 알아낼 수가 없었다.

— 케이오리 대령, 《드래곤 도감》

"절대 안 됩니다!" 장군 하나가 나에게까지 들릴 정도로 크게 소리쳤다. 나는 라이더들을 위해 관람석 끝에 설치해둔 작은 진료소에 있었다. 진료소라고 해봐야 테이블 십여 개와 힐러 구역에 가기 전까지 살아남게 해줄 보급품만 넘치는 곳이었지만, 그래도 진통제는 효과가 있었다.

드래곤이 둘이라니. 나에게… 드래곤이 둘 있다.

장군들은 30분째 소리를 질러대고 있었는데, 밤공기에 한기가 강해지고 한 번도 만나본 적 없는 교수가 내 팔 양쪽을 다 꿰매놓을 정도의 시간이었다.

다행히도 타이넌의 검은 주로 근육만 관통해서 부상이 크진 않았다.

불행히도 잭은 3미터쯤 떨어진 곳에서 어깨를 진단받고 있었다. 그는 오렌지색 스콜피언테일의 등에서 으스대며 내려와서 명단 기록자에게 계약을 보고했다. 기록자는 뒤쪽 연단 위에서 장성들이 싸우거나 말거나 자기 할 일을 계속하는 중이었다.

잭은 들판 너머에 있는 테른에게서 시선을 떼지 못했다.

"좀 어떠냐?" 케이오리 교수가 부목을 댄 내 발목 끈을 조이면서 물었다. 그의 날카로운 검은 눈 속에 수많은 질문이 담겨 있었지만, 묻지는 않았다.

"죽도록 아프네요." 발목이 어찌나 부었는지 신발 끈을 모조리 풀어서 최대한 늘리지 않고는 부츠를 다시 신을 수가 없었다. 그래도 드래곤에서 내리다가 다리가 부러진 제2비행단의 어느 생도처럼 비행장을 기어갈 필요까지는 없었으니 그게 어디인가. 그 여자는 일곱 테이블 너머에서 현장 의료진이 다리를 맞추려고 애쓰는 동안 조용히 울고 있었다.

"앞으로 몇 달은 유대관계 강화와 라이딩에 집중하게 될 테니 타고 내리는 데 문제만 없다면…." 교수는 부목 끈을 묶으면서 고개를 기울였다. "다음 격투 시합이 시작되기 전까지는 발목이 나을 거다. 내가 보기엔 그렇지만." 교수의 미간에 주름이 두 줄로 깊이 파였다. "아니면 내가 놀론을 불러서…."

"아니에요." 나는 고개를 저었다. "나을 겁니다."

"그래도 괜찮겠니?" 교수는 확신이 없는 것 같았다.

"이 계곡의 모든 눈이 저와 제 드래곤, 아니 저의 드래곤들에게 꽂혀 있어요." 나는 단수로 말했다가 '들'을 붙였다. "나약해 보일 여유는 없어요."

그는 얼굴을 찡그리면서도 고개를 끄덕였다.

"제 대대에서는 누가 성공했나요?" 나는 두려움에 목이 죄는 기분으로 물었다. 제발, 리애넌은 살아 있길. 트리나도, 리독도, 소여도, 전부 다.

"트리나와 타이넌은 못 봤다." 케이오리 교수는 타격을 완화하려는 듯 천천히 말했다. 그렇다고 완화가 되지는 않았다.

"타이넌은 오지 않을 거예요." 나는 죄책감이 뱃속을 물어뜯는 기분으로 속삭였다.

"*그 죽음은 네 탓이 아니다.*" 테른이 머릿속에서 으르렁거렸다.

"그렇구나." 케이오리 교수가 중얼거렸다.

"수술이 필요할 것 같다니, 그게 무슨 소립니까?" 왼쪽에서 잭이 소리를 질렀다.

"그게, 아무래도 인대 몇 개가 잘린 것 같구나. 하지만 확실히 하려면 힐러에게 데려가야겠다." 다른 교수가 잭의 삼각건을 고정하면서 말했는데, 무한한 인내심이 느껴지는 목소리였다.

나는 잭의 독기 어린 눈동자를 똑바로 보고 미소 지었다. 이제 그 녀석이 무섭던 시절은 끝났다. 저놈은 그 공터에서 도망치지 않았던가.

그는 마법 불빛 속에서 분노로 뺨을 물들이더니 테이블 끝으로 발을 내디디며 나에게 달려들었다. "너!"

"나 뭐?" 나도 테이블 끝으로 미끄러져 내려가서 양쪽 허벅지에 달린 칼집 옆에 손을 늘어뜨렸다.

케이오리 교수가 눈썹을 확 치켜들며 우리 두 사람을 쳐다보았다. "너였느냐?" 교수가 중얼거렸다.

"저예요." 나는 잭만 쳐다보면서 대답했다.

하지만 케이오리 교수가 우리 사이에 끼어들더니, 잭을 향해 손바닥을 들어 올렸다. "나라면 더 가까이 가지 않겠다."

"이젠 교수 뒤에 숨는 거냐, 소른게일?" 잭은 멀쩡한 주먹을 부르쥐었다.

"난 밖에서도 숨지 않았고, 지금도 숨어 있지 않아." 나는 턱을 쳐들었다. "도망친 건 내가 아닐 텐데."

"너희 학년에서 가장 강력한 드래곤과 계약했는데 내 뒤에 숨을 필요가 없지." 케이오리 교수는 나를 향해 눈을 가늘게 뜨고 있는 잭에게 경고했다. "네 오렌지 드래곤은 좋은 선택이다, 발로우. 베이드였던가? 베이드에겐 너 이전에 네 명의 라이더가 있었지."

잭은 고개를 끄덕였다.

케이오리 교수는 어깨 너머로 줄지어 선 드래곤들을 돌아보았다. "베이드가 아무리 공격적이라 해도, 테른의 눈빛을 보니 자기 라이더에게 한 걸음만 더 다가가면 너를 뼈까지 태워버리는 데엔 아무 문제도 없을 거다."

잭은 못믿겠다는 듯이 나를 응시했다. "너라고?"

"나야." 욱신거리던 발목의 통증은 감당할 만한 둔한 통증으로 줄어들었다. 체중을 싣고 서 있는데도 말이다.

잭이 고개를 내젓는데, 눈빛이 충격에서 질투로 변하더니 다시 공포로 돌변하면서 교수에게 홱 돌아섰다. "쟤가 탈곡에서 무슨 일이 있었다고 말했는지 모르겠지만…."

"아무 말도 안했다만." 교수는 팔짱을 끼었다. "내가 알아야 할 일이 있나?"

마법 불빛 속에 보이는 잭의 얼굴은, 허벅지와 상체에서 피를 콸콸 흘리면서 절뚝절뚝 걸어오는 다른 부상자 못지않게 창백해졌다.

"알아야 할 사람은 이미 다 알아." 나는 잭과 눈을 마주쳤다.

"오늘 밤은 다 된 것 같구나." 케이오리는 어둠 속에 윤곽만 보이는 드래곤들이 날아오자 말했다. "선배 라이더들이 돌아왔구나. 너희 둘도 드래곤에게 돌아가야겠다."

잭이 씩씩대면서 들판을 가로질렀다.

나는 아직도 연단 위에 모여서 열띤 토론을 벌이고 있는 장군들을 흘끔 보았다. "케이오리 교수님, 드래곤 둘과 계약한 사람이 이전에도 있었나요?" 그걸 알 사람이 있다면 드래곤 종족 수업의 담당 교수뿐일 터였다.

그는 나와 함께 고개를 돌려서 언쟁 중인 지휘관들을 보았다. "네가 최초일 거다. 하지만 왜 그 문제로 저분들이 다투는지 모르겠구나. 결정권은 저기 있지 않을 텐데."

"그래요?" 돌풍과 함께 드래곤 수십 마리가 1학년들 맞은편에 착륙했다. 양쪽 드래곤들 사이에는 마법 불빛이 줄지어 걸려 있었다.

"드래곤이 누굴 선택하느냐를 두고 인간이 할 수 있는 일은 없어." 케이오리 교수가 장담했다. "우리가 통제한다는 착각을 유지하고 싶어 하는 것뿐이지. 아무래도 저들은 회의하기 전에 다른 이들이 돌아오길 기다린 모양이다."

"지휘관들이요?" 나는 이마를 찌푸렸다.

케이오리는 고개를 저었다. "드래곤들 말이다."

드래곤들이 회의를 한다고? "발목을 봐주셔서 고맙습니다. 전 저쪽으로 돌아가는 게 낫겠네요." 나는 머뭇머뭇 미소를 지어 보이고 희미하게 불이 밝혀진 들판을 건너 테른과 앤다나에게 돌아갔다. 두 드래곤 사이에 멈춰서려니 계곡에 있는 모두가 던지는 시선의 무게가 느껴졌다.

"둘 덕분에 난리가 난 거 알죠." 나는 앤다나를 보았다가 테른을 올려다보고 나서 다른 1학년처럼 몸을 돌려 비행장을 마주했다. "우리 마음대로 하게 해주지 않을 거예요." 아, 나보고 고르라고 하면 어떻게 하지?

뱃속이 철렁 내려앉았다.

"결정은 엠피리언(최고천)이 한다." 테른이 말했는데 말투에서 긴장감이 살짝 느껴졌다. *"비행장을 떠나지 마라. 시간이 조금 걸릴 수도 있으니."*

"뭐가 시간이…" 내 질문은 평생 본 중에 제일 큰 드래곤이, 테른보다도 더

큰 드래곤이 계곡 입구에서 우리 쪽으로 접근하는 모습을 보고 혀끝에서 사그라들었다. 그 드래곤이 지나갈 때마다 옆에 서 있던 드래곤들이 비행장 중앙으로 그 뒤를 따르며 수십 마리가 모여들었다. "저건…."

"코다흐다." 테른이 대답했다.

멜그렌 장군의 드래곤이었다.

코다흐가 더 가까이 오자 전투로 흉터 진 날개에 드문드문 때워놓은 구멍들이 보였다. 그의 금빛 시선이 테른을 보는 모습에 왠지 속이 울렁거렸다. 코다흐는 목구멍 안으로 낮게 으르렁거리면서 그 불길한 눈을 나에게 돌렸다.

테른이 앞으로 나서서 육중한 발톱 사이에 나를 감싸고 그르렁거렸다.

둘이 언짢은 으르렁을 주고받는 주제가 나라는 건 의심할 여지도 없었다.

"그래! 우린 너에 대해 이야기하고 있어!" 앤다나가 다가온 드래곤들 뒤에 합류하면서 말했다.

"우리가 돌아올 때까지 네 비행단장과 가까이 있어라." 테른이 명령했다.

비행대대장이라고 한 거겠지.

"내 말을 들었을 텐데."

아닐 수도 있고.

주위를 둘러보니 들판 저편에 팔짱을 끼고 다리를 벌리고 선 제이든이 테른을 응시하고 있었다.

드래곤들이 풀밭을 비우는 동안, 라이더들은 으스스하도록 조용했다. 드래곤들이 일정한 흐름을 이뤄 초지 끝에서 날아오르더니, 남쪽 끝의 산봉우리를 반쯤 올라간 곳에 착륙했다. 달빛 속에서는 그림자 무리로만 보일 뿐, 정확히 알아볼 수는 없었다.

마지막 드래곤이 날아오른 순간, 혼란이 터져 나왔다. 마침 내가 서 있던 비행장 중앙으로 1학년들이 몰려들더니 기쁨에 미쳐 날뛰며 친구들을 찾아다녔다. 나도 혹시나 하는 마음으로 사람들을 뒤지는데….

"리!" 나는 리애넌을 발견하고 절뚝절뚝하며 뛰어갔다.

"바이올렛!" 리애넌은 나를 꽉 끌어안았다가, 내가 얼굴을 찡그리자 물러났다. "어떻게 된 거야?"

"타이넌의 칼에 찔렸어." 대답을 하기가 무섭게 리독이 나를 번쩍 들고 빙그르르 돌리는 바람에 발이 허공을 날았다.

"누가 이 근방에서 제일 무시무시한 놈을 탔나 보라지!"

"내려놔!" 리애넌이 잔소리를 했다. "얘 피나잖아!"

"으악, 미안해." 리독이 말하고, 내 발이 땅바닥에 다시 닿았다.

"난 괜찮아." 붕대에 피가 배어 나오긴 했지만 꿰맨 곳이 터진 것 같지는 않았다. 그리고 진통제는 끝내줬다. "너희는 괜찮아? 누구랑 계약했어?"

"그때 그 그린 대거테일!" 리애넌이 씩 웃었다. "페이그라고 해. 그리고 그냥… 쉬웠어." 그녀는 한숨을 내쉬었다. "페이그를 보자마자 알겠더라고."

"난 에오트롬." 리독이 자랑스럽게 말했다. "브라운 소드테일이야."

"슬리시그!" 소여가 리애넌과 리독의 어깨에 팔을 둘렀다. "레드 소드테일이야!" 우리 모두 환호했고, 나는 소여의 다음 포옹에 휩쓸렸다. 우리 모두를 통틀어서 소여의 성공이 제일 기뻤다. 여기까지 오기 위해 소여가 얼마나 많은 것을 견뎌야 했는지 아니까.

"트리나는?" 나는 소여의 품에서 벗어나며 물었다. 한 명씩 한 명씩 고개를 저으면서 답을 찾아 다른 사람을 보았다. "그러니까… 그냥 계약을 못 했을 가능성도 있지? 그렇지?"

소여가 슬픔에 처진 어깨로 고개를 내저었다. "내가 어느 오렌지 클럽테일의 등에서 떨어지는 모습을 봤어."

심장이 내려앉았다.

"타이넌은?" 리독이 우리를 번갈아 보면서 물었다.

"테른이 죽었어." 나는 조용히 대답했다. "변호해두자면, 타이넌이 나를 찌른 후였어." 그리고 팔의 상처를 가리켰다. "타이넌이 하려고 했던 일은…."

"뭘 하려고 했다고?"

누군가가 어깨를 잡고 나를 돌려세워 가슴팍에 끌어당겼다. 데인이었다. 나는 그의 등에 팔을 둘러 꽉 끌어안으면서 숨을 깊이 들이마셨다.

"젠장, 바이올렛. 그냥… 젠장." 그는 나를 꽉 끌어안았다가 팔 길이만큼 밀어냈다. "너 다쳤구나."

"난 괜찮아." 그렇게 장담을 해도 데인의 눈에 깃든 걱정은 가라앉지 않았다. 평생 가라앉을 일이 없을 것 같기도 했다. "하지만 우리 비행대대의 1학년 중에 남은 사람은 우리가 전부야."

데인은 시선을 올려 다른 사람들을 보더니 고개를 끄덕였다. "아홉 명 중에 넷이라. 그건…." 그의 턱이 한 번 움직였다. "예상한 바다. 드래곤들은 현재 엠피리언이라는 드래곤 지도부 회의 중이니 돌아올 때까지 여기 있어." 그는 다른 사람들에게 말하고 나서 나를 내려다보았다. "넌 나하고 같이 가자."

아마 어머니가 데인을 통해서 나를 부르는 거겠지. 지금 벌어진 일 때문에 날 보고 싶을 게 분명했다. 그러나 비행장 저편에 시선을 던졌을 때 나를 보고 있던 사람은 어머니가 아니라 표정을 읽을 수 없는 제이든이었다.

데인이 내 손을 잡아끌자, 나는 몸을 돌려 비행장 반대편으로 갔다. 여기에서는 어둠 속에 몸을 숨길 수 있었다. 어머니 얘기는 아닌가 보네.

"도대체 무슨 일이 있었던 거야? 캐스가 그러는데 테른만 널 선택한 게 아니라 그 작은 드래곤도… 아덴이라고 했나?" 그는 갈색 눈에 당황스러움을 가득 담고 내 손에 손가락을 얽었다.

"앤다나야." 이름을 바로잡는데, 작은 금빛 드래곤을 생각했더니 입가에 미소가 떠올랐다.

"너보고 선택하라고 할 거야." 데인의 표정이 엄해졌고, 그 확신을 접하자 나도 움찔했다.

"난 선택하지 않을 거야." 손을 풀면서 고개를 저었다. "어떤 인간도 드래곤을 선택한 적 없고, 나도 첫 번째가 될 생각 없어." 그리고 데인이 뭔데 나한테 그런 말을 하지?

"그래야 해." 데인은 거칠게 머리카락을 쓸더니 평정을 잃었다. "날 믿어야 해. 날 믿지, 응?"

"그야 물론 믿지만…."

"그렇다면 넌 앤다나를 선택해야 해." 그는 마치 자기 판결이 결론이라는 듯이 고개를 끄덕였다. "둘 중에는 골드가 제일 안전한 선택이야."

왜? 테른이… 테른이니까? 내가 테른처럼 강력한 드래곤을 갖기엔 너무 약하다고 생각해서?

나는 입을 열었다가 물 밖에 나온 물고기처럼 뻐끔거리기만 했다. 꺼져버려. 다른 대답은 생각나질 않았다. 내가 테른을 거부한다는 건 있을 수 없는 일이다. 하지만 도저히 앤다나 역시 거부할 수 없다.

"그들이 나보고 선택하라고 할까요?" 나는 드래곤들 쪽에 대고 생각했다.

답은 돌아오지 않았고, 테른이 처음 들판에서 말을 건 순간부터 느꼈던 정신이 연장된 감각, 나 자신의 정신적인 경계가 늘어났다는 감각이 지금은 느껴지지 않았다.

나는 단절됐다. 허둥대지 마.

"난 선택하지 않을 거야." 나는 좀 더 부드럽게 그 말을 되풀이했다. 혹시 둘 다 얻지 못하게 되면 어떻게 하지? 그들이 무슨 성스러운 규칙 같은 걸 어겨서 우리 모두가 벌을 받게 되면 어쩌나.

"해야 해. 앤다나로 해." 그는 내 어깨를 움켜쥐고 몸을 기울이며 다급한 투로 말했다. "나도 앤다나가 라이더를 태우기엔 너무 작다는 걸 알지만…"

"그건 시험해본 적 없어." 반사적으로 말하면서도 사실인 줄은 알고 있었다. 그냥 물리적으로 무리였다.

"그건 상관없어. 그렇다면 비행단과 같이 드래곤을 탈 순 없겠지만, 아마 케이오리처럼 영구 교수직을 줄 거야."

"케이오리야 고유 능력 때문에 없어서는 안 될 교수라서 그런 거지. 드래곤이 날 수 없어서가 아니라." 나는 반박했다. "그리고 케이오리조차도 행정직이 되기 전에는 전투비행단에서 4년을 필수로 복무했어."

데인이 시선을 피했다. 나는 그의 머릿속에서 톱니바퀴가 돌아가는 모습을 볼 수 있을 것만 같았다. 그런데 뭘 계산하는 거지? 내 위험부담? 내 선택? 내 자유?

"네가 앤다나를 데리고 전투에 참여한다 해도 그 경우엔 네가 죽을 가능성만 있어. 하지만 테른을 택하면 제이든이 확실히 널 죽게 할 거야. 멜그렌이 무시무시하다고 생각해? 난 여기에 너보다 1년 더 있었어, 바이. 적어도 멜그렌이 상대일 때는 무슨 일이 일어나는지 알지. 제이든은 그 두 배는 무자비할 뿐만 아니라 위험할 정도로 예측이 불가능해."

나는 눈을 껌벅였다. "잠깐만, 무슨 소릴 하는 거야?"

"테른과 스게일은 서로의 반려야. 지난 몇 세기 동안 가장 강력한 유대를 맺은 한 쌍이라고."

머리가 빙빙 돌았다. 반려 드래곤은 오랫동안 떨어져 있으면 건강이 나빠지기 때문에 늘 같은 기지에 배치됐다. 언제나. 그렇다는 건… 신들이시여.

"그냥… 어떻게 된 일인지 말해줘." 내가 멈칫한 걸 느꼈는지 데인의 목소리가 부드러워졌다.

그래서 나는 사실대로 말했다. 잭과 잭의 살인자 친구들이 앤다나를 사냥하려 했던 일을. 내가 넘어졌던 일, 그 공터, 그리고 지켜보던 제이든, 놀랍게도 나를 지켜주려 했던 제이든에 대해 말했다. 그는 오렌이 내 등을 공격했을 때 경고해줬다. 손 하나 까딱하지 않고도 나를 없앨 완벽한 기회가 있었는데 그는 나를 돕는 쪽을 선택했다. 대체 그걸 어떻게 해석해야 할까?

"제이든이 거기 있었다고." 데인은 조용히 말했지만, 그 목소리에서는 부드러움이 빠져나갔다.

"응." 나는 고개를 끄덕였다. "하지만 테른이 나타나자 떠났어."

"네가 앤다나를 지킬 땐 제이든도 거기 있었고, 그러다가 테른이 그냥… 나타났다고?" 데인이 천천히 말했다.

"그래, 방금 그렇게 말했잖아." 시간 순서가 헷갈리나? "무슨 생각을 하는 거야?"

"어떻게 된 일인지 모르겠어? 제이든이 뭘 한 건지?" 데인의 손에 힘이 들어갔다. 드래곤 비늘 갑옷이 있어서 다행이지, 아니었다면 내일쯤 어깨에 멍 자국이 남았을 것이다.

"부탁인데 내가 무슨 짓을 했다고 생각하는지 말해주지 그래." 어둠 속에서 누군가 나타났다. 제이든이 버려진 베일처럼 어둠을 떨어뜨리면서 달빛 속으로 걸어들어오자, 내 심장 박동이 빨라졌다.

열기가 혈관을 내달리면서 모든 신경 말단을 깨웠다. 제이든을 본 내 몸의 반응이 마음에 들진 않았지만 부정할 수 없었다. 그의 매력은 정말이지 불편하기 짝이 없었다.

"당신이 탈곡을 조작한 거지." 데인은 내 어깨에서 두 손을 내리고 몸을 돌려 우리의 비행단장을 마주했다. 나와 제이든 사이에 선 데인의 어깨가 단단하게 굳었다.

맙소사, 그건 어마어마한 혐의였다.

"데인, 그건…." 피해망상이었다. 나는 데인의 등 뒤에서 벗어나 옆으로 나왔다. 제이든이 날 죽일 거였다면 이렇게 오래 기다리지 않아도 되었다. 그에게는 기회가 넘쳤다. 그래도 나는 여전히 여기에 서 있다. 그것도 그의 드래곤의 반려와 계약한 채로.

제이든은 날 죽이지 않을 거야. 그 사실을 깨닫자 가슴이 답답해졌다. 공터에서 일어났던 일을 다시 검토하게 되었으며, 발 밑의 중력이 달라지는 느낌마저 들었다.

"그건 공식적인 고발인가?" 제이든은 골칫거리를 대하듯 데인을 보았다.

"당신이 개입했어?" 데인이 답을 요구했다.

"내가 뭘 했냐고?" 제이든은 검은 눈썹 한 쪽을 들어올리며, 데인이 조금만 더 약한 사람이었다면 움츠러들었을 법한 시선을 던졌다. "내가 저 녀석이 수적으로도 밀리는 데다 이미 부상당한 걸 봤냐고? 내가 저 녀석의 용기가 무모하긴 하지만 존경스럽다고 생각했냐고?" 그가 나에게 시선을 돌리자 나는 그 충격을 발가락 끝까지 느꼈다.

"난 또 그렇게 할 거야." 나는 턱을 들어올렸다.

"아주 잘 알고 있네!" 제이든이 고함을 쳤다. 난간다리에서 만난 이후 그렇게 욱하는 모습은 처음이었다.

나는 흡, 하고 숨을 들이쉬었고, 데인도 나만큼이나 그 폭발에 놀랐는지 똑같이 했다.

"내가 저 녀석이 몸집이 더 큰 생도 세 명과 싸우는 걸 봤느냐고?" 그는 시선을 돌려 데인을 노려보았다. "그런 질문이라면 대답은 다 그렇다야. 하지만 넌 나에게 엉뚱한 질문을 던지고 있어, 에이토스. 내가 아니라 스게일도 그 꼴을 봤느냐고 물어야지."

데인은 침을 꿀꺽 삼키더니 시선을 돌렸다. 이제야 자기 위치를 다시 생각한 모양이었다.

"테른의 반려가 말한 거구나." 나는 속삭이듯이 말했다. 스게일이 테른을 부른 것이다.

"스게일은 깡패들을 좋아하지 않거든." 제이든이 나에게 말했다. "하지만 그게 너에 대한 친절이었다는 오해는 하지 마. 스게일이 그 작은 드래곤을 좋아해서 그래. 불행히도 테른은 자기 뜻으로 널 선택했어."

"망할." 데인이 중얼거렸다.

"내 생각도 그래." 제이든은 데인을 보고 고개를 절레절레 저었다. "소른게일이라니, 이 대륙을 통틀어서 고르라고 해도 가장 엮이기 싫은 사람이지. 내가 한 짓이 아니야."

아아, 가슴에 손을 올려 방금 제이든이 내 등 뒤에서 심장을 뜯어내지 않았는지 확인하지 않으려고 의지력을 총동원해야 했다. 정말이지 말도 안 되는 일이었다. 나도 똑같은 생각이었다. 그는 대반역자의 아들이었다. 그의 아버지는 브레넌의 죽음에 직접적인 책임이 있었다.

"그리고 설령 내가 개입했다 하더라도…." 제이든은 데인에게 다가서서 그를 내려다보았다. "그 행동이 네가 가장 친한 친구라고 부르는 사람을 구했다는 걸 알면서도 정말 그런 비난을 할 건가?"

내 시선이 데인에게 날아갔고, 유죄를 의미하는 침묵이 흘렀다. 간단한 질문이었지만, 나도 모르게 숨을 참고 대답을 기다리고 있었다. 내가 데인에게 정말로 어떤 의미일까?

"세상엔… 규칙이 있어." 데인은 턱을 치켜들며 제이든과 마주보았다.

"그러면 호기심에서 묻는데, 너라면 그 공터에서, 그 소중한 바이올렛을 구하기 위해, 그 규칙을 어겼을까?" 제이든은 데인의 표정을 흥미진진하다는 듯 들여다보며 얼음장 같은 목소리로 물었다.

제이든이 한 걸음 내디뎠다. 테른이 착륙하기 직전에… 분명 내 쪽으로 움직였었다. 데인의 턱이 꿈틀거렸고, 나는 그의 눈에서 치열한 갈등을 보았다.

"데인에게 묻는 건 불공평해." 내가 데인 옆으로 움직이려는데, 날갯짓 소리가 밤하늘을 갈랐다. 드래곤들이 돌아오고 있었다. 결정을 내린 것이다.

"명령이다. 대답해, 대대장." 제이든은 나에게 눈길도 주지 않았다.

데인은 침을 삼키면서 눈을 질끈 감았다. "아니요, 안 그랬을 겁니다."

내 심장은 바닥을 쳤다. 마음 깊은 곳에서야 데인이 관계보다도, 나보다도, 규칙과 질서를 중요하게 여긴다는 걸 언제나 알고 있었지만, 그 사실을 이렇게 잔인하게 드러내다니. 타이넌의 장검에 찔린 것보다 더 상처가 깊었다.

제이든은 비웃었다.

데인은 바로 나에게 고개를 돌렸다. "바이, 너에게 무슨 일이 생기는 모습을 지켜보는 건 죽기보다 싫지만, 규칙은…."

"괜찮아." 나는 그의 어깨를 건드리며 애써 말했지만, 괜찮지 않았다.

"드래곤들이 돌아오는군." 제이든은 첫 번째 드래곤이 비행장에 내려앉자 말했다. "대열로 돌아가라, 대대장."

나에게서 시선을 떼어낸 데인은 곧바로 서두르는 라이더와 드래곤들 사이에 섞여들었다.

"왜 그런 짓을 한 거야?" 나는 제이든에게 거칠게 말하고는 고개를 저었다. 이유야 아무려면 어떨까. "관두자." 나는 테른이 기다리라고 했던 자리로 돌아가려고 걷기 시작했다.

"네가 저 녀석을 지나치게 신뢰하니까." 제이든은 보폭을 넓히지도 않고 나를 따라잡으면서 대답했다. "그리고 누굴 믿어야 할지 알아야만 네가, 아니 우리가 계속 살아남을 테니까. 분과 안에서만이 아니라 졸업 후에도."

"우리 따윈 없는데." 나는 질주해서 지나가는 어느 라이더를 피하면서 말했다. 드래곤들이 이쪽저쪽에 내려앉으면서 폭동이라도 일어난 듯이 땅이 흔들렸다. 나는 이렇게 많은 드래곤이 나는 모습을 본 적이 없었다.

"아, 너도 곧 이제 달라졌다는 걸 알게 될 거야." 제이든이 옆에서 중얼대더니, 내 팔꿈치를 잡고 슬쩍 당겨서 다른 방향에서 달려오는 라이더와 충돌을 피하게 했다.

어제였다면 내가 정면으로 들이받게 내버려뒀을 텐데.

아니지, 심지어 나를 밀었을지도 몰랐다.

"테른의 유대는 아주 강해. 반려와도 강하고 라이더와도 강하지. 테른이 워낙 강력하기 때문이야. 지난번에 테른이 라이더를 잃었을 때는 거의 죽을 뻔했고, 따라서 스게일도 죽을 뻔했어. 반려를 맺은 한 쌍의 목숨은…."

"상호의존적인 건 나도 알아." 우리는 계속 앞으로 가며 라이더들 정중앙에 섰다. 제이든이 데인에게 보인 냉담한 태도에 그렇게 짜증이 나 있지만 않았어도, 사방에서 수백 마리의 드래곤이 착륙하는 장관에 감탄했을 것이다. 아니면 내 옆에 있는 남자에게 어떻게 이 드넓은 비행장의 공기를 다 빨아들이듯이 주변을 압도하는지 물었을지도 모르겠다.

"드래곤이 라이더를 선택할 때마다 그 유대는 전보다 더 강해져. 그렇다는 건, 바이올런스 네가 죽으면 연쇄반응이 일어나서 나까지 죽을 수도 있다는 얘기지." 차가운 대리석처럼 표정 없는 얼굴이었지만 그 눈에 깃든 노여움을 보자 숨이 막혔다. 그건 순수한… 분노였다. "그러니까 맞아, 관계자 모두에게는 불행한 일이지만 엠피리언이 테른의 선택을 승인했다면 이젠 너와 내가 우리가 된 거야."

아, 신들이시여. 내가 제이든 라이오슨과 하나로 묶이다니.

"그리고 이젠 테른이 나타났고, 다른 생도들도 테른이 계약할 뜻이 있다는 걸 알았으니…." 한숨과 함께 제이든의 이목구비에 짜증이 번졌고, 그는 강인한 턱을 움직이며 시선을 돌렸다.

"그래서 테른이 나보고 당신과 같이 있으라고 한 거구나." 나는 뱃속이 뒤틀리는 기분으로 오늘의 행동이 부른 결과를 받아들이며 속삭였다. "미계약자들 때문이었어." 35명이 넘는 미계약자들이 비행장 반대편에 서서 탐욕스러운 눈으로 우리를 보고 있었고, 그중에는 오렌 시퍼트도 있었다.

"미계약자들은 혹시나 테른과 계약할 수 있을지 모른다는 희망을 품고 널 죽이려고 할 거다." 제이든은 다가오는 개릭에게 고개를 저었고, 전대장은 우리를 번갈아 쳐다보며 입을 굳게 다물더니 비행장 저편으로 물러났.

"테른은 이 대륙에서 가장 강력한 드래곤 중 하나고, 테른이 쏟아내는 막대한 마력은 곧 네 것이 될 테지. 미계약자들은 앞으로 몇 달 동안 새로운 라이더들을 죽이려고 할 거다. 그동안은 아직 유대관계가 약하고, 드래곤이 마음을 바꿔서 자기들을 선택할 가망이 있으니까. 그러면 1년을 꼬박 되풀이하지 않아도 되니까. 그런데 심지어 테른이라고? 무슨 짓이든 하고도 남지." 그는 이제 한숨 전문가가 된 것 같았다. "현재 미계약 라이더는 41명이고, 네가 그들의 최우선 목표물이야." 그러면서 손가락 하나를 들어 보였다.

"그리고 테른은 당신이 경호원 역할을 할 거라고 생각하고." 나는 코웃음을 쳤다. "당신이 날 얼마나 싫어하는지 모르나 봐."

"테른은 내가 내 목숨을 얼마나 아끼는지 알아." 제이든은 그렇게 응수하며 나를 내려다보았다. "이제 곧 사냥당할 거라는 말을 들은 사람치고는 소름끼치게 침착하군."

"나한테야 새로운 일도 아니라서." 나는 그의 시선에 달아오르는 피부를 무시하며 어깨를 으쓱였다. "솔직히 말하면, 41명에게 사냥당하는 정도는 당신 때문에 끊임없이 어두운 구석을 살피는 일에 비하면 큰 위협도 아니야."

앤다나가 등 뒤에 착륙하면서 산들바람이 등을 때렸고, 테른이 내려앉자 돌풍이 불면서 땅이 흔들렸다.

제이든은 더 말하지 않고 내게서 시선을 돌려 걸어갔다. 그가 대각선으로 가로지르는 비행장 저편에서는 스게일이 다른 비행단장의 드래곤들에게 그늘을 드리우고 서 있었다.

"다 괜찮을 거라고 말해줘요." 나는 앤다나와 테른에게 중얼거렸다.

"*순리대로 되었다.*" 테른은 퉁명스러우면서 동시에 따분해하는 목소리로 대답했다.

"*아까는 대답을 안 했잖아요.*" 조금 비난조로 말한 건 인정.

"*인간은 엠피리언에서 무슨 말을 하는지 알면 안 돼.*" 앤다나가 대답했다. "*그게 규칙이야.*"

그러니까 나만이 아니라 모든 라이더가 차단되어 있었군. 그렇게 생각하자 이상하게 마음이 편해졌다. 게다가 엠피리언이라는 것 자체가 오늘 처음 들은 말이었다. 온갖 드래곤 정치가 밝혀지니 케이오리 교수는 오늘 천국에 온 기분이겠네. 그래서 드래곤들이 어떻게 결정한 거지?

슬쩍 쳐다보니 어머니는 내 쪽만 빼고 온갖 방향을 다 보고 있었다.

제복에 훈장을 주렁주렁 단 멜그렌 장군이 연단 앞으로 움직였다. 우리 왕국 최고의 자리에 있는 장군은 무시무시했다. 그는 보병을 소모품으로 쓰는 데 아무 갈등도 겪지 않았고, 심문과 처형을 감독할 때에도 잔인하기로 유명했다. 적어도 우리 가족의 식탁에서는 잘 알려져 있었다. 거대한 악몽과도 같은 그의 드래곤은 연단 옆 공간을 완전히 차지하고 있었다. 멜그렌 장군이 얼굴 앞에 두 손을 비스듬히 올리자 모여 있는 사람들이 조용해졌다.

"코다흐가 전하기를, 드래곤들이 소른게일 소녀에 대해 말했다고 한다." 간단한 마법 때문에 그 목소리는 비행장의 모두가 들을 수 있도록 증폭되어 울려 퍼졌다.

소녀는 아닌데. 나는 뱃속이 뭉치는 기분으로 생각했다.

"전통적으로 모든 드래곤은 라이더 한 명을 두었고, 단 한 번도 두 드래곤이 같은 라이더를 선택한 적은 없었다. 그러므로 이를 금하는 드래곤 법도 없다." 그는 선언했다. "라이더들은 이것이… 공정하다고 느끼지 않을지 모르지만." 말투를 들으니 멜그렌도 그렇게 느끼는 모양이다. "드래곤의 법은 드래곤이 만든다. 테른과…." 장군이 어깨 너머를 보자 부관이 뛰어나와서 귓가에 속삭였. "앤다나는 바이올렛 소른게일을 선택했으니, 그 선택은 그대로 유지된다."

사람들이 웅성거렸지만, 나는 날카로운 안도감에 어깨를 늘어뜨렸다. 불가능한 선택을 할 필요가 없어졌다.

"*순리대로라니까.*" 테른이 투덜거렸다. "*인간은 드래곤의 법에 발언권이 없다.*"

어머니가 앞으로 나서더니 똑같이 목소리를 확대하기 위한 손 모양을 취했는데, 나는 공식적으로 탈곡 의식을 마무리하면서 미계약 라이더들에게 내년에 또 기회가 있을 거라고 약속하는 말에 집중할 수가 없었다. 앞으로 몇 달 사이에 쟤들이 계약의 유대가 약한 우리를 죽이고 우리 드래곤들과 계약하려고 하지만 않는다면 그렇다는 얘기겠지.

나는 테른과 앤다나에게 속했고… 정말이지 괴상망측한 방식으로… 제이든에게도 속했다.

두피가 따끔거리는 느낌에 비행장 저편의 제이든을 보았다. 그는 내 시선을 느끼기라도 한 것처럼 쳐다보면서 손가락을 하나 들어올렸다. 최우선 목표물이라 이거지.

"어떠한 경계도, 한계도, 끝도 알 수 없는 가족에 합류한 것을 환영한다." 어머니가 연설을 끝맺자 비행장에 환호가 다시 울려 퍼졌다. "라이더들, 앞으로."

나는 혼란에 빠져서 이쪽저쪽을 보았지만, 다른 라이더들도 마찬가지였다.

다섯 걸음쯤이면 된다. 테른이 말했다.

"드래곤들이여, 언제나처럼 우리의 영광입니다." 어머니가 외쳤다. "이제 축하합시다!"

뜨거운 기운이 내 등을 때렸고, 나는 양쪽에 선 라이더들이 소리를 지르는 가운데 잇새로만 낮게 아픈 소리를 냈다. 등이 말 그대로 불타는 느낌이었는데, 그래도 비행장 맞은편에 있는 모두는 요란하게 환호하고 있었고, 몇 명은 우리 쪽으로 달려오고 있었다.

다른 라이더들이 포옹에 붙들렸다.

너도 좋아할 거다. 테른이 장담했다. *독특하거든.*

아픔은 둔통으로 변했고, 나는 어깨 너머를 슬쩍 보았다. 조끼 바깥으로 진한 검은색의… 뭔가가 삐져나와 있었다. *내가 뭘 좋아할 거라고요?*

"바이올렛!" 데인이 다가오더니, 함박웃음을 지으며 내 얼굴을 감싸 쥐었다. "네가 둘 다 얻었어!"

"그러게 말이야." 내 입술이 곡선을 그렸다. 이건… 비현실적이었다. 하루에 감당하기엔 너무 많은 일이 일어났다.

"네 인장은 어디…." 그는 손을 놓고 나를 빙 돌렸다. "풀어봐도 돼? 맨 윗부분만?" 데인은 목까지 올라오는 내 조끼 뒷부분을 당기며 물었다.

나는 고개를 끄덕였다. 몇 번인가 밀고 당기는 느낌이 나더니, 싸늘한 10월의 공기가 목 아래쪽을 할퀴었다.

"이런 세상에. 너도 이걸 봐야 해."

"*그 녀석에게 비키라고 해라.*" 테른이 명령했다.

"테른이 너보고 비켜서래."

데인이 비켜서는데, 갑자기 시야가 내 것이 아니게 변했다. 나는… 앤다나의 눈으로 내 등을 보고 있었다. 어깨 끝에서 끝까지 날개를 펼치고 비행 중인 드래곤 모습이 검은색으로 반짝였고, 그 중앙에는 일렁이는 금빛 윤곽이 새겨져 있었다.

"아름다워." 나는 속삭였다. 나는 이제 그들의 마법에 의해 라이더라는 표식을 받았다. 그들의 라이더라는 표식이었다.

"*우리도 알아.*" 앤다나가 대답했다.

눈을 깜박이자 시야가 다시 돌아왔고, 데인의 두 손은 내 코르셋 끈을 잽싸게 조이더니 다시 내 얼굴을 잡고 들어올리고 있었다.

"내가 널 구하기 위해서라면 뭐든 한다는 걸 알아야 해, 바이올렛. 널 안전하게 지키기 위해서라면 뭐든 할 거야." 데인이 어쩔 줄 모르는 눈으로 불쑥 말했다. "라이오슨이 한 말은…." 그는 고개를 저었다.

"알아." 나는 안심하라고 고개를 끄덕였지만, 이미 심장에는 금이 가 있었다. "넌 언제나 내가 안전하길 바라지." 데인은 뭐든 할 것이다. 규칙을 어기는 것만 빼고.

"넌 내가 네게 어떤 감정인지 알아야 해." 데인의 엄지손가락이 내 뺨을 쓸고, 눈동자는 뭔가를 탐색했다. 그러더니 그의 입술이 내 입술에 닿았다.

그의 입술은 부드러웠지만 입맞춤은 확고했다. 기쁨이 등을 타고 올랐다. 이렇게 여러 해가 걸려서 드디어 데인이 나에게 키스하고 있었다.

그런데 흥분은 순식간에 사라졌다. 열기가 없었다. 에너지도 느껴지지 않았다. 날카로운 욕망이 일지도 않았다. 실망감이 그 순간에 초를 쳤지만 그건 나만이었나 보다. 데인은 입술을 떼어내며 활짝 웃고 있었다.

순식간에 끝났다. 내가 줄곧 원한 모든 것이었건만… 다만….

젠장, 이제는 원하지 않았다.

17

> 그러므로 드래곤이 강력할수록, 그 라이더가 발현하는 고유 능력도 강력한 것이 당연하다. 작은 드래곤과 계약한 힘 있는 라이더를 경계하되, 미계약 생도는 더욱 경계해야 한다. 그들은 계약할 기회를 잡기 위해서 무슨 일이든 서슴지 않을 것이다.
>
> — 아펜드라 소령, 《라이더 분과 지침》(무허가 판본)

두 달 동안 북적이는 막사에서 자다가 내 방을 갖게 되니 이상하기도 하고 묘하게 퇴폐적인 기분까지 들었다. 다시는 사생활이라는 사치를 당연하게 여기지 않으리라. 나는 절뚝거리며 복도로 나가서 문을 닫았다.

작은 복도를 사이에 두고 내 방과 마주보는 리의 방문이 열리더니, 소여의 크고 군살 없는 몸이 빠져나왔다. 그는 손으로 머리를 빗다가 나를 보더니 눈썹을 들썩이며 멈춰 섰다. 뺨이 주근깨 색깔과 비슷할 정도로 붉어졌다.

"좋은 아침이야." 나는 히죽 웃었다.

"바이올렛." 소여는 어색한 미소를 짓더니 1학년 기숙사 중앙 복도를 향해 걸어가버렸다.

리앤넌 옆방에서는 제2비행단의 한 쌍이 손을 잡고 나왔다. 나는 그들에게도 미소를 던지고는 방문에 기대어 서서 발목을 돌려보며 기다렸다. 발목을 뺄 때면 언제나 그랬듯이 아프기야 했지만, 부목과 부츠가 잘 버텨준 덕분에 몸무게를 실을 만했다. 다른 사람이었다면 목발을 요구했을 테지만, 내가 그랬다간 등에 과녁판을 하나 더 붙이는 격이었다. 제이든에 따르면 난 이미 커다란 과녁판을 지고 다니는 사람이니까.

리애넌이 방에서 나오더니 나를 보며 웃었다. "이젠 아침 당번 안 해?"

"어젯밤에 들었는데, 우리의 에너지를 비행 교습에 돌릴 수 있게 인기 없는 잡일은 미계약자들에게 넘긴대." 그렇다는 건 내가 시합 전에 상대를 약화시킬 방법을 다시 찾아야 한다는 뜻이었다. 제이든이 옳았다. 언제나 독으로 적을 쓰러뜨릴 수는 없다. 하지만 내가 가진 유일한 이점을 무시할 생각도 없다.

"미계약자들이 우릴 미워할 이유가 하나 추가됐군." 리애넌이 중얼거렸다.

"그래서, 소여라고, 리?" 우리는 복도를 걷기 시작했고, 로툰다로 이어지는 중앙 복도에 들어서기 전까지 다른 방을 몇 개 지나쳤다. 1학년 개인실은 2학년들 방만큼 널찍하지 않다는 건 말해둬야겠지만, 그래도 우리는 둘 다 창문 있는 방을 배정받았다.

리애넌은 입가에 미소를 머금었다. "축하하고 싶은 기분이었거든." 그러더니 그녀가 나를 곁눈질했다. "그런데 왜 네가 축하하는 소리는 안 들렸을까?"

우리는 강당으로 가는 사람들 사이에 섞여들었다. "같이 축하하고 싶은 사람을 못 찾았어."

"정말로? 어젯밤에 너하고 어떤 대대장이 개인 시간을 가졌다고 들었는데."

나는 리를 홱 돌아보다가 넘어질 뻔했다.

"그러지 말고, 바이. 분과 전체가 거기 있었는데 누가 널 봤을 것 같지 않아?" 리는 눈동자를 굴렸다. "그렇다고 내가 너한테 잔소리를 할 것도 아니잖아. 상관과 관계를 맺으면 눈살을 찌푸리는 사람이 있다고 한들 뭐 어때? 규제가 있는 것도 아니고, 다들 언제까지 살아 있을지 보장도 못하는데."

"도움이 되는 지적이야." 나는 인정했다. "하지만…." 적절한 말을 고르며 고개를 저었다. "우린 그런 게 아니야. 언제나 그렇게 되길 꿈꾸긴 했는데, 정작 데인이 키스했을 때는… 아무 느낌도 없었어. 정말로. 아무 느낌도." 목소리에서 실망감을 지울 수가 없었다.

"저런, 거지 같은 일이네." 리애넌이 나에게 팔짱을 꼈다. "안타깝다."

"나도야." 나는 한숨을 쉬었다.

복도 저편에서 문이 하나 열리더니, 리암 메이리가 브라운 클럽테일과 계약한 다른 1학년의 허리에 팔을 두르고 걸어나왔다. 아무래도 어젯밤에 나만 빼고 모두가 축한한 모양이었다.

"좋은 아침이야, 숙녀분들." 로툰다에 들어서는데 리독이 사람들을 밀어내고 우리 둘의 어깨에 한 팔씩 걸쳤다. "아니면 라이더들이라고 해야 하나?"

"라이더 쪽이 어감이 좋네." 리애넌이 리독에게 미소를 던지며 대꾸했다.

"좋은 울림이 있지." 리독이 맞장구를 쳤다.

"죽은 사람보다는 확실히 낫고. 네 인장은 어디 있어?" 나는 드래곤 조각 기둥들 사이를 지나 공용 구역으로 가는 계단을 오르면서 리독에게 물었다.

"여기." 그는 내 어깨에 얹은 팔을 내리더니, 튜닉 소매를 말아올려 팔에 새겨진 갈색 드래곤 모양을 보여줬다. "너는?"

"볼 수가 없어. 등에 있어."

"혹시라도 네 거대한 드래곤과 따로 떨어지게 되면 그 편이 더 안전하겠다." 리독의 동공이 흔들렸다. "솔직히 비행장에서 테른을 봤을 때는 오줌 싸는 줄 알았어. 네 인장은, 리?"

"너는 절대 못 볼 위치에 있지." 리가 대꾸했다.

"나 상처받았어." 리독은 심장 위에 손을 올렸다.

"별로 그런 것 같지 않은데." 리애넌은 그렇게 쏘아붙였지만, 얼굴에는 미소가 떠올라 있었다. 우리는 공용 구역을 통과해서 식당에 들어선 다음 아침식사 줄에 섰다. 배식을 받는 쪽에 서니 기분이 이상했고, 카운터 뒤에 선 남자를 본 나는 흠칫했다.

오렌이었다. 그가 나를 노려보는 눈길에 담긴 증오가 얼음처럼 등골을 타고 흘렀다. 나는 혹시나 오렌이 내 싸움 대처법을 받아들여 독을 넣을까 봐 그 구역을 건너뛰고 누구도 장난칠 수 없는 과일만 골랐다.

"개자식." 리독이 내 뒤에서 중얼거렸다. "아직도 저놈들이 널 죽이려고 했던 걸 믿을 수가 없어."

"난 믿어져." 나는 사과주스를 한 잔 집어들고 어깨를 으쓱였다. "내가 제일 약한 고리잖아? 나에게는 불행이지만, 그건 비행단의 안녕을 위해 사람들이 나를 제거할 수도 있다는 뜻이지." 우리는 제4비행단 구역으로 가서 남는 자리가 세 개 있는 식탁을 찾았다.

"혹시 우리가…." 리독이 입을 열었다.

"당연하지! 앉아!" 꼬리전대 남자 몇 명이 허둥지둥 벤치에서 일어났다.

"미안해, 소른게일!" 그들은 식탁을 비우며 다른 자리를 찾아나섰고, 한 명은 어깨 너머로 외쳤다. 대체 뭐지?

"흠, 방금 진짜 이상했어." 식탁 반대쪽으로 빙 돌아가는 리애넌을 따라 나도 벽을 등진 위치를 잡으며 쟁반을 앞에 놓고 벤치에 앉았다.

나는 혹시 무슨 냄새라도 나는지 겨드랑이를 킁킁댈 뻔했다.

"더 이상한 거 볼래?" 리독이 식당 저편에 있는 제1비행단 쪽을 몸짓으로 가리키며 말했다. 리독의 시선을 따라간 나는 눈썹을 치켜들었다. 잭 발로우가 다른 사람들에게 식탁 자리를 뺏겨서 일어나야 했다.

"대체 무슨 일이 벌어지는 거야?" 리애넌이 배를 한 입 베어 물며 말했다.

잭은 다른 식탁으로 갔지만, 거기서도 앉아 있던 사람들이 자리를 내주지 않아서 두 테이블 건너에서 자리를 찾았다.

"강자의 몰락이라." 리독이 나와 같은 쇼를 보면서 말했지만, 잭이 힘겨워하는 모습을 본다고 만족감이 들거나 하진 않았다. 들개들은 구석에 몰렸을 때 더 공격적이 되는 법이다.

"어이, 소른게일." 내가 두 번째 대련에서 쓰러뜨렸던 제1비행단의 다부진 여자가 긴장감 어린 미소를 지으면서 우리 식탁 옆을 지나갔다.

"안녕." 나는 멀어지는 그녀에게 어색하게 인사하고는 리독과 리에게 속삭였다. "쟤는 내가 대련에서 단검을 빼앗은 후에 한 번도 말을 건 적이 없었어."

"네가 테른과 계약해서 그래." 이모젠이 얼굴에 흘러내린 분홍색 머리카락을 불어 넘기며 우리 맞은편 벤치에 앉았다. 튜닉 소매를 걷어 올려서 반역의 인장이 드러나 있었다. "탈곡 다음 날 아침은 언제나 난장판이지. 권력 균형이 바뀌는데 너, 작은 소른게일은 이제 우리 분과에서 가장 강력한 라이더가 될 참이거든. 상식 있는 인간이라면 다들 널 무서워할 거야."

나는 심박수가 올라가는 기분으로 눈을 깜박였다. 그런 건가? 나는 식당 안을 둘러보며 주목했다. 원래 뭉치던 집단들이 갈라져 있었고, 위협으로 여겨졌던 생도 몇 명은 이제 으레 앉던 자리에 앉지 않았다.

"선배도 그래서 우리와 같이 앉는 거야?" 리애넌이 2학년을 보며 한쪽 눈썹을 구부렸다. "선배가 우리에게 좋은 말을 던진 일은 한 손에 꼽을 정도잖아." 그러면서 리애넌은 주먹을 들어올렸다. 한 번도 없다는 뜻이었다.

같은 대대지만 난간다리 이후에 우리 쪽에 눈길조차 주지 않았던 키 큰 2학년생 퀸이 이모젠 옆자리에 앉았고, 소여가 도착해서 리애넌 옆에 앉았다. 퀸은 금빛 곱슬머리를 귀 뒤로 넘기고 눈으로 흘러내린 앞머리를 치우더니, 이모젠이 한 말에 동그란 광대뼈를 올리며 웃었다. 이건 인정해야겠는데. 그녀의 양쪽 귓바퀴를 수놓은 고리 모양의 피어싱들은 기막히게 멋있었고, 달고 있는 여섯 개의 패치 중에는 그녀의 눈 색과 같은 어두운 녹색에 두 개의 실루엣이 들어간 것이 가장 흥미를 끌었다. 패치들이 무슨 의미인지 전부 외워둘걸. 하지만 들은 바에 따르면 패치의 의미는 해마다 바뀐다고 했다.

개인적으로 나는 우리가 처음 받은 패치들이 마음에 들었다. 나는 제4비행단의 엠블럼과 불꽃 모양 패치, 중앙에 붉은색으로 숫자 2를 넣은 패치를 꿰매느라 아주 조심해야 했다. 어떤 바늘도 드래곤 비늘을 뚫지는 못하다 보니 갑옷에서도 천 부분에만 바늘을 넣어야 했다.

하지만 내가 제일 좋아하는 패치는 불꽃전대 옆에 달린 것이었다. 우리는 난간다리 이후 가장 많은 수가 살아남은 비행대대로, 올해의 '강철대대'가 되었다.

"예전에야 너희와 같이 앉을 만큼 흥미롭지가 않았지." 이모젠이 대꾸하더니 머핀을 베어 물었다.

"난 주로 발톱전대 소속인 여자친구와 같이 앉아. 게다가 너희들 대부분이 죽어 나갈 때는 알아봐야 쓸모가 없잖아." 퀸이 곱슬머리를 다시 한 번 넘기면서 덧붙였지만, 머리카락은 곧 다시 풀려났다. "기분 나쁘게 듣진 마."

"괜찮아." 나는 사과를 먹기 시작했다. 그리고 우리 대대의 두 명뿐인 3학년생, 히튼과 에머리가 이모젠과 퀸 양옆에 앉았을 때는 그 사과를 뱉을 뻔했다.

여기에서 빠진 사람은 데인과 시애나뿐이었는데, 그 둘은 평소처럼 지휘관들과 함께 먹고 있었다.

"난 시퍼트가 계약할 줄 알았어." 히튼이 마치 한창 대화하던 중이었다는 듯이 에머리에게 말했다. 평소에 히튼의 머리카락이 붉은색 불꽃이라면 오늘은 초록색이었다. "소른게일에게 졌을 때만 빼면 모든 대련에서 이겼잖아."

"그놈은 앤다나를 죽이려고 했어." 아차. 나 혼자만 알고 있어야 했나.

식탁에 앉은 모두가 나를 쳐다보았다.

"테른이 다른 드래곤들에게 말했을지도." 나는 어깨를 으쓱였다.

"하지만 발로우는 계약했잖아?" 리독이 의문을 제기했다. "발로우의 오렌지 스콜피언테일은 작은 편이라고 들었지만 말이야."

"작아." 퀸이 확실하게 말했다. "그래서 오늘 아침에 애먹고 있는 거야."

"걱정 마. 그놈이라면 모자란 사회적 지위를 다른 방법으로 벌충하고도 남아." 리애넌이 중얼거리면서 내 쟁반을 보고 눈매를 좁혔다. "단백질을 먹어야지, 바이. 과일만 먹고는 살아남을 수 없어."

"문제없다고 확신할 수 있는 게 과일 뿐이야. 특히나 배식반에 오렌이 있으니 말이지." 나는 바쁘게 오렌지 껍질을 깠다.

"아이고, 정말이지." 이모젠이 소시지 세 조각을 내 접시로 옮겼다. "쟤 말이 맞아. 라이딩을 하려면 있는 힘을 다 끌어다 써야 할걸. 특히나 테른처럼 큰 드래곤이면."

나는 소시지를 물끄러미 보았다. 이모젠도 오렌 못지않게 나를 미워했다. 젠장, 훈련 첫날부터 내 팔을 부러뜨리고 어깨를 뽑은 게 이모젠이라고.

"그 아이는 믿어도 된다." 테른의 말에 화들짝 놀라서 오렌지를 떨어뜨렸다. *"날 미워하는 사람인데요."*

"말대꾸 좀 그만하고 먹어라." 테른의 말투에는 논쟁을 할 여지가 없었다.

내가 시선을 들어 눈을 마주치자, 이모젠은 도전하듯이 고개를 기울이고 나를 마주 바라보았다. 나는 포크를 써서 소시지를 자른 다음, 입 안에 던져 넣고 씹으면서 다시 식탁에서 오가는 대화에 주의를 기울였다.

"선배의 고유 능력은 뭐야?" 리애넌이 에머리에게 물었다.

바람이 식탁을 휩쓸면서 유리잔을 달그락거렸다. 공기 조종이군. 알았어.

"끝내준다." 리독이 눈을 크게 떴다. "얼마나 많은 공기를 움직일 수 있어?"

"그건 네 알 바 아니지." 그는 리독에게 눈길도 주지 않았다.

"소른게일, 오늘 수업이 끝나고 나면 넌 내 꺼야." 이모젠이 말했다.

나는 씹던 것을 그대로 꿀꺽 삼켜버렸다. "뭐?"

이모젠의 엷은 녹색 눈동자가 나를 보았다. "대련장에서 만나."

"대련이라면 내가 벌써 가르치고…." 리애넌이 입을 열었다.

"잘됐군. 쟤가 한 번이라도 지게 할 여유는 없어." 이모젠이 날카롭게 대꾸했다. "하지만 난 너의 중량 운동을 도울 거다. 대련이 다시 시작되기 전에 네 관절 주위 근육을 강화해야 해. 그것만이 네가 살아남을 길이야."

목덜미 털이 쭈뼛 섰다. "대체 언제부터 선배가 내 생존에 신경을 썼다고?" 이건 같은 대대라는 문제가 아니었다. 이전에는 신경도 안 쓰지 않았던가.

"지금부터." 이모젠은 포크를 꽉 쥐면서 말했지만, 아주 잠깐 식당 끝에 있는 연단에 던진 눈빛 덕분에 알 수 있었다. 그녀의 관심은 선한 마음에서 우러나는 게 아니었다. 분명히 누군가의 명령이었다. "아침 점호에서는 대대들을 압축할 거야. 모든 전대에서 소속 대대를 두 개씩으로 줄일 거다." 이모젠이 설명을 계속했다. "에이토스는 1학년 생존 수 최고를 유지해서 패치를 받았으니까 대대를 유지할 수 있겠지만, 아마 그렇게 성공적이지 못했던 대대를 찢어놓을 때 우리 대대에도 몇 명이 들어올 거야."

나는 최대한 신중하게 오른쪽을 보았다. 다른 제4비행단이 앉아 있는 식탁들 너머로 제이든이 부단장, 전대장들과 함께 앉아 있었다. 그중에는 두 자리는 차지해야 마땅할 만한 넓은 어깨의 개릭도 있었다. 내 쪽을 먼저 쳐다본 사람은 개릭이었는데, 이마를 찌푸린 모습이… 뭐지? 걱정하는 건가? 개릭은 곧 시선을 돌렸다.

개릭이 조금이라도 걱정할 이유는 하나뿐이다. 상황을 안다는 거다. 내 운명이 제이든과 엮였다는 사실을 안다는 뜻이다.

제이든에게 시선을 던지자 가슴이 답답해졌다. 정말이지 욕 나오게 아름다웠다. 아무래도 내 몸은 그 남자가 이 분과 자체만큼이나 위험하다는 사실에 신경 쓰지 않는 모양이었다. 혈관에 열기가 퍼지고 피부가 달아올랐다.

제이든이 단검으로 사과를 깎고 있었는데, 한 번 길게 감아서 껍질을 깎아내더니 계속 칼을 움직이면서 시선을 들어 나와 눈을 마주쳤다.

머리 전체가 저릿했다.

신들이시여, 제 몸에 저 남자를 보고 반응하지 않는 부위가 있긴 한가요?

그는 이모젠 쪽을 보았다가 다시 나를 보았고, 그것만으로도 나는 확신할 수 있었다. 그가 이모젠에게 내 훈련을 도우라고 명령한 거다. 제이든 라이오슨이 이제는 원수를 살려두는 일에 뛰어들었다.

몇 시간 뒤, 대대 개편과 사망자 명단 낭송이 끝난 후 제4비행단의 1학년 라이더 전원은 비행장에서 새로 지급받은 비행용 가죽옷을 입은 채 우리의 드래곤들 앞에서 기다리고 있었다. 평소에 입던 것보다 두꺼웠다. 나는 드래곤 비늘 갑옷 위에 상체를 다 덮는 재킷을 입고 버튼을 채운 상태였다.

그리고 정규 제복과는 달리 비행용 가죽옷은 어깨에 단 계급장과 지휘부 표시 외에는 어떤 표식도 달려 있지 않았다. 이름도 없고 패치도 없었다. 우리가 적진 안에서 드래곤과 떨어졌을 때 우리의 정체를 알려줄 만한 것은 하나도 없었다. 그저 무기를 꽂을 칼집만 잔뜩 달렸다.

나는 언젠가 전쟁에서 싸우게 된다는 생각을 하지 않으려고 애쓰면서 오늘 아침 비행장에서 벌어진 체계적인 혼란에 집중하려고 했다. 생도들이 테른을 보는 눈길이나, 드래곤들이 멀찍이 테른을 피하는 모습을 못 볼 수는 없었다. 솔직히 나라도 저런 거대한 드래곤이 이빨을 드러낸다면 물러서겠다.

"아니, 넌 안 그럴걸. 실제로도 물러서지 않았지. 넌 그 자리에 서서 앤다나를 지켰어." 테른의 목소리가 머릿속을 채웠는데, 말투만 들어도 테른이 여기 있는 게 내키지 않는다는 걸 알 수 있었다.

"그야 한꺼번에 많은 일이 터져서 그랬죠." 나는 대꾸했다. *"앤다나는 오늘 아침에 안 와요?"*

"앤다나는 너를 태울 수 없으니 비행 수업을 받을 필요도 없지."

"좋은 지적이네요." 그래도 앤다나를 보았다면 좋았을 텐데. 게다가 그녀는 내 머릿속에서도 더 조용해서 테른만큼 참견이 심하지 않았다.

"방금 한 생각 들었다. 이제 집중해라."

나는 눈을 굴리면서도 비행장 중앙에서 케이오리 교수가 하는 말에 초점을 맞췄다. 그는 손을 올리고 모두가 들을 수 있게 목소리를 전달하는 흔한 마법을 썼다. 리독이 저걸 할 줄 알게 되면 큰일인데. 나는 리독이 자기 비행대대만이 아니라 라이더 분과 전체를 괴롭힐 방법을 찾아내리라는 사실을 알기에 웃음을 꾹 참았다.

"…그리고 라이더가 92명뿐이니, 역사상 너희가 가장 수업 인원이 적다."

어깨가 내려갔다. *"계약할 의지가 있는 드래곤이 백하나에다가, 당신까지 더해진 줄 알았는데요?"*

"의지가 있다는 게 자격 있는 라이더를 찾았다는 뜻은 아니지."

"그런데 둘이서 저 하나를 택했다고요?" 미계약자가 41명이나 있는데? 엄청난 모욕이었다.

"너는 자격이 있다. 적어도 나는 그렇게 생각한다만, 지금 수업에 집중하지 않고 있구나." 테른이 식식거리자 따뜻한 숨이 내 목덜미를 때렸다.

"너희 자리에 서기 위해 살인이라도 할 미계약 라이더가 41명 있다." 케이오리 교수가 말을 이었다. *"그리고 너희 드래곤들은 지금이 유대관계가 가장 약*

할 때라는 것을 아니까 너희가 실패한다면, 미계약자가 더 나은 선택이라고 생각하고 내버려둘 수도 있다."

"격려가 되네요." 나는 투덜거렸고, 테른은 코웃음치는 듯한 소리를 냈다.

"자, 우리가 드래곤의 등에 오르면, 드래곤들이 이미 아는 특정한 일련의 기동을 펼칠 것이다. 오늘 내리는 명령은 단순하다. 자리에 붙어 있어라." 케이오리 교수가 설명을 끝내더니 몸을 돌려 달리기 시작했다. 그는 3.6미터쯤 질주하여 자기 드래곤의 앞다리를 수직으로 타고 올랐다.

건틀릿의 마지막 장애물과 비슷했다.

나는 아침을 많이 먹지 말걸 그랬다는 생각을 하면서 침을 삼키고는 테른에게 돌아섰다. 이쪽저쪽에서 라이더들이 똑같이 올라타기 과정을 수행하고 있었다. 나는 발목이 낫는 중이어서 도저히 정상적으로 해낼 방법이 없었다.

테른이 어깨를 낮추고 다리를 비스듬히 기울였다. 패배감이 나를 송두리째 삼킬 지경이었다. 분과에서 가장 큰 데다가 제일 까다롭기까지 한 드래곤과 계약했는데, 그 드래곤이 내 편의를 도모해야 하다니.

"그건 나를 위한 편의다. 네 기억을 봤는데, 기어오르려고 내 다리에 단검을 찔러 넣는 건 달갑지 않구나. 이제 가자."

나는 코웃음을 치면서도 다리를 타고 올라갔고, 자리를 찾아 테른의 스파이크 사이를 누비면서 고개를 내저었다. 어제의 라이딩으로 허벅지가 아팠기에 나는 비늘 폼멜을 잡고 앉으면서 얼굴을 찌푸렸다.

케이오리 교수의 드래곤이 하늘로 날아올랐다.

"꽉 잡아라."

내 다리에 어제와 같은 '에너지 띠'가 감기는 느낌이 들었고, 테른은 아주 잠깐 몸을 웅크렸다가 하늘로 몸을 내던졌다. 뱃속이 철렁 내려앉고 바람이 눈을 때렸다. 나는 위험을 무릅쓰고 한 손을 들어서 비행용 고글을 내려썼다. 바로 안도감이 찾아왔다.

"우리가 꼭 두 번째로 가야 해요?" 계곡을 벗어나 산등성이로 더 높이 올라가면서 테른에게 물었다. 이제는 왜 내가 바스지아스에서 성장했는데도 드래곤들의 훈련을 자주 보지 못했는지 이해가 갔다. 우리 주위에는 라이더들밖에 없었다. *"제가 미끄러져 떨어지면 모두가 다 볼 텐데요."*

"스매치드의 라이더가 네 교수가 아니었다면 앞서 보내지도 않았을 거다."

"그러니까 당신은 늘 앞장서야 직성이 풀린단 말이죠? 알아두니 좋네요. 잊지 말고 나보고 사원에서 던에게 여러 번 기도하라고 일깨워줘요." 나는 케이오리 교수만 계속 보면서 언제 기동이 시작되는지 살폈다.

"던이라면 힘과 전쟁의 여신?" 테른이 이번에는 확실히 코웃음을 쳤다.

"뭐예요, 드래곤들은 신들을 우리 편에 둬야 한다는 생각을 안 해요?" 젠장, 이 위는 추웠다. 장갑을 낀 두 손으로 폼멜을 꽉 잡았다.

"드래곤들은 너희의 별 볼 일 없는 신들에게 신경 쓰지 않는다."

케이오리 교수가 오른쪽으로 비스듬히 날자 테른이 따라하면서 봉우리의 능선을 따라 가파르게 떨어지는 하강비행으로 연결했다. 나는 다리에 힘을 단단히 줬지만, 사실 나를 자리에 붙들어두는 건 테른임을 알고 있었다.

그는 나를 그대로 붙잡아둔 채 다시 솟아올랐다가 나선에 가깝게 방향 전환을 했다. 나는 그가 케이오리가 하는 모든 기동을 단순히 따라하는 게 아니라 더 어렵게 기동하고 있음을 눈치 챌 수밖에 없었다.

"절 계속 이렇게 잡아줄 순 없어요."

"어디 보려무나. 혹시 저 뒤에 글린의 라이더처럼 빙하 위로 떨어지고 싶다면 모르겠다만?"

나는 고개를 홱 돌렸지만, 보이는 것이라곤 흔들리는 테른의 꼬리뿐이었다. 그의 거대한 스파이크가 시야를 막고 있었다.

"보지 마라."

"벌써 라이더를 하나 잃었다고요?" 목이 메었다.

"글린은 선택을 잘못했다. 어차피 강하게 유대를 맺지도 않는 녀석이지."

오, 신들이시여.

"내내 이런 식으로 붙들면, 전투에 힘이 필요할 때도 절 유지하는 데 에너지를 들이게 될 거예요."

"내 전체 힘에 비하면 얼마 안 된다."

혼자 힘으로 내 드래곤의 등에 앉아 있지도 못한다면 대체 내가 어떻게 라이더라고 할 수 있을까?

"그러면 좋을 대로 하거라."

에너지 띠가 떨어져 나갔다.

"고마워어어어어아이씨!" 테른이 왼쪽으로 기울자 허벅지가 미끄러졌다. 손도 미끄러졌다. 나는 그의 옆구리로 주르륵 미끄러지면서 잡을 곳을 찾아 손가락을 긁었지만, 잡을 곳이 없었다.

나는 세찬 바람을 귀에 가득 채우면서 빙하를 향해 내리꽂혔고, 날것 그대로의 공포가 심장을 쥐어짰다. 저 아래 보이는 몸뚱이가 점점 커졌다.

그러다가 몸이 확 당겨 올라가더니, 테른이 발톱으로 나를 움켜쥐고 탈곡 때처럼 건져 올렸다. 그는 높이 올라갔다가 다시 나를 집어던졌는데, 이번에는 떨어지던 엉덩이가 그의 등과 만날 때 마음의 준비는 되어 있었다.

머릿속에 잘은 모르겠지만 넌더리를 내는 듯한 포효가 들렸다.

"그게 대체 무슨 뜻인데요?" 테른이 수평으로 나는 동안 더듬더듬 좌석을 찾아 앉았다.

"인간의 말로 제일 가깝게 번역하면 아마 '빌어먹을'쯤 되겠지. 자, 이번에는 네 좌석에 앉아 있을 거냐?" 그는 하강해서 대열에 합류했고, 나는 그럭저럭 앉아 있을 수 있었다.

"나 혼자 힘으로 할 수 있어야 해요. 우리 둘 다 이런 연습이 필요하다고요." 나는 반박했다.

"고집 센 은빛 아이 같으니라고." 테른이 투덜거리더니 케이오리 교수를 따라서 급강하했다.

나는 다시 떨어졌다.

그리고 다시.

그리고 다시.

그날 저녁, 식사 후에 대련장으로 갔다. 테른의 등에서 얼마나 많이 미끄러졌던지 온몸이 다 아팠고, 발톱에 계속 잡힌 겨드랑이에는 멍이 들었을 게 확실했다. 나는 로톤다를 통과해서 학예동으로 건너가다가 데인의 목소리를 들었다. 그는 내 이름을 부르며 달려오더니 나를 따라잡았다.

잠시 우리 둘만의 시간을 누릴 수 있다는 익숙한 행복감이 찾아오기를 기다렸지만, 마음이 부풀지 않았다. 오히려 어떻게 해야 할지 모를 어색함이 해일처럼 밀려왔다. 대체 뭐가 문제지? 데인은 멋지고 친절한 데다가 정말로, 정말로 좋은 남자였다. 고결한 데다가 내 절친이기도 하고. 그런데 왜 지금 우리 사이에 화학 반응이 일어나지 않는 걸까?

"리앤넌에게 네가 이쪽으로 가고 있다고 들었어." 그는 내 옆에 도착하자 걱정으로 이마를 찌푸리며 말했다.

"운동하러 가는 중이야." 나는 체육관을 바로 앞에 두고 모퉁이를 돌면서 애써 미소를 지었다. 커다란 아치문은 열려 있었다.

"운동이라면 오늘 비행으로도 충분하지 않았어?" 데인이 내 어깨를 건드리고 멈춰 섰기에 나도 멈춰 섰다. 빈 복도에서 몸을 돌려 그를 마주보았다.

"확실히 오늘 떨어지긴 충분히 떨어졌지." 나는 팔에 감은 붕대를 확인했다. 그래도 꿰맨 데가 벌어지지는 않았다.

"난 솔직히 테른이 널 선택하면 괜찮아질 줄 알았어."

"난 괜찮아질 거야." 목소리를 높여서 장담했다. "그저 기동 중에 잘 붙어 있으려면 근육을 강화해야 할 뿐이야. 게다가 테른은 고집스럽게 모든 기동을 케이오리보다 더 거칠게 해."

"*다 널 위해서지.*"

"그리고 언제나 내 옆에 있고요?" 나는 머릿속으로 대꾸했다.

"*그래. 익숙해져라.*"

나는 으르렁거리고 싶은 충동과 싸워야 했다. 저 거만하고 끼어들기 좋아하는….

"*나 아직 여기 있다.*"

"바이올렛?" 데인이 물었다.

"미안, 테른이 자꾸 내 생각에 끼어드는 게 익숙하지가 않아서."

"그건 좋은 신호야. 둘의 유대관계가 강해지고 있다는 뜻이니까. 솔직히 난 왜 테른이 기동으로 널 애먹이는지 모르겠어. 공중에 그리폰 말고 다른 위협이 있는 것도 아니고, 우리가 불만 한 번 쏘면 그 새들은 다 죽는다는 걸 알잖아. 너무 엄하게 하지 말라고 해."

"*그 녀석에게 네 일이나 신경 쓰라고 해라.*"

"난… 어… 그럴게." 테른의 말에 나는 웃음을 눌렀다. "*좀 봐줘요. 앤 나랑 제일 친한 친구라고요.*"

테른이 코웃음을 쳤다.

데인의 입술에서 한숨이 새어 나오더니, 손바닥으로 내 얼굴을 부드럽게 감싸고 잠시 내 입술에 시선을 떨궜다가 물러났다. "저기. 어젯밤은…."

"나보고 테른과 계약하면 제이든이 날 죽게 할 거라고 했던 대목? 아니면 네가 나에게 키스했던 대목?" 나는 오른쪽 팔을 조심하면서 팔짱을 꼈다.

"키스 말이야." 그는 목소리를 낮추며 인정했다. "그… 그건 일어나선 안 될 일이었어."

내 안에 안도감이 흘렀다. "그렇지?" 미소가 지어졌다. 데인도 같은 마음이라니 얼마나 다행인지. "그래도 여전히 우린 친구야."

"최고의 친구지." 그는 맞장구를 쳤지만, 뭔가 눈에는 내가 이해할 수 없는 슬픔이 무겁게 들어차 있었다. "그렇다고 내가 널 원하지 않는 건 아니야…."

"뭐?" 나는 눈썹을 올렸다. "무슨 소리야?" 우리 생각이 뭔가 엇갈렸나?

"나도 너와 같다는 말이야." 데인의 미간에 주름이 두 줄 생겼다. "직속상관과 부하가 육체 관계를 맺는 건 무척이나 눈살을 찌푸릴 만한 일이지."

"아." 그래, 그건 확실히 내가 하려던 말이 아니었다.

"그리고 너도 내가 대대장이 되려고 얼마나 노력했는지 알지. 내년엔 비행단장이 될 생각이고, 네가 나에게 큰 의미가 있다 해도…." 그는 고개를 저었다.

오. 데인에겐 전부 정치뿐이었다. "맞아." 나는 고개를 천천히 끄덕였다. "이해해." 데인이 나를 잡지 않는 이유가 오직 직책 때문이라는 건 중요하지 않아야 했고, 솔직히 중요하지도 않았다. 하지만 그 덕분에 데인에 대한 존경심이 조금 사라지기는 했다. 예상도 못한 일이었다.

"아마 내년이라면, 네가 다른 비행단이라면, 아니면 졸업 후라면…." 그는 희망에 눈을 반짝이며 입을 열었다.

"소른게일, 이만 가지. 내가 밤새 여기 앉아 있어야겠냐." 이모젠이 팔짱을 끼고 문간에서 외쳤다. "우리 대대장 볼일이 다 끝났다면 말이지만."

데인은 이모젠과 나를 보며 물러섰다. "이모젠이 널 훈련시킨다고?"

"선배 쪽에서 제안했어." 나는 어깨를 으쓱였다.

"대대에 대한 충성심과 어쩌고저쩌고." 이모젠의 미소는 눈까지 올라가지 않았다. "걱정 마. 내가 잘 돌봐줄게. 잘 가, 에이토스."

나는 데인에게 짧은 미소를 던지고 걸어가면서 어깨 너머로 아직 그가 그 자리에 있나 돌아보고 싶은 마음을 거부했다. 이모젠이 얼른 내 뒤를 따라오더니, 앞장서서 왼쪽 구석으로 향했다. 그리고 유리와 돌이 만나는 지점에서 내가 한 번도 눈여겨보지 않았던 문을 밀어 열었다.

마법 불빛을 밝혀놓은 방 안에는 받침대와 밧줄과 도르래들이 달린 여러 가지 나무 장치, 레버가 달린 벤치, 벽에 붙은 가로대들이 가득했다. 그리고 반대쪽 매트 위에서 팔굽혀펴기를 하고 있는 사람은 그날 밤 숲속에서 보았던 1학년생 티르스였는데, 개릭이 그 옆에 앉아서 그녀를 독려하고 있었다.

"걱정 마, 소른게일." 이모젠이 지나치게 달콤한 목소리로 속삭였다. "여기엔 우리 셋밖에 없어. 넌 완벽하게 안전해."

개릭이 고개를 돌리더니, 티르스의 운동 횟수를 계속 헤아리면서 나와 눈을 마주쳤다. 그는 고개를 한 번 끄덕이더니 다시 하던 일로 돌아갔다.

"내가 걱정하는 건 선배뿐인데." 나는 이모젠을 따라가며 말했다. 그녀가 나를 데리고 간 장치에는 반질반질한 나무 좌석이 있고, 쿠션을 댄 두 개의 사각형이 좌석 앞무릎 높이에서 만나는 형태였다.

이모젠이 소리 내어 웃자, 나는 그녀가 진심으로 내는 웃음소리를 처음 듣는다는 생각을 했다. "일리 있네. 네 발목이나 팔은 낫기 전까지 운동할 수 없으니까 드래곤에 앉아 있기 위해 가장 중요한 근육부터 시작하자." 그녀는 내 몸을 슥 훑어보더니 명백한 혐오감을 드러내며 한숨을 쉬었다. "그 약해빠진 허벅지 안쪽 근육 말이야."

"제이든이 하라니까 이러는 것뿐이지?" 나는 이모젠이 조정하는 대로 쿠션을 댄 나무를 무릎 사이에 놓고 좌석에 엉덩이를 놓으면서 물었다.

그녀는 나와 눈을 마주치더니 눈매를 좁혔다. "규칙 1번. 1학년인 너에게는 제이든이 아니라 라이오슨이야. 그리고 넌 절대로 나한테 그에 대한 질문은 안 하는 거야. 절대로."

"그건 규칙이 두 개인데." 나는 그 둘에 대한 처음 추측이 맞았구나 싶었다. 저렇게 강렬한 충성심이라면 둘이 연인 사이겠지.

난 질투하지 않았다. 설마. 내 가슴속에 퍼져나가는 추악한 감정은 질투가 아니었다. 그럴 리 없다.

그녀는 코웃음을 치더니 나무에 즉각 압력을 밀어넣는 레버를 당겼고, 나무는 바깥쪽으로 홱 벌어지면서 내 허벅지를 벌렸다. "이제 운동 시작이다. 밀어서 다시 붙여. 30회."

18

아카이브보다 신성한 것은 없다. 사원은 다시 지을 수 있지만, 책은 다시 쓸 수가 없다.

— 댁스턴 대령, 《서기 분과에서 우수한 성적을 거두기 위한 지침》

나는 삐걱거리는 도서관용 나무 수레를 밀면서 라이더 분과와 힐러 분과를 연결하는 다리를 건넌 다음, 진료실 문 앞을 지나쳐서 바스지아스의 심장부로 들어갔다.

눈 감고도 걸을 수 있을 만큼 익숙한 길에 접어들자 마법 불빛이 터널로 내려가는 길을 밝혔다. 깊이 내려갈수록 흙과 돌 냄새가 허파를 채웠고, 지난달에 아카이브 당번으로 배정된 이후 거의 매일 나를 찌르는 날카로운 그리움은 어제보다 조금 덜했다. 매일 조금씩 덜해지고 있었다.

내가 목례를 하자 아카이브 입구에 있던 1학년 서기가 벌떡 일어나서 허둥지둥 묘지 같은 문을 열었다.

"좋은 아침이야, 소른게일 생도." 그는 내가 지나갈 수 있게 문을 잡은 채로 말했다. "어제는 못 봤네."

"좋은 아침, 피어슨 생도." 나는 수레를 밀고 지나가면서 웃어 보였다. 분과의 잡일을 나눌 때, 나는 내가 제일 좋아하는 일을 골랐다. "어제는 상태가 안 좋았어." 하루 종일 어지러움에 시달렸는데, 보나마나 물을 충분히 마시지 않은 탓이었다. 그래도 덕분에 쉴 수는 있었다.

아카이브에서는 양피지, 제본용 풀, 그리고 잉크 냄새가 났다. 집 같은 냄새였다.

동굴 같은 거대한 공간에 6미터 높이의 책장들이 줄줄이 늘어섰는데, 나는 입구에서 제일 가까운 테이블 옆에서 기다리면서 그 광경을 흠뻑 들이마셨다. 지난 5년간 내가 가장 많은 시간을 보낸 장소였다. 더 안쪽으로 들어갈 수 있는 사람은 서기뿐. 이제 나는 라이더였다.

그런 생각에 미소 짓는 사이, 크림색 튜닉을 입고 후드를 썼으며 어깨에는 금색 사각형 하나를 수놓은 여자가 다가왔다. 1학년이었다. 그녀가 후드를 젖혀 긴 갈색 머리를 드러내고 시선을 맞추자, 나는 활짝 웃고 말았다. 나는 수어로 말했다. "제시니아!"

"소른게일 생도." 그녀도 마주 신호를 보냈는데, 초롱초롱한 눈을 반짝이면서도 웃음을 참는 얼굴이었다.

이 순간만은 서기들의 관습과 의례가 싫어졌다. 내가 친구를 끌어안는 것이 잘못은 아닐 텐데, 그랬다간 제시니아가 평정을 잃었다고 책망을 들을 터였다. 서기들이 웃음을 남발하고 다닌다면 그들이 얼마나 진심으로 일하고 있는지, 얼마나 헌신적인지 알 도리가 없다 이거지.

"널 만나니 너무 반가워." 나는 웃음을 멈추지 못하고 수어로 말했다. "네가 시험에 통과할 줄 알았어."

"지난 1년간 너와 같이 공부한 덕분이지." 그녀는 입꼬리가 올라가지 않게 입술을 꾹 붙인 채로 수어를 썼다. 그러다가 얼굴을 아래로 떨궜다. "네가 강제로 라이더 분과에 들어갔다는 소식 듣고 무서웠어. 괜찮아?"

"멀쩡해." 나는 그녀를 안심시킨 다음, 드래곤 계약을 가리키는 정확한 수화를 찾아 기억을 뒤졌다. "난 계약을 했고…." 감정은 복잡했지만, 그래도 테른의 등에 올라 하늘을 나는 느낌, 이모젠의 훈련 시간에 근육을 더는 못 움직이겠다고 생각할 때면 앤다나가 계속하라고 부드럽게 격려하는 순간들, 지금 친구들과의 관계를 생각하면 진실을 부정할 수가 없었다. "난 행복해."

제시니아가 눈을 크게 떴다. "걱정되지 않아?" 그녀는 이쪽저쪽을 보았지만, 근처에 우리를 볼 만한 사람은 없었다. "그게… 죽을까 봐 말이야."

"그건 그래." 나는 고개를 끄덕였다. "하지만 이상하지. 그것도 익숙해지긴 하더라."

"네가 그렇다면 그렇겠지." 그녀는 의심스러운 표정이었다. "네 일을 마쳐야지. 이게 다 반환 도서야?"

나는 고개를 끄덕이고는 서명하기 전에 바지 주머니에 손을 넣어서 작은 양피지를 꺼내 건넸다. "그리고 드베라 교수님의 몇 가지 요청." 우리의 작은 도서관을 책임진 교수는 매일 밤마다 신청 목록과 반환 도서를 보냈고, 나는 아침 식사를 하기 전에 그것들을 가지고 아카이브에 왔다. 그래서 지금 내 배가 꼬르륵거리고 있는 거지.

비행, 리애넌의 대련 수업, 그리고 이모젠의 고문 시간으로 칼로리를 잔뜩 태우면서 지내다 보니 내 식사량은 완전히 달라졌다.

"또 다른 건?" 제시니아는 그 양피지를 로브에 숨겨진 주머니에 집어넣고 물었다.

아카이브에 와서 그런지 당황스러울 정도로 날카로운 향수가 나를 덮쳤다. "혹시 여기에 《불모지 민담》도 한 권 있을까?" 미라가 옳았다. 내가 동화책을 가지고 할 일은 없었다. 그렇지만 저녁 시간에 몸을 웅크리고 친숙한 이야기를 읽으면 좋을 것 같았다.

제시니아는 이마를 찌푸렸다. "그런 책은 잘 모르겠는데."

나는 눈을 껌벅였다. "학문적인 책은 아니고, 그냥 우리 아빠가 나에게 읽어주던 민간 설화집이야. 약간 어두운 분위기긴 하지만 난 정말 좋아해." 나는 잠시 생각했다. 와이번이나 베닌을 가리키는 수신호는 없었기에, 철자를 풀어서 전했다. "와이번, 베닌, 마법, 선과 악의 전투… 알지? 재미있는 이야기." 나는 씩 웃었다. 책에 대한 나의 사랑을 누구보다 잘 이해하는 제시니아였다.

"그런 책은 못 들어봤지만, 이 책들 꺼내면서 찾아볼게."

"고마워, 정말 고마워." 이제 나는 마법을 쓰는 사람이 될 테니 인간이 드래곤에게 받은 힘을 오염시키면 어떤 일이 일어나는지를 다룬 훌륭한 설화들이 나름 쓸모가 있을 터였다. 그 설화들은 우리에게 드래곤 계약의 위험을 경고하는 우화로 쓰인 게 분명하지만, 나바르 통일의 역사 600년 동안 마력에 영혼을 잃은 라이더가 있다는 이야기는 한 번도 읽은 적이 없었다. 드래곤들이 그런 일이 일어나지 않게 우리를 지켰다.

제시니아는 고개를 끄덕이고 수레를 밀면서 서가 안으로 사라졌다.

보통 우리 분과의 교수와 생도들이 신청한 도서를 다 모아오는 데는 15분쯤이 걸렸지만, 나는 얼마든지 기다릴 수 있었다. 서기들이 오고 갔다. 몇 명은 우리 왕국의 역사가가 되기 위한 훈련을 받는 무리였다. 나는 나도 모르게 후드를 쓴 사람을 모두 쳐다보면서 여기에서 찾을 수 없는 얼굴을 찾고 있었다. 내 아버지의 얼굴을.

"바이올렛?"

왼쪽을 돌아보자 1학년 서기 한 분대를 이끌고 있는 마컴 교수가 보였다. "안녕하세요, 교수님." 마컴 앞에서는 무표정을 유지하기가 더 쉬웠다. 나에게 그걸 기대할 줄 알고 있기 때문이다.

"네가 도서관 당번인 줄은 몰랐구나." 마컴은 제시니아가 사라진 서가 쪽을 흘긋 보았다. "도움을 받고 있는 거냐?"

"제시니아가…" 나는 대답하다가 움찔했다. "아니, 닐워트 생도가 많이 도와주고 있습니다."

"그게 말이다." 그는 내 주위에 반원을 그리고 선 다섯 명의 서기들에게 말했다. "여기 소른게일 생도는 라이더 분과에서 훔쳐가기 전까지만 해도 내 소중한 학생이었단다." 후드 아래 마컴의 시선이 나와 마주쳤다. "나는 이 녀석이 돌아오리라는 희망을 품고 있었다만, 안타깝게도 하나도 아니고 드래곤 두 마리와 계약을 해버렸구나."

마컴 오른쪽에 있던 여자가 헉 소리를 냈다가 입을 가리며 사과의 말을 웅얼거렸다.

"괜찮아요. 나도 똑같은 기분이었으니까." 내가 말했다.

"네가 여기, 방금 이 안에 신선한 공기가 부족하다고 불평하던 나스야 생도에게 뭘 좀 설명해줄 수도 있겠구나." 마컴 교수가 왼쪽에 있던 남자에게 주의를 돌렸다. "이 그룹은 아카이브 교대근무를 막 시작한 참이거든."

크림색 후드 아래서 나스야의 얼굴이 새빨개졌다.

"화재 방지 시스템 때문에 그래요." 나는 그에게 설명했다. "공기가 적어야 우리의 역사가 싹 불타버릴 위험이 적거든요."

"숨 막히는 후드는요?" 나스야는 나를 보고 한쪽 눈썹을 올렸다.

"책 사이에서 당신이 튀지 않게 해주죠. 이 방에 있는 서류와 책보다 더 중요한 사람이나 물건은 아무것도 없다는 상징이에요." 아카이브 안을 둘러본 나는 새로이 날카로운 향수를 느꼈다.

"바로 그거다." 마컴 교수가 나스야를 노려보았다. "자, 소른게일 생도. 실례지만 우리에겐 수행할 일이 있어서 말이다. 내일 전투 브리핑 시간에 보자."

"네, 교수님." 나는 물러서서 서기 분대가 지나갈 공간을 내주었다.

"*슬퍼?*" 앤다나가 부드러운 목소리로 물었다.

"*그냥 아카이브에 와 있을 뿐이야. 걱정할 필요 없어요.*" 나는 대답했다.

"*두 번째 집은 첫 번째 집만큼 사랑하기 어렵지.*"

나는 침을 삼켰다. "*두 번째 집이 운명이면 쉽죠.*" 그리고 라이더 분과는 나에게 그런 존재가 되었다. 운명. 오직 이 공간에서만 누렸던 평화와 고독에 대한 그리움도 하늘을 날 때 솟구치는 아드레날린과는 비교가 되지 않았다.

제시니아가 신청 도서들과 우리 분과 교수들에게 온 우편물이 쌓인 수레를 밀면서 다시 나타났다. 그녀가 수어로 말했다. "정말 미안하지만, 그 책은 못 찾았어. 와이번이라고 말했던 것 같아서 목록도 찾아봤는데 아무것도 없어."

나는 잠시 그녀를 응시했다. 아카이브에는 나바르에 존재하는 거의 모든 책의 사본이나 원본이 있었다. 오직 극도로 희귀하거나 금지된 책만이 예외였다. 언제 설화집이 그런 책이 됐지? 하지만 생각해보면 서기가 되기 위해 공부하던 시절에도 서가에서 《불모지 민담》 같은 책을 본 적이 없었다. 키메라? 있었지. 크라켄? 당연히. 하지만 와이번이나 와이번을 만드는 베닌은? 없었다. 괴상한 일이었다.

"괜찮아, 찾아봐줘서 고마워."

"너 달라 보여." 그녀는 수레를 넘겨주면서 말했다.

나는 눈을 크게 떴다.

"나쁘게 다르다는 건 아니고, 그냥⋯ 달라. 얼굴 살도 빠졌고 자세도⋯." 그녀는 고개를 절레절레 흔들었다.

"그동안 훈련했거든." 나는 멈칫하고, 두 손을 늘어뜨린 채 대답을 고민했다. "힘들지만, 좋기도 해. 난 매트 위에서 점점 빨라지고 있어."

"매트?" 제시니아의 이마에 주름이 졌다.

"대련용 매트야."

"그렇지. 너희가 서로하고도 싸운다는 걸 잊고 있었어." 제시니아의 눈에 연민이 어렸다.

"난 정말 괜찮아." 나는 장담했다. 오렌이 나를 보고 단검을 움켜잡는 모습이라거나, 잭이 이글거리는 눈빛으로 내 쪽을 보던 모습은 빼놓고 말이다. "넌 어때? 모든 게 원하던 대로야?"

"원하던 것 이상이야. 훨씬 더 좋아. 역사를 기록하는 임무만이 아니라 최전선의 정보를 빨리 전하는 책임도 내가 상상을 못했을 정도로 큰데, 정말 보람이 있어." 그녀는 다시 입술을 딱 붙였다.

"잘됐네. 네가 잘돼서 기뻐." 진심이었다.

"하지만 네가 걱정돼." 그녀는 숨을 훅 들이켰다. "국경선을 따라 공격이 늘어나는 건…." 걱정 때문에 그녀의 이마에 주름이 졌다.

"나도 알아. 우리도 전투 브리핑 시간에 듣고 있어." 언제나 똑같았다. 흔들리는 보호막을 공격하고, 산맥 높은 곳에 있는 마을들을 뒤지고, 라이더들이 죽고. 그런 전투 보고를 들을 때마다 심장이 쪼개졌다. 공격을 분석해야 할 때마다 나의 일부가 조금씩 정지했다.

"데인은?" 제시니아가 나와 같이 문으로 향하면서 물었다. "데인은 봤어?"

내 미소가 흔들렸다. "그 이야기는 다른 날에 하자."

그녀는 한숨을 내쉬었다. "널 볼 수 있게 이 시간쯤에는 여기 있어볼게."

"그러면 좋겠는걸." 나는 포옹하고 싶은 마음을 꾹 참고, 제시니아가 열어준 문으로 걸어나갔다.

수레를 도서관에 반환하고 배식 줄을 통과했을 때쯤에는 식사 시간이 거의 끝나 있었다. 주위에서 대대원들이 잡담을 하는 동안 나는 최대한 빨리 음식을 입에 쑤셔 넣어야 했다. 3대대가 해체되면서 우리가 받아들인 신참 1학년 두 명과 2학년 두 명은 한 테이블 너머에 있었다. 그들은 반역의 인장이 찍힌 사람과 같이 앉기를 거부했다. 그렇다면 뭐, 마음대로 하라지.

"그렇게 멋진 건 생전 처음 봤어." 리독이 말을 이었다. "소여가 그 브로드소드 기술이 죽여주는 3학년을 상대로 대련을 하고 있었는데, 갑자기…."

"본인이 직접 이야기하게 둘 수도 있잖아." 리가 눈을 굴리면서 핀잔을 줬다.

"고맙지만 됐어." 두려움이 가득한 눈으로 포크를 노려보던 소여가 고개를 내저으며 반대했다.

리독은 의기양양해서 히죽거리며 이야기를 계속했다. "갑자기 소여의 손에 있던 장검이 뒤틀리더니 그 3학년을 향해 구부러지는 거야. 소여는 상대에게서 한참 떨어져 있었는데도!" 그는 소여 쪽을 보고 얼굴을 찡그렸다. "미안하지만 진짜 그랬어. 네 장검이 휘어져서 그 3학년의 팔을 노리기로 결정하지 않았다면…."

"너 금속 능력자야?" 퀸이 양 눈썹을 치켜들었다. "정말로?"

이런 세상에, 소여는 금속을 조종할 수 있게 되었다. 나는 칠면조 고기를 조금 더 씹어 삼키고 나서 대놓고 소여를 쳐다보았다. 내가 아는 한, 고유 능력은 고사하고 어떤 형태의 마법이라도 보여준 건 우리 중에서 소여가 처음이었다.

소여는 고개를 끄덕였다. "카 교수님이 그렇게 부르더라. 에이토스가 그걸 보자마자 날 교수에게 끌고 갔거든."

"진짜 질투 나!" 리독이 가슴팍을 부여잡았다. "나도 빨리 고유 능력이 나타나면 좋겠다!"

"너도 능력을 조절하지 못해서 포크가 입천장을 찌를지 모르는 상황이 되면 그렇게 신나지 않을걸." 소여가 쟁반을 밀어냈다.

"일리 있네." 리독은 자기 쟁반을 보았다.

"너희 드래곤이 그 모든 마력을 믿고 맡길 준비가 되면 능력이 발현할 거야." 퀸이 말하더니 물을 마저 마셨다. "드래곤들이 6개월이 지나기 전에 너희를 믿기만 빌어라. 안 그러면…." 그녀는 입으로 쾅 소리를 내면서 손으로 터지는 시늉을 했다.

"애들 겁 좀 그만 줘." 이모젠이 말했다. "그런 일이 일어난 지…." 그녀는 잠깐 말을 멈추고 생각했다. "수십 년은 됐어." 우리가 빤히 쳐다보자 그녀는 눈을 굴렸다. "봐, 너희 드래곤들이 너희에게 옮겨놓은 인장은 마력을 몸에 흘려 넣기 위한 도관이야. 너희가 고유 능력을 발현해서 그 마력을 내보내지 않은 채로 몇 달이 흐르면 나쁜 일이 일어나지."

우리 모두 얼이 빠졌다.

"마력이 너희를 집어삼켜." 퀸이 다시 입으로 폭발음을 내면서 덧붙였다.

"긴장 풀어. 마감 시한이 정해져 있는 건 아니야. 그냥 평균 시간이지." 이모젠이 어깨를 으쓱였다.

"젠장, 여기엔 언제나 뭔가가 있다니까." 리독이 투덜거렸다.

"이젠 조금 더 운이 좋다는 기분이 드네." 소여가 포크를 노려보며 말했다.

"우리가 나무 식기를 구해다 줄게." 나는 소여에게 말했다. "그리고 한동안 무기고나… 무기를 들고 하는 대련은 피해야겠다."

소여가 웃었다. "사실이야. 그래도 오후 비행시간에는 안전하겠지."

탈곡 이후에는 우리 일정에 비행 수업을 더하는 것이 아주 중요했다. 비행단마다 교대로 비행장에 출입했는데, 오늘이 이번 주 우리의 행운의 날이었다.

두피가 찌릿한 느낌이 들었다. 고개를 돌리면 제이든이 우리를 보고 있을 것을 알았다. 나를 보고 있겠지. 하지만 나는 돌아봐서 제이든에게 만족감을 줄 생각이 없었다. 그는 탈곡 이후 나에게 한마디도 하지 않았다. 그렇다고 내가 혼자라는 건 아니었다. 혼자일 때는 없었다. 복도를 걸을 때나 밤에 운동을 하러 갈 때마다 근처 어딘가에 상급생이 한 명은 있었다.

하나같이 반역의 인장이 있는 선배들이었다.

"난 아침에 비행할 때가 더 좋더라." 리애넌이 얼굴을 구기면서 말했다. "아침과 점심을 다 먹은 후에 날면 훨씬 지독하단 말이야."

"동의." 나는 우걱우걱 먹으면서 말했다.

"칠면조 마저 먹어." 이모젠이 명령했다. "오늘 밤에 보자." 이모젠과 퀸은 쟁반을 들고 식기 반환 구역으로 향했다.

"혹시 널 훈련시킬 때는 좀 더 친절해?" 리애넌이 물었다.

"아니, 하지만 효율적이긴 해." 나는 식당이 비어가는 동안 칠면조를 마저 먹었고, 우리는 식기 반환 구역으로 향했다. "카 교수님은 어때?" 소여에게 묻고 나서 쟁반을 무더기 위에 올렸다. 능력 조절 수업을 담당하는 교수는 내가 만나보지 못한 유일한 교수였다. 고유 능력을 발현하지 못했기 때문이다.

"완전 무서워." 소여가 대답했다. "카 교수의 특별한 강의를 즐길 수 있게 얼른 모두가 능력 조절 수업을 시작했으면 좋겠다."

우리는 코트 단추를 채우면서 공용 구역과 로톤다를 통과해 안마당으로 들어갔다. 11월은 아침의 거센 돌풍과 서리 맺힌 풀과 함께 우리를 강타했다. 첫눈이 얼마 남지 않았다.

"내가 성공할 줄 알았다니까!" 우리 앞에서 잭 발로우가 누군가를 옆구리에 끼고 애정을 담아 그녀의 머리를 두드리면서 말하고 있었다.

"저거 캐롤라인 애시튼 아니야?" 리애넌이 입을 딱 벌리고 묻는 사이에도 캐롤라인은 잭과 함께 학예동으로 향했다.

"맞아." 리독이 긴장했다. "오늘 아침에 글린과 계약했어."

"글린은 이미 계약하지 않았어?" 리애넌은 두 사람이 학예동 안으로 사라질 때까지 지켜보았다.

"글린의 라이더는 우리의 첫 비행 수업에서 죽었어." 나는 비행장으로 이어지는 문에만 초점을 맞췄다.

"그러니까 미계약자들이 그렇게 간절하게 바라는 기회가 아직 있긴 있구나." 리애넌이 중얼거렸다.

"그래." 소여가 긴장한 얼굴로 고개를 끄덕였다. "있어."

"이번 나들이에서는 열 번 정도밖에 떨어지지 않았구나." 테른이 비행장에 착륙하면서 말했다.

"그게 칭찬인지 아닌지 모르겠네요." 나는 심호흡을 하면서 질주하는 심장을 가라앉히려 했다.

"좋을 대로 받아들여라."

나는 마음속으로 비죽거리고는, 테른이 내가 앞다리를 타고 미끄러져 내려갈 수 있게 어깨를 숙이는 동안 서둘러 자리에서 빠져나갔다. 이제는 이 동작이 너무나 몸에 익은 나머지, 다른 라이더들은 땅으로 뛰어내리거나 적절한 방식으로 내려갈 수 있다는 사실이 거의 신경 쓰이지 않을 정도였다. *"게다가 좀 더 쉽게 할 수도 있잖아요."*

"아, 알지."

"교수님이 평범한 급강하를 가르칠 때 가파르게 몸을 기울이면서 나선으로 떨어지는 건 내가 아니거든요." 나는 비행장 바닥에 발을 디디고서 테른을 향해 한쪽 눈썹을 올렸다.

"난 네게 전투 훈련을 시키고 있고, 그놈은 사교장 재주를 가르치고 있다." 그는 나를 보고 금빛 눈을 껌벅이다가 시선을 돌렸다.

"다음 주에는 앤다나를 합류시킬 수 있을 것 같아요? 그냥 같이 날기만 하더라도요." 나는 케이오리 교수가 우리에게 가르쳐준 모든 점검 사항을 수행하면서 테른의 긴 발가락 사이나 아랫배의 돌처럼 단단한 비늘 사이에 쓰레기라도 끼어 있지 않은지 찾아다녔다.

"난 배에 뭔가 꼈는데도 모를 정도로 멍청하지 않아. 그리고 앤다나가 요청한다면 또 몰라도 내 쪽에서 같이하자고 할 생각은 없다. 앤다나는 우리 속도를 따라오지 못하는 데다가 불러냈다간 원치 않는 관심만 끌 거다."

"도통 앤다나를 보질 못하잖아요." 나는 노골적으로 징징댔다. *"맨날 성격 나쁜 아저씨하고만 붙어 있고."*

"난 언제나 여기 있어." 앤다나가 대답했지만 반짝이는 금빛이 보이지는 않았다. 언제나처럼 베일 안에 있을 가능성이 높았다. 그래도 거기 있으면 보호받긴 했다.

"그 성격 나쁜 아저씨가 방금 열 번 넘게 널 잡아줬다, 은빛 아이야."

"결국에는 아저씨도 날 바이올렛이라고 부를 거예요." 나는 시간을 들여 꼼꼼히 테른의 비늘을 살폈다. 비늘 사이에 드래곤이 직접 빼낼 수 없는 작은 물건이라도 박혀서 감염을 일으키는 것이 드래곤에게 일어나는 가장 위험한 사고 중 하나였다.

"안다." 그는 대꾸했다. "그리고 비행단장처럼 바이올런스라고 부를 수도 있겠지."

"꿈도 꾸지 마요." 나는 테른의 가슴팍이 올라가는 지점을 확인하며 눈매를 좁혔다. "그 비행단장이 날 얼마나 짜증나게 하는지 알잖아요."

"짜증?" 테른은 내 위에서 고양이처럼 그르렁거렸다.

"심박수가 올라가는 걸 짜증이라고 한다면…."

"말도 꺼내지 말아요."

갑자기 테른의 가슴이 우르릉 울리면서 내 뼛속까지 진동했다. 칼집에 든 단검 근처에 손을 두고 몸을 빙글 돌리는데, 데인이 다가오고 있었다.

"그냥 데인인데요." 나는 데인이 몇 미터 앞에서 멈추자 테른의 앞다리 사이에서 걸어나갔다.

"분노는 저 녀석에게 어울리지 않아." 테른이 다시 우르릉거리자 수증기가 내 목덜미를 때렸다.

"긴장 풀어요." 나는 어깨 너머를 슬쩍 보다가 눈썹을 확 치켜들었다.

테른은 금빛 눈을 가늘게 뜨고 데인을 노려보고 있었고, 이빨을 드러내어 침을 떨구면서 으르렁거렸다.

"위협적이잖아요. 그만해요."

"그놈에게 널 해친다면 내가 그 자리에서 재로 만들어버리겠다고 전해라."

"맙소사, 테른." 나는 눈을 굴리고는 데인에게 걸어갔다. 데인은 턱을 굳게 다물고 있었지만 눈동자는 불안으로 크게 뜬 상태였다.

"그렇게 전하지 않으면 캐스에게 말하러 가겠다."

"테른이 그러는데 날 해치면 널 태워버리겠대." 나는 이쪽저쪽에서 드래곤들이 하늘로 날아올라 베일로 돌아가는 가운데 말했다. 하지만 테른은 돌아가지 않았다. 그는 과보호하는 아빠처럼 내 뒤에 서 있었다.

"내가 널 해칠 리가 없잖아!" 데인이 날카롭게 말했다.

"*내가 말한 그대로 전해라, 은빛 아이야.*"

나는 천천히 숨을 내쉬었다. "미안해, 정확하게는 네가 날 해친다면 그 자리에서 재로 만들어버리겠다, 였어." 나는 고개를 돌려 어깨 너머를 보았다. "이제 됐어요?"

테른이 눈을 깜박였다.

데인은 나를 계속 바라보았고, 그 눈에 테른이 경고한 분노가 소용돌이치는 것을 보았다. "난 널 해치느니 죽고 말 거야. 너도 그걸 알지."

"*이제 만족해요?*" 테른에게 물었다.

"*배가 고프군. 양떼라도 먹을까.*" 그는 웅장하게 날개를 치며 날아올랐다.

"이야기 좀 해야겠어." 데인은 목소리를 확 낮추면서 눈을 가늘게 떴다.

"좋아, 같이 걸어가자." 나는 리애넌에게 나 없이 가라고 손짓했고, 그녀는 데인과 나를 맨 뒤에 두고 다른 사람들과 앞서 걸어갔다.

우리는 비행장 가장자리로 물러났다.

"왜 네가 그 망할 자리에 계속 앉아 있을 수 없다는 얘길 안 한 거야?" 그는 내 팔을 붙잡으면서 소리쳤다.

"뭐라고?" 나는 팔을 뿌리쳤다.

머릿속에서 테른이 우르릉거렸다.

"*내가 알아서 해요.*" 나는 마음속으로 외쳤다.

"난 그동안 케이오리가 모든 것을 통제하겠거니 생각하고서 널 가르치게 내버려뒀어. 뭐라고 해도 우리 분과에서 제일 강한 드래곤의 라이더가 좌석에 앉아 있질 못한다면 모두가 알게 될 테니까." 그가 머리를 쓸어넘겼다. "내 제일 친한 친구가 비행날마다 매일같이 떨어진다면 당연히 내가 알 테니까!"

"비밀도 아니야!" 분노에 피가 끓었다. "우리 비행단 모두가 알아! 네가 네 대대를 주시하지 않았다니 유감이지만, 내 말 믿어, 데인. 모두가 다 알아. 그리고 난 너한테 어린애처럼 야단맞고 서 있을 생각 없어." 나는 성큼성큼 우리 비행단을 따라 걸었다.

"나한테 미리 말하지 않았잖아." 데인이 나와 보조를 맞추는 것 이상의 속도로 따라오면서 말하는데, 목소리에 깃들어 있던 분노가 사라지고 상처가 느껴졌다.

"아무 문제없어." 나는 고개를 저었다. "테른은 필요하면 마법으로 날 붙들어 놓을 수 있어. 그 제어를 풀어달라고 부탁한 건 나야. 그리고 나라면 테른에게 물어보기 전에 두 번 생각하겠어. 테른은 먼저 불태우고 나중에 질문하는 타입이거든."

"이건 엄청난 문제야. 그래서는 너에게…."

"마력을 다 흘려 넣을 수 없다고?" 나는 비행장을 벗어나 건틀릿 옆을 내려가는 계단으로 향하면서 물었다. "나도 알아. 왜 내가 하늘에서 제어를 풀어달라고 했겠어?" 좌절감이 내 안에 살아 숨 쉬면서 모든 이성적인 생각을 잡아먹고 있었다.

"한 달을 비행했는데 아직도 떨어지고 있잖아." 그의 목소리가 나를 따라 계단을 내려왔다.

"그건 비행단 절반이 그래, 데인!"

"열 번씩 떨어지진 않지." 데인이 되받았다. 내가 성채로 돌아가는 길을 향해 속도를 올리고 부츠 아래 자갈을 밟을 때쯤에는 데인이 내 뒤에 바짝 붙어 있었다. "난 그저 널 돕고 싶은 거야, 바이. 내가 어떻게 도우면 좋을까?"

그의 애처로운 말투에 한숨을 쉬었다. 나는 데인이 내 절친이고, 매일같이 내가 목숨을 거는 모습을 지켜봐야 한다는 사실을 계속 까먹었다. 서로 역할이 바뀌었다면 나는 어떤 기분일까. 아마 똑같은 걱정에 사로잡혔겠지. 그래서 나는 분위기를 가볍게 하려고 말했다. "한 달 전에 내가 30번도 더 떨어지던 모습을 봤어야 해."

"30번?" 데인의 목소리가 높아졌다.

나는 터널 입구에 멈춰 서서 미소 지었다. "실제로는 듣기보다 괜찮아, 데인. 진짜야."

"하다못해 비행의 어떤 부분이 어려운지만이라도 말해줘. 내가 조금이라도 돕게 해줘."

"내 문제점을 줄줄이 읊어줘?" 나는 눈동자를 굴리며 빠르게 대답했다. "내 허벅지는 너무 약하지만 지금 근육을 키우고 있어. 손아귀도 폼멜을 잡고 있질 못하지만 점점 힘이 붙고 있어. 이두박근은 낫는 데 몇 주가 걸렸으니까 그것도 지금 훈련 중이야. 하지만 내 걱정은 안 해도 돼, 데인. 이모젠에게 훈련받고 있어."

"라이오슨이 이모젠에게 부탁했겠지." 그는 팔짱을 끼면서 추측했다.

"아마 그렇겠지. 그게 왜 문제야?"

"라이오슨은 네 이익을 최우선으로 생각하지 않으니까." 데인이 고개를 젓는 모습이 그 어느 때보다도 낯선 사람 같았다. "우선 건틀릿을 오르기 위해서 규칙을 왜곡한 일이 있었지. 그래, 앰버가 나를 붙잡고 네가 비열하게 행동했다고 한 시간이나 쏘아댔어."

비열하다고? 닥쳐.

"근데 넌 그 말을 그냥 믿었어? 나한테 어떻게 된 일인지 묻지도 않고?"

"앰버는 비행단장이야, 바이. 난 앰버의 진실성에 의문을 갖지 않을 거야!"

"난 코덱스로 내 떳떳함을 증명했고, 라이오슨이 받아들였어. 라이오슨도 비행단장이야."

"좋아. 넌 해냈어. 오해하지 마. 네가 그 시험을 올바른 방법으로 처리했든 아니든 간에 네게 무슨 일이 생겼다면 나도 견디지 못했을 거야. 그다음엔 네가 탈곡에서 살아남았으니까 괜찮을 거라고 생각했는데, 가장 강력한 드래곤과 계약하고도…." 그는 고개를 저었다.

"어디 계속 말해봐." 어느새 내 손은 주먹을 쥐고 있었고, 손톱이 손바닥을 파고들었다.

"난 네가 졸업까지 버티지 못할까 봐 무서워, 바이." 그는 어깨를 늘어뜨렸다. "내가 너에게 어떤 감정인지 잘 알잖아. 내가 당장 어떻게 할 수 있든 없든 간에 말이야. 그리고 난 무서워."

마지막 말이 결정타였다. 내 목구멍을 타고 기어오른 웃음의 거품이 결국 터져 나왔다.

데인의 눈이 휘둥그레졌다.

"이 학교는 허세도 치장도 다 잘라내서 사람의 핵심을 드러내버린다고 했지." 나는 여름에 데인이 했던 말을 되풀이했다. "네가 그렇게 말하지 않았어? 이게 정말로 너의 핵심이야? 규칙에 푹 빠진 나머지 좋아하는 사람을 위해서라 해도 왜곡하거나 어길 때를 알지 못하는 사람? 내가 얼마나 못하는지에만 집중하느라 내가 훨씬 더 많은 걸 할 수 있다고 믿지 못하는 사람?"

그의 갈색 눈에서 온기가 빠져나갔다.

"한 가지는 분명하게 해두자, 데인." 나는 한 걸음 다가섰지만, 우리 사이의 거리는 멀어지기만 했다. "우리가 절대로 친구 이상이 되지 못하는 이유는 네 규칙 때문이 아니야. 너에게 나에 대한 믿음이 없기 때문이지. 지금도, 내가 모든 역경을 이기고 살아남아서 하나도 아닌 드래곤 둘과 계약한 지금조차도, 넌 여전히 내가 해내지 못할 거라고 생각하잖아. 그러니 용서해줘. 넌 이 학교가 나에게서 잘라낼 가식에 속하기 직전이야." 나는 데인 옆을 지나쳐서 씩씩대며 터널을 통과했다.

데인이 라이더 분과에 들어간 작년을 제외하면 내 인생에서 데인이 없던 때를 기억할 수가 없다. 하지만 끊임없이 내 미래를 비관하는 건 더 이상 참아줄 수가 없다.

안마당에 들어서자 잠시 동안 햇빛이 나를 사로잡았다. 오후에는 수업이 없었고, 제이든과 개릭이 영토를 시찰하는 신들처럼 학예동 벽에 기대어 선 모습이 보였다.

내가 지나가자 제이든이 검은 눈썹 한쪽을 들어올렸다.

나는 그에게 가운뎃손가락을 들어 보였다.

오늘은 제이든의 헛소리를 들어줄 심정이 아니었다.

"아무 일 없는 거야?" 내가 친구들을 따라잡자 리애넌이 물었다.

"데인은 정말…."

"멈춰!" 누군가가 머리를 부여잡고 비명을 지르면서 로톤다 계단을 달려 내려왔다. 전투 브리핑 시간에 내 두 줄 아래에 앉아서 끊임없이 깃펜을 떨어뜨리던 제3비행단 소속의 1학년이었다. "맙소사, 제발 그만!" 그는 새된 비명을 지르며 비틀비틀 안마당에 들어섰다.

내 두 손은 단검 주위를 맴돌았다. 그때 그림자 하나가 내 왼쪽으로 움직였는데, 흘긋 보았더니 제이든이 이동해서 아무렇지도 않게 바로 앞에 서 있었다.

비켜선 사람들이 머리를 부여잡고 비명을 지르는 1학년을 에워쌌다.

"제러마이아!" 누군가가 외치면서 앞으로 나섰다.

"당신!" 제러마이아는 몸을 돌리며 방금 부른 3학년을 가리켰다. "내가 미쳤다고 생각하지!" 그의 고개가 기울며 눈동자가 확 커졌다. "쟤가 어떻게 알지? 알 리가 없는데!" 마치 다른 사람처럼 말투가 변했다.

한기가 내 등줄기를 타고 내려가면서 내장을 땅바닥으로 끌어내렸다.

"그리고 당신!" 그는 다시 휙 돌더니 제1비행단의 2학년을 가리켰다. "저 녀석 대체 뭔 문제야? 왜 비명을 지르는 거지?" 그는 다시 몸을 돌려 데인에게 초점을 맞췄다. "바이올렛이 날 쭉 미워할까? 걘 어째서 내가 그저 자기를 살려두고 싶어 한다는 걸 모르는 거지? 저 녀석이 어떻게…? 내 생각을 읽고 있어!" 소름끼치고, 민망하고, 무시무시했다.

"신들이시여." 나는 속삭였다. 심장이 어찌나 크게 뛰는지 귓속에서 쿵쿵거리는 소리를 들을 수 있을 지경이었다. 지금 민망함이 문제가 아니었다. 데인이 내 생각을 한다는 걸 사람들이 안다고 누가 신경이나 쓸까? 제러마이아의 고유 능력이 발현하고 있었다. 그는 사람의 마음을 읽을 수 있었다. 생각을 읽는 능력, '인틴식'이었다. 그 능력은 사형 선고였다.

내 왼쪽에 있던 리독이 비틀거리며 물러섰다. 아니, 물러선 게 아니라 밀려났다. 지금 내 어깨에 닿은 근육질의 팔이 누구 것인지는 보지 않고도 알았다. 민트 향기가 어째선지 내 심장박동을 진정시켰다.

제러마이아가 짧은 검을 뽑았다. "그만해! 아무도 모르겠어? 생각이 멈추질 않아!" 손에 잡힐 듯한 공포에 나까지 목이 막혔다.

"뭐든 해봐." 나는 제이든을 슬쩍 보면서 애원했다.

그의 흔들림 없는 치명적인 시선은 제러마이아에게 붙박혀 있었지만, 내 부탁을 듣자 그의 몸이 긴장하더니 공격할 태세를 갖췄다. "속으로 뭐든 네가 배운 책벌레다운 내용을 외워."

"뭐라고?" 나는 잇새로 소리를 냈다.

"네 비밀을 중요하게 생각한다면 지금 머리를 비우라고. 당장." 제이든이 명령했다.

아, 젠장.

아무것도 떠오르지 않건만, 우리는 확실히 위험에 처해 있었다. '음… 많은 나바르 방어 기지는 안전한 보호막 너머에 존재한다. 그런 기지들은 언제라도 위험에 처할 구역으로 간주되며, 오직 군인들만 주둔할 뿐 평상시에 동반하는 민간인들은 결코 따라가지 않는다.'

"그리고 당신!" 제러마이아가 고개를 돌려 개릭에게 시선을 꽂았다.

"끝장이군. 저 녀석이 알게 되면…." 제러마이아의 발치에 있던 그림자가 순식간에 뱀처럼 그의 다리를 타고 올라서 가슴팍을 휘감더니 검은 띠 모양으로 그의 입을 덮었다.

나는 침을 꿀꺽 삼켰다. 교수 한 명이 사람들을 밀치고 들어왔는데, 커다란 몸집이 걸음을 옮길 때마다 마구 뻗친 하얀 머리카락이 위아래로 흔들렸다.

"저 녀석 인턴식이에요!" 누군가가 외쳤다. 필요한 건 그것뿐이었다.

교수가 두 손으로 제러마이아의 머리를 잡자 고요한 안마당 벽에 뚝, 하는 소리가 메아리쳤다. 제이든의 그림자가 녹아 없어지고, 제러마이아는 부자연스러운 각도로 고개가 꺾인 채 땅바닥에 무너졌다. 목이 부러졌다.

교수는 무릎을 굽혀 놀라운 힘으로 제러마이아의 몸을 들어올리더니, 그대로 짊어지고 로톤다로 들어갔다.

내 옆에서 제이든도 날카로운 숨을 들이쉬며 개릭과 함께 학예동 쪽으로 걸어갔다. 나도 만나서 반가웠네요.

"난 고유 능력이 없는 게 좋을지도." 리독이 웅얼거렸다.

"저건 고유 능력을 발현하지 못했을 때 일어날 일에 비하면 자비로운 죽음이다." 데인이 말하자, 나는 등에 새겨진 인장이 불타는 느낌을 받았다. 내 드래곤들은 아직 마력을 흘려 넣지도 않았는데 말이다.

"그리고 저분이⋯." 리애넌 옆에 있던 소여가 말했다. "카 교수야."

"언제나 출처를 확인해야 해." 아카이브 안, 나란히 테이블 앞에 선 아빠가 내 머리카락을 헤집으며 말했다. "직접적인 진술이 언제나 더 정확하다는 점을 기억하되 더 깊이 봐야 해, 바이올렛. 누가 그 이야기를 했는지를 봐야지."

"하지만 내가 라이더가 되고 싶으면요?" 나는 지금보다 훨씬 어린 목소리로 물었다. "브레넌이나 엄마처럼?"

"일어나라." 익숙하고 강렬한 목소리가 아카이브 전체를 흔들었다. 여기에 속하지 않는 목소리였다.

"넌 그 둘과는 달라, 바이올렛. 그건 네 길이 아니야." 아빠가 미안해하는 미소를 지었다. 아빠가 안타깝긴 하지만 어떻게 할 방법이 없을 때 짓는 미소, 엄마가 아빠가 찬성하지 않는 선택을 내릴 때면 아빠가 나를 보고 짓던 미소였다. "그리고 그게 최선이야. 네 어머니는 라이더들이 우리 왕국의 무기일지는 몰라도, 이 세상에서 진짜 힘을 다 가진 건 서기들이라는 사실을 절대로 이해하지 못했지."

"*죽기 전에 일어나란 말이다!*" 아카이브의 서가가 흔들리고 나는 심장이 펄쩍 뛰었다. "*당장!*"

눈이 확 뜨이고, 꿈이 붕괴하면서 나는 숨을 들이켰다. 나는 아카이브에 있지 않았다. 라이더 분과의 내 방에 있었고….

"*움직여!*" 테튼이 외쳤다.

"망할! 깼잖아!" 달빛이 내 몸 위 허공을 긋는 장검에 부서져 반짝였다.

아, 빌어먹을! 나는 침대 반대쪽으로 몸을 굴렸지만 충분히 빠르지 못했고, 칼날은 내 두꺼운 겨울 담요로도 분산시키지 못할 힘으로 내 등 옆쪽을 내리찍었다. 드래곤 비늘을 자르지 못한 장검이 튀어오르자 솟구친 아드레날린이 통증을 감췄다.

내 무릎이 단단한 나무 바닥을 내리찍고, 나는 엉킨 이불에서 몸을 빼내면서 두 손을 베개 밑에 밀어 넣어 단검 두 개를 뽑으며 일어섰다. 대체 저놈들이 어떻게 내 방문을 열었지?

산발한 채로 얼굴에 흘러내린 머리카락을 불어 치우자 어느 미계약 1학년의 크게 뜬 눈과 마주쳤다. 그놈 하나가 아니었다. 내 방에 생도 일곱 명이 있었다. 거의 대부분 미계약자인데 넷은 남자, 셋은 여자였다. 내가 아는 얼굴을 알아보고 숨을 들이키는 사이, 한 명이 문으로 달려가서 쾅 소리를 내며 뛰쳐나가는 바람에 여자가 두 명으로 줄었다.

문을 연 건 그 인간이었다. 다른 설명이 불가능했다.

나머지가 무장한 걸 보니 날 죽일 모양이었다. 모두가 방문과 나 사이에 서 있었다. 단검 손잡이를 말아쥐는데 심장이 미친 듯이 뛰었다. "얌전히 나가달라고 해봤자 별 소용이 없겠지?"

나는 싸워서 뚫고 나가야 했다.

"*벽에서 떨어져라! 놈들의 덫에 갇히지 마!*"

좋은 지적이었다. 하지만 이 작은 방에는 공간이 썩 많지가 않았다.

"망할! 저 갑옷은 뚫을 수 없다고 했잖아!" 방 반대편에서 내가 빠져나갈 길을 막은 오렌이 잇새로 외쳤다. 저 개새끼가.

"탈곡 때 널 죽여버렸어야 했는데." 나는 인정했다. 문이 닫혀 있긴 해도 내가 비명을 지르면 누군가가….

여자 하나가 침대를 가로질러서 달려들었고, 나는 차가운 창틀을 따라 미끄러지며 공격을 피했다. 아, 창문!

"*너무 높다. 넌 협곡으로 떨어질 테고, 난 충분히 빨리 도착할 수가 없어!*"

창문은 금지. 알았음. 또 한 여자가 단검을 던졌는데, 내 잠옷 소매를 가르면서 옷장에 꽂혔지만 팔은 피해갔다. 나는 소매가 찢어지게 두고 몸을 돌려 침대 끝을 돌면서 단검을 던졌다. 단검은 내가 가장 좋아하는 과녁인 어깨에 꽂혔고, 그 여자는 외마디 비명을 지르며 상처를 붙잡고 쓰러졌다.

나머지 무기들은 모두 문 근처에 보관되어 있었다. 젠장, 젠장, 젠장.

"*더는 뭘 던지지 마라. 그 무기를 쥐고 있어!*"

테른은 당장 도울 수도 없으면서 잔소리가 많았다.

"목을 노려야 해!" 오렌이 외쳤다. "내가 직접 한다!"

나는 단검을 오른손에 바꿔 쥐고 왼쪽에서 들어오는 공격을 받아넘기며 그 여자의 팔뚝을 내리그은 다음, 오른쪽으로 다시 어떤 남자의 허벅지를 찔렀다. 그다음 발차기로 공격해오는 한 남자의 배를 걷어찼고, 그는 장검을 떨어뜨리며 내 침대 위를 굴렀다.

이제 나는 책상과 옷장 사이에 몰렸다. 상대가 너무 많았다.

바로 그때, 모두가 동시에 달려들었다.

누군가의 발길질에 무섭도록 쉽게 단검이 손아귀에서 빠져나갔고, 오렌이 내 목을 움켜쥐고 잡아당기자 심장이 멈추는 것 같았다. 놈의 무릎을 노리고 다리를 옆으로 쓸어 찼지만, 맨발로는 타격을 주지 못했다. 내가 발 디딜 곳을 찾아 버둥거리는 사이에도 그는 내 목을 잡고 들어올려 숨통을 막았다.

안 돼. 안 돼. 안 돼.

나는 두 손을 놈의 팔뚝에 찔러 넣고 손톱으로 긁어서 피를 냈다. 오렌은 이후에 내가 낸 흉터를 달고 살지도 모르지만, 그래도 내 숨통을 짓이기는 손길에서는 힘이 빠지지 않았다.

공기. 공기가 없어.

"*녀석이 도착할 때가 다 됐다!*" 테른이 급히 외쳤다.

녀석이라니, 누구? 숨을 쉴 수가 없었다. 생각할 수가 없었다.

"끝장내버려!" 남자 하나가 외쳤다. "우리가 끝장을 내야만 그가 우릴 존중할 거야!"

놈들은 테른을 쫓고 있었다.

오렌이 내 몸을 내리더니, 내 등이 자기 가슴팍에 닿게 뒤집어서 팔을 감았다. 테른의 격노한 포효가 내 머릿속을 가득 채웠다. 이제 그래도 발이 바닥에 닿기는 했지만, 폐가 들어오지 않는 산소를 찾아 싸우면서 시야 가장자리가 검게 물들었다.

피 흘리는 1학년 여자애의 탐욕스러운 눈이 내 눈을 보았다. "해치워!" 그녀가 요구했다.

"네 드래곤은 내 거다." 오렌이 귓가에 속삭이더니 손을 떼고 칼을 들었다.

차가운 금속이 내 목을 어루만지는 사이에 공기가 폐에 쏟아져 들어왔고, 핏속에 산소가 흘러들자 맑아진 머리로 이게 끝이라는 사실을 알 수 있었다. 난 죽을 것이다. 심장이 마지막으로 뛰기 전 한순간, 압도적인 슬픔이 가슴을 장악했다. 이런 일만 없었다면 내가 해냈을까, 궁금할 수밖에 없었다. 내가 과연 졸업까지 버틸 만큼 강했을까? 테른과 앤다나를 얻을 자격이 있는 라이더가 되었을까? 결국에는 내 어머니에게 뿌듯함을 안겨줬을까?

단검 끝이 내 피부와 접촉했다.

찰나의 순간이었다. 갑자기 침실 문이 확 열리더니, 나무 문이 돌벽에 부딪쳐서 쪼개졌다. 그러나 누가 거기 서 있는지 볼 기회가 생기기 전에 날카로운 비명이 내 시야를 꿰뚫었다.

"내 라이더야!" 앤다나가 비명을 질렀다. 오싹한 에너지가 등골을 타고 흐르더니 손가락 끝, 발가락 끝까지 몰려들었고, 그다음에 내쉰 숨소리는 완벽하고도 철저한 정적 속에 울렸다.

"가!" 앤다나가 명령했다.

눈을 깜박인 나는 앞에 있던 1학년이 눈을 깜박이지 않는다는 사실을 깨달았다. 숨도 쉬지 않았고 움직이지도 않았다.

모두가 마찬가지였다.

나만 빼고 방 안의 모두가… 얼어붙어 있었다.

19

> 대전쟁의 결과, 드래곤들은 서쪽 땅을 차지하고 그리폰들은 중앙 땅을 차지했다. 군대로 대륙을 거의 파괴할 뻔한 대러모어 장군과 불모지에 대한 기억은 버려졌다. 우리의 동맹군들은 배를 몰아 집으로 갔고, 나바르는 모든 지역이 최초로 통일되어 안전한 보호막 안, 처음으로 계약을 맺은 라이더들의 보호 아래 들면서 평화와 번영기를 맞이했다.
>
> — 루이스 마컴 대령, 《나바르, 편집되지 않은 역사》

이게 뭐야.

내 방에 있는 모두가 마치 돌로 변해버린 것만 같았다. 그러나 나는 그럴 리 없다는 사실을 알고 있었다. 내 뒤에 있는 오렌의 몸은 따뜻했고, 손을 움직여서 내 목에 닿은 칼날을 떼어내고 오렌의 피에 젖은 팔뚝을 밀어낼 때 손가락 아래 만져지는 피부에는 탄력이 있었다.

날카로운 칼끝에서 피 한 방울이 떨어지며 나무 바닥 위로 튀었고, 내 목을 타고 축축한 것이 흘러내렸다.

"서둘러! 나 오래 못 버텨!" 앤다나가 가냘픈 목소리로 독촉했다.

앤다나가 한 건가? 학대당한 숨통으로 헐떡헐떡 숨을 들이키며 오렌의 팔 아래로 몸을 숙여 빠져나온 다음, 잽싸게 옆으로 한 발짝을 비키는 동안에도 방 안은 고요했다.

섬뜩하고 철저한 정적이었다.

오렌의 팔꿈치와 예전에 제2비행단 소속이었던 어느 거대한 남자 사이로 비집고 나가는 동안에도 책상 위의 시계는 째깍이지 않았다. 아무도 숨을 쉬지 않았다. 시선도 얼어붙어 있었다. 왼쪽에는 내가 단검으로 그었던 여자가 팔뚝을 움켜쥔 채 등을 굽히고 있었고, 오른쪽에는 내가 찌른 남자가 경악한 눈으로 허벅지를 보면서 벽에 기대어 있었다.

나는 요란하게 뛰는 심장 소리로 시간을 재면서 비틀비틀 움직여 방 안에 남은 유일한 빈 공간으로 걸어갔는데, 가는 길에 무언가에 막혀 있었다.

제이든이 복수의 검은 천사처럼, 신들의 여왕이 보낸 전령처럼, 문간을 채우고 있었다. 옷은 다 갖춰 입었고 얼굴은 진정한 분노 그 자체와도 같았으며, 양쪽 벽에서 피어오르는 그림자가 허공에 멈춰 서 있었다.

나는 난간다리를 건넌 이후 처음으로 그를 보고 눈물 나게 마음이 놓였다.

그때 머릿속에서 앤다나가 헉 소리를 내더니… 혼란이 돌아왔다.

갑작스런 메스꺼움에 속이 뒤틀렸다.

"이제야 왔군." 테른이 우르릉거리는 소리를 냈다.

제이든의 시선이 나에게 멎더니 오닉스 눈동자가 충격에 커졌다. 그러나 그건 1,000분의 1초였고, 그는 그림자를 앞으로 흘리면서 내 옆에 섰다. 제이든이 손가락을 딱 튕기자 마법 불빛이 우리 위에 떠오르며 방 안이 밝아졌다.

"너흰 다 뒈졌어." 그의 목소리는 소름끼치도록 차분했고, 그래서 더 무서웠다.

방 안의 모두가 고개를 돌렸다.

"라이오슨!" 오렌의 단검이 달그락 소리를 내며 바닥에 떨어졌다.

"항복한다고 살 수 있을 것 같나?" 제이든의 부드러운 말투를 듣자 팔에 소름이 돋았다. "자고 있는 라이더를 공격하는 건 규칙에 어긋난다."

"하지만 테른이 재랑 계약하면 안 된다는 거 알잖아!" 오렌이 양쪽 손바닥이 보이게 들어올리며 말했다. "다른 사람도 아니고 당신은 약골이 죽기를 바랄 이유가 있잖아. 우린 그냥 실수를 바로잡고 있었을 뿐이야."

"드래곤은 실수하지 않는다." 제이든의 그림자가 오렌만 빼고 모든 공격자의 목을 움켜잡더니 힘을 줬다. 다들 몸부림쳤지만 의미 없는 짓이었다. 그들의 얼굴은 곧 자줏빛으로 변했고, 그림자는 그들이 털썩 무릎을 꿇었다가 생명을 잃은 꼭두각시 인형처럼 내 앞에 쓰러질 때까지 계속 목을 졸랐다.

나도 연민의 마음 따위는 찾을 수 없었다.

제이든이 세상 느긋한 태도로 걸어가서 손바닥을 펼치자 또 하나의 그림자 촉수가 내가 바닥에 떨구었던 단검을 집어들었다.

"설명하게 해줘요." 오렌은 단검을 보면서 두 손을 떨었다.

"들어야 할 건 다 들었다." 제이든의 손가락이 칼자루를 감아쥐었다. "저 녀석은 그 공터에서 널 죽였어야 했건만 자비를 베풀었지. 나는 그런 멍청한 짓은 하지 않아." 그는 움직임이 잘 보이지도 않을 만큼 빠른 속도로 단검을 그었고, 오렌의 목이 수평으로 열리면서 목과 가슴으로 피가 콸콸 쏟아져 내렸다.

오렌은 목을 움켜잡았지만 소용없었다. 순식간에 바닥에 구겨져서 피 흘리며 죽었다. 그 주위에 새빨간 웅덩이가 고였다.

"젠장, 제이든." 개릭이 장검을 칼집에 넣고 방 안을 둘러보며 걸어 들어왔다. "심문할 시간도 두지 않고?" 그는 시선을 나에게 돌리고 부상 정도를 분류하듯이 내 목을 보았다.

"그럴 필요가 없었어." 제이든이 대꾸하는 사이에 보디가 들어오더니 개릭과 똑같이 방 안을 살폈다. 사촌지간인 두 사람의 닮은 얼굴을 보면 나는 아직도 멈칫했다. 보디는 구릿빛 피부와 단호한 눈썹 선이 제이든과 똑같지만, 이목구비는 제이든처럼 날카롭지 않고 눈동자는 좀 더 밝은 갈색이었다. 보디는 사촌형보다 좀 더 부드럽고 말 붙이기 쉬운 닮은꼴이었지만, 그를 보아도 제이든 주위에 있을 때처럼 몸에 열이 오르지는 않았다. 아니, 어쩌면 방금 오렌이 나에게 남은 상식을 목 졸라 죽였을지도.

내 입술에서 엉뚱한 웃음이 터져 나오자 세 남자 모두가 머리라도 맞았나 싶은 표정으로 나를 보았다.

"어디 한번 맞혀볼까." 보디가 목덜미를 문지르며 말했다. "우리가 청소 담당이야?"

"필요하면 도울 사람을 불러." 제이든이 고개를 한 번 끄덕이고 대답했다.

시체들. 난 살아 있어, 난 살아 있어, 난 살아 있어. 제이든이 내 단검에 묻은 피를 오렌의 튜닉 등판에 닦는 모습을 보며 머릿속으로 주문을 외웠다.

"그래, 너 살아 있어." 제이든은 오렌과 다른 두 명의 시체를 타 넘으면서 쓰러진 여자의 어깨에서 단검을 뽑고 내 옷장 앞에 섰다. 나는 잘 알지도 못하는데 나를 죽이려고 했던 여자였다.

개릭과 보디가 시체들을 들고 나갔다.

"큰 소리로 말한 줄 몰랐어." 무릎부터 떨리기 시작했고, 이어서 구역질이 올라왔다. 젠장. 아드레날린에 이렇게 반응하는 시절은 지나간 줄 알았는데 이렇게 사시나무처럼 떨고 있다니. 반면에 방금 여섯 명을 해치운 제이든은 아무렇지도 않게 내 옷장을 헤집고 있었다. 마치 이런 살육은 흔한 일이라는 듯이.

"쇼크 반응이야." 그는 내 망토를 갈고리에서 벗겨내고 부츠 한 켤레를 집으며 말했다. "다쳤냐?" 그의 말이 내가 일시적으로 막아놓은 통증 차단막을 자르고 부쳤다. 되돌아온 통증이 등을 중심으로 욱신거리는 파도가 되어 밀려왔다. 아드레날린 분출이란.

숨을 쉴 때마다 깨진 유리에 폐를 치대는 느낌이었기에 나는 짧고 얕게 숨을 쉬었다. 하지만 용케 쓰러지지 않고 뒷걸음질쳐서 다치지 않은 쪽 등을 돌벽에 기대고 몸무게를 지탱할 수 있었다.

"괜찮아, 바이올런스." 내용은 달래는 말인데 말투는 무뚝뚝했다. 그는 내 망토를 접어서 팔에 걸치고 부츠를 든 채로 방바닥에 남은 시체들을 넘어왔다. "정신 차리고 어딜 다쳤는지 말해." 여섯 명을 죽이고도 그의 새까만 가죽옷에는 피 한 방울 튀지 않았다. 내 부츠가 발 옆에 놓였고, 망토는 구석에 놓인 작은 안락의자에 걸쳐졌다.

나는 숨도 쉬기 힘든 상태였다. 그에게 지금의 약한 상태를 인정하는 위험을 감수해도 될까?

턱에 따뜻한 손가락이 와닿더니, 제이든이 내 고개를 들어올려 시선을 마주쳤다. 잠깐만… 저 눈에 지금 소용돌이치고 있는 게 공포인가? "숨소리가 지독한 걸로 봐서는 아마…."

"갈비뼈야." 나는 제이든이 추측하기 전에 말을 맺었다. 그를 상대로는 통증을 감춰봤자 소용없을 터였다. "침대 옆에 쓰러진 놈이 장검으로 옆구리를 쳤는데 멍만 들었을 거야." 아마도. 갈비뼈가 부러질 때 나는 뚝 소리가 없었다.

"무딘 칼이었나보군." 그는 검은 눈썹 한쪽을 들어올렸다. "네가 가죽 조끼를 입고 자는 이유와 관계가 있다면 또 모르지만."

"녀석을 믿어라." 테른이 요구했다.

"그게 그렇게 쉽지가 않아요."

"우선은 그래야 해."

"드래곤 비늘이야." 나는 오른팔을 들어올리고 살짝 몸을 돌려서 잠옷에 뚫린 구멍을 보여줬다. "미라가 만들어줬어. 덕분에 이렇게 오래 살아 있지."

그는 자기 몸과 내 몸을 번갈아 보더니 입매를 굳히고 고개를 끄덕였다. "기발하군. 네가 지금까지 살아남은 이유야 여러 개 댈 수 있지만 말이야." 그는 따져 물을 시간도 주지 않고 목으로 시선을 옮기더니, 아마도 자줏빛이 되었을 손자국을 보고 눈을 가늘게 떴다. "그놈을 더 천천히 죽였어야 했는데."

"난 괜찮아." 괜찮지 않았다.

그의 시선이 휙 내 눈으로 돌아왔다. "나에겐 절대로 거짓말하지 마." 이를 악물고 어찌나 격하게 말하는지 고개를 끄덕여 약속하는 수밖에 없었다.

"아프긴 해." 나는 사실을 인정했다.

"어디 봐."

나는 입을 열었다가 닫기를 두 번 했다. "그거 요청이야, 명령이야?"

"그 새끼가 네 갈비뼈를 부러뜨렸는지 볼 수만 있다면 네 마음대로 생각해."

열린 문으로 다른 남자 둘이 걸어 들어왔고, 개릭과 보디도 바로 따라 들어왔다. 모두가… 제대로 갖춰 입고 있었다. 나는 시계를 흘긋 보았다. 새벽 2시에 다 갖춰 입다니.

"저 둘을 들어. 그러면 우리가 마지막 둘을 나를게." 개릭이 명령하자 다들 시체들을 들고 나갔다. 전원 다 팔에 반역의 인장이 반짝이고 있다는 사실을 알아차릴 수밖에 없었지만, 나는 그 사실을 굳이 입 밖에 내지 않기로 했다.

"고맙다." 제이든이 말하고는 손을 탁 털자, 달칵 소리를 내며 방문이 닫혔다. "자, 갈비뼈 좀 보자. 시간 낭비하지 말고."

나는 침을 꿀꺽 삼킨 다음 고개를 끄덕였다. 등을 돌렸지만, 그 상태로도 전신 거울로 그의 얼굴을 볼 수 있었다. 나는 잠옷 소매로 팔을 빼내 뒷부분이 허리까지 흘러내리는 가운데 앞쪽을 가슴 위로 붙잡았다. "그걸 풀려면…."

"나도 코르셋은 다룰 줄 알아." 그는 턱에 힘을 한 번 넣었다 풀었다. 그리고 어딘가 날것 그대로의 굶주림을 연상시키는 듯한 표정을 언뜻 비추더니, 놀랍도록 부드러운 손길로 내 머리카락을 어깨 너머로 넘겼다.

나는 그의 손가락이 맨살을 스치자 전율을 눌러야 했고, 그의 손길에 몸을 붙이지 않으려고 근육에 힘을 넣었다. 난 대체 뭐가 문제지? 아직 방바닥에 피가 흥건한데, 내 숨은 완전히 엉뚱한 이유로 가빠졌다. 제이든이 아래에서부터 재빨리 코르셋 끈을 풀고 있었다. 확실히 거짓말은 아니었다.

"대체 이걸 매일 아침마다 어떻게 입는 거지?" 그는 내 등이 조금씩 드러나는 가운데 헛기침을 하며 물었다.

"난 끝내주게 유연하거든. 뼈가 잘 부러지고 관절이 잘 찢어지는 거랑 한 묶음이라서." 어깨 너머로 대답했다.

그와 눈이 마주치자 따뜻한 기운이 뱃속을 뒤흔들었다. 그 순간은 순식간에 지나갔고, 그는 내 갑옷을 떼어내고 오른쪽 옆구리를 점검했다. 부드러운 손가락이 다친 옆구리를 쓸더니 조심스럽게 찔러보았다.

"끝내주게 멍이 들긴 했지만, 부러지진 않은 것 같군."

"그럴 줄 알았어. 확인해줘서 고마워." 어색해야 마땅했지만 이상하게도 그렇지 않았다. 제이든이 다시 끈을 꿰어 묶어주는 동안에도 그랬다.

"죽진 않겠군. 돌아서 봐."

잠옷을 다시 어깨 위로 끌어올리면서 돌아서자, 그가 내 앞 바닥에 무릎을 꿇었다. 나는 눈을 크게 떴다. 제이든 라이오슨이 내 앞에 무릎을 꿇고 있었다. 그 풍성한 검은 머리카락에 손가락을 넣어보기 딱 좋은 높이였다. 그에게 부드러운 부분이 있다면 머리카락뿐이겠지. 얼마나 많은 여자들이 저 머리카락을 쥐어봤을까?

아니, 대체 내가 그걸 왜 신경 쓰는 거지.

"넌 고통을 참고 걸어야 할 거야. 그것도 빨리." 그는 부츠를 한 짝 집고 내 발을 톡톡 두드렸다. "들어올릴 수 있나?"

나는 고개를 끄덕이고 발을 들었다. 제이든이 내 발에 부츠를 신기고 끈을 묶어주는 바람에 모든 논리적인 사고능력을 다 빼앗긴 기분이었다. 이게 바로 몇 달 전만 해도 내가 죽거나 말거나 상관하지 않던 그 남자라니, 제이든의 다른 면을 내 두뇌가 받아들이지 못하는 것 같았다.

"가자." 그는 망토를 어깨에 둘러주더니 소중한 상대라도 대하듯 목까지 단추를 채웠다. 나는 완전히 충격을 받고 말았다. 심지어 그 충격은 내가 제이든 라이오슨에게 결코 소중한 존재가 아니라는 자각 때문이었다. 그의 시선이 내 머리로 옮겨가더니 눈을 한 번 깜박였고, 그는 아래로 갈수록 색이 옅어지는 머리카락 위로 후드를 당겨 씌웠다. 그 후에 그는 내 손을 잡고 복도로 나갔다. 내 손가락을 감싸는 그의 손가락은 힘이 있었고, 단단히 잡으면서도 너무 꽉 쥐지는 않았다.

다른 문은 다 닫혀 있었다. 그 습격은 내 옆방조차 깨우지 못할 정도로 조용히 이뤄졌다. 제이든이 나타나지 않았다면 나는 지금쯤 죽었을 것이다. 오렌의 손아귀에서 벗어날 수 있었다 해도 말이다. 그러고 보니 어떻게 된 거였지?

"어디로 가는 거야?" 복도에는 파란색 마법 불빛이 희미하게 켜져 있었다. 창문이 없는 방에 아직 밤이라고 알려주는 신호 같은 것이었다.

"어디 계속 다른 사람들도 들을 만큼 크게 말해보지 그래. 그러면 어디로도 가기 전에 누군가가 막아설 거야."

"그냥 그림자 속에 우리 몸을 숨기거나 할 순 없어?"

"암, 커다란 검은 구름이 복도를 움직이는 게 한 커플이 몰래 움직이는 것보다 수상해 보이진 않겠지." 그는 그만 좀 말대꾸하라는 눈빛을 쏘았다.

맞는 말이었다. 우리가 커플이라는 부분만 빼고.

그야 나도 적당한 상황만 주어진다면 저 남자에게 기어오르긴 하겠지만 말이다. 나는 기숙사 중앙 복도로 가면서 몸을 움츠렸다. 제이든에 관해서라면 적당한 상황이란 영영 오지 않을 것이다. 여섯 명을 처형한 직후야 말할 것도 없다.

변명해두자면, 병들고 뒤틀린 방식이긴 해도 제이든의 구출은 말도 못하게 끝내줬다. 터무니없는 속도로 나를 질질 끌고 복도를 걷고 있다 해도, 오직 내 목숨이 자기 목숨과 묶여 있기 때문에 구해줬다고 해도 말이다. 내 심장은 휴식을 부르짖었지만 제이든은 쉴 틈도 없이 나를 끌고 나선 계단을 올라서 2학년과 3학년 기숙사를 지나더니 로톤다에 진입했다.

갈비뼈가 완전히 나으려면 몇 주는 걸릴 터였다.

학예동으로 들어가는 동안 들리는 소리라고는 우리의 부츠가 대리석 바닥에 닿는 소리뿐이었다. 그는 대련장이 있는 왼쪽으로 방향을 틀지 않고 오른쪽으로 향하더니 창고로 이어지는 계단을 내려갔다.

그는 계단을 반쯤 내려가다가 멈칫했고, 나는 그의 등에 맨 장검을 들이받을 뻔했다. 제이든은 왼손으로 내 손을 잡은 채 오른손으로 손짓을 했다.

달칵. 제이든이 돌을 밀자 비밀 문이 빙글 열렸다.

"이런 세상에." 나는 우리 앞에 널찍한 터널이 나타나자 속삭였다.

"어둠을 두려워하지 않았으면 좋겠군." 그가 나를 끌고 안으로 들어가자 문이 닫히면서 숨 막히는 어둠이 우리를 감쌌다.

괜찮아. 괜찮고말고.

"하지만 혹시 아닐 경우에 대비해서…." 제이든은 큰 소리로 말하면서 손가락을 튕겼다. 우리 머리 위에 마법 불빛이 나타나서 주위를 밝혔다.

"고마워." 석조 아치가 터널을 떠받치고 바닥은 매끄러웠다. 입구에서 보이던 것보다 많은 사람이 오간 것 같았다. 흙냄새가 나긴 했지만 축축하지 않았고, 영원히 이어지는 터널 같았다.

제이든이 내 손을 놓고 걷기 시작했다. "뒤처지지 마."

"좀 더…." 나는 말하다가 얼굴을 찡그렸다. 젠장, 가슴이 아팠다. "좀 더 배려할 수도 있잖아." 나는 후드를 젖히고 터벅터벅 그를 따라갔다.

"난 에이토스처럼 널 아기 취급할 생각 없어." 그는 고개도 돌리지 않고 말했다. "그래봤자 바스지아스에서 나가자마자 너만 살해당할 뿐이야."

"에이토스는 날 아기 취급하지 않아."

"아기 취급하고 있고 너도 그걸 알아. 내 눈치대로라면 너도 그걸 싫어하지." 그는 속도를 늦춰 내 옆에서 걸었다. "아니면 내가 잘못 읽었나?"

"에이토스는 여기가… 나 같은 사람에게는 너무 위험하다고 생각해. 그리고 방금 일어난 일을 생각하면 그 생각에 제대로 반박할 수 있을지 모르겠네." 나는 자고 있었다. 그건 이 학교에서 유일하게 안전을 보장받아야 하는 시간이었다. "다시는 잠을 못 잘 것 같아." 나는 짜증스럽도록 멋있는 그의 옆얼굴을 곁눈질했다. "혹시 지금부터 안전을 위해 당신이 나와 같이 자겠다고 할 생각이라면…."

그는 코웃음을 쳤다. "설마. 난 1학년하고는 안 해. 내가 1학년이었을 때도 그랬는데 아무려면 너하고?"

"누가 그 얘길 했어?" 나는 갈비뼈의 아픔이 강해지기만 하는 가운데 스스로를 저주하며 반격했다. "당신하고 하려면 마조히스트여야 할 텐데, 장담하지만 난 아니거든." 공상은 셈에서 빼야지.

"마조히스트라고?" 제이든의 입꼬리가 실룩거리더니 재수 없는 웃음을 지었다.

"당신이 포근한 느낌을 풍기는 사람은 아니잖아." 내 입가에도 웃음이 떠올랐다. "혹시라도 자는 동안 내가 당신을 죽일까 걱정한다면 또 모르지."

모퉁이를 돌아도 터널은 계속됐다.

"그 점에 대해서라면 전혀 걱정하지 않아. 네가 아무리 난폭하고 단검을 잘 다룬다 해도 솔직히 파리 한 마리나 죽일 수 있을까 모르겠거든. 네가 세 명에게 부상을 입히고도 어느 하나 치명타는 먹이지 않았다는 걸 내가 못 봤을까."

그는 탐탁찮은 눈빛을 던졌다.

"난 누굴 죽여본 적이 없어." 나는 비밀을 말하듯이 속삭였다.

"극복해야 할 거야. 졸업 후에 우리는 오직 무기일 뿐이고 정문을 나서기 전에 날을 갈아두는 게 좋아."

"지금 우리가 그리로 가는 거야? 문 밖으로?" 터널 안에 있으니 방향감각을 잃었다.

"테른에게 무슨 일이 일어난 건지 물어볼 거야." 제이든은 턱에 힘을 넣었다가 풀었다. "습격 이야기가 아니야. 대체 어떻게 그놈들이 네 문을 통과한 거지?"

나는 어깨를 으쓱였지만 굳이 설명은 하지 않았다. 그는 내 말을 믿지 않을 것이다. 나 자신도 믿기지가 않았으니까.

"어떻게 된 건지 알아내야 다시는 그런 일이 없게 하지. 경비견처럼 네 방바닥에서 자는 건 사절이야."

"잠깐만, 이게 비행장으로 가는 다른 길이라고?" 나는 목과 갈비뼈의 통증을 최대한 차단하려고 했다. "*제이든이 날 당신에게 데려가고 있어요.*" 테른에게 말했다.

"*안다.*"

"*방에서 어떻게 된 건지 말해줄 거예요?*"

"*내가 안다면 말해주겠지.*"

"그래." 제이든이 대답했고, 길이 다시 구부러졌다. "잘 알려진 건 아니야. 그리고 이 작은 터널에 대한 지식은 네가 지키고 있는 내 비밀 사이에 끼워 넣으라고 요청하겠어."

"어디 맞혀볼까. 내가 누구에게든 말하면 당신이 알겠지?"

"그래." 다시 한 번 그의 얼굴에 재수 없는 웃음이 떠올랐고, 나는 빤히 쳐다보다가 들키기 전에 눈을 돌렸다.

"이번에도 빚으로 달아두겠다고 약속하게?" 길이 올라가기 시작했는데 도저히 완만하다고 할 수는 없었다. 숨을 쉴 때마다 한 시간 전에 벌어진 일이 떠올랐다.

"나에게 빚을 하나 달아줬으면 충분하고도 남아. 게다가 우린 이미 상호 확

중 파괴 상태에 도달했어, 소름게일. 자, 계속 갈 수 있겠어, 아니면 내가 들고 가야 하나?"

"제안이라기보다는 모욕처럼 들리네."

"제대로 알아듣는군." 말은 그랬지만 그는 속도를 늦췄다.

발아래 땅이 흔들리는 것 같았지만 나는 실상을 알았다. 흔들리는 건 내 머리였다. 통증과 스트레스의 결과였다. 걸음이 휘청였다.

빠르게 허리를 감은 제이든의 팔이 나를 지탱했다. 그의 손이 닿자 심박수가 올라가는 게 싫었지만, 나는 항의하지 않고 계속 터널을 올라갔다. 그에 관해서라면 무엇에도 고마워하고 싶지 않지만, 젠장 이놈의 민트향은 왜 이리 달콤한 거야. "그런데 오늘 밤엔 뭘 하고 있던 거야?"

"왜 묻는데?" 말투에 묻지 말아야 한다는 암시가 확연했다.

안타까워라.

"몇 분 만에 내 방에 왔고 잠옷 차림도 아니었잖아." 보란 듯이 장검까지 매고 있었다.

"나도 갑옷을 입고 자나 보지."

"그렇다면 당신도 좀 더 믿을 만한 사람과 자야겠네."

제이든이 코웃음을 치더니 아주 잠깐 미소가 스쳤다. 진짜 미소였다. 내가 익숙하게 보던 경멸조의 가짜 웃음도 아니고, 건방지고 재수 없는 웃음도 아니었다. 나에게 아무 면역도 없는, 진실하고 심장이 멈출 듯한 미소였다. 하지만 너무나도 순식간에 사라졌다.

"그래서 말 안 해줄 거야?" 다시 물었다. 죽도록 아프지만 않았어도 좌절했을 것이다. 그리고 나는 원할 때면 언제든 테른과 잡담을 할 수 있는데도 왜 여기까지 와야 했는지에 대해서는 건드리지도 않을 생각이었다.

제이든이 테른과 이야기하고 싶었다면 또 모르지만, 그건… 배짱이 두둑한 행동이었다.

"아니, 3학년 일이야." 그는 터널 끝의 돌벽에 도착하자 팔을 놓았다. 손짓을 몇 번 하자 다시 한 번 달칵 소리가 나고, 제이든이 문을 밀어 열었다.

우리는 얼어붙도록 차갑고 싸늘한 11월의 공기 속으로 걸어나갔다.

"이게 뭐람." 그 문은 비행장 동쪽 면에 있는 돌더미 안에 만들어져 있었다.

"위장이야." 제이든이 손을 휘젓자 문이 닫히면서 마치 바윗돌의 일부처럼 녹아들었다.

이제는 나도 아는 안정적인 날갯짓 소리가 들렸고, 하늘을 올려다보자 세 마리 드래곤이 별을 가리며 내려왔다. 셋이 착륙하자 땅이 흔들렸다.

"비행단장이 한마디 하고 싶은 거겠지?" 테른이 앞으로 나서자 스게일이 따라왔는데, 날개를 단단히 접은 채 금빛 눈을 가늘게 뜨고 나를 보았다.

앤다나는 스게일의 두 발 사이에서 종종걸음을 치며 우리 쪽으로 뛰어왔다. 그녀는 마지막 3미터 정도를 쭉 미끄러지다가 땅에 발을 박아 넣으면서 내 바로 앞에 멈춰서더니, 내 갈비뼈에 코를 댔다. 다급한 불안감이 머릿속을 채우며 내 것이 아닌 감정으로 나를 뒤덮었다.

"뼈는 안 부러졌어요." 나는 앤다나의 울퉁불퉁하게 솟은 머리 부분을 쓰다듬으며 장담했다. "멍만 들었어요."

"확실해?" 그녀는 걱정으로 눈을 크게 뜨고 물었다.

"확실하고말고요." 나는 애써 미소 지었다. 앤다나의 걱정을 덜어주기 위해서라면 한밤중에 여기까지 걸어나올 가치가 있었다.

"그래요, 한마디 하고 싶군요. 대체 쟤한테 어떤 힘을 흘려넣고 있는 겁니까?" 제이든은 테른을… 테른이 아닌 것처럼 올려다보며 따져 물었다.

그래. 배짱 좋다니까. 나는 테른이 무례하다는 이유로 제이든을 구워버릴 거라고 믿고 온몸의 근육을 긴장시켰다.

"내가 내 라이더에게 어떤 힘을 흘려넣을지 말지는 상관할 바 아니다." 테른이 우르릉거리며 대답했다.

잘 돌아간다.

"테른이 그러는데…." 내가 입을 열었다.

"나도 들었어." 제이든은 나에게 눈길도 주지 않고 대꾸했다.

"뭐?" 내 눈썹은 머리카락과 붙을 기세로 치켜올라갔고, 앤다나는 물러나서 다른 둘과 같이 섰다. 드래곤들은 자기네 라이더에게만 말을 했다. 내가 언제나 배운 바로는 그랬다.

"내가 이 녀석을 지키길 기대한다면, 확실히 나하고도 상관이 있습니다." 제이든이 목소리를 높이며 쏘아붙였다.

"난 네게 제대로 메시지를 전했다, 인간." 테른이 뱀처럼 머리를 움직이자 경계심이 바짝 일어났다. 그 동작은 테른이 굉장히 동요했다는 뜻이었다.

"그리고 난 아슬아슬하게 도착했습니다." 그 말은 악문 잇새로 빠져나왔다. "내가 30초만 늦었다면 쟨 죽었을 겁니다."

"*30초는 선사받았던 것 같다만.*" 테른의 가슴팍에 으르렁거리는 소리가 울렸다.

"난 도대체 무슨 일이 벌어진 건지 알고 싶다고요!"

나는 숨을 헉 들이켰다.

"*해치지 말아요.*" 나는 테른에게 빌었다. "*날 구해줬잖아요.*" 감히 다른 라이더의 드래곤에게 말을 거는 사람도 처음 봤는데, 심지어 소리를 지르다니. 그것도 테른처럼 강력한 드래곤에게.

테른은 대답 대신 그르렁거렸다.

"우린 그 방에서 무슨 일이 일어났는지 알아야 해." 제이든은 나에게 아주 잠시 동안 칼날 같은 검은 시선을 던지고는 다시 테른을 쳐다보았다.

"*감히 나를 읽으려 하지 마라, 인간. 그랬다간 후회하게 될 거다.*" 테른의 입이 벌어지더니, 혀가 말려들어가며 불을 뿜을 준비를 했다.

나는 둘 사이에 끼어들어서 테른을 향해 턱을 들었다. "제이든은 약간 흥분했을 뿐이에요. 구워버리지 말아요."

"*우리가 동의하는 것도 있긴 있군.*" 처음 듣는 여자 목소리가 내 머릿속에 울렸다.

스게일이었다.

내가 경외심에 블루 대거테일을 올려다보며 눈을 깜박이는 사이, 제이든이 내 옆으로 왔다. "스게일이 나한테 말을 걸었어."

"알아, 나도 들었어." 그는 가슴 앞에 팔짱을 꼈다. "둘이 반려라서 그래. 내가 너에게 묶인 이유와 같은 이유지."

"그렇게 말하니 참 기분 좋게 들리네."

"그건 아니지." 그가 나를 돌아보았다. "하지만 너와 난 정확히 그런 상태야, 바이올런스. 우린 묶였어. 서로에게 매였지. 네가 죽으면 나도 죽어. 그러니까 대체 어떻게 네가 시퍼트의 칼 아래 있다가 한순간에 반대편에 있게 됐는지 나도 알 자격이 있다고 봐. 그게 네가 테른을 통해서 발현한 고유 능력인가? 털어놔. 지금." 그는 시선으로 내 얼굴에 구멍을 뚫을 듯한 기세였다.

"나도 어떻게 된 일인지 몰라." 나는 정직하게 대답했다.

"*자연은 모든 것이 균형을 이루는 상태를 좋아해.*" 앤다나가 말했다. 마치 내가 불안할 때 그러듯이, 사실을 읊는 듯한 말투였다. "*그게 우리가 첫 번째로 배우는 거야.*"

나는 몸을 빙글 돌려서 금빛 드래곤을 마주하고, 그녀가 한 말을 제이든에게 되풀이했다.

"그게 무슨 의미야?" 그는 앤다나가 아니라 나에게 물었다. 테른의 말은 들을 순 있지만 앤다나는 아니라는 뜻이었다.

"*음, 첫 번째는 아니구나.*" 앤다나는 앉아서 서리 내린 풀밭에 깃털꼬리를 흔들었다. "*우리가 처음 배우는 건 다 성장하기 전까지는 계약하면 안 된다는 거야.*" 그녀는 고개를 옆으로 기울였다. "*아니면 처음 배우는 건 양이 있는 곳이었나? 그렇지만 난 염소가 더 좋아.*"

"*이래서 페더테일이 계약을 안 하는 거다.*" 테른이 짜증을 가득 담은 한숨을 쉬었다.

"*앤다나가 설명하게 놔둬.*" 스게일이 발톱으로 땅을 톡톡 두드리면서 충고했다.

"*페더테일이 계약해선 안 되는 이유는 돌발적으로 인간에게 능력을 선사할 수 있기 때문이야.*" 앤다나가 말을 이었다. "*드래곤들은 다 크기 전까지는 채널링을 제대로 할 수 없는데, 우리는 특별한 능력을 타고나거든.*"

나는 그 말을 전달했다. "고유 능력처럼?" 그리고 제이든이 들을 수 있게 큰 소리로 물었다.

"*아니다.*" 스게일이 대답했다. "*고유 능력은 우리의 마력과 너희의 채널링 능력이 결합해서 발현하지. 그래서 너희의 핵심을 반영해.*"

앤다나는 엉덩이를 대고 앉아서 자랑스럽게 고개를 기울였다. "*하지만 난 내가 타고난 능력을 너에게 직접 선사했어. 페더테일이기 때문이지.*"

나는 작은 드래곤을 빤히 보면서 그 말을 속으로 되풀이했다. 페더테일은 베일 바깥에서 목격된 적이 없기에 거의 알려진 바가 없었다. 그들은 보호받았다. 그들은… 나는 침을 꿀꺽 삼켰다. 잠깐만. 앤다나가 뭐라고 했지? "아직 페더테일이라니?"

"*응! 아마 몇 년은 더 그럴 거야.*" 앤다나는 천천히 눈을 깜박이더니 갈래진 꼬리를 말면서 하품을 했다.

신들이시여. "너… 너 갓난애였구나."

"아니거든!" 앤다나가 허공에 콧김을 내뿜었다. "난 두 살이야! 갓난애들은 날지도 못해!"

"앤다나가 뭐라고?" 제이든의 시선이 앤다나와 나 사이를 방황했다.

나는 테른을 노려보았다. "당신들은 어린애도 계약을 시켜요? 어린애에게 전쟁 훈련을 시키고?"

"우리는 인간보다 훨씬 빨리 성숙한다." 테른은 뻔뻔하게도 모욕당한 표정을 지으며 반박했다. "그리고 누구든 앤다나에게 뭔가를 시킬 수 있을 것 같진 않군."

"얼마나 빨리요?" 나는 말을 제대로 할 수가 없었다. "두 살이라잖아요!"

"1년이나 2년 후면 성장이 끝날 거다. 다른 아이들보다 느린 경우도 있긴 하지만." 스게일이 대답했다. "그리고 앤다나가 정말로 계약할 거라고 생각했다면 나도 '은혜를 선사할 권리'를 달라는 요청에 더 강하게 반대했겠지." 그녀는 대놓고 못마땅한 투로 앤다나를 향해 식식거렸다.

"잠깐만, 앤다나가 당신 자식이에요?" 제이든이 스게일에게 한 발자국 다가갔는데, 그건 내가 한 번도 들어본 적 없는 목소리였다. 마치… 상처받은 것 같았다. "2년 동안 나에게 자식의 존재를 숨겼다고?"

"웃기는 소리." 스게일이 내뿜은 콧김이 제이든의 머리카락을 흐트러뜨렸다. "내가 아직 깃털도 다 안 빠진 자식이 계약하게 뒀을 것 같으냐?"

"앤다나의 부모는 알이 깨기 전에 죽었다." 테른이 대답했다.

나는 가슴이 내려앉았다. "아, 안됐구나, 앤다나."

"날 돌봐주는 어른은 많아." 앤다나는 그걸로 충분하다는 듯이 대답했지만, 아빠를 잃어본 나는… 그렇지 않다는 걸 알았다.

"그래도 네가 탈곡장에 들어가지 못하게 막진 못했지." 테른이 그르렁거렸다. "페더테일이 계약을 맺지 않는 건 그 힘이 너무 예측불허이기 때문이다. 불안정해."

"예측불허라고요?" 제이든이 물었다.

"너라도 어린아이에게 고유 능력을 넘겨주진 않겠지. 안 그러냐, 비행단장?" 테른은 앤다나가 앞다리에 기대자 툴툴거렸다.

"맙소사. 어림도 없죠. 나도 1학년 때는 거의 통제를 못했는데." 제이든은 고개를 내저었다.

통제를 못하는 제이든을 상상하니 이상했다. 젠장, 제이든이 통제하지 못하는 모습을 볼 수 있다면 돈이라도 내겠어. 기왕이면 제이든이 통제를 잃는 대상이… 안 돼. 나는 얼른 그 생각을 차단했다.

"바로 그렇다. 너무 어린 나이에 계약을 맺으면 능력을 직접 줄 수가 있고, 라이더가 쉽게 그 힘을 빨아들여서 소진시킬 수 있다."

"난 절대 안 그래요!" 나는 강하게 고개를 저었다.

"그래서 내가 널 고른 거야." 앤다나는 테른의 다리에 머리를 툭 기댔다. 예전엔 내가 왜 못 알아봤지? 저 동그란 눈, 발톱도 없는 앞발….

"당연히 몰랐겠지. 페더테일은 원래 눈에 띄면 안 돼." 테른은 반려를 곁눈질하며 말했다. 스게일은 시큰둥한 반응조차 보이지 않았다.

"지휘부에서 라이더들이 자기 고유 능력에 기댈 필요 없이 앤다나의 초능력을 직접 쓸 수 있다는 걸 알게 되면…." 제이든은 졸린 듯이 눈을 끔벅거리는 앤다나를 보면서 말했다.

"사냥하려 들겠지." 내가 조용히 말을 맺었다.

"그러니 아무에게도 앤다나의 정체를 말해선 안 된다." 스게일이 말했다. *"네가 졸업할 때쯤에는 앤다나도 다 컸을 테고, 연장자들이 이미 페더테일에게 좀 더… 엄격한 보호조치를 취하고 있어."*

"말 안 할게요." 나는 약속했다. "앤다나, 고마워. 내 목숨을 구하기 위해서 해 준 일이 뭔지는 몰라도 말이야."

"내가 시간을 멈췄어." 앤다나가 입을 벌리더니 턱이 찢어져라 하품을 했다. *"하지만 잠깐밖에 안 돼."*

잠깐만. 뭐라고? 속이 철렁 내려앉았다. 앤다나의 금빛 눈을 들여다본 나는 통증도 잊고, 발아래의 단단한 땅도 잊고, 심지어는 숨 쉴 필요까지 잊은 채 충격에 휩싸여 논리마저 빼앗겼다. 그 누구도 시간을 멈출 수는 없다. 어떤 존재도 시간을 멈출 수는 없다. 들어본 적 없는 이야기였다.

"앤다나가 뭐라고 한 거야?" 제이든이 내 어깨를 붙잡으며 물었다.

테른이 으르렁거리며 우리 둘 다에게 콧김을 내뿜었다.

"나라면 그 라이더에게서 손을 떼겠다." 스게일이 경고했다.

제이든은 손에서 힘을 뺐지만, 그래도 부드럽게 어깨를 잡고는 있었다. "뭐라고 했는지 말해줘. 부탁이야." 제이든의 입매가 긴장하는 모습에서 마지막 말을 하기가 쉽지 않았음을 알 수 있었다.

"앤다나는 시간을 멈출 수 있어." 나는 더듬더듬 억지로 말을 밀어냈다. "잠시 동안."

제이든의 이목구비에서 힘이 빠지더니, 처음으로 내가 난간다리에서 만난 흔들림 없고 위협적인 비행단장의 모습에서 벗어났다. 그는 솔직하게 놀란 얼굴로 앤다나를 쳐다보았다. "당신이 시간을 멈출 수 있다고?"

"이제는 나만이 아니라 우리가 멈출 수 있는 거지." 앤다나는 천천히 눈을 껌벅였고, 나는 번져 나오는 피로감을 느낄 수 있었다. 오늘 밤 나에게 능력을 직접 흘려넣은 대가였다. 앤다나는 눈을 제대로 뜨고 있지도 못했다.

"잠깐 동안." 나는 속삭였다.

"잠깐 동안." 제이든은 그 정보를 흡수하는 것처럼 내 말을 되풀이했다.

"그리고 내가 그 능력을 너무 많이 쓰면 널 죽일 수 있단 말이지." 나는 앤다나에게 조용히 말했다.

"우리가 죽는 거야." 앤다나가 네 발로 일어섰다. *"하지만 난 네가 안 그럴 걸 알아."*

"내가 자격이 있도록 최선을 다할게." 이 능력, 이 예외적인 힘의 파장이 뒤늦게 떠오르면서 치명타를 맞은 것처럼 속이 내려앉았다.

"카 교수님이 나도 죽일까?"

모두의 시선이 나에게 날아왔고, 내 어깨를 잡은 제이든의 손에 힘이 들어가더니 엄지손가락이 달래듯이 어깨를 문질렀다. "왜 그런 생각을 해?"

"제러마이아를 죽였잖아." 나는 패닉을 차단하고 제이든의 새까만 눈동자에 박힌 금빛 반점에 초점을 맞췄다. "교수님이 분과 전체 앞에서 제러마이아의 목을 나뭇가지처럼 부러뜨리는 걸 봤잖아."

"그 녀석은 인턴식이었어." 제이든의 목소리가 낮아졌다. "마음을 읽는 건 사형죄야. 너도 알잖아."

"내가 시간을 멈출 수 있다는 걸 알게 되면 어떻게 하겠어?" 두려움에 피가 얼어붙는 기분이었다.

"다른 사람들은 모를 거야." 제이든이 장담했다. "아무도 말하지 않을 거야. 너도, 나도, 저들도 말하지 않아." 그는 한 손으로 우리의 세 드래곤을 가리켰다. "알았어?"

"그 말이 맞다." 테른이 말했다. "사람들은 알지 못할 거야. 그리고 네가 그 능력을 얼마나 오래 갖게 될지는 모른다. 대부분의 페더테일은 성체가 된 후 채널링을 시작하면 타고난 능력을 잃거든."

앤다나가 다시 하품을 했는데, 거의 선 채로 잠든 것 같았다.

"좀 자." 앤다나에게 말했다. "오늘 밤에 도와줘서 고마워."

"가자, 금빛 아이야." 테른이 말했고, 셋이 살짝 몸을 구부리더니 날아오르면서 돌풍이 얼굴을 때렸다. 앤다나가 두 배로 세게 날갯짓을 하면서 힘들어 하자, 테른이 그 밑으로 날아가서 앤다나를 떠받치고는 베일로 향했다.

"시간을 멈춘 일에 대해서 아무에게도 말하지 않겠다고 약속해줘." 터널로 다시 돌아가면서 제이든이 부탁했는데, 이상하게 명령처럼 느껴졌다. "네 안전을 위해서만이 아니야. 비밀로 지키기만 한다면 이 희귀한 능력이야말로 우리가 보유한 가장 귀한 보물이야."

나는 그의 목을 타고 올라가는 반역의 인장을 찬찬히 보면서 이마를 찌푸렸다. 그 삭막한 선들은 그가 반역자의 아들이라는 표시였고, 이 사람을 믿으면 안 된다는 경고였다. 어쩌면 그가 나에게 비밀로 하자는 것도 자신을 위해서일지 몰랐다. 나중에 써먹을 수 있게 말이다.

그렇다면 적어도 나를 나중까지 살려두려고 한다는 뜻이다.

"우린 미계약 생도들이 어떻게 네 방에 들어갔는지 알아내야 해." 그는 말했다.

"라이더가 하나 있었어." 나는 차분히 말했다. "당신이 도착하기 전에 도망쳤는데, 아마 그 사람이 잠긴 문을 열었을 거야."

"누구?" 그는 멈춰서더니 내 팔꿈치를 부드럽게 잡고 돌려세웠다.

나는 고개를 저었다. 그가 나를 믿을 리가 없었다. 나 스스로도 믿기지가 않았으니까.

"언젠가는 너와 내가 서로를 믿어야만 할 거야, 소른게일. 우리의 남은 평생이 달려 있어." 제이든의 눈동자에 분노가 가득했다. "그러니까 이제 그게 누구인지 말해."

20

비행단장의 부정행위를 고발하는 것이야말로 가장 위험한 일이다. 그 고발이 옳다면, 우리 분과는 최고의 비행단장을 선발하는 데 실패한 셈이다. 그 고발이 틀렸다면, 고발자는 죽은 목숨이다.

— 《나의 생도 시절: 오거스틴 멜그렌 장군 회고록》

"오렌 시퍼트." 다음 날 아침 점호 시간, 우리의 입김이 차가운 공기에 구름을 피워 올리는 가운데 피츠기븐스 대위가 명단을 다 읽고 두루마리를 말았다. "이들의 영혼을 말렉에게 맡기노라."

오늘 호명된 여덟 개의 이름 중에 여섯 개에 대해서는 마음에 슬퍼할 자리가 없었다. 그것도 옆구리에 얼룩진 검고 푸른 멍의 아픔을 달래려 무게중심을 단단히 고정하고, 목에 둥글게 남은 멍 자국을 빤히 쳐다보는 다른 라이더들의 시선을 무시하고 있는 지금은.

오늘 명단에 실린 다른 두 명은 제2비행단 소속의 3학년으로, 아침식사 때 들린 소문에 따르면 브레이빅 국경에서 있었던 훈련 작전 중에 죽었다고 했다. 제이든이 어젯밤에 나를 구하러 오기 전에 그곳에 있었던 걸까, 나는 생각할 수밖에 없었다.

"네가 자고 있을 때 죽이려고 했다니 믿을 수가 없다." 리애넌은 내 이야기를 들은 후 아침식사 때까지도 화를 냈다.

지휘부는 이 일을 모르는 것 같았다. 제이든이 어젯밤 사건을 비밀로 유지하고, 내가 그에게 얼마나 골칫거리인지 숨기려 애쓰는 모양이다. 잠긴 문을 연 사람에 대해 말한 이후부터 그는 한마디도 하지 않는다. 그러니 내 말을 믿는지 아닌지 알 수가 없다.

"내가 이런 일에 익숙해져간다는 점이 더 나빠." 정신적으로 고통을 차단하는 데 끝내주는 기술이 있거나, 아니면 정말로 언제나 과녁이 되는 신세에 적응하고 있는 것 같았다.

피츠기븐스 대위가 몇 가지 사소한 공지를 전했지만, 몇 사람이 우리 비행단 불꽃전대와 꼬리전대 사이를 가로지르는 모습을 보고 나는 대위의 목소리에 신경을 껐다.

늘 그랬듯이 멍청하고 호르몬에 휘둘리는 내 심장은 제이든을 보자마자 버벅거렸다. 효과 좋은 독일수록 겉모습이 예쁜 법인데, 제이든이 정확히 그랬다. 치명적인 만큼 아름다웠다. 그는 짐짓 차분한 모습으로 다가왔지만 나는 그의 긴장 상태를 내 것처럼 느낄 수 있었다. 먹잇감을 향해 다가오는 표범 같았다. 바람이 그의 머리카락을 흐트러뜨렸고, 나는 불공평하게도 하필 그 남자가 이 뜰에 모인 모든 남자를 압도하는 외모를 지녔다는 사실에 한숨을 내쉬었다. 이 남자는 심지어 섹시해 보이려 애쓸 필요조차 없었다. 그냥 섹시했다.

망했다. 지금 이 느낌, 제이든이 근처에 있을 때면 호흡이 가빠지고 온몸이 긴장하는 이 느낌 때문에 다른 정상적인 친구들처럼 탈곡 후에 침대에서 축하하지 않은 거였다. 이 느낌 때문에 내가 다른… 누구도 원하지 않은 거였다.

그를 원하기 때문에.

세상의 욕이란 욕은 다 끌어다 써도 모자랄 상황이었다.

그는 딱 내 맥박이 빨라질 시간 동안만큼만 시선을 마주치더니, 피츠기븐스의 공지를 무시하고 데인을 불렀다. "너희 대대 명단에 변화가 있다."

"비행단장님?" 데인은 등을 똑바로 펴면서 의문을 제기했다. "3대대가 해산하면서 막 네 명을 흡수한 참입니다만."

"그래." 제이든이 오른쪽을 보자, 꼬리전대 2대대가 '차려' 자세로 서 있었다. "벨든, 명단 교체가 있다."

"네, 알겠습니다." 그쪽 대대장은 고개만 한 번 끄덕였다.

"에이토스, 본 펜리는 네 지휘에서 벗어난다. 그리고 꼬리전대에서 리암 메이리가 네 밑으로 들어간다."

데인은 입을 꽉 다물더니 고개를 끄덕였다.

우리는 1학년 라이더 둘이 자리를 바꾸는 모습을 지켜보았다. 펜리는 탈곡 이후부터 함께 있었기 때문에 원래의 우리 대대원들은 작별을 안타까워할 이유가 없었지만, 다른 세 명은 투덜거렸다.

리암이 제이든을 향해 목례하는 모습을 보자 속이 뒤틀렸다. 나는 왜 리암이 데인 밑으로 들어왔는지 정확히 알았다. 그는 거대했다. 소연만큼 키가 크고, 데인만큼 체격이 좋으며, 밝은 금발에 오뚝한 코와 파란 눈동자가 눈에 띄었다. 특히 튜닉 소매 아래로 사라지는 반역의 인장으로 그의 임무가 무엇인지 알 수 있었다.

"경호원은 필요 없어." 나는 제이든에게 날카롭게 말했다. 비행단장에게 그런 식으로 말하다니 선을 넘지 않았냐고? 물론. 그래서 신경 쓰이냐고? 전혀.

그는 나를 무시하고 데인을 보았다. "리암은 기록상으로 우리 분과에서 가장 강한 1학년이다. 건틀릿을 가장 빠른 시간에 올랐고, 대련에서 한 번도 지지 않았으며, 대단히 강한 레드 대거테일과 계약했지. 어떤 대대라도 데려간다면 행운일 대원을 네게 맡긴다, 에이토스. 봄에 있을 대대 대항전에서 이기면 나에게 감사하도록."

리암은 내 뒷자리로 들어왔다. 펜리가 있던 자리였다.

"난. 경호원. 필요. 없다고." 나는 아까보다 조금 더 큰 소리로 다시 말했다. 누가 내 말을 듣건 알 게 뭐람.

뒤에 있던 1학년 한 명이 숨을 혹 들이켰다. 내 대담함에 놀란 게 분명했다.

이모젠이 코웃음을 쳤다. "그렇게 나가겠다니 행운을 빈다."

제이든은 데인 앞을 지나쳐서 내 정면에 서더니, 몸을 기울여 내 공간을 침범했다. "아니, 필요하다. 우리 둘 다 어젯밤에 배운 사실이지. 그리고 난 네가 있는 곳마다 있을 수 없다. 하지만 여기 리암은…." 그는 금발의 티렌더인을 가리켰다. "1학년이니까 모든 수업, 모든 대련에 있을 수 있지. 도서관 당번으로도 같이 배정했으니 부디 리암에게 익숙해지길 바란다, 소른게일."

"선 넘은 짓이야." 손톱이 손바닥을 파고들었다.

"선 넘는 모습이라면 넌 아직 구경도 못했어." 그가 확 낮아진 목소리로 경고하자 등골이 오싹해졌다. "너에 대한 위협은 곧 나에 대한 위협이고, 이미 확실히 말했지만, 난 네 방바닥에서 자는 것보다 중요한 할 일이 있다."

열기가 목을 타고 올라오면서 뺨이 붉어졌다. "쟤가 내 방에서 자는 건 아니겠지."

"물론 아니지." 제이든이 재수 없게 웃자 심장이 철렁했다. "리암을 네 옆방으로 옮겼다. 선 넘고 싶진 않아서." 그는 휙 돌아서 대열 맨 앞자리로 돌아갔다.

"저주받을 반려 드래곤들 같으니라고." 데인이 시선을 앞으로 둔 채로 화를 냈다.

피츠기븐스 대위가 공지를 끝내고 연단 뒤로 물러났다. 보통은 그게 점호 시간을 끝내는 신호였지만, 뒤이어 팬첵 생도대장이 올라왔다. 평소에 점호 시간을 피하던 팬첵이 나타났다는 건 뭔가 일이 생겼다는 뜻이다.

"팬첵은 무슨 일이지?" 리애넌이 옆에서 물었다.

"모르겠어." 나는 심호흡을 하다가 옆구리 통증에 얼굴을 찡그렸다.

"팬첵이 코덱스를 만지작거리고 있다면 뭔가 큰일인데."

"조용." 데인이 오늘 아침 처음으로 어깨 너머를 흘긋 보면서 명령했다. 그는 조금 후 다시 휙 고개를 돌리더니 내 목을 보고 눈을 크게 떴다. "바이?"

어제의 싸움 이후 처음으로 나에게 말을 거는 순간이었다. 맙소사, 어떻게 24시간도 지나지 않았는데 내가 그때와 완전히 다른 사람처럼 느껴지지?

"괜찮아." 내가 안심시켜도 그는 여전히 충격에 빠져서 내 목만 보고 있었다. "에이토스 대대장님, 사람들이 쳐다봅니다." 팬첵 생도대장이 연단에서 연설을 시작하며 오늘 아침에 처리할 일이 또 있음을 알리는 가운데, 우리는 지나친 관심을 끌고 있었다. 그러나 데인은 시선을 돌리지 않았다. "데인!"

그는 겨우 나와 시선을 마주치고 눈을 깜박였는데, 그 부드러운 갈색 눈에 깃든 미안한 기색을 보자 목구멍이 틀어 막히는 것 같았다. "라이오슨이 어젯밤이라고 한 게 그런 뜻이었어?"

나는 고개를 끄덕였다.

"난 몰랐어. 왜 나한테 말을 안 했어?"

그야 넌 말해도 날 안 믿었을 테니까.

"난 괜찮아." 나는 다시 한번 말하면서 연단 쪽을 고갯짓으로 가리켰다. "나중에."

데인은 마지못해 고개를 돌렸다.

"코덱스 위반 사건이 일어났다는 사실이 너희의 생도대장인 내 주목을 끌었다." 팬첵이 외쳤다. "너희도 알다시피, 우리의 가장 신성한 법칙 위반은 참고 넘어갈 수 없다. 이 문제는 지금 이 자리에서 해결할 것이다. 고발자는 앞으로 나오도록."

"누군가 곤란해졌구만." 리애넌이 소곤거렸다. "리독이 드디어 타이본 배런의 침대에 있다가 들통났나?"

"그건 코덱스 위반이 아니거든." 우리 뒤에서 리독이 중얼거렸다.

"타이본은 제2비행단 부단장이잖아." 나는 어깨 너머로 날카로운 시선을 던졌다.

"그래서?" 리독은 가책이 살짝 얹힌 웃음을 보이며 어깨를 으쓱였다. "지휘관과 친밀한 관계는 눈살을 찌푸릴 일이지, 위법은 아니야."

나는 얼굴을 앞으로 향하면서 한숨을 내쉬었다. "나도 온기가 그립네." 진심이었다. 그저 육체적인 만족감에 대해서만 하는 말이 아니었다. 나는 그런 순간에 느껴지는 연결감을, 잠시나마 외로움이 사라지는 느낌을 갈망했다.

첫 번째는 제이든도 얼마든지 줄 수 있겠지. 물론 제이든도 날 그런 식으로 생각한다면 말이지만… 하지만 두 번째는? 그런 면에서 그는 내가 정말 원하지 말아야 할 상대였지만, 욕망과 논리는 같이 다니는 일이 없는 것 같았다.

"약간의 즐거움을 찾는 거라면야 내가 얼마든지…." 리독이 이마 위로 늘어진 갈색 머리카락을 걷어내며 윙크를 했다.

"내가 그리운 건 좋은 관계거든." 내가 미소를 누르며 맞받아치는 사이에도 누군가가 대열 앞줄에서 연단으로 걸어가고 있었는데, 우리 앞에 줄지어 선 대대원들 때문에 잘 보이지는 않았다. "게다가 넌 이미 주인이 있잖아." 솔직히 인정하자. 이렇게 사소한 일로 친구를 놀리니 기분이 좋았다. 섬뜩한 환경에서 누리는 작지만 소중한 일상의 조각이랄까.

"우린 독점 관계가 아니야." 리독이 대꾸했다. "리애넌과 걔랑 비슷하지. 걔 이름이 뭐였더라…."

"타라." 리애넌이 말했다.

"다들 좀 닥치지?" 데인이 상관의 목소리로 꾸짖었다.

모두 입을 닫았다.

그러다가 연단으로 올라가는 사람이 제이든이라는 사실을 깨닫고 입이 딱 벌어졌다. 다시 내장이 요동치는 기분으로 긴장한 숨을 들이마시며 속삭였다. "이거 내 문제야."

데인이 나를 돌아보고 당혹감에 이마를 찌푸리더니 다시 연단으로 관심을 돌렸다. 제이든이 강연대 앞에 섰는데, 그의 존재감이 연단을 꽉 채웠다.

예전에 읽은 기억으로는 그의 아버지도 같은 매력을 지녔었다. 연설만으로도 군중을 사로잡는 능력…. 그 능력이 브레넌의 죽음으로 이어졌지.

"오늘 아침 이른 시각." 제이든이 입을 열자 저음의 목소리가 대열 전체에 전해졌다. "내 비행단 소속의 라이더가 수면 도중에 살인을 의도한 잔혹하고 불법적인 공격을 당했다. 공격자들은 주로 미계약자들로 이뤄져 있었다."

웅성거리는 소리와 숨을 들이켜는 소리가 울려 퍼지는 가운데 데인의 어깨가 굳었다.

"모두가 알다시피 이는 드래곤 라이더 코덱스 2조 3항에 대한 위반이며, 불명예스러울 뿐만 아니라 사형죄기도 하다."

십여 명이 던지는 시선의 무게가 느껴졌지만, 내가 가장 무겁게 느끼는 건 제이든의 시선이었다. 그는 두 손으로 강연대 양옆을 잡았다. "내 드래곤의 경고를 받은 나는 오늘 아침 다른 두 명의 제4비행단 라이더와 함께 그 공격을 막았다." 그가 우리 비행단 쪽으로 턱을 살짝 내리자, 개릭과 보디가 대열을 벗어나더니 계단을 올라 제이든 뒤에 손을 내려뜨리고 섰다. "살고 죽는 문제였기 때문에 나는 여섯 명의 살인 미수자를 직접 처형했다. 이는 불꽃전대 전대장 개릭 태비스와 꼬리전대 부전대장 보디 듀란이 목격한 바다."

"둘 다 티렌더인이라니. 참 편리하기도 하지." 리독과 리암 뒷줄에 있던 우리의 신규 대원인 나딘이 말했다.

나는 어깨 너머로 고개를 돌려 그녀를 노려보았다.

리암은 앞만 보고 있었다.

"하지만 공격을 지휘한 라이더는 내가 도착하기 전에 달아났다." 제이든은 목소리를 높여 말을 이었다. "1학년 전원의 침실 배치도에 접근할 수 있는 라이더였다. 그 라이더에게 신속한 정의를 집행해야 한다."

젠장. 이거 상황이 악화되겠는데.

"소른게일 생도에 대한 범죄에 책임을 지기 바란다." 제이든의 시선이 대열 중앙으로 이동했다. "제3비행단장 앰버 메이비스."

분과 전체가 숨을 들이켰고, 다음 순간에는 대소동이 일어났다.

"뭐가 어째?" 데인이 씹어뱉듯이 말했다.

가슴이 조여들었다. 정말이지, 데인이 내 추측대로 행동할 때가 싫었다.

리애넌이 손을 뻗어 지지의 뜻으로 내 손을 꽉 쥐는 사이에도 안마당에 모인 모든 라이더의 관심은 제이든과 앰버… 그리고 나 사이를 오가고 있었다.

"앰버도 티렌더인이야, 나딘." 리독이 어깨 너머로 말했다. "아니면 넌 낙인자에게만 편견이 있는 건가?"

앰버의 가족은 나바르에 충성을 지켰기에, 그녀는 부모의 처형을 지켜보지도 않았고 반역의 인장이 찍히지도 않았다.

"앰버가 그럴 리가 없어." 데인이 고개를 내저었다. "비행단장이 그럴 리가." 그는 몸을 완전히 돌려서 나를 보았다. "저기 올라가서 모두에게 거짓말이라고 말해, 바이."

"거짓말이 아니야." 나는 최대한 부드럽게 말했다.

"불가능해." 그의 뺨이 얼룩덜룩하게 붉어졌다.

"거기 있던 사람이 나야, 데인." 데인이 정말로 내 말을 믿지 않는다는 게 생각보다 훨씬 아팠다. 이미 너덜너덜한 옆구리를 또 한 대 맞은 기분이었다.

"비행단장은 비난받을 존재가 아니고…."

"그렇다면 왜 우리 비행단장을 그렇게 빨리 거짓말쟁이라고 부르는 건데?" 나는 눈썹을 치켜올리며, 데인이 말하지 않으려고 그토록 조심하는 속마음을 드러내게 하려고 자극했다.

데인 뒤편에서 앰버가 대열에서 벗어나 앞으로 나섰다. "난 그런 범죄를 저지르지 않았어!"

"봤지?" 데인이 팔을 휘둘러 그 빨간 머리를 가리켰다. "당장 이 소동을 멈춰, 바이올렛."

"앰버는 다른 사람들과 같이 내 방에 있었어." 나는 간단하게 말했다. 소리를 지른다고 데인이 설득되진 않을 터였다. 뭘 해도 설득되지 않겠지.

"그럴 리가 없어." 그는 내 얼굴을 감싸려는 듯이 두 손을 들어올렸다. "나에게 보여줘."

데인이 뭘 하려는지 깨달은 나는 충격을 받고 뒤로 물러섰다. 내가 어떻게 데인의 고유 능력이 다른 사람의 기억을 보는 거라는 걸 잊었지? 하지만 앰버가 습격에 참여했다는 기억을 보여준다면, 내가 시간을 멈췄다는 사실도 보여주게 될 터였다. 그럴 수는 없다. 나는 고개를 저으며 한 걸음 더 물러섰다.

"기억을 보여줘." 데인이 명령했다.

나는 분개해서 턱을 들어올렸다. "허락 없이 날 건드렸다간 평생 후회하면서 살 줄 알아."

데인의 이목구비에 놀라움이 번졌다.

"비행단장들." 제이든이 혼란 위로 목소리를 던졌다. "정족수가 필요하다."

제1비행단과 제2비행단의 나이라와 셉톤 이자르가 모두가 보는 곳에 서 있는 앰버 옆을 지나쳐서 계단을 올랐다.

익숙한 혼란이 허공을 채웠고, 우리는 모두 산등성이를 쳐다보았다. 드래곤 여섯 마리가 산맥을 따라 곡선을 그리며 날아오고 있었다. 제일 큰 드래곤은 테른이었다. 그들은 순식간에 성채에 도착해서 안마당 벽 위에 체공했다. 거센 날갯짓이 일으킨 바람이 안마당을 휩쓸었다. 그러더니 하나씩 하나씩 드래곤들이 벽에 내려앉았다. 테른이 한가운데였다.

테른은 온몸으로 적개심을 풍기면서 벽을 움켜쥐다가 돌을 부숴뜨리더니, 화가 난 눈을 가늘게 뜨고 앰버를 노려보았다.

스게일은 오른쪽에 내려앉으면서 제이든 뒤에 자리 잡았다. 스게일은 첫날에 보았을 때와 똑같이 무시무시했지만, 그때는 내가 더 무서운 드래곤과 계약하리라고는 상상도 하지 못했다… 나만 빼고 모두에게 무섭다는 뜻이지만 말이다. 나이라의 레드 스콜피언테일도 나이라 뒤에 앉았고, 셉톤의 브라운 대거테일은 왼쪽에서 똑같은 자세를 취했다. 양쪽 맨 끝에서 콧김을 내뿜는 것은 팬쳌 생도대장의 그린 클럽테일과 앰버의 오렌지 대거테일이었다.

"거지 같은 일이 현실이 되겠는데." 소여가 대열을 깨뜨리더니 내 옆에 와서 섰고, 리독이 내 뒤에 자리 잡는 것도 느껴졌다.

"넌 지금 당장 이 일을 멈출 수 있어, 바이올렛. 멈춰야 해." 데인이 애원했다. "네가 어젯밤에 뭘 봤는지는 몰라도 그게 앰버는 아니야. 앰버가 규칙에 얼마나 신경 쓰는데 어겼을 리가 없어."

그리고 앰버는 건틀릿 마지막 장애물에서 단검을 썼다는 이유로 내가 규칙을 깼다고 생각하지.

"넌 우리 가족에게 복수하려고 이 일을 이용하는 거야!" 앰버가 제이든에게 소리쳤다. "네 아버지의 반역을 지지하지 않았다는 이유로!"

정말 치사한 공격이었다.

제이든은 들은 척도 하지 않고 다른 비행단장들에게 몸을 돌렸다.

그는 데인처럼 증거를 요구하지 않았다. 그는 내 말을 믿었고, 오직 내 말만을 근거로 비행단장을 처형하려고 했다. 나는 제이든에 대한 내 방어막에 금이 가는 것을 실제처럼 느꼈다.

"*내 기억을 볼 수 있어요?*" 나는 테른에게 물었다. "*그 기억을 공유할 수 있어요?*"

"*볼 수 있지.*" 그의 머리가 아주 가볍게 왼쪽에서 오른쪽으로 흔들렸다. "*반려자가 아닌 이들에게 기억이 공유된 일은 한 번도 없다. 그건 위반으로 간주된다.*"

"*제이든은 내가 앰버라고 했다는 이유만으로 저 위에서 싸우고 있어요. 제이든을 도와줘요.*" 신들이시여. 그래서 제이든이 존경스러웠다. 나는 깊은 숨을 들이쉬었다. "*다들 봐야 하는 부분만요.*"

그를 원하는 데다가 존경하기까지? 난 완전히 망했다.

테른이 식식거리더니 스게일을 제외한 모든 드래곤, 심지어 앰버의 드래곤까지 뻣뻣하게 몸을 굳혔다. 곧바로 라이더들도 뻣뻣해지면서 정적이 안마당을 채웠고, 나는 모두가 알게 됐다는 사실을 깨달았다.

"저 배알도 없는 비열한…." 리애넌이 내 손을 더 꼭 쥐면서 씩씩거렸다.

데인의 얼굴이 창백해졌다.

"이젠 날 믿어?" 나는 비난조로 말했고, 실제로 그건 비난이었다. "데인, 넌 내 제일 오래된 친구 아니었어? 제일 친한 친구? 이래서 너한테 말하지 않은 거야."

데인은 비틀비틀 뒷걸음질을 쳤다.

"비행단장들은 정족수를 구성했고 만장일치에 이르렀다." 생도대장이 뒤로 물러선 사이, 제이든이 나이라와 셉톤을 양옆에 두고 선언했다. "너는 유죄다, 앰버 메이비스."

"아니야!" 앰버가 외쳤다. "분과에서 제일 약한 라이더를 제거하는 건 범죄가 아니야! 난 비행단들을 온전히 지키기 위해서 그랬어!" 그녀는 패닉에 빠져서 이리저리 걸어다니며 사방을 쳐다보고 도와줄 사람을 찾았다.

대열 전체가 뒤로 물러섰다.

"그리고 우리의 법에 따라 형벌은 불에 의해 처러질 것이다." 나이라가 선언했다.

"아니야!" 앰버가 자기 드래곤을 쳐다보았다. "클레이드!"

앰버의 오렌지 대거테일이 다른 드래곤들에게 이빨을 드러내며 발톱을 들어올렸다. 테른이 거대한 머리를 클레이드 쪽으로 돌렸고, 그의 포효에 발밑이 흔들렸다. 테른이 이빨을 딱 부딪치자 상대적으로 작은 오렌지 드래곤은 뒤로 물러서서 고개를 늘어뜨린 채 다시 벽을 잡았다.

그 광경을 보자 가슴이 무너졌다. 앰버 때문이 아니라 클레이드 때문에.

"꼭 그래야 해요?"

"이게 우리 방식이다."

"제발 그러지 말아요." 나는 생각할 겨를도 없이 애원했다. 앰버를 벌하는 건 문제가 아니지만 클레이드도 같이 고통받게 될 터였다.

내가 앰버와 대화로 풀 수 있을지도 모른다. 아직 우리 사이의 문제를 해결할 수 있을지도 모른다. 어쩌면 서로의 공통점을 찾아 분노를 우정으로 전환한다거나 하다못해 무관심으로 바꿀 수도 있을 것이다. 나는 심장이 목에서 뛰는 기분으로 고개를 내저었다. 내가 저지른 짓이었다. 모두가 내 말을 믿어주길 바란 나머지, 이후에 어떤 일이 벌어질지는 생각하지 못했다.

나는 제이든을 돌아보며 애원했다. 끝에 가서는 목소리가 갈라져 나왔다.

"제발 기회를 한 번만 줘."

그는 내게서 시선을 돌리지 않았지만 한 점의 감정도 보이지 않았다.

"내가 한 번 누군가를 살려줬더니 그놈이 어젯밤에 너를 죽일 뻔했다. 은빛 아이야." 테른이 말했다. 그러더니 결국 정말로 중요한 건 이것뿐이라는 듯이 말을 이었다. *"정의가 언제나 자비롭지는 않지."*

"클레이드." 앰버가 흐느꼈다. 믿을 수 없을 만큼 조용하다 보니 그 소리가 안마당 전체에 들렸다.

대열 중앙이 갈라졌다.

테른이 몸을 낮추더니 연단을 지나쳐 앰버가 서 있는 곳까지 머리와 목을 길게 늘였다. 그러고는 입을 벌려 혀를 말고… 내 자리에서도 느낄 수 있을 만큼 뜨거운 불로 그녀를 태워버렸다. 순식간이었다.

끔찍한 비명이 울리면서 학예동 창문 하나가 부서졌고, 클레이드가 애도의 소리를 내는 동안 라이더 전원이 손으로 귀를 틀어막았다.

21

네 드래곤의 힘을 곧바로 채널링할 수 없다 해도 당황하지 마, 미라. 네가 무엇에서든 최고여야 한다는 건 알지만, 통제할 수 있는 문제가 아니야. 드래곤은 네가 준비됐다고 느낄 때 채널링을 할 거야. 그리고 일단 마력이 흘러들면 네가 고유 능력을 발현할 준비도 되어 있어야 해. 그때까지 넌 준비가 안 된 거야. 성화 부리지 마.

— 브레넌의 일기, 61쪽

"정말 이럴 필요 없어." 나는 아카이브 문으로 다가가면서 리암을 곁눈질했다. 이제는 수레가 삐걱거리지도 않았다. 리암이 첫날에 고쳤다.

"그 말은 지난주에도 했어." 리암이 나를 보고 씩 웃자 보조개가 파였다.

"그런데도 넌 아직 여기 있지. 매일. 하루 종일." 리암이 싫은 건 아니었다. 미치도록 짜증나게도 리암은 정말… 훌륭했다. 예의바르고 재미있는 데다가 터무니없을 만큼 도움이 됐다. 끊임없이 함께하는데도 싫어하기가 힘들었다. 가는 곳마다, 즉 지금은 내가 가는 곳마다 나무 조각상을 무더기로 남기는데도 말이다. 저 녀석은 작은 나이프로 끊임없이 뭔가를 깎았다. 어제는 완벽한 곰 조각을 완성하기도 했다.

"다른 명령이 내려올 때까지는 그래야지." 리암이 말했다.

내가 리암을 보고 고개를 내젓는 사이에 아카이브 문 앞에 있던 피어슨이 벌떡 일어나더니 크림색 튜닉을 매만졌다. "좋은 아침, 피어슨 생도."

"좋은 아침, 소른게일 생도." 그는 나에게 정중하게 미소 지었지만, 리암을 보자 미소가 사그라들었다. "메이리 생도."

"피어슨 생도." 리암은 서기의 말투가 확 바뀐 것을 모른 척하며 심상하게 대꾸했다.

긴장으로 어깨가 굳어버린 사이에 피어슨이 서둘러 문을 열었다. 내가 바스지아스 이전에는 낙인자들을 만난 적이 없어서 그런지 모르겠지만, 그들에 대한 노골적인 적대감이 점점 확연히 느껴졌다. 불편할 정도로 확실했다.

다른 날 아침과 마찬가지로 아카이브에 걸어 들어간 우리는 테이블 옆에서 기다렸다.

"어떻게 하는 거야?" 나는 소리 죽여 물었다. "사람들이 무례하게 굴 때 반응하지 않는 거 말이야."

"너도 늘 나한테 무례하잖아." 그는 수레 손잡이를 손가락으로 톡톡 두드리면서 장난스럽게 말했다.

"그거야 네가 보모로 와서 그렇지. 네가…" 나는 그다음 말을 잇지 못했다.

"내가 불명예 제대한 이삭 메이리 대령의 아들이라서가 아니라 말이지?" 그의 턱이 떨렸고, 아주 잠시 이마를 찌푸리면서 시선을 돌렸다.

나는 지난 몇 달간을 돌아보면서 무거운 심정으로 고개를 끄덕였다. "하지만 사실 나도 다를 건 없어. 보자마자 제이든을 싫어했지. 그에 대해 아무것도 몰랐으니까." 그렇다고 지금은 안다는 건 또 아니었다. 그는 사람과 거리를 두는 데 짜증날 정도로 능숙했다.

리암이 웃음소리를 내는 바람에 안쪽 구석에 있던 서기가 우리를 노려보았다. "제이든은 사람들에게 그런 효과를 발휘하지. 특히 여자들에게 말이야. 여자들은 제이든의 아버지가 한 일 때문에 그를 혐오하거나, 아니면 같은 이유로 제이든과 자고 싶어 해. 그저 우리가 어디에 위치했느냐에 따라 다를 뿐이야."

"넌 정말로 제이든을 잘 아는구나." 나는 목을 빼고 리암을 올려다보았다. "널 내 경호원으로 고른 게 네가 우리 학년 최고라서만은 아니었던 거네."

"이제 알았어?" 리암의 얼굴에 웃음이 번졌다. "내가 따라다닌다는 사실에 네가 씩씩대느라 그렇게 바쁘지만 않았어도 첫날에 말해주려고 했어."

내가 눈동자를 굴리는 사이 후드를 쓴 제시니아가 다가왔다. "안녕, 제시니아." 나는 수어로 인사했다.

"좋은 아침." 제시니아도 수어로 마주 답했는데, 시선이 리암에게 올라가면서 입가에 수줍은 미소가 떠올랐다.

"좋은 아침." 리암은 윙크와 함께 수어로 인사했다. 대놓고 추파를 던지고 있었다.

첫날에는 그가 수어를 할 줄 안다는 사실에 엄청나게 놀랐는데, 솔직히 인정하자면 경호원이 달갑지 않다는 이유로 그를 못마땅하게만 여기고 있었던 것 같다.

"오늘은 이것뿐이야?" 제시니아가 수레를 살피며 물었다.

"그리고 이것도." 나는 두 사람이 대놓고 눈짓을 주고받는 가운데 신청 도서 목록을 꺼내 건넸다.

"완벽해." 제시니아는 뺨을 붉히더니 목록을 살펴보고 주머니에 넣었다. "아, 그리고 마컴 교수님이 너희 브리핑 시간에 가르칠 일간 보고서가 도착했는데, 네가 가져다 드릴래?"

"기꺼이." 나는 제시니아가 수레를 밀면서 멀어질 때까지 기다렸다가 리암의 가슴팍을 때렸다. "그만해." 나는 소리 내어 속삭였다.

"그만하라니 뭘?" 그는 제시니아가 첫 번째 서가 앞에서 모퉁이를 돌 때까지 지켜보고 있었다.

"제시니아와 시시덕거리는 거 말이야. 쟤 장기적인 관계를 추구하는 여자야. 그러니까 그런… 관계를 찾는 게 아니면 하지 마."

리암의 눈썹이 이마 끝까지 치솟았다. "여기에서 누가 장기적인 관계를 생각해?"

"모두가 죽음이 필연적인 결과에 가까운 분과 소속은 아니거든." 나는 아카이브의 냄새를 들이마시며 그 냄새가 가져오는 평화를 조금이라도 흡수하려 했다.

"그러니까 어떤 사람들은 아직도 장래 계획을 세운다거나 하는 귀여운 시도를 한다는 말이군."

"바로 그거야. 그리고 그런 사람이 제시니아지. 오래 알고 지낸 사이니까 내 말을 믿어."

"그렇군. 넌 성장할 때 서기가 되고 싶어 했으니까 말이지." 리암이 아카이브를 어찌나 진지하게 훑어보는지 웃음이 터질 뻔했다. 서가에서 누군가 뛰쳐나와서 나에게 달려들 수도 있다는 듯한 태도였다.

"그건 어떻게 알았어?" 나는 2학년 한 무리가 지나가자 목소리를 낮췄다. 그들은 침울한 표정으로 역사학자 두 명의 장점을 논하고 있었다.

"내가 그… 뭐랄까… 배정을 받은 뒤에 너에 대해 조사해봤지." 그는 고개를 저었다. "이번 주에 네가 단검 연습하는 모습을 봤는데, 소른게일. 라이오슨 말이 옳았어. 네가 서기가 됐다면 인재 낭비였을 거야."

뿌듯함에 가슴이 부풀었다. "그건 두고 봐야지." 아직은 격투 시합이 재개되지 않았다. 비행 수업 시간에 죽는 수만 해도 충분하다 보니 격투 중 살해는 미뤄두는 모양이었다. "넌 어렸을 때 커서 뭐가 되고 싶었어?" 나는 그냥 대화를 이어나가려고 물었다.

"살아남고 싶었지." 그가 어깨를 으쓱였다.

음, 그건… 의미심장했다. "그런데 제이든과는 어떻게 아는 사이야?" 나도 티렌더 사람이라면 누구나 서로를 안다고 생각할 정도로 멍청하진 않았다.

"라이오슨과 난 전향 이후에 같은 영지에서 위탁 양육됐어." 그는 티렌더에서 반역을 가리키는 용어를 써서 말했다. 전향이라니, 언제 들어봤는지도 모를 아득한 말이었다.

"위탁됐다고?" 나는 입을 딱 벌렸다. 귀족 아이들을 위탁하는 건 600년 전에 나바르가 통일된 이후 사라진 관습이었다.

"음, 그래." 그는 다시 어깨를 으쓱였다. "그러면 반역자의 아이들이…." 그는 반역자라는 말을 입에 올리면서 움찔했다. "…부모가 처형당한 후에 어디로 갔을 줄 알았어?"

나는 끝없이 뻗어나가는 문서들의 서가를 보면서 저기 어딘가에 답이 들어있는 책이 있을까 생각했다. "생각 안 했어." 대답하려니 목이 메었다.

"우리 가문들은 대부분 나바르에 충성을 지킨 귀족들에게 주어졌어." 그는 헛기침을 했다. "그래야 마땅하고."

나는 굳이 조건반사적으로 맞장구를 치지 않았다. 반역에 대한 타우리 왕의 반응은 빠르고 잔혹하기까지 했지만, 당시의 나는 오빠를 죽게 만든 사람들에 대해 자비롭게 생각하기에는 나만의 슬픔에 푹 빠져 있던 열다섯 살 소녀였다. 하지만 원래 티렌더의 수도였던 아레티아를 싹 불태워버린 일은 나도 수긍이 가지 않았다. 리암은 나와 같은 나이였다. 그의 어머니가 나바르와의 신뢰를 저버린 게 그의 잘못은 아니었다. "하지만 너희 아버지와 같이 새로운 집으로 가지 않은 거야?"

그는 나에게 시선을 돌리더니 이마를 찌푸렸다. "어머니와 같은 날에 처형된 사람과 같이 살기는 어렵지."

속이 철렁 내려앉았다. "아니야. 설마 그럴 리가. 네 아버지가 이삭 메이리 아니었어? 난 모든 지방의 귀족 가문을 공부했단 말이야. 티렌더도 포함해서."

"그래, 이삭이 내 아버지였지." 그는 고개를 기울여 제시니아가 사라진 방향을 바라보았다. 이것으로 이 대화는 끝이라는 느낌이 확실히 전해졌다.

"하지만 그분은 반역에 가담하지 않았어." 나는 앞뒤를 맞춰보려고 애쓰면서 고개를 저었다. "칼디르의 처형자 명단에도 없었다고."

"칼디르 처형 명단을 읽었어?" 리암이 눈을 크게 떴다.

나는 용기를 짜내어 그 시선을 받아냈다. "확인할 이름이 있었거든."

그가 살짝 뒤로 물러났다. "펜 라이오슨."

나는 고개를 끄덕였다. "그 사람이 아레티아 전투에서 우리 오빠를 죽였어." 내가 읽은 내용과 리암이 말한 내용을 일치시키려고 머리가 분주히 움직였다. "하지만 너희 아버지는 명단에 없었어." 하지만 리암은 있었다. 목격자 명단에. 수치스러운 기분이 나를 휩쓸었다. 내가 대체 뭘 하고 있는 거야? "정말 미안해. 묻지 말았어야 했는데."

"아버지는 우리 가문의 저택 앞에서 처형됐어." 리암의 이목구비에 힘이 들어갔다. "물론 저택이 다른 귀족에게 분배되기 전이었지. 그리고 맞아, 나도 그때 그 모습을 지켜봤어. 그쯤에는 이미 반역의 인장이 찍혀 있었지만 아픔은 똑같지." 그는 목울대를 움직이며 시선을 돌렸다. "그 후에 난 터베인으로 보내져서 린델 공작에게 위탁됐고, 라이오슨도 마찬가지였어. 내 여동생은 다른 곳으로 갔어."

"둘을 갈라놨어?" 입이 다물어지지 않았다. 내가 반역에 대해 읽은 어떤 문헌에도 위탁 양육이나 형제를 갈라놓은 일은 언급되지 않았다. 산더미같이 많은 양을 읽었는데도.

그는 고개를 끄덕였다. "하지만 겨우 한 살 차이니까 내년에 분과에 들어오면 만나게 될 거야. 걘 힘도 좋고 빠르고 균형감도 좋아. 잘해낼 거야." 리암의 목소리에 깃든 감정 때문에 미라 언니가 생각났다.

"다른 분과를 선택할 수도 있잖아." 나는 그를 위로하려고 부드럽게 말했다.

그는 나를 보고 눈을 껌벅였다. "우린 다 라이더야."

"뭐?"

"우린 모두 라이더라고. 애초에 그런 거래였어. 우리를 살려주고 충성심을 증명할 기회를 주되, 라이더 분과를 나와야만 한다는 거래." 그는 놀란 눈으로 나를 보았다. "몰랐어?"

"나는⋯." 고개를 저었다. "지도자와 장교의 자식은 모두 징병이라는 건 알았지만 그게 전부였어. 조약에 추가된 내용은 상당 부분이 기밀이어서."

"개인적으로는 라이더 분과인 이유가 우리에게 가장 좋은 승진 기회를 주기 위해서였다고 생각하지만, 다른 사람들은⋯." 그는 얼굴을 찡그렸다. "다른 사람들은 라이더의 사망률이 다른 분과보다 훨씬 높기 때문이라고 생각해. 그러니까 직접 해치우지 않으면서 우리를 죽이고 싶어 한다는 거지. 이모젠이 그러는데, 원래 그 사람들은 드래곤이 명예를 더할 나위 없이 중요시하니까 낙인자와 계약을 맺지 않을 거라고 생각했대. 그래서 이제는 우릴 어떻게 해야 할지 잘 모르고 있고."

"몇 명이나 있어?" 나는 어머니를 떠올렸다. 어머니는 얼마나 알고 있을지, 브레넌이 죽은 후 바스지아스 사령관이 되었을 때 이 상황에 얼마나 동의했을지 생각할 수밖에 없었다.

"제이든이 한 번도⋯?" 그는 잠시 멈췄다가 말했다. "20세 이하의 자식을 둔 장교가 68명이었어. 우리는 107명이고 전원 반역의 인장을 갖고 있지."

"제일 나이 많은 게 제이든이구나." 나는 중얼거렸고, 그는 고개를 끄덕였다.

"그리고 제일 어린아이는 이제 곧 여섯 살이 돼. 줄리앤이라는 여자애야."

토할 것 같았다. "걔도 인장이 있어?"

"가지고 태어났어."

드래곤이 한 짓이라는 건 알지만, 이게 무슨 말도 안 되는 일이지?

"그리고 물어보는 건 괜찮아. 누군가는 알아야지. 누군가는 기억해야지." 리암은 어깨를 올렸다가 내리면서 심호흡을 했다. "어쨌든, 넌 여기 아카이브에 있는 게 힘들어? 아니면 오히려 마음이 편해지나?"

화제 전환, 접수.

나는 줄지어 놓인 테이블에 일할 준비를 하는 서기들이 들어차는 모습을 보며, 그 안에 내 아버지가 있는 모습을 상상했다. "집에 온 기분과 비슷한데, 달라. 여기가 변한 건 아니야. 여긴 절대로 변하지 않으니까. 그러고 보니 변화야

말로 서기의 숙적일걸. 하지만 아무래도 내가 변해버린 것 같아. 난 여기에 맞지 않아. 이제는 아니야."

"그래, 무슨 말인지 알겠어." 정말로 안다는 생각이 드는 목소리였다.

지난 5년간 어땠는지 묻는 말이 혀끝까지 나왔는데 제시니아가 신청 도서를 실은 수레를 밀면서 나타났다.

"전부 챙겨왔어." 그녀는 수어로 말하더니 맨 위에 놓인 두루마리를 가리켰다. "그리고 이건 마컴 교수님에게 갈 보고서."

"확실히 전달할게." 나는 장담하면서 수레를 받으려고 몸을 앞으로 기울였다. 높은 옷깃이 벌어지면서 제시니아가 헉 하고 입을 가렸다.

"세상에, 바이올렛. 네 목이!" 그녀의 손짓은 다급했고, 그 눈동자에 깃든 안타까움을 보자 가슴이 답답해졌다. '안타까움'은 우리 분과에서 찾을 수 없는 말이었다. 분노, 격노, 분개는 있어도… 안타까움은 없었다.

"아무것도 아니야." 나는 옷깃을 여미면서 노랗게 변해가는 멍 자국을 가렸고, 리암이 앞으로 팔을 뻗어서 수레를 받았다. "내일 보자."

그녀는 고개를 끄덕끄덕 흔들면서 두 손을 비틀었고, 우리는 문으로 돌아섰다. 복도로 나가자 피어슨이 문을 닫았다.

"라이오슨이 터베인에 있는 동안에 나에게 싸우는 방법을 가르쳤어." 리암의 화제 전환이 고마웠는데, 이번에도 의도적인 게 분명했다. "라이오슨처럼 움직이는 사람은 본 적이 없어. 내가 지금까지 격투 시합을 해낸 건 다 그 덕분이야. 드러나 보이진 않아도 라이오슨은 자기 사람을 챙겨."

"나한테 라이오슨의 좋은 점을 알리려는 거야?" 우리는 오르막을 걸었고, 나는 오늘 다리가 튼튼하다는 느낌에 만족했다. 이처럼 몸이 협조해주는 날이 좋았다.

"넌 라이오슨과 붙어 있게 됐잖아…." 그는 얼굴을 찡그렸다. "음, 영원히 말이야."

"아니면 둘 중 하나가 죽을 때까지." 나는 농담을 던졌지만 실패했다. 우리는 모퉁이를 돌아서 힐러 분과를 지났다. "그런데 이 일은 어떻게 하게 된 거야? 너희를 몰아넣은 지휘관의 딸을 지키는 거 말이야." 일주일 내내 묻고 싶었던 질문이었다.

"날 믿을 수 있나 궁금한 거야?" 그는 다시 한번 편안한 웃음을 지었다.

"응." 대답은 간단했다.

그의 웃음소리가 터널 벽과 진료소 유리창에 부딪쳐 메아리쳤다. "괜찮은 대답이네. 내가 할 수 있는 말은 그저 네가 살아야 라이오슨도 살고, 난 그에게 모든 걸 빚졌다는 것뿐이야. 모든 걸." 그는 마지막 말을 하면서 내 눈을 똑바로 보았다. 수레가 복도 바닥에 튀어나온 돌에 부딪쳤는데도 눈을 돌리지 않았다.

맨 위에 있던 두루마리가 바닥에 떨어졌다. 내가 서둘러 주우려다가 옆구리가 결려서 얼굴을 찡그리는 사이에 경사면을 구르면서 두루마리가 풀렸다.

"잠았어." 두꺼운 양피지는 쉽게 말리지 않았고, 문장을 하나 읽어버린 나는 멈칫하고 말았다.

'서머튼의 상황은 특히 우려스럽다. 어젯밤에 마을 하나가 뒤집혔고 보급대 하나가 약탈…. '

"뭐라고 써 있어?" 리암이 물었다.

"서머튼이 공격당했대." 혹시 기밀 표시가 있나 싶어서 두루마리를 뒤집어 보았지만, 그런 표시는 없었다.

"남쪽 국경?" 리암도 나만큼이나 당혹스러운 얼굴이었다.

"어." 나는 고개를 끄덕였다. "내가 지리를 제대로 기억하고 있다면 이번에도 고지대 공격이야. 보급대 하나가 약탈당했어." 나는 내용을 좀 더 읽었다. "그리고 근처 동굴에 있던 공동 창고도 뒤집어놨네. 하지만 이건 말이 안 돼. 우린 포로미엘과 무역 협정을 맺었다고."

"그렇다면 기습 부대겠지."

나는 어깨를 으쓱였다. "전혀 모르겠어. 오늘 전투 브리핑 시간에 듣게 되겠지." 우리의 남쪽 국경에 대한 공격은 심해지고 있었고, 모두 똑같은 형태였다. 보호막이 약해지는 곳마다 산악 마을들이 갈가리 찢기고 있었다.

그때 어마어마한, 믿을 수 없을 정도의 허기가 나를 덮쳤다. 내 위장이 빈속을 물어뜯으며 피로 달랠 것을 요구했다.

"소른게일?" 리암이 걱정으로 미간에 주름을 잡고 나를 쳐다보았다.

"테른이 깨어났어." 나는 양떼를 갈망하는 게 내가 된 기분으로 배를 움켜쥐고 간신히 말했다. 양떼가 아니면 염소든 뭐든, 테른이 아침으로 먹기로 한 동물에 대한 굶주림이었다. "*맙소사, 제발 뭘 좀 먹으러 가요.*"

"너에게도 같은 말을 할 수 있다만." 테른이 으르렁거렸다.

"참 아침형이네요. 안 그래요?" 굶주림이 사라졌다. 나는 테른이 잠시 우리 사이의 결속을 약하게 만들었다는 걸 깨달았다. 나는 그렇게 할 줄 모르니까. 그의 감정이 나에게 흘러들어오는 건 그의 통제가 약해졌을 때만이었다. *"고마워요. 앤다나는요?"*

"아직 잔다. 그렇게 큰 힘을 썼으니 며칠은 더 잘 거야."

"조금이라도 쉬워지긴 해?" 나는 리암에게 물었다. "저쪽에서 느끼는 감정이 날 덮치는 거 말이야."

그는 얼굴을 찌푸렸다. "좋은 질문이야. 데이는 자기 통제를 꽤 잘하지만 화가 나면?" 리암은 고개를 저었다. "일단 드래곤이 채널링을 시작해서 우리에게도 저쪽 감정을 차단할 힘이 생기면 도움이 된다지만, 너도 알다시피 카 교수는 그때까지 우리에게 신경도 쓰지 않을 거야."

리암이 모든 수업에서 나와 함께 있는 것만 봐도 그가 아직 능력을 얻지 못했다고 짐작되지만, 나와 마찬가지로 리암도 점점 줄어드는 능력 없는 라이더 쪽에 속한다는 사실을 확인하니 마음이 놓였다. 앤다나가 나에게 시간을 멈추는 초능력을 선사하긴 했지만 그건 고정적으로 쓸 힘이 못 되었다. 특히나 앤다나가 회복하는 데 며칠씩 걸린다면 더욱 더.

"그러니까 테른도 아직 너에게 채널링을 하지 않은 거지?" 리암이 반신반의하는, 약해진 표정으로 물었다.

나는 고개를 젓고 속삭였다. "테른은 헌신하는 관계가 어렵나 봐."

"들었다."

"그럼 내 머릿속에서 나가요."

생각을 마비시키는 허기가 다시 덮쳐왔고, 나는 손에 쥔 마컴의 두루마리를 망가뜨릴 뻔했다. *"재수 없게 굴지 좀 마요."*

대답 대신 쿡쿡거리는 소리가 들렸다고 맹세할 수 있다.

"서두르지 않으면 아침식사를 놓치겠어."

"맞아." 나는 두루마리를 마저 말아서 수레에 올렸다.

"나도 저 멋진 애들처럼 되고 싶어." 그날 오후, 제2비행단과 제3비행단의 1학년들이 카 교수의 강의실로 이어지는 망루 계단에서 쏟아져 나와 우리가 전투 브리핑실로 가는 복도를 틀어막자 리애넌이 투덜거렸다.

"우리도 그렇게 될 거야." 나는 리애넌에게 팔짱을 끼면서 장담했다. 뭐, 내 마음에도 질투심이 부글거리고 있었다는 사실은 인정해야겠다.

"너희들이 얼마나 멋있어질진 모르겠지만 나만큼 멋질 순 없을걸!" 리독이 리암을 밀어내고 내 어깨에 팔을 툭 둘렀다.

"리는 마력을 받고 있는 애들에 대해 말한 거야." 나는 책을 떨어뜨리지 않으려고 곡예를 펼치면서 설명했다. "그래도 채널링을 안 하면 마력이 우릴 죽이기 전에 고유 능력을 발현해야 한다는 스트레스도 없긴 해." 등에 새겨진 인장이 따끔거렸다. 나는 혹시 앤다나의 능력이 그 시한폭탄을 멈춰버린 건 아닐까 생각했다.

"아, 난 또 내가 방금 물리학 시험을 지배했다는 사실에 대해 이야기하는 줄 알았지." 리독이 씩 웃었다. "분명히 강의실 최고 점수야."

리애넌이 눈동자를 굴렸다. "설마. 내가 너보다 5점은 더 받았어."

"네 점수는 몇 달 전부터 빼고 생각하기로 했어." 리독이 몸을 슬쩍 앞으로 기울였다. "네 물리학 점수는 우리들에게 불공평하거든." 그러면서 우리의 어깨 사이를 보았다. "잠깐만. 넌 몇 점 받았어, 메이리?"

"여기 끼어들 점수는 아니지." 리암이 대꾸했다.

나는 웃음을 터뜨렸고, 우리는 갈라져서 브리핑실에 들어가기 위해 문을 틀어막고 있는 생도들의 흐름에 합류했다.

"미안, 소른게일." 우리가 강의실에 들어가자 누군가가 내 앞에서 비켜서면서 옆에 있던 친구까지 잡아당겼다.

"미안할 것 없어!" 내가 외쳤지만, 그들은 이미 몇 줄 너머로 가고 있었다. "이건 영영 익숙해지지 않겠어."

"덕분에 자리 잡기는 쉬워지잖아." 리애넌이 놀리는 가운데 우리는 거대한 망루탑 벽을 따라 곡선을 그리는 계단을 내려갔다.

"네게 적합한 존중을 보여준다고 생각한다만." 테른이 그르렁거렸다.

"지금의 내가 아니라 쟤들이 생각하는 미래의 나에게 걸맞는 존중이죠." 우리는 줄을 찾아서 자리로 걸어갔고, 1학년 사이에 한 대로로 뭉쳐 앉았다.

"앞날을 잘 보는 거지."

라이더들이 들어오면서 방 안에 활기가 넘쳤는데, 이제 아무도 서 있을 필요가 없다는 사실에 눈길이 갔다. 지난 4개월 동안 인원이 심하게 줄어들었다.

빈자리 숫자에 정신이 번쩍 들 정도로. 어제도 비행장에서 다른 라이더의 레드 스콜피언테일에게 지나치게 다가간 1학년 한 명이 죽었다. 조금 전까지만 해도 그 자리에 서 있던 사람이, 다음 순간에는 땅에 남은 그을음이 되었다. 나는 수업 시간 내내 최대한 테른에게 바짝 붙어 있었다.

갑자기 두피가 찌릿했다. 하지만 나는 돌아보고 싶은 충동을 눌렀다.

"라이오슨이 막 도착했네." 오른쪽에 앉은 리암이 조각하고 있던 작은 드래곤 조각에서 손을 떼고 3학년들이 앉은 줄을 올려다보며 말했다.

"알아." 나는 시선을 앞에만 두면서 가운뎃손가락을 들어올렸다. 리암이 싫지는 않지만, 리암을 배정한 제이든에게는 아직 화가 났다.

리암이 코웃음 소리를 냈다. "이젠 노려보고 있는데. 말해봐, 분과에서 가장 강력한 라이더를 열받게 하는 게 재미있어?"

"너도 직접 시도해보면 알 거야." 공책의 빈 페이지를 펴면서 대답했다. 나는 돌아볼 수 없다. 돌아보지 않을 것이다. 제이든을 원하는 건 괜찮다. 그래야만 한다. 하지만 그 충동에 따른다? 그건 터무니없는 일이었다.

"난 무리야."

나는 결국 자기 통제와의 싸움에서 져서 어깨 너머를 돌아보았다. 과연, 제이든은 맨 윗줄에 개릭과 나란히 앉아서 한껏 지루한 얼굴을 하고 있었다. 제이든은 리암을 보고 고개를 끄덕였고, 리암도 마주 목례했다.

나는 비죽거리고 다시 앞을 보았다. 리암은 조각에 열중하고 있었는데, 그의 레드 대거테일인 데이를 많이 닮은 모양이었다.

"네가 날 따라다니는 모습만 보면 수업 시간마다 나에 대한 암살 시도가 있는 줄 알겠어." 나는 고개를 저었다.

"변호해주자면, 사람들이 널 죽이려 하는 건 맞지." 리애넌이 준비물을 늘어놓았다.

"한 번이야! 딱 한 번 일어난 일이라고, 리!" 나는 멍든 옆구리에 무게가 실리지 않게 자세를 바로잡았다. 단단히 붕대를 감아놓기는 했지만, 의자 등받이에 기댈 수는 없었다.

"그래. 그러면 타이넌과 있었던 일은 뭐라고 부를래?" 리애넌이 물었다.

"그건 탈곡이지." 나는 어깨를 으쓱였다.

"발로우의 지속적인 위협은?" 리는 나를 보고 한쪽 눈썹을 치켜올렸다.

"일리 있는 지적이야." 리 옆자리에서 소여가 몸을 내밀며 맞장구를 쳤다.

"그건 그냥 위협이야. 내가 실제로 목표물이 된 건 딱 한 번이었는데, 그렇다고 리암이 내 침실에서 자는 것도 아니잖아."

"아니, 그것도 싫지는…." 리암이 나무토막 위에 칼을 올린 채 말하려 했다.

"말도 꺼내지 마." 나는 고개를 홱 돌려서 리암을 마주보고는 웃을 수밖에 없었다. "파렴치한 바람둥이야."

"고마워." 그는 씩 웃고는 조각으로 돌아갔다.

"칭찬 아니거든."

"신경 쓰지 마. 바이는 그냥 성적 좌절감이 있어서 그래. 그러면 여자는 괴팍해지지." 리애넌이 빈 페이지에 날짜를 적으며 말했다. 나도 깃펜에 휴대용 잉크를 찍어 따라했다. 다른 몇 명이 벌써 사용하고 있는 편리하고 깔끔한 펜 때문에라도 얼른 마력을 받고 싶었다. 깃펜도 안녕, 잉크통도 안녕이니까.

"그거랑은 아무 상관없거든." 신들이시여, 리애넌이 저렇게 크게 말해야 하나요?

"그렇지만 부정은 안 하네." 그녀는 나를 보고 달콤하게 웃었다.

"나는 탈락이라니 안타까운데." 리암이 나를 놀렸다. "하지만 내가 후보자 몇 명을 검토하는 정도는 라이오슨도 싫어하지 않을 거야. 그렇게 해서라도 네가 비행단 전체가 보는 앞에서 단장에게 가운뎃손가락을 드는 짓을 그만둔다면 말이야."

"후보자 검토는 정확히 어떻게 할 건데? 뭘로 점수를 매길 거야?" 리애넌이 활짝 웃으면서 한쪽 눈썹을 치켜들고 물었다. "이건 내가 꼭 들어야겠어."

나는 2초쯤 정색했다가 리암이 겁에 질린 표정을 짓는 바람에 웃음을 터뜨리고 말았다. "제안은 고마워. 후보자가 나타나면 꼭 너한테 보여줄게."

"있잖아, 네가 지켜볼 수도 있어." 리애넌은 순진한 척 리암을 향해 눈을 깜박였다. "바이가 완전히 보호받고 있나 확인하는 거지. 아무도… 얠 찌르지 않게 말이야."

"와, 지금 우리 거시기 농담 하는 거야?" 리독이 리암 옆에서 말했다. "내 인생은 바로 이 순간을 위해 존재하거든."

소여마저도 웃음을 터뜨렸다.

"어이구야." 리암이 작게 투덜거렸다. "난 그저 이제 네가 밤에 보호를 받으니까…." 우리는 더 심하게 웃었고, 리암은 심호흡을 뱉었다.

"잠깐만." 나는 웃음을 멈췄다. "내가 밤에 보호받고 있다는 게 무슨 말이야? 네가 옆방이라서 하는 소리야?" 웃음기가 사라졌다. "제발, 라이오슨이 널 복도에서 재우는 건 아니라고 말해줘."

"아니야. 당연히 그건 아니지. 습격이 있던 다음 날 아침에 라이오슨이 네 문에 보호막을 쳤어." 리암은 분명히 내가 알고 있는 줄 알았다는 표정이었다. "너한테 말을 안 했나 봐?"

"뭘 했다고?"

"네 문에 마법 보호막을 쳤다고." 리암이 이번에는 좀 더 조용히 말했다. "너만 열 수 있게."

젠장. 어떻게 받아들여야 할지 모르겠다. 이건 약간의 통제 정도가 아니라 선을 훌쩍 넘은 행동이었다. 그렇지만 그러면서도… 자상했다. "하지만 보호막을 친 본인은 들어올 수 있지 않아?"

"음, 그렇지." 리암은 마컴 교수와 드베라 교수가 계단을 내려오는 동안 어깨를 으쓱이며 말했다. "하지만 라이오슨이 널 죽일 것도 아니잖아."

"그래. 사실 난 그 사소한 심경 변화에 아직 적응하는 중이거든." 내가 깃펜을 더듬거리다가 바닥에 떨어뜨렸는데, 주우려고 몸을 기울이기도 전에 책상 팔걸이 아래에서 그림자가 공물이라도 바치듯이 펜을 들어올렸다. 나는 그림자에서 깃펜을 빼낸 다음 제이든을 돌아보았다.

그는 나에게 관심도 두지 않고 개럭과의 대화에 빠져 있었다.

겉보기에는 그랬다.

"시작해도 되겠나?" 마컴이 외치자 우리 모두 조용해졌다. 그는 리암과 내가 아침식사 전에 배달한 두루마리를 강연대에 올려놓았다. "좋아."

나는 공책에 서머튼이라고 적었고, 리암은 칼을 내려놓고 깃펜을 잡았다.

"첫 번째 공지사항이다." 드베라가 앞으로 나서면서 말했다. "우리는 올해 비행대대 대항전의 우승자들에게 으스댈 권리만이 아니라…." 그녀는 한턱낸다는 듯이 씩 웃었다. "최전선에서 실제 비행단을 따라다닐 견학 기회도 주기로 결정했다."

사방에서 환호가 터졌다.

"그러니까 전투에서 이기면 더 빨리 죽을 기회를 얻는 거야?" 리애넌이 속삭였다.

"반대 심리를 이용하는 걸지도 몰라." 나는 너무나 기뻐하고 있는 사람들을 둘러보면서 제정신인가 걱정했다. 물론 이 방에 앉은 사람들 대부분은 드래곤 등에 제대로 앉아 있을 수 있었다.

"너도 그럴 수 있다."

"내 자기혐오에 귀 기울이는 거 말고는 할 일이 없어요?"

"별로. 이제 집중해라."

"자꾸 끼어들지 않으면 집중할 수 있겠죠." 나는 반박했다.

테른은 식식거렸다. 언젠가는 저 소리를 번역할 수 있을지 모르지만, 오늘은 아니었다.

"대항전은 봄에 시작한다는 걸 알지만…." 드베라가 말을 이었다. "이 소식이 너희가 시험대로 이어지는 모든 영역에서 더 열심히 하도록 동기부여를 해주리라 생각했다."

다시 환호가 울려 퍼졌다.

"그리고 이제 주목을 끌었으니 시작해볼까." 마컴이 손을 들자 방 안이 조용해졌다. "오늘은 최전선이 상대적으로 조용하니 이 기회를 이용해서 지앤파 전투를 분석해보겠다."

내 깃펜이 공책 위를 맴돌았다. 설마, 내가 잘못 들었겠지.

마법 불빛이 티렌더를 다른 지역과 분리하면서 지역 전체를 나머지 대륙에서 몇백 미터 위로 올려 놓는 드랄로 절벽으로 떠오르더니, 남쪽 국경선에 있는 고대의 요새 앞에서 제일 밝게 빛났다. "이 전투는 나바르 통일의 핵심이 되었고, 6세기도 더 전에 벌어진 전투지만 오늘날까지도 우리의 비행 대형에 영향을 주는 중요한 교훈들이 있다."

"이거 진짜야?" 나는 리암에게 속삭였다.

"응." 리암의 손아귀에서 깃펜이 구부러졌다. "그런 것 같은데."

"왜 이 전투가 특별할까?" 드베라가 눈썹을 올리며 물었다. "브라이언트?"

"저 요새는 공성전 준비가 되어 있을 뿐 아니라…." 위쪽에 앉은 2학년이 대답했다. "최초의 크로스볼트가 갖춰져 있었습니다. 그 거대한 석궁은 드래곤에게 치명적인 무기였죠."

"맞다. 그리고?" 드베라가 재촉했다.

"불모지의 군대를 섬멸하기 위해 그리폰과 드래곤들이 나란히 싸운 최후의 전투 중 하나였습니다." 2학년이 이어 말했다.

나는 이쪽저쪽에서 다른 라이더들이 필기하는 모습을 보았다. 비현실적이었다. 이건 그냥… 비현실적이었다. 리애넌조차도 열심히 적고 있었다.

아무도 우리가 뭘 하는지 몰랐고, 어젯밤에 국경선에서 나바르 마을 하나가 통째로 뒤집히고 보급품이 약탈당한 것도 몰랐다. 그러면서 우리는 편리한 실내 배관이 발명되기도 전에 일어났던 전투에 대해 논하고 있었다.

"이제 집중해라." 마컴이 강의했다. "3일 안에 자세한 보고서를 제출해서 지난 20년간 있었던 전투와 비교해야 할 테니까."

"그 두루마리에 기밀 표시가 있었어?" 리암이 소리 죽여 물었다.

"아니." 나도 똑같이 조용히 대답했다. "혹시 내가 못 본 걸까?" 전투 지도상으로는 그쪽 산등성이에 활동이 보이지도 않았다.

"그래." 그는 고개를 끄덕이더니 깃펜으로 양피지를 긁으며 필기를 시작했다. "그런 거겠지. 네가 못 보고 지나친 거야."

나는 눈을 깜박이며 억지로 손을 움직여서 아버지와 수십 번은 분석해본 전투에 대해 필기했다. 리암 말대로였다. 가능한 설명은 하나뿐이었다. 우리의 정보 취급 허가가 충분히 높지 않거나, 아니면 정확한 보고서를 작성하기 위해 필요한 정보를 더 모으는 중이거나.

아니면 기밀로 표시되어 있었는데 내가 그걸 놓쳤거나.

22

처음으로 마력이 쇄도하는 순간은 모를 수가 없어. 처음 마력이 전해지고, 끝도 없을 것 같은 에너지가 너를 둘러싸는 순간이면, 넌 그 황홀경에 중독될 거야. 네가 그 힘으로 할 수 있는 온갖 가능성에, 네 손에 쥔 통제력에 취하겠지. 하지만 명심해. 그 힘은 순식간에 방향을 돌려서 널 통제할 수 있어.

— 브레넌의 일기, 64쪽

남은 11월은 서머튼에서 일어난 일에 대해 어떤 언급도 없이 지나갔고, 12월이 되어 울부짖는 바람이 눈을 몰고 왔을 무렵에는 나도 사령부에서 그 정보를 공개하리라는 희망을 버렸다. 리암이나 내가 교수들에게 직접 물어볼 수도 없는 일이었다. 특별한 표시는 없었다지만 분명히 기밀이었던 보고서를 읽었다고 자백하는 꼴이니 말이다.

덕분에 또 어떤 정보가 전투 브리핑 시간에 다뤄지지 않는지 궁금해졌지만, 그 생각을 누구에게 말하지는 않았다. 여기에 더해 우리 학년의 4분의 3과 달리 아직도 채널링을 하지 못하고 있다는 좌절감이 점점 커지다 보니, 최근에는 혼자만의 시간을 많이 갖고 있었다.

"혼자는 아니지." 테른이 툴툴거렸다.

"의견 안 들어요. 특히나 오늘은 나를 산사면에다 패대기칠 뻔했잖아요." 테른이 날 얼마나 한참 떨어지게 두었는지 생각만 해도 속이 뒤틀렸다.

제3비행단의 1학년 한 명은 나만큼 운이 좋지 못했다. 새로운 기동훈련 중에 자리에서 떨어진 그녀는 오늘 아침 사망자 명단에 올랐다.

리애넌이 봉을 휘둘렀고, 나는 무게를 뒤쪽으로 싣고 허리를 젖혀서 아슬아슬하게 공격을 피했다. 내가 훈련 매트 위에서 균형을 잡고 있다는 사실에 나도 깜짝 놀랐다.

"그럼 다음에는 떨어지지 말거라."

"채널링을 시작하면 그럴 수 있을지 모르죠." 나는 맞받아쳤다.

"오늘은 산만하네." 리애넌은 내가 균형을 되찾는 사이에 물러섰다. 실제 시합에서는 어떤 상대도 그런 자비를 보여주지 않을 것이다. 리의 시선이 매트를 가로질러 드래곤을 또 하나 깎으며 벤치에 앉아 있는 리암에게 날아가더니, 다시 나에게 돌아왔다. 표정만 보아도 나를 끊임없이 따라다니는 경호원에게서 풀려나는 밤이 되면 마저 이야기하자는 뜻이 전해졌다. "그래도 예전보다는 빨라졌어. 이모젠이 뭘 시키는지는 몰라도 효과가 있나 봐."

"넌 아직 채널링 준비가 되지 않았다, 은빛 아이야."

"내 훈련에 의심이라도 있었던 것처럼 말하는군." 이모젠이 옆 매트에서 외쳤다. 그녀는 가뿐하게 리독에게 헤드록을 건 채, 리독이 팔을 쳐서 항복하기를 기다리고 있었다.

왼쪽에서는 소여와 퀸이 서로를 보고 원을 그리면서 또 한 번 맞붙을 준비를 하고 있었고, 리애넌 뒤에서는 에머리와 히튼이 탈곡 이후에 우리 대대로 들어온 다른 1학년들을 가르치는 모습을 데인이 지켜보고 있었다. 데인은 나와 관련된 일은 뭐든 신중하게 피했다.

데인의 최근 지시에 따라, 화요일 밤은 우리 대대의 격투 연습 시간이었다. 지금 우리가 받고 있는 빡빡한 수강 시간에다가 비행 수업을 더하고, 이제는 일부가 능력 조절 강의까지 받고 있다 보니 매트에서 훈련할 시간이 별로 없었다. 더 멀리 떨어진 매트 몇 개는 같은 생각을 한 다른 라이더들이 차지했다. 그 중에는 잭 발로우도 있었다.

리암이 리독의 대련 요청을 거절한 것도 그래서였다.

"날 너무 봐주네." 나는 리애넌에게 말했다. 땀이 등을 타고 뚝뚝 떨어지면서, 리암 옆 벤치에서 드래곤 비늘 조끼를 말리는 동안 입고 있던 딱 붙는 튜닉이 흠뻑 젖었다.

리암에게는 훈련이 더 필요하진 않았다. 그는 데인을 뺀 전원을 매트에서 쓰러뜨렸고, 나는 속으로 데인이 한 살이라도 어린 라이더에게 지지 않으려 대련을 거부해서일 것이라고 생각했다.

"한 시간이나 훈련했잖아." 리애넌이 봉으로 허공을 갈랐다. "넌 지쳤고, 난 절대로 널 해치고 싶지 않거든."

"동지가 지나면 시합이 재개될 거야." 나는 리를 일깨웠다. "이렇게 봐주는 건 나한테 좋은 일이 아니라고."

"틀린 말은 아니지." 내 뒤에서 깊고 굵은 목소리가 말했다.

나는 리암이 일어서는 모습을 보고 속으로 욕설을 뱉었다.

"잘 알거든." 나는 늘 그렇듯 개릭과 함께 우리 매트 옆을 지나가는 제이든에게 어깨 너머로 말했다. 하지만 제이든이 완전히 지나가기 전까지는 시선을 떼기가 불가능했다. 맙소사, 난 정말 중증이었다. "뭔가 쓸모 있는 말을 할 거 아니면 가시지."

"더 빨리 움직여. 그러면 죽을 확률이 낮아질 거다. 이 정도면 쓸모 있나?" 그는 대련장 중앙에 가까운 매트 위에 자리를 잡으면서 외쳤다.

리애넌의 눈이 확 커졌고, 리암은 고개를 내저었다.

"왜?"

"네 말투 말이야." 리애넌이 중얼거렸다.

"그렇다고 어쩌겠어? 날 죽이겠어?" 나는 봉으로 리애넌의 다리를 쓸면서 돌진했다. 그녀는 펄쩍 뛰어서 공격을 피하고는 봉을 휘둘러 쩍 소리 나게 내 봉에 부딪쳤다.

"너희는 서로를 죽이고도 남겠어." 리암이 다시 앉으면서 끼어들었다. "둘이 졸업 이후에 어떻게 제 구실을 할지 보고 싶어 못 참겠다."

졸업 이후.

"졸업까지는 고사하고 이번 주 이후도 생각 못 하겠는걸." 내가 물어볼 준비가 안 된 아주 까다로운 질문들이 있을 때는 그럴 수가 없었다.

"네가… 테른의 채널링이 오래 걸려서 짜증 난 건 알아." 리애넌이 다시 원을 그리며 말했다. "난 그저 이 매트 위에서 나를 상대하는 편이 그림자를 휘두르는 덩치 큰 비행단장보다는 분노를 풀기에 더 안전하다는 것뿐이야."

"너에게 내 분노를 풀고 싶진 않아. 넌 내 친구잖아." 나는 대충 제이든 쪽을 손짓했다. "저쪽은 내가 자기 약점이라고 생각해서 나에게 떨쳐낼 수도 없는 그림자를 붙여놓은 사람이고. 그러면서 나를 돕기는 할까?" 나는 봉을 맹렬히 휘둘렀고, 리애넌도 맞받아쳤다. "아니. 그럼 날 훈련시킬까?" 다시 돌진, 봉이 맞부딪쳤다. "아니. 저 사람은 내가 죽기 직전에 나타나서 위협을 제거하는 데 놀랍도록 뛰어나지만 그게 끝이야." 나와 달리, 그는 아무 어려움 없이 나에게서 눈을 떼는 것 같았다.

"그러니까 확실히 분노가 있긴 한 거네." 리애넌이 쉽게 몸을 돌려 피하면서 느물거렸다.

"너도 누군가가 네 자유를 빼앗아가면 격분할 거야. 리암이 아침부터 밤까지 문 앞에 있으면 그럴 거라고. 아무리 리암이 훌륭한 사람이라도 그래." 나는 리애넌의 공격을 하나 피했다.

"칭찬 고마워." 리암이 끼어들어서 내가 하고자 하는 말을 증명했다.

"그래." 리애넌도 동의했다. "나도 그럴 거야. 그리고 지금도 너만큼 화나 있어. 이제 그 분노를 이용해보자." 리애넌의 연이은 공격에 나도 따라서 대응했지만, 그건 그녀가 정확히 내 비난대로 나를 봐주고 있기 때문이었다.

그러다가 실수로 리애넌의 어깨 너머로 체육관 중앙을 보고 말았다.

제기랄, 너무 섹시하잖아.

제이든과 개릭이 셔츠를 벗고서 목숨이 걸린 싸움처럼 대련하고 있었다. 발차기와 주먹질은 잔상만 남았고, 근육이 잔물결을 일으켰다. 사람이 저렇게 빠르게 움직이는 걸 본 적이 없었다. 그건 치명적인 안무로 이뤄진 아름답고도 넋을 빼는 춤이었고, 나는 개릭이 죽일 듯이 달려들고 제이든이 공격을 비껴낼 때마다 숨을 멈추고 말았다.

지난 몇 달 동안 셔츠를 벗고 대련하는 라이더를 수도 없이 보았다. 새롭지 않았다. 그러니까 남자의 벗은 상체쯤은 아무렇지도 않아야 했는데, 지금까지 제이든이 셔츠를 벗은 모습은 본 적이 없다는 게 문제였다.

제이든의 몸은 모든 면이 무기처럼 연마되어 각이 져 있었고, 그 몸에 간신히 날뛰는 힘을 매어두고 있었다. 상체를 휘감은 반역의 인장이 진한 청동빛 피부에 두드러지면서, 그가 날리는 펀치마다 강조해주는 것 같았다. 그리고 배는… 대체 복부 근육이 몇 개로 갈라진 거지? 어찌나 뚜렷하게 근육이 갈라졌는지 하나하나 헤아릴 수 있을 정도였다. 다른 부분도 사람을 미치게 하지만 않았다면 말이다. 그리고 그의 드래곤 인장은 내가 지금까지 본 것 중에 제일 컸다. 내 인장은 어깨뼈 사이에만 있었는데, 스게일의 인장은 그의 등 전체를 차지하고 있었다.

그리고 나는 그 몸이 내 위에 있으면 어떤 느낌인지 정확히 알고 있었다. 얼마나 힘이….

엉덩이가 뜨끔하면서 넋 나간 상태에서 빠져나온 나는 화들짝 놀랐다.

"*그래도 마땅하다.*" 테른이 잔소리했다.

"집중해!" 리애넌이 봉을 거둬들이면서 외쳤다. "내가 널… 와." 리애넌도 나와 같은 광경을 본 모양이었다. 이제는 대련장에 있는 모든 여자에 더해서 남자 몇 명까지 행복하게 그쪽을 구경하고 있었다.

저 둘이 저렇게 사람을 홀리는데 어떻게 안 볼 수가 있겠는가?

개릭의 몸은 더 넓고 제이든보다 더 근육이 꽉 들어찼으며, 반역의 인장은 어깨까지 이어졌다. 내가 지금까지 본 중에서는 두 번째로 큰 인장이었다. 조각 같은 턱선까지 반역의 인장이 이어지는 사람은 오직 제이든 뿐이었다.

"저건…." 리애넌이 내 옆에서 중얼거렸다.

"확실히 그렇지." 나는 동의했다.

"지금 우리 비행단장을 성적 대상화하고 있는 거야?" 리암이 놀랐다.

"우리가 하고 있는 게 그건가?" 리애넌이 시선을 돌리지도 않고 물었다.

넓은 근육질의 등과 조각 같은 엉덩이를 보자 입에 침이 고였다. "응. 우리가 하고 있는 게 그건가 봐."

리암이 콧방귀를 뀌었다.

"우리가 그냥 격투 기술을 보는 걸 수도 있잖아."

"그렇지. 그럴 수도 있지." 하지만 아니었다. 나는 부끄러움도 없이 그의 피부를 만지면 어떤 느낌일지, 저 강렬한 시선이 온전히 나에게 집중한다면 몸이 어떻게 반응할지 생각했다. 온몸에 열이 돌고 뺨이 따갑도록 달아올랐다.

반복적으로 뭔가를 때리는 소리에 오른쪽을 돌아보았더니 리독이 미친 듯이 이모젠의 팔을 두드리고 있었다. 겨우 풀려난 리독이 매트 위에서 헉헉거렸고, 이모젠은 제이든과 개릭을 쳐다보았다. 그 표정에서 숨기지 못하는 순수한 갈망을 보는 순간, 나는 달갑지도 않고 전혀 논리적이지도 않은 추악하고 뒤틀린 질투심에 얻어맞았다.

"너희가 이렇게 쉽게 정신이 흐트러진다면 우린 대항전에서 망할 거다." 데인이 소리쳤다. "최전선에 가보겠다는 생각에는 안녕을 고해야겠지."

모두가 퍼뜩 정신을 차렸다. 나는 제이든을 보기만 하는 게 아니라 그 이상을 하고 싶다는 어질어질한 욕구를 걷어내고 싶어 고개를 절레절레 흔들었다. 그건 그냥… 터무니없는 욕망이었다. 그가 내 존재를 참아주는 건 오직 우리 드래곤들이 반려 사이라서였는데, 내가 지금 그의 반쯤 벗은 몸을 보고 침을 흘리고 있다니. 그래도 정말 훌륭한 몸이긴 했다.

"다시 훈련으로 돌아가라. 아직 30분 남았다." 데인이 명령했는데, 오로지 나를 향해 말하는 듯한 느낌이었다. 그렇다면 나로 인해 앰버가 죽은 후 처음으로 말을 거는 셈이었다.

"너 때문이 아니라 코덱스를 어겨서 죽음을 자초한 거다." 테른이 그르렁거렸다.

과연 내가 쳐다보자 데인이 나를 보고 눈매를 좁혔다. 내가 표정을 잘못 읽은 걸까. 분명히 그가 입술을 오므리는 게 배신감 때문은 아니었다.

"다시 갈까?" 리애넌이 봉을 들어올리면서 물었다.

"응. 다시 해야지." 나는 어깨를 추슬렀고, 우리는 다시 대련을 시작했다. 나는 리애넌이 가르쳐준 패턴을 써서 움직임 하나하나에 맞섰지만, 리는 다음 공격을 바꿔서 대응했다.

"방어는 그만하고 공격을 해!" 테른이 요구했다. 그의 분노가 내 온몸에 흘러넘치면서 발놀림이 흐트러졌다.

리애넌이 내 다리를 낮게 쓸어서 넘어뜨렸고, 나는 등으로 매트에 떨어지는 바람에 숨이 턱 막혔다. 나는 들어오지 않는 공기를 들이마시려 애썼다.

"젠장. 미안해, 바이." 리애넌이 내 옆에 한쪽 무릎을 꿇었다. "긴장 풀고 잠시만 기다려 봐."

"저게 테른이 고른 라이더라니." 잭이 매트 가장자리에서 심술궂게 웃으면서 자기네 대대의 누군가에게 비웃음 띤 어조로 말했다. "테른이 잘못 고른 것 같은데. 네가 어떤 능력이라도 쓴 적이 있던가? 없는 걸 보면 분명히 너도 같은 생각을 할 텐데 말이야. 안 그래, 소른게일? 넌 드래곤 둘과 채널링하니 능력도 두 배여야 하지 않아?"

앤다나와의 관계는 조금 다르지만, 그건 아무도 모르는 부분이었다.

리암이 잭과 나 사이를 가로막는 사이에 반가운 공기가 폐로 흘러들었다.

"진정해, 메이리. 네 귀여운 짐덩어리를 공격할 생각은 없어. 몇 주만 있으면 시합을 걸어서 모두가 보는 앞에서 저 앙상한 목을 꺾어놓을 수 있는데 왜 그러겠어." 잭은 팔짱을 끼고 내가 발버둥치는 모습을 구경하며 즐거움을 만끽했다. "근데 너도 보모 노릇 하기 지겹지 않냐, 응?" 제1비행단 출신의 친구 하나가 먹던 오렌지 한 조각을 내밀자 잭은 그 손을 밀어냈다. "저리 치워. 내가 병동에 실려가는 꼴 보고 싶냐?"

"그만 꺼져, 발로우." 리암이 단검을 들고 경고했다.

내가 호흡을 한 번, 두 번 하는 사이에 잭의 시선이 나에게서 내 뒤에 선 누군가에게로 올라갔다. 그 얼굴에 떠오른 반쯤은 질시하고 반쯤은 주저앉을 것 같은 표정을 보니 제이든이 분명했다.

"쟤가 살아 있는 건 오직 당신 때문이야." 잭은 내뱉듯이 말했지만 얼굴에서는 핏기가 빠져나갔다.

"그런가? 탈곡 때 네 어깨에 단검을 박아 넣은 건 내가 아니었을 텐데." 제이든이 코웃음 쳤다.

마침내 정상적으로 호흡하게 된 나는 봉을 움켜쥐고 일어섰다.

"난 당장이라도 해치울 수 있어." 잭이 리암을 피해서 내 눈을 들여다보며 말했다. "네가 크고 힘센 남자들 뒤에 숨는 짓을 그만한다면 말이야."

속을 후벼내는 말이었다. 그 말이 옳았다. 내가 그놈의 도전을 받아들이지 않는 건 내가 이길지 자신이 없어서였고, 그놈이 나를 공격하지 않는 건 리암과 제이든 때문이었다. 지금 잭이 공격한다면 두 사람이 잭을 죽일 것이다. 개릭의 덩치가 왼쪽에 나타나자 떨떠름한 기분으로 그를 내 보호자 목록에 추가했다. 빌어먹을, 이모젠마저도 가까이 다가와 있었다. 나를 위해서 그러는 건 아니었다. 오로지 제이든을 위해서였지.

"역시 이럴 줄 알았어." 잭은 나에게 손 키스를 날리며 말했다.

"네가 도망쳤잖아." 당장이라도 달려들어서 그놈을 흠씬 패주고 싶었지만, 발을 제자리에 딱 붙여두고 으르렁거렸다. "그날 공터에서, 넌 3대 1로 싸우면서도 꽁무니를 빼고 달아났지. 이제 우리 둘 다 네가 중요한 순간에 또 달아날 거라는 걸 알아. 겁쟁이들은 그러니까."

잭의 얼굴이 붉어지더니 두 눈이 얼굴에서 튀어나올 것 같았다.

"아, 빌어먹을. 바이올렛." 데인이 중얼거렸다.

"틀린 말은 아니지." 제이든이 느물거렸다.

개릭이 웃음을 터뜨린 순간 잭이 나에게 달려들려고 하자 리암이 끼어들어

막았다. 잭이 버티려고 애썼지만 헛수고였다. 단단한 나무 바닥을 디딘 부츠가 삐걱거리는 소리를 냈고, 리암은 그를 대련장 바깥까지 밀어냈다. 그러고는 잭을 바깥에 내버려둔 채 제이든이 손을 흔들어서 거대한 문을 쾅 닫았다.

"그런 식으로 부추기다니 대체 무슨 생각인 거야?" 데인은 못 믿겠다는 듯 눈썹을 올리며 나에게 성큼성큼 걸어왔다.

"아, 이제 나한테 말을 걸 생각이 드세요?" 나는 턱을 들어올렸지만, 내 시야를 가득 채운 건 데인과 나 사이에 끼어든 제이든이었다. 그의 눈동자에 떠오른 분노가 손에 잡힐 듯했지만 나는 물러서지 않았다.

"잠시 시간 좀 주지." 제이든은 나와 눈을 마주치고 있었지만, 우리 둘 다 그게 나한테 하는 말이 아닌 줄 알았다.

심장이 빠르게 뛰었고, 리애넌은 물러섰다.

"대체 왜 저걸 안 입고 있었는지 말해보겠나?" 내 갑옷이 놓인 벤치를 가리키는 그의 말투는 부드럽지만 신랄했다.

"언젠가는 빨아야 하니까."

"그걸 대련 도중에 하는 게 좋겠다고 생각했다고?" 스스로를 통제하려고 애쓰는 것처럼 제이든의 가슴이 들썩였다.

나는 망할 용광로처럼 그가 뿜어내는 열기를 못 본 척하려고 노력했다. "대련 전에 빨았어. 그러면 당신 경비견이 지키는 도중에 마를 테니까. 여기에서 무슨 일이 일어나는지 우리 둘 다 아는데 잘 때 벗어둘 순 없잖아."

"네 방 안은 이제 문제없어." 그의 턱에서 뚝 소리가 났다. "내가 확실하게 대비했지."

"나보고 당신을 믿으라고?"

"그래." 그의 목에 힘줄이 도드라졌다.

"참 믿기 쉽게 해주네." 내 목소리에서 비아냥이 뚝뚝 떨어졌다.

"내가 널 죽일 수 없다는 거 알잖아. 젠장, 소른게일. 내가 널 죽일 수 없다는 걸 분과 전체가 다 알아." 그는 내 쪽으로 몸을 기울이면서 나머지 훈련장 안을 다 가렸다.

"그렇다고 당신이 날 해칠 수 없다는 뜻은 아니지."

그는 눈을 깜박이더니 순식간에 감정을 가라앉히고 뒤로 물러났다. 반면에 내 심장은 아직도 질주하고 있었다. "봉으로 하는 훈련은 그만해라. 네 손에서

쳐내기가 너무 쉬워. 단검을 고수해."

의외지만 그 말을 증명하려고 내 손에서 봉을 낚아채지는 않았다.

"나도 테른이 길길이 날뛰면서 정신을 흐트러뜨리기 전까지는 잘하고 있었거든." 나는 개가 목털을 곤두세우듯 방어벽을 세우며 반박했다.

"그럼 그 목소리를 차단하는 방법을 익혀." 그는 간단하다는 듯이 말했다.

"뭘로, 내가 가진 엄청난 마력으로?" 나는 눈썹을 치켜올렸다. "아니면 혹시 내가 아직 채널링하지 못했다는 거 몰라?" 어이없게도 나는 그의 목을 졸라 그 아름다운 머리통에 영원한 사랑을 때려박고 싶었다….

그는 코가 닿을 정도로 가까이 몸을 기울였다. "짜증스럽게도 난 네가 하는 모든 일을 의식하고 있다."

리암 덕분에 말이지.

이렇게 서서 눈싸움을 벌이고 있으려니 온몸이 분노로, 짜증으로, 그리고… 알 수 없는 긴장감으로 진동했다.

"라이오슨 비행단장님." 데인이 입을 열었다. "소른게일은 아직 계약에 익숙하지 않을 뿐입니다. 곧 차단 방법을 익힐 겁니다."

데인의 말은 한 대 맞은 것처럼 아팠다. 나는 날카로운 숨을 들이마시며 제이든에게서 물러섰다. 맙소사, 우리가 빌어먹을 구경거리가 되고 있었다. 대체 제이든의 어떤 면 때문에 내가 나머지 세상을 다 무시하게 되는 걸까?

"아주 이상한 때를 골라서 변호해주는군, 에이토스." 제이든이 비아냥거리는 표정으로 데인을 쳐다보았다. "정작 해줘야 할 때는 안 하더니 말이야."

데인이 이를 악물더니 옆에 늘어뜨린 두 손을 꽉 쥐었다.

제이든은 앰버에 대해 말하고 있었다. 나도 알고, 데인도 알고, 이 어색한 분위기의 훈련장 안의 모두가 알았다. 데인이 나보고 제이든이 거짓말을 하는 거라고 말했을 때 우리 대대 전원이 그 자리에 있었다.

제이든은 무슨 생각을 하는지 알 수 없는 눈으로 나를 다시 보았다. "우리 둘 다를 위해서 저 망할 갑옷 다시 입어." 그게 끝이었다.

그는 내가 맞받아치기도 전에 몸을 돌리더니 매트를 벗어나서 가장자리에 서 있던 개릭과 합류했다.

저 등. 나는 감정을 억누르며 조용히 숨을 들이켰고, 제이든은 잠깐 등을 긴장시키더니 개릭이 뻗은 팔에서 셔츠를 받아 머리부터 뒤집어써서 허리에서 양쪽 어깨까지 감싸고 있는 군청색의 드래곤 인장을 덮었다. 가까이에서 보니 대련장 저편에서는 보이지 않던 복잡한 은빛 선이 도드라진 것까지 보였다.

그 은빛 선을 보자마자 흉터라는 것을 알 수 있었다.

"자제력을 유지하고 성질을 다스렸군." 테른이 말하는데, 어마어마한 뿌듯함의 파도가 내 가슴에 넘실거렸다.

"바이올렛이 준비됐어." 앤다나가 덧붙이는 아찔한 기쁨에 내 머리가 다 어지러웠다.

"준비가 됐어." 테른이 동의했다.

몇 시간 후, 나는 아직 부츠와 갑옷까지 갖춰 입은 채 방에서 혼자 머리를 빗고 있었다. 아직도 제이든이 셔츠를 벗고 훈련했다는 이유로 내가 우리 대대 앞에서 스스로를 웃음거리로 만들었다는 사실을 믿을 수가 없었다.

정말이지 욕구 해소가 필요했다. 나는 빗질을 하다 말고 멈칫했다. 갑작스러운 에너지가 등골을 타고 내려가다가 순식간에 사라졌다. 음, 이상했다….

혹시… 아니다. 그럴 리가 없었다. 앤다나가 나를 통해서 시간을 멈췄을 때와는 전혀 달랐다. 그때는 온몸에 넘쳐흐른 에너지가 손가락, 발가락 끝까지 퍼졌고… 그 후에도 남아 있었다.

다시, 이번에는 좀 더 강한 에너지의 파도가 나를 관통해서 빗을 떨구고 옷장 가장자리를 붙잡았다. 무릎이 풀려서 넘어질 것 같았다. 이번에는 그 에너지가 사라지지 않았다. 그대로 남아서 피부 아래에서 진동을 하고, 귀에서 울려 퍼지며 모든 감각을 압도했다.

내 안의 무언가가, 왠지 내 몸에 담기에는 너무 크고 가둬두기에는 너무 방대한 무언가가 팽창했고, 고통이 모든 신경을 지지면서 내가 갈라져 열렸다. 마치 뼈가 다 부서지는 듯한 소리가 두개골 안에 반향을 일으켰다. 나라는 존재를 이루는 천의 모든 솔기가 전부 뜯어지는 것 같은 느낌이었다.

결국 무너지며 무릎이 쿵 하고 바닥을 찧었다. 나는 두 손으로 관자놀이를 부여잡고 내 모든 것을 다시 두개골 안에 밀어넣으려고, 나 자신을 다시 줄어들게 하려고 애썼다.

에너지가, 날것 그대로의 끝없는 힘이 폭포처럼 쏟아져 들어와서 나를 구성한 모든 것을 침식하고, 모든 구멍과 모든 장기와 모든 뼈를 채우면서 완전히 새로운 나를 구축하고 있었다. 머리가 비명을 질렀다. 테른이 너무 높고 너무 빠르게 날아서 귀가 먹먹할 때와 비슷한 느낌이었다. 나는 그저 바닥에 누운 채로 압력이 균등해지기를 기도할 수밖에 없었다.

나는 떨어진 빗을, 뺨을 파고드는 단단한 나무 바닥을 응시하면서 숨을 쉬었다.

들이쉬고, 내쉬고, 들이쉬고… 내쉬면서… 맹공격에 몸을 맡겼다.

마침내 고통이 사그라들었지만 채워진 에너지는… 그 힘은 사라지지 않았다. 그냥… 그대로 남아서 혈관 속을 누비며 몸의 모든 세포를 흠뻑 적셨다. 그것은 내 전부이자 내가 될 수 있는 전부였다.

천천히 일어나 앉은 나는 손을 뒤집어서 따끔거리는 손바닥을 살폈다. 손이 변해서 달라 보여야 할 것만 같았는데, 아니었다. 여전히 내 손가락이고, 내 가느다란 손목이었다. 그러나 이제는 손을 훨씬 넘어서는 무엇이었다. 두 손은 내 안의 급류를 형태로 빚어내고, 뭐든 내가 원하는 것으로 만들어낼 만큼 강력했다. *"이거 당신 마력이죠?"* 테른에게 물었지만 대답이 없었다. *"앤다나?"*

침묵밖에 돌아오지 않았다.

이상하기도 해라. 내가 사생활을 원할 때는 늘 붙어서 머릿속에 밀고 들어오더니 정작 필요할 때는 찾을 수가 없었다. 아까 둘이서 내가 준비됐다고 말하는 소리는 들었지만, 테른이 채널링을 시작하면 내 마음속 통로가 제대로 열리는 데 하루나 이틀은 걸릴 줄 알았다. 그런데 아니었나보다.

리애넌. 리애넌에게 말해야지. 내가 드디어 같이 카 교수의 수업에 갈 수 있다는 걸 알면 신나서 공중제비를 돌 것이다. 리암도 이제는 나를 하루에 한 시간도 혼자 두지 않으려고 채널링을 못하는 척할 필요 없겠지.

밀려오는 열기가 피부를 따끔따끔 찌르고 배 아래쪽에 중심을 틀었다.

이상하지만, 아무렴 어때. 아마 마력의 부작용이겠지. 나는 문의 자물쇠를 풀고 당겨 열었다. 그 순간 시야가 흐려지더니 어떤 욕구가 나를 강타하면서 모든 논리적인 사고능력을 빼앗아갔다. 압도적인….

"바이올렛?" 복도에 서 있는 남자가 흐릿하게 보였고, 나는 눈을 깜박여서 리암에게 초점을 맞췄다. "괜찮아?"

"너 복도에서 자는 거야?" 추락하는 심상이 머릿속을 채우는 바람에 나는 문틀을 붙잡았다. 그리고 눈송이가 내 달아오른 피부에 닿아 지글거리는 느낌을 받았다. 그 심상은 나타났을 때만큼 순식간에 사라졌지만, 요란하게 휘몰아치는 욕망은 그대로였다.

망할. 이건… 성욕이었다.

"아냐." 리암은 고개를 저었다. "들어가기 전에 잠시 있었을 뿐이야."

나는 그를 보았다. 정말로, 제대로 보았다. 리암은 상당히 잘생겼다. 뚜렷한 이목구비에 놀랍도록 아름다운 하늘색 눈을 지니고 있었다.

"왜 날 그렇게 쳐다보는 거야?" 그는 반쯤 깎은 드래곤 조각과 칼을 같이 내려놓았다.

"어떻게 보는데?" 나는 아랫입술을 지그시 물고 발정기의 고양이처럼 그에게 몸을 비비면서 이 상상도 못할 갈망을 진정시켜 달라고 요구할까 고민했다.

하지만 그는 내가 정말로 원하는 상대가 아니야.

그는 제이든이 아니었다.

"마치…." 리암은 고개를 옆으로 기울였다. "무슨 일이 있는 것처럼 보여. 뭐라고 해야 하나, 너 같지 않은 느낌."

이런 젠장.

그야 내가 아니었으니까. 이 모든 것, 이 욕구, 이 성욕, 내가 함께해야 할 상대에 대한 갈망… 전부 테른이었다. 테른의 감정이 나를 압도하다 못해 나를 장악하고 있었다.

"난 멀쩡해! 자러 가!" 나는 끝끝내 정신력을 붙잡고 뒷걸음질 쳐서 문을 쾅 닫았다. 그런 다음에 방 안을 서성이기 시작했지만, 그런다고 몰려오는 욕망이나 충동을 막을 수는 없었다. 차마 입에 담을 수 없을 정도로 전설적인 실수를 저질러서 리암에게 테른의 감정을 쏟아내기 전에 여길 빠져나가야 한다.

나는 모피를 덧댄 망토를 한 손에 움켜쥐고 다른 손으로 머리를 말아 올렸다. 망토를 확 펼쳐서 어깨에 두르고 목 아래에서 클립을 잠갔다. 그리고 다음 순간, 문 밖을 내다보고 아무도 없는 것을 확인한 후에 그대로 내뺐다.

강으로 이어지는 나선계단 입구까지 가고 나서 다시 한번 돌벽에 등을 붙이고 테른의 감정이 뿌린 안개 속에서 숨을 몰아쉬어야 했다.

나는 그 파도가 지나간 다음에 계단을 서둘러 내려갔다. 또 휘말릴 때에 대비해서 한 손은 벽에 계속 대고 있었다. 걸어갈 때마다 마법 불빛이 반짝 켜졌다가 내가 질주해서 멀어지면 꺼지는 모습이, 마치 새로 발견한 마력이 이미 작동하며 세계로 뻗어나가는 것만 같았다.

멀어져야 해. 모두에게서 멀어져야 해. 테른이… 스게일과 하고 있는 뭔지 모를 일을 끝낼 때까지는.

나는 비틀거리면서 계단을 벗어나서 성채 기단벽 앞으로 나갔다. 눈송이가 하늘을 가득 채웠고, 나는 고개를 뒤로 젖히고서 완전히 엉뚱한 이유들로 달아오른 피부에 눈송이가 짧게 키스하는 순간을 만끽했다.

공기는 차갑고 청량했고…. 나는 공기에서 나는 냄새에 눈을 번쩍 뜨고 몸을 홱 돌렸다. 망토가 등 뒤로 휘날렸다. 그리고 나는 쉽게 정체를 알 수 있는 달콤한 연기의 출처를 찾았다. 제이든이 한 발을 돌에 대고 벽에 기대어 서서 세상 아무것도 신경 쓸 게 없다는 듯한 태도로 연기를 뻐끔거리며 나를 보고 있었다.

"그거… 츄람이야?"

그는 연기를 한 모금 뿜어냈다. "피울래? 혹시 아까의 말다툼을 계속하러 온 거라면 못 주겠지만."

입이 딱 벌어졌다. "아니! 그걸 피우는 건 금지야!"

"그야 뭐, 그런 규칙을 만든 사람들은 스게일이나 테른과 계약을 하지 않은 게 분명하잖아? 안 그래?" 그는 입꼬리를 들어올리며 재수 없게 웃었다.

맙소사, 그의 입술을 영원토록 바라볼 수 있을 것 같다. 완벽한 모양이면서도 날렵한 턱선에 비해 너무나 퇴폐적이었다.

"이게… 거리를 두는 데 도움이 되거든." 그는 말아놓은 츄람을 건네면서 흉터 진 눈썹을 까딱였다. "물론 차단벽 이상으로 말이야."

고개를 내젓고는 새로 내린 눈을 밟으며 그의 옆으로 걸어간 나는 벽에 무게를 싣고, 고개를 젖혀 돌에 머리를 기댔다.

"좋을 대로 해." 그는 츄람을 깊이 빨아들이더니 벽에 비벼 껐다.

"몸이 활활 불타는 기분이야." 순화한 표현이었다.

"그래. 그런 일도 있는 거지." 그의 웃음소리에는 짓궂은 기색이 있어서, 나는 고개를 돌려 그의 웃는 얼굴을 보는 용서 못할 실수를 저지르고 말았다.

음울하고 오만한 제이든, 위험하고 치명적인 제이든을 보면 맥박이 빨라지고 발가락이 곱아들었다. 그러나 고개를 젖히고 활짝 웃는 제이든은 넋이 빠지게 아름다웠다. 내 멍청하고 어리석은 심장을 누군가의 주먹이 꽉 쥐고 힘을 주는 것 같은 기분이었다.

남은 평생을 묶여 살게 될 이 남자와 한순간이라도 무방비한 시간을 보낼 수만 있다면 희생하지 못할 게 없고, 또 내놓지 못할 게 없다.

아니, 이건 테튼의 감정이다. 그래야만 했다.

그러나 나는 그게 아니라는 사실을 알았다. 위층에서 나는 리암에게 감탄하기만 했는데, 제이든에게는 완전히 사로잡혀 있었다.

달빛 속에서 그의 눈이 나와 마주쳤다. "아, 바이올런스. 너도 테튼의 감정을 차단하는 방법을 배워야 해. 안 그랬다간 테튼이 스케일과 벌이는 불장난에 미쳐버리거나 누군가의 침대에 뛰어들게 될걸."

그의 매력적인 얼굴에서 벗어나려고 눈을 질끈 감는 사이에도 열기가 몸속을 달리면서 피부 구석구석이 얼얼하게 타올랐다. 나는 손을 뻗어서 다시 벽에 몸을 지탱했다. "아, 알아. 리암을 다시 보기가 무섭네."

"리암을? 왜?" 그는 몸을 빙글 돌려서 어깨를 벽에 대고 나를 마주보았다. "네 경호원은 대체 어디 있는데?"

"내 경호원은 나거든." 나는 차가운 돌에 뺨을 대고 대꾸했다. "리암이야 침대에 있지."

"네 침대에?" 번개가 떨어지는 듯한 목소리였다.

나는 눈을 뜨고 그를 마주보았다. 눈이 내리니 모든 것이 훨씬 밝아졌고, 그의 찡그린 이마 주름과 단단하게 다문 입매가 두드러져 보였다. "아니. 그렇다 해도 당신과는 상관없지만."

제이든이 질투하는 걸까? 그건… 이상하게 위로가 됐다.

그는 숨을 뱉어내고 어깨를 늘어뜨렸다. "양쪽이 동의한 관계라면야 내가 상관할 바는 아니지만, 내 말 믿어. 넌 지금 동의할 상태가 아니야."

"당신은 내가 무엇에 동의할 수 있는지 짐작도…." 부정할 수도 없고 채울 수도 없는 욕망이 나를 휩쓸면서 무릎이 풀렸다.

제이든이 내 허리에 팔을 두르고 쓰러지지 않게 지탱했다. "대체 왜 차단을 안 하는 건데?"

"우리 모두가 수업을 받은 건 아니거든! 테튼이 이… 걸 하기 직전에 채널링을 시작했는데, 혹시 잊었는지 모르지만 카 교수의 수업은 채널링 후에만 들어갈 수 있어."

"그건 늘 웃기는 규칙이라고 생각했지." 그는 한숨을 내쉬었다. "좋아. 벼락치기 특강이다. 나도 지금 그거 겪어봤는데, 후회하면서 깨어난 일이 여러 번 있거든."

"정말로 날 도와줄 거야?"

"지난 몇 달 동안 도와줬잖아." 허리에 닿은 그의 손이 꿈틀거렸고, 나는 망토와 가죽옷 너머로도 그의 온기를 느낄 수 있을 것만 같았다.

"아니지. 날 도우라고 리암을 보냈지. 몇 달 동안 날 도운 건 리암이고." 내 이마에 잔주름이 잡혔다. "아니, 몇 주인가. 거의 몇 달인가. 아무튼."

뻔뻔하게도 그는 상처 입은 척했다. "네 방문을 부수고 들어가서 습격한 것들을 다 죽인 것도 나고, 매우 의견이 갈리는 공개 보복으로 네 목숨을 위협하는 다른 위험을 제거한 것도 나야. 리암이 한 게 아니라, 내가 했다고."

"사람들 의견은 갈리지 않았어. 다들 찬성했지. 나도 거기 있었거든."

"네가 반대했지. 넌 테튼에게 걜 죽이지 말라고 애원했어. 걔가 곧바로 또 널 노릴 줄 아주 잘 알면서도 말이야."

그 지적에는 아직 논란의 여지가 있다.

"좋아. 하지만 대부분 당신 스스로를 위해서 한 일이라는 건 인정하고 넘어가자고. 내가 죽으면 당신이 불편하잖아." 나는 어깨를 으쓱이고, 천둥처럼 내 안을 몰아치며 넘실거리는 욕구를 무시하는 데 도움이 될까 싶어 대놓고 그를 자극했다.

그는 못 믿겠다는 얼굴로 나를 응시했다. "그거 알아? 우린 오늘 밤 싸우지 않을 거다. 네가 차단 방법을 익히고 싶다면 말이지."

"좋아. 안 싸워. 가르쳐줘." 나는 턱을 들어올렸다. 맙소사, 내 키는 그의 쇄골에 겨우 닿았다.

"공손하게 부탁해봐." 그가 몸을 가까이 기울였다.

"당신 늘 이렇게 키가 컸던가?" 나는 처음 떠오른 말을 불쑥 뱉었다.

"아니. 나도 어린애였던 시절이 있지."

나는 눈을 굴렸다.

"공손히 부탁해 봐, 바이올런스." 그가 속삭였다. "안 그러면 가버린다."

내 마음 가장자리에서 테튼을, 썰물처럼 빠져나가는 그의 감정을 느낄 수 있었다. 다음에 밀려오는 파도는 더 강력할 게 분명했다. 저 둘은 대체 얼마나 오래 할 수 있는 거지? "저 둘이 얼마나 자주 이래?"

"너한테 제대로 된 차단벽이 필요할 만큼은 자주. 완벽하게 막아내는 건 영영 불가능할 테고, 가끔은 오늘 밤처럼 저쪽에서 우리를 차단하는 걸 잊기도 해. 그래서 츄람이 도움이 되는 건데, 그래봤자 매춘굴 옆을 걷는 것과 거의 비슷하지."

하… 젠장. "좋아. 알았어. 차단하는 방법, 가르쳐줄래?"

그의 입가에 미소가 떠올랐다. 내 시선은 그 입술 곡선에 꽂혔다. "부탁합니다, 해봐."

"언제나 이렇게 까다로워?"

"네가 날 필요로 할 때만 그렇지. 뭐 어쩌겠어, 널 움찔하게 만드는 게 좋더라고. 지난 몇 달간 날 애먹인 데 대한 작고 달콤한 복수랄까." 그는 내 머리카락에 앉은 눈을 털어냈다.

"내가 당신을 애먹여?" 믿을 수가 없었다.

"너 때문에 죽도록 겁먹은 게 한 번인가 두 번인가. 그러니까, 부탁합니다 정도는 요구해도 공평하다고 봐."

자기는 평생 하루라도 공평해봤을 것처럼.

나는 깊은 숨을 들이마시며 콧잔등에 앉은 눈송이를 털었다. "정 원하신다면야, 제이든?" 나는 그를 올려다보고 달콤하게 웃으면서 다가섰다. "제발 부탁이니, 내가 실수로 당신에게 올라탔다가 둘 다 후회하면서 깨어나기 전에 나한테 차단하는 방법 좀 가르쳐줄래요?"

"아, 내 쪽은 확고하게 통제하고 있거든." 그가 다시 미소 지었는데, 나에게는 그게 마치 애무처럼 느껴졌다.

위험했다. 이건 진짜 욕 나오게 위험했다. 열기에 피부가 달아올랐다. 어찌나 몸이 뜨거운지, 조금이라도 가라앉히기 위해서 망토를 땅바닥에 벗어던지고 싶을 정도였다. 제이든은 망토를 입지도 않았다.

"아주 착하게 부탁했으니…." 그는 자세를 바로잡고 두 손을 내 뺨에 올려서 얼굴을 감쌌다가, 뒤쪽으로 옮겨서 머리를 잡았다. "눈을 감아."

"날 만져야 해?" 나는 그의 피부가 닿는 느낌에 파르르 눈을 감았다.

"물론 아니지. 그냥 생각을 명확하게 하지 못할 때의 이점이랄까. 네 피부는 놀랄 정도로 만지기 좋아."

그 칭찬에 나는 숨을 훅 들이켰다. 확고한 통제 좋아하시네.

"마음속에 어떤 장소를 그려야 해. 어디든 좋아. 나는 아레티아의 폐허 가까이에 있는, 내가 제일 좋아하던 언덕 꼭대기를 선호하지. 어디든 간에 집처럼 느껴지는 곳이어야 해."

그렇다면 내가 생각할 수 있는 곳은 아카이브뿐이다.

"네 발이 바닥에 닿는 걸 느낀 다음에 조금 파고들어가."

나는 부츠가 아카이브의 반질반질한 대리석 바닥을 디딘 모습을 상상한 다음에 살짝 발을 꼼지락거렸다. "됐어."

"그걸 '그라운딩'이라고 해. 마력에 휩쓸려가지 않게 정신을 다른 곳에 두는 거지. 이제 네 마력을 불러. 감각을 열어."

그 말에 손바닥이 얼얼해지더니 쇄도하는 에너지가 나를 감쌌다. 침실에서처럼 몸을 흠뻑 적시긴 했지만 아픔은 없었다. 그 힘은 사방에 퍼져서 아카이브를 가득 채우고 벽에 밀어닥치며 벽을 부수겠다고 위협했다. "너무 많아."

"네 발에 집중해. 계속 발을 붙이고 있어. 그 마력이 어디에서 흘러오는지 볼 수 있나? 보이지 않는다면 아무 데나 골라."

나는 마음속에서 고개를 돌렸다. 녹아내린 마력이 문으로 쏟아져 들어오고 있었다. "보여."

"완벽해. 타고났군. 대부분은 그라운딩을 배우는 데만도 일주일이 걸려. 자, 그 흐름과 너 사이에 정신적인 벽을 치기 위해 필요한 일은 뭐든 해. 테른이 출처야. 그 마력을 차단하면 너도 어느 정도 통제력을 되찾을 거야."

문. 그 문을 닫고 방화 관리용으로 아카이브를 밀봉하는 거대한 원형 손잡이를 돌리기만 하면 됐다.

욕망 때문에 심장이 쿵쾅거렸다. 하지만 나는 제이든의 팔을 잡고 현실의 나를 고정시켰다.

"넌 할 수 있어." 긴장한 듯한 목소리였다. "네가 마음속에 창조한 풍경은 너에게 진짜야. 밸브를 잠궈. 벽을 세워. 뭐가 됐든 말이 되는 일을 해."

"문이야." 내 손가락이 그의 부드러운 튜닉 자락을 파고들었고, 나는 정신적으로 숨을 들썩이며 문에 달라붙어서 조금씩 조금씩 닫았다.

"그렇지. 계속해."

마음속으로 문을 밀어 닫는 데 들어가는 노력 때문에 실제 몸이 떨렸지만,

나는 해냈다. "문을 닫았어."

"좋아. 이제 그걸 잠궈."

거대한 원형 손잡이를 돌리는 상상을 하자 잠금쇠가 찰칵, 맞아 들어가는 소리가 들렸다. 곧바로 안도감이 찾아왔고 차가운 눈보라가 열에 들뜬 피부에 와 닿았다. 마력이 맥박치더니 문이 투명해졌다. "변했어. 문이 투명하게 비쳐 보여."

"그래. 완벽하게 차단하는 일은 영영 불가능할 거다. 잠그긴 했지?"

나는 고개를 끄덕였다.

"눈을 뜨되, 그 문을 최대한 계속 잠긴 채로 유지해. 한 발은 계속 붙이고 있으라는 뜻이야. 혹시 발이 미끄러지더라도 놀라지는 마. 그냥 다시 시작하면 되니까."

마음속에 아카이브 문이 꽉 닫힌 장면을 유지한 채로 눈을 뜨자, 몸이 여전히 달아올라 있긴 해도 피할 수 없이 나를 몰아세우던 욕구는 다행히… 어느 정도 약해졌다. "테른이…." 딱 맞는 말을 찾을 수가 없었다.

제이든이 나를 얼마나 유심히 보는지, 나도 모르게 몸이 그쪽으로 기울었다. "놀랍군." 그는 고개를 저었다. "난 성공하는 데 몇 주는 걸렸는데."

"날 가르친 사람이 더 뛰어난가 보지." 내 안에 기쁨을 넘어서는 감정이 차올랐다. 나는 희열에 차서 바보같이 히죽거렸다. 드디어 내가 잘하는 게 나왔다. 그것도 놀랍도록 잘했다.

제이든의 엄지손가락이 내 귀 아래 부드러운 피부를 문지르더니, 그의 시선이 내 입으로 내려가면서 열기를 띠었다. 그는 두 손을 쥐었다 펴면서 나를 살짝 끌어당겼다가 갑자기 손을 놓고 크게 한 걸음 물러섰다. "젠장, 너와 접촉하다니 좋은 생각이 아니었어."

"최악의 생각이었지." 나는 동의하면서도 혀로 아랫입술을 쓸었다.

제이든이 신음하자 내 중심이 녹아내렸다. "너에게 키스하는 건 재난급의 실수겠지."

"재난이지." 그 신음을 다시 들으려면 뭘 해야 할까?

우리를 갈라놓은 얼마 안 되는 공간이 열기가 닿기만 해도 타오를 준비가 된 불쏘시개처럼 느껴졌다. 나는 지금 살아 숨 쉬는 화염이었다. 여기에서 도망쳐야 마땅하건만, 지금 느끼는 이 원초적인 매력을 부정하는 건 불가능 그 자체였다.

"우리 둘 다 후회할 거야." 그는 고개를 저으면서도 내 입술을 뚫어져라 바라보았다. 그 눈에는 보통 이상의 갈망이 어려 있었다.

"당연하지." 나는 속삭였다. 하지만 후회할 줄 알아도 원하는 마음은 멈춰지지 않았다. 그를 원했다. 후회는 미래의 바이올렛이 겪을 문제.

"알 게 뭐야."

조금 전까지만 해도 손 닿지 않는 곳에 있었던 제이든의 입술이 내 입술에 닿았다. 뜨겁고 강렬하게.

그래, 바로 이게 필요했어.

나는 움직이지 않는 돌벽과 제이든의 단단한 몸 사이에 갇혔지만, 달리 어디에도 가고 싶지 않았다. 그 생각만으로도 정신이 들어야 했건만 나는 그저 몸을 더 기대기만 했다.

그는 한 손으로 내 머리카락을 헤집다가 뒤통수에 갖다대고는 더 깊이 키스할 수 있게 각도를 기울였고, 나는 입술을 벌렸다. 그는 그 초대를 받아들여 내게 혀를 얽었다. 놀리는 듯한 숙련된 움직임에 나는 그의 가슴팍에 매달려 셔츠를 움켜잡고 더 가까이 끌어당겼다. 욕망이 춤추듯 내 등골을 오르내렸다.

그에게서 츄럼과 민트 맛이, 내가 원해서는 안 되는데도 간절히 필요한 모든 것의 맛이 났다. 나는 내 전부를 쏟아 키스하면서 그의 아랫입술을 빨고 이를 긁었다.

"바이올런스." 신음하는 그의 입에서 그 말이 나오자 나는 갈급해졌다.

더, 더 가까워야 했다.

그는 내 생각을 들을 수 있다는 듯이 더욱 격렬한 키스로 내 입안의 모든 선과 곡선을 정복했다. 몸이 웅웅 울릴 정도로 난폭하고 강렬한 키스였다. 그도 나만큼이나 굶주려 있었다. 내 허리를 잡고 있던 손이 엉덩이로 내려가면서 나를 들어올렸고, 나는 그의 허리에 두 다리를 감고 마치 이 키스가 끝나지 않는 데 목숨이 달려 있다는 듯이 매달렸다.

벽이 등을 파고들었지만, 신경 쓰지 않았다. 내 두 손이 마침내 그의 머리카락을 파고들었다. 상상 속에서와 같이 부드러웠다. 그는 내가 속속들이 잡아먹히고 탐사당했다는 기분이 들 때까지 키스하더니, 나도 똑같이 할 수 있게 내 혀를 자기 입안으로 빨아들였다.

이건 완전히 미친 짓이었지만, 멈출 수가 없었다. 아무리 해도 부족했다. 그와 계속 키스할 수만 있다면, 이 짧은 광기의 순간에 영원히 머물면서, 내 온 세상을 그의 몸에서 뿜어져 나오는 열기와 그의 능란한 혀로 좁혀버릴 수 있을 것만 같았다.

그가 내 엉덩이에 맞춰 허리를 흔들자, 나는 그 달콤한 마찰에 숨을 들이켰다. 그는 입을 떼더니 내 턱을 따라 목으로 입술을 미끄러뜨렸다. 그의 입술을 내 모든 곳에 느끼고 싶었다.

사방에 눈이 내리는 가운데, 우리의 키스는 이전에 마력이 그랬듯이 나를 완벽히 사로잡았다. 온몸의 세포에서 느낄 수 있을 정도로 속속들이 파고들었다. 허벅지 사이에서 욕구가 고동쳤다. 나는 그가 뭘 하든 내가 환영할 수밖에 없다는 단순한 사실을 깨닫고 충격을 받았다. 나는 그를 원했다.

키스 한 번에 이렇게 통제를 잃은 경험은 한 번도 없다. 누군가를 제이든만큼 원해본 적도 없다. 나는 희열에 들뜨면서 동시에 겁에 질렸다. 지금 이 순간, 그에게는 나를 무너뜨릴 힘이 있다는 사실을 알기에.

그리고 나는 그러도록 놓아둘 것이기에.

나는 완전히 항복해서 그에게 녹아들었고, 내 몸이 나긋하게 그의 몸에 붙으면서 그가 그라운딩이라고 부르는 정신적인 발판을 놓쳤다. 감은 눈 안쪽에서 번쩍 하고 빛이 타오르더니 어마어마한 천둥소리가 뒤따랐다. 천둥 번개를 동반한 눈보라가 이 근방에서 드물지는 않았지만, 지금 이건 내 속에 얼마나 통제를 벗어난 광풍이 휘몰아치는지 알려주는 신호였다.

하지만 그 순간 제이든이 날카로운 숨을 들이켜며 입술을 떼더니, 패닉에 가까운 표정으로 이마를 찌푸렸다가 눈을 질끈 감았다.

내가 아직 숨을 제대로 들이마시려고 애쓰고 있는 도중인데, 그가 갑자기 벽에서 물러나더니 내 허벅지 뒤쪽을 잡고 바닥에 발이 닿도록 내려놓았다. 그리고 내가 안정적으로 서 있는지 확인하고 나서 몇 걸음 더 물러섰다. 마치 그렇게 거리를 벌려야 자기 목숨을 구할 수 있다는 듯한 태도였다.

"너 가야겠다." 딱 부러지는 말투가 눈동자에 어린 열기나 흐트러진 호흡과 어울리지 않았다.

"왜?" 그의 뜨거운 몸이 멀어지자 정신이 번쩍 들게 추웠다.

"내가 안 되겠어." 그는 두 손을 머리카락에 파묻더니, 머리 위쪽을 움켜쥔 채로 말했다. "그리고 네 것이 아닌 욕망에 따라 행동할 생각 없어. 그러니 다시 계단을 올라가도록 해. 당장."

나는 고개를 저었다. "하지만 난 원해…." 전부 다.

"이건 네가 원하는 게 아니야." 그는 고개를 젖히고 하늘을 보았다. "그게 환장할 부분이지. 그렇다고 널 혼자 여기에 내버려둘 수도 없으니까, 제발 나 좀 봐주는 셈 치고 가라."

우리 둘 사이에 차가운 침묵이 내려앉는 가운데 나는 정신을 수습했다.

이건 거절이었다.

그리고 가장 열받는 부분은 정중한 거절에 담긴 차가움이 아니었다. 그가 옳다는 게 최악이었다. 이건 테른의 감정과 내 감정을 구별할 수 없었기 때문에 시작됐다. 하지만 그 감정은 사라지지 않았나? 내 문은 활짝 열려 있었는데, 테른 쪽에서 아무것도 느껴지지 않았다.

나는 가까스로 고개를 한 번 끄덕이고는 오늘 밤에만 두 번째로 달아났다. 성채 안으로 돌아가기 위해 최대한 빨리 계단을 올랐다. 내 차단벽은 열려 있었지만 테른이 비집고 들어오지 않으니 굳이 멈춰 서서 그 문을 닫을 생각도 하지 않았다.

격한 운동으로 허벅지를 불태우며 계단 끝에 도착했을 때쯤에는 상식이 다시 돌아왔다. 제이든은 우리가 큰 실수를 저지르지 않게 막았다.

하지만 나는 막지 않았다.

대체 난 뭐가 잘못된 걸까? 어떻게 내가 좋아하지도 않는 사람, 심지어는 온전히 믿을 수 없는 사람에게 더 가까이 다가가기 위해 옷을 다 찢기 직전까지 갈 수가 있었던 걸까?

터무니없게도 다시 계단을 달려 내려가고 싶은 마음만 가득해서, 침실 쪽으로 계속 걸어가기가 힘들 지경이었다.

내일은 엉망일 것이다.

23

어떤 교수든 마력이 역화를 일으키는 순간을 제일 걱정할 것이다. 내가 강의를 맡은 첫 해에 우리는 첫 발현에 통제할 수 없는 고유 능력 때문에 아홉 명의 생도를 잃었다. 안타까운 일이다.

— 아펜드라 소령, 《라이더 분과 지침》(무허가 판본)

"내가 무슨 생각을 했는지 나도 모르겠어."

나는 리애넌의 침대 위에 다리를 접고 앉아서, 리가 오후 수업을 위해 가방에 책을 넣는 모습을 지켜보며 말했다. 오늘은 이제 내가 채널링을 할 수 있다는 사실을 일깨워줄 필요가 있다는 듯이 등에 새겨진 인장이 화끈거렸고, 그 감각을 덜어내려고 어깨를 돌려봐도 소용이 없었다. 내 시계가 째깍째깍 움직이기 시작했다.

"네가 나한테 말하지 않고 이렇게 오래 참다니 믿을 수가 없다." 리애넌은 캔버스 끈을 머리 위로 들어올리더니 돌아서서 책상에 몸을 기댔다. "널 함부로 재단하는 거 아니야. 정반대지. 난 네가 탐험하는 데 찬성해… 탐험하고 싶은 거라면 뭐든."

"오늘 아침에는 문 밖으로 걸어나오면서부터 리암과 같이 있었고, 어젯밤에는 말도 제대로 할 수 없을 정도로 혼란스러웠어." 나는 어깨 사이가 결리는 느낌 때문에 목을 돌리면서 뭉친 근육을 풀어보려고 했다. 비행 수업 때 지금처럼 운에 맡기지 않고 탈구가 덜 되게 해보려고 이모젠에게 관절 주위 근육을 강화하는 훈련까지 받다 보니 쑤시고 결리는 곳 투성이었다. "테른이 드디어 채널링을 시작한 데다가 다른 일까지, 겨우 하룻밤 만에 벌어졌다고."

"설득력 있는 변명이야." 리애넌은 씩 웃으면서 갈색 눈을 반짝였다. "좋았어? 좋았다고 말해. 그 남자는 뭘 해도 잘할 것처럼 생겼단 말이야."

"그냥 키스였어." 대놓고 거짓말을 하려니 뺨이 달아올랐다. "하지만 맞아. 제대로 하긴 하더라." 오전 내내 그랬지만, 어젯밤에 저지른 짓의 수많은 결과를 상상하느라 이마가 찌푸려졌다.

"후회하는 중?" 리애넌이 고개를 기울여 나를 뜯어보았다. "생각이 이랬다저랬다 하는 것 같은데?"

"아냐." 나는 고개를 저었다. "음, 어쩌면? 하지만 우리 사이가 어색해진다면 곤란하다는 생각뿐이야."

"그래. 넌 남은 경력 내내 그 남자와 붙어 있을 테니 말이지. 남은 평생도 그렇고. 그쪽이 졸업한 후에는 어떻게 할지 의논은 해봤어?" 리애넌이 눈썹을 들어올렸다. "아, 분명히 넌 근무지를 선택할 수 있을 거야. 비행단장들은 언제나 고를 수 있지."

"제이든이 고르겠지." 나는 가방에 늘어진 실을 만지작거리면서 투덜거렸다. "난 따라가야 할 거고. 테른과 스게일은 오래 헤어진 적이 없어. 스게일의 지난번 라이더는 거의 50년 전에 죽었고, 내가 아는 한 스게일은 테른 근처에 있고 싶을 때마다 언제든 날아갔거든. 테른의 지난번 라이더인 나올린이 티렌더에서 죽기 전까지는 말이야. 그 사람이 어디에 주둔하느냐에 달렸지만, 국경이라면 이틀은 비행해야 하는 거리야. 그러니 내년과 내후년에는 어떻게 하지?"

리애넌이 입술을 오므렸다. "페이그가 드래곤과 라이더는 며칠 이상 헤어져 있을 수 없다고 했어. 그렇다면 너희도 한 명이 언제나 다른 한 명을 따라가야 하는 걸까?"

"모르겠어. 그래서 대부분의 반려 드래곤들이 같은 학년들과 계약하는 걸 거야. 그래야 이런 문제가 없으니까. 내가 끊임없이 테른과 최전선으로 날아가야 한다면 내년에 어떻게 경쟁력을 유지하지? 제이든이 걸핏하면 여기까지 날아와야 한다면 어떻게 효율을 유지하지?" 나는 얼굴을 구겼다. "제이든은 우리 세대에서 가장 강력한 라이더야. 여기가 아니라 전선에 있어야 할 거야."

"지금은 그렇지." 리애넌이 의미심장한 눈으로 나를 보면서 눈썹을 올렸다. "지금까지는 우리 세대에서 가장 강력한 라이더라고."

"무슨…."

세 번의 노크 소리에 우리 둘 다 문을 쳐다보았다.

"리?" 리암이 패닉에 물든 목소리로 물었다. "혹시 소른게일과 같이 있어? 그게…."

리애넌이 문을 열었고, 리암은 안으로 굴러떨어질 뻔하다가 균형을 잡고 방 안을 훑어 보다 나와 눈이 마주쳤다.

"여기 있었구나! 내가 화장실까지 갔는데 네가 사라졌더라고!"

"아무도 내 방에서 앨 암살하려고 하진 않아, 메이리." 리애넌이 눈을 굴렸다. "너도 매일 매 순간 얘랑 같이 있어야 하는 건 아니잖아. 우리에게 5분만 줘. 그다음엔 강의실에 갈 테니까." 리가 리암의 가슴을 밀자 그는 반박할 말을 생각하려는 것처럼 입을 뻐끔거렸지만, 결국 아무 말도 하지 못했다. 리는 그를 문밖으로 몰아내고 코앞에서 문을 닫았다.

"리암은…." 나는 한숨을 내쉬었다. "헌신적이야."

"그렇게 말할 수도 있겠네. 너한테 찰싹 달라붙는 모습을 보면 라이오슨에게 목숨 빚이라도 진 줄 알겠어."

사실 리암은 정말로 그렇다고 말했지만, 나는 그 사실을 혼자 간직하기로 했다. 제이든의 모임, 시간을 멈추는 능력, 앤다나의 나이까지 더해지니 슬슬 내가 간직하는 비밀이 너무 많아졌다.

"참!" 리애넌이 눈을 빛내더니 옆에 와서 침대 가장자리에 앉았다. "어젯밤에 나한테도 일이 있었어."

"그래?" 나는 몸을 빙글 돌려 그녀를 마주보았다. "계속 말해봐."

"좋아." 그녀는 심호흡을 했다. "아직 세 번밖에 안 해봤거든. 두 번은 어젯밤, 한 번은 오늘 아침. 그러니까 잠시 인내심을 갖고 기다려봐."

"물론이지." 고개를 끄덕였다.

"내 책상 위의 책을 봐."

"알았어." 나는 책상 왼쪽에 놓인 역사 교과서에 시선을 고정했다. 1분이 지났지만, 시선을 떼지 않았다.

그 순간, 책이 사라졌다.

"이게 뭐야, 리?" 나는 펄쩍 뛰어 일어나서 리를 홱 돌아보았다. "방금 뭐가…." 입이 딱 벌어졌다.

리가 책을 손에 쥔 채로 나를 올려다보며 활짝 웃고 있었다.

"같은 책이야?" 나는 확인하려고 몸을 기울였다. 같은 책이었다.

"난 소환을 할 수 있나 봐." 그녀는 더 활짝 웃었다.

"세상에!" 나는 흥분해서 그녀의 어깨를 잡았다. "끝내준다! 그건… 믿을 수 없을 정도야! 뭐라고 해야 할지조차 모르겠어!" 물건을 움직이고 문을 잠그는 건 사소한 마법이었다. 드래곤이 채널링을 시작하면 인장을 통해 드래곤과 지속적으로 연결되면서 그런 능력을 기본으로 쓸 수 있었다. 하지만 뭔가를 사라지게 만들어서 가지고 온다? 그런 고유 능력에 대한 기록은 100년 동안 읽은 적이 없었다. 끝내주는 능력이었다.

"그렇지?" 그녀는 책을 가슴에 꼭 끌어안았다. "1미터 안팎에서밖에 못하고 벽을 통과시키지는 못해."

"아직은 그런 거지!" 나는 기쁨이 넘쳐흐르는 기분으로 그 말을 바로잡았다. "나중엔 또 모르잖아. 리. 이건 네 군 경력을 보증할 만한 희귀한 고유 능력이야!"

"나도 그랬으면 좋겠어." 리는 일어서서 책을 책상 위에 다시 내려놓았다. "발전시킬 일만 남았지."

"그럴 거야." 말만이 아니라 나는 진심으로 확신했다.

몇 분 후에 우리 세 사람은 학예동을 향해 걷고 있었고, 도서관에서 막 나온 소여와 리독이 합류했다.

"너에게 주려고 만들었어." 리암은 3층으로 이어지는 널찍한 나선계단을 오르면서 나에게 조각상을 하나 건넸다. 테른이었다. 심지어 으르렁거리는 모습까지 완벽했다. "이건… 굉장한데. 고마워."

"고마워." 리암은 보조개를 살짝 보이며 웃었다. "앤다나를 먼저 조각하고 싶었지만 자주 볼 수가 없어서 말이야."

"앤다나는 모습을 잘 안 보이지." 우리는 북적이는 학생들에게서 떨어져나와 4층으로 향했고, 나는 드래곤 조각을 가방에 집어넣고 손을 뻗어 리암을 끌어안았다. "정말 마음에 들어. 고마워." 복도에도 사람이 많았지만, 우리가 카 교수의 강의실까지 가는 사이에 점점 한산해졌다.

"천만에." 그는 리애넌을 돌아보았다. "다음엔 페이그를 조각해줄게."

리애넌은 리암에게 부디 페이그의 난폭한 인상을 제대로 잡아내길 바란다고 농담을 던졌지만, 나는 나머지 대화를 놓치고 말았다. 전투 브리핑실로 가는 입구 앞에 천장부터 바닥까지 차지하는 큰 유리창 쪽을 흘긋 보았다가 숨이 멎은 탓이었다.

제이든이 비행단장들과 같이 서 있었는데, 가슴 앞에 팔짱을 낀 채 팽팽한 토론에 열중해 있는 것 같았다. 생도대장은 앰버가 처형당한 지 5분도 되지 않아 라마니 소하르를 제3비행단장으로 임명했다. 그녀는 이미 부단장이었으니 합리적이긴 했다.

나는 이 학교에서 사람들이 순식간에 '다음'으로 넘어가는 모습을 결코 극복할 수가 없다. 태연히 죽음을 양탄자 밑에 쓸어놓고 몇 분 후에는 그 위를 밟고 가니.

맙소사, 오늘도 잘생긴 제이든은 라마니가 하는 말에 열심히 귀를 기울이며 이마를 살짝 찌푸리더니 고개를 끄덕였다. 어젯밤에 저 입에 입을 맞대고, 저 팔에 감싸여 있었다는 게 믿기지가 않았다. 후회는 개뿔, 더 하고 싶었다.

제이든은 마치 내 시선을 느낀 것처럼 고개를 들었고, 허공을 가로질러 나에게 닿은 그의 시선은 실제 접촉과 맞먹는 효과가 있었다. 나는 맥박이 빨라지고 입술이 벌어졌다.

"이러다 늦겠어." 리가 어깨 너머를 돌아보면서 말했다.

제이든이 내 뒤쪽을 보더니 입매를 긴장시켰다.

"바이, 우리 얘기 좀 할 수 있을까?" 데인은 나를 따라잡기 위해 뛰어온 것처럼 숨이 찬 목소리였다.

"지금?" 나는 제이든에게서 시선을 떼고 한때 나와 가장 가깝다고 생각했던 친구를 돌아보았다.

데인은 찡그린 얼굴로 목 뒤를 긁으며 고개를 끄덕였다. "점호 시간 끝나고 널 붙잡으려고 했는데 네가 너무 빨리 사라졌어. 어젯밤 일도 있었으니까, 빨리 이야기할수록 좋을 것 같아."

"너야 몇 주 동안 날 무시하다가 대화하고 싶다고 해도 편할지 모르지만, 난 지금 수업이 있어." 나는 가방끈을 잡았다.

"몇 분이면 돼." 그의 눈빛에 가득 담긴 애원에 내 가슴이 다 무거울 지경이었다. "제발 부탁이야."

리애넌을 슬쩍 보았더니, 지금만큼은 우리 대대장에게 갖춰야 할 존중의 태도마저 버리고 진심으로 데인을 노려보고 있었다.

"바로 들어갈게."

그녀는 고개를 끄덕이고, 대대원들과 함께 카의 강의실로 들어갔다.

나는 오가는 사람들을 방해하지 않도록 데인을 따라 벽 쪽으로 갔다.

"넌 나에게만 기억을 보여주는 대신 테른을 시켜서 네 기억을 모두와 공유했어." 그는 두 손을 옆에 늘어뜨린 채로 불쑥 말했다.

"뭐라고?" 대체 무슨 소리를 하는 거야?

"앰버에 관한 그 모든 짓거리가 벌어졌을 때, 내가 무슨 일이 벌어졌는지 보여달라고 부탁했더니 넌 거절했지." 그는 무게중심을 옮겼다. 그건 데인이 불안할 때 보여주는 몸짓 중 하나였기에 내 분노도 약간은 걷혔다.

아무리 그래도, 아무리 재수 없이 굴어도, 데인은 내 제일 오래된 친구였다.

"난 네 말을 믿지 않았고, 그건 내 잘못이야." 그는 심장에 손을 올렸다. "널 믿었어야 했어. 하지만 내가 알던 사람을 네가 하는 말과 하나로 통합할 수가 없었고, 너도 습격 이후에 날 찾아오지 않았어." 상처 입은 듯한 목소리였다. "난 점호 시간에야 그 이야기를 들었어, 바이. 우리가 비행장에서 싸우긴 했어도 나에게 너는 여전히… 너야. 그리고 내 절친이 심각한 습격을 당해서 죽을 뻔했는데, 넌 나에게 한마디도 하지 않았어."

"넌 부탁하지 않았어." 나는 조용히 말했다. "대놓고 못 믿겠다고 말하더니 내 기억에 손댈 권리가 있다는 듯이 내 머리로 손을 뻗으며 보여달라고 요구했지." 목소리를 높이지 않으려고 온힘을 다해야 했다.

그의 미간에 주름이 두 개 잡혔다. "내가 부탁하지 않았다고?"

"넌 부탁하지 않았어." 나는 고개를 저었다. "그리고 내가 이 분과에서 버틸 만큼 강하지도 않고 튼튼하지도 않다는 말을 수없이 들었으니… 비행장에서의 일은, 너와 나 사이에 한참 전부터 일어날 일이었어. 최악은 네가 날 믿지 않을 줄 알았다는 거야. 그래서 제이든에게도 누가 범인인지 말하지 않을 뻔했지. 제이든도 내 말을 믿지 않을 거라고 생각했으니까."

"하지만 믿었지." 데인의 턱에서 뚝 소리가 났다. "그리고 네 침실에서 그놈들을 죽인 것도 제이든이었어."

"테른이 스게일에게 말했거든." 나는 가슴 앞에 팔짱을 꼈다. "이미 거기 와 있었다거나 그런 건 아니야. 네가 제이든을 싫어하는 건 아는데…."

"너도 그놈을 싫어할 이유가 무수히 많아." 그는 나에게 손을 뻗었다가 멈칫하고 거둬들이면서 나를 일깨웠다.

"나도 알아." 나는 맞받아쳤다. "전장 보고서에 따르면 제이든의 아버지가 브레넌의 가슴에 화살을 박아 넣었지. 난 그 사실을 머릿속에 새기고 매일을 살아. 하지만 그쪽에서도 나를 보면서 내 어머니가 자기 아버지를 죽였다는 걸 떠올릴 것 같지 않아? 그건…." 정확한 표현을 찾기가 힘들었다. "우리 둘 사이는 복잡해." 어젯밤의 장면들이, 제이든이 처음 미소 짓던 순간부터 마지막으로 나와 입술이 스치던 순간까지 쏟아져 들어왔고 나는 그 기억을 밀어냈다.

데인은 움찔했다. "넌 나보다 제이든을 더 믿는구나." 그건 비난이 아니었지만 비난과 다름없이 아팠다.

"그런 게 아니야." 속이 뒤틀렸다. 잠깐만. 정말 그런가? "나는 그저… 제이든을 믿어야 해, 데인. 물론 모든 면에서는 아니고." 젠장, 내가 스스로를 함정에 밀어넣는 꼴이었다. "우리 둘 다 스게일과 테른의 반려 관계에 대해 아무 것도 할 수가 없고, 둘 다 이 상황이 마음에 들진 않지만 어떻게든 살아갈 방법을 찾아야 해. 선택의 여지가 없어."

데인이 욕을 했지만, 내 말에 반대하지는 않았다.

"넌 그저 날 지키고 싶어 할 뿐이라는 거 알아, 데인." 나는 속삭였다. "하지만 날 지키는 건 내 성장을 막는 것이기도 해." 그는 나를 보고 눈을 깜박였고, 우리 사이의 뭔가가 달라졌다. 어쩌면, 정말 어쩌면 드디어 데인이 내 말을 들을 준비가 됐는지도 모른다. "네가 이 학교는 사람의 겉껍질을 벗겨내고 속을 드러낸다는 말을 했을 때, 두려웠어. 잘 부러지는 뼈와 잘 찢어지는 인대를 걷어냈는데 더 약하면 어쩌나 하고. 이번에는 내 몸을 탓할 수도 없을 거 아냐."

"넌 나한테 약한 사람이었던 적이 없어, 바이…." 데인이 입을 열었지만, 나는 고개를 저었다.

"모르겠어?" 나는 그의 말을 끊었다. "네가 어떻게 생각하는지는 중요하지 않아. 내가 어떻게 생각하느냐가 중요하지. 그리고 네가 옳았어. 라이더 분과는 이곳에 던져졌다는 두려움과 분노를 걷어내고 진짜 내가 누구인지를 드러냈어. 데인, 내 핵심은 라이더야. 테른은 그걸 알았어. 앤다나도 그걸 알았어. 그래서 날 선택한 거야. 그리고 네가 자꾸만 날 유리 새장 안에 가둬둘 방법을 찾는 동안에는, 우리 사이에 아무리 오랜 우정이 있다 해도 이 문제를 극복하지 못할 거야."

그가 내 어깨 너머를 보았다. "그래서, 라이오슨은 얼마든지 통제하고 집착해도 되고? 리암이 우리 대대로 이동한 건 특별히 너를 경호하기 위해서였던 걸로 아는데."

훌륭한 지적이었다. "리암이 온 건 제이든이 세상에서 제일 강한 라이더라고 해도 30명이 넘는 미계약 생도들이 노릴 때 등 뒤를 지킬 수 없기 때문이야. 그리고 내가 죽으면 제이든도 죽어. 네 변명은 뭔데?"

데인은 석상처럼 굳었고, 턱 근육만 꿈틀거리다가 마침내 몸을 앞으로 기울여 속삭였다. "바이, 넌 제이든에 대해 알아야 할 모든 걸 알지 못해. 난 내 고유 능력 때문에 기밀 접근 권한이 더 높아. 조심해야 해. 제이든에게는 비밀이 있고, 네 어머니를 결코 용서할 수 없는 이유들이 있어. 난 제이든이 복수를 위해 널 이용하지 않았으면 좋겠어."

목덜미 털이 곤두섰다. 그의 말 속엔 진실의 편린이 깃들어 있지만, 지금 당장은 제이든이라는 혼란까지 집중할 시간이 없었다. 꼬인 관계는 한 번에 하나씩 풀어야지.

나는 가슴속에 의혹의 씨앗을 키우면서, 다시 발을 끄는 데인을 향해 눈매를 좁혔다. "잠깐만, 나보고 바스지아스를 떠나라고 애원하는 게 내가 살아남지 못할 거라고 생각해서야, 아니면 날 제이든에게서 떼어놓으려는 거야?"

나는 데인이 대답하기 전에 고개를 저었다. "그거 알아? 상관없어." 진심이었다. "넌 그저 날 안전하게 지키고 싶을 뿐이지. 나도 그건 고맙게 생각해. 하지만 이제 그만해, 데인. 제이든은 스게일 때문에 나에게 매인 거야. 그것뿐이야. 난 보호가 필요하지 않고, 만약 필요해진다면… 내 뒤엔 끝내주는 드래곤이 둘이나 있어. 그 점을 존중해줄 수 있겠어?"

그는 손을 올려 내 뺨을 감쌌다. 나는 그가 이제부터라도 내 선택을 가치 있게 생각하지 않는다면 우리의 우정은 결코 바로잡을 수 없으리라는 점을 반드시 이해시키리라 마음먹고 그의 눈을 보았다.

"알았어, 바이." 그의 눈가에 주름이 잡히더니 반쯤 미소를 지었다. "내가 어떻게 끝내주는 드래곤이 둘이나 있는 라이더와 말다툼을 할 수 있겠어?"

그제야 가슴속의 짐이 덜어지고, 다시 숨을 쉴 수 있었다. 나는 건방진 웃음을 던졌다. "바로 그거야."

"기억에 대해 부탁하지 않아서 미안해." 그는 내 어깨로 손을 내렸다. "강의에 들어가는 게 좋겠다." 그러더니 어깨를 슬쩍 쥐었다가 놓고 걸어갔다.

나는 떨리는 숨을 내뱉고 카의 강의실 문으로 돌아섰다. 복도는 텅 비어 있었다. 카의 강의실은 벽을 덧댄 데다가 창문이라곤 없는 아주 긴 방이었다. 긴 방 전체를 대낮처럼 밝힐 수 있는 마법 샹들리에를 켜놓았는데, 제3비행단과 제4비행단 서른다섯 명 정도가 최대한 거리를 두고 바닥에 줄지어 앉아 있었다.

리애년과 리암이 문 앞에서 나를 맞이했고, 우리가 강의실 앞에 있는 카 교수에게 다가가자 그가 나를 보고 무성한 흰 눈썹을 치켜올렸다. 그는 그 자리에 서 있는 것만으로도 이 공간을 지배하고 있었다. 그냥 인상적인 정도가 아니라 욕 나오도록 겁나는 인물이었다.

나는 그가 제러마이아의 목을 꺾던 모습을 떠올리고 침을 삼켰다.

"드디어 우리에게 합류할 준비가 됐나, 소른게일 생도?" 그의 눈에는 친절함이라곤 조금도 없이, 그저 빈틈없고 냉담한 관찰만 있었다.

"네, 교수님." 나는 고개를 끄덕였다.

그는 생물학 강의실 벽에 꽂힌 벌레라도 보듯이 나를 뜯어보았다. "고유 능력은?"

"아직입니다." 제이든의 제안대로 시간을 멈추는 능력은 나 혼자 알고 있기로 하고, 고개를 저었다. '넌 나보다 제이든을 더 믿는구나.' 이런 면에서는 데인이 옳았고, 죄책감에 가슴이 무거워졌다.

"그렇군." 그가 혀를 찼다. "알겠지만 자네 형제들은 보기 드문 고유 능력을 선사받았다. 스스로와 대대 전체에 보호막을 두를 수 있는 미라의 능력은 비행단에 완벽한 자산이었고 적진에서 보여준 용맹 덕분에 훈장을 여러 개 받았지."

"네. 미라 언니는 군인의 귀감이죠." 나는 전장에서 언니가 벌이는 활약을 새삼 의식하며 억지 미소를 지었다.

"그리고 브레넌은…." 그는 시선을 돌렸다. "복원 능력은 극도로 희귀한데, 그토록 젊은 복원 능력자를 잃다니. 비극이었지."

"저는 브레넌을 잃은 게 비극이라고 생각합니다." 나는 어깨에 멘 가방을 추슬렀다. "하지만 고유 능력을 잃은 건 비행단에 확실한 타격이었죠."

"흐음." 그는 눈을 두 번 깜박이더니 사람을 얼릴 듯한 시선을 다시 나에게 돌렸다. "흠, 소른게일 핏줄은 축복받은 것 같군. 자네처럼… 섬세한 라이더라

해도 말이야. 테른이 자네를 선택했으니 자네에게도 세상이 놀랄 만한 고유 능력을 기대할 수밖에 없군. 앉게. 자네의 인장을 통해서 사소한 마법을 써보는 정도는 할 수 있겠지." 그는 물러나라고 손을 내저었다.

"아주 마음이 편하네요." 나는 우리 대대원 사이의 빈자리로 걸어가면서 중얼거렸다.

"스트레스 받지 마." 리애넌이 푹신한 바닥 위에 나란히 앉으면서 말했다. "아까 내가 하려던 말이 그거였어. 넌 테른의 라이더라는 거."

"무슨 뜻이야?" 나는 가방을 옆에 내려놓았다.

"넌 라이오슨이 자기 드래곤의 행복을 위해 여길 방문해야 할지도 모른다고 비행단의 전력을 걱정하고 있지만. 바이올렛, 우리 세대에 가장 강력한 라이더는 라이오슨이 아니야. 너지." 리애넌의 시선을 한참이나 마주보고 있으려니 그 뜻이 점차 스며들었다.

심장이 목구멍까지 뛰어오르는 기분이었다.

"이제 시작하지!" 카 교수가 외쳤다.

12월에서 1월이 되었다.

그라운딩해라. 차단해라. 문을 닫는 상상을 해라. 벽을 올려라. 주위에 누가, 무엇이 접근하는지 감지해라. 드래곤과 연결된 선을 추적해라…. 네 경우에는 '드래곤들'이지만. 앤다나의 금빛 에너지를 담을 수 있게 마력 저장고에 두 번째 입구로 창문을 내라. 연결선들을 최대한 막아라.

시각화해라.

눈앞에 마력의 매듭을 상상하고… 너무 복잡하지는 않게. 아직은 아무도 그 정도 준비는 되지 않았으니까… 풀어봐라. 잠긴 문을 열어라.

시각화해라.

언제나 한쪽 발은 단단히 두고 그라운딩해라. 마력에 접근하지 못하는 사람은 쓸모가 없고, 마력을 억제하지 못한다면 위험하다. 그 사이 위치를 유지해야만 훌륭한 라이더가 된다.

네 마력을 손처럼 상상해서 연필을 잡고 끌어당겨라. 집어올려라. 아니, 그렇게 말고. 다시 해라. 아니, 다시.

시각화해라.

그동안 나는 시험공부를 했다. 비행 준비를 했다. 이모젠과 같이 역기를 들었다. 제이든이 얼마나 오랫동안 나를 리앤넌과 매트 위에서 훈련시킬지 궁금했다. 나는 첫 시합에 이겼고, 제2비행단의 어떤 여자 생도에게서 단검을 하나 얻어냈다.

하지만 가장 피곤한 과제는, 내 마음의 저장고에서 끝없이 오랜 시간을 보내며 어느 문이 테른이고 어느 문이 앤다나인지 익힌 다음 공들여서 그 둘을 분리하는 것이었다. 마력은 드래곤들에게서 흘러들지 몰라도 그 힘을 통제하는 능력은 내 노력으로 얻어야 하는 모양이었다. 고된 훈련으로 부츠도 벗지 않고 침대에 쓰러져 잠드는 밤이 이어졌다.

1월 둘째 주가 끝날 무렵에는, 제이든이 그때의 키스에 대해 아무 말도 꺼내지 않는다는 사실에 열받아 있었을 뿐만 아니라 녹초가 되어 있었다. 고유 능력이 발현되지 않아 그걸 통제하는 데 에너지를 들이지 않는데도 그랬다.

리독은 얼음을 지배했다. 비교적 흔한 고유 능력일지는 몰라도 보기에 감탄스러웠다. 소여의 금속 지배 능력은 나날이 강해졌다. 리암은 몇 킬로미터 떨어진 곳의 나무 한 그루를 볼 수 있었다.

나는 아마 시간을 멈출 수 있을 테지만, 다시 시험해보겠다고 앤다나를 소진시킬 생각은 없었다. 한 번만으로도 앤다나는 회복하기 위해 일주일을 꼬박 자야 했다. 고유 능력이 없으니 내가 행사할 수 있는 능력은 사소한 마법뿐이었다. 나는 드디어 잉크펜을 사용하고, 손잡이를 잡지 않고도 문을 잠그고 열 수 있었다. 파티용 잔재주였다.

1월 셋째 주, 나는 제3비행단의 한 남자 생도를 상대로 한 시합에서 단검을 하나 더 따냈다. 독으로 상대를 약화시키지 않고 얻어낸 두 번째 승리였다. 손목이 아프긴 해도 관절은 멀쩡했다.

그리고 넷째 주, 바스지아스에서 경험해본 가장 추운 날씨에 나는 한밤중에 몰래 빠져나가서 격투 시합 게시판을 보았다. 내일은 마침내 잭이 매트 위에서 나를 죽일 기회를 얻은 날이었다.

"그놈이 날 죽일 거예요." 옷을 갖춰 입고, 모든 단검을 가장 유리한 곳에 꽂아 넣으면서 아침 내내 그 생각밖에 들지 않았다.

"시도는 하겠지." 테른이 일찍 일어나 있었다.

"*충고할 말이라도 있어요?*" 리암이 아침식사 전에 나와 함께 아카이브 심부름을 하기 위해 기다리고 있을 터였다.

"*그럴 기회를 주지 말아라.*"

나는 코웃음을 쳤다. 테른의 말은 정말이지 간단하게 들렸다.

아카이브에서 돌아올 때가 되어서야 겨우 리암에게 그 이야기를 꺼낼 용기를 끌어냈다. "내가 뭔가를 말하면 무조건 제이든에게 보고할 거야?"

그는 분과 사이를 잇는 다리 위로 수레를 밀면서 내 쪽으로 고개를 휙 돌렸다. "왜 그런 생각을…."

"아, 그러지 말고." 나는 눈동자를 굴렸다. "내가 하는 모든 일을 보고한다는 건 우리 둘 다 아는 사실이잖아. 난 바보가 아니야." 눈송이가 창문을 두드리면서 둔탁한 종소리 같은 것을 울렸다.

"단장은 걱정해. 난 걱정을 덜어주고." 그는 나를 한 번 더 쳐다보고 앞을 보았다. "나도 불공평하다는 건 알아. 네 사생활에 대한 침해인 줄도 알고. 하지만 내가 라이오슨에게 빚진 것에 비하면 그 정도는 아무것도 아니야."

"그래. 그 부분은 알겠어." 나는 리암이 지나갈 수 있게 서둘러 성채로 들어가는 무거운 문을 열었다. "질문을 고쳐 말해야 할지도 모르겠네. 내가 너한테 뭔가를 말하고, 딱 집어서 우리 둘만 알고 있자고 부탁한다면 들어줄 거야? 우리가 친구 사이야, 아니면 난 그냥 네 임무일 뿐이야?"

리암은 내가 문을 닫는 동안 말이 없었는데, 수레 손잡이를 손가락으로 두드리는 모습에서 고민 중이라는 사실을 알 수 있었다. "그걸 나 혼자 알고 있으면 어떤 식으로든 네 안전에 변화가 있을까?"

"아니." 나는 그를 따라잡았고, 우리는 끝에 가서 터널 두 개로 갈라지는 경사면을 오르기 시작했다. 터널 한쪽은 기숙사고, 다른 한쪽은 공용 구역으로 이어졌다. "네가 할 수 있는 일은 없어. 그게 핵심이야."

"우린 친구야. 말해." 그가 얼굴을 찌푸렸다. "나 혼자만 알고 있을게."

"오늘 잭 발로우가 나와 시합하게 될 거야."

리암이 걸음을 멈췄기에 나도 멈췄다. "네가 그걸 어떻게 알아?"

"바로 그래서 너 혼자만 알고 있으라고 부탁한 거야." 나는 움츠러들었다. "그냥… 내가 안다는 걸 믿어줘."

"교수들이 그런 시합을 허용할 리 없어." 그는 당혹감에 물들어가는 눈으로 고개를 저었다.

"시합하게 할 거야." 나는 어깨를 으쓱이며 긴장된 미소를 지었다. "그놈이 첫날부터 시합하게 해달라고 했으니 이런 일이 일어날 줄 몰랐던 것도 아니잖아. 핵심은 이거야. 오늘 너는 무슨 일이 있어도 나서면 안 돼."

리암의 파란 눈이 커졌다. "바이, 라이오슨에게 말하면 막을 수 있을 거야."

"안 돼." 나는 손을 뻗어 그의 손을 잡았다. "그럴 순 없어." 속이 뒤틀렸지만, 그래도 처음 알았을 때처럼 토하지는 않았다. "여기에서나 전선에 나간 후에나 제이든이 날 지키기 위해 할 수 있는 일에는 한계가 있어. 너나 나나 제이든이 이 일을 막으면 분과에 대소동이 일어날 거란 걸 알잖아. 앰버에게 일어난 일이 있는데."

"그러면 나한테 가만히 서서… 무슨 일이 일어나든 지켜보라는 거야?" 리암은 못 믿겠다는 듯이 물었다.

"지난 두 번의 시합 때도 그랬잖아." 나는 애써 미소 지었다. "걱정하지 마. 내가 가진 모든 이점을 다 활용할 거야." 그리고 내가 가진 모든 이점은 지금 내 허리에 달린 작은 주머니 속 유리병에 들어 있었다.

"마음에 안 들어." 그는 고개를 저었다.

"음, 그건 나도 그래."

오늘은 비행 수업이 없었다. 드래곤들이 비행을 하기엔 너무 춥다고 여겼기 때문이다. 그러니 점호가 끝나면 우리 모두가 대련장으로 향할 터였다. 나는 아침식사를 걸렀지만, 지나가면서 잭의 쟁반을 자세히 살피며 무엇이 있고… 무엇이 없는지 기억해두었다.

살아남은 1학년 81명 전원이 대련장에 모일 때쯤에는 속이 메스껍도록 혼란스러운 리듬으로 심장이 쿵쾅거리고 있었다.

에메테리오 교수가 시합 상대를 하나씩 외치면서 모든 매트 위에 배정했다. 적어도 모든 라이더가 내 시합을 지켜보진 않는다는 뜻이었다.

어쨌든 제이든은 없었다. 리암이 약속을 지켰다는 뜻이다.

"17번 매트, 제1비행단의 잭 발로우 대…." 에메테리오 교수가 눈썹을 치켜올리더니 숨을 깊이 들이마셨다. "바이올렛 소른게일."

리애넌이 저편에서 제3비행단 소속 여자 한 명과 맞붙을 준비를 하고 있어서 다행이었다. 리애넌은 리암의 얼굴에서 핏기가 빠져나가는 모습을 볼 필요가 없었다. 아니, 아무것도 볼 필요가 없었다. 소여도 9번 매트에 가 있었다.

"이건 말도 안 돼." 리독이 고개를 저으며 중얼거렸다.

"드디어!" 잭이 이미 이겼다는 듯이 두 손을 허공에 쳐들었다.

"어디 해보자고." 나는 어깨를 돌리며 매트로 향했다. 리암도, 리독도, 오늘은 매트에 불려나가지 않았기에 내 양옆을 걸었다.

"내가 약속을 깨도 된다고 말해줘." 리암이 애원했는데, 그 호소하는 눈빛을 보니 내가 그를 얼마나 거지 같은 위치에 몰아넣었는지 알 수 있었다.

"3학년은 3학년 일을 하러 나갔어." 나는 발가락이 매트를 건드리는 순간에 리암에게 말했다. "어차피 시간 안에 데려올 수 없을 거야. 하지만 너에게 약속을 지킨다는 게 어떤 의미인지 알아. 특히나 그 사람에게는. 그러니까 가봐."

그는 리독에게로 시선을 돌렸다. "나 대신 바이올렛을 지켜줘."

"내 키가 20센티미터 더 크고 황소 같은 몸이 된 것처럼 굴라고?" 리독이 양쪽 엄지손가락을 들어 보였다. "물론이지. 최선을 다할게. 넌 뛰는 게 좋겠다."

리암이 나에게 시선을 맞췄다. "살아 있어."

"노력 중이야. 나만이 아니라 모두를 위해서." 나는 그를 향해 미소를 지었다. "멋진 경호원이 되어줘서 고마워."

그는 잠깐 눈을 크게 뜨더니 대련장 밖으로 달려나갔다.

"발로우와 소른게일." 에메테리오가 매트 반대편에서 외쳤다. "무기는?"

잭이 선물을 받은 아이처럼 방방 뛰었다. "저 작고 연약한 손에 들 수 있는 무기라면 뭐든 좋죠." 그의 눈빛을 보자 불안감이 등골을 타고 내려갔다.

나는 매트 위를 걸었고, 잭도 걸었다. 중앙에서 서로를 마주볼 때까지.

"능력을 쓰는 건 안 된다." 에메테리오가 상기시켰다. "상대가 항복 표시로 손을 두드리거나 의식을 잃으면 승리다."

이 매트를 에워싸고 모인 모두가 잭은 둘 다 선택하지 않을 것임을 잘 알았다. 잭이 내 목에 손을 감는다면 나는 죽은 목숨이다.

"내가 죽으면 제이든까지 죽는다는 거 사실은 그냥 가설이 맞죠?" 나는 싸우는 도중에 손을 뻗기 제일 힘든 부츠에 꽂아둔 단검을 뽑으면서 물었다.

"굳이 시험하고 싶진 않은 가설이다만." 테른이 그르렁거렸다.

양손에 단검을 쥐고 일어서자 잭은 단검 하나만 쥐고 나를 마주보았다. "농담이겠지? 겨우 한 자루?"

"나야 하나밖에 필요 없지." 잭은 역겹도록 신이 나서 히죽거렸다.

"*식도를 노려라.*" 테른이 제안했다.

"*당장은 당신을 차단할 에너지가 없으니까 몇 분만이라도 조용히 해줘요.*"

돌아온 대답은 알았다는 듯한 그르렁뿐이었다.

"상스러운 말은 삼가도록." 에메테리오가 경고했다. "시작."

심장이 어찌나 크게 뛰는지, 잭을 상대로 원을 그리기 시작하는데 귓가에 쿵쿵거리는 맥박소리가 들렸다.

"*공격이다. 지금. 먼저 쳐.*" 테른이 매섭게 말했다.

"*전혀 도움 안 되거든요!*"

잭이 달려들었고, 나는 그의 손등을 단검으로 그어서 첫 피를 냈다.

"악!" 그는 뺨을 붉히며 펄쩍 뛰어 물러났다.

그게 내가 원하는 바였다. 이 시합에서 이기려면 잭이 화가 난 나머지 이성을 잃고 행동하다가 실수를 저질러야 했다.

그는 춤추듯 전진해서 내 복부를 노려 발차기를 내질렀고, 나는 아슬아슬하게 피하면서 물러났다. "그 단검을 던질 수 있었으면 좋겠지? 안 그래?" 그는 내가 주위에서 벌어지는 다른 시합의 누군가를 해칠까 봐 규칙을 깨지 않을 거라는 걸 알고 조롱했다.

"넌 내가 박아 넣은 칼을 뽑는 기분이 어떤지 몰랐으면 좋겠지? 안 그래?" 나는 응수했다.

그는 입술을 얇은 선이 되도록 꾹 다물더니 연속으로 주먹을 날리고 단검으로 공격했다. 받아칠 수 없을 만큼 그는 힘이 셌다. 그의 발에 맞고 내 손에서 쉽게 빠져나간 단검이 증명하는 바였다. 그래서 나는 빠른 속도를 이용해 몸을 숙이고 뛰어들어 한 번 더 칼을 그었다. 이번에는 그의 팔뚝이었다.

"망할!" 그는 격분하더니 몸을 비틀어서 그의 등 쪽으로 돌던 나를 따라잡았다. 그러고는 내 팔을 붙잡아 등 위로 넘겨서 매트에 메쳤다. 나는 어깨로 떨어지면서 얼굴을 찡그렸지만, 부러지거나 찢어지는 소리는 없었다. 내가 이 시합에서 살아남는다면 제일 먼저 고마워할 사람은 이모젠이었다.

잭이 내 팔을 붙잡은 채로 곧바로 가슴에 단검을 찔러 넣었지만, 단검은 내 조끼에 튕겨나와서 옆구리로 미끄러지며 매트에 박혔다.

"치명적인 공격을 하고 있잖아!" 리독이 외쳤다. "허용되지 않아!"

"물러나라, 발로우!" 에메테리오가 외쳤다.

"어떻게 생각하냐, 소른게일?" 잭이 내 팔을 등 뒤로 붙잡은 채 귓가에 속삭였다. "인정해. 너와 나 둘 다 싸우면 이렇게 될 거라는 걸 알고 있었어. 망신스럽도록 쉽고 치명적이지. 널 구해줄 네 소중한 비행단장은 여기 없어."

그래. 하지만 잭이 목표를 이룬다면 제이든도 고통받겠지… 더 나쁠 수도 있고. 그 생각을 하자 행동할 수밖에 없었다. 나는 통증을 무시하고 체중을 실어 몸을 둥글게 말았고, 잭이 내 다리 사이에 엉키자 어깨를 부분 탈구시키면서 그의 손아귀에서 벗어났다. 그리고 그의 불알을 제대로 걷어찼다.

내가 일어서는 사이에 그는 소리 없는 비명을 지르면서 무릎을 꿇었다.

"항복해." 나는 떨어뜨렸던 단검을 주우며 말했다. "난 언제든 네 목을 그어버릴 수 있어. 너나 나나 이게 실제 싸움이었다면 넌 끝이라는 걸 알아."

"이게 실제였다면 네가 매트를 밟자마자 죽여버렸을걸." 그는 이를 악물며 분노를 터트렸다.

"항복해."

"죽어!" 그가 단검을 내던졌다.

나는 막으려고 두 손을 들어올렸지만 단검이 왼쪽 팔뚝에 꽂혔다. 피가 쏟아지고, 놀랍도록 통렬한 통증이 팔 전체의 신경을 지졌지만, 절대 단검을 뽑으면 안 된다는 걸 알았다. 지금은 칼날이 오히려 상처를 틀어막고 있었다.

"투척은 금지다!" 에메테리오가 옆에서 외쳤지만, 잭은 이미 움직이면서 내가 막을 준비가 안 된 발차기와 주먹질을 쏟아부었다. 그의 주먹이 내 뺨을 후려치자 살갗이 터지는 느낌이 났고, 그의 무릎이 내 배를 때리면서 몸에서 공기가 빠져나갔다.

그러나 나는 그가 내 얼굴을 움켜잡을 때까지도 서 있었다. 고통이 모든 세포를 가득 채웠다. 폭력적으로 진동하는 에너지가 맹렬히 속을 강타하면서, 뼈에서 인대를 잘라내고 근육과 힘줄을 가르는 듯한 느낌이 들었다.

나는 이해할 수 없는 내부의 힘에 비명을 질렀는데, 잭이 자기 마력을 내 몸에 억지로 집어넣은 것이었다.

지금이다. 지금 하지 않으면 잭이 날 죽일 것이다. 이미 시야 가장자리는 어두워지고 있었다. 떨리는 손을 가죽옷 주머니에 집어넣어 엄지손가락으로 약병 뚜껑을 열었다. 놈이 내 몸에 자기 마력을 더 많이 밀어넣는 동안 내 눈에는 그의 가학적인 웃음과 벌건 눈가밖에 보이지 않았지만, 놈은 나를 잡는 데 두 손을 다 쓴 데다가 제 승리에 취한 나머지 내가 비명을 멈췄다는 사실도, 내가 움직이고 있다는 사실도 눈치 채지 못했다.

"저놈이 능력을 쓰고 있어!" 리독이 고함을 질렀고, 나는 어두워져가는 시야 가장자리로 양쪽에서 일어나는 움직임을 보았다.

그 순간에 잭의 웃는 얼굴에 약병을 처넣었다. 놈의 이가 하나 부러지는 감촉마저 느껴질 정도로 세게.

우리에게 누군가의 손이 닿았다. 리독과 에메테리오 교수가 접촉하자마자 손을 떼며 울부짖는 소리가 들렸다. 잭이 나에게 하고 있던 짓이 접촉을 통해 그들에게까지 전해진 것이다.

통증에 사로잡혀 이가 덜걱거렸다. 내 몸은 견딜 수 없는 고문에서 벗어나서 기절하고 싶어 몸부림쳤지만, 나는 어둠에 굴복하기를 거부했다. 잭이 씨근댈 때까지는 그럴 수 없었다.

잭의 눈이 말도 안 되게 커지더니 내게서 손을 떼고 자기 목을 움켜쥐었다.

동시에 매트에 쓰러진 나는 덜덜 떨었지만, 그건 얼굴이 자줏빛이 되어서 씨근대며 목을 긁고 있는 잭도 마찬가지였다.

순식간에 리독의 얼굴이 다가왔다. "숨 쉬어, 소른게일. 숨 쉬어."

"저놈은 뭐가 잘못된 거야?" 잭이 온몸을 비트는 가운데 누군가가 물었다.

"오렌지." 나는 몸에서 힘이 빠져나가는 가운데 겨우 목소리를 쥐어짜내 리독에게 속삭였다. "오렌지 알레르기야." 그러고는 암흑 속으로 떨어졌다.

깨어났을 때 나는 매트 위가 아니었다. 힐러 구역의 창문을 보고 밤이 왔음을 알 수 있었다. 몇 시간이나 정신을 잃었던 모양이었다.

그리고 내 침대 옆 의자에 느긋하게 앉아서 자기 손으로 날 죽이고 싶다는 듯이 노려보고 있는 사람은 리독이 아니었다.

제이든. 마구 쥐어뜯기라도 한 것처럼 머리가 헝클어진 모습으로 단검 하나를 던졌다가 받고, 던졌다가 받고 있었다. 그는 쳐다보지도 않고 칼끝을 잡아서 옆구리 칼집에 넣었다.

"오렌지라고?"

24

> 네가 이 말을 듣기 싫어하는 줄은 알지만 때로는 치명타를 입힐 순간을 알아야 해, 미라. 그래서 바이올렛이 서기 분과에 들어가야 하는 거야. 걔는 절대로 생명을 빼앗지 못할 테니까.
>
> — 브레넌의 일기, 70쪽

앉을 수 있게 침대 위쪽으로 몸을 올리려는 순간, 팔의 통증이 몇 시간 전에 단검에 찔렸다는 사실을 일깨웠다. 지금은 그 자리에 붕대가 감겨 있었다. "몇 바늘이나 꿰맸어?"

"한쪽은 열한 바늘, 다른 쪽은 열아홉 바늘." 그는 검은 눈썹 한쪽을 구부리더니 무릎에 팔꿈치를 대고 몸을 앞으로 기울였다. "오렌지를 무기로 바꾼 거야, 바이올런스?"

나는 꿈틀꿈틀 앉아서 어깨를 으쓱였다. "가진 걸로 열심히 해봤지."

"덕분에 네가 살고 우리가 살았으니 반박은 못하겠군. 그리고 네가 어떻게 늘 대련 상대를 미리 아는지도 묻지 않겠어." 그의 눈빛에는 확실히 분노가 있었지만 안도감도 살짝 비쳤다. "네가 리독에게 말한 덕분에 에메테리오가 제시간에 발로우 그놈을 여기 데려다놨어. 불행히도 그놈은 침대 다섯 개 너머에 누워 있고, 살 거다. 한 줄 너머에 누운 2학년생과는 다르게 말이야. 그냥 그놈을 죽여서 우리 모두를 편하게 해줄 수도 있었을 텐데."

"난 그놈을 죽이고 싶지 않았어." 나는 어깨를 움직여 보았다. 아프긴 해도 탈구는 되지 않았다. "그놈이 날 죽이는 걸 막고 싶었을 뿐이야."

"나한테 말했어야지." 그의 입술에서 으르렁거리는 비난이 새어 나왔다.

"당신이 개입하면 내가 약해 보일 뿐이야." 나는 눈을 가늘게 떴다. "게다가 지난 몇 주 동안 근처에 있지도 않았는데 무슨 말을 해. 자칫하면 당신이 그 키스에 겁먹은 줄 알겠어." 젠장. 이 말을 하려던 게 아니었는데.

"그건 논의할 문제가 아니야." 그의 눈에 뭔가가 스치더니, 순식간에 서늘한 무관심의 가면에 가려졌다.

"진심이야?" 이렇게 오래 이 화제를 피한 걸 보면 눈치 챘어야 했는데.

"그건 실수였어. 너와 나는 남은 평생 같이 주둔하게 될 거고 영영 서로에게서 벗어나지 못할 거야. 서로 얽히기까지 하는 건, 육체적인 수준만이라 해도 엄청난 실수지. 더 말할 필요도 없어."

나는 내장이 다 제자리에 있는지 확인하려고 가슴을 움켜잡을 뻔했다. 하지만 제이든도 나만큼 열중했다. 내가 직접 겪었는데 그런… 열정을 오해할 수는 없다. 어쩌면 츄람 탓이었을지도.

"내가 그 문제를 이야기하고 싶다면?"

"편한 대로 해. 하지만 내가 그 대화에 참여해야 하는 건 아니지. 우리 둘 다 각자의 경계선이 있는데, 이게 내 경계선이야." 반박을 허용하지 않는 말투에 속이 얼어붙었다. "내가 거리를 둔 게 썩 잘 풀리지 않았다는 데는 동의해. 그리고 오늘의 작은 스턴트가 관심을 끌려던 수작이라면, 축하해. 성공했어."

"무슨 소리를 하는지 모르겠는데." 나는 침대 가장자리로 발을 내렸다. 부츠를 찾아 신고 당장 여기에서 나가지 않으면 더 큰 바보짓을 할 판이었다.

"이제 리암이 이런 치명적인 상황을 제때 보고하리라 믿을 수도 없고, 발로우가 널 그리 쉽게 찍어 누른 걸 보면 리애넌의 매트 훈련도 믿을 수 없으니 이 순간부터는 내가 넘겨받겠어."

"뭘 넘겨받아?" 나는 눈매를 좁혔다.

"너에 관한 모든 것."

다음 날, 바깥에서 울부짖는 영하의 찬바람만 아니었다면 비행 수업이었을 시간에 제이든은 매트에서 나를 상대하고 있었다. 다행히도 셔츠는 입은 채여서 정신이 팔릴 일은 없었다. 아니, 그는 격투용 가죽옷을 입고 부츠를 신은 데다가 열두 개의 칼집에 서로 다른 열두 개의 단검까지 다 갖춘 상태였다.

그의 이런 모습에 끌리다니 너무 유해하지 않느냐고? 아마 그렇겠지. 하지만 그 모습을 보자마자 체온이 올라갔다.

"네 단검은 다 매트 밖에 둬." 제이든이 지시하자, 다른 매트에 있던 열 명 넘는 라이더들이 우리 쪽을 흘끔거렸다. 그나마 리암은 훈련 시간을 얻어서 매트 몇 개 너머에서 데인과 대련하고 있었다. 둘의 첫 대련이었다. 우리 대대원 대부분이 여기에서 예기치 않은 자유시간을 누리고 있었기에 고맙게도 우리를 지켜보기보다는 자기들 훈련하느라 바빴다.

"하지만 당신은 무장했잖아." 나는 대놓고 그의 칼집을 보았다.

"날 믿든가 아니면 말든가." 그는 고개를 옆으로 슬쩍 기울이면서 목을 감싸고 올라가는 반역의 인장을 드러냈다. 한 달도 더 전에 나를 벽에 짓누르고 있던 저 남자의 인장을 내 손으로 어루만졌는데…. 안 돼. 그 생각은 하지 마.

하지만 내 몸은 기억력이 너무 좋았다. 긴 한숨을 내쉬며 매트 옆으로 가서 내 소유의 단검과 그동안 따낸 단검을 바닥에 내려놓았다.

"비무장이야. 만족해?" 나는 그를 마주하고 두 팔을 내뻗었다. 긴 소매가 붕대를 가렸지만 계속 욱신거리기는 했다. "내 팔이 낫게 며칠 기다렸다가 할 수도 있었을 텐데." 꿰맨 자국이 당겼지만 이보다 더한 것도 겪어봤다.

"안 돼." 그는 단검을 하나 뽑아들고 앞으로 걸어오면서 고개를 저었다. "적은 네가 부상당했다고 봐주지 않아. 그걸 유리한 쪽으로 이용하겠지. 네가 통증 속에서 싸우는 방법을 모른다면 우리 둘 다 죽게 될 거야."

"좋아." 나는 짜증스럽게 몸의 중심을 이동시켰다. 모르는 모양인데, 나는 거의 언제나 통증이 있었다. 아픔이 있어야 마음이 편하다고 해도 될 정도였다. "그건 실제로 좋은 지적이니까, 그 단검을 갖고 있게 해주지."

"자비를 베풀어주셔서 고맙군." 제이든이 능글맞게 웃자, 나는 바로 아랫배가 따뜻해지는 감각을 무시했다. 그는 손바닥을 뒤집어서 이상하게 날이 짧은 단검을 보여줬다. "네 격투 스타일에는 문제가 없어. 넌 빠르고, 8월 이후에는 만만치 않은 강적이 됐지. 문제는 네가 손에서 빠져나가기 너무 쉬운 단검을 쓴다는 거야. 너에겐 네 체형에 맞게 설계된 무기가 필요해."

그래도 그는 약점이라고는 말하지 않았다.

나는 그의 손에 잡힌 단검을 뜯어보았다. 새까만 칼자루에 티렌더의 매듭 장식들, 복잡한 소용돌이와 끈으로 이뤄진 오래된 룬 문자가 새겨져 있었다. 칼날 자체는 치명적으로 완벽하게 연마되어 있었다. "환상적인 칼이네."

"네 거다."

고개를 홱 들어서 눈을 마주쳤지만 그의 새까만 눈에 거짓은 없었다.

"너를 위해 만들게 했지." 그의 입술이 살짝 구부러졌다.

"뭐라고?" 가슴이 답답해졌다. 시간을 내서 저걸 만들게 했다고? 젠장. 내가 정말 느끼기 싫은 감정이 복받쳤다. 부드럽고 혼란스러운 감정.

"들었잖아. 받아."

나는 정체를 알 수 없는 이 치받는 감정에 목이 메어 침을 꿀꺽 삼키고 칼을 받아들었다. 내 단검보다 확연히 가벼웠다. 손목에 부담도 없고, 손가락이 편하게 칼자루에 감기면서 훨씬 안정적으로 잡혔다. "누가 만든 거야?"

"아는 사람이 있어."

"분과 안에?" 두 눈썹이 획 치켜올라갔다.

"여기에서 3년을 지내고 나면 얼마나 자원이 풍부해지는지 놀랄 거다." 제이든이 입꼬리를 당기며 재수 없게 웃자, 나는 대놓고 빤히 쳐다보다가 겨우 여기가 어디인지 기억해냈다.

"놀랍네." 나는 고개를 젓고 그에게 칼을 돌려줬다. "하지만 받을 수 없다는 거 알지? 우리가 이 안에서 지닐 수 있는 무기는 직접 얻어낸 무기뿐이야." 오직 도전에서 따낸 무기, 아니면 완벽하게 기술을 숙달한 경우에만 인정받았다. 눈독 들인 쇠뇌도 하나 있었지만 아직 미숙해서 가질 수가 없었다.

"바로 그거야." 그는 한순간 미소를 비치더니, 내가 꿈도 못 꿀 빠른 속도로 단번에 내 발을 쓸어내며 나를 매트에 넘어뜨렸다.

이렇게 쉽게 나를 눕힌다는 사실이 무시무시하면서 동시에… 터무니없이 섹시했다. 특히나 그의 엉덩이가 내 허벅지 사이에 놓이니 더 그랬다. 손을 뻗어 그의 이마에 흘러내린 머리카락을 걷어내지 않기 위해 의지력을 총동원해야 했다. '그건 실수였어.' 음, 제이든의 그 말이 떠올라서 바로 내 마음이 식지 않았다면 말이다.

"그래서 이 동작으로 무슨 말을 하고 싶은 건데?" 나는 그가 나를 타격 없이 쓰러뜨렸다는 사실을 의식하면서 물었다.

"내 몸에 이런 단검이 열두 개 매여 있으니까 나를 무장해제 시켜봐." 그는 가소롭다는 듯이 한쪽 눈썹을 들어올렸다. "혹시 네 위에 있는 상대를 처리하는 방법을 모른다면, 그건 완전히 다른 문제긴 하지."

"내 위에 있는 당신을 처리하는 방법이야 알지."

내가 조용히 도발하자 그는 내 귓가 가까이에 입을 갖다 댔다. "나를 자극하다간 벌어질 일이 마음에 들지 않을걸."

"혹시 또 모르지." 나는 딱 그의 귓불에 입술이 스치도록 고개를 돌렸다.

그가 튕기듯 몸을 일으켰다. 그의 시선에 담긴 열기를 보자 우리의 몸이 맞닿은 곳곳이 지나치게 의식됐다. "내가 이 대련장에 있는 모두의 앞에서 그 가설을 시험해보기 전에 내 무장을 해제해."

"흥미롭네. 과시욕이 강한 사람이라고는 생각 안 했는데."

"어디 계속해봐. 너도 알게 될 테니까." 그의 시선이 내 입에 떨어졌다.

"나한테 키스한 건 실수였다면서." 만약 제이든이 나에게 다시 키스한다면? 분과 전체가 보고 있다 해도 상관없었다.

"그랬지." 그는 재수 없게 웃었다. "난 그저 너에게 적수를 무장해제하는 방법이 칼 기술만은 아니라는 걸 가르치는 중이야. 말해봐, 바이올런스. 넌 무장해제 상태인가?"

저 오만한 개자식.

콧방귀를 뀌고 곧바로 달려들었다. 제이든이 못 기다리겠다는 듯 즐겁게 지켜보는 가운데 그의 칼집에 든 단검들을 뽑아서 매트 저편으로 던졌다. 그런 다음 그의 허리에 다리를 감고 몸을 왼쪽으로 굴려서 제이든을 눕혔다. 물론 그가 맞춰준 덕분이었다. 제이든이 원하지 않았다면 내가 그를 깔아 눕힐 방법은 없었다. 어쨌든 나는 그를 속박하는 척 팔뚝을 그의 쇄골에 대고서 옆구리에 꽂힌 나머지 단검들을 계속 훔쳤다.

"그리고 마지막으로." 나는 미소 지으며 몸을 기울여 그의 손에 있던 단검을 낚아챘다. 우리 둘 다 몸이 벌겋게 달아오를 지경이었다. "고맙네요."

마지막 단검이 내 손에 잡히자 제이든은 매트에 손바닥을 대더니, 어처구니없는 힘으로 몸을 쭉 밀어서 내 등을 다시 매트에 붙였다.

"그건." 그 움직임에 발끝까지 충격을 받아서 허벅지 사이에 그를 단단히 끼운 채로 숨을 들이켰다. 그대로 몸을 들어올려서 정말로 그 키스가 실수였는지 확인해보고 싶은 마음을 누르느라 전력을 기울여야 했다. "매트 위에서 능력을 사용하는 건 불공평해." 황홀하고, 섹시하고, 아무튼 불공평했다.

"그건 달라." 그는 펄쩍 뛰어 일어서더니 손을 내밀었다. 그 손을 잡고 일어나는데 머리에 피가 쏠렸다. 지금 어지러워하면 안 돼. "에메테리오가 시합에서 능력을 금지하는 건 공평한 경쟁을 위해서지. 하지만 저 바깥에서는? 전장은 공평하지 않기 때문에 넌 수단, 방법 가리지 않는 방법을 배워야 해."

"그라운딩, 차단, 그리고 양피지 옮기기 외에는 뭘 많이 할 수가 없는데." 나는 새로운 단검을 칼집에 넣은 다음, 나머지도 모아서 꽂았다. 정말로 아름다운 칼이고, 모두 다른 룬 문자가 새겨져 있었다. 대부분의 룬을 포함하여, 몇 세기 전의 통일 과정에서 사라진 티렌더 문화가 그토록 많다는 게 안타까웠다. 나는 그 룬 문자가 무슨 의미인지도 제대로 알지 못했다.

"흠, 그것도 어떻게 하긴 해야겠군." 그는 한숨을 내쉬더니 격투 자세를 취했다. "자, 네 별명에 걸맞게 최선을 다해서 날 죽이려고 해봐."

2월은 기진맥진하여 흐릿하게 지나갔다. 제이든은 내 하루 중에서 일정이 없는 시간은 모조리 빼앗았고, 데인은 우리 비행단장이 훨씬 중요한 걸 해야 한다는 이유로 나를 대대 훈련에서 빼갈 때마다 이를 갈았다.

그 중요한 일이란 대체로 내가 반복해서 매트 위를 구르는 것이었다.

하지만 제이든이 데인처럼 나를 아기 취급하지 않고 리애넌처럼 봐주지도 않는다는 사실은 인정해야 했다. 그는 훈련할 때마다 육체적인 한계까지 밀어붙이되 그 선을 넘지는 않았고, 나는 땀범벅이 되어 바닥에 쓰러져서 숨을 몰아쉬곤 했다. 그럴 때면 이모젠이 나를 근력 운동에 불러들였다.

둘 다 질색이었다. 말하자면 그렇다는 거다. 분과에서 가장 강한 싸움꾼을 쓰러뜨리는 방법을 배우면서 얻은 결과에는 논쟁의 여지가 없었다. 그를 이기지는 못했지만, 그건 괜찮았다. 그가 나에게 져주지 않는다는 뜻이니까.

그리고 그는 나에게 다시 키스하지 않았다.

3월은 어마어마하게 쌓이는 눈과 함께 도착했고, 우리는 매일 아침 점호 전에 눈을 치워야 했다. 그리고 등의 인장이 화끈거리면서 내 안에 쌓이는 마력을 어서 해방시키지 않으면 이 몸뚱이에서 기어나갈 수도 있겠다는 기분이 들었다. 그런 느낌이 찾아오면 나에게 아직 고유 능력이 없다는 사실이 다시금 떠올랐다. 벌써 거의 3개월이 다 됐다.

매일 아침마다, 오늘이 내가 자연 발화하는 날일까 생각하면서 깨어났다.

"살라 건터." 피츠기븐스 대위가 얼어붙은 양피지 위로 장갑 낀 손을 미끄러뜨리면서 사망자 명단을 읽었다. 이번 주는 조금 따뜻해졌지만 큰 차이는 아니었다. "그리고 무신 베디. 이들의 영혼을 말렉에게 맡기나이다."

"베디?" 점호가 끝나고, 나는 양쪽 눈썹을 치켜들면서 리애년에게 물었다. 제2비행단 소속이라서 잘 알지는 못하지만, 그래도 1학년 중에서 최고로 꼽히는 몇 명에 들어갔기에 그 이름이 나온 게 충격이었다.

"못 들었어?" 리애년은 모피를 덧댄 망토를 목에 단단히 여몄다. "어제 카 교수 강의 중간에 고유 능력이 발현됐는데… 활활 타버렸어."

"자… 자기 몸을 태워서 죽었다는 거야?"

리는 고개를 끄덕였다. "타라와 카가 추측하기에는 불을 지배하는 능력이었을 거래. 그런데 첫 발현에서 능력이 베디를 압도해 버리는 바람에…."

"횃불처럼 타버린 거야." 리독이 덧붙였다. "네 고유 능력이 아직 숨겨져 있어서 다행이지?"

"숨겨져 있다니, 그것도 한 가지 표현 방법이네." 내가 입도 뻥긋할 수 없는 고유 능력을 제외하면, 나는 어머니가 싫어하는 한 가지를 증명하는 중이었다. 바로 내가 평균이라는 것. 그렇다고 테른이나 앤다나에게 도움을 청할 수도 없다. 고유 능력은 온전히 내 것이고, 등에서 따끔거리는 인장이 계속 일깨워주다시피 그 능력을 내놓지 못하는 건 나 자신이다. 내 안의 작고 비밀스러운 한 부분은 내 고유 능력이 발현하지 않은 이유가 다른 사람과 달라서이기를 바랐다. 쓸모 있을 뿐만 아니라… 브레넌처럼 의미 있는 능력이고 싶었다.

"난 확실히 오늘 수업을 빼먹고 싶어." 리애년이 손에 온기를 호호 불어넣으면서 중얼거렸다.

"수업에 빠지는 건 금지다." 데인이 우리를 꾸짖었다. "대대 대항전까지 고작 몇 주 남았는데, 너희 하나하나가 최상의 상태여야 이길 수 있어."

이모젠이 코웃음 쳤다. "관둬, 에이토스. 제2비행단 꼬리전대에 나머지 대대를 다 따돌릴 수 있는 녀석들이 있다는 거 알잖아. 개네가 건틀릿을 달려 올라가는 거 못 봤어? 그 녀석들이라면 밖이 얼음에 덮여 있어도 나갔을걸."

"우리가 이길 거야." 부대대장인 시애나가 고개를 끄덕이며 선언했다. "소른게일이 건틀릿에서 발목을 잡겠지만…." 그녀는 매부리코에 주름을 잡았다. "그리고 지금의 발전 속도라면 능력을 쓰는 대결에서도 그럴 테지만…."

"맙소사, 고맙네요." 나는 가슴 앞에 팔짱을 꼈다. 다른 건 몰라도 차단벽이라면 모두를 합친 것보다 내가 더 잘했다.

"하지만 리애넌의 기술로 벌충하고도 남아." 시애나가 말을 이었다. "그리고 리암과 히튼이 매트 위 대련에서 열 명 몫을 한다는 걸 알지. 그러고 나면 비행기동과 비행단장들이 올해 몫으로 떠올릴 과제만 남아."

"오, 그게 다야? 아이고, 힘들 줄 알았더니." 리독은 진하게 비아냥을 던지다가 데인의 눈총을 받았다.

"대대원이 10명으로 줄었어." 데인이 우리를 훑어보며 말했다. "총원이 12명이니까 몇몇 대대보다는 살짝 불리하지. 하지만 우린 해낼 거야."

우리는 지난주에 새로 들어왔던 대대원 두 명을 잃었다. 키가 작은 쪽이 전투 브리핑 시간에 고유 능력을 발현하면서 순식간에 함께 있던 둘 다 얼어 죽었다. 그 과정에서 리독까지 죽을 뻔했지만 다행히 영구적인 피해는 없었다. 이제 우리가 탈곡 이후에 얻은 대대원은 나딘과 리암밖에 남지 않았다.

"하지만 그걸 해내기 위해서는 수업을 들어야 해." 그는 나를 보고 눈썹을 들어올렸다. "특히 너. 고유 능력이 발현한다면 끝내줄 거야. 해낼 수만 있다면."

최근에 데인은 나를 어떻게 다룰지 결정하지 못한 것 같았다. 힘겹긴 해도 버티고 있는 1학년으로 취급할지, 아니면 함께 자란 친구로 대할지.

우리 사이의 불확실한 모든 것이 주는 느낌이 싫었다. 목욕하고 몸을 말리기도 전에 옷을 입은 것처럼 잘못 들러붙는 느낌이랄까. 그래도 그는 여전히 데인이었다. 최소한 이제야 드디어 나를 지지해주기는 했다.

"소른게일은 오늘 카의 수업에 못 갈 거다." 소여 뒤에 나타난 제이든이 끼어들었고, 소여는 서둘러 그 앞에서 물러났다.

"아닌데." 나는 고개를 저으며 그를 보자마자 뛰어오른 맥박을 무시했다.

"가야 해." 데인이 반박하고는 이를 악물었다. "내 말은, 비행단에서 소른게일 생도에게 맡길 급박한 일이 없는 한 마력을 조절하고 발전시키는 데 시간을 쓰는 게 제일 좋습니다."

"우리 둘 다 쟤가 그 방에서 고유 능력을 발현하지 않을 줄은 안다고 생각하는데. 그게 열쇠였다면 벌써 발현했겠지." 제이든이 지금 데인에게 던지는 눈빛은 내 최악의 적에게도 선사하고 싶지 않았다. 그건 분노도 아니고 가벼운 분개조차 아니었다. 아니, 제이든은··· 짜증스러워 보였다. 데인의 불평이 그에게는 전적으로 무가치하다는 듯한 표정이었고, 지휘계통상 그게 사실이기도

했다. "그리고 맞아, 비행단에서 맡길 더 급박한 문제가 있다."

"비행단장님, 저는 그저 소른게일이 마력 행사를 연습하지 않고 하루를 보내는 것이 불편할 뿐입니다. 그리고 소속 대대장으로서…."

그는 제이든이 대련 중에 마력 조절 수업도 해준다는 사실을 몰랐다.

"던이시여, 제발." 제이든이 전쟁의 여신을 부르며 한숨을 내쉬었다. 그는 망토 주머니에서 회중시계를 꺼내 쭉 내밀었다. "집어라, 소른게일."

나는 두 남자를 보면서 제발 둘 문제는 알아서 해결하기를 빌었지만, 그런 일이 일어날 가능성은 없었다. 편의상 어쩔 수 없이 머릿속의 아카이브 바닥에 발을 디뎠다. 하얗게 달아오른 마력이 내 주위를 흐르면서 두 팔에 소름이 돋고 목덜미 털이 곤두섰다.

오른손을 들어올리며 마력이 손가락 사이에 휘감기는 모습을 상상했다. 그리고 피부에 정전기가 일어나는 가운데 그 에너지에 형태를 주어 손을 만들고, 제이든과 나 사이에 있는 1미터 정도의 거리를 뻗어달라고 주문했다.

원초적인 마법으로 만든 촉수가 벽에 부딪친 것처럼 덜컥 멈춰 섰다가 곧 다시 움직였다. 나는 불타는 손을 단단히 통제하면서 손을 앞으로 뻗었다. 내 마력이 제이든의 손을 스치자 머릿속에서 거의 꺼져가는 깜부기불 같은 타닥 소리가 났지만, 나는 정신적인 손으로 회중시계를 움켜쥐고 당겼다.

욕 나오게 무거웠다.

"할 수 있어." 리애넌이 격려했다.

"집중하게 놔둬." 소여가 잔소리를 했다.

순간 시계가 바닥으로 곤두박질쳤지만, 밧줄처럼 마력을 잡아당기자 시계가 나에게 날아왔다. 나는 시계가 얼굴을 때리기 전에 왼손으로 잡았다.

리애넌과 리독이 박수를 쳤다.

제이든이 걸어와서 내 손에 잡힌 시계를 빼내더니 망토 안으로 떨어뜨렸다. "봤지? 소른게일은 연습했다. 자, 우리에겐 할 일이 있어서." 그는 내 등에 손을 얹고 사람들 사이를 빠져나갔다.

"어딜 가는데?" 나는 내 몸이 그의 손길에 기대는 게 싫었지만, 막상 닿은 손이 떨어지자마자 그리워졌다.

"그 망토 아래에 비행용 가죽옷을 입고 있진 않겠지." 나는 그가 열어주는 기숙사 문 안으로 들어갔다. 그 움직임이 어찌나 편안한지, 두 번째 천성 같았다.

그건… 내가 그에 대해 알게 된 모든 것과는 완전히 배치되는 모습이었다. 나는 멈칫하고 처음 만나는 사람처럼 그를 쳐다보았다.

"왜?" 그는 뒤쪽으로 문을 닫아서 거센 추위를 차단하며 물었다.

"나한테 문을 열어줬잖아."

"오랜 습관은 쉽게 떨쳐지지 않아." 그는 어깨를 으쓱였다. "아버지가 가르쳐서…." 그의 목소리가 뚝 끊기고 시선이 멀어지더니 온몸의 근육이 공격에 대비하는 것처럼 긴장했다. 그의 얼굴에 스친 표정을 너무나 잘 알기에 심장이 아팠다. 그건 비탄이었다.

"비행하기에는 조금 춥다고 생각하지 않아?" 나는 도움이 되려고 화제를 바꾸어 물었다. 그의 눈에 떠오른 고통은 결코 사라지지 않는 아픔, 예기치 않은 파도처럼 일어나서 무자비하게 해안선에 밀어닥치는 아픔일 것이다.

그가 눈을 깜박이자 곧 그 빛은 사라졌다. "난 여기에서 기다리지."

나는 서둘러 겨울 비행용으로 지급받은 모피 안감의 가죽옷으로 갈아입으러 갔다. 내가 돌아갔을 때 그는 표정을 읽을 수 없는 가면 같은 얼굴이었고, 오늘은 더 이상 나를 위해 문을 열어줄 일이 없다는 걸 알 수 있었다.

우리는 생도들이 종종걸음으로 강의를 들으러 가면서 비어가는 안마당을 가로질렀다. "대답을 안 해줬는데."

"뭐에 대해서?" 그는 비행장 통로로 가는 문만 보고 있었고, 나는 그의 보폭을 따라잡기 위해 거의 뛰다시피 해야 했다.

"비행하기엔 춥다는 말에 대해서."

"오늘 오후에는 3학년들이 비행장을 차지하고 있어. 케이오리와 다른 교수들은 그냥 너희를 봐주고 있는 것뿐이야. 곧 있을 대대 대항전으로 너희가 능력을 연습해야 한다는 걸 알기 때문이지." 그는 문을 밀어 열었고, 나는 서둘러 그를 따라갔다.

"그런데 난 연습이 필요 없고?" 목소리가 터널 안에 울려 퍼졌다.

"대대 대항전에서 이기는 건 너를 살려두는 계획과 아무 상관이 없어. 넌 내년에 나머지 녀석들보다 먼저 전선에 서게 될 거야." 마법 불빛이 그의 깎은 듯한 얼굴선을 비추고, 우리가 지나갈 때마다 음산한 그림자를 드리웠다.

"내년에 그렇게 되는 거야?" 나는 터널 반대쪽으로 나가서 잠시 하얀 눈이 시야를 가리는 가운데 물었다. 길 양쪽으로 눈이 높이 쌓여 있었다. 올해의 힘든 겨울이 남긴 결과였다. "내가 전선에 간다고?"

"피할 수 없는 일이야. 스게일과 테른이 헤어져 있는 상태를 얼마나 오래 참을지 알 수가 없어. 아마 둘의 행복을 위해 우리 둘 다 희생해야 할 거야." 확실히 제이든은 별로 행복하지 않은 눈치였고, 그런 심정을 탓할 수도 없었다. 이 분과에 3년이나 있었으니 뛰쳐나가고 싶을 터였다. 나도 졸업할 때는 그와 마찬가지라는 사실을 깨닫자 마음이 무거워졌다. 우리의 드래곤들이 맺은 관계가 내 미래 주둔지를 어떻게 좌우할지 통제할 방법이 없었다.

나는 달리 할 말을 몰라서 고개만 끄덕였고, 우리는 우호적인 침묵 속에서 건틀릿으로 걸어갔다.

"제2비행단이군." 나는 꼬리전대의 비행대대가 미끄러지고 넘어져가면서 건틀릿을 가로지르는 모습을 보았다. "당신은 정말로 우리 대대가 여기 나와서 연습하길 바라지 않아?"

그의 입꼬리가 슬쩍 올라가더니 인간 같지 않던 표정에 금이 갔다. "1학년 때는 나도 승리가 정점이라고 생각했지. 하지만 3학년이 되고서 우리가 하는 일들을 보면…." 그는 턱을 풀었다. "훨씬 더 치명적이라고만 해두지."

우리는 비행장으로 이어지는 계단으로 향했는데, 이미 내려오는 무리가 있었기에 먼저 내려서도록 뒤로 물러났다. 그 사람들이 가까이 다가오자 심장이 목구멍으로 튀어올랐고, 나는 퍼뜩 차렷 자세를 취하며 등을 꼿꼿이 세웠다. 팬첵 생도대장과 에이토스 대령이었다.

먼저 바닥에 내려선 데인의 아빠가 나를 보고 미소 지었다. "쉬어. 좋아 보이는구나, 바이올렛. 멋진 비행 자국이야." 그는 비행용 고글을 끄느라 광대뼈에 남은 본인 얼굴의 자국을 가리키며 말했다. "비행에 시간을 많이 들이나 본데."

"고맙습니다, 대령님. 맞습니다." 나는 차렷 자세를 풀었고, 미소를 참지는 못했지만 입술은 꾹 다물고 웃었다. "데인도 잘하고 있어요. 올해 제 대대장이에요."

"데인에게 들었다." 그는 데인과 똑같이 따뜻한 갈색 눈으로 웃었다. "지난달에 우리가 비행단을 순회할 때 미라가 너에 대해 묻더구나. 걱정 말아라. 2학년이 되면 편지를 쓸 수 있으니 더 자주 연락할 수 있을 거다. 분명히 언니가 보고 싶겠지."

"매일이요." 나는 그 사실을 인정하느라 북받치는 감정을 밀어넣고 고개를 끄덕였다. 언니가 얼마나 보고 싶은지에 빠져들기보다는, 이 벽 바깥에 아무것도 없는 척하는 편이 훨씬 쉬웠다.

그 사이 어머니가 내려서자 옆에 있던 제이든이 뻣뻣해졌다. 아, 망할.

"어머니." 내가 무심코 외치자 어머니가 고개를 돌려 나와 눈을 마주쳤다. 어머니를 본 지가 5개월도 더 됐고, 아무리 내가 어머니처럼 차분하고 공사 구분이 확실한 사람이 되고 싶다 해도 그럴 수가 없었다. 나는 어머니처럼, 미라처럼 생겨 먹질 않았다. 나는 아버지를 닮은 딸이었다.

사령관과 바스지아스 생도 사이에서 익숙한, 평가하는 시선이 나를 훑어보았다. 평가를 끝마친 어머니의 표정에 따스함이라고는 없었다. "능력 발현에 어려움을 겪고 있다고 들었다."

눈을 깜박인 나는 물리적인 거리를 두면 그 얼음장 같은 힐책에서 나를 보호할 수 있다는 듯이 뒤로 물러섰다. "차단은 우리 학년에서 제일 잘해요." 평생 처음으로 내가 아직 고유 능력을 발현하지 않았다는 사실이 정말 기뻤다. 어머니에게 자랑거리를 주지 않아서.

"테른 같은 드래곤을 뒀다면 당연히 그래야지." 그녀는 한쪽 눈썹을 올렸다. "그렇지 않다면 그 놀랍고도 부러운 마력이 다…." 한숨과 함께 허공에 수증기가 뿜어나왔다. "낭비될 테지."

나는 목구멍에 맺히려는 응어리를 삼키려고 최선을 다했다. "예, 장군님."

"그렇지만 너를 두고 여러 대화가 이뤄졌다." 어머니의 시선이 내 머리 위를 스쳤고, 나는 그녀가 끝으로 갈수록 은빛이 되는 땋은 머리를 보고 있음을 알았다. 어머니 생각에는 나를 저주받은 존재라고 낙인찍는, 그래서 자르라고 했던 머리카락.

"그래요?" 어머니가 정말로 나에 대해 이야기를 한다고?

"우리 모두 네가 금빛 드래곤을 통해서 어떤 능력을 행사할지 궁금해하고 있다만." 어머니의 입술이 미소를 그렸다. 분명히 본인은 부드러운 미소라고 생각할 테지만 그런 표정에 속기에는 내가 어머니를 너무 잘 알았다.

"안 된다." 테른의 한마디가 내 몸 전체에 울렸다. *"말하지 말아라."*

"아직은 아무것도요." 나는 갈라진 아랫입술을 핥았다. 겨울에 비행을 하면 피부가 엉망이 된다. "앤다나에게 들었는데, 페더테일은 라이더에게 마력을 채널링할 수 없다고 알려져 있대요." 대신 타고난 능력을 직접 선사할 수 있지만 그 부분은 말할 생각이 없었다. "그래서 계약을 잘 맺지 않는 거고요."

"아예 안 한 거나 다름없지." 데인의 아빠가 끼어들었다. "실은 네 드래곤에게 연구 허락을 구해줄 수 없을까 생각하고 있었다. 물론 순수하게 학구적인 목적에서야."

속이 뒤틀렸다. 사람들이 우르르 몰려들어서 학구적인 호기심을 충족하기 위해 얼마나 오랫동안 앤다나를 이리저리 찔러댈지 모르는 데다, 잘못해서 어린 드래곤들의 미개발 능력에 대해 알게 될지도 몰랐다. 절대 사양이다. "안타깝지만 별로 편안해할 것 같지 않네요. 저한테조차도 사생활을 지키는 편이거든요."

"안타깝군." 에이토스 대령이 말했다. "탈곡 이후에 서기들에게 조사를 시켰는데, 아카이브에서 페더테일의 힘에 대해 찾을 수 있는 참고문헌이라고는 수백 년 묵은 것밖에 없어. 이상한 일이지. 네 아버지가 2차 크로블라 반란에 대해 연구를 했던 게 기억나는데, 분명히 그때 페더테일에 대해서 언급을 했거든. 그런데 그 책을 찾을 수가 없지 뭐냐." 그러면서 이마를 긁었다.

어머니가 기대가 담긴 눈빛으로 나를 보았다. 실제로 말은 걸지 않았지만 마치 묻는 듯한 눈빛이었다.

"아버지가 돌아가시기 전에 그 사건에 대한 연구를 끝마치진 못했던 것 같아요, 에이토스 대령님. 아버지의 기록이 어디 있는지도 저는 말씀드릴 수가 없고요." 최대한 진실에 가까운 말이었다. 나는 아버지의 기록이 어디 있는지 정확히 알고 있었다. 아버지가 퇴근 후 대부분의 시간을 보내던 장소였다. 하지만 테른의 경고 때문에 그들에게 말해줄 수가 없었다.

"정말 안타깝군." 어머니가 억지 미소를 지었다. "네가 살아 있는 걸 봐서 기쁘다, 소른게일 생도." 그녀의 시선이 옆으로 움직이더니 강철처럼 단단해졌다. "네가 함께 다녀야 하는 사람에 대해선 의문의 여지가 있지만 말이다."

젠장. 젠장. 젠장.

내가 나서면 제이든이 약해 보일 게 뻔하기에 제이든 쪽에 눈길도 줄 수 없었다. 그랬다간 어머니에게 내가 누구에게 충성하고 있는지 알리고 말 것이다…. 나 스스로에게도 그럴 것이고.

"저는 그런 의문을 몇 년 전에 모두 해결했다고 생각했습니다만." 제이든은 낮은 목소리로 말했지만, 내 옆에서 활시위처럼 팽팽하게 긴장해 있었다.

"흠." 어머니는 대놓고 그 말을 묵살하며 성채 쪽으로 몸을 돌렸다. "어떤 종류의 고유 능력이라도 숙달하도록 해라, 소른게일 생도. 너는 가문의 유산에 부응해야 한다."

"알겠습니다, 장군님." 그 비공식적인 말은 내가 대비했던 것보다 더 치명적이었다. 내가 거의 8개월이 걸려서 구축한 자신감을 드래곤 발톱같이 날카롭고 정확하게 찢고 들어왔다.

"만나서 반가웠다, 바이올렛." 데인의 아빠가 호의적인 미소를 던졌고, 팬첵은 노골적으로 우리를 무시하며 어머니를 따라잡으러 뛰어갔다.

나는 계단을 오를 때까지 제이든에게 한마디도 하지 않았다. 계단을 하나 오를 때마다 점점 더 화가 나더니, 절벽 꼭대기에 도달했을 때쯤에 나는 분노 그 자체가 되어 있었다.

"네가 침실 습격에서 어떻게 빠져나왔는지 어머니에게 말하지 않았군." 그의 말은 질문이 아니라 진술이었다. "내가 나타난 부분에 대한 거 말고."

무슨 말인지 정확히 알 수 있었다.

"저 사람을 만나는 일도 없는걸. 또 당신이 아무에게도 말하지 말랬잖아."

"둘 사이가 그런 줄은 몰랐어." 제이든의 말투는 놀랍도록 부드러웠다.

우리는 비행장을 향해 협곡을 내려가기 시작했다.

"아, 저 정도는 아무것도 아니야." 나는 일부러 최대한 가볍게 말하려고 했다. "아빠가 죽었을 때는 거의 1년 동안 날 무시했거든." 자기 비하적인 웃음소리가 입술 사이로 새어 나왔다. "내가 브레넌처럼 완벽하지도 않고, 미라 같은 전사도 아니어서 간신히 내 존재를 참아주던 세월 못지않게 유익한 시간이었지." 이런 말을 하면 안 되는데. 이런 생각은 문 안에만 숨겨둬야 가족들이 대중 앞에서 완벽하고 세련된 명성을 갑옷처럼 걸칠 수 있지 않나.

"그렇다면 저 사람은 너를 잘 모르는 거군." 제이든은 내 격분한 걸음에 보조를 맞추면서 말했다.

나는 코웃음을 쳤다. "아니면 날 꿰뚫어보는 거겠지. 문제는, 도무지 어느 쪽인지 알 수가 없다는 거야. 난 어머니가 정해놓은 불가능한 기준에 부응하려 애쓰느라 바빠서 대체 그 기준이 나에게 중요하긴 한지 자문할 시간도 없어." 그러다가 나는 가늘게 뜬 눈을 그에게 돌렸다. "그런데 그건 뭐였어? 의문은 몇 년 전에 해결했다는 소리?"

"내 충성의 값을 치렀다는 사실을 일깨워줬을 뿐이야." 그는 이마를 찌푸리면서도 앞만 보았다.

"값을 치르다니?" 내 어리석은 혀를 멈출 겨를도 없이 질문이 튀어나왔다. 데인이 했던 말, 제이든에게는 내 어머니를 절대로 용서하지 못할 이유가 있다던 말을 떠올릴 수밖에 없었다.

"선 지켜라, 바이올런스." 아주 잠깐 고개가 내려가나 했더니, 다시 고개를 들었을 때 제이든은 너무나 능숙하고 반질반질한 '신경 쓰지 않아' 가면을 쓰고 있었다.

우리에게는 다행스럽게도, 그 순간의 긴장감은 테른과 스게일이 비행장 저편에 착륙하면서 깨졌다. 그 옆에는 보기만 해도 미소 짓게 되는 반짝이는 작은 드래곤도 있었다.

"오늘은 우리 모두 비행하는 건가?" 나는 셋을 향해 걸어가는 제이든을 뒤따르며 물었다.

"오늘은 우리 모두 배우는 시간이다. 너는 자리에 앉아 있는 법을 배워야 하고, 나는 대체 너한테 그게 왜 그리 힘든지 배워야 해." 그는 대답했다. "앤다나는 따라잡는 법을 배워야지. 테른은 좀 더 촘촘한 비행 대형에서 공간을 공유하는 법을 배워야 하는데, 스게일을 제외한 다른 드래곤들은 테른을 너무 무서워해서 더 가까이 날지를 못해."

우리가 접근하자 테른이 식식대는 소리로 동의를 표했다.

"그러면 스게일은 뭘 배우는데?" 나는 거대한 블루 드래곤을 보며 물었다.

제이든이 씩 웃었다. "스게일은 거의 3년째 이끌기만 했거든. 뒤따르는 법을 배워야 할 거야. 아니면 그런 연습이라도 해야지."

테른이 식식대는 소리가 수상할 정도로 웃음소리 같았고, 스게일은 이를 드러내고 그의 목에 고개를 들이대며 딱딱거렸다.

"드래곤의 관계란 도무지 이해할 수가 없어." 나는 중얼거렸다.

"그래? 언젠가 사람 관계도 시도해봐야겠네. 똑같이 공격적인데 불만 안 뿜을 뿐이야." 그는 질투나도록 너무 쉽게 드래곤에 올랐다.

"이제 가자."

25

> 대대 대항전은 비행단장들이 말하는 것보다 중요해. 단장들은 그냥 게임이라고, 대대장들과 이긴 대대에게 으스댈 권리를 줄 뿐이라고 농담하지만, 사실 그렇지 않아. 모두가 지켜보고 있어. 생도대장도, 교수들도, 지휘관들도, 누가 꼭 대기로 올라갈지 보고 있지. 또한 누가 떨어질지 침을 흘리며 보고 있어.
>
> ― 브레넌의 일기, 77쪽

"항복해!" 제2비행단 소속의 라이더가 매트 위에서 몸을 앞으로 끌고 나오려고 애쓰는 모습을 보며 리애넌이 멀리서 소리를 질렀다. 그가 손을 쫙 펼치고 손톱을 매트에 박아 넣는 동안, 리암은 다리로 그를 얽고는 그의 등을 버틸 수 없는 수준까지 구부려 놓았다.

오늘 시합의 흥분이 극도의 열기에 다다르면서 내 심장도 쿵쾅거렸다.

대대 대항전에서 이번 종목의 마지막 시합이었고, 사람들이 우리 등을 밀어대는 통에 나는 계속 매트 위로 고꾸라지지 않으려고 애써야 했다. 두 번의 대결을 거친 후에 우리는 24개 대대 중에서 7위였는데, 지금 리암이 이기면 3위로 뛰어오를 터였다.

그전에 치른 '건틀릿 하늘 경주'에서 내 비행시간은 대대에서 제일 느렸지만, 그건 내가 계속 테른에게 나를 붙든 마법 끈을 풀라고 해서였다. 그는 하강해서 나를 잡고 자리에 다시 던져 올리느라 귀중한 몇 초를 잃었다. 한 번도 아니고 거듭해서 그랬다. 맹세하는데 딱딱한 자리에 착지하느라 엉덩이에 든 멍도 결승선을 마지막으로 통과할 때 테른이 늘어놓던 잔소리보다는 덜 아팠다. 내가 자기네 혈통 전체를 망신시켰다나.

마이클이 고통스러운 소리를 질렀고, 귀를 찢을 듯 날카로운 그 소리에 나도 앞에서 벌어지는 시합에 다시 주의를 돌렸다. 리암은 그를 단단히 붙잡고 우위를 밀어붙였다.

"어우, 아파 보인다." 나는 환호하는 1학년들 속에서 중얼거렸다.

"그래. 한동안 걷지도 못하겠다." 리독도 척추가 부러질 것처럼 휜 마이클의 등을 보고 움찔하면서 맞장구를 쳤다.

마이클이 다시 비명을 토하더니 손바닥으로 매트를 세 번 때렸고, 구경꾼들이 함성을 질렀다.

"그렇지! 가라, 리암!" 소여가 내 뒤에서 소리를 질렀고, 리암이 마이클을 매트 위에 떨구자 그는 기진맥진해서 쭉 뻗었다.

"우리가 이겼어!" 리암이 우리에게 달려왔고, 나는 뒤엉켜서 기뻐하는 대대원들과 같이 소리를 질러댔다.

이 작은 아수라장 속에 이모젠마저 껴 있을 정도였다.

하지만 데인은 보이지 않았다. 어디 있는 거지? 이런 걸 놓칠 리가 없는데.

"승자!" 에메테리오 교수의 목소리가 체육관에 울려 퍼지면서 열광하는 이들을 조용히 시켰고, 우리와 끌어안고 있던 리암이 걸어나갔다. "제4비행단 불꽃전대 2대대 리암 메이리!"

리암이 두 손을 번쩍 들어올리며 승리 자세로 작게 원을 그리듯이 흔드는데, 환호성에 귀가 먹먹할 정도였다. 좋은 의미로 말이다.

팬첵 생도대장이 매트 위로 올라왔고, 리암은 땀을 쏟으며 우리 대대에 합류했다. "다들 대대 대항전 마지막 대결은 내일이라고 생각하고 있었겠지만, 간부들과 내가 깜짝 선물을 준비했다."

그는 이제 모든 라이더의 주목을 끌었다.

"너희에게 알려지지 않은 마지막 과제를 알려주고 오늘 밤에 계획을 짜게 해주는 대신, 마지막 과제를 지금 바로 시작하겠다!" 그는 씩 웃더니 리암처럼 두 손을 번쩍 들고 빙그르르 돌았다.

"오늘 밤?" 리독이 속삭였다.

속이 철렁 내려앉았다. "데인이 없어. 시애나도 없고."

"망할." 이모젠이 사람들을 훑어보면서 속삭였다.

"알아차렸겠지만 대대장과 부대대장은… 전대장, 비행단장들과 함께 격리

되어 있다. 그리고 묻기 전에 말해주자면, 너희 과제는 그들을 찾는 게 아니다."
그는 작은 원을 그리듯 움직이며 매트 사면을 향해 말했다. "오늘 저녁에 너희는 지휘관들의 지시도 통솔도 없이 특별한 임무를 수행해야 한다."

"그건 대대장을 두는 취지에 어긋나지 않습니까?" 매트 저편에서 누군가가 물었다.

"대대장을 두는 목적은 촘촘하게 짜인 부대를 만들어서 지휘관 사후에도 임무를 계속 수행할 수 있게 하는 것이다. 너희의 대대장들이… 죽었다고 생각해라." 팬첵은 신이 나는 듯 웃으며 어깨를 으쓱였다. "너희끼리 해야 한다, 라이더들. 임무는 간단하다. 어떤 수단을 써도 좋으니 전쟁에서 우리 적에게 가장 유리하게 작용할 한 가지 물건을 찾아서 획득해라. 지휘관들은 편견 없는 심판으로 임할 것이고, 이기는 대대에게는 60점이 주어질 것이다."

"그 점수면 우리가 1위 할 수 있어!" 리가 나에게 팔짱을 끼면서 속삭였다. "우리가 전선으로 가는 영광을 쟁취할 수 있다고!"

"범위는 어떻게 됩니까?" 오른쪽에서 누군가가 물었다.

"바스지아스의 성벽 안에 있는 무엇이든 가능하다." 팬첵이 대답했다. "그렇다고 감히 드래곤을 여기로 끌고 올 생각은 말아라. 드래곤들은 순수하게 짜증만으로 너희를 태워버릴 테니까."

왼쪽에 있던 대대가 실망해서 투덜거렸다.

"주어진 시간은…." 팬첵이 회중시계를 꺼냈다. "3시간이다. 그 안에 전투 브리핑실에 너희가 훔친 보물을 제출하기 바란다."

우리는 모두 말없이 그를 쳐다보았다. 세 번째이자 마지막 과제가 무엇일지 온갖 상상을 다했지만… 이건 정말 생각지 못한 과제였다.

"뭘 기다리고 있나?" 팬첵이 우리를 내쫓는 시늉을 했다. "가라!"

대혼란이 뒤따랐다.

지휘부를 제거하면 이렇게 되는 법이다. 우리는… 오합지졸이었다.

"2대대!" 이모젠이 두 손을 들어올리며 외쳤다. "따라와!"

소여와 히튼의 감독 아래 우리 모두가 오리 새끼처럼 이모젠의 뒤를 따라 체육관을 가로질러서 근력 단련실로 향했다.

"정말 대단했어." 나는 숨을 몰아쉬면서 옆을 걷던 리암에게 말했다.

"엄청났지." 리독이 리암에게 물주머니를 건넸고, 리암은 받자마자 물을 다

마셔버렸다.

"가자, 가자." 이모젠이 우리를 열린 문 안으로 몰아넣으면서 말했다. 그녀는 재빨리 머릿수를 세더니 문을 닫고 능력으로 잠가버렸다.

나는 벤치를 하나 찾아서 리애넌과 리암을 양옆에 두고 앉았다.

"첫째. 누가 지휘하고 싶냐?" 이모젠이 우리 열 명을 보면서 물었다.

리독이 손을 들어올렸다.

리애넌이 몸을 돌려 그 손을 끌어내렸다. "안 돼." 그녀는 고개를 내저었다. "너는 이 과제를 장난으로 만들 거야."

"타당한 지적이야." 리독이 어깨를 으쓱였다.

"리암?" 퀸이 눈썹을 들어올리며 물었다.

"아니." 그는 고개를 저었지만, 내 쪽에 던지는 시선을 보니 거절한 이유를 알 만했다.

"오늘 밤엔 아무도 날 해치우려고 하지 않을 거야." 내가 반박했다.

그는 다시 이모젠을 돌아보고 또 한 번 고개를 저었다.

물론 그녀는 고개를 끄덕였다. 둘 다 제이든의 팀이니까.

"선배가 계속해." 리애넌이 말했다. "여기까지 데리고 왔잖아."

동의하는 웅성거림이 방 안을 채웠다.

"에머리? 히튼?" 이모젠이 물었다. "3학년 두 사람에게 권리가 있는데."

"고맙지만 사양할게." 히튼이 벽에 등을 기댔다.

"싫어. 우리 둘 다 지휘하고 싶지 않은 이유가 있어." 에머리가 나딘 옆에 앉으며 덧붙였다. "몇 시간 동안 이모젠의 지휘에 따르지 못할 이유 있나, 나딘?"

모두가 고개를 돌려서 그동안 낙인자들에 대한 혐오를 조금도 숨기지 않았던 1학년을 쳐다보았다. 이제는 나딘이 디콘셔와 티렌더의 경계선에 있는 북부 마을 출신이라는 것을 알았기에, 그 행동의 이유를 알 수 있었다. 단지 나는 그 마음에 동의하지 않았고, 그래서 그녀와 별로 친하지도 않았다.

나딘은 침을 삼키더니 불안한 시선으로 우리 모두를 훑었다. "괜찮아."

"좋아." 이모젠이 팔짱을 끼자 튜닉 아래로 손목에 박힌 반역의 인장이 보였다. "우리에겐 3시간도 없어. 아이디어 있을까?"

"무기 어때?" 리독이 제안했다. "크로스볼트가 우리 적의 손에 들어가면 어느 드래곤에게나 치명적일 텐데."

"너무 커." 퀸이 단정적으로 말했다. "박물관에 하나밖에 없는 데다가 솔직히 치명적인 건 그 화살이 아니라 발사 체계야."

"다음은?" 이모젠이 우리를 하나하나 보았다.

"팬첵의 속옷을 훔쳐서…." 리독이 말을 꺼내기가 무섭게 리애넌이 그 입을 틀어막았다.

"그래서 우리가 너한테 지휘를 맡기지 않는 거야." 리애넌이 리독을 보고 한쪽 눈썹을 들어올렸다.

"그러지 말고 다들 생각을 해! 우리의 적에게 가장 유용한 물건이 뭐지?" 이모젠이 옅은 녹색 눈동자 위로 이마를 찡그렸다.

"정보." 리암이 대답하며 시선을 내 쪽으로 돌렸다. "바이올렛, 아카이브에서 소식지를 훔치는 건 어떨까? 전선에서 오는 거 말이야."

나는 고개를 저었다. "7시가 넘었어. 아카이브는 잠겨 있을 거고, 그건 마법으로도 건드릴 수 없는 금고야. 방 전체가 화재에 대비해서 밀폐되거든."

"쳇." 이모젠이 한숨을 내쉬었다. "좋은 생각이었는데."

모두가 대화에 뛰어들었고, 제안을 던지는 목소리들이 점점 커졌다.

정보. 한 가지 아이디어가 떠오르면서 속이 뒤틀렸다. 그거라면 눈에 확 띌 테고, 다른 누구도 비교할 수 없을 것이다. 하지만… 나는 고개를 저었다. 그건 너무 위험했다.

"무슨 생각인데, 소른게일?" 이모젠이 묻자 방 안이 조용해졌다. "네 머릿속에서 작은 톱니바퀴가 돌아가는 거 다 보여."

"별거 아니야." 나는 우리 대대원을 보았다. 하지만 정말 그럴까?

"이리 와서 머릿속을 털어놔." 이모젠이 명령했다.

"정말이지, 이건 미친 생각이야. 실행도 불가능해 보이고. 잡혔다간 구금실에 들어가게 될걸." 나는 더 말하기 전에 입을 다물었다.

하지만 너무 늦었다. 이모젠이 흥미롭게 눈을 반짝였다.

"어서, 이리, 와서, 털어놔." 그녀는 제안이 아니라 명령이라는 사실을 확실히 했다.

"우린 능력을 쓸 수 있잖아?" 나는 일어서면서 두 손으로 옆구리를 쓸어내리며 양옆에 꽂힌 여섯 개의 단검 자루를 만졌다.

"필요하다면 어떤 수단이든 써도 된다고 했지." 히튼이 고개를 끄덕였다.

"맞아." 나는 발꿈치에 무게를 싣고 몸을 뒤로 기울이면서 머릿속으로 작전을 짰다. "리독은 얼음을 지배할 수 있고, 리애넌은 물건을 회수할 수 있고, 소여는 금속을 조작할 수 있고, 이모젠은 최근 기억을 지울 수 있고…."

"난 빠르기도 하지." 이모젠이 덧붙였다.

이모젠과 제이든의 공통점이었다.

"히튼 선배는 어때?" 내가 물었다.

"난 물속에서 숨을 쉴 수 있어." 히튼이 대답했다.

나는 눈을 깜박였다. "멋지긴 한데 이 작전을 감행한다면 그 능력은 쓸 수 없겠어. 에머리 선배?"

"난 바람을 통제할 수 있어." 그는 씩 웃었다. "많은 바람을."

좋다. 방어 면에서 쓸모가 있을 법도 했지만, 내가 찾던 능력은 아니었다.

몸을 돌려 퀸을 보자, 부츠가 바닥을 긁으며 삑 소리가 났다. "선배는?"

"난 영체를 투영할 수 있어. 내 몸을 두고 다른 곳으로 가는 거지."

나는 입을 딱 벌렸고, 대대 절반도 마찬가지였다.

"알아. 꽤 멋진 능력이지." 퀸은 곱슬머리를 둥글게 틀어올리면서 눈을 찡긋했다.

"그러네. 그 능력은 쓸 수 있겠어." 나는 고개를 까닥이면서 이 작전을 실행할 제일 쉬운 방법을 고심했다.

"무슨 생각이야, 소른게일?" 이모젠이 짧은 머리카락을 박박 민 쪽의 귀 뒤로 넘기면서 재촉했다.

"들으면 나보고 미쳤다고 할 테지만, 이것만 해내면 우리가 확실히 이겨." 내가 어머니에게 인정받을 만큼 닮지는 않았을지 몰라도, 어머니가 가장 귀중한 정보를 어디에 보관하는지는 알고 있었다.

"그래서?"

"우린 사령관 집무실에 침입할 거야."

"오싹하네." 두 시간 후, 리독은 꿈틀거리며 퀸에게서 아니, 퀸의 영체에게서 몸을 멀리했다. 그녀의 본체는 현재 대기실에서 히튼이 지키고 있었다.

나머지 우리들은 복도에서 살금살금 힐러 구역을 지나고 있었다. 이미 제2비행단의 한 대대와 제3비행단의 한 대대와 마주쳤지만, 누구에게도 상대를 단념시키거나 질문을 던질 시간은 없었다. 이 일정이면 우리 스스로의 노력에 따라 성공하거나 망할 것이고, 그나마 성공할 가능성이라도 얻기 위해 밤이 오기를 기다리느라 지난 두 시간을 허비한 터였다.

"여기보다 더 멀리는 가본 적이 없어." 진료소 마지막 문 앞을 지나면서 에머리가 말했다.

"아카이브에도 한 번도 안 가봤다고?" 이모젠이 물었다.

"아카이브 당번은 역병처럼 피했거든." 에머리가 대꾸했다. "난 서기들이 소름끼쳐. 그 조용한 작은 똑똑이들은 글을 써서 누군가를 만들거나 망가뜨릴 수 있다는 듯이 행동하잖아."

나는 씩 웃었다. 대부분의 사람들이 생각하는 것보다 더 진실에 가까운 말이었다.

"보병들이 아직 야영 중이야." 리애넌이 창밖으로 저 아래 들판에 밝혀진 수십 개의 모닥불을 가리켰다.

"휴식이 있으면 참 좋겠다." 나딘이 말했는데, 내가 기대한 못마땅한 말투가 아니라 우리 모두가 느끼는 피곤함만 담겨 있었다. "서기들은 다 여름에 집에 갈 거야. 힐러들은 주말마다 심신 건강을 위한 칩거 시간을 보내고, 보병들은 겨울 내내 눈 속에 야영지를 세웠다가 부수는 훈련을 할진 몰라도 그 몇 달을 모닥불가에서 보내잖아."

"우리도 집에 가게 될 거야." 이모젠이 반박했다.

"졸업 후에 말이지." 리애넌이 대꾸했다. "그것도 기껏해야 며칠?"

우리는 갈래 길에 도착했다. 여기에서 터널을 따라 아카이브로 내려갈 수도 있고, 위쪽 길을 따라서는 군사학교 요새로 올라갈 수도 있다.

"여기부턴 돌이킬 수 없어." 나는 속속들이 알 정도로 여러 번 오르내렸던 나선계단을 올려다보면서 말했다.

"앞장서!" 퀸이 명령하는 바람에 우리 모두가 펄쩍 뛰어올랐다.

"쉬잇!" 이모젠이 잇새로 말했다. "너 말고 우리는 잡힐 수 있거든."

"맞다. 미안." 퀸이 움츠러들었다.

"다들 작전을 기억해." 내가 속삭였다. "아무도 이탈하지 않는 거야. 아무도."

다들 고개를 끄덕였고, 우리는 조용히 어두운 계단을 오른 다음 그림자에 바싹 붙어서 바스지아스의 석조 안마당을 가로질렀다.

"지금이 제이든을 이용하기 딱 좋은 순간인데."

"넌 잘하고 있어." 앤다나가 더없이 기쁜 어조로 나를 격려했다. 단언컨대 그 무엇도 앤다나를 괴롭힐 순 없다. 내 평생 만나본 중에서 가장 두려움이 없는 아이였다. 어린 날의 미라 언니조차도 비교 불가였다.

"똑바로 여섯 층 위야." 나는 다음 계단에 도착하자 속삭였고, 우리는 아무 소리도 내지 않으면서 최대한 빠르게 계단을 올랐다. 불안이 치솟자 내 마력도 그에 응하며 등에 새겨진 인장이 불편할 정도로 따갑게 달아올랐다. 최근에는 언제나 그런 아픔이 피부 밑에서 지글지글 끓으면서, 어서 고유 능력을 발현하지 않으면 소소한 마법으로는 그 힘을 분출하기에 부족하다는 사실을 상기시켰다.

우리는 마침내 계단 끝까지 올라갔다. 리암이 쭉 몸을 내밀어서 언제나 세상에서 제일 긴 복도처럼 느껴지던 복도를 보았다. "중간중간 촛대에 마법 불빛이 켜져 있어." 리암이 속삭였다. "그리고 네 말이 맞았어." 그는 안전한 계단통으로 물러났다. "문 앞에는 경비병이 하나뿐이야."

"혹시 문 아래에 빛이 새어 나와?" 나는 조용히 물었지만, 심장 뛰는 소리가 학교 전체에 들릴 만큼 커졌다. 수백 미터 아래서 자고 있을 보병대마저 들을 것 같았다.

"아니." 그는 퀸을 돌아보았다. "경비병은 키가 180 정도인데 상당히 탄탄해 보여. 다른 계단은 복도를 따라 왼쪽으로 가면 있으니까 경비병의 주의를 끈 다음에 그리로 가야 해."

퀸은 고개를 끄덕였다. "문제없어."

"모두 각자 맡은 일 알지?" 내가 묻자 여덟 명이 고개를 끄덕였다.

"그럼 해치우자. 퀸 선배, 올라가. 다른 모두는 혹시 경비병이 이쪽을 봐도 눈에 띄지 않게 다시 내려가." 우리가 정말로 이런 짓을 하고 있다니 믿을 수가 없었다. 어머니에게 잡힌다면 자비라곤 없을 것이다. 원래 자비를 모르는 사람이었다.

우리는 후퇴했고, 퀸이 계단 위로 달려 올라갔다. 돌벽에 막혀서 그녀의 목소리는 잘 들리지 않았지만 계단 옆을 달려가는 경비병의 쿵쾅대는 발소리는 아주 선명하게 들렸다.

"이리 돌아와! 넌 여기 있으면 안 돼!"

"지금이야!" 이모젠이 명령했다.

우리는 리애넌과 에머리를 계단에 남겨두고 뛰어올라 복도에 들어섰다. 소여가 반대쪽 계단을 향해 달려가면서 능력을 발휘하여 복도 문을 닫아걸고 금속 이음매를 비틀어놓는 사이에 우리는 복도를 쏜살같이 달렸다.

내 평생 이렇게 빨리 달려본 적이 없었는데, 나딘은 이미 문 앞에 도착해서 어머니가 사용하는 보호막을 풀어보려 하고 있었다.

리암이 경비병이 서 있던 자리에 서더니 턱을 들어올리고 똑같은 자세를 취했다. "괜찮아?"

"응." 내가 가슴을 들썩이며 대답하는 사이에 이모젠이 나딘을 도우려고 나섰다. 나딘의 고유 능력은 보호막을 푸는 것이었는데, 나도 그 능력이 이렇게 유용하게 쓰일 줄은 몰랐다. 저 밖의 라이더들은 언제나 보호막을 쌓아 나바르 주위를 에워싼 방패를 유지하려고 하는데 말이다. 하지만 사령관 집무실에 침입하려고 하는 라이더가 많진 않겠지. "그리고 저 안에 들어가도 멀쩡할 거야." 나는 입꼬리를 당겨 올리면서 그를 안심시켰다. "재미있는 일이지. 지난번에 저 안에 서 있을 때는 그렇게 생각하지 않았는데."

"됐어!" 나딘이 문을 살살 밀어 열면서 속삭였다.

"내 휘파람 소리가 들리면…." 리암이 걱정으로 이마에 주름을 잡으며 말하려고 했다.

"창문으로 나가든지 할게." 내가 리암에게 확언하는 사이에도 리독과 소여가 내 앞을 휙 지나갔다. "긴장 풀어." 나는 리암이 망을 보게 놓아두고 다른 사람들과 함께 어머니의 집무실로 들어갔다.

"마법 등불은 건드리지 마. 사령관이 알 거야." 나는 그들에게 경고했다. "불은 직접 켜야 해." 나는 손목을 털어서 마력으로 밝고 푸른 불을 빚어 내 위에 띄웠다. 내가 실제로 잘하는 재주 중 하나였다.

"완전 좋은데?" 리독이 빨간 소파에 털썩 주저앉았다.

"우리에겐 네가… 너답게 굴 시간 없어." 소여가 책장으로 다가가면서 잔소리를 했다. "뭔가 쓸모 있는 걸 찾게 거들어."

"테이블은 우리가 맡을게." 이모젠과 나딘은 6인용 회의 테이블에 쌓인 서류를 뒤적이기 시작했다.

"그러면 난 책상이군." 나는 위협적인 책상 주위를 돌면서 혹시라도 어머니가 쳐놓은 보호막을 건드리지 않기를 빌었다. 책상 가운데 편지가 세 장 있었다. 첫 번째 편지를 집어드는데, 칼자루에 합금이 섞여 있고 손잡이에는 티렌더 룬이 새겨진 날카로운 단검이 보였다. 어머니가 편지 오프너로 쓰는 모양이었다. 나는 조심조심 편지를 펼쳤다.

> 소른게일 장군님,
> 애더빈 주변에서 이뤄진 습격 때문에 비행단이 너무 드문드문 흩어졌습니다. 안전한 보호막 너머에 주둔하자면 상당한 위험 요소가 따라오는 바, 증원을 요청하기가 정말 싫지만 요청해야겠습니다. 증원하지 않았다가는 이 구역을 버려야 할 수도 있습니다. 저희는 목숨과 팔다리와 날개로 나바르 시민들을 지키고 있습니다만, 여기 상황이 얼마나 절박한지 제대로 전할 수가 없을 지경입니다. 저희의 군무 서기에게 매일 보고를 받으시는 줄은 알지만, 제가 직접 편지를 쓰지 않는다면 남부 비행단 부단장으로서 제 의무를 다하지 않는 셈일 겁니다. 제발 증원 병력을 찾아주십시오.
>
> 성심을 다해,
> 칼리스타 니마 소령

나는 그녀의 편지에 담긴 애원을 보며 가슴이 터질 듯한 아픔 속에서 숨을 쉬어야 했다. 우리는 전투 브리핑 시간에 거의 매일 공격에 대해 토론했지만 이런 규모의 공격 이야기는 없었다.

아마 우리를 겁주기 싫어서겠지. 하지만 바깥 상황이 그렇게 끔찍하다면 우리에게도 알 권리가 있다. 이런 상황이라면 우리가 졸업하기 전에 복무하게 될 가능성이 높고, 심지어는 올해 당장일 수도 있다.

"이건 다… 숫자들이야." 이모젠이 회의 테이블 위의 서류들을 넘겨보며 말했다.

"4월이니까." 나는 다음 편지에 손을 뻗으며 말했다. "내년 예산 작업 중일 거야."

모두가 멈춰서 나를 돌아보았는데, 다들 가지각색의 못 믿겠다는 표정을 짓고 있었다.

"왜?" 나는 어깨를 으쓱였다. "이 학교가 저절로 돌아가는 줄 알았어?"

"계속 봐." 이모젠이 명령했다.

나는 다음 편지를 펼쳤다.

소른게일 장군님,

티렌더에서 징집법에 대한 저항이 커져가고 있습니다. 티렌더의 크기 덕분에 우리 전선에 투입되는 징집병의 대부분을 보충할 수 있다는 사실을 알기에, 여기 사람들의 지지를 다시 잃을 수는 없습니다. 이곳의 전초기지들에 대한 방어비 지출을 높이면 이 지역 경제를 활성화시키고, 티렌더인들에게 우리 왕국의 방어를 위해 그들이 얼마나 필요한지 일깨워줄 뿐 아니라, 불온한 분위기도 가라앉힐 수 있을 겁니다. 부디 무력으로 불안을 진압하는 대신 이 방안을 해결책으로 고려해주십시오.

성심을 담아,

알리사 트라본테 중령

뭐가 어째? 나는 편지를 접어서 다시 어머니 책상 위에 올려놓고, 머리 위 벽에 걸린 거대한 지도를 돌아보았다.

티렌더가 불안한 것도, 징집에 반발하는 것도 새로운 일은 아니었지만 우리는 분명히 전투 브리핑 시간에 정치적인 소요에 대해 들어보지 못했다. 불만을 가라앉히기 위해서라는 점을 제외하면 그곳에서 방어비 지출을 높인다는 것도 말이 되지 않았다. 특히나 티렌더는 그리폰들이 넘을 수 없는 드랄로 절벽이 자연적인 방벽이 되어주기 때문에 전초기지의 숫자가 가장 적었다. 티렌더는 대륙에서 가장 안전한 지역이어야 마땅했다. 음, 아레티아는 빼고. 과거에 티렌더의 수도가 있던 그곳에는 탄 자국밖에 없어서 마치 도시가 불타면서 지도까지 그을린 것 같았다.

나는 소중한 몇 초 동안 지도를 들여다보면서 흉벽 표시가 시골 지역에 찍혀 있다는 사실을 알아차렸다. 좀 더 활발한 국경 지역에 전초기지가 더 있는 게 논리적이고, 이 지도에 따르면 그런 곳에 부대도 더 주둔했다.

그 지도에는 나바르 전체가 담겨 있었다. 남쪽으로는 크로블라, 남동쪽으로는 브레이빅과 시그니슨, 심지어는 대륙 남쪽 끝에 위치한 황폐해진 사막 지역인 불모지의 경계선까지 보였다. 또한 그 지도에는 나바르 내의 우리 전초기지 전부와 보급로도 나왔다.

얼굴에 천천히 웃음이 번졌다.

"어이, 2대대. 우리가 뭘 훔쳐야 할지 알겠어."

지도를 내려 틀에서 떼어내는 데 몇 분이 걸렸고, 지도를 말아서 이모젠이 가방에서 꺼낸 가죽끈으로 단단히 묶는 데 또 1분이 걸렸다.

리암이 휘파람을 불자, 심장이 튀어나갈 뻔했다.

"젠장!" 모두가 도망칠 준비를 하는 사이에 리독이 문으로 달려가서 살짝 열었다. "바깥 상황이 어때?"

"경비병이 복도 문을 두드리고 있어! 금방이라도 뚫릴 거야. 당장 도망쳐야 해." 리암이 고함치듯 속삭이면서 우리 모두가 복도로 질주해 나갈 수 있게 문을 잡아줬다. 지도는 한 명이 들기에는 너무 컸고, 경비병이 복도 끝에서 문을 걷어차고 들어오는 사이에도 소여와 이모젠은 문을 빠져나오느라 애를 써야 했다.

내장이 바닥까지 떨어지는 기분이었고, 패닉 때문에 논리적인 생각을 할 수가 없었다.

"엿됐네." 나딘이 말했다.

"너희들 대체 무슨 짓을 하는 거냐!" 경비병이 달려오면서 외쳤다.

"지도를 든 채로 잡혔다간 우린 죽은 목숨이야." 리독은 싸울 준비를 하는 것처럼 발끝으로 탕탕 뛰었다. 나도 보통은 언제나 라이더들이 싸움에서 우세하다고 할 테고, 그래야 마땅했지만… 바스지아스 경비병이라면 우리에게 위협적일 수 있었다.

"저 사람을 해칠 순 없어." 내가 반대했다.

경비병이 첫 번째 계단을 지나쳐서 달려오는데, 리애넌이 복도 중앙으로 나서더니 두 팔을 쫙 펼쳤다.

"제발 통해라. 제발 통해라. 제발 통해라." 이모젠이 기도했다.

이모젠이 잡고 있던 지도가 사라지더니 복도 저편에 있는 리애넌의 손에 다시 나타났다. 리애넌이 성공했다는 사실을 인지함과 동시에 경비병이 비틀거렸지만, 그는 계속 달렸다. 조금만 더 가까이 오면 내 얼굴을 볼 터였다.

"이건 작전에 없었는데." 리암이 내 옆으로 다가왔다.

"적응해! 에머리!" 이모젠이 잇새로 외치자, 이름 불린 3학년이 우리의 작은 기습조 맨 앞으로 나섰다.

"정말 미안합니다." 에머리가 두 손을 들어서 밀었다. 복도에 공기가 몰아치더니, 벽에 걸린 태피스트리들을 뜯어내고 경비병을 후려쳐서 돌벽까지 날려 보냈다. "뛰어!"

우리는 경비병이 축 늘어진 곳까지 질주했다. "여기다 넣어." 나는 옆문을 억지로 열면서 잇새로 말했다. 어머니의 부관들이 쓰는 방이었다.

리암과 리독이 경비병을 끌어다 넣었고, 나는 경비병의 목에 손가락을 갖다 댔다. "맥이 건강하게 잘 뛰네. 기절만 한 거야. 입을 벌려줘." 나는 가죽옷 주머니에 숨겨놓았던 약병을 꺼내어 경비병의 입에 물약을 흘려넣었다. "이러면 밤새 잘 거야."

리암의 크게 뜬 눈이 나와 마주쳤다. "너 좀 무섭다."

"고마워." 나는 씩 웃었고, 우리는 최대한 빨리 그곳을 벗어났다.

15분 후, 우리는 가슴을 들썩이면서 전투 브리핑실 안으로 미끄러져 들어갔다. 가까스로 시간 안이었다.

우리가 마지막으로 도착했고, 다른 간부들과 같이 맨 윗줄에 앉은 데인의 턱이 움직이는 모습을 보니 이 문제로 한바탕 잔소리를 듣게 될 것 같았다.

나는 시선을 떼어냈고, 우리는 자리를 찾아 앉았다. 발표가 대대 순서대로 이어지면서 우리에게는 무대에 오르기 전 미친 듯이 달린 후유증에서 회복할 시간이 주어졌다.

제1비행단의 어느 대대는 복무 중인 모든 드래곤의 개별 습관과 약점을 쓴 케이오리의 수기를 훔쳤다. 제법이었다.

제2비행단의 어느 대대가 보병 분과 교수의 제복을 꺼내자 감탄하는 소리가 올랐다. 라이더들은 절대로 달지 않는 이름표까지 다 갖춰진 제복이었다. 어깨의 계급장을 보니, 그게 있으면 어떤 적이라도 우리의 전초기지에 접근할 수 있을 터였다.

제3비행단에서 제출한 최고의 물건은 잠자리에서 훔쳐내어 망연자실해 있는 서기였는데, 입이 움직이지 않는 모습을 보니… 그래, 누군가의 고유 능력이 언어 능력을 봉한 모양이었다. 그 불쌍한 서기는 겨우 풀려나고 나서도 트라우마에 시달릴 것이다.

우리가 무대에 오를 차례가 되자, 지도를 모두에게 보여줄 수 있도록 우리 대대에서 가장 키가 큰 소여와 리암이 지도 양쪽 끝을 잡았다. 나는 이모젠 옆으로 물러나서 간부들 사이에서 새까만 눈동자 한 쌍을 찾았다. 저기 있군. 제이든은 다른 비행단장들 옆에서 벽에 기댄 채, 호기심과 기대가 뒤섞인 눈으로 나를 지켜보고 있었다. 내 맥박이 빨라지는 조합이었다.

"이건 네 아이디어였잖아." 이모젠이 나를 앞으로 슬쩍 밀면서 속삭였다. "네가 발표해."

벌떡 일어선 마컴의 눈이 접시만큼 커졌고, 바로 뒤에 일어선 드베라는 입을 어찌나 크게 벌렸는지 보기만 해도 웃음이 나올 정도였다.

나는 목청을 가다듬고 지도를 가리켰다. "저희는 우리의 적에게 궁극적일 무기를 가져왔습니다. 모든 나바르 비행단의 현재 주둔지를 표시한 데다가 보병 병력도 포함된 최신 지도죠." 나는 시그니슨 경계선을 따라 위치한 요새들을 가리켰다. "지난 30일간 일어난 모든 소규모 접전 지역도 표시되어 있습니다. 어젯밤 접전까지도요."

분과 전체가 웅성거렸다.

"이 지도가 실제로 쓰이는 물건인지는 어떻게 알지?" 케이오리 교수가 되찾은 수기를 옆구리에 끼고 물었다.

내 얼굴에 번지는 웃음기를 막을 수가 없었다. "소른게일 장군님 집무실에서 훔쳤으니까요."

대혼란이 벌어졌고, 라이더 몇 명이 무대로 뛰어오는 가운데 교수들이 우리에게 오려고 난투를 벌였지만, 나는 그 모두를 무시했다. 제이든이 아름다운 입꼬리를 기울이더니, 마치 모자를 기울이는 듯한 시늉을 하면서 고개를 살짝 숙였다가 다시 눈을 마주쳤다. 나는 만족감이 온몸 구석구석을 채우는 가운데 그를 올려다보며 웃었다.

투표 결과는 중요하지 않았다.

나는 이미 이겼다.

26

반려 관계인 두 드래곤 사이보다 더 강력한 속박은 없다. 인간의 깊은 사랑이나 흠모를 넘어서 그들은 원초적이고 절대적으로 서로에게 가까이 있어야만 한다. 하나가 없으면 다른 하나도 살아남을 수 없다.

— 케이오리 대령, 《드래곤 도감》

단거리 비행은 나도 감당할 수 있었다.

비행 기동, 그러니까 전투 대형과 함께 내려갔다가 올라간다거나 급강하를 하는 기동에서 나는 테른이 마력의 끈으로 묶어두지 않으면 하늘에 빙글빙글 던져졌다. 그런데 일주일간의 전초기지 견학이라는 상을 누리기 위해 여섯 시간 꼬박 비행? 그건 내 죽음이나 다름없었다.

"나 죽어가는 것 같아." 나딘이 무릎 위에 손을 올리고 몸을 구부렸다.

"나도." 기지개를 켜자 등골뼈 하나하나가 비명을 질렀고, 몇 분 전까지만 해도 얼어 있던 두 손은 가죽 장갑 안에서 땀이 맺히기 시작했다.

당연히 데인은 영향을 별로 받지 않았고, 드베라와 함께 전초기지 지휘관인 듯한 검은 옷의 키 큰 남자를 맞이할 때도 자세가 살짝 뻣뻣한 정도였다.

"환영한다, 생도들." 지휘관이 경량 가죽옷 위로 팔짱을 끼면서 전문가다운 미소를 지었다. 은회색 머리 때문에 나이를 가늠하기는 어려웠지만 국경선에 오래 주둔하다 보면 모든 라이더가 얻게 되는 풍상에 닳고 닳은 여윈 얼굴이었다. "다들 자리를 잡고 이 날씨에 좀 더 적절한 옷을 입는 게 좋겠지. 그 후에 몬세라트를 보여주마."

리애넌이 날카로운 숨을 들이키더니 산맥 위를 쓸어보았다.

"괜찮아?"

그녀는 고개를 끄덕였다. "나중에 말하자."

그 나중이란 땀에 흠뻑 젖은 12분이 지나고 막사의 2인실을 안내받은 후에 찾아왔다. 방은 삭막해서 침대 두 개와 옷장 두 개, 그리고 넓은 창문 아래 놓인 책상 하나뿐이었다.

리애넌은 우리가 라이딩의 흔적을 씻어내기 위해 욕실로 향하는 동안에도 조용했고, 여름용 가죽옷으로 갈아입는 동안에도 불안할 정도로 조용했다. 이제 겨우 4월인데도 몬세라트는 바스지아스의 6월 같았다.

"무슨 일인지 말 안 해줄 거야?" 나는 단검이 모두 있어야 할 자리에 있는지 확인한 후에 짐을 침대 아래로 밀어넣으며 물었다. 허벅지에 찬 칼집은 칼자루가 살짝 보였지만, 이렇게 먼 동쪽 지역이라면 티렌더의 상징을 알아볼 사람이 많지 않을 것 같았다.

장검을 등에 메는 리애넌의 두 손이 불안한 에너지로 덜덜 떨렸다. "우리가 어디에 있는지 알아?"

나는 머릿속에 지도를 불러냈다. "해안에서 300킬로미터쯤…."

"걸어서 한 시간도 안 걸리는 곳에 우리 마을이 있어." 말 없는 애원을 담은 시선이 나를 마주했다. 그 짙은 갈색 눈동자에 얼마나 많은 감정이 소용돌이치는지, 나도 하려던 말이 턱 막히고 목이 멜 정도였다.

나는 그녀의 두 손을 힘주어 잡으며 고개를 끄덕였다. 나는 리애넌이 뭘 부탁하는지 정확히 알았고, 우리가 잡히면 어떤 대가를 치를지도 알았다.

"아무에게도 말하지 마." 작은 방 안에 우리 둘 뿐이었는데도 나는 속삭였다. "생각할 시간이 6일 남아 있고, 우린 생각해낼 거야." 그건 약속이었다. 우리 둘 다 알았다.

누군가가 방문을 두드렸다. "가자, 2대대!"

데인이었다. 9개월 전이었다면 그와 함께 떠나게 된 이 시간을 즐겼을 것이다. 지금의 나는 끊임없이, 아니 대체로 그냥 데인을 피했다. 이토록 짧은 시간에 이렇게 많은 게 바뀔 수 있다니, 참 재미있는 일이다.

우리는 대대원들과 합류했고, 퀘이드 소령의 안내로 기지를 둘러보았다. 뱃속이 꾸르륵거렸지만 무시하고 기지의 정신없는 에너지를 흡수했다.

요새는 기본적으로 네 개의 육중한 벽 안에 막사와 다양한 방을 채워넣은 건물이고, 모퉁이마다 방어용 망루를 세웠으며 커다란 아치형의 입구에는 언제라도 떨어질 것 같은 날카로운 쇠창살문이 달려 있었다. 안마당 한쪽 끝에는 마구간과 더불어 여기에 주둔하는 보병단을 위한 대장간과 무기고가 있고, 반대쪽 끝은 식당이었다.

"보다시피…." 퀘이드 소령은 우리를 진흙투성이 안마당 가운데에 세워놓고 말했다. "여기는 농성용으로 지어진 기지다. 공격이 일어날 경우에는 적정 시간 동안 이 안에서 모두를 먹이고 재울 수 있지."

"적정 시간?" 리독이 입모양을 벙긋거리며 눈썹을 올렸다.

나는 웃지 않으려고 입술을 꾹 눌러 닫았는데, 내 옆에 서 있던 데인이 그에게 응징을 예고하는 눈빛을 보냈다. 곧바로 내 웃음은 사그라들었다.

"동쪽의 전초기지 중 하나로서, 여기에는 열두 명의 라이더가 온전히 주둔하고 있다. 세 명은 순찰을 나갔고, 세 명은 대기 중이고, 나머지 여섯은 다양한 단계의 휴식을 취하고 있지." 퀘이드가 말을 이었다.

"그 표정은 뭐야?" 데인이 속삭였다.

"무슨 표정?" 나는 드래곤의 포효가 돌벽에 메아리치는 가운데 되물었다.

"순찰대원 하나가 돌아오는 소리일 거다." 퀘이드는 말하면서 정말 웃고 싶지만 그럴 에너지를 찾을 수 없는 사람처럼 힘없이 미소 지었다.

"방금 누군가가 네 세상의 즐거움을 없애버렸다는 듯한 표정." 데인이 고개를 살짝 숙이더니 나만 들을 수 있게 작은 목소리로 대답했다.

거짓말을 할 수도 있었지만 그랬다간 우리의 휴전 비슷한 상태가 더 어색해질 터였다. "난 그저 나무를 같이 타던 친구를 떠올렸을 뿐이야."

그는 나에게 한 대 맞은 것처럼 놀란 표정을 지었다.

"그러면 너희 라이더들을 먹이고 재운 후에, 여기 있는 동안 누구를 따라다닐지 정하도록 하지." 퀘이드가 말을 이었다.

"저희가 현행 작전에도 참여하게 될까요?" 히튼이 신이 난 티를 팍팍 내면서 물었다.

"어림없는 소리!" 드베라 교수가 날카롭게 대꾸했다.

"너희가 전투를 보게 된다면, 나는 너희가 와도 좋을 만큼 안전하게 국경 기지를 유지하는 데 실패한 셈이지." 퀘이드가 대답했다. "하지만 그 열정에 보너스 점수를 주겠다. 어디 맞혀볼까, 3학년이지?"

히튼이 고개를 끄덕였다.

퀘이드가 몸을 살짝 틀더니 쇠창살문 아래로 걸어오는 검은색 라이더 복장의 희미한 실루엣을 보고 미소 지었다. "도착했군. 세 사람, 이리 와서…."

"바이올렛?"

정문 쪽으로 고개가 홱 돌아갔다. 심장이 불규칙한 박자로 뛰면서 나는 가슴을 부여잡고 말았다. 충격 중에서는 최상의 충격이었다. 설마. 그럴 리가 없었다. 나는 냉철함을 발휘해 감정적으로 건드릴 수 없는 상태로 있겠다던 다짐을 잊고 비틀거리며 문 쪽으로 향했다. 상대방은 달려오더니 나와 충돌하기 직전에 팔을 활짝 벌렸다. 그리고 나를 들어올려서 가슴팍에 꽉 끌어안았다. 흙냄새와 드래곤 냄새, 그리고 쇳가루 같은 찡한 피 냄새가 났지만 상관없었다. 나도 있는 힘껏 마주 안았다.

"미라 언니." 나는 언니의 어깨에 얼굴을 묻었다. 언니가 가르쳐준 땋은 머리에 언니의 손이 닿자 눈시울이 붉어졌다. 지난 아홉 달 동안 일어난 모든 일의 무게가 우르르 쏟아지며 크로스볼트처럼 나를 후려치는 것 같았다.

난간다리에 불던 바람.

내가 소른게일이라는 사실을 알았을 때 제이든의 눈에 떠올랐던 표정.

나를 죽이겠다고 맹세하던 잭의 목소리.

첫날부터 맡았던 살이 타는 냄새.

건틀릿에서 떨어지던 오렐리의 얼굴.

프라이어와 루카와 트리나와… 타이넌. 오렌과 앰버 메이비스.

나를 선택한 테른과 앤다나.

제이든의 키스.

나를 무시하던 우리 어머니.

미라는 나를 살짝 떼어내더니 상한 데는 없나 확인하듯 꼼꼼히 살펴보았다. "너 멀쩡하구나." 언니는 아랫입술을 꾹 깨물면서 고개를 끄덕였다. "넌 멀쩡해. 그렇지?"

나는 고개를 끄덕였지만, 언니의 모습이 뿌옇게 흐려 보였다. 내가 살아남았고 심지어 잘 지내고 있을지는 몰라도 이제는 언니가 망루 밑에서 두고 갔던 그 사람이 아니기 때문이었다. 무거운 눈빛을 보니 언니도 그 사실을 알았다.

"그래." 언니는 나를 다시 꽉 끌어안으며 속삭였다. "넌 괜찮아, 바이올렛. 괜찮아."

언니가 충분히 여러 번 그렇게 말해준다면 나도 그 말을 믿게 될지 몰랐다.

"언니는 괜찮아?" 나는 몸을 뒤로 물리고 언니를 살펴보았다. 귓불에서 쇄골까지 이어지는 새로운 흉터가 있었다. "맙소사, 미라."

"난 멀쩡해." 미라는 장담하더니 씩 웃었다. "네 모습 좀 봐! 안 죽었네!"

들뜬 웃음이 피어올랐다. "나 안 죽었어! 언니에겐 아직 형제가 있어!"

우리 둘 다 웃음을 터뜨렸고, 내 볼에는 눈물이 흘러내렸다.

"소른게일은 다 이상하군." 이모젠이 논평하는 소리가 들렸다.

"넌 짐작도 못할걸." 데인이 대꾸했지만, 내가 돌아보았을 때는 그의 입술이 몇 달 만에 처음 보는 진짜 미소를 그렸다.

"닥쳐, 에이토스." 미라가 내 어깨에 팔을 걸치면서 소리쳤다. "그동안 있었던 일을 다 말해줘, 바이올렛."

바스지아스에서 수백 킬로미터 떨어진 곳이었지만 지금만큼 집에 온 기분이 든 적이 없었다.

이틀 후, 저녁 식사를 막 끝낸 초저녁에 리애넌과 나는 1층 창문을 넘어서 땅바닥에 내려섰다. 미라는 순찰을 나가 있었는데, 그동안 언니와 가까이 지내서 정말 좋았지만 우리에게 기회는 지금뿐이었다.

"우리 가는 중이에요."

"잡히지 말아라." 테른이 경고했다.

"노력하고 있어요." 리애넌과 내가 살금살금 흉벽을 따라가다가 들판을 향해 모퉁이를 돈 순간…. 나는 미라와 세게 부딪쳐서 뒤로 튕겨나왔다.

"젠장!" 리애넌이 나를 붙잡으면서 소리쳤다.

"최소한 모퉁이는 확인해야지?" 미라가 팔짱을 끼고 나를 내려다보며 나무랐다. 그런 시선을 받을 만했다. 아니, 사실은 그래도 쌌다.

"변명하자면 언니가 거기 있을 거라곤 생각 못했어." 나는 천천히 말했다. "언니는 순찰 나갈 차례였잖아."

"네가 저녁식사 때 완전 이상하게 굴었잖아." 미라는 고개를 옆으로 기울이고 나를 찬찬히 보았다. 어렸을 때로 돌아간 것처럼 나를 환히 꿰뚫어보는 눈이었다. "그래서 근무 시간을 바꿨어. 기지 밖에서 뭘 하고 있는지 말해볼래?"

슬쩍 쳐다본 리애넌은 시선을 돌렸다.

"둘 다 말 안 해? 정말로?" 미라는 한숨을 내쉬고 콧잔등을 문질렀다. "너희 둘이 강력한 방어 진지에서 몰래 빠져나가야 할 이유가…?"

나는 리애넌을 쳐다보았다. "언니는 어차피 알아낼 거야. 이런 일에서는 사냥개처럼 냄새를 잘 맡거든. 진짜야." 속이 안 좋아졌다.

리애넌이 턱을 내밀었다. "제 가족이 사는 집으로 날아가려고요."

미라의 얼굴이 하얘졌다. "뭘 어쩐다고?"

"얘네 마을로 날아가려고. 테른이 5분이면 충분하다고 했고…."

"절대 안 돼." 미라가 고개를 저었다. "안 돼. 휴가라도 온 것처럼 날아다닐 순 없어. 너희에게 무슨 일이라도 생기면 어쩌게?"

"얘네 부모님 댁에서?" 나는 천천히 물었다. "아무려면 우리가 무슨 대규모 매복 작전에 뛰어드는 사태라도 있을까 봐?"

미라가 눈을 가늘게 떴다. 젠장. 이건 상황이 좋지 않았다. 지금 내 팔을 움켜쥐는 힘을 봐서는 리애넌도 같은 생각이었다.

"얘네 부모님을 보러 가는 게 바스지아스에 있는 것보다는 덜 위험해." 내가 주장했다.

미라는 입술을 오므렸다. "그건 일리 있군."

"같이 가자." 나는 불쑥 말했다. "진심이야. 언니도 우리와 같이 가. 리애넌은 동생이 보고 싶은 것뿐이야." 미라의 아래로 내려갔다. 심적으로 약해지고 있다는 신호였다. 나는 무자비하게 결정타를 넣었다. "리애넌이 떠날 때 레이건이 임신한 상태였어. 나한테 애가 생겼는데 언니가 내 옆에 없는 상황이 상상이 가? 언니도 조카를 안아줄 수 있다면 강력한 방어 기지에서 벗어나는 것만이 아니라 뭐든 하진 않겠어?" 나는 언니의 답을 대비하며 코를 찡긋거렸다. "게다가 스트리스모어의 영웅이 우리 옆에 있다면 잘못될 일이 있겠어?"

"그건 말도 꺼내지 마." 미라가 나를 보고 리애넌을 보더니, 다시 나를 보고 신음했다. "아, 젠장. 알았어." 둘 다 히죽 웃자 언니는 손가락을 흔들었다. "하지만 혹시라도 누구에게 말한다면 남은 수명 내내 후회하게 해주겠어."

"저거 진심이야." 내가 속삭였다.

"믿어." 리애넌이 대꾸했다.

"여기 온 지 이틀 만에 벌써 규칙을 어기다니." 미라가 투덜거렸다. "따라와.

이 길로 질러가는 게 더 빨라."

한 시간 후, 레이건의 집 식탁 양쪽에 놓인 벤치 쿠션에 편안하게 기댄 미라와 나는 리애넌이 벽난로 옆에서 조카를 흔들어주면서 동생과 대화에 빠져든 모습을 지켜보고 있었다. 옆 소파에서는 리애넌의 부모님과 제부가 그 모습을 보고 있었다. 그들이 다시 만난 모습을 보니 이 모든 걸 감수한 가치가 있다는 생각이 들었다.

"우릴 도와줘서 고마워." 나는 식탁 너머로 미라를 보았다.

"너희는 내가 있든 없든 해냈을 거야." 리애넌의 어머니가 친절하게도 일찌감치 갖다준 와인이 담긴 주석 잔을 감싸쥔 미라는 그들을 지켜보면서 부드러운 미소를 지었다. "적어도 이렇게 하면 네가 안전하다는 걸 알고. 그사이에 또 어떤 규칙을 어겼니, 동생?" 미라는 와인을 마시면서 나에게 눈빛을 날렸다.

나는 한쪽 어깨를 들어올리면서 능글맞게 웃었다. "아마 이것저것 조금씩. 시합 전에 상대를 중독시키는 데 아주 능숙해졌지."

미라는 와인을 뱉을 뻔하다가 입을 틀어막았다.

나는 부츠를 신은 발목을 꼬면서 소리 내어 웃었다. "언니가 기대한 내용은 아니지?"

미라의 눈에 존경심이 반짝였다. "솔직히 내가 뭘 기대했는지는 모르겠다. 난 그저 네가 살기만 간절히 바랐어. 그런데 네가 가서는 현존하는 드래곤 중에서 가장 강력한 개체에다가, 그걸로도 모자라서 페더테일과도 계약하다니." 미라는 고개를 저었다. "내 동생 대단해."

"어머니도 같은 생각일지는 모르겠다." 나는 엄지손가락으로 주석 잔 손잡이를 문지르며 말했다. "난 아직 고유 능력을 발현하지 못했거든. 그라운딩은 잘하고 차단벽도 꽤 잘 세울 수 있는데…." 나머지는 언니에게 말할 수 없었다. 앤다나가 당분간이라도 나에게 준 선물은. "내가 빨리 고유 능력을 발현하지 못하면…."

우리 둘 다 그러면 어떻게 될지 알고 있었다.

미라는 특유의 방식으로 말없이 나를 살펴보더니 말했다. "그런데 말이지. 네가 고유 능력을 발현시키고 싶다면 괜히 엄마 생각해서 거부감을 갖지 마. 네 마력은 오직 너만의 것이야, 바이."

나는 언니의 꿰뚫는 시선을 받으며 꼼지락거리다가 화제를 바꾸며 언니의 목을 쳐다보았다. "그 흉터는 어떻게 된 거야?"

"그리폰이지." 언니가 고개를 끄덕이며 대답했다. "7개월쯤 전, 크랜스턴 근처 마을이었어. 마을 습격 도중에 느닷없이 그게 튀어나왔어. 보호막은 내려가 있었고, 보통은 내 고유 능력 덕분에 상대편 능력자들을 막을 수 있는데, 그 망할 새들에게는 아니거든. 힐러가 상처를 꿰매는 데 몇 시간이 걸렸지. 하지만 꽤 멋있는 흉터가 생겼잖아." 언니는 턱을 들고 흉터를 과시했다.

"크랜스턴?" 나는 전투 브리핑 시간을 돌이켰다. "그 전투에 대해서는 못 배웠는데. 난…." 분별력이 나에게 입 다물라고 말했다.

"네가 뭐?" 미라는 다시 와인을 마셨다.

"국경에서는 우리가 듣는 것보다 훨씬 많은 일이 벌어지고 있는 것 같아." 나는 조용히 내 생각을 말했다.

미라는 눈썹을 들어올렸다. "흠, 그야 당연하지. 전투 브리핑 시간에 기밀 정보를 듣길 기대하는 건 아니지? 우리 국경선이 공격당하는 비율을 보면, 습격을 다 분석하려다간 하루 종일 전투 브리핑만 해야 할걸."

"그거 말 되네. 언니네는 모든 정보를 다 받아?"

"우리에게 필요한 정보만 받아. 이를테면, 난 이번 공격 동안에 국경 너머에서 드래곤 무리를 봤다고 맹세라도 할 수 있어." 언니는 어깨를 으쓱였다. "하지만 나에겐 비밀 작전에 대해 질문할 자격이 없어. 이런 식으로 생각해. 네가 힐러라면, 다른 모든 환자에 대해 자세히 알아야 할까?"

나는 고개를 저었다. "아니."

"바로 그거야. 이제 말해봐. 너랑 데인 사이는 대체 뭐가 어떻게 된 거야? 팽팽하게 당긴 활시위도 그만큼 긴장되어 있진 않겠다. 좋은 쪽으로도 아니고." 언니는 핑계 댈 여지가 없는 눈빛으로 나를 보았다.

"살아남기 위해 난 변해야 했어. 데인은 내가 변하게 두지 않으려고 했고." 지난 아홉 달에 대한 최고로 단순한 설명이었다. "나 때문에 데인의 친구인 앰버가 죽었어. 앰버는 비행단장이었거든. 그리고 솔직히 말하면, 제이든과의 모든 일이 우리 사이를 너무 벌려놔서 친구 관계를 어떻게 바로잡아야 할지 감도 안 와. 적어도 예전으로는 못 돌아가겠지."

"그 비행단장의 처형이라면 다들 아는 일이야. 너 때문에 죽은 게 아니야. 코덱스를 어긴 본인이 자초한 거지." 미라는 말없이 잠시 동안 나를 관찰했다. "그

날 밤에 라이오슨이 널 구했다는 게 사실이야?"

나는 고개를 끄덕였다. "제이든은 복잡한 문제야." 너무 복잡해서 나도 내 감정을 알 수가 없을 정도였다. 그를 생각하면 엉킨 실타래 속에 갇힌 것처럼 혼란스럽기만 했다. 그를 원했지만, 그를 믿을 수는 없었다. 내 방식으로 신뢰할 수 없었다. 그러나 또 한편으로는 그가 내가 제일 믿는 사람이기도 했다.

"네가 잘 처신하길 바란다." 잔을 쥔 미라의 손에 힘이 들어갔다. "내가 분명히 너에게 반역자의 아들을 피하라고 경고했던 기억이 나거든."

미라가 제이든을 묘사하는 방식에 속이 뒤틀렸다. "태른은 그 경고에 귀 기울이지 않았지."

미라가 코웃음을 쳤다.

"하지만 정말로 그날 밤에 제이든이 나타나지 않았다면, 아니면 내가 그 갑옷을 입고 자지 않았다면…." 나는 말을 끊고 몸을 기울여 언니의 손을 건드렸다. "거기 있지도 않았던 언니가 얼마나 여러 차례 내 목숨을 구해줬는지 다 말할 수도 없어."

미라가 미소 지었다. "그게 통했다니 기쁘다. 그 비늘을 모으는 데 탈피 철이 꼬박 들었거든."

"어머니한테 말해볼 생각은 안 했어? 아니면 모든 라이더에게 만들어 입힌다거나?"

"내 상관에겐 말했지." 미라는 등을 뒤로 기대고 와인을 또 한 모금 마셨다. "알아보겠대."

우리는 리애넌이 조카의 토실토실한 뺨에 입 맞추는 모습을 지켜보았다. "난 이렇게 행복한 가족을 본 적이 없어." 나는 마음을 인정했다. "브레넌과 아빠가 살아 있을 때조차도 우린… 저렇진 않았지."

"그래. 우린 안 그랬지." 나를 쳐다보는 언니의 입가에 서글픈 미소가 떠올랐다. "하지만 우리는 아빠와 네가 사랑하는 그 책과 함께 불가에 둘러앉아서 보낸 무수한 밤을 떠올릴 수 있어."

"아, 언니가 내 예전 침실에 버려놓은 책 말이지." 나는 한쪽 눈썹을 올렸다.

"네가 없는 동안에 어머니가 난폭해져서 네 물건을 싹 다 치워버릴까 봐 내가 따로 챙겨둔 책 말이겠지?" 미라의 미소가 커졌다. "몬세라트에 뒀어. 네가 졸업했는데 그 책이 없어져 있으면 열받을 것 같더라고. 혹시라도 네가 용맹한 라이더들이 와이번 군대와 땅에서 마법을 싹 말려버린 베닌을 어떻게 해치웠는지 사소한 부분이라도 까먹으면 어떻게 하겠어?"

나는 눈을 깜박였다. "젠장. 기억이 안 나. 하지만 곧 다시 읽을 수 있겠지!" 가슴속에 기쁨이 끓어올랐다. "언니가 최고야."

"기지에 가서 줄게." 미라는 등을 뒤로 기대더니 생각에 잠긴 눈으로 나를 보았다. "옛날이야기일 뿐이라는 건 알지만, 난 왜 악당들이 자기 영혼을 오염시키고 베닌이 되길 택하는지 도통 이해가 안 갔거든. 그런데 이젠…." 언니의 이마에 주름이 잡혔다.

"이제는 악당에게 공감한다고?" 나는 놀랐다.

"아니야." 언니는 고개를 저었다. "하지만 우린 사람들이 살인을 저질러서라도 얻고 싶어 하는 힘을 갖고 있어, 바이올렛. 드래곤과 그리폰들은 문지기들이야. 분명히 질투와 야심이 충분한 누군가라면, 능력을 쓸 수만 있다면 영혼을 위험에 빠뜨리는 정도의 대가는 기꺼이 지불할 거야." 미라는 어깨를 으쓱 올렸다. "우리의 드래곤들에게 분별력이 있고, 우리의 보호막이 그리폰 라이더들을 막고 있어서 기쁠 뿐이야. 그 털투성이 새들이 어떤 류의 인간을 선택하는지 누가 알겠어?"

우리는 그곳에서 한 시간을 더 머물렀다. 들통나기 직전까지 조금이라도 더 버티다가, 미라와 나는 리앤에게 따로 가족과 작별인사를 할 시간을 주고 집을 나서서 습기 가득한 밤공기로 걸어나갔다. 테른은 지난 몇 시간 동안 그답지 않게 조용했다.

"혹시 반려 드래곤의 라이더들과 같이 주둔해본 적 있어?" 나는 등 뒤로 문을 닫으면서 미라에게 물었다.

"한 번." 미라는 어두워져가는 집 앞길을 보고 눈을 가늘게 뜨면서 대꾸했다. "왜?"

"반려 드래곤들이 얼마나 오래 떨어져 있을 수 있나 궁금해서."

"알고 보니 사흘 정도가 최대더군." 어둠 속에서 제이든이 걸어나왔다.

27

스트리스모어 전투에서 의무를 뛰어넘은 용맹을 발휘하고, 그 무공으로 적진의 포열을 파괴했을 뿐만 아니라 보병 중대 전체의 목숨을 구했기에, 미라 소른게일에게 나바르의 별 훈장을 수여할 것을 추천합니다. 저는 기준에 맞다고 장담합니다만, 혹시라도 기준에 맞지 않는다면 발톱 훈장으로 한 등급 낮추는 것도 아쉽긴 하나 충분한 보상이 될 것입니다.

— 포츠담 소령이 소른게일 장군에게 보내는 서훈 추천서

"그래서 우리가 할 일이라고는 뭔가 벌어지길 기다리는 것뿐인가요?" 다음 날 오후, 리독이 의자에 등을 깊숙이 파묻고 브리핑실에 길게 놓인 나무 테이블 끝에 부츠를 올리면서 물었다.

"그렇다." 미라는 테이블 상석에서 대답하더니 손목을 털어서 리독을 뒤로 날려보냈다. "그리고 테이블에서는 발을 떼도록."

몬세라트 라이더 한 명이 웃음을 터뜨리며, 곡선 형태의 방에 있는 유일한 돌벽을 뒤덮은 커다란 지도 위의 표식들을 바꿨다. 여기는 기지에서 제일 높은 망루로, 사방을 둘러싼 에스벤 산맥의 비길 데 없는 풍경을 볼 수 있었다.

오늘 우리는 두 그룹으로 쪼개졌다. 리애넌, 소여, 시애나, 나딘, 그리고 히튼은 이 방에서 드베라 교수와 오전 시간을 보내며 기지에서 예전에 벌어졌던 전투들을 공부했고, 지금은 순찰을 나가 있었다.

데인, 리독, 리암, 에머리, 퀸, 그리고 나는 오전에 두 시간 동안 주위 지역을 날아다녔다. 곁다리로 제이든도 함께였다. 어젯밤에 도착한 후부터 그는 내 주의를 최악으로 흐트러뜨렸다.

데인은 끊임없이 제이든을 노려보며 신랄한 말을 퍼부었다.

미라도 끊임없이 제이든을 주시했는데 어젯밤부터 수상하게 말이 없었다.

그리고 나는? 나는 한눈팔 수가 없었다. 제이든이 어느 방에든 들어올 때마다 뚜렷하게 느껴지는 에너지가 있는데, 우리의 눈이 마주칠 때마다 그 에너지가 어루만지듯 내 피부를 쓸었다. 바로 지금도 나는 테이블 중간쯤에 나란히 앉은 그의 모든 숨결을 의식하고 있었다.

"이걸 너희의 전투 브리핑 시간이라고 생각해라." 미라는 허둥지둥 의자에 다시 앉는 리독을 곁눈질하면서 말을 이었다. "오늘 오전은 원래 우리가 정기적으로 비행하는 순찰의 4분의 1 정도였으니까, 평소라면 지금쯤 막 돌아와서 지휘관에게 발견 사항을 보고하고 있었을 것이다. 하지만 오후의 대응 비행 때문에 기왕 이 방에 앉았으니, 시간을 유용하게 활용하겠다. 자, 적이 우리 국경을 넘어와서 새로 쌓은 기지를 발견했다고 가정해보자." 미라는 지도로 돌아서더니 시그니슨 국경선에서 3킬로미터쯤 떨어진 산봉우리 근처에 작고 새빨간 깃발 하나를 핀으로 찔러넣었다. "여기에서."

"그냥 하룻밤 사이에 솟아난 걸로 치자고요?" 에머리가 의심을 표했다.

"어디까지나 토론을 위해서다, 3학년." 미라가 눈매를 좁히고 쳐다보자, 에머리는 살짝 자세를 바로 했다.

"이 게임 좋은데." 테이블 끝에 있던 몬세라트 라이더 한 명이 깍지 낀 두 손을 목 뒤에 받치고 말했다.

"우리의 목적은 무엇일까?" 미라가 테이블을 쭉 훑어보다가 제이든은 대놓고 건너뛰었다. 어젯밤에 언니는 제이든의 목에 보이는 반역의 인장을 보자마자 한마디도 하지 않고 걸어가 버렸다. "에이토스?"

테이블 맞은편에서 제이든을 노려보고 있던 데인이 움찔 놀라서 지도를 쳐다보았다. "어떤 유형의 방어 시설입니까? 되는 대로 지은 나무 구조물입니까? 아니면 좀 더 튼튼한 건물인가요?"

"하룻밤 사이에 요새를 지을 시간이 있었다면…." 리독이 중얼거렸다. "나무여야 하지 않나?"

"하나같이 진절머리 나게 상상력이 부족하군." 미라가 한숨을 내쉬더니 엄지손가락으로 이마를 문질렀다. "좋다, 적이 이미 세워져 있던 성채를 차지했다고 치자. 돌로 만든 걸로."

"그런데 민간인들이 도움을 청하지 않았다고요?" 퀸이 뾰족한 턱을 긁으며 물었다. "프로토콜에 따르면 이렇게 산맥 깊이 사는 사람들은 조난 신호를 보내야 합니다. 여기 사는 민간인들이 조난 봉화를 올려서 순찰하는 라이더들에게 알리고, 순찰 중인 드래곤들이 해당 지역에서 이동할 수 있는 모든 드래곤들에게 알렸어야 해요. 지금 이 방에 있는 라이더들이 대응 부대로서 제일 처음 드래곤에 오르고, 쉬고 있던 다른 라이더들도 깨웠겠죠. 애초에 라이더들이 해당 성채를 적에게 잃지 않도록요."

미라가 코웃음을 치더니 테이블 끝에 두 손을 버티고 우리를 내려다보았다. "너희가 바스지아스에서 배운 모든 것은 이론에 불과하다. 너희는 과거의 공격을 분석하고 아주… 이론적인 전투 기동을 배우지. 하지만 바깥에서 벌어지는 일들은 언제나 계획대로 되지는 않아. 그러니 문제의 성채가 적의 수중에 떨어지지 않았어야 한다고 주장하는 대신, 일이 잘못될 수 있는 온갖 방법에 대해 말해보는 게 어떨까? 그럴 때 너희가 어떻게 해야 할지 배우게 말이다."

퀸이 불편한 듯 자세를 바꿨다.

"너희 3학년 중에서 호출받은 경험이 있는 사람은 몇 명이지?" 미라가 똑바로 서더니 가죽옷과 등에 멘 장검을 지탱하는 끈 앞으로 팔짱을 꼈다.

에머리와 제이든이 손을 들었지만, 제이든의 경우는 거의 움직임이 없는 몸짓에 불과했다.

데인은 머리통이 터져 나갈 것 같은 얼굴이었다. "그럴 리 없습니다. 우리는 졸업할 때까지 투입되지 않습니다."

제이든은 입술을 꾹 다물더니 고개를 끄덕이며 냉소적으로 두 엄지손가락을 들어 보였다.

"그래, 알겠다." 에머리가 웃음을 터뜨렸다. "내년까지만 기다려봐. 우리가 중부지방 요새의 바로 이런 방에 앉아 있던 적이 얼마나 많은지 셀 수도 없어. 라이더들이 긴급 상황 때문에 전방으로 호출받은 요새들이었지."

데인의 얼굴에서 핏기가 빠져나갔다.

"이제 정리됐나." 미라가 테이블 아래에 손을 뻗더니 모형 한 세트를 꺼내, 18센티미터짜리 돌로 만든 성채 모형을 테이블 중앙에 내려놓았다. "잡아라." 그러고는 색칠한 나무 드래곤 모형을 하나씩 우리에게 던지고, 하나는 본인을 위해 남겼다. "저 뒤에 앉아 있는 메시나와 엑설은 없는 걸로 치고, 성채를 되찾을 수 있는 가용 비행대대는 우리뿐이라고 치자. 이 방 안에 있는 능력을 생각해라. 각 라이더가 무엇을 제공할 수 있는지 생각하고, 어떻게 각자의 힘을 조화롭게 사용해서 목적을 달성할지 생각해라."

"하지만 1학년에게 그런 건 안 가르치는데요." 내 맞은편에 앉은 리암이 천천히 말했다.

미라는 리암의 손목에 찍힌 소용돌이를 쳐다보았지만, 그는 용케도 소매를 끌어내리지 않았다. 때로는 3학년들이 처음으로 반역 지도자들의 자식들과 같이 복무하게 된다는 사실을 기억하기가 어려웠다. 우리 국경선을 무방비 상태로 만들어 무고한 국민들을 전쟁에서 희생시켰을지 모르는 그 반란 말이다. 이 방에 있는 모두는 리암, 이모젠… 심지어는 제이든에게도 익숙해졌다. 그러나 복무 중인 라이더들은 반역의 인장이 찍힌 전우와 날아본 적이 없었다.

당시 나바르에 충성했던 티렌더 라이더들은 반란 중에 벌을 받는 게 아니라 승진했고, 왕과 국가에 등을 돌렸던 라이더들은 죽거나 처형당했다. 그리고 난 간다리에 섰던 첫날에 브레넌을 잃은 내 슬픔이 제이든에게 향했듯, 분노를 낙인자들에게 잘못 돌렸을 라이더도 한두 명이 아닐 터였다.

나는 목청을 가다듬었다. 미라와 시선이 마주친 나는 한쪽 눈썹을 들어올려 경고했다. 내 친구들 엿 먹이지 마.

미라의 눈이 아주 살짝 커지더니 리암에게 관심을 돌렸다. "학교에서 1학년인 너희들에게 이 전술을 가르치지 않았다면, 아마 너희가 드래곤 등에 앉아 있기만도 바빠서였을 거다. 너희가 처음으로 전술 맛을 본 건 대항전이었을 텐데, 이제 거의 5월이니 최종 모의전투 훈련을 시작할 때겠지, 맞나?"

"2주 남았습니다." 데인이 대답했다.

"딱 좋은 시기로군. 지금부터 준비하지 않는다면 너희 모두가 모의전투에서 살아남지는 못할 거다." 미라는 잠시 내 시선을 붙들었다. "이런 식으로 생각하면 너희 대대, 나아가서는 비행단 전체에 이득이 될 거다. 장담하는데 너희 비행단장은 이미 모든 라이더의 능력을 평가하고 있을 테니까 말이다."

제이든은 받아든 드래곤 모형을 손등 위로 굴리면서도 대꾸는 하지 않았다. 그는 도착한 후부터 미라에게 단 한마디도 하지 않았다.

"그러니 이렇게 해보자." 미라가 물러섰다. "누가 지휘관이지?" 미라는 퀸 쪽을 쳐다보았다. "그리고 내가 너희 중에 제일 높은 직급보다도 3년 선배라는 사실은 잠시 잊어라."

"그럼 제가 지휘관입니다." 데인이 턱을 3센티미터는 들어올리면서 똑바로 앉았다.

"우리 비행단장이 여기 있는데요." 리암이 제이든을 가리키면서 반박했다. "그러면 단장이 지휘관 아닌가요."

"연습을 위해서 나는 여기 없는 걸로 칠 수 있지." 제이든이 테이블에 드래곤 모형을 내려놓고 의자에 등을 기대면서 내 등받이에 팔을 걸쳤다. 데인이 이를 악물게 만드는 동작이었다. "여기 에이토스가 그렇게나 갈구하는 직위를 주자고."

"재수 없게 굴지 마." 내가 속삭였다.

"넌 내가 진짜 재수 없게 구는 모습을 아직 보지도 못했는데."

고개를 너무 빠르게 돌리느라 어지러울 지경이었고, 나는 입을 딱 벌린 채로 제이든의 옆얼굴을 빤히 쳐다보았다. 방금 목소리는… 음성이 아니라 내 머릿속에서 울렸다.

그가 고개를 돌리자 눈동자의 금빛 반점이 빛을 받아서 반짝였다. 그는 입술을 다문 채 고개를 삐딱하게 기울이고 내 맥박을 재촉하는 능글맞은 웃음을 짓고 있었다. 그렇지만 내 머릿속에는 분명 그의 웃음소리가 같이 울렸다.

"빤히 쳐다보긴. 그만 쳐다보지 않으면 30초쯤 있다가 어색해질걸."

"어떻게?" 나는 잇새로 물었다.

"네가 스게일에게 말하는 요령과 똑같아. 우리는 모두 멋지고도 짜증나게 연결되어 있거든. 이건 그 특전 중 하나에 불과해. 그 재미있는 표정을 보니 더 빨리 시도해볼걸 그랬다 싶긴 하지만 말이야…" 그는 윙크를 하고 다시 테이블로 고개를 돌렸다.

미친! 윙크라니. 게다가 저건 웃음기인가?

"비행, 단장은, 그쪽, 이야." 데인은 앙 다문 잇새로 한마디 한마디를 끊어서 말했다.

"난 여기 있지 않아야 하잖아." 제이든은 어깨를 으쓱였다. "하지만 혹시 이걸로 기분이 나아진다면, 모의전투를 위해서 너는 전대장인 개릭 태비스에게 명령을 받고, 태비스는 나에게 명령을 받는 입장인 거야. 너는 비행단의 이익을 위해 대대장으로서 작전을 수행하게 될 거야. 그냥 나를 네 대대원으로 취급하고 원하는 대로 이용해, 에이토스." 제이든은 가슴 앞에 팔짱을 꼈다.

미라를 흘긋 보았더니 양 눈썹을 들어올린 채로 상황을 지켜보고 있었다.

"애초에 여긴 왜 있는 겁니까?" 데인이 도전했다. "공격하려는 건 아니지만 이번 견학에 선임지휘관이 올 거라고는 예상하지 않았는데요, 단장님."

"너도 스게일과 테른이 반려라는 건 아주 잘 알겠지."

"3일 만에?" 데인이 몸을 기울이면서 쏘아붙였다. "고작 3일도 못 참아?"

"그건 단장과는 아무 상관도 없어." 나는 드래곤 모형을 필요 이상으로 세게 내려놓으면서 끼어들었다. "테른과 스게일에게 달렸지."

"내가 도저히 너와 떨어져 있는 시간을 견디지 못했다는 생각은 전혀 안 하고?" 또 제이든이 머릿속으로 말했다.

나는 오른쪽 팔꿈치로 제이든의 이두박근을 찔렀다. 그런 뜻이 아닐 것이다. 여전히 나에게 키스한 게 실수였다고 여기면서 그럴 리가. 혹시 그런 뜻이라고 해도… 나는 그럴 수 없었다.

"저런, 저런. 계속 그렇게… 폭력적으로 굴다간 우리 사이의 비밀스러운 통신 수단이 드러나 버리겠어." 웃음을 가까스로 억누르는 꼴을 보니, 반박할 수 없는 말로 비밀 대화를 끝냈다는 사실이 꽤나 즐거운 모양이었다.

내가 머릿속으로 되받아치려면 대체 어떻게 하는 건지 알아내야만 했다.

"당연하다는 듯이 얼른 감싸는구나." 데인이 상처받은 눈빛으로 나를 노려보았다. "6개월 전만 해도 저 사람이 널 죽이고 싶어 했다는 사실은 어떻게 잊을 수 있는지 이해가 안 가."

나는 데인을 보고 눈을 껌벅였다. "네가 그런 말을 하다니 믿을 수가 없다."

"공적인 태도를 아주 잘 유지하는군, 에이토스." 제이든이 목에 찍힌 인장을 긁었다. 실제로 가려울리도 없는 게 분명하건만. "정말이지 지휘관 자질을 최대한 발휘하는군."

테이블 저편에 앉은 라이더 한 명이 낮게 휘파람을 불었다. "너희들 그냥 바지 벗고 그걸 재보지 그래? 그러면 진행이 더 빠르겠다."

리암은 웃음을 참았지만 어깨는 들썩였다.

"거기까지!" 미라가 테이블을 내리쳤다.

"아, 그러지 말고, 소른게일." 테이블 저편에 있던 라이더가 활짝 웃으면서 칭얼거렸다.

미라와 내가 그를 쳐다보았다.

"아니 내 말은… 큰 소른게일 말이야. 이렇게 재미있는 오락거리를 본 게 얼마 만인데."

나는 고개를 저으며 테이블을 둘러본 다음 말했다. "미라에겐 보호막이 내려가 있을 경우에 개인 차단막을 확장하는 능력이 있으니까, 나라면 제일 먼저 미라와 테인을 보내서 그 지역을 정찰하겠어. 우리가 보병을 상대하는지 그리폰 라이더를 상대하는지 알아야 해."

"좋아." 미라가 자기 드래곤을 성채 가까이 이동시켰다. "이제 그리폰이 있다고 가정하자."

"맡은 일을 할래 말래?" 나는 달콤하게 웃으면서 데인에게 물었다. "난 네가 어떻게 대대장이라는 사실을 잊을 수 있는지 이해가 안 가거든."

데인은 드래곤을 꽉 움켜쥐고 내 시선을 피했다. "퀸, 네 드래곤에 앉은 채로 영체를 투사할 수 있어?"

"응." 퀸이 대답했다.

"그러면 난 너에게 영체를 요새 안으로 투사해서 약점이 있는지 확인해보라고 하겠어." 데인이 지시했다. "그리고 네 보고를 받겠어. 리암도 마찬가지야. 우린 너의 천리안을 이용해서 그리폰 라이더들의 위치를 찾을 수 있는지, 혹은 함정이 있는지 볼 거야."

"좋아. 약점은 목조 정문이다." 퀸과 리암이 드래곤 모형을 위치로 옮기자 미라가 말했다. "그리고 현재 나바르 국민들은 적이 지하 감옥에 포로로 잡아놓았다."

"통째로 터뜨리긴 글렀네." 리독이 말했다.

"선배는 공기를 조종하지?" 데인이 에머리에게 물었다. "그러면 드래곤이 내뿜는 화염을 잘 조종해서 시민들을 죽이지 않으면서 성 안에 점거된 곳을 훑도록 할 수 있겠지."

"그래." 에머리가 대답했다. "하지만 그러려면 내가 성 안에 있어야 해."

"그러려면 성 안에 들어가야겠지." 미라가 어깨를 으쓱이며 말했다.

에머리가 눈을 크게 떴다. "내 드래곤을 두고 걸어서 이동하라고요?"

"우리가 왜 맨손 격투 훈련을 그렇게 받는다고 생각해? 아니면 그 무고한 사람들을 다 죽게 둘 건가?" 미라가 손목을 털자 에머리의 드래곤이 그의 손에서 날아가서 미라의 손에 잡혔다. 미라는 그 드래곤을 성 한가운데에 놓았다. "진짜 문제는 이거지. 어떻게 하면 안 죽고 충분히 가까이 접근할 수 있을까?" 미라는 테이블을 둘러보았다. "일단 불꽃놀이가 시작되면 다른 라이더들은 날아오른 그리폰들과 싸우느라 바쁠 테니까 말이지."

"네 고유 능력이 뭐지, 에이토스?" 퀸이 물었다.

"네 등급으로는 알 수 없어." 데인이 테이블을 둘러보다가 제이든을 건너뛰고는, 다시 한 바퀴 둘러보다가 결국 한숨을 내쉬었다. "아이디어 있어?"

라이더 분과에서는 정말로 데인에게 기억을 읽는 능력을 비밀로 유지하게 하는 걸까? 앰버가 불타버린 날에 데인이 내 머리에 손을 뻗은 건 통제력 상실이었던 걸까? 어떻게 아무에게도 고유 능력을 말하지 않고 여기까지 온 거지? 나는 고개를 절레절레 저었다.

"물론 있지." 나는 제이든의 드래곤을 집어 성 쪽으로 밀고, 내 마력을 보관하는 아카이브에 한 발을 디딘 채로 그 힘을 이용해서 드래곤 모형을 성 위에 들어올렸다. "놀랍도록 강력한 그림자 지배 능력이 네 지휘 하에 있다는 사실을 무시하지 말고, 아무도 네가 착륙하는 걸 보지 못하게 일대를 깜깜하게 만들라고 해."

"틀리지 않은 말이야." 미라도 동의하긴 했지만, 말투는 딱딱했다.

"그럴 수 있나?" 데인이 마지못해서 제이든을 쳐다보았다.

"진지하게 묻는 거냐?" 제이든이 대꾸했다.

"저렇게 넓은 영역을 덮을 수 있는지 확신이 없어서…."

제이든이 테이블에서 몇 센티미터 위로 한 손을 들어올리자, 의자 밑에서 그림자가 쏟아지더니 방 안을 가득 채우면서 눈 깜박할 사이에 한밤중처럼 어둡게 만들었다. 시야가 까맣게 변하자 심장이 덜컹했다.

"진정해. 그냥 나야." 머릿속에서 울리는 목소리와 함께 유령 같은 손길이 내 뺨을 스쳤다.

그냥 제이든 자체가 약간… 무시무시했다. 나는 그 생각을 그에게 밀어보았지만, 반응은 없었다. 아무래도 나는 제이든과 같은 방식으로 말을 걸 수가 없었다. 어쩌면 여기에는 일방향 통신만 작동하는지도 몰랐다.

스게일이 고유 능력에 대해 뭐라고 했더라? '고유 능력은 너라는 존재의 핵심을 반영한다.' 이치에 맞았다. 미라는 보호하는 사람이었고, 데인은 뭐든 알아야 직성이 풀렸고, 제이든은… 비밀이 있었다.

"어우 깜짝이야." 누군가가 말했다.

"이 기지 전체를 감쌀 수도 있지만, 그랬다간 화들짝 놀랄 사람도 있겠지." 제이든이 말하자 그림자가 빠른 속도로 물러나더니 테이블 아래로 사라졌다.

나는 심호흡을 하면서, 모두의 얼굴이 푸르죽죽해졌다는 사실을 눈여겨보았다. 제이든이 이런 술수를 부리는 모습을 전에도 봤던 게 분명한 에머리만 예외였다. 제이든을 평가해야 할 위협처럼 보고 있는 미라조차도 그랬다.

속이 뒤틀렸다.

"우리가 어둠 속에 있는 동안 무슨 엉뚱한 생각이라도 한 건 아니겠지." 제이든이 놀리자 그 개자식에 대한 동정심이 싹 날아갔다. 나는 굳이 얼굴을 돌리지 않고 그에게 손가락만 하나 들어 보였다.

제이든은 쿡쿡거렸고, 나는 이를 악물었다.

"저 인간 좀 내 머릿속에서 내보내요." 나는 테른 쪽으로 말했다.

"익숙해질 거다." 테른이 대꾸했다.

"반려 드래곤과 그 라이더들 사이에선 이게 보통이에요?"

"다는 아니다. 전투에서는 큰 이점이지."

"음, 지금은 짜증 나 죽겠는데요." 앤다나가 그리웠다. 너무 멀리 있어서 앤다나의 존재가 거의 느껴지지 않았다.

"그러면 나한테 할 때처럼 차단하거나 너도 대꾸를 해라." 테른이 투덜거렸다. *"너에게도 죽도록 짜증나게 할 힘이 있다는 사실은 내가 보증하지."*

"그래서 대꾸는 대체 어떻게 하는 건데요?" 나는 제이든을 제대로 째려보았지만, 그는 우리가 상상 속의 성채에서 진행 중인 전투에 몰두해 있었다.

"네 머릿속의 어느 경로가 그 녀석 것인지 알아내."

아휴, 신나라. 쉽기도 하겠다.

우리는 가상의 작전을 마쳤고, 각각이 최상의 능력을 이용했다… 나만 빼고 모두가. 하지만 공중에서 그리폰들을 치울 때가 되자 테른이 방 안에 있는 모든 드래곤을 압도했다.

"잘했다." 미라가 회중시계를 보며 말했다. "에이토스, 라이오슨, 그리고 소른게일. 너희는 복도에서 보자. 나머지는 해산."

선택지가 없는 우리는 미라를 따라서 나선계단으로 나갔다. 미라는 우리 뒤로 문을 닫더니 파란 에너지 선을 던져서 입구를 덮었다.

"방음막이라니." 데인이 미소 지으며 말했다. "멋진데."

"닥쳐." 미라가 맨 위 계단에서 몸을 홱 돌리더니 데인에게 삿대질했다. "대체 어떤 벌레가 네 엉덩이로 기어 들어갔는지 모르겠는데, 대대장이라는 걸 잊었냐, 데인 에이토스? 내년에 비행단장이 될 가능성이 크다는 것도?"

젠장, 미라가 열받았다. 내가 절대로 끼고 싶지 않은 상황이었다. 나는 한 계단 물러섰지만, 제이든이 내 뒤에 있다 보니 더 갈 곳이 없었다.

"미라…." 데인이 입을 열었다.

"소른게일 중위님이다." 미라가 대꾸했다. "넌 얼빠진 짓을 하고 있어, 데인. 난 네가 내년에 저 녀석 자리를 얼마나 원하는지 알아." 미라는 한 손가락으로 제이든을 가리켰다. "우리가 3미터도 떨어지지 않은 거리에서 성장했다는 거 잊지 마. 그런데 네가 기회를 날려먹고 있는 이유가 뭐지? 바이올렛이 저 녀석 드래곤의 반려와 계약해서 화가 났다고?"

내 뺨이 화끈거렸다. 언니야 원래 말을 고르는 사람이 아니었지만… 젠장.

"저놈은 바이올렛에게 일어날 수 있는 최악의 사태야!" 데인이 맞받아쳤다.

"아, 나도 그 의견에 반대하진 않아." 미라가 데인에게 바싹 몸을 기울였다. "하지만 드래곤들의 선택에 대해서는 아무도 어떻게 할 수 없어. 드래곤들은 한낱 인간의 견해 따위에 신경도 안 쓰거든. 하지만 너희 둘 사이에 벌어지는 일은…." 그 손가락이 데인과 내 쪽을 다시 가리켰다. "너희 대대를 개판으로 만들고 있어. 내가 겨우 나흘을 보고도 알 정도라면 학교에서 절대 모를 수가 없지. 그리고 네가 바이올렛이 통제할 수도 없는 일들에 대해 융통성이라고는 손톱만큼도 없이 구는 놈일 줄 알았더라면, 난간다리를 건넌 후에 널 찾으라고 말하지 않았을 거야." 미라는 나를 보고 다시 데인을 보았다. "너희 둘은 다섯 살 때부터 제일 친한 친구 사이였잖아. 알아서 해결해."

데인은 반으로 쪼갤 수도 있을 것 같이 딱딱하게 굳어 있었지만, 그래도 나를 흘끔 보고 고개를 끄덕였다. 나도 똑같이 했다.

"좋아. 이제 안으로 돌아가." 미라가 고갯짓으로 문을 가리키자 데인이 방음막을 뚫고 걸어갔다. "그리고 너 말인데." 미라는 두 계단을 내려가서 제이든에게 시선을 박았다. "이게 바이올렛이 내년에 겪을 일인가?"

"에이토스가 재수 없게 구는 거 말입니까?" 제이든은 두 손을 늘어뜨린 채

물었다. "아마도요."

미라는 눈을 가늘게 떴다. "반려 드래곤들이 보통 같은 학년 라이더들과 계약하는 데엔 이유가 있어. 네가 배치된 비행단에서나 교수들이나 너희 둘이 3일에 한 번씩 날아가게 해주길 기대할 순 없어."

"내 선택은 아니었습니다." 제이든은 어깨를 으쓱였다.

"우리가 어떻게 해야 해? 불꽃을 내뿜는 거대한 드래곤들에게 이래라저래라해야 해?" 나는 언니에게 물었다.

"그래!" 미라는 나에게 몸을 돌리면서 외쳤다. "넌 이런 식으로 살 수 없어, 바이올렛. 지금 당장은 둘 중에서 저놈이 더 강하니까 네가 자꾸만 필요한 훈련을 빼먹게 될 거야. 하지만 네가 훈련에 집중하지 못한다면 항상 저놈이 강한 상태로 남겠지. 넌 영영 테른이 너를 밀어붙일 수 있는 한계까지 성장하지 못할 거야. 그게 네가 원하는 건가, 라이오슨?"

"언니." 나는 고개를 저으며 속삭였다. "언니가 잘못 생각하는 거야."

"내 말 잘 들어." 미라가 내 어깨를 움켜잡았다. "저놈이 그림자를 지배할 진 모르지만, 바이올렛, 저놈 뜻대로 하게 놔뒀다간 네가 그림자가 될 거야."

"그렇게 되진 않을 거야." 나는 장담했다.

"저놈 뜻대로 하게 두면 그렇게 될 거야." 언니의 시선이 내 뒤를 스쳤다. "죽이는 것만이 누굴 파괴하는 방법은 아니야. 네가 네 잠재력을 다 발휘하지 못하게 만드는 것도 저놈이 우리 어머니를 상대로 맹세한 응징을 실현하는 좋은 방법 같은데. 길게, 제대로 생각해봐. 넌 저놈에 대해서 얼마나 알아?"

나는 숨을 훅 들이마셨다. 나는 제이든을 믿었다. 적어도 나는 그렇게 생각했다. 하지만 미라 말도 맞았다. 목숨을 끊지 않고도 누군가를 무너뜨릴 방법은 무한히 많았다.

"그럴 줄 알았어." 미라의 눈동자에 담긴 감정이 분노보다 더 나쁜 것으로 변했다. 동정심이었다. "왜 저놈이 우리 어머니를 그렇게 미워하는지 알긴 해? 왜 저런 애들이 난간다리에 서게 됐는지…."

"혹시 못 봤나 해서 말하는데…." 제이든이 미라의 말을 끊더니, 한 계단을 올라서 내 옆에 섰다. "난 여기 있습니다."

"너 같은 놈을 못 보긴 힘들지." 미라가 대꾸했다.

"제대로 안 듣고 있군요." 그가 목소리를 깔았다. "내가, 여기, 있다고요. 테른은 이 녀석을 바스지아스로 끌고 오지 않았습니다. 테른은 이 녀석이 쳐놓은 차단막을 부수고 자기 감정을 쏟아 넣지도 않았습니다. 빌어먹을 왕국을 가로질러 날아가라고 하지도 않았습니다. 당신 동생은 여전히 여기 있어요. 내 자리와 내 직위를 떠나서, 내 비행단을 부단장에게 맡겨놓고 날아와 버린 사람은 납니다. 이 녀석은 뭐 하나도 놓친 게 없습니다."

"그러면 내년에는? 네가 갓 임관한 소위가 됐을 때는? 그때 바이올렛은 대체 뭘 놓치게 될까?" 미라가 물었다.

"우리가 방법을 알아낼 거야." 나는 언니의 손을 찾아 쥐었다. "언니, 제이든은 남는 시간을 다 투자해서 매트 위에서 내 격투 훈련을 시켜주고, 테른이 붙잡아주지 않아도 내가 그 망할 자리에 붙어 있을 방법을 찾으려고 비행 연습에도 데려가고 있어. 제이든은…."

미라가 움찔했다. "자리에 붙어 있을 수가 없어?"

"응." 들릴락말락 한 대답이었고, 수치스러움에 피부가 타는 것 같았다.

"어떻게 그걸 못할 수가 있어?" 언니는 입을 딱 벌렸다.

"난 언니가 아니니까!" 나는 소리쳤다.

미라가 나에게 한 대 맞은 사람처럼 물러서면서 맞잡고 있던 우리의 손이 떨어졌다. "하지만… 하지만 지금 넌 전보다 훨씬 튼튼해 보이는데."

"이모젠이 무시무시한 중량 운동을 시킨 덕분에 관절과 근육이 전보다 튼튼해지긴 했지만, 그런 걸로 날… 고치진 못해."

미라의 얼굴이 하얘졌다. "아니. 그런 뜻은 아니었어, 바이. 넌 고쳐야 할 존재가 아니야. 난 그저 네가 자리에 붙어 있지 못한다는 걸 몰랐을 뿐이야. 왜 그 얘긴 안 했어?"

"말해도 언니가 어떻게 할 수 있는 게 없으니까." 나는 애써 쓴웃음을 지었다. "내가 이렇게 생겨먹은 건 아무도 어떻게 할 수 없는 일이야."

우리 사이에 길고 불편한 침묵이 이어졌다. 이토록 가까워지고도 여전히 우리 사이엔 공유하지 못하는 게 너무 많았다.

"점점 나아지고 있긴 해." 제이든이 차분하고 일정한 목소리로 말했다. "처음 몇 주는… 재난이었지."

"이봐, 테른이 내가 바닥에 떨어지기 전에 잡았잖아." 나는 반박했다.

"가까스로 잡았지." 제이든은 투덜거리다 말고 미라를 돌아보았다. "날 믿을 필요는 없지만…."

"잘됐군. 안 믿거든. 너 같은 과거사가 있는 사람 손에 그런 엄청난 힘이 있는 것만 해도 나쁜데, 둘의 드래곤이 얽혀 있는 바람에 네가 바이올렛과 사흘 이상 떨어져 있지 못한다는 건 내가 생각할 수 있는 모든 면에서 용납할 수 없는…." 미라의 눈에 초점이 흐려지더니 움직임이 완전히 멎었다.

"*그리폰 한 무리가 이쪽으로 온다!*" 테른이 외쳤다.

"제기랄! 보호막이 내려갔어." 미라도 테인에게 똑같은 경고를 받았는지 중얼거렸다. 언니는 내 어깨를 움켜잡더니 끌어당겨 안았다. "넌 가야겠다."

"우리가 도울 수 있어!" 나는 항의했지만 언니가 어찌나 꼭 끌어안고 있는지 움직일 수도 없었다.

"안 돼. 그리고 널 자리에 붙들어두는 데 힘을 쓰고 있다면 테른도 힘이 줄어든 상태야. 넌 가야 해. 여기에서 벗어나. 바이올렛, 날 사랑한다면 떠나. 그래야 내가 네 걱정까지 안 하지." 미라가 나를 풀어주고 제이든을 쳐다보는 사이, 위쪽 문에서 우리 비행대대가 쏟아져 나오면서 요란하게 계단을 달려 내려왔다. "얘 여기서 데리고 나가."

"가자!" 데인이 외쳤다. "당장!"

"날 믿지는 않는다 해도 난 당신이 가진 최고의 무기입니다." 제이든이 미라를 향해 으르렁거렸다.

"네 말이 사실이라면 넌 쟤가 가진 최고의 무기지. 너희 대대의 나머지 절반이 곧 올 거야. 테인 생각에 그리폰들이 도착할 때까지는 20분 정도가 있어." 미라는 나와 눈을 마주쳤다. "넌 안전한 곳으로 가야 해, 바이올렛. 사랑한다. 죽지 마라. 난 하나 남은 자식이 되기 싫어."

징병일에 바스지아스 앞에서 내 곁을 떠날 때 짓던 건방진 웃음은 없었다.

제이든이 나를 옆으로 끌어당기는 사이, 미라는 지붕을 향해 남은 계단을 달려 올라갔다. 이런 일이 일어날 순 없었다. 언니가 살았는지 죽었는지 알 방법도 없이 여기에 남겨두고 나만 안전한 곳으로 달아날 수 있을 리가 없었다. 이거야말로 우리가 전투 브리핑 시간에서 결코 듣지 못하는 이야기였다.

말도 안 되는 소리다. 내 몸의 모든 세포가 그 생각에 반발했다.

"싫어!" 나는 싸웠지만 소용없었다. 제이든의 힘이 너무 셌다. "언니! 언니가 다치면 어떻게 해? 그때는 테른의 속도가 있어야만 언니를 구할 수 있을지도 몰라. 우리가 여기 남게라도 해줘."

미라가 문간에서 어깨 너머를 돌아보았지만, 그 표정은 강철같이 단단했다. "내가 널 믿었으면 하나, 라이오슨? 갤 여기서 데리고 나가서, 자리에 붙어 있게 할 방법을 찾아. 그러지 못하면 죽은 목숨인 걸 우리 둘 다 알잖아."

"언니!" 나는 비명을 지르며 제이든의 팔을 할퀴었지만, 그는 이미 한 팔을 내 허리에 단단히 감고 반쯤 들어올린 채로 계단을 내려가고 있었다. 내가 그의 등에 진 장검보다도 가볍다는 듯한 태도였다. "사랑해, 미라!" 나는 망루 위에 대고 외쳤지만, 언니가 내 말을 들었을지 알 방법은 없었다.

"네가 배낭을 가지러 갈 거라고 믿어도 되나?" 제이든이 막사 복도를 성큼성큼 걸으면서 물었다. "아니면 네가 가져온 물건은 버려두고 너만 짊어지고 나가야 할까?"

"내가 가져올게." 나는 그를 밀었고, 제이든은 나를 보내줬다.

내 배낭과 리애넌의 배낭을 챙기는 데는 몇 분밖에 걸리지 않았다. 우리는 그동안 짐을 풀지 않고 외투까지도 접어놓았다. 제이든이 기다리는 복도로 돌아가보니, 그의 어깨에도 배낭이 걸려 있었다. 도착할 때보다 훨씬 짐이 작아 보였는데, 나를 더 빨리 내보내기 위해 제이든이 뭘 버리고 가는지는 생각하고 싶지도 않았다.

나는 그에게 눈길도 주지 않고 문으로 가려 했지만, 제이든이 내 팔꿈치를 잡고 돌려세웠다. "안 돼. 요새 벽에서 떠나는 건 너무 위험해. 우린 위로 간다." 그는 내 허리에 팔을 감더니 제일 가까운 망루로 끌고갔다. "올라가."

"이건 개짓거리야!" 나는 망루를 오르고 있는 우리 대대원이 듣거나 말거나 신경 쓰지 않고 외쳤다. "테른이 도울 수 있다고!"

"네 언니 말이 맞아. 넌 살아남아야 하고 그러니 우린 떠난다. 이제 계단이나 올라가."

"데인." 나는 데인이 바로 앞에 있다는 사실을 깨닫고 외쳤다.

데인이 몸을 돌리더니 리애넌의 배낭을 받아서 어깨에 걸었다. "이번만은 라이오슨과 의견이 같아. 우리가 떠나야 하는 건 너 때문만이 아니야, 바이올렛. 다른 1학년 모두를 생각해." 데인의 눈빛에 깃든 애원을 보자 말문이 막혔다. "훈련도 못 끝낸 대대 전원에게 사형 선고를 내릴 작정이야? 나는 살아남을 거야. 시애나, 에머리, 히튼도 그렇겠지. 그리고 라이오슨이 살 거라는 건 모두가 알아. 하지만 리애넌은? 리독은? 소여는? 넌 그 친구들의 죽음에 책임을 지고 싶어?" 데인의 말이 열린 문을 향해 올라가면서 뚝뚝 끊어져 들렸다.

이건 나만 생각할 문제가 아니었다.

우리가 지붕 위로 뛰쳐나갔을 때, 에머리는 학교에 있는 것보다 얇은 벽 위에 위태롭게 걸터앉은 드래곤에 기승하고 있었다.

맙소사, 난 이런 각도에서는 절대로 테른의 등에 오를 수 없을 것이다.

"리독과 퀸은 이미 이륙했어." 리암이 말하는 사이에 에머리가 하늘로 날아올랐고, 상공에서는 캐스와 데이가 날갯짓을 하며 맴돌고 있었다.

"네가 다음이야!" 제이든이 리암에게 외쳤고, 데인도 고개를 끄덕였다.

데이가 돌을 부수면서 착륙했고, 리암은 그 큰 레드 대거테일을 향해 좁은 통로를 달려갔다.

"네가 다음이다, 에이토스." 제이든이 외쳤다.

"바이가…." 데인이 반대하려고 했다.

"명령이다." 그 목소리에는 반론할 여지가 없었고, 우리 모두가 그 사실을 알았다. 특히나 캐스가 데이와 교체하여 벽 위에 앉으니 더욱 그랬다. "이 녀석은 내가 챙겼다. 가라."

"가." 나도 재촉했다. 나 때문에 데인에게 무슨 일이라도 생긴다면 스스로를 용서할 수 없을 터였다. 지난 몇 달 동안 재수 없게 굴었다고 절친한 친구로 지낸 세월까지 없어지는 건 아니었다.

데인은 언쟁을 벌일 듯하다가 결국 고개를 끄덕이더니, 제이든을 돌아보았다. "당신이 바이올렛을 데리고 나가리라 믿겠어."

"오늘은 그 소리를 많이도 듣는군." 제이든이 대꾸했다. "이제 네 드래곤에 올라라. 그래야 이 녀석도 드래곤에 태우지."

데인은 진지하게 나를 바라보더니 몸을 돌려서 달려갔고, 내 기억이 퍼뜩 되살아날 만큼 건틀릿 같은 방식으로 캐스의 앞다리를 질주해 올라갔다.

"*어디 있어요?*" 나는 텅 빈 하늘을 올려다보며 테른에게 물었다.

"*거의 다 왔다. 최선을 다하고 있어.*"

"난 이렇게는 못해." 나는 제이든에게 붙들린 채로 몸을 돌려 그를 마주보았다. "다른 사람들은 갔으니까 말할게. 나에게 빚진 걸 이번에 갚는다 쳐. 우린 남아도 되잖아. 난 언니를 여기 두고 그냥은 못 가. 잘못된 일이고 언니라면 절대로 날 두고 가지 않았을 거야. 난 언니를 위해 남아야 해. 그래야 해."

그의 눈동자에 연민이, 이해심이 어찌나 넘실거리던지 그가 내 손목을 놓았을 때 고맙게도 기지에 남게 해주려나 보다 생각했다. 그런데 그의 두 손이 내 뺨을 잡더니 뒤쪽으로 미끄러져 목을 받치고, 내 입술에 입술을 붙여왔다.

무모하고 강렬한 키스였다. 나는 마지막일지도 모른다는 생각에 온 마음으로 응했다. 그의 혀가 급하게 내 입술을 핥았고, 그에 응하여 각도를 기울인 나는 그를 더 깊숙이 받아들였다.

그날 밤의 키스를 떠올리면서 상상하던 것보다도 훨씬 더 좋았다. 당시에 그는 벽에 기댄 나를 조심스럽게 대했지만, 지금 내 입에 대한 소유권을 주장하는 그에게는 망설임이라곤 없었다. 그가 겨우 입술을 떼어냈을 때는 우리 둘다 헉헉거리고 있었다. 그러고는 내 이마에 이마를 맞댔다. "날 위해서 가줘, 바이올렛."

"거의 다 왔다." 테른이 말했다.

제이든은 테른과 스게일이 도착할 때까지 시간을 벌고 있었던 것이다. 심장이 돌멩이처럼 떨어지면서 내 발을 단단히 붙박았다. "당신을 미워할 거야."

"그래." 그는 고개를 끄덕였고, 순수한 후회가 스치는 얼굴로 물러섰다. "그건 감당할 수 있어." 그는 내 얼굴에서 두 손을 내리더니 내 팔을 잡고, 내 몸이 T자 모양이 되도록 들어올렸다. "두 팔을 들고. 단단히 붙잡아."

"꺼져."

제이든 뒤로 테른의 거대한 모습이 나타나더니, 제이든이 돌바닥에 눕는 순간 테른이 바로 위로 날아와서 내 위에 그림자를 떨어뜨리기가 무섭게 앞발톱으로 나를 낚아챘다. 내가 비행 도중에 떨어질 때마다 수없이 그랬던 것처럼.

"다시 돌아가야 해요!"

"내가 할 수 있는 일은 전부 했고, 네 목숨을 위험에 빠뜨릴 생각은 없다." 테른은 고도를 높이더니 숙련된 기동으로 나를 등 위에 던져 올렸다. *"자, 저놈들을 따돌릴 수 있게 꽉 잡아라."*

어깨 너머로 고개를 돌리자 빠르게 접근하는 제이든과 스게일이 보였다. 그보다 한참 뒤, 수백 미터 아래에서는 십여 마리의 그리폰들이 성채를 에워싸고 있었다.

28

> 모의전투는 힘으로 이기는 게 아니야. 교활함으로 이기는 거지. 어떻게 공격할지 알려면 네 적들이자 친구들의 취약점을 정확히 알아야 해. 영원한 친구 같은 건 없어, 미라. 결국에는 우리에게 제일 가까웠던 사람들이 어떤 식으로든 우리의 적이 돼. 선의 가득한 애정이나 무관심을 통해서 그럴 수도 있고, 심지어 우리도 오래 살다 보면 친구들에게 악역이 될 수도 있지.
>
> —브레넌의 일기, 80쪽

라이더 분과, 마컴 교수의 사무실 문 옆 돌벽에 몸무게를 실어 기대고 있으니 등의 인장이 화끈거렸다. 몸속에 금방이라도 불이 붙을 것처럼 마력이 쌓여 가는 것만도 견디기 힘든데, 거기에 걱정까지 더해지니 몸 밖으로 뛰쳐나가고 싶을 지경이었다.

우리가 몬세라트를 떠난 지 이틀이 지났다. 바스지아스까지 돌아오는 비행에 하루, 그리고 고통스럽게 긴 침묵 속에서 하루를 보냈다.

아직 해가 제대로 뜨기도 전이었다. 나는 돌아온 후에 아카이브 당번 일을 하지 않았고, 어찌어찌 리암도 모르게 문 밖으로 나오는 데 성공했다. 아침식사는 중요하지 않았다. 점호에 빠지게 된다 해도 상관없었다. 여기 올 생각밖에 할 수 없었다.

왼쪽에 있는 나선계단에 발소리가 들리자 배가 당겼다. 크림색 튜닉이 비치는 순간을 보려고 문에 시선을 던지자 맥박이 빨라졌다. 그러나 교수님 대신 복도에 들어온 사람은 제이든이었고, 김이 오르는 주석 잔 두 개를 들고 곧장 나에게 걸어왔다. "아직 내가 밉나?"

"당연하지." 정말 그렇지는 않았지만 나를 이틀 동안 꼬박 갉아먹은 죄책감을 그의 탓으로 돌리는 건 쉬웠다.

"네가 벌써 기다리고 있을 줄 알았어." 그는 우호의 표시처럼 주석 잔 하나를 내밀었다. "커피야. 스케일이 네가 한숨도 안 잤다고 하더라."

"내가 자든 말든 스케일이 알 바는 아니지." 나는 뾰족하게 반응했다. "하지만 고맙긴 하네." 그리고 잔을 받아들였다. 제이든은 어제 이후로 여덟 시간을 꼬박 자고 쉬기도 한 것 같았다. "당신은 쿨쿨 잤겠지만."

"스케일한테 내 수면 습관 좀 그만 말해요." 나는 테른에게 투덜거렸다.

"나는 그런 요구에 응해서 품위를 잃을 생각이 없다."

"역시 앤다나가 최고라니까." 나는 일부러 삐딱하게 말했고, 테른은 코웃음을 쳤다.

제이든은 맞은편 벽에 등을 기대고 커피를 마셨다. "난 아버지가 분리 독립 선언을 하려고 아레티아를 떠난 그날 밤 이후로 잠을 잘 잔 적이 없어."

나는 입이 벌어지고 말았다. "그건 6년도 더 된 일이잖아."

그는 커피만 들여다보았다.

"당신은 그때…." 나는 멈칫했다. "난 당신이 지금 몇 살인지도 모르는구나." 미라 말대로였다. 나는 그에 대해 아는 게 거의 없었다. 그런데도… 마치 뼛속 깊이 그가 어떤 사람인지 알 듯한 기분이었다. 제이든에 대해서라면 감정을 걷잡을 수가 없다.

"스물 셋이야." 그가 대답했다. "생일이 3월이었지."

그런데 나는 알지도 못했다. "내 생일은…."

"7월이지." 그는 희미한 미소를 지으며 대꾸했다. "알아. 난간다리에서 널 본 순간부터 너에 대해 알 수 있는 건 모조리 알아두기로 했거든."

"소름 끼치는데." 나는 커피의 온기로 차가운 손을 데웠다.

"먼저 누군가를 이해하지 않으면 망가뜨릴 방법도 알 수가 없지." 그는 조용히 말했다.

시선을 들어올리자 그가 나를 쳐다보고 있었다. "아직도 그럴 계획이야?" 지난 이틀 동안 미라가 했던 말이 떨쳐지지 않았다.

그는 움찔했다. "아니."

"뭐가 달라졌는데?" 나는 좌절감에 주석 잔을 잡은 손에 힘을 주었다. "정확히 언제 나를 망가뜨리지 않기로 결정했는데?"

"아마 오렌이 네 목에 칼을 들이댄 모습을 봤을 때일 거야." 그는 대답했다. "아니면 네 목에 생긴 멍이 손가락 자국이라는 사실을 깨닫고, 그것들을 한 번 더 천천히 죽이고 싶어졌을 때. 아니면 처음으로 네게 분별없이 키스했을 때일 수도 있고, 너에게 키스 이상의 것을 하고 싶다는 생각을 멈출 수가 없다는 걸 깨닫고 미쳤구나 싶었을 때일지도 모르지." 제이든의 고백을 듣고 나는 숨이 멎었지만, 그는 그저 한숨만 내쉬면서 머리를 벽에 기댔다.

"우리 사이가 달라졌다는 게 중요하지, 언제가 중요해?"

"그러지 마." 내가 나지막하게 속삭이자, 그는 다시 고개를 들고 나와 시선을 마주쳤다.

"뭘 하지 마? 네 생각을 떨쳐버릴 수 없다고 말하는 거? 아니면 네 머릿속에 곧바로 말하는 거?"

"양쪽 다."

"너도 방법을 익힐 수 있어."

머릿속에 울리는 그의 목소리. 대체 왜 나는 제이든에게서 눈을 떼기가 이렇게나 힘든 걸까? 그 탑에서 했던 키스가 단순히 그의 계략이었다는 사실을, 이 모든 것이 다 그에게는 게임일지 모른다는 사실을 기억하기는 왜 이렇게 힘들까? 그에 대해 생각할 때마다 뱃속을 휘젓는 이 어쩔 수 없는 욱신거림을 가라앉히기는 왜 이렇게 힘들까?

"그러지 말고, 시도라도 해봐." 제이든이 한번 더 말했다.

나는 금빛 반점이 있는 눈동자를 들여다보며 그 말이 맞다는 결론을 내렸다. 시도 정도는 해볼 수 있겠지. 나는 머릿속 아카이브에 한 발을 디디고 혈관에 물결치는 마력을 느꼈다. 내 등 뒤에 있는 문에서는 밝은 오렌지색으로 치직거리는 에너지가 흘러들었다. 앤다나만을 위해서 따로 만든 창문에서는 금색 빛이 반짝였다. 나는 숨을 깊이 들이마시고 천천히 몸을 돌렸다.

그리고 그곳에, 지붕 윤곽을 따라서 반짝이는 밤의 그림자가 소용돌이치고 있었다. 제이든이었다.

계단에 발소리가 울리면서 우리 둘 다 시선을 돌렸다.

"두 사람도 같은 생각이었나보군." 데인이 우리를 보고 말하더니 내 옆에 와서 섰다. "얼마나 오래 기다린 거야?"

"얼마 안 된다." 제이든이 대답했다.

"몇 시간쯤." 나는 그와 동시에 대답했다.

"젠장, 바이올렛." 데인이 한 손으로 축축한 머리를 쓸었다. "배는 안 고파? 아침식사 생각은 없고?"

"딱 보면 식욕 없는 거 모르냐, 멍청이." 제이든의 신랄한 논평이 내 머릿속을 채웠다.

"그거 좀 그만하라니까." 나도 머릿속으로 맞받아쳤다. "고맙지만 됐어."

"누가 벌써 방법을 알아냈나 본데." 조용히 제이든의 입꼬리가 올라갔다.

그때 또 한 명의 발소리가 계단에 울려 퍼졌고, 나는 그쪽만 애타게 쳐다보면서 숨을 멈췄다.

마컴 교수는 우리 셋이 사무실 밖에 있는 모습을 보고 멈칫하더니, 계속해서 우리 쪽으로 걸어왔다. "내가 이런 기쁨을 누릴 이유가 뭘까?"

"언니가 죽었다면 그냥 그렇다고 말해줘요." 나는 빠르게 복도 한중간으로 몸을 옮겼다.

마컴은 예상보다 더 못마땅한 표정으로 나를 보았다. "너도 내가 기밀 정보를 알려줄 수 없다는 건 잘 알 텐데. 논의할 사항이 있으면 전투 브리핑 시간에 할 거다."

"저희가 거기 있었어요. 기밀이라 해도 저희는 이미 아는 셈이죠." 나는 반박했다. 손이 떨리기 시작해서 주석 잔을 점점 세게 쥐어야 했다.

제이든이 내 손에서 잔을 받아갔다.

"내가 그 이야기를 하는 건 적절하지가…."

"제 언니예요." 나는 호소했다. "살아 있는지 정도는 알 자격이 있잖아요. 그 소식을 라이더들이 가득한 방에서 듣지 않을 자격도요."

마컴의 턱에 힘이 들어갔다. "기지가 상당한 피해를 입기는 했지만, 우리는 몬세라트에서 라이더를 잃지 않았다."

신들이시여, 고맙습니다. 안도감이 쏟아져 들어오면서 무릎이 풀린 순간, 데인이 나를 잡아서 익숙한 품에 끌어안았다.

"미라는 괜찮아, 바이." 데인이 내 머리카락에 대고 나지막이 속삭였다. "미라는 괜찮아."

나는 통제력을 잃지 않으려고 쏟아지는 감정과 맞서 싸우며 고개를 끄덕였다. 나는 무너지지 않을 거야. 울지 않을 거야. 약한 모습을 보이지 않을 거야. 여기에선 안 돼.

내가 갈 수 있는 곳은 한군데뿐이었다. 내가 무너진다고 꾸짖지 않을 사람도 하나뿐이었다. 나는 스스로를 추스르자마자 데인의 품에서 벗어났다.

제이든은 없었다.

나는 아침을 건너뛰고 점호도 빼먹은 채 비행장으로 향했다. 정신을 바짝 차리고 있다가 초원 한가운데에 이르러서야 털썩 무릎을 꿇었다.

"언니는 무사해." 나는 머리를 두 손에 파묻고 울었다. "언니를 죽게 버려두지 않았어. 언니는 살아 있어." 공기가 흐트러지더니, 내 손등에 단단한 비늘 감촉이 느껴졌다. 나는 몸을 기울여 앤다나의 어깨에 기댔다. "언니는 살아 있어. 언니는 살아 있어. 언니는 살아 있어."

나는 정말로 믿어질 때까지 그 말을 되풀이했다.

"혹시 형제 있어?" 나는 매트 위에서 제이든에게 물었다. 내가 그에 대해 잘 모른다던 미라의 말 때문일 수도 있고, 나 스스로의 모순된 감정 때문일지도 모르겠다. 아무튼 그가 나에 대해 아는 것이 훨씬 많으니 나는 이 기울어진 경기장을 바로잡아야 했다.

"아니." 그는 놀라서 멈칫했다. "왜?"

"그냥 물어봤어." 나는 격투 자세를 취했다. "합시다."

다음 날, 나는 전투 브리핑 시간 중간에 정신 접촉을 이용해서 그에게 제일 좋아하는 음식이 뭔지 물었다. 제이든이 대답하기 전에 방 뒤쪽에서 뭔가 떨어뜨리는 소리를 들은 것 같았다.

"초콜릿 케이크. 그만 좀 이상하게 굴어." 제이든의 말에 나는 씩 웃었다.

그다음 날, 테른에게 3학년들조차 대부분 끝까지 좌석에 앉아 있지 못할 정도로 진 빠지는 고급 비행 기동 연습을 선사받은 후, 테른과 스게일과 함께 어느 산봉우리에 앉아 있을 때는 리암을 어떻게 알게 됐는지 물었다. 어디까지 사실대로 대답하는지 보기 위해서였다.

"우린 같이 위탁 양육을 받았어. 최근 들어 퍼붓는 질문은 다 뭐지?"

"난 당신에 대해 아는 게 없어."

"넌 날 충분히 잘 아는데." 그는 이걸로 끝이라는 눈빛을 쏘았다.

"그건 아니지. 뭔가 의미 있는 걸 말해줘. 진짜를."

"이를테면?" 그는 자리에서 몸을 돌려 나를 마주보았다.

"당신 등에 남은 은색 흉터는 어쩌다 생긴 건지라든가." 나는 숨을 멈추고 대답을 기다렸다. 뭐가 됐든 제이든이 나를 선 안에 들여보내 주는 말을 하기를 기다렸다.

6미터쯤 사이를 두고도 제이든이 긴장하는 것을 알 수 있었다. *"그걸 왜 알고 싶은데?"*

폼멜 비늘을 붙잡은 손에 힘이 들어갔다. 그 흉터가 사적인 일이라는 정도는 본능으로 알았지만, 지금 반응을 보니 그저 고통스러운 기억 정도가 아닌 모양이었다. *"왜 나한테 말하기 싫은데?"*

스게일이 깜짝 놀라더니 테른과 나를 남겨두고 하늘로 날아올랐다.

"그렇게 압박하는 이유가 있는 거냐?" 테른이 물었다.

"그러지 말아야 할 이유가 있어요?"

"그 녀석은 네게 마음을 쓴다. 그것만으로도 충분히 힘들어하고 있어."

나는 코웃음을 쳤다. *"나를 살려두려고 마음 쓰는 거죠. 그건 달라요."*

"그 녀석에겐 다르지도 않다."

졸업이 다가온다는 것을 의미하는 모의전투 훈련의 첫 전투, 바스지아스 위에 펼쳐진 5월 중순의 오후 하늘은 수정처럼 맑았다. 라이더 분과에서 보낸 첫해를 살아남는 데 성공하기 직전이니 신이 나야 하건만, 내 위장은 불안으로 긴장된 상태였다.

전투 브리핑은 갈수록 편집이 심해졌다. 카 교수는 거의 모든 1학년 생도들이 고유 능력을 찾은 시점에도 내가 고유 능력을 발현하지 못했다는 사실에 점점 더 불안해했다. 데인은 진저리나게 친절하다가 다음 순간에는 냉담해지는 식으로 이상하게 굴고 있었다. 제이든은 점점 더 비밀스러워져서(그게 가능하다니!) 이유도 알려주지 않고 훈련 시간을 취소했다. 테른마저도 나에게 말하지 않는 게 있는 것 같았다.

"우리 배정이 어떻게 될 것 같아?" 우리는 제4비행단 전체와 안마당에 대열을 갖춰 서 있었는데, 오른쪽에서 리암이 물었다. "데이는 우리가 공격 측일 거라고 생각해. 글린의 엉덩이를 걷어차줄 거라고…." 그는 자기 드래곤의 목소리를 듣는 것처럼 말을 멈췄다가 속삭였다. "드래곤들도 원한을 품나 봐."

지휘관들이 우리 앞에 모여서 제이든에게 임무를 배정받았다.

"분명히 우리가 공격이야." 내 왼쪽에 선 리애넌이 대꾸했다. "그게 아니라면 우린 이미 비행장에 가 있었을 거야. 점심식사 후부터 제1비행단 라이더가 하나도 안 보였어."

속이 철렁 내려앉았다. 제1비행단이 우리의 첫 상대가 될 모양이었다. 모의 전투 중에는 어떤 일이든 일어날 수 있었고, 잭 발로우는 내가 자기를 4일 동안 병동에 눕혀놓았다는 사실을 잊지 않았다. 그는 제이든이 나를 공격한 오렌과 다른 애들을 처형하고 나서 몇 주 동안 나와 멀찍이 거리를 두었다. 물론 앰버 메이비스 사건 이후에는 모두가 나에게 함부로 굴지 않았다. 그래도 잭은 복도에서나 식당에서 스쳐 지나갈 때마다 나를 노려보았고, 그 얼음장 같은 푸른 눈에는 순수한 증오가 불타고 있었다.

"리애넌 말이 맞을 것 같아." 내가 조바심을 드러내지 않으려고 애쓰면서 리암에게 말하는 사이에도 햇빛은 비행용 가죽옷을 구워대고 있었다. 서기들이 입는 크림색 로브를 질투하지 않은 지도 한참 지났지만, 이런 날씨에는 제복이라는 면에서 라이더들이 손해 같았다. 잠을 잘못 잤는지 무릎이 죽도록 아팠고, 그래서 지지용으로 감아놓은 붕대 때문에 더 덥기까지 했다. "그런데 라이더들은 왜 검은 옷을 입는 걸까?"

"그래야 멋있잖아." 리독이 뒤에서 대답했다.

"그래야 우리가 피를 흘려도 안 보이지." 이모젠이 끼어들었다.

"안 물어본 셈 치자." 나는 중얼거리면서 지휘관들의 회의가 곧 끝날 기미가 보이나 지켜보았다. 피를 흘리는 것만은 오늘 정말 피하고 싶었다.

"우리가 공격이야, 방어야?" 나는 제이든에게 물었다.

"지금 좀 바쁘거든."

"저런, 내가 방해하고 있나?" 나는 미소 지었다. 젠장. 내가 시시덕거리는 건가? 아마도. 그러면 안 될 것 같냐고? 정말 이상하지만… 그건 아니었다.

"어." 어짜나 퉁명스러운 말투인지, 나는 다른 사람들 몰래 웃음을 터뜨리지 않으려고 입술을 딱 붙여야 했다.

"그러지 말고. 거기 시간이 너무 걸리잖아. 힌트 좀 줘."

"둘 다야." 그는 툴툴거리면서도 나를 차단하지는 않았다. 할 수 있다는 걸

아는데도 말이다. 그래서 나는 약간의 자비를 베풀어 그가 주관하는 회의를 내버려두기로 했다.

공격과 수비 둘 다라고? 흥미진진한 오후가 되겠군.

"미라에게 소식 들었어?" 리애넌이 나를 흘긋 보면서 속삭였다.

나는 고개를 저었다.

"그건… 비인간적이야."

"정말로 군대에서 서신 금지 규칙을 깰 거라고 생각했어? 혹시 그쪽에서 시도했더라도 우리 어머니가 재빨리 막았을걸."

리애넌은 한숨을 내쉬었다. 그럴 만도 했다. 이 문제에 대해서는 할 말이 별로 없었다.

지휘관들이 흩어지고, 데인이 시애나와 같이 다가왔다. 활짝 웃는 얼굴이었고 긴장과 활력으로 두 주먹을 쥐었다 펴고 있었다.

"어느 쪽이야?" 히튼이 물었다. "공격이야, 수비야?"

"둘 다." 데인이 대답하는 사이, 다른 비행대대장들도 자기네 대대원들에게 말하고 있었다. 나는 놀란 척하면서 데인 너머를 보았지만, 제이든과 전대장들은 아무 데도 보이지 않았다.

"제1비행단은 산맥 속에 세워놓은 연습용 요새 한군데에 수비 위치를 점했고, 투명한 수정 알을 하나 지키고 있어." 데인이 말하자, 우리 비행대대에서도 나이가 많은 라이더들은 신이 나서 웅성거렸다.

그럴싸했다. 아마 나바르가 통일되었을 때 바스지아스로 알을 가져온 다양한 드래곤 종족들에게 경의를 표하는 셈이랄까.

"우리가 뭘 놓친 거지?" 리독이 물었다. "선배들은 그 알을 두고 흥분한 것 같은데."

"몇 년 동안 훈련해본 결과, 알이 있으면 점수를 더 받는다는 걸 알거든." 시애나가 열렬한 웃음과 함께 대답했다. "깃발이 통계적으로 제일 낮은 점수였고, 포로가 된 교수들이 있으면 중간 정도 점수였어."

"하지만 교수들이 변화를 주기도 해." 데인이 덧붙였다. "목표를 향해 매진했다가 그게 생각만큼 가치 있지는 않았다는 걸 깨닫게 되는 것처럼 말이야."

"그래서 공격과 수비는 어떻게 한꺼번에 하는 건데?" 리애넌이 물었다. "적이 알을 가지고 있다면 분명히 우리가 그 알을 뺏어야 할 거 아냐."

"우린 지켜야 할 깃발도 받았고, 그걸 가지고 틀어박힐 기지는 없거든." 데인이 씩 웃었다. "우리 대대가 그 깃발을 맡게 됐지."

"당신이 데인에게 제4비행단 깃발을 지키라는 임무를 줬다고?" 빠르게 제이든에게 말을 걸었다.

"그 녀석이 몬세라트에서 네 언니에게 뭔가 배웠기를 바랄 뿐이야." 제이든이 대꾸했지만, 목소리가 작았다. 멀리 떨어져 있다는 뜻이었다. 혹시 몇 달 후에, 더 멀리 떨어져 지내게 되어도 이렇게 소통할 능력이 생길까 궁금했다.

제이든이 여기에 없을 거라는 생각을 하자 마음이 아팠다. 그는 전선에서 목숨을 걸게 될 것이다.

"그 깃발은 누가 들고 다녀?" 이모젠이 물었다.

데인은 이전보다 더 활짝 웃었다. "그게 재미있는 부분이 될 거야."

이후 20분 동안 우리는 비행장으로 걸어가면서 전술 훈련을 했다. 지금까지로 보아서는 데인이 미라가 했던 말을 귀담아 들은 것 같았다. 작전은 단순했다. 개개인의 강점을 살려서 깃발을 자주 다른 대대원에게 넘기고, 제1비행단에는 누가 깃발을 가지고 있는지 알아낼 기회를 주지 않는 것.

우리가 비행장에 도착했을 때는 수십 마리 드래곤이 진흙밭을 메우고 있었는데, 나름대로의 대열을 갖춘 것처럼 위치를 잡고 있었다. 드래곤들 위로 머리가 솟아올라 있으니 테른을 찾기는 쉬웠다. 모두가 대대장과 전대장들에게 마지막 지시를 받으면서 드래곤의 등에 오르는 동안, 다른 대대 옆을 지나쳐 걷는 우리는 손에 닿을 듯한 기대감으로 가득했다.

"우리가 이길 거야." 리가 우리 구역으로 다가가면서 나에게 팔짱을 끼고 자신만만하게 말했다.

"왜 그렇게 자신만만해?"

"우리에겐 너, 테른, 라이오슨, 그리고 스게일이 있잖아. 그리고 물론 나도 있지." 리가 씩 웃었다. "우리가 질 리가 없어."

"넌 확실히…." 테른이 제대로 보이자 하려던 말이 쏙 들어갔다.

테른은 데인의 드래곤인 캐스에게 존중을 표하지 않고 우리 구역 맨 앞에 당당하게 서 있었다. 내가 숨을 멈춘 건 그 위치 때문만이 아니었다. 나는 테른이 등에 묶어놓은 안장을 얼빠진 눈으로 보았다.

"이게 유행이라고 들었다." 테른이 자랑했다.

하. "그건…." 할 말이 없었다. 복잡하게 연결된 듯한 검은색 금속 띠가 양쪽 앞다리를 감싸고는 가슴 앞쪽에서 만나서 삼각형 판 모양을 형성한 다음, 어깨 위로 올라가서 등자가 단단히 고정된 안장으로 이어졌다. "안장이잖아요."

"그런 건 멋지다고 하는 거야." 리애넌이 내 등을 쳤다. "그리고 페이그의 딱딱한 등뼈보다 훨씬 편안해 보인다, 야. 위에서 봐." 리가 테른 옆을 지나쳐서 자기 드래곤에게 걸어갔다.

"그런 건 못 써요." 나는 고개를 저었다. "허용되지 않는다고요."

"뭐가 허용되고 뭐가 허용되지 않는지는 내가 결정한다." 테른이 머리를 내가 있는 곳까지 낮추고 수증기를 거세게 뿜어내면서 그르렁거렸다. "드래곤이 라이더에 맞게 좌석을 변형하면 안 된다는 규칙은 없다. 넌 이 분과에 속한 어느 라이더 못지않게, 아니 어느 라이더보다 더 열심히 노력했어. 네 몸이 다른 이들과 다르게 만들어졌다고 해도 좌석에 앉아 있을 자격이 있어. 라이더를 정의하는 건 가죽 끈 몇 개와 폼멜 같은 게 아니야."

"그 말이 맞아. 너도 알겠지만." 제이든이 다가오면서 맞장구를 쳤고, 나는 잠시 그가 어딜 갔었길래 이렇게 빨리 돌아온 걸까 생각했다.

"당신한텐 아무도 안 물어봤어." 제이든을 보자 맥박이 펄쩍 뛰고 피부가 달아올랐다. 제복을 입으면 어떤 라이더나 멋있어 보였지만, 제이든은 한 단계 더 발전시켜서 모든 근육선이 두드러져 보일 지경이었다.

"네가 저걸 쓰지 않으면 내가 마음 상할 거야." 그는 가슴 앞에 팔짱을 끼고 테른의 몸을 감싼 띠를 살폈다. "내가 널 위해 만들게 한 물건인 데다가, 테른에게 저걸 붙여 보려다가 산 채로 불탈 뻔했거든." 그는 테른을 보고 한쪽 눈썹을 올렸다. "테른이 설계를 도왔는데도 말이지."

"처음 모델들은 용납할 수 없는 수준이었던 데다가, 넌 오늘 아침에 서툴게 저걸 조립하다가 감히 내 가슴 비늘을 꼬집기까지 했다." 테른이 제이든을 보고 금빛 눈을 가늘게 떴다.

"시제품의 가죽이 그렇게 쉽게 탈 줄 내가 어떻게 알았겠어? 게다가 드래곤에게 안장을 얹는 설명서가 많기나 해야 말이지." 제이든이 느물거렸다.

"상관없어. 난 저걸 사용할 수 없으니까." 나는 제이든을 돌아보았다. "아름답기도 하고, 놀라운 공학 기술이지만…."

"하지만?" 제이든의 턱에 힘이 들어갔다.

"여기 있는 모두가 저게 없으면 내가 자리에 앉아 있지 못한다는 걸 알게 될 거야." 뺨이 달아올랐다.

"네 환상을 깨뜨리긴 싫지만, 바이올런스, 그건 이미 모두가 아는 사실이야." 그는 안장을 가리켰다. "저게 네가 드래곤을 타는 가장 실용적인 방법이야. 일단 올라타면 허벅지 위로 버클을 고정해서 잠그는 끈이 있고, 무릎 벨트도 만들어 붙였으니까 이론적으로는 장거리 비행을 할 때 버클을 풀지 않고도 자세를 바꿀 수 있어."

"이론적으로는?"

"테른이 시험 비행까지 받아주진 않았거든."

"내 뼈에서 살이 다 썩어 떨어져 나가지 않고서야 비행단장 널 태울 순 없지."

흠. 생생한 묘사였다.

"자, 안장을 금지하는 규칙은 없어. 내가 확인해봤거든. 그리고 이렇게 하면 넌 테른의 마력을 모두 자유롭게 풀어줄 뿐만 아니라, 걱정거리도 덜어주게 될 거야. 내 걱정도 덜겠지."

손톱이 손바닥을 파고들도록 주먹을 쥐면서 다른 이유를, 다른 변명거리를 찾아 헤맸지만 아무것도 없었다. 그저 이 비행장에 있는 다른 라이더들과 달라 보이기 싫을 뿐이었는데, 사실 나는 이미 달랐다.

"젠장, 그 고집스럽고 성마른 표정을 볼 때마다 키스하고 싶어진단 말이야." 훅 하고 들어온 말과 달리 제이든의 표정은 담백할 뿐만 아니라 지루해 보이기까지 했지만, 내 입술을 보는 눈빛만은 이글거렸다.

"실제로 그랬다간 지금 여기 있는 모든 사람들이 볼 텐데 그런 소릴 하네." 나는 숨이 막혔다.

"내가 남들이 뭐라고 생각하는지 신경 쓴다는 인상을 준 적이 있었던가?" 조용히 제이든의 입꼬리가 올라갔고, 나는 오직 그 입에 신경이 쏠리고 말았다. 망할 놈. *"난 남들이 너에 대해 뭐라고 생각하는지만 신경 써."*

너야 비행단장이니 그렇겠지.

'생도 사이에 네가 위 학년과 자서 보호를 받는다는 소문이 돌면 최악이야.' 미라가 난간다리 앞에서 경고했었다.

"올라타, 소른게일. 전투에 이겨야지."

나는 겨우 제이든에게서 눈을 떼고서 복잡하고 정교한 안장 구조를 살폈다.

"아름다운 안장이야. 고마워, 제이든."

"별말씀을." 그는 몸을 돌림과 동시에 내 쪽으로 몸을 기울였고, 그의 입술이 내 귓가를 살짝 스치자 등골을 타고 전율이 흘렀다. "내 빚은 이걸로 다 갚은 거다."

"저거 안장이야?" 나는 펄쩍 뛰어서 제이든으로부터 물러났지만, 그는 1.2미터짜리 깃대에 걸린 거대한 노란 깃발을 쥔 데인이 끼어들어도 꿈쩍도 하지 않았다. 데인은 테른을 보고 눈을 크게 떴다.

"그럼 목걸이겠나." 테른이 이를 딱 부딪치면서 말했다.

데인은 몇 걸음 뒤로 물러섰다.

"그래." 제이든이 대답했다. "문제 있나?"

"아니." 데인은 불합리한 소리를 한다는 듯 제이든을 보았다. "내가 왜 불만을 갖겠어? 혹시 아직도 모른다면 말인데, 난 바이올렛의 안전을 위해서라면 뭐든 좋아."

"좋아." 제이든은 고개를 한 번 끄덕이고 내 쪽을 돌아보았다.

"지금 내가 너한테 키스한다면 아까보다 더 어색해지겠지, 흠?"

그래. 제발. 그래 줘.

"다음에 키스할 때는 데인을 화나게 하려는 게 아니었으면 더 좋겠네." 오직 우리가 하고 싶어서 하는 키스라면 더 좋으리라.

"다음에 말이지, 흠?" 그 말과 함께 시선이 다시 내 입술을 보았다.

그리고 당연하게도 이제 나는 내 입술에 닿는 그의 입술 감촉, 언제나 내 목 뒤를 두 손으로 받치는 버릇, 그의 혀가 미끄러져 들어오는 느낌밖에 생각할 수 없었다. 나는 그에게 기울어지는 몸을 멈췄다. 간신히.

"가서 비행단 지휘나 하시죠. 아니면 뭐가 됐든 맡은 일을요."

"난 알을 훔칠 거다." 그는 미소를 번득이더니 데인을 돌아보았다. "우리 깃발이 제1비행단 손에 들어가지 않게 해라."

데인은 고개를 끄덕였고, 제이든은 비행장을 가로질러 스게일이 기다리는 곳으로 향했다.

"멋진 안장이야." 데인이 말했다.

"맞아." 내가 동의하자 데인은 미소를 보이고 캐스 쪽으로 걸어갔다.

테른의 앞다리를 향해 움직이던 나는 그가 나를 위해 어깨를 내리자 웃고 말았다. "뭐예요? 사다리는 없어요?"

"*고려는 해봤다만 그건 너를 너무 취약하게 만들 거라 판단했다.*"

"물론 생각하셨…." 나는 금빛 섬광이 내 쪽으로 달려오자 멈칫했다. 설마. "앤다나?"

"*나도 전투에 나가고 싶어.*" 앤다나는 쭉 미끄러져 오다가 내 바로 앞에서 멈췄다.

나는 입을 뻐끔거렸다. 앤다나는 우리와 같이 비행 훈련을 했었고 짧은 시간이라면 테른과 보조를 맞출 수도 있었지만, 저 비늘이 햇빛을 받아 반짝이는 모습은 모두에게 보이는 신호나 다름없었다.

그렇지만 안장이 있다면….

"알았어." 나는 비행장을 훑어보았다. 저 위의 눈봉우리에서 녹은 물이 흘러내리는 계절이라, 비행장이 제일 진흙투성이일 때였다. "가서 굴러." 나는 진흙을 가리켰다. "그래도 날개에 방해만 안 된다면 말이야. 내가 쉽게 눈에 띌까 봐 제일 걱정하는 건 네 배 쪽 비늘이야."

"*문제없어!*" 앤다나는 흙탕물로 돌진했고, 나는 테른의 등에 올랐다. 실제 안장은 그의 목 아랫부분과 폼멜 비늘 위의 앉는 곳을 덮고 있었다.

"가죽은 안 좋다고 했던 것 같은데요?" 안장 자체는 호사스러운 검은색 가죽으로, 솟아오른 폼멜 두 개가 내 손에 딱 잡혔다. 앉아보니 완벽하게 딱 맞았다. 나는 허리를 굽히고 끈에 달린 버클을 움직여서 등자를 조정했다.

"*우리가 화염 공격을 받는다면 내 가슴에 있는 가죽이 위험 요소겠지. 네 안장이 바로 미끄러질 테니까 말이야. 하지만 그 위에 있는 네가 직접 공격받는다면 금속 조각에 앉는다고 해도 무사하진 않을 거다.*"

나는 그런 문제는 없을 것이라는 사실을 굳이 지적하지 않았다. 우리가 화염 공격을 받는다면 다른 드래곤이 내뿜는 불일 테고, 그리폰들에겐 부리와 발톱뿐이었다. 나는 허벅지 끈을 찾아서 버클을 채웠다.

"*이거 진짜 기발한걸.*" 나는 제이든에게 말했다.

"*혹시 변경할 게 있다면 오늘 승리한 후에 알리도록.*"

오만하기는.

우리는 몇 분 후에 공중에 있었고, 앤다나는 그동안 연습한 대로 테른에게 바짝 붙어서 따라왔다. 우리가 맡은 임무는 깃발을 지키는 것이었으므로, 다른 대대들이 정찰하는 동안에 중앙 산맥 대부분을 아우르는 160킬로미터 반경의 전장 가장자리를 따라 움직였다.

오후에 접어들고 한 시간쯤 지나자, 이 임무가 사실은 데인에게 명예로운 일이 아니라 벌이 아닌가 싶어졌다. 우리 열둘은 6대 6, 앤다나까지 헤아린다면 7대 6으로 갈라진 조밀한 대형 두 개를 이뤘다. 데인이 포함된 편대가 깃발을 가지고 우리 바로 앞을 날다가 또 하나의 산봉우리에 이르자 오른쪽으로 갈라졌다.

테른이 왼쪽으로 몸을 기울여 산사면을 쓸 듯이 아래로 내려가자 속이 울렁거렸다. 넓은 끈이 허벅지를 파고들면서 자리에 단단히 붙들어주고, 돌풍이 내 얼굴을 세게 때리는 만큼 심장도 순수한 흥분감으로 질주하는 가운데 우리는 급강하를 계속했다.

테른의 등에서 굴러떨어질 거라는 두려움이 없는 비행은 처음이었다. 나는 천천히 폼멜을 움켜쥔 손을 풀었고, 잠시 후에는 두 손을 머리 위로 들어올린 채 저 아래 계곡을 향해 수직으로 하강했다.

20년을 살았지만 지금 이 순간만큼 살아 있음을 만끽한 적이 없었다. 아카이브에 발을 디디지 않고도 생명력이 파직거리는 마력이 혈관에 쏟아져 들어오며 모든 감각을 고통스러운 수준까지 끌어올렸다.

테른이 날개를 확 펼치고 공기를 받아 안으면서 급강하를 멈췄다.

"그 어깨 근육은 단련해야겠다, 은빛 아이야. 이번 주에 연습하기로 하지."

안장에서 최대한 멀리 몸을 기울이자 계곡 바닥에 수평으로 날고 있는 테른의 발톱에 잡힌 앤다나가 보였다.

"고마워! 이제 내가 할 수 있어." 테른은 앤다나의 말을 듣고 발톱을 풀었다.

그때 마력이 빠져나갈 곳을 찾는 것처럼 내 뼈를 흔들었고, 나는 애써 몸을 똑바로 세웠다. 평소와는 달랐다⋯ 마력이 내 손에 빚어질 준비를 하는 게 아니라 마치 마력이 나를 빚고 싶어 하는 것 같았다.

잠시 등골을 타고 두려움이 내달렸다. 고유 능력을 발현하지 못한 마력의 반발이 하필 오늘 터지면 어떻게 하지? 나는 고개를 내저었다. 일어날지 알 수 없는 일을 걱정할 시간이 없다. 모의전투 중간에 그럴 순 없다. 그저 내가 마침 좌석에서 떨어질까 노심초사하지 않으니 마력도 자유로워진 느낌이 들 뿐이다. 그게 다였다.

테른이 다시 상승하기 시작하자 안장에 허리를 바로 하고 앉아서 흔들리는 시선으로 풍경을 훑어보던 내 심장이 불규칙하게 뛰었다. 서쪽 능선 높은 곳에 회색 탑이 하나 있었다. 절벽면에 거의 녹아들어서, 단서가 없었다면 못 보고 놓칠 뻔했다.

"저게 내가 생각하는 그건가요?" 두려움은 피부를 찌르는 통제 불능의 에너지에 힘을 공급할 뿐이었다.

테른의 머리는 이미 그 방향으로 돌아가 있었다. *"드래곤들이군."*

어깨 너머로 리암과 리애넌을 보니 테른이 이미 말을 전한 모양이었다. 우리는 대형에서 벗어나 흩어졌다. 위쪽 절벽에서는 세 마리의 드래곤이 이륙해서 각기 다른 방향으로 급강하하고 있었다.

지금까지는 우리가 놈들에게 다수의 과녁을 제공했지만, 이제는 일대일로 마주하게 될 터였다. 쏟아지는 우박이 내 피부를 때리고 테른의 비늘에 부딪혀 튕겼다. 테른은 날개를 단단히 접고는 타격을 피했다.

우리가 자유낙하를 하면서 계곡 바닥이 무서운 속도로 다가오자 내장이 목구멍까지 치솟아 오르는 느낌이었다. 열기와 에너지가 몸을 모조리 집어삼키려고 했고, 두 눈마저 불타는 느낌이었다. 젠장, 내 고유 능력이 하필 모의전투 중에 반발하려는 신호였다.

"당장 그라운딩을 해!" 테른이 포효했다.

눈을 꽉 감고 정신적으로 두 발을 다 아카이브의 대리석 바닥에 파묻은 후, 테른에게서 쏟아져 들어오는 힘과 앤다나, 그리고 제이든과의 접속 통로만 남기고 사방에 벽을 치자 바로 통제력이 생긴 느낌이 들었다.

눈을 떴을 때 우리는 올라가고 있었고, 테른이 어찌나 강하게 날갯짓을 하는지 한 번 날개를 칠 때마다 몸이 안장 뒤쪽으로 미끄러질 정도였다.

테른은 얼음을 지배하던 제1비행단 라이더를 저 아래로 급강하하게 두고 올라온 상태였는데, 나는 그 드래곤이 간신히 하강을 제어해서 우리와 반대편으로 선회하는 모습을 보며 몸을 움츠렸다.

"저기서 그 알을 지키는 거군요." 드래곤 세 마리가 절벽 가장자리 위치를 차지하며 이륙할 준비를 하는 것을 보니 분명했다.

"동의한다. 꽉 잡아라." 테른이 외치기가 무섭게 계곡 오른쪽에서 드래곤 하

나가 날아오면서 우리에게 불줄기를 내뿜었다.

"테른!" 나는 화염이 우리를 향해 날아오는 모습을 보며 공포에 질려서 외쳤다. 테른이 몸을 기울이면서 타격을 배에 정통으로 맞은 덕분에 나에게는 지글거리는 열기만 훅 끼쳐왔다.

장난해?

"앤다나?" 제1비행단이 피를 보려고 해서 앤다나가 다친다면….

"난 불에 내성이 있는 거 까먹었어?"

나는 떨리는 숨을 내뱉었다. 걱정거리 하나는 줄었지만, 문제의 드래곤은 우리 발치에서 입을 벌려 혀를 말고 있었다.

테른이 휙 움직이면서 꼬리를 흔들어 공격하는 드래곤의 옆구리, 정확히는 날개 바로 아래를 때렸다. 그 드래곤은 포효하며 비스듬히 기울더니 무섭도록 빠른 속도로 고도를 잃고 떨어졌다.

하지만 나는 그 급강하에 관심을 두지 않았다. 대신 그 시간을 이용해서 아까 엿보았던 산비탈 기지를 훑어보았다. 능선에 삐죽 튀어나온 물건을 발견하자 심장이 빠르게 뛰었다. 남아서 지키는 드래곤은 하나뿐이었다.

"제이든! 알 여기 있어!" 나는 전언을 보냈다.

"이미 가는 중이야. 30킬로미터 남았어." 제이든의 목소리에 깃든 패닉을 감지하니 두려움에 목이 막혔다. 데이와 리암이 위쪽에서 익숙한 오렌지색 스콜피언테일과 전투에 돌입하는 모습을 보자 그 두려움은 더 커졌다.

베이드였다. 그 잭이었다.

"리암을 도와야 해요."

"간다." 테른이 속도를 높이자 앤다나가 뒤처졌다. 나는 앤다나가 안전하게 산사면에 달라붙는 모습을 보고 나서야 테른의 목에 납작 붙어서 공기 저항을 줄였다. 우리는 그 어느 때보다 빠른 속도로 상승하고 있었다. 바람이 틀어올렸던 머리카락을 잡아당겨, 흩어진 머리카락이 데이와 리암만 쳐다보고 있던 내 얼굴을 때렸다.

베이드가 데이에게 꼬리를 휘두르는데, 독을 품은 부분이 데이의 목에 위험하도록 가까웠다.

"데이의 비늘은 네 생각보다 두껍다. 위험한 건 리암이야." 테른이 더 높이 올라가면서 경고했다.

우리가 위험한 속도로 접근하는 사이에 두 드래곤은 탑 가까이에서 엉켜 싸우고 있었고, 우리가 거의 도착했을 때 잭이 장검을 뽑아들고 베이드의 등에서 데이의 등으로 건너뛰더니 리암을 기습했다.

리암이 일어설 시간도 없이 잭의 장검이 그의 옆구리를 찔렀다.

"리암!" 내 목에서 비명이 터지는 사이에도 잭은 리암의 배를 걷어차더니 리암의 몸을 칼에서 빼내고… 데이의 등에서 떨어뜨리려 했다.

안 돼. 안 돼. 안 돼!

떨어진 리암은 두 팔을 휘두르면서 우리 앞으로 곤두박질쳤다.

"리암을 잡아요!" 나는 해내지 못할까 두려워하며 외쳤다.

데이와 베이드는 탑과 충돌했고, 잭이 몸을 굴려 제일 높은 망루에 안전하게 내려서는 모습이 보였다. 그놈은 테른이 급격한 우회전으로 방향을 바꾸는 사이에도 잔혹한 웃음을 지었다. 내 눈에 보일 정도로 활짝.

날개를 단단히 접은 테른이 떨어지는 리암을 뒤쫓는 동안 나를 좌석에 붙들어두는 건 허벅지에 맨 가죽끈뿐이었다. 그러나 아래 노출된 암석이 너무 가까웠고, 우리는 너무 높은 곳에 있었다.

안 돼. 목이 죄어들었다. 리암을 잃을 순 없다. 나를 살려두기 위해 몇 개월이나 그토록 헌신했는데 그럴 순 없었다. 여기서 실패할 수 없었다. 그럴 수는… 없었다.

"앤다나!" 나는 마음속에서 이미 앤다나의 반짝이는 선물이 기다리고 있는 창을 열어젖히면서 외쳤다.

"그렇게 해." 앤다나가 빠르게 대답했다. *"너와 테른을 제외한 모든 것에 초점을 맞춰!"*

앤다나 말대로였다. 테른까지 얼어붙는다면 내가 리암을 붙잡아봤자 의미가 없었다.

"해!"

금빛 마력에 손을 뻗자 그 힘이 등뼈를 타고 내려가면서 등이 휘었다. 그 힘은 손가락과 발가락까지 흘러넘치고 몸의 모든 세포를 감싼 후에 충격파가 되어 테른을 통과해 쏟아져 나갔다.

갑자기, 세상에서 움직이는 건 우리뿐이었다. 우리는 바람도 없는 하늘을 가로질러 리암의 얼어붙은 몸으로 다가갔다. 그의 몸은 아래에 튀어나온 날카로운 바위에서 얼마 떨어져 있지 않았다.

우리에게는 고작 심장이 몇 번 뛸 시간밖에 없었다. 그 시간을 붙들고 있는 것만으로도 온몸이 떨렸고, 앤다나에게서 흘러드는 힘은 줄어들고 있었다. 테른이 날개와 발톱을 활짝 펼치더니 허공에서 리암의 몸을 낚아채고, 꼬리로 바위를 후려치면서 가까스로 우리까지 죽을 위기에서 벗어났다.

"잡았다."

시간이 되돌아오고, 능선과의 충돌을 피하기 위해 테른이 아슬아슬하게 상승하면서 바람이 내 얼굴을 후려쳤다.

"앤다나?"

"무사해." 머릿속에 들리는 앤다나의 목소리는 속삭이는 수준이었다.

탑 위에 서 있는 놈을 쳐다보자 분노에 피가 끓었다. 이 개자식이 더는 내 친구와 나를 뒤쫓게 둘 수 없었다.

아래에서 페이그가 나타났고, 리애넌이 두 팔을 벌린 채로 우리 아래로 올라왔다. 테른은 잠시 속도를 줄여서 리암을 리애넌에게 넘겼다. 그는 살아 있었다. 살아 있어야만 한다. 다른 결과는 받아들일 수 없었다.

시야 가장자리로 캐스와 다른 드래곤들이 북쪽에 도착함과 동시에 위쪽 절벽에서 또 다른 대대가 이륙하는 것이 보였다.

베이드는 우리 뒤를 날면서 자신의 개자식 라이더를 향해 질주하고 있었고, 문제의 그 라이더는 탑 꼭대기에서 히죽대고 있었다.

"올라가요!" 나는 옆구리에 차고 있던 칼을 하나 뽑아들고 한 손은 때가 되면 버클을 풀기 위해 비워둔 채로 명했다.

"좌석에서 떨어지면 안 된다!" 테른은 상대적으로 작은 오렌지 드래곤을 뒤에 남겨두고 급상승하면서 고함쳤다. 그는 고개를 왼쪽으로 돌리더니 화염을 뿜어내어 제1비행단 드래곤들에게 경고를 보내면서 그 옆을 지나쳤다.

잭에게서 눈을 떼지 않는 동안에도 내 가슴속에 지글거리는 마력은 점점 커졌다. 가까이 날아가면서 잭의 얼굴에 떠오른 역겨운 기쁨을, 그의 장검 끝에서 떨어지는 핏방울을 볼 수 있었다. 리암의 피였다.

지평선에 거대한 드래곤이 나타났다. 그쪽을 쳐다보거나 감각을 열지 않고도 제이든이라는 사실을 알았지만, 지금은 그에게 잠시도 할애할 시간이 없었다. 테른은 그 어느 때보다 빠르게 상승하고 있었고, 마력은 내 피부를 질주하며 피를 끓이고 있었다.

이게 끝이라면, 내 마력이 반발할 거라면 죽더라도 저 개자식을 끌고 죽어야 한다. 테른은 불에 면역이 있지만 잭은 아니었다.

"더 빨리!" 나는 제때 도착하지 못할까 봐 절박해진 목소리로 외쳤다.

테른이 점점 더 빠르게 날갯짓을 하며 탑으로 돌진했고, 나는 본능적으로 두 손을 앞으로 뻗었다. 마치 내 안에 휘몰아치는 모든 힘을 방금 내 친구를 죽이려 한 놈에게, 기회가 있을 때마다 나를 죽이려고 악을 쓴 놈에게 던질 수 있다는 듯이.

그 지글거리는 마력은 치명적인 수준까지 증가하면서 에너지의 소용돌이로 화했고, 내 발은 아직 단단히 그라운딩한 상태였는데도 마력이 한계점까지 솟구치면서 아카이브 지붕이 무너졌다. 마력이 내 위로 파직거리고 주위를 회오리치며 발을 감쌌다.

나는 하늘이며, 지금까지 존재했던 모든 폭풍의 힘이었다.

나는 무한이었다.

목에서 비명이 터져 나옴과 동시에 무시무시한 천둥소리와 번개가 하늘을 갈랐다.

푸르스름한 은빛의 죽음이 탑을 강타하고, 불꽃이 피어오르면서 돌들이 터져나갔다. 테른이 폭발을 피하기 위해 몸을 기울였고, 나도 안장 안에서 몸을 빙글 돌렸다.

잭은 산사태와 함께 산비탈을 떨어졌다. 결코 살아남을 수 없었다.

우리 뒤에서 베이드가 울부짖었다. 그도 아는 모양이었다.

깨끗한 단검을 다시 옆구리에 꽂는 손이 덜덜 떨렸다. 그의 피는 저 아래 바위 사이에나 있을 테지만, 나는 죽음에 뒤덮였어야 마땅하다는 눈으로 내 두 손을 보았다.

테른이 누가 들어도 자랑스러워하는 포효를 내질렀다.

"번개의 지배자로구나."

29

> **생도의 죽음은 필연적이면서도 수용 가능한 비극이다. 이 과정은 무리를 솎아 내 가장 강한 라이더만을 남기며, 그 죽음의 원인이 코덱스에 위배되지만 않는 다면 다른 생도의 목숨을 끝내는 데 관여한 어떤 라이더도 처벌받지 않는다.**
>
> — 아펜드라 소령, 《라이더 분과 지침》(무허가 판본)

우리가 비행장에 착륙한 게 몇 분 후처럼 느껴졌다. 아니면 평생이 지난 것 같기도 했다. 확실치가 않다. 이쪽저쪽에서 드래곤들이 도착하며 땅이 흔들렸다. 비행장은 제4비행단의 들뜬 라이더들과 제1비행단의 분노한 라이더들로 빠르게 채워졌다. 드래곤들은 라이더들이 내리자마자 떠났지만, 내가 버클을 더듬거리는 동안 테른의 앞다리 사이에서 기다리고 있는 앤다나만 예외였다.

잭은 죽었다. 내가 죽였다.

내가 잭의 부모님이 편지를 받게 될 원인이자, 잭의 이름이 돌에 새겨질 이유였다.

비행장 저편에서는 개릭이 수정 알을 머리 위로 들어올리고, 데인이 깃발을 펄럭였다. 제4비행단 라이더들이 두 사람에게 달려가서 신처럼 떠받들며 환호하고 있었다.

마지막 버클이 손가락 사이로 미끄러지자 테른이 몸을 기울였고, 나는 안장에서 빠져나왔다. 머리가 어질어질했다. 스트레스 때문에 현기증이 왔는지 테른의 어깨를 타고 아래로 내려가는데 균형을 잡기가 힘들었다.

결국 비틀거리면서 진흙밭에 내려섰고, 테른의 앞다리 사이에 녹초가 되어 누워 있는 앤다나에게 도착해서 무릎을 꿇었다.

"리암이 살아 있다고 말해줘. 그럴 가치가 있었다고 말해줘요."

"*데이가 리암은 살아 있다고 전하는구나. 장검이 옆구리를 꿰뚫었단다.*" 테른이 대답했다.

"다행이다. 다행이야. 잘됐어. 고마워, 앤다나. 너에게 얼마나 큰 부담이었는지 알아." 금빛 눈을 올려다보자 앤다나가 천천히 마주보며 눈을 깜박였다.

"*그럴 가치가 있었어.*"

구역질이 나며 입안에 침이 고였다. 죽였어. 내가 죽였어.

"세상에, 소른게일!" 소여가 신이 난 듯이 외쳤다. "번개라니? 그동안 우리한테 숨겼구나!"

내가 번개를 내리쳐서 한 사람의 목숨을 빼앗았다.

속이 울렁거렸다. 그림자가 나를 감쌌지만 제이든이 아니었다. 테른이 우리 위로 날개를 접고서, 내가 오늘 먹은 것을 게워내는 동안 세상을 차단했다.

"*넌 해야 할 일을 했다.*" 테른이 말했지만, 그런 말을 들어도 위장은 경련을 되풀이하며 이제 남아 있지도 않은 음식물을 밀어내려고 했다.

"*넌 친구를 구했어.*" 앤다나가 덧붙였다.

나는 손등으로 입을 훔치며 겨우 일어섰다. "넌 휴식을 취해야 하지?"

"*네가 내 라이더라서 자랑스러워.*" 앤다나의 목소리가 흔들리고 눈이 점점 느리게 껌벅였다. "*난 목욕이 필요하긴 하지만.*"

테른이 날개를 물리자, 앤다나는 앞으로 걸어가더니 하늘로 날아올라서 일정한 날갯짓으로 베일을 향해 날아갔다.

나는 안장을 올려다보았다. 테른도 쉴 수 있게 안장을 내려줘야 했다. 하지만 머릿속에는 내가 마침내 고유 능력을, 그것도 진짜 고유 능력을 얻었는데 그 능력으로 처음 한 일이 사람을 죽인 거라는 생각만 가득했다.

"바이올렛?" 왼쪽에 데인이 나타났다. "번개를 때린 게 너였어? 탑을 무너뜨린 그 번개 말이야."

잭을 죽인 번개. 나는 고개를 끄덕이면서 누군가의 심장이 아니라 어깨를 노리던 모든 순간들을 생각했다. 독을 써서 사람을 죽이지 않고 무력화시키기만 했던 순간들도. 나는 탈곡 때도 의식을 잃고 땅에 쓰러진 오렌을 내버려두었고, 내 방에 침입했을 때조차도 놈의 목을 노리지 않았다.

살인자가 되고 싶지 않아서였다.

"그런 건 생전 처음 봤어. 번개를 지배하는 능력자가 나온 건 1세기도 더…."
데인이 멈칫했다. "바이올렛?"

"내가 죽였어." 나는 안장의 가슴판을 보면서 속삭였다. 이 안장 전체를 연결하는 게 저 부분일 텐데, 맞지? 테른에게서 빨리 이걸 벗겨줘야 하는데.

어머니도 이제 내가 다른 라이더들과 똑같아졌다는 걸 알면 아주 뿌듯해 하겠지. 딱 어머니답게도. 텅 빈 뱃속이 다시 뒤틀렸고, 나는 몸에서 죄책감을 배출하려는 듯 구역질을 했다.

"젠장." 데인이 내 등을 문질렀다. "괜찮아, 바이."

이번 구역질은 더 빨리 끝났지만, 데인은 나를 끌어안고 달래듯이 등을 쓸어내리면서 부드럽게 흔들었다.

"내가 그 녀석을 죽였어." 왜 이 말밖에 못하는 거지? 난 같은 멜로디만 계속 반복하는 망가진 뮤직박스처럼 굴고 있었고, 모두가 나를 볼 수 있었다. 다들 내가 내 고유 능력이 빚은 결과도 처리하지 못한다는 걸 알았다.

"알아. 나도 알아." 그는 내 정수리에 입을 맞췄다. "그리고 혹시 그런 힘을 다시는 쓰고 싶지 않다면 굳이 그럴 필요도…."

"헛소리 그만하고 떨어져라." 제이든이 데인의 가슴을 밀치고 나를 떼어내더니, 내 양쪽 어깨를 잡고 빙글 돌려서 정면으로 얼굴을 마주했다. "네가 발로우를 죽였군."

나는 고개를 끄덕였다.

"번개. 네 고유 능력은 번개야. 그렇지?" 그는 내 대답이 자신에게 꼭 필요한 열쇠라도 되는 것처럼 강렬한 눈으로 나를 보았다.

"응."

그의 턱이 움직이고, 고개가 한 번 까딱였다. "그럴 것 같았지만 네가 탑을 무너뜨리는 걸 보기 전까지는 확신이 없었지."

그럴 것 같았다고? 도대체 그게 무슨 뜻이지?

"내 말 잘 들어, 소른게일." 그는 한 손을 올리더니 흘러내린 머리카락을 내 귀 뒤로 넘겨줬다. 놀랍도록 부드러운 손길이었다. "세상에는 발로우가 없는 게 더 나아. 우리 둘 다 아는 사실이지. 그놈의 비겁한 인생을 끝내는 사람이 나였으면 좋았을까? 당연하지. 하지만 네가 한 일이 무수히 많은 다른 사람들을 구할 거다. 그놈은 비열한 깡패에 불과했고 힘을 얻을수록 더 나빠지기만 했을 거야. 그놈의 드래곤도 준비되면 다른 라이더를 고를 거야. 난 발로우가 죽어서 기쁘다. 네가 그놈을 죽여서 기뻐."

"그러려던 게 아니었어." 들리지도 않을 듯한 속삭임이었다. "그냥 너무 화가 났고, 막 리암을 잡은 참이었어. 내 인장이 결국 반발한다고 생각했고." 나는 눈을 크게 떴다. "정말 폭발하기 직전이었어, 제이든. 그러기 직전이었어. 내가 뭐든 해야 했어."

"네가 한 일은 모두 리암을 살리기 위한 일이었어." 제이든의 엄지손가락이 내 뺨을 쓸었다. 그의 말투와는 완전히 상충하는 부드러운 몸짓이었다. 그리고 그의 동공이 커지는 모습을 보자 내가 한 일을 정확히 아는 게 분명했다.

"난 이런 거 원치 않아." 나는 불쑥 말했다. "리애넌은 물건을 공간 이동시킬 수 있고, 데인은 역행 인지를…."

"이봐." 데인이 말을 끊었다.

"내가 지금까지 몰랐을 것 같냐?" 제이든이 어깨 너머로 대꾸했다.

"케이오리 교수는 상상을 현실에 불러낼 수 있고, 소여는 금속을 구부릴 수 있어. 미라는 보호막을 확장할 수 있고. 모두가 전투에만 유용한 게 아닌 고유 능력을 갖고 있어. 세상에 이로운 도구들이라고. 그런데 대체 난 뭐지, 제이든? 난 망할 놈의 무기잖아."

"네 능력을 꼭 써야 하는 건 아니야, 바이." 데인이 부드럽게 위로하는 목소리로 입을 열었다.

"응석, 좀, 그만, 받아줘." 제이든은 데인에게 한마디 한마디를 씹어뱉듯이 던졌다. "바이올렛은 어린애가 아니다. 어른이고 라이더지. 어른답게 대우하고, 최소한 진실을 말하는 정도의 예의는 발휘하란 말이다. 멜그렌이나 다른 장군들, 쟤네 어머니가 아무려면 이런 능력을 깔고만 앉아 있게 둘 것 같나? 방금 연습용 요새 하나를 박살낸 것만 봐도 숨길 수 있는 능력도 아니다."

"당신은 그냥 바이가 당신과 비슷하길 바랄 뿐이잖아." 데인이 반박했다. "냉혈한 살인자가 되길 바라지. 당신은 곧 쟤한테도 다 괜찮다고, 살인에 익숙해질 거라고 말하겠지."

나는 숨을 훅 들이켰다.

제이든은 데인을 노려보았다. "내 피도 너와 똑같이 따뜻하다, 에이토스. 그리고 내년에 내 자리에 앉고 싶다면, 살인에 결코 익숙해지지 않는다 해도 살인이 필요하다는 사실을 이해해야 된다는 점을 머리에 집어넣는 게 좋을 거다." 그는 돌아서서 어두운 시선으로 나를 보았다. "여긴 초등학교가 아니야. 군사학교지. 그리고 전에도 나에게 들은 적 있겠지만, 최전선에 있지 않은 사람들이 잊고 싶어 하는 추악한 진실이 하나 있지. 전쟁엔 언제나 시체 자루들이 있다는 사실."

나는 고개를 저으려고 했지만, 그는 나를 보고 눈을 가늘게 떴다. "네 마음에 들지 않을 수도 있고 심지어는 혐오할 수도 있겠지만, 너 같은 능력이 사람의 목숨을 구하는 능력이야."

"사람들을 죽여서?" 나는 외쳤다. 스게일 말이 옳다면, 고유 능력이 우리의 핵심을 반영한다면, 그렇다면 나는 정확히 제이든이 붙여준 별명 그대로의 사람이었다…. 바이올런스(폭력)였다.

"침략군에게 민간인을 해칠 기회도 주지 않고 물리쳐서지. 그 작은 국경 마을에 사는 리애넌의 조카를 살려두고 싶어? 이게 그 방법이야. 적진에 들어간 미라를 살려두고 싶어? 이게, 그, 방법이야. 넌 그냥 무기가 아니야, 소른게일. 궁극의 무기지. 그 능력을 훈련하고 완전히 너의 것으로 만들면 네게 왕국 전체를 지킬 힘이 생기는 거다." 그는 내 얼굴에 흘러내린 머리카락을 또 귀 뒤로 넘겼다. 시야가 탁 트이자 핑계거리 없이 그의 정직한 눈을 볼 수밖에 없었다. 그는 내가 더 반발하지 않을 것을 확신하자 옆을 보았다. "리애넌, 네가 성채로 데리고 돌아갈 수 있겠나?"

"물론이죠." 리애넌이 기운차게 움직였다.

데인은 코웃음을 치더니 대대장들이 있는 곳으로 걸어갔다.

"안장을…."

"테른이 직접 벗을 수 있어. 테른이 특히 강조한 지점 중에 하나였지." 제이든이 가려고 돌아서다가 멈칫했다. "리암을 구해줘서 고맙다. 나에게 중요한 사람이야."

"고마워할 필요 없…." 나는 그의 등에 대고 한숨을 내쉬었다. "벌써 갔네."

"흠, 두 사람의 관계는 정말 이상해." 리가 나에게 팔짱을 끼면서 말했다.

"우리에게 관계 같은 건 없어." 나는 놀랍게도 제이든과 데인이 무슨 말을 하든 내내 입 다물고 있었던 테른을 올려다보았다.

"가보거라." 테른이 권했다. *"하지만 죄책감에 허우적대지는 말아라, 은빛 아*

이야. 네가 느끼는 감정은 자연스럽다. 그냥 그대로 느끼고 그 후에 흘려보내거라. 비행단장의 지적이 타당해. 그런 고유 능력을 가지고 있으니, 네가 이곳을 해치려는 악의 무리에 맞설 가장 큰 희망이다. 쉬고 내일 보자. 안장은 내가 벗으마."

"둘이 어떤 관계가 있는 건 확실하지." 리애넌은 나를 끌고 비행장을 벗어나면서 말을 이었다. "단지 그게 서로 발톱을 드러내게 만드는 앙숙에게 끌리는 파트너십 관계인지, 아니면 느리고 치명적으로 타들어가는 성적인 긴장 관계인지 잘 모르겠을 뿐이야." 리가 나를 곁눈질했다. "이제 거기서 둘이 어떻게 그렇게 빠르게 움직였는지 말해줘."

"무슨 소리야?"

"리암이 떨어지고 있을 때 페이그와 나도 최대한 빨리 날아갔지만 우리의 각도와 속도로는 너무 느리게 도착할 거라는 걸 알았어. 그리고 너도…." 리애넌은 고개를 저었다. "너희가 한참 위에 있는 것 같다가 다음 순간에는 리암을 잡은 것처럼 보이더라. 그렇게 빠르게 나는 드래곤은 본 적이 없어. 눈 깜박할 사이에 놓친 것 같았다고."

이제는 완전히 다른 이유의 죄책감이 나를 좀먹었다. 리애넌은 내 친구였다. 데인과 내가 어떤 사이가 되었는지를 정직하게 인정한다면, 리애넌이 이 학교에서는 제일 친한 친구였다. 다른 사람은 몰라도 리애넌은….

"그 아이에게 말할 수 없다고 죄책감 느낄 것 없다. 이 비밀은 네가 아니라 드래곤 종족에게 속해 있어." 테른이 경고했다. *"누구에게도 우리 아이들을 위험에 빠뜨릴 권리는 없다. 아무리 은빛 아이 너라 해도 안 돼."*

"테른은 정말 빨라." 나는 그 말로 설명을 대신했다. 거짓말은 아니지만, 온전한 진실도 아닌 설명이었다.

"신들에게 감사할 뿐이야. 지날이 리암을 정말 사랑하나 봐. 하루에 두 번이나 죽음을 속이다니."

하지만 죽음을 속인 건 리암이 아니었다. 나였다.

그리고 나는 어딘가, 어느 다른 차원에선가 말렉이 옥좌에 앉아서 내가 자기 손아귀에 든 영혼을 훔쳐갔다고 화내는 건 아닐까 생각할 수밖에 없었다.

하지만 대신에 잭의 영혼을 주지 않았는가.

물론 그 일이 내 영혼은 영영 망가뜨렸을지도 모르지만.

새로 던진 단검이 먼저 던진 단검 옆에 박히자, 방에 설치해놓은 나무 과녁판이 흔들거렸다. 내가 세상에 화가 났을지는 몰라도 겨냥이 흔들리지는 않았다. 과녁판을 벽에 기대어놓은 위치를 고려할 때, 빗나간다면 칼이 창밖으로 날아갈 가능성이 높았다.

나는 재빠르게 세 자루를 더 던졌고, 매번 사람 모양의 과녁판에서 목 부분을 맞췄다. 이미 번개를 쳐서 사람을 죽였는데, 굳이 어깨를 겨누는 게 무슨 소용일까? 내가 뭘 위해 그동안 자제한 걸까? 손목을 털어서 다음 단검을 과녁판 이마 부분에 정통으로 꽂아 넣는데, 그때 문 두드리는 소리가 났다.

열 번째로 또 오늘 있었던 일에 대해 더 이야기하고 싶다고 물어보러 온 리애넌이거나, 아니면 리암이겠지….

그러나 순간, 멈칫했다. 리암이 내가 방에 들어왔는지 확인하려고 왔을 리는 없었다. 리암은 아직 병동에서 칼에 맞은 상처를 치료하고 있었다.

"들어와." 내가 잠옷만 입고 있다 한들 무슨 상관일까? 그렇다고 단검으로 침입자를 공격할 수 없는 것도 아니고 말이다. 아니면 번개를 치거나.

옆에서 문이 열렸지만, 나는 굳이 쳐다보지 않고 과녁판에 단검을 던졌다. 저 키? 내 시야 가장자리에 보이는 검은 머리? 믿기지 않게 좋은 향기? 제대로 볼 필요도 없었다. 내 몸의 반응으로 제이든이라는 사실을 알았다.

이어서 내 몸이 그와 입술을 맞댄 기분이 정확히 어땠는지도 되살려내며 뱃속이 떨렸다. 젠장, 오늘 밤에는 제이든이나 제이든 때문에 느끼는 기분을 처리하기엔 내가 너무 곤두서 있었다.

"그건 나인가?" 그는 문을 닫고, 팔짱을 낀 채로 문에 기대서면서 물었다. 그러더니 다시 한 번 열기를 띤 시선으로 내 몸을 훑었다.

갑자기 열린 창문으로 흘러드는 봄바람 정도로는 달아오른 피부를 식힐 수가 없어졌다. 제이든이 그런 눈으로 나를 볼 때는 무리였다.

내가 서랍장에서 단검을 하나 더 집어들자 길게 땋은 머리가 등 뒤로 흔들거렸다. "아니, 하지만 20분 전쯤엔 당신이었어."

"지금은 누군데?" 그는 발목을 꼬면서 한쪽 눈썹을 치켜들었다.

"당신이 아는 사람은 아니야." 손목을 털자 다음 단검이 과녁판의 흉골을 꿰뚫었다. "왜 온 건데?" 나는 그쪽을 흘긋 보았다. 딱 제이든이 목욕을 하고 비행용 가죽옷이 아니라 표준 제복을 입었다는 사실을 알 정도의 시간만이었고, 그가 얼마나 욕 나오게 잘생겼는지 눈에 들어올 정도로 길게 보지는 않았다. 이번만큼은 나도 그가 흐트러지는 모습을, 갑옷처럼 몸에 두른 차분한 통제력을 잃은 모습을 보고 싶었다. "어디 맞혀볼까. 리암을 못 쓰게 됐으니 갑옷도 없이 잠옷만 입고 잔다고 나한테 잔소리하는 건 당신 의무가 된 거겠지."

"너에게 잔소리하려고 온 게 아니야." 부드럽게 말하면서도 내 원피스 잠옷의 가느다란 검은색 끈을 훑는 열기 띤 시선이 느껴졌다. "하지만 확실히 네가 갑옷을 입지 않은 건 알겠군."

"지금 날 공격할 정도로 터무니없는 인간은 없을걸." 나는 서랍장에서 단검을 하나 더 집었다. 쌓아두었던 단검이 바닥을 드러내고 있었다. "이제 난 50미터 거리에서도 사람을 죽일 수 있잖아." 면도날처럼 날카로운 단검 끝을 톡톡 두드리면서 제이든을 마주했다. "그러고 보니 실내에서도 통할까? 하늘이 없으면 어떻게 번개를 휘두르지?" 그와 시선을 마주한 채로 단검을 과녁판에 던졌다. 나무가 쪼개지는 만족스러운 소리를 들으니 제대로 맞춘 모양이었.

"쯧. 그게 이렇게 섹시하면 안 되는데." 그는 깊이 숨을 들이마셨다. "그건 네가 알아내야 할 문제겠지." 그는 내 입술에 시선을 떨구더니 두 팔을 긴장시켰.

"설마 날 훈련시킬 수 있다고 말할 건 아니지? 날 구할 수 있다거나?" 나는 혀를 차면서 그의 목에 찍힌 인장의 복잡한 선을 손으로 덧그려보고 싶다는 터무니없는 충동을 느꼈다. "그건 정말 당신답지 않을 텐데."

"난 번개 능력자를 어떻게 훈련할지 전혀 모르고, 오늘 목격한 바에 따르면 넌 누가 구해줄 필요가 없어." 맨발에서부터 허벅지까지 오는 치맛자락을 거쳐 가슴에서 목으로 올라오다가 마침내 내 눈을 마주보는 그의 시선에는 순수한 갈망이 깃들어 있었다.

"오직 나 스스로에게서 구해야 할 뿐이지." 나는 중얼거렸다. 제이든이 나를 저렇게 볼 때마다 하고 싶던 짓들을 저지르면 확실히 망하는 건데, 오늘 밤은 그러거나 말거나 상관없는 상태였다. 위험한 조합이었다. "그러면 여긴 왜 온 거야, 제이든?"

"너와 떨어져 있을 수가 없어서이려나." 그는 조금도 기쁘지 않은 말투로 사실을 인정했지만, 그래도 나는 숨이 가빠졌다.

"당신도 밖에서 축하해야 하지 않아?" 다른 사람들은 다 축하하고 있었다.

"우린 전쟁이 아니라 전투 하나에서 이겼을 뿐이야." 그는 문에서 몸을 떼어내고 한 발자국을 디디며 우리 사이의 거리를 좁히더니, 내 땋은 머리채를 어깨에서 들어올려 천천히 엄지손가락으로 훑어내렸다. "그리고 난 네가 아직 심란해하고 있을 줄 알았어."

"당신이 나보고 알아서 극복하라고 했던 건 기억해? 그런데 내가 심란하거나 말거나 왜 당신이 신경 써?" 나는 욕망 대신 분노를 선택하고 가슴 앞에 팔짱을 꼈다.

"난 너보고 죽일 용기를 키워야 한다고 했지. 극복하라고 한 적은 없다." 그는 내 머리채를 놓았다.

"하지만 그래야 한다는 거잖아. 맞지?" 나는 고개를 젓고 방 중앙으로 물러났다. "우린 여기에서 살인자가 되는 방법을 배우려고 3년을 보내고, 살인을 제일 잘하는 사람들을 칭송하고 진급시키지."

그는 눈썹 하나 까딱하지 않고 그저 열받도록 차분하게 관찰하는 시선으로 나를 지켜볼 뿐이었다.

"난 잭이 죽어서 화가 난 게 아니야. 우리 둘 다 난간다리 이후부터 계속 그놈이 날 죽이고 싶어 했고, 결국에는 죽였을 걸 알아. 내가 화가 난 건 그놈의 죽음이 나를 바꾸기 때문이야." 나는 내 심장 바로 윗부분을 두드렸다. "데인은 이 학교가 모든 치장을 벗겨내고 사람의 본질을 드러낸다고 했어."

"그 점은 반박할 수 없군." 그는 서성이기 시작하는 나를 지켜보았다.

"그리고 계속 그 생각만 나. 어렸을 때 아빠에게 만약 내가 엄마나 브레넌 같은 라이더가 되고 싶으면 어떻게 하냐고 물었더니, 아빠가 난 두 사람과 다르다고 했던 일. 아빠는 내 길이 다르다고 했었어. 그런데 이 학교가 내게서 예의와 품위를 다 벗겨내버렸고, 알고 보니 내 힘은 그 누구보다 더 파괴적이잖아." 나는 제이든 바로 앞에 멈춰 서서 두 손을 들어올렸다. "그렇다고 이 힘을 두고 테른 탓을 할 수도 없어. 드래곤은 연료를 넣어줄 뿐 고유 능력은 라이더의 핵심에서 기반하는 힘이야. 그렇다는 건 언제나 이 힘이 표면 아래에서 풀려나기만 기다리고 있었다는 뜻이고. 그렇다면…."

나는 말하면서도 목이 메었다. "나는 그동안 내내 브레넌과 비슷하면 좋겠다는, 그러면 그게 내 보잘것없는 이야기의 반전이 될 거라는 작은 희망을 안고 있었어. 내 고유 능력이 복원 능력이어서 모든 망가진 것들을 고칠 수 있다면 좋겠다고… 그런데 알고 보니 난 부수는 사람이었어. 이 능력으로 내가 얼마나 많은 사람을 죽일까?"

제이든의 눈이 부드러워졌다. "네가 선택하기 나름이지. 오늘 네가 힘을 얻었다고 해서 네 주체성을 잃은 건 아니야."

"난 뭐가 잘못된 거지?" 나는 두 손을 부르쥐고 고개를 흔들었다. "다른 라이더라면 신이 났을 텐데." 바로 지금도 피부 아래에서 지글거리는 마력이 느껴졌다.

"넌 다른 라이더와 비슷했던 적이 없지." 그는 가까이 다가왔지만 나를 건드리진 않았다. "네가 이곳에 들어오고 싶어 했던 적이 없어서일 거야."

신들이시여. 나는 지금 제이든이 나를 만지고, 오늘의 추악함을 씻어내고, 새로운 무언가를 느끼게 해주길 바랐다. 이 차오르는 수치심이 아니면 뭐든 좋았다. "당신들도 여기 들어오고 싶어 한 적 없잖아." 나는 그의 목에 찍힌 반역의 인장을 쳐다보았다. "그래도 다들 잘 지내고 있고."

그가 나를 보았다. 제대로 보았다. 지나치게 많은 것을 보는 느낌이었다. "우리 대부분은 선택할 수만 있다면 이 학교를 싹 불태워버리겠지만, 그래도 모든 낙인자는 여기 들어오고 싶어 해. 그게 우리가 살아남을 유일한 길이니까. 너와는 달라. 너는 책과 정보가 가득한 조용한 삶을 원했지. 전투에 뛰어드는 게 아니라 전투를 기록하고 싶어 했어. 너에겐 잘못된 부분이 없어. 넌 오늘 한 사람을 죽였다는 사실에 화내도 돼. 그놈이 네 친구를 죽이려고 했다는 사실에 화내도 돼. 이 벽 안에서 넌 느끼고 싶은 대로 느낄 수 있어."

이제는 잠옷 너머로 그의 체온이 느껴질 정도로 가까웠다.

"하지만 이 벽 바깥에서는 안 된다고?" 그건 질문이 아니었다.

"우린 라이더야." 그는 그걸로 충분한 설명이라는 듯이 말하며 내 두 손을 자기 가슴에 갖다댔다. "그러니까 필요한 일은 뭐든 해. 소리를 지르고 싶어? 그럼 나한테 소리 질러. 뭔가를 때리고 싶어? 날 때려. 감당할 수 있어."

그를 때리는 것은 정말이지 하고 싶지 않은 일이었다. 나는 더 이상 내 마음과 싸우고 싶지 않았다.

"자." 제이든이 속삭였다. "네 마음을 드러내봐."

나는 까치발을 들고 그에게 키스했다.

30

> 금지까지는 아니지만, 부대의 효율성을 위해서 생도들은 분과에서 공부하는
> 동안 강한 애착 관계를 발전시키지 말 것을 강력하게 권장한다.
> ― 《드래곤 라이더 코덱스》 5조 7항

그는 순간 굳어 있다가, 말도 안 되는 속도로 몸을 돌려 내 등을 문에 대고 문틀을 거칠게 밀었다. 워어. 그는 한 손으로 내 양쪽 손목을 잡더니 머리 위로 고정시켰다.

"바이올렛." 제이든이 내 입에 대고 신음했다. 애원이 담긴 그 목소리를 듣자 혈관에 전혀 다른 유형의 힘이 밀려들었다. 제이든도 나만큼이나 우리 관계에 끌린다는 사실에 감정이 북받쳤다. "이건 네가 원하는 게 아니야."

"정확히 내가 원하는 거야." 나는 맞받아쳤다. 분노를 욕정으로 대체하고, 오늘 있었던 죽음을 확실한 내 생명의 고동으로 대체하고 싶었다. 그리고 나는 그가 그 모든 것을, 그 이상을 해줄 수 있다는 걸 알았다. "필요한 일은 뭐든 하라면서." 나는 그의 가슴팍에 가슴을 대고 허리를 휘었다.

제이든의 숨소리가 달라지며 그의 눈 속에서 전쟁이 벌어졌다. 나는 그 전쟁에서 이길 결심을 굳혔다. 이제 그만 부정하고 이 참을 수 없는 긴장감을 깨뜨릴 때였다.

그는 고개를 숙여 내 입술에서 살짝 떨어진 곳에서 말했다. "그리고 말해두는데, 난 절대로 너에게 필요한 존재가 아니야." 간신히 숨을 죽인 으르렁거림이 그의 가슴을 통해 울리며 내 몸의 신경 가닥가닥이 살아났다.

"지금 다른 사람을 찾으라는 거야?" 나는 질주하는 심장을 안고 그의 허풍을 처냈다.

"그건 아니지." 잠시 동안 숨길 수 없는 질투심으로 눈매를 좁힌 그는 내게 하반신을 밀어붙였고, 그의 대답에 잠시 찾아왔던 안도감은 철렁할 정도로 순수한 욕정에 자리를 내주었다. 칼끝에서 위태롭게 균형을 잡으며 가장자리를 맴도는 그의 악명 높은 통제력을 지금도 볼 수 있었다. 살짝만 더 압박하면…. 그리고 나는 부끄러움 없이 밀어붙일 작정이다.

"좋아." 나는 고개를 기울여 그의 아랫입술을 물었다가 살짝 뺀 후에 자근자근 깨물었다. "난 제이든 당신을 원하거든."

그 말이 제이든을 무너뜨렸고, 그는 항복했다.

마침내.

우리의 입술이 부딪쳤다. 키스는 뜨겁고 격렬했으며 완전히 우리의 통제에서 벗어나 있었다. 그가 두 손으로 내 엉덩이를 잡고 자신의 하반신에 밀착시키자 등골을 타고 전율이 흘렀다. 나는 그와 보조를 맞추려고 등으로 문을 긁으면서 몸을 밀어올렸다.

그의 허리에 다리를 감고 발목을 교차했다. 잠옷이 말려 올라갔지만 신경 쓰지 않았다. 잡아먹을 듯한 키스 속에서는 다른 데 신경 쓸 여유가 없었다. 입술이 스치는 감각과 그 못된 움직임이 논리적인 생각을 모조리 앗아갔고, 내 세상은 이 키스에, 이 순간에, 이 남자에게로, 좁혀 들어갔다.

내 것. 이 순간 제이든 라이오슨은 내 것이었다.

아니면 내가 그의 것인지도 모르지. 그가 계속 키스한다면 무슨 상관이람?

그의 입술이 내 목을 따라 미끄러져 내려가자 그 관능적인 공격에 신음이 나왔고, 중독적인 열기가 넘실거리며 온몸 구석구석을 불태웠다.

"맙소사." 그가 내 목에 대고 중얼거렸고, 우리는 함께 움직이고 있었다.

나무가 바닥을 긁으며 삐걱거리는 소리가 나더니 내 엉덩이가 책상에 부딪쳤다. 제이든이 내 위로 몸을 굽히면서 그의 등에서 내 발목이 떨어졌다. 그는 손가락으로 내 머리카락을 훑더니 목 뒤를 받치며 다시 내 입을 차지했다. 나도 마주 키스했다. 이런 갈급함은 오직 제이든을 대할 때만 느껴졌다.

두 손을 뒤로 돌려 내 무게를 지탱하면서 걸리적거리는 것은 무엇이든 쓸어버리고, 기울어져 있던 물건은 바닥으로 떨어뜨렸다. 째깍대는 시계 소리가 멎었다.

"아침이면 넌 날 미워하게 될 거야. 이건, 네가, 정말, 원하는 게, 아니야." 그는 내 턱선을 따라 귀까지 입을 맞추면서 뚝뚝 끊어 말했다. 그가 내 귓불을 깨물자 속이 흐물흐물 녹아내리는 것 같았다.

"내가 뭘 원하는지는 그만 말해." 나는 가쁘게 숨을 몰아쉬면서 손가락으로 그의 짧은 머리카락을 헤집고, 그가 더 접근하기 쉽게 고개를 기울였다. 내 초대를 받아들인 그는 목선을 따라서 목과 어깨가 이어지는 지점까지 입술을 미끄러뜨렸다.

망할! 기분이 좋았다. 그의 입술이 달아오른 피부에 닿을 때마다 불쏘시개에 불이 떨어지는 것 같았고, 그가 민감한 지점에서 시간을 들이자 나는 더욱 날카로운 숨을 들이쉬었다. 그러다가 그가 다시 잠잠해지더니, 내 목 옆에 뜨겁고 축축한 숨을 내쉬었다. 나는 달갑지 않은 생각에 이마를 찌푸렸다. "당신이 날 원치 않는다면 또 모르지만."

"지금 내가 널 원하지 않는 것처럼 느껴져?" 그는 내 손을 잡더니 겹쳐져 있는 우리 둘의 몸 사이로 미끄러뜨렸고, 나는 가죽옷 너머로 그가 얼마나 단단해져 있는지 느낄 수 있었다. 나는 순수한 갈망으로 신음했다.

"난 언제나 널 원해." 내가 손에 힘을 넣자 그는 신음하더니 고개를 들어 내 시선을 옭아맸다. 나는 금빛 반점이 떠도는 심연 같은 그 오닉스 눈동자에서 걷잡을 수 없는 욕망을 읽었다. 내 욕망과 꼭 닮아 있었다. "네가 방에 걸어 들어오면 도저히 눈을 뗄 수가 없어. 네 근처에만 가면 이렇게 돼. 바로 단단해지지. 젠장, 네 근처에 있으면 생각도 제대로 할 수가 없어." 그가 내 손에 대고 몸을 움직이자, 내 손과 배에 같이 힘이 들어갔다. "지금 문제는 내가 널 원한다는 게 아니야."

"그럼 뭔데?"

"난 네가 거지 같은 하루를 보낸 후라는 걸 이용하지 않고 신사답게 굴려고 하고 있거든." 그는 턱에 힘을 넣었다가 풀었다.

나는 미소 지으며 그의 입술 옆에 키스했다. "여긴 언제나 거지 같은데 뭐. 그리고 내가 오늘 기분이 나아지게 해달라고 요청한다면…." 나는 그의 입술을 잘근거렸다. "정정. 내가 애원한다면, 그건 날 이용하는 게 아니지."

"바이올렛." 그는 경고하듯이, 내가 경계해야 한다는 듯이 이름을 불렀다. 바이올렛. 제이든이 내 이름을 제대로 말하는 건 우리 둘만 있을 때, 오직 모든 장벽과 가식이 멀어졌을 때뿐이었다. 그렇게 내 이름을 부르는 소리를 몇 번이라도 듣고 싶었다.

"난 생각하고 싶지 않아, 제이든. 그냥 느끼고 싶어." 나는 그를 풀어줬다. 리본을 한 번 잡아당기자 길게 땋은 머리카락이 풀어졌고, 나는 쏟아지는 머리채를 손가락으로 빗어 내렸다.

그의 눈동자가 어두워졌고, 내가 이긴 게 확실해졌다.

"빌어먹을, 이 머리카락." 그는 말하면서 내 입술 위를 서성였다. "그리고 이 입. 너에게 키스하고 싶은 마음뿐이야. 너 때문에 화가 날 때조차도."

"그럼 키스해." 나는 허리를 젖히면서 그의 입술을 점령했다. 이게 나에게 주어진 단 한 번의 기회일지 모른다는 기분으로 키스했다. 이런 절박함이 자연스럽지는 않았다. 이대로 내버려뒀다가는 우리 둘 다 잿더미로 만들어버릴 것 같은 들불이었다.

키스는 노골적이면서도 관능적이었다. 민트와 제이든 맛이 났고, 아무리 맛보아도 충분하지가 않았다.

그는 위험한 데다가 만족이 불가능한, 최악의 중독제였다.

"멈추라고 말해." 그는 엄지손가락으로 내 허벅지 안쪽의 민감하고 여린 피부를 쓸면서 속삭였다.

"멈추지 마." 멈춘다면 죽어버릴 것 같았다.

"제기랄, 바이올렛." 그는 신음하며 내 허벅지 사이로 손을 미끄러뜨렸다.

신경 쓰지 않았다. 지금부터는 그가 내 이름을 그렇게 불러주길 바랐다. 지금처럼 바로 이렇게.

그가 손가락으로 속옷 위를 문지르자 폭발하는 쾌감에 등이 휘었다. 온몸에 퍼져 나가는 쾌락이 어찌나 달콤한지, 맛이 느껴질 정도였다. 그는 굶주린 사람처럼 내 입술을 다시 덮치고 혀를 얽으면서 손가락으로는 능숙하게 나를 어루만졌다. 나는 그의 손에 대고 엉덩이를 움직여서 더 요구하려고 했지만 발이 책상 아래에 닿지 않아서 여의치가 않았다. 나는 그가 주는 것만 받을 수 있었다.

"만져줘." 나는 그의 강인한 목 뒤에 손톱을 박아 넣으며 요구했다. 내 안을 고동치는 욕망이 북소리처럼 울렸다.

입술이 닿은 채로 들리는 그의 음성은 고르지 않았다. "너에게 손을 대면, 정말로 제대로 손을 대면, 내가 멈출 수 있을 것 같지가 않아."

당연히 그럴 것이다. 나는 영혼으로 그 사실을 알았다. 그래서 내 몸을 믿고 맡기는 것이고. 내 심장은? 이 결정에 아무 영향도 미치지 않았다.

"신사인 척 그만하고 얼른 하라고! 제이든."

그의 눈이 확 커지더니 그리웠던 공기를 대하는 것처럼, 자기 목숨이 그 공기에 달린 것처럼 격하게 키스했다. 내 목숨도 그 키스에 달려 있는 것 같았다. 그의 손가락이 속옷 아래로 들어가며 살며시 어루만졌고, 내 입에서는 신음이 흘러나왔다. 그의 손길에 전기가 흐르는 것 같았다.

"부드러워." 그는 내게 깊이 키스하면서 손가락으로 달콤한 쾌락의 근원에 가까이 다가가며 원을 그렸다. 나는 그의 어깨에 손톱을 박아 넣고 허리를 휘었다. "넌 분명 감촉만큼이나 맛도 좋을 거야."

나는 피부 아래에서 살아 숨 쉬는 불길 같은 쾌감에 몸서리를 쳤다.

"더." 피부가 달아오르고 맥박이 미친 듯이 빨라지는 가운데 나는 오직 그 말밖에 할 수 없었다. 나는 불이 붙어서 타오르기 직전이었고, 그가 손가락을 내 안에 넣는 순간에는 그의 입에 대고 흐느끼기밖에 하지 못했다.

"미치도록 뜨거워." 그의 낮아진 목소리는 석탄을 긁는 소리처럼 들렸다. "이러면 우리 둘 다 망하겠지만 참을 수가 없어."

"아, 세상에." 몸을 지탱하려고 등 뒤 벽에 손을 갖다 대다가 엉덩이가 흔들리는 바람에 뭔가를 넘어뜨렸다. 왼쪽에서 뭔가가 바닥에 떨어져 깨졌다. 그가 손가락을 구부리자 나는 숨을 들이키며, 가죽옷에 감싸인 그의 엉덩이 주위로 허벅지를 조였다. 그리고 그가 동시에 가장 민감한 곳을 문지르자, 마찰과 압력 때문에 쾌감으로 머릿속이 하얘질 정도였다.

내가 소리를 지르자 그는 입으로 그 소리를 막고, 손길에 맞먹는 혀 놀림을 선보였다. 마력이 차오르며 내 뼛속까지 물결쳤다. 그 순간 예기치 못하게 몰려드는 에너지에 놀라서 제이든을 더 힘껏 붙잡았다.

"지금… 너무 아름다워, 바이올렛. 날 위해 놓아버려." 그의 말이 마음속에 휘감기고, 그의 입은 내 입과 녹아 붙고, 그 친밀감이 나를 쾌락의 극한까지 밀어붙이고는 그대로 한계를 넘겨버렸다.

그는 내가 허리를 휘며 내지른 비명을 삼켜버렸다. 첫 번째 절정의 파도가 밀려오면서 단단히 똬리 틀고 있던 긴장감을 풀어헤쳐 터뜨렸다. 시야 가장자리에 불꽃이 튀고, 나도 백만 조각의 별이 되어 부서졌다. 제이든이 능숙한 손길로 첫 번째 클라이맥스를 두 번째로 연결시키자 창밖에 번개가 내리치면서 번뜩이는 빛이 몇 번이고 방 안까지 흘러들어왔다.

"제이든." 나는 쾌감이 사그라졌다가 다시 피어나자 신음했다.

그는 씩 웃으면서 손가락을 빼냈고, 나는 숨을 몰아쉬면서 원초적인 갈망으로 그의 셔츠에 손을 뻗었다. 당장 그걸 뜯어버리고 싶었다. 그는 내 다급함에 순응하여 셔츠를 뜯어내버렸고, 우리는 다시 미친 듯이 키스하며 몸을 더듬었다. 손 끝에 닿는 그의 피부는 단단한 근육에 비해 믿을 수 없이 부드러웠다. 나는 그의 등을 따라 손을 움직이며, 그의 움직임에 따라 힘줄이 물결치는 가운데 모든 곡선을 기억에 새겼다.

"지금 당신이 필요해." 그의 가죽바지 버튼에 손을 뻗었다.

"네가 무슨 말을 하는지는 알고 있어?" 그가 말하는 동안에도 나는 가죽과 천을 밀어냈다. 뜨겁고 단단한 것이 내 손에 잡히고, 그의 입술에서 새어 나오는 신음을 듣자 무적이 된 기분이었다.

"내게 들어오라는 거야." 나는 고개를 젖히고 그에게 키스했다.

그는 괴로운 소리를 내더니 내 엉덩이를 책상 가장자리로 당기고, 내 속옷을 다리 아래로 끌어내렸다.

맥박이 미친 듯이 뛰었다. "피임은 하고 있어." 물론 우리 둘 다 마찬가지였다. 누구든 여기에서 작은 라이더들이 뛰어다니는 것만은 바라지 않을 터였다. 하지만 나중에 후회하느니 말해두는 게 낫다.

"마찬가지야." 그는 내 엉덩이를 잡고 들어올려 각도를 조정하더니 내 아래에 대고 문질렀다. 나는 헐떡였고, 그는 나와 시선을 맞췄다. 그의 긴장한 몸 선 구석구석에 새겨진 갈증이 내 파멸의 원인이었다. 이렇게 해서 우리 둘 다 파멸한대도 상관없다.

더는 참을 수 없었다. 더는 안 된다.

나는 우리 둘 사이로 손을 넣어 그를 이끌었지만, 이 자세는 엉망이었다. 그는 책상보다 한참 높은 곳에 있었다. 내가 그렇게나 절박한 상태만 아니었다면 웃어버렸겠지만, 나는 절박했다. 아무리 허리를 휘어도 도움이 되지 않았다. 기다리는 1초, 1초가 10년처럼 느껴졌다.

"망할 놈의 책상." 제이든이 욕을 내뱉었다.

같은 생각이었다. 그는 이두박근에 힘을 넣으면서 내 허벅지 뒤쪽을 잡고 들어올렸고, 나는 두 팔로 그의 목을 감싸고 두 다리로 그의 허리를 감았다. 그가 몸을 빙글 돌리자 내 잠옷이 우리 둘 사이에 걸렸다. 허겁지겁 다시 키스하는 사이에 등이 옷장에 부딪쳤지만, 나는 그의 키스와 허벅지 사이의 감각에만 푹 빠져서 눈도 깜짝하지 않았다.

"젠장. 괜찮아?"

"괜찮아. 나 안 부서져."

그는 몸을 힘껏 밀어넣었고, 나는 그 딱 맞는 감각에 숨을 들이켰다.

"더." 키스하느라 바빠서 말할 겨를도 없었다. "*당신 전부가 필요해.*"

"*넌 날 죽이고 말 거야, 바이올렛.*" 그의 목소리에는 그나마 남아 있던 통제력이 사라져 있었다. 그가 거세게 밀고 들어오며 나를 완전히 점령했다. 내 모든 감각에서 그를 느낄 정도였다.

"*괜찮다고 말해줘.*" 신들에게 감사하게도, 그는 이미 움직이고 있었다.

"*완벽해.*" 완벽 이상이었다. 다시 한 번 마력이 내 피부 속을 불태우면서 미친 듯한 욕망을 발산했다.

"*젠장, 너무 좋아.*" 그는 무자비하게 내 안에 부딪쳐 오면서도 입으로는 내 목선을 따라 내려가고, 손으로는 내 가슴을 감싸쥐었다.

그가 몸을 움직일 때마다 등이 옷장 문을 때리면서 방 안은 오로지 우리의 몸이 부딪치는 소리와 나무가 삐걱대는 소리로 가득 찼다. 나는 미쳐버릴 것 같은 쾌감 때문에 생각을 할 수가 없었다. 호흡이 뚝뚝 끊어졌다.

"*하아, 아무리 가져도 모자라.*" 그는 내 목에 얼굴을 파묻고 말했다.

"*닥치고 계속해, 라이오슨.*" 후회는 내일 해도 늦지 않는다.

나는 한 손을 올려서 옷장 위를 붙잡은 뒤 그의 움직임에 맞춰 같이 움직이며 그를 더 깊이, 더 세게, 받아들였다. 그가 내 잠옷 끈 한 쪽을 어깨로 끌어내리더니, 싸늘한 밤공기에 단단해진 내 가슴을 어루만지기가 무섭게 그의 뜨거운 입술이 내려앉았다. 그 감각은 나선을 그리며 내 안 깊은 곳에 쾌락의 매듭을 지었다. 그 팽팽한 긴장감을 도저히 참을 수 없을 지경이었다.

옷장 문이 삐걱거리더니 경첩이 부서졌다. 얼마 안 있어 우리 주위로 옷장이 쪼개지며 나무가 부서지자 제이든의 그림자가 휙 튀어나와서 나를 보호했다. 내 마력도 그의 마력에 반응해 솟아오르며 그의 어깨를 잡고 입술을 찾는 사이에도 피부 아래에서 지글거렸다.

우리는 멈추지 않았다. 멈출 수가 없었다.

"젠장!" 그는 내 안으로 계속 들어오면서 몸을 돌렸다. 등에 천이 닿았다. 하지만 침대는 아니었다. 창문 옆으로 밀어놓은 커튼이었다.

서로의 입술이 닿자 다시 에너지가 파지직거렸고, 그래도 그는 계속 몰아붙이면서 내 안에 똬리를 튼 쾌락의 매듭을 고통스러울 정도로 단단히 조였다.

그리고 마력이⋯ 지나쳤다. 힘이 나를 태우고, 풀려나고 싶어서 내 피를 끓이고 있었다. "제이든!" 나는 비명을 지르고 몸부림을 치면서 동시에 나를 지상에 묶어둘 유일한 닻처럼 그에게 매달렸다.

"내가 여기 있어, 바이올렛." 그는 나와 입술을 맞댄 채 흔들리는 호흡으로 말했다. "놓아버려."

번개가 내 안을 달리더니 눈을 꽉 감아야 할 정도로 눈부시게 번뜩였다. 곧바로 천둥소리가 울리면서 내 위에 열기가 피어올랐다.

그리고 연기 냄새가 났다.

"윽." 제이든의 마력이 방 안을 채우면서 우리를 비추던 빛을 가렸고, 커튼이 떨어져 내리긴 했지만 우리는 타버린 천이 살갗을 건드리기도 전에 이미 움직이고 있었다.

제이든이 나를 바닥에 눕히는 동안에도 내 안에 똬리를 튼 쾌락은 한계점까지 차올랐고, 그가 또다시 내 안으로 밀고 들어오며 마침내 나는 그의 무게를 온전히 받아냈다. 그림자가 떨어져 나가고 내 위에 있는 그의 모습이 보였다. 검은 눈이 오롯이 나에게만 집중하는 모습이야말로 내 평생 가장 아름다운 광경이었다.

"*너무, 너무, 아름다워.*" 나는 한마디 할 때마다 키스를 했다.

그는 잠시 물러섰다가 눈을 마주치더니 다시 한 번 키스로 나를 장악했다. 이 남자는 온몸으로 키스를 했다. 혀의 움직임에 맞춰 몸을 움직이고, 내가 딱 숨 쉴 수 있을 만큼만 무게를 싣고 민감해진 내 가슴에 그의 가슴을 스쳤다. 그는 드래곤을 탈 때와 똑같은 날카로움을 유지했고, 나는 방 전체에 불을 붙이기까지 얼마나 더 참을 수 있을지 알 수 없었다.

"나⋯ 나⋯." 나는 미칠 듯한 눈으로 그를 찾았다. 내 말솜씨가 다 어디로 갔지?

"알아." 그가 다시 내게 입술을 겹치더니, 우리 몸 사이로 손을 뻗어 능란한 손길로 나를 다시 한 번 절정으로 밀어 올렸다. 다시 빛이 번뜩였다. 천둥이 울리고 암흑이 찾아오면서 나는 그의 몸 아래에서 산산이 흩어졌다.

쾌락의 파도가 나를 몇 번이고 몇 번이고 강타하는 동안, 나는 제이든의 어깨에 매달려서 견딜 수밖에 없었다. 행복한 항복이었다.

"아름다워." 제이든이 속삭였다.

내가 쾌감의 꼭대기에서 내려오자마자 그의 리듬이 바뀌더니, 내 무릎을 가슴팍까지 밀어 올리고 더 깊숙이 들어왔다. 우리의 피부에 땀이 맺혔다. 나는 그가 흐트러지는 모습을 넋을 놓고 바라보았다. 내가 통제를 잃는 것이 두려웠던 만큼이나 그가 통제를 잃는 모습이 좋았다. 그리고 내가 엉덩이를 움직이자 그가 신음하며 목을 뒤로 젖히고 한 번, 두 번.

그리고 세 번째에 그는 소리를 지르며 내 안에서 몸을 잘게 떨었다. 그 순간 그의 마력이 그림자 줄기가 되어 뻗어나가더니 나무 과녁판을 쪼개버렸다. 나뭇조각이 산산이 흩어지자, 제이든은 또다시 암흑을 주위에 둘러서 우리 몸을 파편으로부터 보호했다. 이어서 그림자가 물러서자 단검들이 달그락거리며 내 뒤 바닥에 떨어졌다.

그는 충격을 받은 동시에 매혹된 얼굴이었고, 나도 똑같은 기분이었다. 우리는 바닥에서 서로를 쳐다보며 완벽하고도 철저한 광기라고밖에 할 수 없는 행위의 여파로 가슴을 들썩이고 있었다.

"한 번도 이렇게 통제를 잃어본 적이 없어." 그는 한쪽 팔에 무게를 싣고 반대쪽 손으로 내 얼굴에 흘러내린 머리카락을 쓸어 넘기며 말했다. 무척이나 조심스러운 그의 몸짓은 방금 우리가 경험한 행위와 너무나 어울리지 않았다. 나는 눈을 깜박이다가 웃을 수밖에 없었다.

"나도." 그 웃음은 미소였다가 함박웃음으로 변했다. "전에는 통제를 잃을 마력도 없었지만 말이지."

그는 소리 내어 웃더니 나를 잡은 채로 몸을 옆으로 굴려서, 내 머리를 그의 어깨에 기댔다.

나는 공기 중의 연기 냄새를 맡았다. "내가 혹시…."

"커튼에 불을 붙였냐고?" 그는 한쪽 눈썹을 올렸다. "맞아."

"아." 민망해할 힘도 없었기에 나는 손등 끝으로 그의 턱에 돋은 수염자국을 쓸었다. "그리고 당신이 껐고."

"그래. 내가 네 과녁판을 박살내기 직전에 말이지." 그가 얼굴을 찡그렸다. "새 과녁판을 구해다 줄게."

나는 옷장 쪽을 슬쩍 보았다. "그리고 우리가…."

"응." 그는 양쪽 눈썹을 들어올렸다. "그리고 의자도 새로 구해야 할 거야."

"그건…." 나는 제이든의 바지도 완전히 벗겨내지 않았고, 내 잠옷도 한쪽 어깨에 너덜너덜하게 걸려 있었다.

"무섭도록 완벽했지." 그는 내 옆얼굴을 감싸쥐었다. "이제 씻고 자게 해줘야겠다. 네 방은… 내일 걱정해도 되겠지. 아이러니지만 우리가 망가뜨리지 않은 가구가 네 침대뿐이군."

나는 침대가 무사한지 확인하려고 일어나 앉았고, 제이든도 옆에 앉아서 몸을 앞으로 기울였다. 나는 곧바로 다른 것에 대한 흥미를 잃고 그의 등 근육과 스케일이 그에게 남겨놓은 푸른 인장에 신경이 쏠렸다.

손을 뻗어서 등에 있는 드래곤 인장을 덧그리는데, 손가락이 도드라진 은빛 흉터에 머물자 제이든의 몸이 굳었다. 하나같이 짧고 가느다란 선이었는데, 채찍 자국이라기에는 너무 정확했고, 패턴에 어떤 의미도 없으면서 서로 교차하지도 않았다. "어떻게 된 거야?" 나는 숨죽여 속삭였다.

"넌 정말 알고 싶지 않을 거야." 그는 긴장했지만, 내 손에서 몸을 떼지는 않았다.

"알고 싶어." 사고 같지는 않았다. 누군가가 일부러, 악의에 차서 준 상처가 분명하다. 나도 그 사람을 추적해서 똑같이 갚아주고 싶었다.

그는 턱에 힘을 넣었다가 빼면서 어깨 너머를 돌아보고 나와 눈을 마주쳤다. 나는 이 순간이 어느 방향으로든 갈 수 있음을 알고 입술을 깨물었다. 그는 언제나처럼 나를 차단할 수도 있고, 정말로 나를 받아들일 수도 있었다.

"흉터가 많아." 그의 등뼈를 따라 손가락을 내리면서 중얼거렸다.

"107개야." 그는 시선을 피했다.

그 숫자를 듣자 속이 울렁거렸다. 그리고 내 손이 멈췄다. 107이라면… 리암이 언급했던 숫자였다. "그건 반역의 인장을 받은 아이들의 숫자잖아."

"맞아."

나는 그의 얼굴을 볼 수 있게 움직였다. "어떻게 된 거야, 제이든?"

그는 내 머리카락을 쓸어 넘겼고, 그 순간 그의 얼굴을 스친 표정이 어쩌나 다정한지 심장이 멈칫거릴 정도였다. "난 거래할 기회를 봤어." 그는 조용히 말했다. "그리고 그 기회를 잡았지."

"어떤 거래길래 이런 흉터가 남아?"

그의 눈동자 속에 격렬한 갈등이 떠오르더니 곧 한숨을 내쉬었다. "반역 지도자들이 남기고 간 아이들 107명의 충성심을 내가 책임지고, 그 대신 우리는 부모님처럼 처형당하지 않고 라이더 분과에서 목숨 걸고 싸워도 좋다는 거래였지." 그는 시선을 피했다. "난 확실한 죽음 대신 죽을 수도 있는 가능성을 선택했어."

그 제안의 잔인함, 그리고 제이든이 다른 아이들을 구하기 위해서 치른 희생에 실제로 한 대 맞은 기분이었다. 나는 그의 뺨을 감싸고 그의 얼굴을 돌렸다. "그러니까 한 명이라도 나바르를 배신하면…." 나는 눈썹을 올렸다.

"그러면 난 목숨을 잃는 거지. 흉터는 그걸 일깨우는 장치야."

그래서 리암이 그에게 모든 것을 빚졌다고 한 거였다. "미안해. 당신이 그런 일을 겪은 줄 몰랐어." 특히나 그는 반역을 이끈 장본인도 아니었다.

그는 내 밑바닥까지 꿰뚫는 눈으로 나를 보았다. "네가 사과할 건 없어."

나는 일어서려는 제이든의 손을 잡았다. "자고 가."

"그럴 순 없어." 그의 미간에 주름이 두 개 파였다. "사람들이 떠들 거야."

"내가 남들이 뭐라든 신경 쓴다는 인상을 준 적이 있었던가?" 나는 제이든이 이전에 했던 말을 되돌려주면서 그의 목에 찍힌 인장에 손을 얹었다. "나랑 같이 있어, 제이든. 내가 애원하게 만들지 말고."

"우리 둘 다 이게 안 좋은 생각인 걸 알잖아."

"그럼 우리의 안 좋은 생각이지."

그의 어깨에서 힘이 빠지자 내가 이겼음을 알았다. 오늘 밤 그는 내 것이었다. 우리는 번갈아가며 몰래 빠져나가서 몸을 씻고는 함께 침대에 누웠다. 그가 내 등을 안았다. "오직 이 벽 안에서만이야." 그는 조용히 말했고, 나도 그게 무슨 뜻인지 이해했다.

"오직 이 벽 안에서만." 동의했다. 우리가 사귀는 관계이거나 그런 건 아니니까. 우리가 사귀는 건… 재앙이었다. "우린 라이더니까."

"누가 뭐라고 하면 아마 내 성질에…."

나는 짧은 키스로 그의 입을 막았다. "무슨 말인지 알아. 그거… 다정하네."

그는 내 피부를 살짝 물었다. "난 다정하지 않아. 부탁인데 내 어떤 부분이라도 물렁하다거나 친절하다고 오해하지 마. 그랬다간 너만 다칠 거야. 뭘 하든 간에…." 그는 내 목에 얼굴을 묻고 숨을 깊이 들이마셨다. "나한테 빠지지는 마."

나는 인장이 새겨진 그의 팔을 어루만지면서 내가 이미 빠져든 게 아니기를 빌었다. 지금 가슴속에 차오르는 이 압도적인 갈망과 만족감은 한 번도 아니고 세 번이나 절정을 느낀 여파일 것이다. 그렇지? 그 이상일 리 없다.

"바이올런스?"

눈꺼풀이 점점 무거워지는 가운데, 창밖에 무한히 펼쳐진 검은 하늘을 내다보며 화제를 바꿨다. "왜 내가 번개를 휘두를 수 있을 거라 추측했어?"

그는 딱 내 머리가 그의 턱 밑에 들어갈 만큼만 몸을 폈다. "테른이 너에게 처음 마력을 보낸 밤에 네가 번개를 조종했다고 생각했어. 다만 확신은 없어서 아무 말도 안 했지."

"진짜?" 나는 눈을 껌벅이며 기억을 돌이켰지만, 잠이 밀려오면서 뇌가 기분 좋은 둔한 진동에 잠겨 있었다. "언제?" 눈이 감겼다.

내가 졸기 시작하자 그는 팔에 힘을 줘 나를 더 가까이 끌어당겼다. 내 허벅지 뒤쪽이 그의 바지에 딱 달라붙었다.

"네가 처음 나에게 키스했을 때."

깨어났을 때 제이든은 없었지만, 놀라운 일은 아니었다. 애초에 그가 밤새 머물렀다면 그거야말로 놀랄 일이었다. 그러나 협탁 위 단지에 바이올렛 한 묶음이 꽂힌 것을 보았을 때, 내 심장은 부풀어올랐다. 이건 정말 큰일이었다.

그는 심지어 부서진 쓰레기도 다 구석에 쌓아놓았는데, 소리를 전혀 듣지 못했으니 내가 자는 동안 그림자를 써서 치웠다는 뜻이다.

나는 아직 지친 상태였지만, 해가 떠올랐음을 알아차리고는 얼른 옷을 입고 머리를 틀어올렸다. 리암이 병동에 있으니 오늘은 아카이브에 혼자 가야 했다. 하지만 돌아오는 길에 슬쩍 리암을 들여다볼 수도 있을 것이다.

신발 끈을 매고 있을 때 문 두드리는 소리가 들렸다.

"농담이겠지." 나는 문을 두드리는 사람이 들을 수 있게 큰 소리로 말했다. "리암이 낫는 중이라는 이유로 나에게 다른 경호원이…." 나는 문을 비틀어 열

425

고 나서 더듬더듬 마지막 말을 뱉었다. "…필요한 건 아니거든."

머리털이 곤두선 카 교수가 문 앞에 서 있었다. 그는 평가하는 눈빛으로 나를 보고 내 뒤로 엉망이 된 방 안을 보고는 눈썹을 들어올렸다. "우리에겐 할 일이 있네."

"전 아카이브 당번인데요."

내가 반박하자 그는 코웃음을 쳤다. "자네가 거길 다 태워버리지 않는다는 확신이 생길 때까지는 아카이브 당번에서 제외다. 번개와 종이는 서로 잘 어울리지 않지. 내 말 믿게, 소른게일. 서기들은 자네가 그 귀한 책들 근처에도 얼씬거리지 않았으면 할 거야. 게다가 꼴을 보아하니 자면서도 마력을 통제하지 못하는 모양이군."

사실과는 한참 동떨어진 소리라 그 말을 듣고 느낀 뜨끔함도 무시하려 했지만, 결국에 나는 카 교수를 따라나섰다. "어디로 가나요?"

"자네가 산불을 내지 않을 만한 곳으로." 그는 돌아보지도 않고 말했다.

20분 후, 우리는 비행장에 있었고 놀랍게도 테른이 안장을 메고 있었다.

"대체 어떻게 한 거예요?"

테른은 분개해서 식식거렸다. *"내가 직접 입을 수도 없는 물건을 설계하게 됐으려고. 네 마력이 어디에서 왔는지 명심해라, 은빛 아이야."*

"앤다나는 어때요?" 내가 묻는 사이에도 카 교수는 내 손에 가방 하나를 밀어넣었다. "이건 뭐죠?"

"자고 있지만, 괜찮다." 테른이 장담했다.

"아침식사." 카 교수가 대답했다. "자네가 곧 쓸 능력을 감안하면 아침식사를 해야 할 거야." 그는 자신의 오렌지 대거테일에게 올랐고, 내가 테른에 올라서 끈을 매자 같이 날아올랐다.

산맥 깊숙이 들어가자 봄바람에 뺨이 따끔거렸다. 나는 점심식사 전에 비행 수업이 있을 거라 예상해서 가죽옷을 챙겨 입길 다행이라고 생각했다.

우리는 30분쯤 날아간 후에, 수목한계선보다 위쪽에 착륙했다.

나는 높은 고도에 따라오는 낮은 기온에 몸을 떨면서 팔을 문질렀다.

"걱정 말게. 금세 춥지 않아질 거야." 카는 나를 안심시키며 드래곤에서 내려서더니 주머니에서 작은 책을 꺼냈다. "내가 어젯밤에 읽은 바에 따르면, 이 능력에는 체온을 올리는 힘이 있으니까…." 그는 주위를 가리켰다.

"더해서 여기엔 태울 게 많지 않고 말이죠?" 그리고 카가 내 목을 부러뜨리기로 결정하더라도 목격자가 없겠지. 나는 카 교수를 흘긋 쳐다보고 재빨리 시선을 거뒀다. 곧바로 안장 버클을 풀고 테른의 앞다리로 미끄러져 내려가며 전언을 보냈다. *"테른, 내 곁을 떠나지 말아요."*

"절대 안 떠난다. 저놈이 너에게 한 발자국이라도 다가서면 산 채로 태워버리마."

"바로 그거예요."

카는 나를 주의 깊게 살폈고, 나는 그와 눈을 마주치지 않고 무릎에 감아놓은 붕대가 가죽옷 속에서 미끄러져 내려가진 않았는지 확인했다. "자연이 균형을 찾는 방법은 언제나 흥미롭지."

"무슨 말씀인지 잘 모르겠는데요, 교수님."

"이런 능력이 이토록…." 그는 한숨을 내쉬었다. "자네는 스스로를 연약하다고 생각하지 않나?"

"저는 젊니다." 나는 발끈했다. 다른 사람은 몰라도 이 교수에게 나를 다르게 생각할 이유를 준 적이 없다.

"자네를 모욕하는 말이 아니다." 그는 안장을 보면서 어깨를 으쓱였다. "그게 균형이다. 지금까지 내 임무를 수행하다 보니 능력을 견제하는 체계 같은 것이 보이더군. 자네의 경우에는 그 견제 방책이 그 몸인 것 같고."

테른이 가슴속으로 으르렁거리는 소리를 내면서 상대적으로 작은 카의 드래곤을 밀어냈다.

"자네의 드래곤은 나를 믿지 않는군." 카는 해결해야 할 학문적인 문제를 다루듯 말했다. "그리고 저 드래곤이 현재 분과에서 가장 강력하다는 점을 감안하면…."

"하지만 대륙에서 가장 강한 건 아니지." 테른이 인정했다.

"…자네도 나를 믿지 않는다는 뜻이야, 소른게일 생도." 그는 나를 지그시 바라보았고, 산꼭대기에 부는 바람이 그의 흰머리를 깃털처럼 흩날렸다. "왜 그런가?"

"거짓말할 필요는 없다."

"저보고 연약하다고 하는 거 말고요?" 나는 필요하면 얼른 올라탈 태세로 테른의 앞다리 밑에 있었다. "교수님이 제러마이아를 죽일 때 저도 그 자리에 있었어요. 제러마이아의 고유 능력이 발현되자 교수님이 저희들 모두 앞에서 나뭇가지처럼 목을 부러뜨렸죠."

카는 생각에 잠겨 고개를 갸웃했다. "그래. 흠, 그 생도라면 상당히 심한 패닉 상태였고, 인틴식을 살려두면 안 된다는 사실은 널리 알려져 있지. 난 그 생도가 스스로의 죽음을 보기 전에 그 고통을 끝내준 거야."

"전 마음을 읽는 능력이 왜 사형인지부터 이해가 안 갑니다." 나는 테른의 다리에 손을 얹었다. 그렇게 해야 그의 힘을 흡수할 수 있을 것만 같았다. 이미 내 안에 흘러들어오는 마력을 느낄 수 있는데도 말이다.

"지식은 힘이기 때문이다. 장군의 딸이니 자네도 그 정도는 알아야지. 기밀 정보에 무제한으로 접근할 수 있는 힘을 가진 사람이 돌아다니게 둘 수는 없어. 그런 이들은 왕국 전체의 안전을 위협하지."

그렇지만 데인은 살아 있었다.

"에이토스야 통제할 수만 있다면 유용할 테니 그렇지." 테른이 내 머리 위로 수증기를 내뿜었고, 오렌지 대거테일은 더 심한 콧김으로 응수했다. *"에이토스의 능력은 접촉만으로 제한되니 통제도 더 쉽고."*

"자, 나를 믿을 필요는 없으니 원한다면 자네 드래곤 등에 앉아서 능력을 행사해도 좋다. 하지만 자네를 죽일 계획이 없다는 말은 믿어주면 좋겠군, 소른게일 생도. 자네 같은 자산을 잃는 건 전쟁에 비극이 될 테니 말이야."

자산이라.

"그리고 자네가 테른과 계약하면서 자네와 라이오슨은 이 왕국 역사상 선례를 기억할 수 없을 정도로 탐나는 한 쌍이 됐어. 충고 한마디 해도 될까?" 카 교수가 눈을 가늘게 떴다.

"부디 그러시죠." 카는 무자비할 정도로 정직하기는 했으니, 나도 그를 어떻게 대해야 할지 알았다.

"자네의 충성심을 선명하게 유지하게. 자네와 라이오슨 둘 다 어떤 라이더라도 질투할 만큼 이례적이고 치명적인 능력을 지녔어. 심지어 둘이 함께라면?" 카 교수는 숱 많은 눈썹을 찌푸렸다. "자네들은 사령부에서 존재를 용납할 수 없을 만큼 강력한 적이 될 걸세. 무슨 말인지 알겠나?" 그의 목소리가 부드러워졌다.

"나바르가 제 고향입니다, 교수님. 저보다 앞서 드래곤에 오른 모든 소른게일일과 마찬가지로 저도 왕국을 지키기 위해 목숨 바칠 겁니다."

"훌륭해." 그는 고개를 끄덕였다. "이제 훈련에 착수하세. 자네가 번개를 빨리 통제하면 할수록 우리 둘 다 이런 곳에서 추위에 떨 필요도 없어지겠지."

"좋은 지적이네요." 나는 산줄기를 바라보았다. "제가 그냥…?" 나는 주위 산맥을 가리켰다.

"여기만 아니면 어디든 좋네."

나는 먼 산맥 줄기를 보았다. "예전에는 어떻게 번개를 불렀는지 확실히 모르겠습니다. 그건… 감정적인 반응이었어요." 그리고 어젯밤에 벌어진 일은 절대로 논할 수 없었다.

"흥미롭군." 그는 목탄 조각으로 수첩에 뭔가를 적었다. "어제의 모의 훈련 도중 말고도 번개를 휘두른 적이 있나?"

나는 정직하게 답하지 말까 고민했지만, 말하지 않는다고 도움이 될 게 없었다. "몇 번요."

"그리고 그때도 감정적인 반응의 결과였나?"

테른이 코웃음을 쳤고, 나는 손등으로 그의 앞다리를 쳤다. "네."

"흠, 그렇다면 거기에서 출발하지. 그라운딩을 하고, 뭐가 됐든 예전에 느낀 감정을 다시 불러내도록 해보게." 그는 다시 수첩에 뭔가를 적었다.

"내가 비행단장을 데려와야 하나?" 테른이 신나게 웃어댔다.

"닥쳐요." 머릿속의 아카이브에 두 발을 디디자 마력이 내 안으로 흘렀다. 앤다나의 금빛도 있었지만 어제 힘을 쓴 덕분에 은은해져 있었다. 그리고 위쪽에는 제이든과의 연결 통로를 의미하는 새까만 그림자가 소용돌이쳤다.

"문제라도 생겼나?" 제이든이 내 의문을 느낀 것처럼 물었다. *"그런데 그렇게 멀리서 뭘 하는 거지?"*

"카 교수와 훈련 중이야." 그의 낮은 목소리를 듣기만 해도 뺨이 달아올랐다. *"그런데 내가 얼마나 멀리 있는지는 어떻게 알아?"*

"능력을 더 강하게 행사하게 되면 너도 알 수 있을 거야. 바이올런스, 네가 어딜 가더라도 난 찾을 수 있지." 위협적인 말이어야 했건만, 그렇게 들리지 않았다. 그 말을 들으니 터무니없이 안심이 됐다.

"지금 번개를 불러보려고 하거든. 카가 날 뚫어져라 쳐다보고 있는데 방법을 알아내지 못하면 진짜 어색해질…."

그 순간, 머릿속에 내 모습이 쏟아져 들어왔다. 바로 어젯밤에 제이든의 눈을 통해서 본 나였다. 채울 수 없이 타들어가는 욕망도 함께 느껴졌다. 나는 통제력을 잃고… 아니다, 통제력을 잃은 건 제이든이다. 내가 그의 아래에서 몸부림을 치면서 그의 등에 손톱을 박아 넣었던 쾌락과 고통이 딱 붙은 순간…. 맙소사, 나에겐 아니, 그에겐 내가 필요했다. 내 감촉과 맛과 느낌을 다시 알고 싶다는 갈망이 아슬아슬하게….

그 순간이었다. 마력이 온몸에 흘러넘치면서 피부 위로 파지직거리고, 감은 눈 안쪽에서 빛이 번득였다. 심상이 멈추고, 감정이 다시 내 것으로 돌아왔다. 그리고 빌어먹게도 너무 흥분한 나는 허벅지 사이에 느껴지는 뻐근함을 해결하기 위해 자세를 바꿔야 했다.

"잘했다!" 카 교수가 고개를 끄덕이며 수첩에 뭔가를 적었다.

"방금 당신이 한 짓을 믿을 수가 없네."

"고마울 것 없어." 목소리에서 재수 없는 웃음기가 느껴졌다.

나는 홧홧하게 달아오른 뺨에 손등을 갖다댔다.

"그것 보게. 내가 말한 대로지." 카가 수첩을 들어올렸다. "지난번 번개 능력자는 힘을 행사하면 체온이 오른다고 했다니까. 이제 다시 해보게."

테른이 낄낄거렸.

"한마디도 하지 마요." 나는 테른에게 경고했다.

이번에는 마력이 쇄도하던 느낌에만 집중했다. 무엇 때문인지는 생각하지 않고 모든 감각을 열어 하얗게 달아오른 에너지를 몸 안에 흘리면서 한계점까지 모았다. 그런 다음에 응축된 에너지를 풀자 2킬로미터 가까이 떨어진 곳에 번개가 쳤다. 이야, 저걸 보라지. 난 공인된 난폭자였다.

"이번에는 겨냥을 해볼 수 있겠나?" 카 교수가 수첩 위로 눈을 올렸다. "마력을 통제하면서 육체적인 힘까지 고갈시키지 않도록 명심하게. 자네가 타버리는 모습을 보고 싶은 사람은 없어. 테른 같은 마력이라면 통제할 수 없게 됐을 때 자네를 산 채로 잡아먹고도 남을걸세."

나는 기진맥진할 때까지 번개를 다섯 번이나 더 쳤고, 그중에 겨냥대로 맞춘 경우는 한 번도 없었다. 생각보다 힘든 훈련이 될 것 같았다.

31

아레티아 전승 기념일인 7월 1일을 재통합의 날로 선언. 해마다 나바르 전역에서 이 날을 축하하며 전쟁 중에 분리주의자들로부터 우리 왕국을 구하기 위해 목숨을 잃은 이들과 아레티아 협정으로 목숨을 구한 이들을 기리도록 한다.

— 현명왕 타우리의 포고령

내 옷장이었던 물건의 잔해에서 옷을 한 아름 꺼내드는데 문을 두드리는 소리가 들렸다.

"들어와요." 나는 옷가지를 침대에 내려놓으며 외쳤다.

문이 열리더니 막 비행장에서 온 것처럼 바람에 머리가 흐트러진 제이든이 들어왔고, 나는 가슴이 뛰었다.

"난 그저…." 그는 말을 하다 말고 어젯밤의 잔해를 둘러보았다. "우리가 어제 그렇게까지 큰 피해를 입히지 않았다고 믿으려 했는데…."

"그래. 이건…."

그는 나를 쳐다보았고, 우리 둘 다 피식 웃고 말았다.

"이걸로 어색하거나 그럴 필요는 없지." 나는 긴장감을 풀어보려고 어깨를 으쓱였다. "우리 둘 다 성인이잖아."

그는 흉터 진 눈썹을 들어올렸다. "그렇게 포장할 생각은 없었지만, 좋아. 그래도 너 혼자 청소하게 둘 순 없지." 그는 옷장을 쳐다보고 얼굴을 찡그렸다. "오늘 아침에 나갈 때는 어두워서 아주 그렇게까지 엉망 같지 않았어. 게다가 네가 어젯밤에 불을 붙인 나무도 몇 그루가 더 되더라고. 불을 끄는 데 물 능력자 두 명이 필요했어."

그 말에 뺨이 달아올랐다. "일찍 나갔네." 나는 최대한 태연한 투로 말하면서 기적적으로 살아남은 책상 쪽으로 걸어가 우리가 바닥에 떨어뜨린 책 몇 권을 주웠다.

"지휘부 회의가 있어서 일찍 일을 시작해야 했어." 그는 나와 팔을 스치면서 몸을 굽혀 내가 제일 좋아하는 민담 책을 집어들었다. 그날 밤, 몬세라트에서 미라가 내 배낭 안에 넣어둔 책이었다.

"아." 가슴속에 불이 켜지는 것 같았다. "그럴 만했네." 나는 책상 위에 교과서들을 올려놓았다. "내가 코를 골거나 잠버릇이 나쁜 건 아니었구나."

"아니야." 그의 입꼬리가 올라갔다. "카 교수와의 훈련은 어땠어?"

멋진 화제 전환이었다.

"능력을 행사할 순 있는데 겨냥은 못하고. 완전 진 빠져." 나는 처음 내리쳤던 번개를 떠올리며 입술을 오므렸다. "당신, 어제 비행장에서는 좀 재수 없게 굴었잖아."

책을 쥔 그의 손에 힘이 들어갔다. "그래. 그 순간을 버텨내기 위해 네가 들어야 한다고 생각한 말을 했지. 난 네가 다른 사람들에게 약해진 모습을 보이기 싫어하는 걸 알고 있고, 그때 너는…."

"약해져 있었지." 내가 대신 말을 맺었다.

그는 고개를 끄덕였다. "혹시 도움이 된다면 말인데, 나도 사람을 처음 죽인 후에는 아무것도 목으로 넘길 수가 없었어. 네가 그렇게 반응했다고 해서 낮춰 보지 않아. 그건 그저 네가 아직 인간적이라는 뜻일 뿐이야."

"당신도." 나는 조심스럽게 책을 넘겨받으며 말했다.

"그건 논란의 여지가 있지."

107개의 흉터를 새긴 사람이 하는 말이었다. "아니. 나한테는 아니야."

그가 시선을 피하는 모습을 본 나는 제이든이 금방이라도 방어벽을 다시 올릴 걸 알았다. "뭔가 의미 있는 걸 말해줘." 그를 붙들어두고 싶었다.

"이를테면?" 그는 예전에 같이 비행했을 때와 똑같이 물었다. 흉터에 대해 물었더니 나를 산 위에 앉혀두고 가버렸던 그때처럼 말이다.

"이를테면…." 나는 물어볼 것을 찾아서 머리를 굴렸다. "내가 안마당에서 당신을 봤던 밤에는 어딜 갔었는지라거나."

그는 이마를 찡그렸다. "좀 더 구체적으로 말해줘야겠는데. 3학년은 늘 불려다니거든."

"보디가 같이 있었어. 건틀릿 시험 직전이었고." 나는 불안한 마음으로 아랫입술을 핥았다.

"아." 그는 책을 한 권 더 집어서 책상 위에 올려놓았다. 나에게 마음을 열지 말지 결정하느라 시간을 끄는 게 분명했다.

"난 당신이 한 말을 아무에게도 전하지 않아." 나는 약속했다. "그걸 알아줬으면 좋겠어."

"알아. 작년 가을에 나무 밑에서 본 것도 아무에게 말하지 않았지." 그는 목덜미를 문질렀다. "애더빈이었어. 갔던 이유나 다른 건 물어봐도 대답할 수 없지만, 우리가 갔던 곳은 애더빈이야."

"오." 내가 기대했던 대답은 아니지만, 생도들이 전초기지까지 심부름하는 일도 비정상은 아니었다. "말해줘서 고마워." 책을 제자리에 두려다 보니 제본 상태가 전보다 나빴다. 오래된 책을 어젯밤에 책상에서 떨어뜨린 결과였다. "젠장." 뒤표지를 열어보니 제본이 쪼개져 있었다.

그리고 그 사이에 뭔가가 튀어나와 있었다.

"그건 뭐야?" 제이든이 내 어깨 너머로 보면서 물었다.

"잘 모르겠는데." 나는 무거운 책을 한 손으로 들고, 장정 뒤쪽에 끼워져 있었던 빳빳한 양피지 조각을 빼냈다. 아버지의 필적이 눈에 들어오자 발밑이 흔들렸다. 심지어 아버지가 돌아가시기 몇 달 전 날짜였다.

> 바이올렛,
> 네가 이 편지를 찾았을 때쯤이면 서기 분과에 있겠지. 민간전승이 세대에서 세대로 전해지는 이유는 우리에게 과거에 대해 가르치기 위해서라는 점을 명심하렴. 전설을 잃으면 과거와의 연결고리도 잃는 거야. 극단적인 세대가 하나만 있어도 역사를 바꾸거나, 심지어는 지워버릴 수도 있단다. 때가 오면 네가 올바른 선택을 할 것을 안다. 넌 언제나 네 어머니와 나의 가장 좋은 점을 닮은 아이였어.
> 사랑한다. 아빠가.

나는 이마를 찌푸리고는 편지를 제이든에게 넘겨준 다음 책을 훑었다. 전부 익숙한 이야기였고, 난 아직도 피곤한 하루를 보낸 후에 아버지 무릎에 앉은 어린아이가 된 것처럼 그 책을 읽어주는 아버지의 목소리를 들을 수 있었다.

"수수께끼 같은 말이군." 제이든이 말했다.

"아버지는 브레넌이 죽은 후에 조금… 알 수 없어지긴 했어." 나는 조용히 인정했다. "더 은둔자처럼 살았지. 내가 아버지와 시간을 보낼 수 있었던 건 서기가 되려고 언제나 아카이브에서 공부했던 덕분이야."

나는 책장을 넘기며 이쪽 바다에서 저쪽 바다까지 뻗어 있었던 고대의 왕국과 그 신비로운 나라에서 마법을 지배하려 싸운 삼 형제 사이의 대전쟁에 대한 이야기들을 훑어보았다. 드래곤들과 계약하는 방법을 배운 최초의 라이더들을 다루면서, 지나치게 많은 힘을 쓰다가는 그 계약이 라이더에게서 등을 돌릴 수 있다고 말하는 이야기도 있었다.

또 세상에 퍼진 거대한 악에 대한 이야기들도 있었는데, 흑마법에 오염된 인간이 베닌이라는 존재로 변해서 와이번이라는 날개 달린 짐승 무리를 만들어내고, 더 큰 힘을 갈구하며 마법의 땅 전부를 괴롭히는 내용이었다. 또 어떤 이야기는 땅에서 능력을 끌어다 쓰는 위험에 대해 말했는데, 사람은 쉽사리 땅에서 마력을 끌어올 수 있지만 그러다가 미쳐버린다는 내용이었다.

그 이야기들에는 아이들에게 지나치게 큰 힘의 위험성을 가르치려는 목적이 있었다. 베닌이 되고 싶은 사람은 없었다. 베닌은 우리가 악몽을 꿀 때 침대 밑에 숨어 있는 괴물이었다. 그리고 드래곤이라는 기반도 없이 마법을 쓰고 싶은 아이는 아무도 없었다. 하지만 그건 다 어린아이들이 자기 전에 듣는 이야기일 뿐이었다. 아빠는 왜 나에게 이런 수수께끼 같은 편지를 남기고, 왜 또 그걸 책 안에 숨겼을까?

"아버지가 너에게 무슨 말을 하려던 걸까?" 제이든이 물었다.

"모르겠어. 이 책에 담긴 민담은 하나같이 지나치게 큰 힘이 어떻게 타락하는지에 대한 이야기니까 어쩌면 사령부의 누군가가 타락했다고 생각했을지도." 나는 제이든을 흘긋 보고 농담을 던졌다. "난 멜그렌 장군이 언젠가 가면을 벗고 무시무시한 베닌이었다는 사실을 드러내도 놀라지 않을 거야. 그 사람을 보면 언제나 섬뜩했거든."

제이든이 쿡쿡 웃었다. "흠, 그런 일은 없길 빌자고. 내 아버지는 베닌이 불모지에서 기다리고 있다가 언젠가 우리를 잡으러 올 거라고 말하곤 했어…. 우리가 채소를 먹지 않으면 말이야." 그는 왼쪽 창밖을 내다보았고, 나는 그가 아버지를 떠올리고 있음을 알았다. "우리가 조심하지 않으면 언젠가는 왕국에 마법이 남아 있지 않게 될 거라고 했지."

"유감이야…." 나는 입을 열었다가, 제이든이 긴장하자 화제를 바꿔야겠다고 판단했다. "그래서, 어느 난장판부터 헤치워야 할까?"

"밤을 더 잘 보낼 방법이 있는데." 그는 내 침대 위에 옷 무더기를 내려놓으며 말했다.

"그래?" 돌아보자 내 입술을 쳐다보는 제이든의 눈동자가 어두워지는 모습이 보였다. 곧바로 맥박이 빨라졌고, 그를 만진다는 생각만으로도 폭발하는 듯한 에너지가 온몸에 흘렀다. '나한테 빠지지는 마.' 어젯밤에 제이든이 했던 말이 지금 나를 쳐다보는 눈빛과 날카로운 대조를 이뤘다.

나는 한 걸음 물러섰다. "당신에게 빠지지 말라더니 마음이 달라졌어?"

"그건 아니야." 그의 턱에 힘이 들어갔다.

"그렇군." 그 말이 그렇게 아프게 다가올 줄 몰랐다. 그것부터가 문제였다. 나는 우리 관계에서 담백하게 섹스만 따로 분리하기에는 너무 감정적으로 얽혀 있었다. 아무리 굉장한 밤이었다 해도 말이다. "문제는 말이지. 내가 당신에 대한 감정과 섹스를 분리할 수 있을 것 같지가 않아." 젠장, 결국 말해버렸다. "그러기엔 우리가 이미 너무 가까운 데다가 다시 한번 얽히면 나는 분명 당신에게 빠져버릴 거야." 성급하게 고백하고 답을 기다리려니 심장이 쿵쾅거렸.

"안 그럴 거야." 제이든은 눈에 공포와 비슷한 감정을 피워 올리더니 팔짱을 꼈다. 그가 자기 감정에 방어벽을 쌓는 모습을 실제로 볼 수 있을 것만 같았다. "넌 날 제대로 몰라. 내 핵심은 모르지."

그게 누구 탓인데?

"충분히는 알아." 나는 부드럽게 맞섰다. "그리고 당신이 감정에 겁쟁이처럼 굴지 않고 언젠가 나에게 빠질 거라는 사실을 인정하기만 한다면, 우리에겐 그걸 알아낼 시간이 얼마든지 있을 거야." 아무 감정도 없이 그 안장을 설계하고, 나에게 격투와 비행 훈련을 시키느라 그 많은 시간을 썼을 리가 없다. 제이든도 이 관계를 위해 분투해야만 한다. 그렇지 않고는 성공할 리가 없다.

"난 너에게 빠질 생각이 전혀 없어, 소른게일." 그는 눈매를 좁히더니, 내가 다른 식으로 받아들일까 걱정된다는 듯이 또박또박 말했다.

집어치우라지. 그는 나를 자기 세계에 들여놓았다. 자기 흉터에 대해서도 말했고, 나를 위해 무기를 만들었다. 계속해서 나에게 신경을 썼다. 그 감정을 드러내는 데 형편없을 뿐, 그 역시 나만큼이나 이 관계에 몰두해 있었다.

"이야." 나는 얼굴을 찡그렸다. "당신은 이 관계가 어디로 갈지 인정할 준비가 안 된 것 같네. 좋아. 이번 한 번만 있었던 일이라고 합의하는 게 좋겠어." 나는 애써 어깨를 으쓱였다. "우리 둘 다 김을 좀 뺄 필요가 있고, 그렇게 했던 거야. 맞지?"

"맞아." 그는 이마에 주름을 잡으며 동의했다.

"그러니까 다음에 볼 때는 나도 지금 당신처럼 아무렇지도 않게 행동하고, 당신이 내 안에 들어오던 느낌이 어땠는지 기억 못하는 척할게." 따뜻하고 단단했지. 그는 정말로 멋진 몸을 가졌지만, 그렇다고 해서 내 감정을 두고 이래라저래라 할 순 없다.

그는 재수 없는 웃음을 지으며 슬금슬금 앞으로 다가왔다. 그의 시선을 받자 몸 구석구석이 달아올랐다. "그리고 난 내 엉덩이를 감싸던 네 부드러운 허벅지 감촉이라거나, 네가 절정에 오르기 직전에 작게 내던 숨찬 소리를 기억 못하는 척하지." 그의 앞니가 아랫입술을 긁는 모습을 보자, 그 입술을 빨아들이지 않기 위해 의지력을 총동원해야 했다.

"그리고 난 당신의 두 손이 내 엉덩이를 꽉 잡고 내 안에 더 깊이 들어오려 옷장에 밀어붙이던 기억도, 당신 입술이 내 목에 닿던 기억도 무시할게. 쉽지." 나는 한 걸음 물러서면서 입술을 벌렸고, 그가 뒤따라와서 나를 벽에 몰아넣자 좋은 의미로 심장이 펄쩍 뛰었다.

그는 내 머리 양옆에 손을 두고 내 개인공간으로 침범해 들어오더니, 입술 끝을 끌어올려 반쯤 웃었다. "그렇다면 난 네 안이 얼마나 뜨겁고 미끄러웠는지의 기억도, 네가 더해달라고 계속 외치는 바람에 너를 만족시키려면 육체의 한계를 어디까지 밀어붙여야 할지 고민했던 기억도 무시해야겠군."

젠장. 제이든은 이 게임을 나보다 잘했다. 피부가 달아올랐다. 그를 더 가까이 느끼고 싶었다. 정확히 어젯밤에 누렸던 그것을 원하면서도 그 이상을 원했다. 그의 숨결이 내 입술에 와 부딪쳤고, 나도 그보다 나을 게 없는 상태였다.

집어치워. 난 그를 가질 수 있어. 그렇잖아? 제이든이 제공하는 것을 취하고 매순간을 즐길 수 있어. 이 방에 남은 가구를 모조리 부수고 그의 방으로 갈 수도 있고. 하지만 그러고 나면 아침에는 어떤 상태일까? 지금과 마찬가지로 둘 다 원하지만 한 명만이 그걸 인정할 용기가 있는 상태겠지. 하지만 나에겐 그의 조건에만 따르는 관계가 아니라 그 이상을 누릴 자격이 있다.

"당신은 날 원해." 나는 그의 가슴에 손을 얹고 심장의 고동을 느꼈다. "나도 똑같이 당신을 원하지만 그 사실이 당신을 겁먹게 한다는 사실도 알아."

제이든이 굳었다.

"하지만 이건 어떨까." 나는 그가 언제든 달아날 수 있다는 사실을 알고 그의 시선을 붙잡았다. "당신은 내 감정에 대해 이래라저래라 할 수 없어. 바깥에서는 명령을 내릴 수 있지만, 이 안에서는 아니야. 우리가 섹스를 해도 내가 당신에게 빠질 수 없다는 말 같은 건 하면 안 돼. 그건 불공평해. 당신은 내 선택을 존중할 수만 있어. 그러니까 우린 다시는 이러지 않을 거야. 내가 내 심장을 걸고 싶어질 때까지는. 그리고 내가 당신에게 빠진다면 그건 내 문제야. 당신은 내 선택에 책임이 없어."

그는 한 번, 그리고 두 번 턱을 악물더니 벽을 밀어내며 나에게 공간을 내주었다. "아마 그게 최선이겠지. 난 곧 졸업이고, 내가 어디에 떨어질지 누가 알겠어. 게다가 너와 난 스케일과 테른 때문에 하나로 묶여 있으니, 그게… 모든 것을 복잡하게 만들지." 그는 한 번에 한 걸음씩 뒤로 물러났다. 공간적인 거리만이 아니었다. "게다가 계속 모르는 척하다 보면, 결국에는 어젯밤 일이 없었던 것처럼 잊게 될 거야."

우리가 서로를 바라보던 눈빛을 생각하면 절대로 잊을 리가 없다. 그리고 제이든이 원하는 만큼 거리를 둘 수는 있지만, 우리는 몇 번이고 바로 이 자리에 돌아오게 될 것이다. 결국에는 그가 이 관계를 인정하게 될 때까지 몇 번이고. 확실히 아는 게 하나 있다면 내가 이 남자에게 빠질 거라는 사실이다. 어쩌면 이미 빠졌는지도 모르고, 그 역시 깨닫지 못했을지라도 반쯤은 넘어왔다.

나는 그에게 등을 돌려 걸어가서는 반쪽으로 쪼개진 과녁판을 집어들고 방 반대쪽으로 향했다. "당신을 거짓말쟁이라고 생각한 적은 없었는데 말이야, 제이든." 쪼개진 과녁판을 그의 가슴에 안겼다. "정신 차릴 준비가 되면 새것을 갖다줄 수 있겠지. 그때는 우리도 김이 좀 빠졌을 것이고." 나는 그 짜증나는 남자를 내쫓았다.

"타우리 왕이 여기에서 재통합의 날을 축하할 거란 얘기 들었어?" 점심시간, 소여가 벤치를 넘어 내 옆에 앉으며 물었다.

"진짜?" 나는 구운 닭고기를 맹렬히 씹어 삼켰다. 매일같이 카 교수와 훈련하면서부터 식욕이 바닥없는 구멍처럼 채워지질 않았다. 그가 나를 산 위로 끌고 가는 건 하루에 한 시간 뿐이었지만, 그래도 아침식사 시간쯤이면 배가 고파서 미칠 지경이었다.

한 달이 지났는데 번개를 목표물에 맞히지 못했다. 하지만 이제는 한 시간에 20번씩 번개를 치게 됐으니, 엄청난 발전이긴 했다. 식탁 저편을 보다가 연단 위에서 지휘부와 함께 식사하던 제이든과 눈이 딱 마주쳤다.

아침부터 군침이 나는 자태였다. 개릭이 하는 말에 눈을 굴리는 모습을 보니 제이든을 따라다니는 음울한 구름마저도 어떤 호소력이 있는 듯했다.

"그런 눈으로 쳐다보지 마."

나는 그를 보며 한쪽 눈썹을 올렸다. *"어떤 눈?"*

그의 시선이 나를 스쳤다. *"어젯밤 대련장에 대해 생각하는 눈."*

"쯧쯧." 맞은편에 앉은 리애넌이 말했다. "바로 그래서 드베라가 공용공간에 검은색 예복 500벌을 갖다놓은 거야. 왕이 움직이면 파티도 따라오거든."

나는 아랫입술을 핥으면서 어젯밤 모두가 떠난 후에 그의 하반신이 내 하체를 매트에 내리누르던 순간을 떠올렸다. *"흠, 그 말이 나오니 생각나네."* 우리가 얼마나 우리 사이에서 맥동하는 욕망에 항복하기 직전이었는지.

"정말이지, 네가 그런 눈으로 날 보면 아무 생각도 할 수가 없어." 그는 포크를 꽉 쥐고 턱에 힘을 넣었다.

"진짜야? 난 그게 졸업식용인 줄 알았는데?" 리독이 물었다.

이모젠이 코웃음을 쳤다. "누가 졸업식에 옷을 차려입냐. 졸업은 점호시간 같은 데서 팬첵이 이렇게 말하는 거야. 제군들, 살아남았구나. 잘했다. 배정표 받아들고 짐 싸서 나가라."

이모젠의 정확한 흉내에 모두가 웃음을 터뜨렸다.

"서로에게 빠지지 말라는 웃기는 규칙을 들고 나온 건 당신이거든." 나는 그를 일깨웠다.

"넌 아직도 날 쳐다보고 있고." 그는 앞에 놓인 접시로 관심을 돌렸다.

"당신이 눈 돌리기 힘들게 만드니까." 나는 피부에 와 닿던 그의 입술과 내

몸을 누르던 몸의 감촉이 그리웠다. 끝나지 않을 절정을 느끼는 내 모습을 지켜보던 그의 표정이 그리웠다. 하지만 무엇보다도 함께 잠들 때 나를 감싸 안던 느낌이 그리웠다.

"난 네가 하라는 대로 여기 손도 기억도 얌전히 두고 앉아 있는데 넌 눈으로 날 범하고 있잖아. 이건 불공평해."

내가 포크를 떨어뜨리자 그 식탁에 앉은 모두가 나를 돌아보았다.

"너 괜찮은 거야?" 리애넌이 눈썹을 들어올리며 물었다.

"응." 나는 목이 벌겋게 달아오르는 느낌을 무시하고 힘차게 고개를 끄덕였다. "아주 좋아."

리암이 물잔을 내려놓더니, 제이든과 나를 번갈아 보고는 고개를 저으며 웃음을 눌렀다. 리암은 우리 사이의 일에 대해 알고 있었다. 제이든과 개릭이 새 옷장을 들여놓는 것도 도왔는데, 그러고도 눈치를 못 채려면 철저히 무감각해야 할 것이다.

"그만 쳐다보라니까." 그의 목소리에는 웃음기가 있었지만, 얼굴은 변함없이 무표정했다.

나는 좌절감에 사로잡혀서 포크로 접시를 두드렸다. 그거 알아? 엿 먹으라지. 이 게임은 두 명이 할 수 있거든. *"당신이 남자답게 우리 사이에 뭔가가 있다는 걸 인정하기만 한다면 나도 다 벗고 내 몸 구석구석을 보여줄 텐데 말이야. 그리고 당신이 애원하게 만든 다음에는 무릎을 꿇고서 당신이 입고 있는 그 비행용 가죽옷을 풀어헤치고 내 입술로 거기를…."*

제이든이 컥컥거렸다.

식당에 있던 모두가 그쪽을 쳐다보았고, 개릭이 제이든의 등을 두드려줬다. 제이든은 물을 마시며 그만 됐다고 손을 내저었다. 내가 히죽 웃자 우리 식탁에서 여섯 쌍의 어리둥절한 눈빛이 날아왔고, 리암은 눈을 굴렸다.

"넌 날 죽이고 말 거야."

졸업까지는 열흘밖에 남지 않았고, 나는 매일매일을 세고 있었다. 그날이 오면 제이든이 바스지아스에서 얼마나 멀리 가게 될지 알 수 있었다. 대부분의 신참 소위들은 내륙 기지로 가고, 국경선 전초기지로 이어지는 도로가에 있는 요새에 배치받았다. 하지만 제이든 같은 능력이 있다면? 얼마나 멀리 가게 될지 생각하고 싶지도 않았다.

왜 제이든이 아직도 우리 관계를 인정하지 않는지도 생각하기 싫었다. 아니면 그 하룻밤을 후회하지 않는다는 힌트라도 주지. 난 그 정도라도 받아들일 텐데. '나한테 빠지지는 마.'

두피가 찌릿해지는 이 익숙한 느낌. 제이든이 남은 생도들과 지휘부와 같이 전투 브리핑실에 들어왔다는 뜻이었다. 드베라 교수는 곧장 오늘의 브리핑에 들어갔지만, 나는 온전히 집중하기가 힘들었다. 오늘은 브레넌이 죽은 지 6년째 되는 날이었다. 오빠의 경력을 비춰볼 때 살아 있었다면 지금쯤 대위, 아니면 소령까지도 되었을 것이다. 어쩌면 결혼했을지도 모른다. 어쩌면 내가 고모가 됐을지도 모르고, 애초에 오빠를 잃은 충격으로 아버지의 심장이 처음 멈춘 일도 없었을지 모르고, 2년 전 봄에 마지막으로 멈춘 일도 없었을지 모른다.

"*날 침대로 데려가줘.*" 나는 머릿속으로 불쑥 내뱉어버리고는 의자에 조금 몸을 가라앉혔다. 그렇다고 후회하지는 않는다. 다른 날은 몰라도 오늘만큼은 정신을 다른 데 팔 필요가 있었다.

"*이 모든 사람들 앞에서 그러면 민망할걸.*"

전투 브리핑실 꼭대기에 앉아 있을 그를 볼 수는 없지만, 그의 말이 내 목덜미를 쓰다듬는 손길처럼 느껴졌다. "*그럴 가치가 있을지도 모르지.*"

"너희라면 어떻게 행동했을까?" 드베라가 생도들을 훑어보며 물었다.

"제가 그 지역 보호막이 약해지고 있다는 사실을 알았다면 증원 병력을 요청했을 겁니다." 리애넌이 답변했다.

"*난 마음을 바꾸지 않았어, 바이올런스. 우리에겐 미래가 없어.*"

"그리고 증원 병력을 구할 수 없을 때는?" 드베라가 한쪽 눈썹을 올리며 물었다. "라이더 분과 졸업반은 해마다 줄어드는 반면, 공격이 약간 증가하면서 올해만 일곱 명의 라이더와 그 드래곤들이 희생됐다는 사실은 알고 있겠지? 라이더 한 명의 상실을 벌충하려면 적어도 보병 한 개 중대가 필요하다."

"*졸업이 고작 열흘 남았잖아.*" 나는 우리의 마지막이 다가오는 것 때문에 신경이 곤두선 걸 숨기지 않았다.

"저라면 내륙 기지에 있는 라이더들을 일시적으로 빼내 보호막 재건축을 돕도록 하겠습니다." 리애넌이 대답했다.

"훌륭하다." 드베라가 고개를 끄덕였다.

"상기시키지 마."

"정말 이대로 바스지아스를 떠날 거야?" 이대로가 아니라면 뭘 하라고? 그의 죽지 않는… 욕망을 선언하라고?

"그래."

물론 그러겠지. 제이든은 자기 감정을 억제하는 데 능숙했고, 아마도 그래서 내 감정도 억제하려는 거겠지. 아니면 혹시 그가 스스로를 억제하는 데 내가 생각지 못한 다른 이유가 있을까? 그날 밤은 끝내줬다. 우리의 화학반응? 폭발적이었다. 우린 심지어… 목숨을 함께한 전우였다. 내 가슴의 끊임없는 둔통이 동료를 훨씬 넘어선 관계라고 말해주긴 하지만 말이다.

제이든이 그냥 재수 없는 놈이 될 수 있다면, 그렇다면 나도 그날 밤을 욕정이라고, 터무니없이 혼을 빼놓긴 해도 그저 섹스일 뿐이라고 적어놓고 넘어갈 수 있을 것이다. 하지만 그는 재수 없지… 음, 보통은 재수 없지 않았고, 이제 나는 그가 왜 자기 일을 그렇게 진지하게 받아들이는지도 이해했다. 그는 바스지아스에 들어온 모든 낙인자들을 책임지고 있었다.

"뭘 생각하는지는 몰라도 강의실을 가득 채운 사람들이 없어질 때까지 기다릴 수 있을 텐데." 제이든이 말했다.

"다른 의견 있나?" 드베라는 계속해서 2학년 생도에게 답을 요구했다.

우리가 방을 부순 지 한 달 반이 지났다. 그리고 그날 하루만으로는 누구도 만족할 수 없었는데도 우리는 서로에게 손을 대지 않았다. 매트 위에서 보내는 긴장감 가득한 저녁들이 암시만 보낼 뿐이었다. 물론 우리 둘 다 여기에서 뭐라도 더하면 이미 지나치게 복잡한 상황이 더 꼬인다는 것도 알고 있었다.

하지만 제이든이 우리 사이에 팽팽하게 당겨진 이 성적 긴장감을 다른 누군가와 해소하지는 않을 텐데, 분명히…. 그 생각은 떠오르자마자 역겨울 정도로 빠르게 뻗어나갔다. 너무나도 현실적인 가능성에 속이 뒤틀린 나는 수업에 귀 기울이기를 그만뒀다. *"혹시 다른 사람이 있어?"*

"지금 너랑 이런 이야기 나눌 생각 없어. 수업에 집중해."

몸을 돌려 그에게 소리치지 않기 위해서 온 힘을 다해야 했다. 혹시 내가 매일 밤 혼자 이불 속에서 엎치락뒤치락 하는 동안 그가 다른 사람과….

"그것도 좋은 생각이다, 에이토스." 드베라가 미소 지었다. "이렇게 말해도 될지 모르겠다만, 아주 비행단장 같은 대답이구나."

이런 맙소사, 드베라가 계속 저렇게 칭찬한다면 오늘 대련 시간에 데인의 자아도취가 참을 수 없는 수준이 되겠는데.

대련… 나는 그날 밤에 이모젠이 제이든을 쳐다보던 눈빛을 떠올리다가 펜을 너무 세게 쥐고 말았다. 젠장. 그렇다면 말이 되긴 한다. 이모젠은 반역의 인장을 지고 있고, 확실히 그의 아버지를 죽인 여자의 딸도 아니니 일리 있는 가설이었다. *"이모젠이야?"*

토할 것 같았다.

"맙소사, 바이올런스."

"그런 거야? 우리가 다시는 선을 넘지 말자고 말한 건 알지만…" 지금 그에게 내가 더 원한다는 사실을 말해버린 것, 그리고 제이든과 싸우지 않고 수업에 주의를 기울여야 마땅하다는 사실 때문에 자책감이 몰려왔다. *"말이라도 해 줘."*

"소른게일." 제이든이 날카롭게 말했다.

나는 모두의 시선을 무겁게 느끼며 얼어붙었다.

"그래, 라이오슨?" 드베라가 재촉했다.

제이든은 목청을 가다듬고 말을 이었다. "증원 병력을 구할 수 없다면 미라 소른게일을 일시적으로 보내달라고 요청하겠습니다. 몬세라트의 보호막은 강력하고, 미라 소른게일의 고유 능력이라면 다른 라이더들이 보호막을 강화하러 도착할 때까지 약한 부분을 보강할 수 있을 겁니다."

"좋은 생각이다." 드베라는 고개를 끄덕였다. "그리고 이 특정 고갯길의 보호막을 재건축하는 데는 어떤 라이더들이 가장 논리적인 선택지일까?"

"3학년들입니다." 내가 대답했다.

"계속 말해봐라." 드베라는 나를 보고 고개를 기울였다.

"3학년들은 보호막을 세우는 방법을 배웠고 어차피 이 시기가 되면 학교를 떠납니다." 나는 어깨를 으쓱였다. "3학년들이 쓸모를 발휘할 수 있게 일찍 보낼 수도 있겠죠."

"무슨 주장을 하고 싶은지는 잘 알겠어." 제이든의 말에 나는 정신 차단벽을 확 올렸다.

"논리적인 선택이군." 드베라가 말했다. "오늘은 여기까지다. 졸업 전에 마지막 모의전투를 준비해야 한다는 점을 잊지 말아라. 또한 오늘 밤 9시에는 재통합의 날을 축하하기 위한 불꽃놀이가 있으니 빠짐없이 바스지아스 앞쪽 안마당에 모이기 바란다. 예복만 허용이다." 드베라는 리독을 보고는 눈썹을 들어 올렸다.

리독은 어깨를 으쓱였다. "제가 달리 뭘 입겠어요?"

"네가 뭘 찾아낼지 알 수가 있어야지." 드베라는 그렇게 말하며 우리를 해산시켰다.

"두 사람 사이에 혹시 내가 알아야 할 일이 있다면…." 리암은 소지품을 챙기면서 나를 보고 눈썹을 들어올렸다.

"우리 사이엔 전혀, 아무것도 없어. 하나도 없어." 나는 그렇게 우겼다. 제이든이 우리 사이의 뭔가를 더 알아보고 싶지 않다면… 그 뜻은 전해졌다. 나는 리애넌을 돌아보았다. "열흘만 있으면 드디어 동생에게 편지를 쓸 수 있다니 신나지?"

리애넌은 씩 웃었다. "여기 들어오고 나서 한 달에 한 번씩 편지를 써놨어. 이제 드디어 부칠 수 있겠지."

적어도 3학년 졸업에 따라오는 좋은 일이 하나는 있었다. 우리는 다시 사랑하는 사람들과 편지를 주고받을 수 있을 것이다.

그날 밤, 나는 코르셋처럼 가슴과 허리가 꼭 맞는 검은색 드레스 위에 두른 장식 띠를 바로잡고 흘러내린 머리카락을 잡아당겨서 퀸이 도와준 예쁜 머리 모양으로 정돈한 후에 복도에서 리애넌을 만났다.

리애넌은 평소에 단단히 땋아 올리던 머리를 풀어 헤쳤는데, 곱슬거리는 머리가 아름다운 후광처럼 얼굴을 감쌌다. 거기에다 금빛이 감도는 장밋빛 가루도 뿌려놓았다. 리애넌이 고른 예복은 날렵한 맞춤 정장 바지에 몸에 딱 붙는 짧은 재킷인 더블릿으로, 큰 키에 아주 잘 어울렸다.

"끝내준다." 나는 리애넌이 장식 띠를 당기자 고개를 끄덕이며 말했다.

나는 갑옷을 감추기 위해 목까지 올라오는 소매 없는 상의를 고르고 바닥까지 흘러내리는 치마 예복을 입었는데, 드베라의 말에 따르면 공격받을 경우 기동성을 확보하기 위해 허벅지까지 트여 있었다. 개인적으로는 움직일 때 허벅지가 슬쩍 보이는 게 나쁘지 않다고 생각했다. 특히나 이모젠과 함께 다리를 강화하기 위해 운동한 결과가 있다 보니 더 그랬다. 내 장식 띠는 간단했고, 모두와 똑같은 검은색 새틴이었는데 어깨 바로 아래에 내 이름과 1학년을 나타내는 별 문양이 수놓여 있었다.

"보병 떼거리가 올 거라고 들었어." 나딘이 우리에게 합류하면서 말했다.

"넌 머리보다는 몸이 좋은 쪽을 선호하지 않아?" 리독이 소여를 옆에 끼고 미끄러져 들어왔다.

"나 없이 가려고 한 건 아니겠지!" 우리가 바스지아스 본관으로 가는 계단을 향해 움직이는데, 리암이 사람들 사이를 뚫고 달려오면서 외쳤다.

"오늘 밤 정도는 쉬었으면 했지." 나는 리암이 옆으로 다가오자 정직하게 대답했다. "오늘 멋진데?"

"알아." 리암은 빈정대듯이 몸단장을 하면서 새까만 더블릿 위에 두른 장식 띠를 바로잡았다. "힐러들이 라이더를 좋아한다고 들었는데."

"설마." 리애넌이 웃음을 터뜨렸다. "우리를 그렇게 자주 고쳐줘야 하는데? 걔들은 서기들을 더 좋아할걸."

"서기들은 어때?" 리암이 물었다. 매일 아침 아카이브에 갈 때 걷던 길을 택한 우리는 검은 옷의 바다 속에서 계단을 내려가고 있었다. "너는 서기가 될 뻔했으니 알잖아?"

"보통은 다른 서기들을 좋아하지." 나는 대답했다. "하지만 내 아버지의 경우를 보면 라이더도 좋아하는 것 같아."

"난 라이더가 아닌 사람들을 보는 것만으로도 신나." 리독이 모두가 터널을 통과할 수 있게 문을 잡고서 말했다. "여기는 온통 근친 관계 같단 말이지."

"같은 생각이야." 리애넌이 고개를 끄덕였다.

"아, 아무렴. 너와 타라는 1년 내내 붙었다 떨어졌다 했지." 나딘이 말하다가 얼굴이 창백해졌다. "젠장. 혹시 또 헤어졌어?"

"다음 난간다리 시험 때까지 휴식기야." 리애넌이 대꾸했고, 그 사이 우리는 힐러 분과에 들어섰다.

"우리가 2학년이 될 때까지 2주도 남지 않았다니 믿을 수가 없어." 소여가 말했다.

"우리가 살아남았다는 걸 믿기도 힘들지." 내가 덧붙였다. 이번 주 사망자 명단에는 이름이 하나뿐이었는데, 밤사이에 있던 임무에서 돌아오지 못한 3학년이었다.

우리가 안마당에 도착했을 때쯤에는 파티가 한창이었다. 힐러들의 하늘색, 서기들의 크림색, 그리고 보병의 남색 예복이 여기저기 흩어진 검은색 예복을 압도하고도 남을 정도였다. 이 안에 모인 사람만 천 명이 넘는 것 같았다.

마법 불빛이 십여 개의 샹들리에 형태로 떠다녔고, 호화로운 벨벳 휘장이 바스지아스의 돌벽을 덮어서 기능적인 야외 공간을 무도회장 같은 곳으로 바꿔 놓았다. 심지어 한쪽 구석에서는 현악 4중주까지 연주하고 있었다.

"어디 있어?" 제이든에게 물었지만 답이 없었다.

우리는 안에 들어서면서 흩어졌지만 리암은 내 옆에 남았고, 쇠뇌에 매인 줄처럼 팽팽하게 긴장해 있었다. "드레스 안에 갑옷도 입고 있다고 말해줘."

"누가 내 어머니 앞에서 날 찌를 것 같아?" 나는 발코니에서 좌중의 시선을 끌며 자기 영토를 굽어보고 있는 어머니 쪽을 가리켰다. 그때 우리의 시선이 부딪쳤다. 어머니는 옆에 있던 남자에게 속삭이더니 안쪽으로 사라졌다.

네, 저도 만나서 반가워요.

"누군가가 널 찌르려고 한다면 지금이 딱이라고 생각해. 특히나 널 죽이면 펜 라이오슨의 아들도 죽을 가능성이 높다는 걸 알면." 리암의 목소리에 더 힘이 들어갔다.

그 순간에야 나는 주위에 모인 장교와 생도들의 시선을 알아차렸다. 그들은 내 머리카락이나 장식 띠에 박힌 이름을 쳐다보는 게 아니었다. 그들은 리암의 손목과 그곳에 드러난 반역의 인장을 보고 눈을 크게 떴다.

나는 그에게 팔짱을 끼고 턱을 들어올렸다. "정말 미안해."

"네가 미안해할 건 아무것도 없어." 그는 안심하라는 듯 내 손을 토닥였다.

"당연히 있지." 나는 속삭였다. 맙소사, 여기 있는 모두는 그와 다른 사람들이 전향이라고 부르는 사건의 결말을 축하하러 모였다. 그건 그들이 리암의 어머니가 죽은 것을 축하하고 있다는 의미였다. "넌 가도 돼. 가야 해. 이건…" 나는 고개를 저었다.

"네가 가는 곳이면 나도 가." 그의 손에 힘이 들어갔다.

나는 목구멍에 돌이 걸린 기분으로 군중을 훑어보며 본능적으로 그가 없다는 사실을 알았다. 개릭도, 보디도, 이모젠도 없고 제이든도 확실히 없었다. 오늘 제이든이 그렇게 기분이 안 좋았던 것도 당연했다.

"이건 너에게 불공평해." 나는 리암의 손목을 보면서 대놓고 끔찍한 표정을 짓는 보병 장교를 노려보았다.

"너도 오빠가 죽은 날을 즐겁게 축하할 것 같진 않은데, 뭘." 리암은 내가 상상도 할 수 없는 품위를 유지하고 있었다.

"브레넌은 이 모든 짓거리를 싫어했을 거야." 나는 몸짓으로 군중을 가리켰다. "오빠는 완성을 축하하기보다는 일을 완수하는 데 더 열중했거든."

"그래. 그거 꼭…." 리암의 말이 끊겼고, 나는 앞에 있던 군중이 갈라지는 것을 알아차리고 리암의 팔을 꽉 잡았다.

타우리 왕이 내 어머니 옆에서 걷고 있었는데, 이를 드러내고 활짝 웃는 얼굴 방향을 보니 이쪽으로 오고 있었다. 그의 더블릿을 가로지르는 자줏빛 장식 띠는 10여 개의 훈장으로 가슴에 고정되어 있었다. 그가 발 한 번 디딘 적 없는 100여 개의 전장을 기념하는 훈장들이었다.

어머니의 훈장은 직접 싸워서 받은 것들이었고, 목깃이 높은 긴소매 예복 위에 찬 검은색 장식 띠를 보석처럼 장식하고 있었다.

"가." 내가 어머니를 향해 애써 미소 지으며 리암에게 잇새로 속삭이는 사이에도 멜그렌 장군이 두 사람에게 합류했다. 멜그렌은 걸출한 인물일지 모르지만, 같이 있기에는 죽도록 사람 신경을 건드리는 사람이었다.

"내게 가장 큰 위험이 다가오는 순간에? 그럴 수 없지." 리암이 등을 폈다.

리암이 이런 일을 겪게 하다니, 제이든의 아름다운 머리통을 뜯어버리고 싶었다.

"폐하." 나는 미라에게 배운 대로 한쪽 발을 뒤로 빼고 허리를 굽히면서 고개를 숙였다. 리암은 허리를 굽혀 인사했다.

"네 어머니에게 들으니 뛰어난 드래곤 하나도 아니고 둘과 계약했다면서." 타우리 왕은 콧수염 아래로 미소를 지으며 말했다.

"그래. 자네 모친이 자네의 능력을 꽤 확신하더군." 멜그렌이 노골적으로 살피는 눈으로 나를 보며 얼음장 같은 미소를 지었다.

"저라면 지금은 그렇게 말씀드리지 않겠습니다." 나는 정중하게 미소 지으며 대답했다. 그동안 자기중심적인 장군을 비롯하여 정치가, 왕족들과 보낸 시간이 있다 보니 언제 겸손해야 할지 정도는 알았다. "전 아직 능력을 쓰는 방법을 배우는 중입니다."

"그렇게 겸손하게 굴지 말아라, 딸." 어머니가 꾸짖었다. "이 아이의 교수들에게 들으니 이렇게 강력한 능력은 지난 10년간 몇 번 보지 못했다는군요. 브레넌과 라이오슨 소년 정도죠."

그 '소년'은 이제 23세의 어른이지만, 나는 굳이 그 말을 바로잡아서 제이든의 등에 더 큰 과녁판을 걸지 않았다.

"자네의 재능은 뭐지?" 타우리 왕이 리암에게 물었다.

"멀리 보는 능력입니다, 폐하." 리암이 대답했다.

멜그렌은 드러나 있는 리암의 인장을 보고 눈매를 좁혔다가 장식 띠를 보았다. "메이리라면, 메이리 대령의 아들인가?"

나는 리암에게 더 힘줘 팔짱을 끼면서 말없이 지지 의사를 표했고, 어머니도 눈치를 챘다.

"맞습니다, 장군님. 다만 저는 터베인의 린델 공작님께 양육받았습니다." 리암의 턱에 힘이 들어가기는 했지만 불편한 기색이 드러난 곳은 그게 다였다.

"아하." 왕이 고개를 끄덕였다. "그래. 린델 공작은 훌륭한 사람이지. 충성스럽고." 그 거만한 태도를 보니 가슴에 달린 훈장들을 다 뜯어버리고 싶었다.

"제가 꿋꿋하게 자란 건 그분 덕분입니다, 폐하." 리암은 이 게임을 잘했다.

"그래, 그렇지." 멜그렌이 다시 고개를 끄덕이면서 군중을 훑어보았다. "그런데 라이오슨 소년은 어디 있지? 1년에 한 번씩은 그 녀석을 보고 말썽을 일으키진 않았는지 확인하고 싶은데 말이야."

"말썽이라뇨." 내가 대답하자 어머니가 쏙 노려보았다. "저희 비행단장인걸요. 몬세라트 최전선에 갔을 때는 제 목숨을 구하기도 했고요." 내가 미라를 돕지 못하게 데리고 떠나는 방식으로 구하긴 했지만, 그래도 내가 미라의 마음을 어지럽히다가 미라와 나와 테른이 다 죽는 최악의 사태를 방지한 건 제이든의 공이었다.

제이든은 나를 구하기만 한 게 아니었다. 그는 앰버가 미계약자들을 이끌고 내 방에 침입했을 때 내 말을 믿어줬다. 나 한 사람을 위해서 단검 한 세트를 새로 만들었다. 내가 동료들과 같이 전투에 나갈 수 있도록 테른에게 얹을 안장도 설계했다. 내게 보호가 필요할 때는 보호해줬고, 언제까지나 보호받을 필요가 없도록 스스로를 지키는 방법도 가르쳐줬다.

그리고 다른 사람들이 내 앞에 서기 바쁠 때, 제이든은 언제나 내가 버틸 수 있다고 믿고 내 옆에 서줬다.

하지만 나는 그런 말을 하나도 하지 않았다. 그래봐야 무슨 소용일까? 제이든은 이 사람들이 자기를 어떻게 생각하든 신경도 쓰지 않을 것이다. 그러니 나도 신경 쓰지 않겠다. 대신 나는 그저 내 앞에 있는 강력한 남자들에게 경탄하는 척, 멍청한 웃음만 계속 지었다.

"둘의 드래곤이 반려 사이죠." 어머니가 서늘한 미소를 보이며 말했다. "그러니 이 애도 필요에 따라 그 녀석과 꽤 가까워졌답니다."

성욕과 욕구, 내가 정의하기도 마음 한편의 통증 때문이지만, 그래, '필요에' 따라서라고 해도 되겠지.

"그거 잘됐군." 타우리 왕이 활짝 웃었다. "소른게일이 우리를 위해 지켜보고 있다니 잘된 일이야. 그 녀석이 혹시, 뭐라고 해야 하나…" 그는 소리 내어 웃었다. "또 다른 전쟁이라도 시작하려고 하면 네가 우리에게 알려주겠지?"

그런 터무니없는 일의 결과라면 멜그렌이 충분히 내다볼 수 있겠지만, 그는 불안해지는 눈초리로 리암과 나만 보고 있었다.

나는 온몸이 굳었다. "라이오슨이 충성스럽다는 점은 제가 보장할 수 있습니다."

"그래서 그 녀석은 어디 있지?" 타우리 왕이 안마당을 둘러보았다. "낙인자들 전원 다 여기에 모이라고 했는데."

"제가 조금 전에 봤는데요." 나는 거짓말 아닌 거짓말을 하며 미소 지었다. 전투 브리핑 시간도 조금 전이기는 하니까. "구석진 곳을 확인해볼까요? 라이오슨은 파티를 별로 좋아하지 않아서요."

"아, 저기 데인 에이토스가 있군요!" 어머니가 내 어깨 뒤쪽을 고갯짓했다. "폐하께서 인사하시면 정말 영광으로 여길 겁니다." 어머니는 왕을 유도했다.

"물론이지." 세 사람은 걸어갔고, 리암과 나는 아무 말도 하지 않고 서 있다가 우연히라도 왕에게 등을 돌리지 않으려고 멀어져가는 그들을 지켜보았다. 죽음의 고비를 겨우 넘긴 기분이었다. 그게 아니라면 자연 재난이라도 피한 것 같았다.

"네가 이런 일을 겪게 만들다니 제이든을 죽여버려야겠어." 나는 데인이 완벽한 예법으로 왕을 맞이하는 모습을 보며 작게 중얼거렸다.

"제이든이 시킨 게 아니야."

"뭐?" 나는 놀라서 리암과 시선을 마주쳤다.

"제이든은 나한테 이러라고 부탁한 적 없어. 아무에게도 부탁하지 않았지. 하지만 난 제이든에게 널 안전하게 지키겠다고 했고, 지금도 널 지키고 있어." 그는 비딱한 미소를 지었다.

"넌 좋은 친구야, 리암 메이리." 나는 그의 팔에 머리를 기댔다.

"넌 내 목숨을 구했어, 바이올렛. 욕 나오는 파티 내내 웃으면서 참는 정도야 얼마든지 할 수 있지."

"난 웃으면서 참을 수 있을지 잘 모르겠어." 사람들이 리암의 손목을 계속 흘끔거리는 모습, 마치 국경까지 군대를 끌고 간 사람이 리암이라는 듯이 쳐다보는 모습을 보면서는 무리였다.

데인이 멀어지는 왕을 미소로 배웅하더니 어깨 너머를 돌아보았고, 나와 시선이 마주치자 내 쪽으로 걸어왔다. 데인이 웃는 얼굴을 보자, 지난 몇 년 동안 우리가 이런 행사에 얼마나 많이 함께 참석했는지 쉽게 떠올릴 수 있었다.

내 뺨을 감싸는 그의 손길은 다정했다. "오늘 밤 정말 아름다운데, 바이."

"고마워." 나도 미소 지었다. "너도 멋있어."

그는 손을 내리고 리암을 돌아보았다. "이 녀석이 아직도 탈출하려고 하지 않았어? 바이는 언제나 이런 행사를 싫어했는데."

"아직은 아니지만, 밤은 아직 한참 남았지." 리암이 대꾸했다.

데인은 리암의 긴장한 얼굴을 읽었는지 미소가 사라진 얼굴로 나를 돌아보았다. "계단은 우리 오른쪽으로 1.5미터쯤 옆이야. 네가 빠져나가는 동안 내가 시선을 끌게."

"고마워." 그의 배려에 고개를 끄덕이며 부드럽게 미소 지었다. "여기에서 나가자." 나는 리암에게 말했다.

일단 파티에서 빠져나와 라이더 분과로 돌아간 후, 나는 곧바로 안마당으로 걸어 들어가서 그라운딩을 했다. 마력이 주위를 소용돌이치며 내 안으로 흘러들었다. 앤다나의 금빛 에너지, 그리고 나를 스게일과 연결하는 테른의 눈부신 마력, 마지막으로 제이든의 일렁이는 검은 그림자를 감지했다.

눈을 뜨고 그 일렁이는 그림자의 변화를 따라가본 나는 그가 내 앞 어딘가에 있음을 알았다.

"리암, 내가 널 아주 많이 좋아하는 거 알지?"

"흠, 그거 기쁘긴 한데…."

"그만 가봐." 나는 곧바로 안마당을 관통하여 걸어갔다.

"뭐?" 리암이 나를 따라잡았다. "여기에 너 혼자 두고 갈 순 없어."

"기분 나쁘라고 하는 말은 아니지만, 난 원하면 이 학교 전체를 번갯불로 튀겨버릴 수 있어. 그리고 제이든을 봐야겠으니까, 이제 가." 나는 그의 팔을 두드리고, 감각을 길잡이 삼아서 앞으로 계속 걸어갔다.

"네 조준 실력은 형편없다고 하지 않았어? 하지만 나머지는 알아들었어!" 리암은 그렇게 외치면서 뒤처졌다.

나는 굳이 마법 불빛을 켜지 않고 평소에 아침 점호 서는 곳을 지나서 이 외진 벽에 있는 유일한 출구에서 빈둥거리는 이들을 향해 걸어갔다. 제이든이 있을 수 있는 곳은 단 한 군데뿐이었으니.

"그 사람이 저 밖에 있는 게 아니라고 말해줘." 나는 달빛 속에서 간신히 알아볼 수 있는 개릭과 보디에게 말했다.

"그렇게 말할 순 있지만 그러면 거짓말이 되겠지." 보디가 목덜미를 문지르며 대답했다.

"오늘 밤은 제이든을 보지 않는 게 좋을걸, 소른게일." 개릭이 얼굴을 찌푸리며 경고했다. "자기 보호 본능이라는 게 있어. 제일 친한 친구인 우리도 떨어져 있잖아."

"그래. 뭐, 나는…." 나는 입을 열었다가 닫기를 반복했다. 내가 그에게 무엇인지 알 수 없었기 때문이다. 하지만 내 심장을 인질로 잡은 이 갈망, 그가 고통받고 있다는 사실을 안다는 이유만으로 그의 곁에 있어야겠다고 느끼는 이 미칠 듯한 기분, 그러기 위해 불확실한 곳에 몸을 던지더라도 그래야겠다는 이 마음…. 그가 나에게 무엇인지는 부정할 수 없었다.

나는 치마 예복에 맞춰서 신은 가죽 슬리퍼를 벗어던졌다. 원래도 도움이 되기보다는 위험하기만 할 텐데, 이 거센 바람 속에서 슬리퍼? 흠, 어떻게 될지 보자.

"나는 그냥… 그의 사람이야."

나는 1년 만에 처음으로 난간다리에 발을 디뎠다.

32

> 처형당한 장교들의 자식인 무고한 107명은 이제 왕의 정의를 전하는 드래곤이 새긴 '반역의 인장'을 지니고 있다. 그리고 우리 위대한 왕의 자비를 보여주는 뜻에서 이들은 전원 다 명망 높은 바스지아스 군사학교의 라이더 분과에 징집될 것이다. 그곳에서 이들은 복무를 통해, 또는 죽음을 통해 우리 왕국에 대한 충성을 증명할 것이다.
>
> — 아레티아 협약, 부가조항 4조 2항

징집일에 난간다리를 걷는 것은 확실히 위험했다. 그런데 드레스로 된 예복을 입고 맨발로 어둠 속에서 난간다리를 걷는다? 이건 미친 짓이었다.

아직 벽 안에서 걷는 초반 3미터는 쉬웠지만, 바람이 치맛자락을 돛처럼 펄럭이는 경계선에 다다르자 내 계획에 의심하는 마음이 들었다. 여기서 떨어져 죽는다면 제이든에게 가기는 힘들 터였다.

하지만 좁은 돌다리를 3분의 1쯤 건너간 지점에 앉아서 달을 올려다보는 그의 모습을 보자 죽도록 가슴이 아팠다. 마치 달이 그에게 짐을 더하는 듯한 모습이었다. 그는 등에 낙인자 107명의 목숨을 새겨 넣고 그들을 책임지고 있었다. 하지만 그는 누가 책임지고 누가 돌봐준단 말인가?

이 협곡에 있는 모두가 그의 아버지의 죽음을 축하하고 있는데, 그는 여기에 나와서 혼자 슬퍼하고 있다. 브레넌이 죽었을 때 나에게는 미라 언니와 아빠가 있었지만, 제이든에겐 아무도 없었다.

'넌 날 제대로 몰라. 내 핵심은 모르지.' 내가 결국 그에게 빠질 거라고 했더니 이렇게 대답했던가. 그를 알면 원하지 않게 되리라는 듯이 말이다. 하지만 그에 대해 알면 알수록 나는 더 심하게, 아니 더 빨리 빠져들기만 했다.

신들이시여. 나는 이 마음을 안다. 부정한다고 해서 진실이 바뀌진 않는다. 내 감정은 내 감정이었다. 1년 전에 이 난간다리를 넘어온 뒤부터 나는 한 번도 도전과 시험에서 도망친 적이 없었고, 지금 와서 도망칠 생각도 없다.

지난번에 이 자리에 섰을 때는 겁에 질렸지만, 지금 심장이 쿵쾅거리는 건 바닥과의 거리 때문이 아니다. 떨어지는 길은 하나만이 아니었다. 젠장. 가슴의 아픔이 혈관을 도는 마력보다 더 선명하게 타올랐다.

나는 제이든을 사랑하게 되어버렸다.

제이든이 곧 떠난다거나, 아마도 나와 대해 같은 감정이 아닐 거라는 사실은 이제 중요하지 않다. 그가 나한테 빠지지 말라고 경고했다는 사실도 중요하지 않다. 내가 가능한 모든 방법으로 이 남자에게 손을 뻗는 건 가벼운 열병이나 육체적인 화학반응 때문도 아니고, 심지어는 우리의 반려 드래곤 때문도 아니었다. 내 무모한 심장이 문제였다.

내가 그의 침대에, 그의 품에 들어가지 못한 건 그에게 빠지면 안 된다는 그의 완고함 때문이었지만, 이미 배가 떠난 지 오래인데 참아봐야 무슨 소용일까? 아직 그가 여기에 있는 동안에 누릴 수 있는 모든 순간을 붙잡아야 하지 않을까? 나는 좁은 돌다리에 첫걸음을 내디디고 균형을 잡기 위해 두 팔을 뻗었다. 테른의 등뼈를 걷는 것과 비슷했고, 그거라면 수백 번을 해본 일이었다.

내가 치마를 입었다는 점만 빼면.

그리고 내가 떨어져도 테른이 잡아주지 않을 거라는 점을 빼면.

이런 짓을 했다는 얘길 들으면 테른이 정말 화내겠지….

"이미 화났다."

제이든이 내 쪽으로 고개를 홱 틀었다. "바이올런스?"

나는 작년에는 없었던 근육으로 몸을 바로 세우고 한 걸음, 또 한 걸음을 디디며 다리를 건너기 시작했다.

제이든이 다리를 끌어올리더니 펄쩍 뛰어 일어섰다. "당장 몸을 돌려!" 그가 외쳤다.

"같이 가!" 나는 돌풍이 치맛자락으로 다리를 때리는 가운데, 몸을 버티며 바람 소리 너머로 외쳤다. "바지를 입었어야 했는데."

그는 이미 내 쪽으로 오고 있었다. 단단한 땅바닥처럼 자신감 있게 성큼성큼 거리를 좁히며 걸어와서 천천히 걸어가던 나와 만났다.

"대체 여기서 뭘 하는 거야?" 그는 내 허리를 붙잡으며 물었다. 그는 예복이 아니라 비행용 가죽옷 차림이었는데, 그렇게 멋있을 수가 없었다.

내가 뭘 하고 있냐고? 모든 것을 걸고 그에게 손을 뻗고 있었다. 그런데 제이든이 거절한다면… 아니다. 난간다리 위에는 두려움이 있을 자리가 없었다.

"나도 같은 질문을 할 수 있는데."

그의 눈동자가 커졌다. "넌 떨어져 죽을 수도 있었어!"

"그 말도 똑같이 해줄 수 있어." 나는 웃었지만, 떨리는 미소였다. 그의 눈빛은 사나웠다. 사람들 앞에서 으레 걸치는 깔끔하고 냉담한 가면을 더는 감당할 수 없는 듯했다.

나는 무섭지 않았다. 어쨌든 그가 진실한 모습을 보여줄 때가 더 좋았다.

"잠깐이라도 네가 떨어져 죽으면 나도 죽을 수 있다는 생각을 하긴 했어?" 제이든이 몸을 가까이 기울이자 심장이 펄쩍 뛰었다.

"그 말도…." 나는 그의 단단한 가슴팍, 심장이 뛰는 곳 바로 위에 두 손을 얹으며 조용히 말했다. "똑같이 돌려줄 수 있지." 설령 제이든의 죽음이 스게일을 죽이지 않는다 해도, 내가 살아남을 수 있을지 알 수 없다.

우리를 둘러싼 밤하늘보다 더 어두운 그림자가 일어났다. "내가 그림자를 지배한다는 걸 잊었군, 바이올런스. 난 여기에서도 안마당에 서 있을 때와 마찬가지로 안전해. 넌 번개를 쳐서 어쩌려고. 추락을 부추길 거야?"

음. 좋은 지적이었다.

"내가… 당신만큼 충분히 생각하지 않았는지도 모르겠네." 나는 인정했다. 그와 가까이 있고 싶었기에 난간다리 따위는 무시하고 다가갔다.

"넌 정말로 날 죽이고 말 거야." 내 허리를 잡은 그의 손가락에 힘이 들어갔다. "돌아가."

그건 거부가 아니었다. 그런 눈으로 말하면, 아니다. 우리는 지난 한 달 동안 아니, 그보다 더 오랫동안 감정적인 시합을 계속했고, 우리 중 한 명은 경정맥을 드러내 보여야 했다. 나는 이제야 내가 목을 드러내도 그가 죽이려 달려들지 않을 거라 믿는다.

"당신이 돌아가야 나도 돌아가. 어디든 당신이 있는 곳에 있고 싶어." 진심이었다. 그와 함께 있기만 하면 세상의 다른 모두를 떨쳐버릴 수 있고 신경 쓰이지도 않았다.

"바이올런스…."

"왜 당신이 우리에겐 미래가 없다고 했는지 알아." 나는 날아가버릴 듯이 질주하는 심장으로 그 말을 뱉어냈다.

"안다고?" 물론 그는 이 상황을 쉽게 만들어주지 않을 것이다. 이 남자가 쉽다는 게 뭔지 알 것 같지도 않았다.

"당신은 날 원해." 그의 눈을 들여다보며 말했다. "그리고 아니, 침대에서만을 두고 하는 말이 아니야. 당신은, 날, 원해, 제이든 라이오슨. 말은 하지 않을지 모르지만 행동으로 더 잘 보여주지. 시간도 없으면서 대련 연습을 시켜줄 때마다, 자기 훈련을 팽개치고 비행 연습을 시켜줄 때마다 보여. 내가 정말로 당신을 원하는 게 아닐까 봐 나를 건드리지 않으려고 할 때도, 내가 혼자 깬 기분을 느끼지 않게 하려고 지휘부 회의 전에 바이올렛 꽃을 찾아다닐 때도 보여. 당신은 수많은 방법으로 그 마음을 보여주고 있어. 제발 부정하지 마."

그는 턱에 힘을 줬지만, 내 말에 반박하지는 않았다.

"당신이 우리에게 미래가 없다고 생각하는 건, 내가 당신이 쌓아올린 벽 안의 진짜 당신을 싫어할까 봐 무서워서야. 나도 무서워. 그렇지만 난 당당히 인정할 수 있어. 당신은 곧 졸업하고 나는, 여기 남지. 당신은 몇 주 안에 떠나버릴 테고, 우린 지금 아마도 슬픔에 빠질 준비를 해야 할 거야. 하지만 두려움 때문에 우리 사이에 있는 감정을 죽인다면, 그렇다면 우린 그런 걸 누릴 자격이 없는 걸 거야." 나는 한 손을 그의 목 뒤에 올렸다. "언제 내 심장을 걸 준비가 될지 결정하는 사람은 나라고 했었지. 그게 지금이야."

제이든이 나를 보는 눈빛, 지금 내 몸에 흘러넘치는 희망과 불안을 똑같이 담은 그 눈빛이 나에게 절대적인 생명력을 선사했다.

"진심은 아니겠지." 그는 고개를 저으며 말했다.

그렇게 그는 줬던 생명력을 다시 뽑아갔다.

"진심이야."

"이게 이모젠 때문이라면…."

"아니야." 고개를 내젓자 퀸이 공들여 말아준 머리카락이 바람에 휘날렸. "나도 다른 사람이 없는 건 알아. 당신이 날 가지고 논다고 생각했다면 한밤중에 난간다리를 걷지도 않았을 거야."

그는 이마를 찌푸리더니, 나를 따뜻한 품속에 더 바싹 끌어당겼다. "그렇다면 그런 생각은 어쩌다가 한 거야? 인정하는데, 그것 때문에 열받았어. 내가 다른 사람 침대에 들락거린다고 생각할 만한 빌미는 전혀 안 줬잖아."

그는 온전히 내 것이라는 의미였다.

"내 불안감, 그리고 당신과 개릭이 대련하는 모습을 쳐다보던 이모젠의 눈빛 때문이지. 당신은 아무 감정 없을지 몰라도 이모젠은 확실히 당신을 좋아하거든. 난 그 눈빛을 알아. 내가 당신을 볼 때와 똑같은 눈빛이니까." 민망해서 뺨이 달아올랐다. 화제를 바꾸거나 피할 수도 있었지만, 비합리적인 감정이 아무리 나를 취약하게 만든다 해도 감정을 숨기는 건 우리의 관계에 아무 도움이 되지 않을 터였다.

"질투하는구나." 그는 미소를 삼켰다.

"아마도." 나는 인정했다가 그걸로는 대답이 부족하다고 판단했다. "좋아. 맞아. 이모젠은 강하고 격렬한 데다가 당신과 똑같이 무자비한 데가 있잖아. 난 언제나 이모젠이 당신에게 더 잘 어울린다고 생각했어."

"그런 감정이라면 내가 잘 알지." 그는 고개를 저었다. "너는 강하고 격렬한 데다 무자비하기도 해. 심지어 내가 지금까지 만나본 사람 중에 제일 똑똑하지. 네 머리는 끝내주게 섹시해. 이모젠과 난 친구 사이일 뿐이야. 장담하는데 이모젠은 날 보고 있던 게 아니야. 그리고 설령 날 보고 있었다고 해도…." 그는 멈칫하더니, 돌풍 속에서도 우리 둘을 안정적으로 버틴 채 손을 움직여 내 뒤통수를 받쳤다. "신들이시여, 도와주소서. 난 오직 너만 보고 있어."

희망은 파티에서 내주는 어떤 술보다 더 독했다.

"이모젠이 당신을 본 게 아니라고?"

"그래, 네가 한 말을 되짚어보고 그 공식에서 날 빼봐." 그는 눈썹을 들어올린 채로 내가 올바른 결론에 도달하기를 기다렸다.

"하지만 그때 매트 위…." 나는 눈을 크게 떴다. "개릭을 좋아하는 거구나."

"빨리도 눈치 챈다. 안 그래?"

"그러게. 날 밀어내는 건 이제 그만하는 거야?"

그는 몸을 살짝 물리더니, 달빛 속에서 내 눈을 들여다보다가 내 어깨 너머를 흘긋 보았다. "너는 네 주장을 확실히 전하기 위해서 위험에 뛰어드는 짓을 이제 그만하고?"

"그건 아닐지도."

그는 한숨을 내쉬었다. "너뿐이야, 바이올런스. 그 말을 꼭 들어야겠어?"

나는 고개를 끄덕였다.

"내가 너와 함께 있을 때가 아니라 해도 너뿐이야. 다음번에는 그냥 물어봐. 뻔뻔할 정도로 늘 나한테 솔직했잖아." 사방에서 바람이 불었지만, 그는 단단한 난간다리처럼 흔들림이 없었다. "내 기억에는 내 머리에 대고 단검을 던지기까지 했는데, 그게 네가 생각에 빠져서 허우적대는 모습을 보는 것보다 훨씬 나아. 정말로 이럴 거라면, 우린 서로를 믿어야 해."

"당신도 원하긴 하고?" 나는 숨을 멈췄다.

그는 길고 거센 한숨을 내쉬더니 드디어 인정했다. "그래." 그러고는 손을 올려서 엄지손가락으로 내 뺨을 어루만졌다. "난 너에게 어떤 약속도 못해, 바이올런스. 하지만 이 감정과 싸우는 것에는 지쳤어."

"그래." 단 한마디가 나에게 이토록 의미가 컸던 적이 있을까. 그러다가 문득 질투에 대한 제이든의 말을 떠올리고 눈을 깜박였다. "그런데 질투심을 잘 안 다던 말은 무슨 뜻?"

내 허리를 잡은 손에 힘이 들어가더니 제이든이 시선을 피했다.

"그건 안 되지. 내가 당신을 믿고 내 생각을 말해야 한다면 당신도 똑같이 해야지." 나만 이 돌다리 위에서 위태롭게 서 있을 순 없었다.

그는 투덜거리면서 시선을 다시 나에게 돌렸다. "탈곡 이후에 에이토스가 네게 키스하는 모습을 보고 정신이 나갈 뻔했어."

내가 이미 사랑에 빠진 상태가 아니었다면, 방금 들은 말로 선을 넘었을지도 모르겠다. "그때도 날 원했어?"

"널 처음 본 순간부터 원했어, 바이올런스." 그는 마음을 인정했다. "그리고 오늘 너에게 퉁명스러웠다면 그건… 음, 그냥 거지 같은 날이라서 그래."

"나도 알아. 그리고 데인과 내가 그냥 친구 사이인 건 알지?"

"지금은 네 감정이 그렇다는 걸 알지만 그때는 확신하지 못했지." 그는 엄지손가락으로 내 입술 선을 따라갔다. "이제 넌 단단한 땅으로 돌아가."

그는 조금 더 여기 남아 있고 싶어 했다.

"같이 가." 그의 가죽옷을 붙잡았다. 가능하다면 그를 끌고 갈 작정이었다.

그는 고개를 내젓더니 시선을 피했다. "오늘 밤은 누굴 신경 쓸 상태가 아니야. 오늘은 네가 브레넌을 잃은 날이기도 하니 이런 말 하기 그렇지만….”

"나도 알아." 나는 두 손으로 그의 팔을 훑었다. "같이 가, 제이든."

"바이올…." 그의 어깨가 처졌고, 우리 둘 사이의 공간을 채우는 슬픔에 나도 목이 메었다.

"날 믿어." 나는 그의 팔을 놓고 물러서서 그의 손을 잡았다. "얼른."

한순간 긴장된 침묵이 흐르더니 그가 고개를 한 번 끄덕였고, 내가 몸을 돌리자 나를 잡았다. "난 이제 작년 7월보다 훨씬 잘 걷는다고."

"그건 나도 알겠어." 그는 내가 난간다리 마지막 부분을 걷는 동안 내 허리에 손을 올리고 바짝 붙어 있었다. "망할 드레스를 입고도 말이지."

"그냥 스커트인데." 나는 벽까지 30센티미터쯤 남았을 때 어깨 너머로 시선을 돌리며 말했다.

"앞을 보고!" 제이든이 기겁하는 투로 소리쳤다. 내가 마지막 몇 걸음을 건너뛰는 오만한 짓을 하지 않은 건 오직 그 목소리에 깃든 두려움 때문이었다.

그는 벽 안에 들어서자마자 나를 끌어당겨 등을 감쌌다. "다시는 나한테 말 거는 것 같은 사소한 일로 목숨 걸지 마." 으르렁거리는 낮은 목소리가 귓가에 닿자 등골에 전율이 흘렀다.

"내년은 굉장히 재미있을 거야." 나는 제이든이 따라오게 손을 깍지 껴서 잡은 채로 걸어가면서 놀려댔다.

"내년에도 리암이 네가 어리석은 짓을 못하게 할 거야." 그는 중얼거렸다.

"당신은 리암의 편지가 완전 기대될 거야." 나는 장담하면서 난간다리 마지막 부분에서 아래쪽 안마당으로 뛰어내렸다. "어라." 나는 슬리퍼를 다시 신으면서 텅 빈 안마당을 둘러보았다. "개릭과 보디가 여기 있었는데."

"아마 널 들여보냈다는 이유로 내 손에 죽을 줄 알고 도망쳤겠지. 드레스라니, 소른게일. 진심이야?"

나는 그의 손을 잡고 안마당을 가로질렀다.

"어딜 가는 건데?" 처음 만났던 날의 그 개자식과 비슷한 목소리였다.

"당신이 날 당신 방으로 데려가는 중이지." 나는 기숙사에 다가가면서 어깨 너머로 말했다.

"내가 뭘 해?"

나는 문을 열어젖히면서, 그의 냉소적인 표정까지 잘 보이게 해주는 마법 불빛에 감사했다. "당신이 날 당신 방으로 데려가는 중이라고." 나는 왼쪽으로 방향을 틀어서 내 방 복도를 지나친 다음 널찍한 나선계단을 오르기 시작했다.

"누가 볼 거야." 그는 반대했다. "내가 걱정하는 건 내 명성이 아니야, 소른게 일. 넌 1학년이고 난 네 비행단장…."

"이미 다들 알 거야. 우리가 그날 밤에 숲 절반을 불태웠잖아." 나는 2학년 복도로 나가는 문을 지나쳐서 계단을 계속 오르며 그를 일깨웠다. "내가 데인과 처음 이 계단을 올랐을 때는 난간이 없다고 겁먹었던 거 알아?"

"네가 앞장서서 내 방으로 가면서 그 이름을 입에 올리는 건 참을 수 없다는 거 알아?" 그가 내 뒤에서 계단을 터벅터벅 오르자 벽에 있던 그림자들이 말려 들어갔다. 마치 그의 기분을 감지하고 이 이상 관여하기 싫다고 내빼는 듯한 움직임이었다. 이제 나는 그의 그림자들이 무섭지 않다. 이 남자에게 무서운 면이라곤 없다. 오직 내가 그에게 느끼는 엄청난 감정만이 무서웠다.

"중요한 건, 지금의 날 보라는 거야." 나는 3학년 복도에 도착해서 씩 웃으며 아치문을 밀어 열었다. "드레스 차림으로 난간다리에서 춤을 출 정도잖아."

"그 기억을 상기시키는 건 좋지 않은데." 그는 나를 따라 복도에 들어섰다. 2학년 복도와 비슷한데 문이 더 적고 천장이 높고 둥글다는 차이만 있었다.

"당신 방이 어디야?"

"어디 한번 맞혀봐." 그는 중얼거리면서도 내 손가락을 놓지 않고 길고 거대한 복도 끝을 향해 걸었다. 물론 마지막 문이겠지.

"제4비행단." 나는 코웃음을 쳤다. "언제나 제일 끝에 있어야 하는구나."

그는 보호막을 풀고 방문을 연 다음, 내가 먼저 들어갈 수 있게 물러섰다. "떠나기 전에 네 새 방에도 보호막을 걸어두든가, 열흘 안에 방법을 가르쳐야겠군."

나는 다가오는 그의 출발일을 떠올리지 않으려 애쓰며 그의 방에 처음 발을 들였다. 내 방의 두 배는 되는 크기에 침대도 두 배는 컸다. 3학년까지 살아남으니 확실히 특권이 있었다. 아니면 직책 때문에 큰 방을 받은 걸까.

티끌 하나 없이 깨끗한 방. 침대 옆에는 커다란 안락의자가 하나 놓여 있고, 진회색 양탄자와 넓은 나무 옷장, 깔끔한 책상, 그리고 보자마자 질투가 피어오르는 책장이 있었다. 문 옆 공간은 무기 거치대가 차지했는데 셀 수도 없을 만큼 많은 단검이 꽉 들어차 있었다. 그리고 책상 옆에는 내 방에 있던 것과 똑같은 과녁판이 세워져 있었다. 테이블과 의자도 있고, 창문에서는 바스지아스가 보였는데 밑단에 제4비행단의 엠블럼이 새겨진 두꺼운 검은 커튼이 걸렸다.

"가끔 전대장들과 여기에서 회의를 하지." 그는 문 앞에서 말했다.

몸을 돌리니 그가 자기 방에 대해 논평하기를 기다리는 듯한 호기심어린 눈으로 나를 지켜보고 있었다. 나는 무기 거치대 옆을 걸으면서 손가락으로 다양한 단검의 손잡이를 훑었다. "대체 얼마나 많은 시합에서 이긴 거야?"

"내가 몇 번이나 졌는지 물어보는 게 나을걸." 그는 문을 닫으며 말했다.

"내가 너무나도 잘 알고 사랑하는 오만함이네." 나는 중얼거리면서 침대로 향했다. 내 침구와 똑같은 검은색이었다.

"오늘 밤 네가 얼마나 아름다운지 내가 말했던가?" 그가 목소리를 깔았다. "안 했다면 내가 멍청이야. 오늘 넌 정말 황홀할 정도로 아름다워."

뺨이 달아오르고 입꼬리가 저절로 올라갔다. "고마워. 이제 앉아." 나는 침대 가장자리를 두드렸다.

"뭐?" 그는 눈썹을 치켜올렸다.

"앉으라고." 나는 그와 눈싸움을 벌이며 명령했다.

"난 그 이야기를 하고 싶지 않아."

"나도 그래야 한다는 말은 안 했어." 그 이야기가 뭔지는 물어볼 필요도 없고, 나는 6년 전에 일어난 일이 우리 사이에 틈을 벌리게 둘 생각이 없었다. 단 하룻밤이라도 그랬다.

그는 내가 시키는 대로 침대 가장자리에 앉았다. 긴 다리를 쭉 뻗고는 침대에 손바닥을 대고 살짝 몸을 뒤로 기울였다. "이젠 뭔데?"

나는 그의 허벅지 사이로 들어가서 그의 머리카락을 쓸었다. 그는 눈을 감고 내 손길에 기댔다. "이제 내가 당신을 돌봐줄게."

그가 눈을 번쩍 뜨는데, 신들이시여. 이 얼마나 아름다운지. 그의 새까만 눈동자에 박힌 금빛 반점을 모두 외웠다. 졸업 후 그가 어디로 가게 될지 모르니 그러길 다행이었다. 그를 며칠에 한 번씩 보는 건 내가 원할 때마다 그를 만질 수 있는 것과는 다르다. 나는 머리카락에서 손을 떼고 무릎을 꿇었다.

"바이올렛…."

"신발을 벗기는 것뿐이야." 나는 능글맞은 웃음을 지으면서 부츠 끈을 푼 다음 그의 발에서 벗겨냈다. 그리고 일어서서 부츠를 옷장 쪽으로 가져갔다.

"그냥 거기 두면 돼!" 제이든이 외쳤다.

나는 부츠를 옷장 옆 바닥에 내려놓고 돌아갔다. "당신 옷을 들여다볼 생각은 없었어. 어차피 다 본 옷인걸."

그의 시선은 내 치마에 고정되어 있는데, 옷자락 틈이 갈라지면서 허벅지가 드러날 때마다 열기를 띠었다. "밤새 그걸 입고 있었어?"

"내 뒤에서 걸으면 이런 걸 놓치는 거지." 나는 놀리면서 그의 허벅지 사이에 다시 섰다.

"사실 뒤에서 보는 풍경에 대해서도 불만은 없어." 그가 나를 올려다봤다.

"입 다물고 내가 벗기게 해줘." 그의 가슴에 대각선으로 이어지는 버튼을 풀자, 제이든이 어깨로 가죽옷을 밀어냈다. "오늘 밤에 비행했어?"

"보통은 도움이 되거든." 그는 내가 가죽옷을 안락의자에 걸치자 고개를 끄덕이며 대답했다. "이날은 언제나…."

"미안해." 나는 그의 눈을 들여다보면서 내가 얼마나 진심인지 알 수 있기를 빌었다. 그리고 다시 셔츠에 손을 뻗었다.

"나도 미안해." 그가 두 팔을 들어올렸고, 나는 셔츠를 벗겨내어 비행용 재킷과 같이 놓았다.

"당신이 미안할 건 아무것도 없어." 나는 그와 시선을 마주친 채로 그의 깎은 듯한 얼굴을 감쌌다가, 눈썹을 둘로 나눠놓은 흉터 위를 덧그렸다. "시합?"

"스게일." 그는 어깨를 으쓱였다. "탈곡 때였지."

"대부분의 드래곤은 라이더에게 상처를 남기는데 테른과 앤다나는 날 조금도 해치지 않았네." 나는 그의 목을 어루만지며 멍하니 말했다.

"아니면 네가 이미 상처를 품고 있다는 걸 알았을지 모르지." 그는 타이넌의 칼이 내 팔에 남긴 긴 은색 흉터를 손가락으로 따라갔다. "그 새끼들을 죽여버리고 싶었어. 그런데 거기 서서 네가 3대 1로 싸우는 모습을 지켜봐야만 했지. 더는 못 참겠어서 끼어들려고 했을 때 테른이 착륙했어."

"잭이 도망친 후에는 2대 1이었어." 나는 사실을 상기시켰다. "그리고 당신은 개입하면 안 됐지. 규칙 위반이잖아?" 그런데도 그는 한 걸음을 내디뎠다. 그가 날 위해서라면 규칙을 깨리라는 사실을 알려준 한 걸음.

그의 한쪽 입꼬리가 올라가더니, 내 평생 본 가장 섹시하고도 재수 없는 웃음을 지었다. "결국에 넌 드래곤 둘과 함께 그 자리를 떠났지." 갑자기 그의 표정이 어두워졌다. "이제 2주 뒤면 난 네가 도전을 받아도 지켜보지 못하고 네 싸움에 대해 아무것도 할 수 없게 될 거야."

"난 괜찮을 거야." 나는 약속했다. "쓰러뜨릴 수 없는 상대는 중독시키지 뭐."

그는 웃지 않았다.

"자, 침대에 눕혀줄게." 나는 몸을 굽혀 그의 눈썹 흉터에 키스했다. "깨어나면 내일이 되어 있을 거야."

"내겐 널 얻을 자격이 없어." 그는 내 허리를 감싸서 끌어당겼다. "하지만 그래도 널 놓아주진 않을 거야."

"잘됐네." 나는 몸을 기울여 그의 입술에 내 입술을 스쳤다. "내가 당신을 사랑하게 된 것 같거든." 심장이 변덕스럽게 뛰고, 당혹감이 갈비뼈 안쪽을 타고 기어올랐다. 그 말을 하지 말았어야 했다.

그는 눈을 크게 뜨더니 나를 세게 끌어안았다. "그런 것 같아? 아니면 확실한 거야?"

용감해지자.

그가 같은 마음이 아니라 하더라도 나는 진실을 말할 것이다. "확실해. 당신을 너무 사랑하게 되어버려서 당신 없는 내 인생이 어떨지 상상도 못하겠어. 아마 이런 말은 하지 않는 게 좋겠지만, 그래도 정직하게 시작해야지."

그가 와락 입을 맞추며 무릎 위로 나를 끌어당겼다. 나는 다리를 벌려 그의 무릎 위에 앉았다. 그의 키스는 내가 스스로를 잊고 빠져들 만큼 깊었다. 그는 키스를 하면서 말없이 내 장식 띠를 떼어내고, 재킷을 벗겨내고, 치마 단추를 풀었다. "일어서." 그가 내 입술에 대고 말했다.

"제이든." 심장이 쿵쾅거렸다.

"미치도록 네가 필요해, 바이올렛. 지금 당장. 난 아무도 필요하지 않은 놈이라서 이 감정을 어떻게 다뤄야 할지 잘 모르겠지만, 최선을 다하고 있어. 오늘 밤에 이러고 싶지 않다 해도 괜찮지만, 그렇다면 당장 저 문 밖으로 나가줘. 지금 나가지 않으면 내가 2분 안에 널 벌거벗겨서 눕힐 거야."

그의 강렬한 눈빛과 격한 말에 겁먹어야 마땅했지만 나는 겁나지 않았다. 나는 이 남자가 자기 통제력을 모조리 잃는다 해도 결코 나를 해치지 않을 것임을 안다. 적어도 육체적으로 해칠 일은 없다.

"걸어나가든 남든, 넌 일어서야 해." 그가 애원했다.

"2분이라니, 당신 코르셋 푸는 기술을 과대평가하는 거 아닐까." 나는 내 갑옷을 내려다보았다.

그는 씩 웃더니 나를 무릎 위로 들어올렸다.

내 발이 바닥을 디뎠다. "시간 잴 거야."

"그거…."

"하나, 둘." 나는 손가락을 들어올렸다. "셋."

그가 순식간에 일어나더니 내게 입술을 겹쳤고, 나는 숫자 세기를 그만뒀다. 그의 혀에 따라가고 내 손끝 아래 물결치는 그의 근육을 느끼느라 너무 바빠서 옷이 어디로 가는지는 신경도 쓰이지 않았다. 치마가 바닥에 떨어지자 다리에 공기가 닿는 느낌이 났고, 나는 슬리퍼를 걷어차면서 그의 혀를 빨았다.

그는 신음하며 내 등으로 손을 올렸다. 기록적인 시간 안에 끈이 풀리고 코르셋이 바닥에 떨어지면서 나는 속옷 차림이 되었다.

제이든이 내 허벅지 칼집을 풀고 자기 칼집도 풀자 단검들이 우르르 바닥에 떨어졌다. 우리 둘 다 벌거벗은 몸이 될 때까지 굉장한 금속성의 불협화음이 이어졌고, 그는 숨 쉴 틈도 없이 키스했다. 그의 두 손이 내 머리에 닿자, 핀이 마구 날아가더니 풀어헤친 머리카락이 등으로 흘러내렸다. 그는 잠깐 물러서서 굶주린 시선으로 내 몸을 훑어내렸다. "정말 예뻐."

"2분보다 조금 더 걸린 것 같…." 내가 심술궂게 말을 꺼내자마자 그가 넘어뜨리기 기술을 써서 허벅지 뒤쪽을 잡고 들어올렸다. 내 등이 침대를 때리면서 침대가 한 번 출렁였고, 솔직히 지금까지 반 년 넘게 제이든이 나를 때려눕힌 순간들을 생각하면 그 동작을 예상했어야 했다.

"아직 세는 중?" 그는 침대 옆에 무릎 꿇고 나를 부드러운 침대보 가장자리로 끌어오면서 물었다.

"내가 점수를 기록해야 해?" 놀리는 사이 내 엉덩이는 침대 끝에 닿았다.

"얼마든지." 제이든이 씩 웃더니, 내가 한마디라도 더 하기 전에 그의 입이 내 허벅지 사이에 닿았다.

그가 내 아래를 애무하자 나는 날카로운 숨을 들이켜면서 순수한 쾌락 때문에 고개가 절로 젖혔다. "신들이시여."

"대체 어느 신을 부르는 거야?" 그가 입을 떼지 않고 물었다. "이 방에는 바이올렛 너와 나밖에 없는데, 난 내 것을 나누는 사람이 아니거든."

"당신." 나는 그의 머리카락에 손가락을 얽었다. "당신을 부르는 거야."

"신으로 격상시켜주다니 고맙지만 내 이름만 불러도 돼." 그의 입술이 민감한 부분에 닿았고, 나는 신음이 터져 나왔다. "맛있어." 그는 내 허벅지를 자기 어깨에 걸치고는 오늘 밤에 여기에만 있겠다는 태도로 자리를 잡았다.

뜨겁고 강렬한 쾌락이 뱃속을 소용돌이쳤다. 나는 그가 능란하게 리드하며 점점 밀어 올리는 그 감각에 정신을 놓칠 뻔했다. 그가 아래로 손가락을 미끄러뜨리자 허벅지가 부르르 떨렸다. 그리고 그가 혀와 박자를 맞춰서 움직이는 손길에 바싹 경직했다. 나는 말 그대로 머리가 텅 비었다.

마력이 쇄도해 들어오더니 쾌락과 뒤섞여서 하나가 되었고, 그가 나를 무의식의 경계로 밀어넣은 순간 그의 이름을 외쳤다. 밀려오는 절정과 함께 마력이 밖으로 격렬하게 뻗어나갔다.

천둥이 치면서 창문 유리를 흔들었다.

"한 번." 그는 축 늘어진 내 몸을 따라 키스해 올라오면서 말했다. "사람들에게 매번 우리가 뭘 하는지 알리지 않으려면 불꽃놀이라도 준비해야겠는데."

"당신 입은…." 나는 그의 두 손이 아래로 미끄러져 들어와서 우리 몸을 침대 중앙으로 옮기는 가운데 고개를 내저었다. "표현할 말이 없어."

"맛있어." 그는 내 배에 입술을 미끄러뜨리며 속삭였다. "넌 끝내주게 맛있어. 애초에 네 입술을 맛보기까지 이렇게 오래 기다리지 말았어야 했어."

나는 그가 내 가슴을 뜨거운 입에 머금자 헐떡였다. 그는 반대쪽 가슴을 손가락으로 비비면서 내 안에 남은 첫 번째 절정의 잉걸불 위에 새로운 불을 피워올렸다. 그의 입술이 내 목에 이르렀을 때쯤, 나는 그의 아래에서 몸부림치는 불덩이가 되어 그의 몸에서 손닿는 부분이라면 어디나 만지며 팔을, 등을, 가슴을, 어루만지고 있었다. 맙소사, 이 남자는 믿을 수 없을 완벽하다. 온몸의 선이 전투를 위해 깎이고 대련과 검술로 조각되어 있었다.

입술이 겹치며 깊은 키스를 나누자 우리 두 사람의 맛을 다 느낄 수 있었다. 나는 무릎을 들어올려 제이든의 엉덩이를 내 허벅지 사이에 고정했다.

"바이올렛." 제이든이 신음했고, 그의 것이 내게 닿는 감촉이 느껴졌다.

"난 똑같이 장난칠 시간도 없는 거야?" 나는 놀리면서 엉덩이를 들어올려 그를 미끄러뜨렸는데, 오히려 그 움직임에 내가 헐떡였다.

그는 내 아랫입술을 잘근거렸다. "지금 내가 널 가질 수만 있다면, 나중에 네가 원하는 만큼 얼마든지 장난칠 수 있어."

그래. 나도 받아들일 수 있는 계획이었다. "이미 날 가졌잖아."

그는 나와 시선을 부딪치면서, 나를 납작하게 눌러버리지 않도록 몸무게를 지탱하고 내 위에 몸을 띄우며 말했다. "넌 내가 줄 수 있는 전부를 가졌어."

그거면 충분하다… 당장은. 나는 고개를 끄덕이며 다시 엉덩이를 들었다.

그는 나와 눈을 마주친 채로 엉덩이를 길게 한 번 움직여서 내 안으로 밀고 들어왔다. 조금씩, 조금씩 끝까지 밀어붙였다. 그 압력, 그 늘어나는 느낌, 그가 나와 딱 맞아드는 느낌이란 말로는 다 표현할 수가 없었다.

"당신 느낌이 너무 좋아." 나는 참지 못하고 엉덩이를 흔들었다.

"나도 똑같은 말을 돌려주지." 그는 아까 내가 했던 말을 되돌려주며 미소 지었다. 그는 단단하고 깊게, 또 느리게 리듬을 타면서 내 허리를 휘게 만들었다. 우리는 몇 번이고, 몇 번이고 같이 느꼈다.

그는 나를 침대 위로 밀어 올렸고, 나는 팔을 뒤로 돌려 머리판을 잡고 그가 밀어붙이는 움직임에 맞췄다. 맙소사, 갈수록 더 좋았다. 더 빨리 움직이라고 재촉하자 그는 짓궂은 웃음을 짓더니 똑같이 머리가 하얘지고 심장이 덜컹거리는 속도를 유지했다. "난 이게 끝나지 않았으면 좋겠어. 계속 이어져야 해."

"하지만 난…." 내 속에 뙤리를 튼 불이 금방이라도 폭발할 태세라서, 그 순간이 얼마나 달콤할지 느낄 수 있을 지경이었다.

"알아." 그는 다시 앞으로 몸을 밀었고, 나는 욕 나오게 좋은 그 느낌에 흐느낄 지경이 되었다. "그냥 내 곁에 있어." 그는 각도를 조절해서 내 가장 민감한 곳을 찌르고, 내 무릎을 앞으로 누르면서 더 깊이 들어왔다.

난 살아남지 못할 지경이었다. 지금 이 침대에서 죽어버릴지도 몰라.

"그때는 나도 같이 죽을게." 그는 나에게 입 맞추며 약속했다.

너무 멀리까지 간 나머지 내가 큰 소리로 말해버린 줄도 모르고 있었다. 그러다가 소리 내어 말할 필요도 없다는 사실이 기억났다. "더, 더 원해." 마력이 피부 아래에서 지글지글 끓으며 두 다리가 경직됐다.

"거의 다 왔어. 망할! 네 안에 있는 느낌이 너무 좋아. 아무리 해도 부족할 것 같아. 널 아무리 가져도 부족해."

"사랑해." 그 말을 해버리자 놀라울 정도로 해방감이 찾아왔다. 그가 같은 말로 답하지 않는다 해도 그랬다.

그의 동공이 커지더니, 통제를 잃고 내 안을 쿵쿵 두드렸다. 그 순간, 쾅!

내 안에 똬리 틀고 있던 쾌감이 폭발하면서 다시 한 번 채찍질하듯 뻗어나간 마력이 방 안을 관통하고 유리처럼 산산이 부서졌다. 제이든은 나를 붙잡고 몸을 옆으로 굴리면서 절정으로 치달았고, 내가 마지막 오르가슴의 여파로 그에게 달라붙은 채 몸서리를 치는 동안 내 목에 대고 신음을 뱉었다.

우리의 호흡은 한참이 지나서야 안정이 됐고, 가벼운 산들바람이 그의 다리 위에 얹힌 내 허벅지를 어루만졌다. "괜찮아?" 그가 내 얼굴에 흩어진 머리카락을 걷어내며 물었다.

"끝내줘. 당신도 끝내주고. 방금은…."

"끝내췄다고?" 그가 대신 말했다.

"바로 그거야."

"난 '폭탄 같았다'고 말하려고 했지만 '끝내췄다'도 나쁘지 않군." 그의 손가락이 내 머리카락을 휘감았다. "난 정말 네 머리카락이 좋아. 혹시 나를 무릎 꿇리고 싶거나 논쟁에서 이기고 싶다면, 머리를 풀기만 해. 바로 알아들을 테니까."

나는 씩 웃었다. 갈색에서 은색으로 변해가는 머리카락이 바람에 흔들리고 있었다. 잠깐만. 바람이 있으면 안 되는데.

나는 가슴이 철렁 내려앉는 기분으로 팔꿈치를 대고 몸을 일으켜서 제이든의 어깨 너머를 보았다. "아, 안 돼, 안 돼." 나는 손으로 입을 막고서 파괴의 현장을 보았다. "내가 당신 창문을 날려버렸나 봐."

"번개를 내리치고 다니는 사람이 또 있지 않다면, 맞아. 네가 그랬지. 그래서 폭탄 같았다고 했잖아." 그는 웃음을 터뜨렸다.

나는 숨을 훅 들이켰다. 그래서 제이든이 옆으로 몸을 던진 거였다. 내가 만든 잔해에서 나를 지키려고. "정말 미안해." 피해가 얼마나 되나 살펴보았지만, 침대 위에는 모래뿐이었다. "진짜 내 능력을 통제하긴 해야 하는데."

"내가 차단막을 쳤어. 걱정하지 마." 그는 나를 다시 끌어당겨 키스했다.

"어떻게 하지?" 창문 수리는 옷장을 바꾸는 것과는 다른 차원의 일이었다.

"지금 당장?" 그는 다시 내 얼굴에 흘러내린 머리카락을 쓸어넘겼다. "아직도 숫자를 세려고 한다면 방금이 두 번째였으니까, 침대에서 모래를 털어낸 다음 너를 세 번째로 인도해야지. 네가 계속 깨어 있다면 네 번째까지도."

나는 입을 쩍 벌렸다. "방금 내가 당신 창문을 박살냈는데?"

그는 미소 지으며 어깨를 으쓱였다. "네가 다음에는 서랍장을 부수려고 할 때에 대비해놨어."

그의 몸을 보자, 그에 대한 갈망에 다시 불이 붙었다. 신들이 축복한 듯한 그 모습을 보면 오히려 신들이 나를 축복했다는 기분이 드는데 어떻게 안 그럴 수 있을까? "좋아. 세 번째로 가보자."

결국 우리는 다섯 번째까지 달렸고, 나는 제이든의 두 손에 엉덩이를 잡힌 채 천천히 그를 타고 움직이면서 그의 목에 찍힌 소용돌이 문양을 손가락으로 덧그렸다. 우리 둘 다 어떻게 아직까지 움직이는지 알 수 없지만, 오늘 밤은 멈출 수 없을 것 같았다. 아무리 해도 부족했다. "이거 정말 아름다워." 나는 말하면서 몸을 들어올렸다가 다시 내려앉으면서 그를 내 안에 더 깊이 담았다.

그의 손에 힘이 들어가면서 검은 눈동자가 확 커졌다. "예전에는 이걸 저주라고 생각했는데 지금 생각하니 선물이었어." 그는 엉덩이를 들어올리면서 절묘한 각도로 내 안에 들어왔다.

"선물?" 신들이시여. 제이든 때문에 제대로 생각을 할 수가 없다.

그때 누군가가 문을 두드렸다.

"꺼져!" 제이든은 이를 드러내며 말하고는, 내 등에 손을 뻗어 어깨를 잡고 끌어내리면서 다시 엉덩이를 쳐올렸다.

나는 앞으로 고꾸라지면서 그의 목에 대고 신음했다.

"나도 정말 그러고 싶다." 그 애석해하는 목소리에 믿음이 갔다.

"날 이 침대에서 불러내려면 누가 죽었다는 소식쯤은 되어야 할 거야, 개릭." 제이든이 대꾸했다.

"죽은 사람이 한둘이 아닐 거고, 그래서 분과 전체를 집합시키는 거다, 이 멍청아!" 개릭이 으르렁거렸다.

제이든과 나는 화들짝 놀라서 시선을 마주쳤다. 나는 그의 위에서 내려왔고, 제이든은 담요로 나를 덮어준 다음에 가죽 바지에 다리를 밀어넣고 성큼성큼 문으로 향했다.

"대체 그게 무슨 소리야?" 그는 작은 문틈으로 물었다.

"비행복 입어. 소른게일도 데려오는 게 좋겠어." 개릭이 대답했다. "우린 공격받고 있어."

33

강력한 고유 능력을 제어하지 못한다면 고유 능력을 발현하지 못한 라이더 못지않게 위험하다. 라이더 본인에게나 그 근처의 모두에게나.

— 아펜드라 소령, 《라이더 분과 지침》(무허가 판본)

내 평생 그렇게 빨리 옷을 입어본 적이 없었다. 나는 허벅지 칼집도 신경 쓰지 않았다. "지금 몇 시야?" 예복 드레스를 걸쳐 입고 슬리퍼를 신은 다음 얼굴에 흘러내린 머리카락을 입으로 불어 치우면서 물었다.

분과 전체에 대한 긴급 집합 명령이란 '지금 당장'이라는 뜻이다. 즉 보호막이 내려가고 있다는 뜻이었다. 나바르인을 몇 명이나 잃게 될까?

"4시 15분." 그는 부츠 끈을 마저 묶었고, 내가 하나 빠뜨린 기분으로 칼집을 챙기는 동안 무장을 마쳤다. "너 그러고 나가면 얼어죽을 거야."

"난 괜찮아." 나는 무릎을 꿇고 잃어버린 단검을 찾아서 칼집 끈을 당겨 챙긴 다음에 다시 일어섰다.

"여기." 제이든이 비행 재킷 하나를 내 머리 위로 덮어씌웠다. "개릭 말대로 우리가 공격을 받고 있다면 상급생들에게 내륙 기지로 가라고 명령하겠지. 그러니까 네가 오래 집합해 있을 필요는 없을 거야. 네가 추울 거라고 생각하면 못 참겠어."

그건 제이든이 떠난다는 뜻이었다. 나는 심장이 공중제비를 넘는 기분으로 어색하게 그의 재킷 소매에 팔을 집어넣었다. 그는 안전하겠지, 그렇지? 기껏해야 내륙 지방 배정이고, 그는 분과에서 가장 강력한 라이더다.

내 두 손에는 무기가 가득 들려 있었기에 비행 재킷 버튼을 대신 채워주는 그에게 반발하지 않았다.

"우린 점호하러 나가야 해." 그의 두 손이 내 얼굴을 감쌌다. "내가 바로 떠나야 한다고 해도 너무 걱정하지 마. 분명히 스게일이 며칠 안에 날 끌고 돌아올 테니까." 그는 몸을 기울여 내게 빠르면서도 거세게 키스했다. "널 원하는 마음 때문에 내가 죽겠다. 가자."

완전히 혼란에 빠진 군사학교에서 가장 좋은 점을 꼽는다면? 내가 비행단장의 방에서 슬쩍 빠져나가서 라이더들 속에 끼어들어도 아무도 모른다는 점이었다. 모두가 아드레날린에 차서 뛰고 있었고, 자기 물건을 챙기느라 너무 바빠서 내가 뭘 하고 있는지도, 안마당 연단 근처에 모이고 있는 지휘부를 향해 가기 전에 슬쩍 내 손을 스치는 제이든의 손도 눈치 채지 못했다.

아직 예복 드레스 차림인 사람도 나 혼자가 아니었다. 대열 안에 섰을 때는 살을 에는 바람이 불어왔지만, 그나마 제이든의 비행 재킷 덕분에 머리카락이 날리지는 않았다.

"확실히 이럴 이유가 있어야 할 거야. 드디어 그 멋진 갈색 머리칼의 힐러와 해보려던 참이었다고." 리독이 내 뒤에 서면서 징징거렸다.

리암은 제복 단추를 끼우면서 내 오른쪽에 섰다.

"좋은 밤이었어?" 나는 리암에게 물었다.

"좋았지." 중얼거리는 리암의 뺨이 달빛 아래 분홍빛으로 변했다.

"데인 본 사람?" 나는 내 앞자리에 들어서는 나딘에게 물었다.

"대대장 전원은 지휘부와 같이 있어." 나딘이 어깨 너머로 대답하는 사이에 리애넌이 뛰어왔다.

리가 입을 쩍 벌리고 하품을 하더니, 내 쪽을 흘긋 보았다가 다시 돌아봤다. "바이올렛 소른게일." 리는 바싹 다가서면서 속삭였다. "너 라이오슨의 비행 재킷을 입고 있는 거야?"

안타깝도록 귀가 좋은 리암이 내 쪽으로 고개를 홱 돌렸다.

"왜 그런 말을 해?" 나는 형편없는 연기를 선보이며 재킷 주머니마다 칼집을 쑤셔 넣었다. 주머니가 총 세 개 있었는데, 내 재킷보다 훨씬 깊었다.

"아, 글쎄 왜일까. 너한테 너무 큰 데다가 여기에 별이 세 개 붙어 있어서?" 리는 자기 제복에 달린 별 하나를 두드렸다.

망했군. 우리 둘 다 머리가 제대로 돌아가지 않았다는 증거였다.

"아무 3학년일 수도 있잖아." 내가 어깨를 으쓱였다.

"어깨에 제4비행단 견장이 붙은?" 리가 한쪽 눈썹을 올렸다.

"그러면 좀 범위가 좁긴 하네." 나는 동의했다.

"그리고 별 아래에 비행단장 엠블럼이 있는?" 리가 신나게 놀려댔다.

"알았어. 제이든 옷 맞아." 내가 잽싸게 속삭이는 사이에 팬첵 생도대장이 연단에 올랐고, 데인의 아버지와 비행단장들이 따라 올라갔다. 제이든은 나를 쳐다보지 않는 일을 잘 해냈지만, 나는 그럴 수 없었다. 특히나 그가 곧 임지로 가게 될 게 거의 확실한 데다가, 아직도 내 피부에 닿는 그의 입술 감촉을 느낄 수 있는 지금은 무리였다.

"그럴 줄 알았어!" 리가 씩 웃었다. "좋았겠지?"

"내가 그 방 창문을 부숴버렸어." 나는 얼굴을 찡그렸고, 뺨이 달아올랐다.

"뭐… 창문에 뭘 던진 거야?" 리애넌이 이마를 구겼다.

"아니. 그러니까, 번개가 쳐서… 많이 쳐서, 창문을 박살냈어." 나는 연단을 슬쩍 보았다. "그런데 저것 좀 봐, 저 사람은 침착하게 서 있네." 어느 쪽이 진짜 제이든일까 생각하자 가슴이 답답해졌다. 완벽하게 자신을 통제하며 비행단을 지휘할 준비가 된 채로 저 위에 서 있는 사람? 아니면 30분 전에 내 안에 있었던 사람? 나를 얻을 자격은 없지만 그래도 놓아주지 않겠다고 선언한 사람?

제이든은 기분이 나빠 보였고, 아주 잠깐 나와 눈을 마주쳤다. *빌어먹을 모의전투 훈련.*

안도와 불신이 똑같은 크기로 나를 덮쳤다.

"농담이겠지." 우리가 모의 훈련 때문에 침대에서 끌려나온 거라고?

"아니야."

리애넌이 씩 웃었다. "나도 누가 창문을 박살내게 만들어주면 좋겠다."

나는 리애넌을 돌아보고 눈을 굴렸다. "제발. 넌 훨씬 더…."

"여어, 에이토스." 리애넌이 내 어깨 쪽으로 몸을 기울이면서 얼른 손을 내 쇄골에 올려서 제이든의 직책과 부대 마크를 가렸다. "좋은 아침이지?"

데인은 '저게 꿀술을 너무 마셨나' 하는 얼굴로 리애넌을 쳐다보며 우리 대대에 다가왔다. "별로 그렇진 않은데." 그는 나머지 우리들을 훑어보았다. "너무 이른 시간… 어떤 밤이었느냐에 따라서는 너무 늦은 시간인 줄 알지만 우린 1년 내내 이걸 위해 훈련해왔다. 그러니 정신 차려라." 그는 팬첵이 강연대 앞에 나서자 몸을 돌려 연단을 보고 섰다.

"고마워." 나는 다시 내 옆으로 물러서는 리에게 속삭였다. 아직 데인에게 내 선택에 대한 잔소리를 들을 준비가 되지 않았다. 오늘 밤은 아니었다.

"라이더 분과!" 팬첵이 외치는 소리가 안마당 전체에 퍼졌다. "올해 모의전투 훈련 마지막 이벤트에 온 것을 환영한다!"

집합 대열 전체에 웅성임이 일었다.

"조금 전에는 실제 공격이었을 경우와 비슷한 경보를 울렸다. 자네들이 얼마나 빨리 집결하는지 보기 위해서지. 이 훈련은 실제처럼 계속될 것이다. 국경선이 공격받고 보호막이 흔들릴 경우, 자네들은 모두 비행단의 증원 병력으로 복무하게 된다. 에이토스 대령, 시나리오를 읽어주겠나?"

데인의 아버지가 두루마리를 손에 들고 앞으로 나서서 읽기 시작했다. "우리가 두려워하던 순간이 찾아왔다. 우리가 목숨 바쳐 유지하던 보호막이 내려가고 있고, 국경선을 따라 전례 없는 다단계 공격이 벌어지면서 마을들이 그리폰 라이더 무리에게 포위당했다. 이미 민간인과 보병대에서 대량의 사상자가 나왔으며 라이더도 여러 명이 죽었다."

멜로 드라마가 두껍게 깔린 시나리오였다.

"우리는 전투에 대비된 군대를 대하듯이 자네들의 비행단을 사방으로 보낸다." 그는 계속해서 각 비행단에 대해 읽다가 우리 차례까지 왔다. "제4비행단은 남동쪽으로 간다. 각 대대는 그 지역 안에서 증원할 기지를 고를 것이다." 그는 손가락을 하나 들어올렸다. "선택은 선착순이다. 다만 비행단장들의 배치는 이 훈련을 위한 본부를 결정하기 위해 우리가 정한다."

그는 비행단장 각각을 돌아보며 지시를 내렸지만, 제이든을 돌아보기 전에 우리 쪽을 흘긋 보았다. 보나마나 데인을 찾았을 것이다. 그 얼굴에서 미소가 잠깐 사라지는 모습을 보자 목덜미 털이 곤두섰다.

"라이오슨, 자네는 제4비행단 본부를 애더빈에 세운다. 비행단장들, 본부 배정 대대는 재량껏 비행단 안의 어떤 라이더든 모아서 구성할 수 있다. 현실 시나리오에는 제한이 없으니 통솔력 시험이라고 생각하도록. 자네들이 앞으로 5일간의 훈련을 위해 선택한 기지에 도착하고 나면 최신 명령을 받게 될 것이다." 그 말을 끝으로 데인의 아버지가 물러섰다.

애더빈이라고? 거긴 보호막 너머였다…. 제이든이 비밀 임무로 갔던 곳이기도 했다. 나는 그의 눈을 보려고 했지만 제이든은 대령에게 집중하고 있었다.

"5일 내내라고? 이거 정말 재미있겠는데." 히튼이 머리카락에 염색해 넣은 자줏빛 화염을 손으로 쓸면서 쾌활하게 외쳤다. "전쟁하는 척을 하는 거군."

"그래." 이모젠이 조용히 덧붙였다. "그런 것 같다."

"대대장들은 실제 상황과 마찬가지로 빠르게 기지를 선택한 후 30분 안에 비행장에 보고한다." 팬첵이 명령했다. "이만 해산."

"테른."

"이미 가고 있다."

"우린 배정받은 지역에서 가장 북쪽인 엘투발 기지를 차지할 거다." 데인이 돌아서서 우리를 보고 말하는 동안, 리애넌은 다시 한번 내 어깨에 몸을 기대고 제이든의 휘장을 가렸다. "난 포로미엘이 공격하러 올 리도 없는 해안 기지에 처박힐 생각은 없어. 내 결정에 반대하는 사람 있나?"

우리 모두 고개를 저었다.

"좋아. 다들 생도대장님 설명을 들었지. 30분 안에 옷 갈아입고 5일치 짐을 꾸려서 비행장으로 달려와라."

우리는 대열을 해산하고 서둘러 기숙사 방으로 달려갔다.

"어떤 명령을 받게 될 것 같아?" 리애넌은 한꺼번에 막사에 들어가려고 하는 생도들이 몰린 문 앞을 뚫고 들어가면서 물었다. "알을 더 훔쳐야 하려나?"

"곧 알게 되겠지."

장거리 비행에 대비해서 무릎에 붕대를 감고 어깨를 지지한 후에 비행복을 입는 데 10분이 걸렸다. 엉킨 머리카락을 풀어서 땋는 데 다시 5분이 걸리고 나니 짐을 쌀 시간은 5분밖에 남지 않았다. 나는 혹시 내가 없는 사이에 누군가가 내 방을 기웃거릴까 봐 배낭 안에 제이든의 재킷을 집어넣었다.

"가진 단검은 모조리 차고 나와." 제이든의 지시가 들려와서 놀랐다.

"이미 열두 개나 차고 있어." 나는 배낭에 물건을 계속 던져 넣었다.

"잘했어."

"비행장에서 보는 거 맞지?" 혹시 제이든이 작별인사도 없이 떠나버린다면, 내가 직접 쫓아가서 죽여버릴 작정이었다.

"맞아." 그의 답변은 무뚝뚝했지만, 나는 짐 싸기를 끝내고 복도에 나가서 리애넌과 리암을 만났다.

비행장으로 가는 길, 식당 근처에서 주방 직원들이 건넨 배급식을 받는 라이더들 사이에 흥분이 감돌았다. 비행 도중에 아침식사를 먹게 될 터였다.

도착했을 때는 눈에 보이는 광경을 이해하는 데 잠시 시간이 걸렸다. 분과 내의 모든 드래곤이 비행장을 가득 메우고 우리가 안마당에서 서는 것과 똑같은 대형으로 서 있었고, 수백 개의 마법 불빛이 떠돌이별처럼 머리 위에 떠서 이 세상 같지 않은 분위기를 연출했다. 마치 비행장이 아니라 대연회장에 들어와 있는 것 같았다. 아름다우면서도 위협적이었다.

활기와 기대감이 불안하게 뒤섞여 있었고, 드래곤과 라이더가 넘치다 보니 마신 것을 토해내는 사람도 한둘이 아니었다.

"우리가 이길 거야." 리애넌이 선언했다. 우리가 비행단 사이로 걷는 동안에도 드래곤들이 으르렁대며 이빨을 딱딱 맞부딪쳤다. 오늘 밤에 안절부절 못하는 건 우리만이 아니었다. "우리가 최고야. 우리가 이겨." 리가 결연하게 얼굴을 굳혔다. "내년에 내가 대대장 지명을 받는 장면이 눈에 선하다."

"넌 해낼 거야." 나는 그렇게 말하고 우리 대대로 다가가면서 리암을 돌아보았다. "넌 어때? 대대장으로 진급할 수 있게 눈에 띄는 전공을 세우고 싶어?" 리암은 격투 시합에서 확실히 이기는 카드였고 수업 성적도 뛰어났다.

"두고 봐야지." 계속 걷는 와중에도 리암은 평소답지 않게 긴장해 있었다.

우리의 드래곤들이 있는 곳까지 갔더니, 데인이 머릿수를 세는 동안에 테른이 데인의 드래곤을 밀어내고 평소 캐스가 서던 자리에 있었다. 나의 독선적인 드래곤은 이미 안장을 얹고 날개 밑에 앤다나도 끼고 있었다.

젠장. 학교에서는 앤다나가 우리와 같이 움직이게 하겠지.

"혹시 우리가 공격을 받으면 너는 지난번처럼 제일 빨리 갈 수 있는 엄폐물을 찾아서 숨어라. 넌 너무 반짝여서 위험해." 테른이 앤다나에게 말했다.

"알았어."

"뭘 입고 있는 거야?" 나는 테른의 날개 밑에서 거만한 걸음걸이로 걸어나오는 앤다나에게 물었다. 앤다나는 머리를 높이 들고 안장 같지만 안장이 아닌 장치를 자랑했다.

"비행단장이 날 위해 만들어줬어. 보여? 테른에게 거는 거야."

나는 앤다나의 등에 있는 삼각형을 보고 웃을 수밖에 없었다. 테른의 가슴팍에 걸린 장치에 딱 맞을 게 분명했다. "놀라운걸."

"*내가 따라잡지 못할 경우에 대비해서야. 이젠 나도 같이 갈 수 있어!*"

제이든을 사랑할 이유가 하나 더 생겼다.

"음, 나도 마음에 들어." 나는 캐스에게 더 비켜서라고 을러대느라 바쁜 테른을 돌아보았다. "내가 뭔가 붙여야 하는 거 있어요?"

"*내가 알아서 했다.*"

"분명히 그랬겠죠." 그러다가 퍼뜩 생각이 났다. 5일이라니. 망했다. "5일이나 떨어져 있어도 괜찮…."

"2대대!" 데인이 외쳤다. "처음 4시간 주행에 대비해라. 대대들이 흩어지는 처음 15분 동안은 조밀한 대형을 유지해야 한다." 그는 내 쪽을 쓱 보다가 어깨 너머를 보았다. "비행단장?"

몸을 돌렸더니 두 자루의 장검 손잡이가 어깨 위로 솟아오른 모습으로 걸어오는 제이든이 보였고, 나는 목이 막혔다. 어떻게 이 사람들 앞에서 작별인사를 하지? 그리고 우리 드래곤들이 어떻게 대처할지 생각하면 더 막막했다.

"*걱정 말아라, 은빛 아이야.*" 테른이 단호한 투로 끼어들었다. "*모든 게 순리대로 돌아가고 있다.*"

"뭘 도와드릴까?" 데인이 어깨를 펴면서 씹어뱉듯이 말했다.

"네가 필요해." 제이든이 나에게 말했다.

"뭐?" 내가 고개를 끄덕이기도 전에 데인이 쏘아붙였다.

"진정해. 그냥 작별인사를 하려는 거야." 내가 설명했다.

"네가 작별인사를 한다면 저 녀석에게 해야겠지." 제이든은 고갯짓으로 데인을 가리키면서 내 말을 바로잡았다. "난 본부 대대를 꾸리는 중이고, 넌 나와 같이 간다. 리암과 이모젠도."

나는 입을 딱 벌렸다. 내가 뭐?

"터무니없는 소리." 데인이 앞으로 나서면서 날카롭게 말했다. "바이는 1학년이고, 애더빈은 보호막 너머에 있어."

제이든은 눈을 깜박였다. "메이리를 두고는 같은 반론을 펴지 않는군."

어깨 너머를 돌아보았더니 과연, 리암은 데이 앞에서 턱을 들고 서 있었다. 이럴 거라고 기대했던 것 같은 태도였다.

"*이게 무슨 일이야?*" 나는 제이든에게 물었다.

"리암은 1학년 중에 가장 뛰어난 생도야. 아무리 단장이 바이올렛 호위 임무를 맡았다고 해도 그렇지." 데인은 팔짱을 끼면서 반박했다.

"그리고 소른게일은 번개를 지배하지." 제이든이 한 발자국 다가와 내 어깨에 팔을 스치며 맞받아쳤다. "2학년인 너에게 설명할 이유는 없지만 스게일과 테른은 며칠 이상 떨어져 있을 수 없고…."

물론이었다. 이제야 말이 됐다.

"그거야 당신이 하는 소리지!" 데인이 외쳤다. "아니면 정말로 스게일 때문에 몬세라트에 나타났던 거라고 말할 수 있어? 둘이 얼마나 오래 떨어져 있을 수 있는지 시험해본 적도 없잖아."

"스게일에게 직접 물어보지?" 제이든이 한쪽 눈썹을 올리며 빈정거렸다.

스게일이 위협적인 눈빛으로 걸어오며 낮게 으르렁거렸다. 나는 데인 때문에 심장이 목구멍까지 튀어오를 지경이었다. 아무리 스게일 옆에 자주 있었다 해도 소용이 없었다. 내 마음 일부는 언제나 스게일을 사형선고로 여겼다.

"이러지 마. 라이더들은 모의 훈련 중에 죽을 수 있고 바이는 나와 같이 있는 게 더 안전해." 데인이 맞섰다. "바스지아스에서 멀어지면 무슨 일이든 생길 수 있는데, 심지어 보호막 너머로 데려가다니."

"답변도 해주고 싶지 않군. 이건 명령이다."

데인이 눈을 가늘게 떴다. "아니면 내내 이럴 계획이었나? 바이의 어머니에게 복수하기 위해서 바이를 대대에서 떨어뜨려 놓으려고?"

"데인!" 나는 그를 향해 고개를 내저었다. "그런 일은 없다는 거 알잖아."

"내가 안다고?" 데인이 대꾸했다. "저 사람이 '저 녀석이 죽으면 나도 죽어' 어쩌고 하는 소리를 실컷 떠들어놓긴 했는데, 그게 사실인지 어떤지 알긴 해? 네가 죽으면 테른이 정말 죽는 건지 확실하냐고. 그게 다 바이올렛 너의 신뢰를 얻기 위한 술책이었다면?"

나는 날카로운 숨을 들이켰다. "당장 그만해."

"부디 이쯤에서 그만두지 그래, 에이토스." 제이든이 분노했다. "진실을 알고 싶나? 바이올렛은 너와 같이 보호막 안에 있을 때보다 나와 같이 보호막 너머에 있을 때 훨씬 더 안전해. 우리 둘 다 아는 사실이지." 제이든의 눈빛은 스게일과 비슷해서 왜 스게일이 그를 선택했는지 알 것 같았다. 둘 다 무자비했고, 원하는 것을 가로막는 게 있다면 뭐든 없애버리고도 남았다.

그리고 데인은 제이든 앞을 막고 있었다.

"그만." 나는 제이든의 팔을 잡았다. "제이든, 그만해. 내가 같이 가길 원한다면 갈게. 간단한 문제야."

격해져 있던 그는 시선을 움직여 나와 눈을 마주치자마자 누그러들었다.

"말도 안 돼." 데인이 속삭이는 소리가 벼락처럼 내 뼛속을 흔들었다.

나는 제이든의 팔에서 손을 내리고 몸을 빙글 돌렸지만, 데인의 표정을 보니 이제 제이든과 나 사이에 뭔가가 있다는 걸 안 게 분명했고… 상처받은 것도 분명했다. 속이 철렁했다. "데인…"

"저놈이라고?" 데인은 눈을 크게 뜨고 얼굴을 붉혔다. "너하고… 저놈?" 그는 고개를 저었다. "사람들이 떠들어대는 것일 뿐이라고 생각했는데 어떻게 네가…" 그는 실망감에 어깨를 늘어뜨렸다. "가지 마, 바이올렛. 부탁이야. 저놈 때문에 네가 죽고 말 거야."

"제이든에게 감춰둔 동기가 있다고 생각하는 건 알지만, 난 제이든을 믿어. 기회가 정말 많았는데 한 번도 날 해친 적 없잖아." 나는 데인에게 다가갔다. "언젠가는 너도 그 생각을 버려야 해."

데인은 잠시 충격받은 표정을 짓더니, 재빨리 가면을 썼다. "네가 선택한 게 저 남자라면…" 그는 한숨을 내쉬었다. "나는 그걸로 충분해야겠지?"

"그래." 나는 고개를 끄덕였다. 이 모든 헛소리가 다 끝날 참이라니 고마운 일이었다.

데인은 침을 삼키더니 가까이 몸을 기울이고 속삭였다. "네가 그리울 거야, 바이올렛." 그러더니 그는 몸을 빙글 돌려서 캐스에게 걸어갔다.

"날 믿어줘서 고마워." 내가 테른의 앞다리로 향하자 제이든이 말했다.

"얼마든지."

"이제 드래곤에 올라야 해."

그는 더 말할 것처럼 멈칫하더니 그냥 몸을 돌렸다. 제이든이 스게일에게 돌아가는 모습을 보면서 나는 내 인생에서 중요한 두 남자가 지금 이 순간 나에게서 멀어지고 있다는 사실에 주목할 수밖에 없었다. 그리고 서로 반대 방향으로 가는 둘 중에서 내가 따라가기로 한 사람이 누구인지 생각하면, 내 인생은 영영 바뀌기 직전이었다.

34

> 최초로 알려진 그리폰의 공격은 AU(통일 이후) 1년, 지금의 레손 무역 기지 근처에서 일어났다. 드래곤의 보호를 받는 국경선 가장자리에 위치한 기지는 언제나 공격에 취약했고, 지난 6세기 동안 힘에 굶주린 적이 국경선을 확보하기 위해 벌이는 끝없는 전쟁 속에서 열한 번이나 주인이 바뀌었다.
>
> — 루이스 마컴 대령, 《나바르, 편집되지 않은 역사》

우리는 오전을 지나 오후가 되도록 날았고, 앤다나는 더 따라잡을 수 없게 되자 비행 도중에 테른의 고정 장치에 매달렸다. 제이든이 티렌더를 왕국의 어느 지역보다… 아니, 대륙의 어느 지역보다 지질학적으로 더 유리하게 만들어 주는 300미터 높이의 드랄로 절벽을 우회하여 애더빈 북쪽 산맥으로 들어가기로 결정했을 때쯤에 앤다나는 자고 있었다.

가슴속에서 뭔가를 잡아당기는 느낌이 들더니 보호막을 가로지르자 뚝 끊어졌다.

"느낌이 달라요." 나는 테른에게 말했다.

"보호막이 없으니 여기에선 마법이 더 제멋대로 날뛰지. 드래곤들이 소통하는 것도 보호막 안이 더 쉽다. 비행단장이 이 기지에서 지휘하려면 그 점을 고려해야 할 거야."

"이미 생각해뒀을걸요."

애더빈에 접근하던 우리가 드래곤들의 요구에 따라 멈췄을 때는 오후 1시가 가까웠다. 우리는 드래곤들이 물을 마실 수 있게 기지에서 제일 가까운 호숫가에 착륙했다. 유리처럼 매끈한 호수 표면이 우리 앞에 펼쳐진 산봉우리들을 고스란히 비추는 모습이 숨이 멎도록 아름다웠다. 우리가 호숫가에 착륙하자 작은 충격파와 함께 그 풍경 위에 잔물결이 쳤다. 물가 한쪽을 울창한 숲과 무거운 바윗돌들이 에워싸고 있었는데, 그 근처 풀밭이 짓밟힌 모습을 보니 우리보다 먼저 여기에서 휴식을 취한 무리가 있었음을 알 수 있었다.

우리에겐 드래곤이 총 열 마리 있었는데, 다 알지는 못해도 리암과 나 말고 1학년이 없다는 건 확실했다. 데이는 테른 옆에 내려앉았고, 리암은 방금까지 내리 7시간을 하늘에서 보낸 사람답지 않게 사뿐하게 뛰어내렸다.

"둘 다 물을 마시고 뭔가 먹어야 해요." 나는 안장 버클을 풀면서 말했다. 허벅지가 쓰라리고 당겼지만 몬세라트에서처럼 심하지는 않았다. 지난 한 달 동안 안장에 앉아서 보낸 시간이 도움이 됐다.

테른이 발톱으로 걸쇠를 풀자 앤다나가 바닥에 털썩 내려앉더니, 고개를 흔들고 몸을 턴 다음에 꼬리를 흔들었다.

"*그리고 너에게는 잠이 필요하지.*" 테른이 대꾸했다. "*밤새 깨어 있었지 않느냐.*"

"난 테른이 잘 때 잘게요." 나는 그의 뾰족한 가시를 조심스럽게 피해서 앞다리를 타고 이끼 낀 호숫가로 미끄러져 내려갔다.

"*나는 자지 않고도 며칠씩 움직일 수 있다. 그보다는 네가 수면 부족으로 번개를 쏘아대지 않았으면 좋겠다만.*"

번개가 그냥 막 나오지 않는다는 반박이 혀끝까지 나왔지만, 어젯밤에 제이든의 창문을 박살내고 나니 이 문제에 있어서 내가 전문 지식이 있긴 한지 알 수가 없었다. 아니면 내가 통제를 잃게 만드는 건 제이든 뿐일지도 모른다. 어느 쪽이든 간에 나는 옆에 두기 위험한 사람이었다. 카 교수가 나를 포기하지 않은 게 놀라웠다.

"*보호막 너머에 있으니 기분이 이상하네요.*" 나는 화제를 바꿨다.

리암이 다가왔고, 테른은 흙 속에 발톱을 박아 넣고 어깨 위로 쭉 목을 늘였다. 전반적으로 동요하는 모습을 보니 모두가 다 같은 기분을 느끼는 것 같았다. 목덜미 털이 곤두서게 만드는, 이 뭔가 잘못된 분위기 말이다.

"애더빈까지 20분 남았으니 수분을 섭취해라! 어떤 시나리오가 우리를 기다리고 있는지 모른다." 제이든이 모두에게 외쳤다.

"버틸만 해?" 리암이 내 쪽으로 다가오면서 물었고, 테른과 앤다나는 물을 마시기 위해 몇 걸음을 내디뎠다.

"테른 옆에 있어야 해." 나는 앤다나에게 말했다. 베일의 보호에서 멀리 떨어져 있으니 앤다나는 반짝이는 과녁판이나 다름없었다.

"그럴게."

맙소사. 앤다나는 바스지아스에 두고 왔어야 했는데. 여기까지 끌고 나오다니 대체 내가 무슨 생각을 한 걸까? 앤다나는 어렸고, 이 비행은 보통 힘든 게 아니었다.

"어차피 네 선택도 아니었다." 테른이 잔소리를 했다. "계약을 맺었다 해도 인간은 드래곤이 어디로 날아갈지 정할 수 없어. 앤다나가 어린 드래곤이라 해도 자기 생각은 확고하지." 이런 말을 들어도 별로 위안은 되지 않았다. 급박한 상황이 닥치면 앤다나의 안전은 내 책임이었다.

"바이올렛?" 리암이 걱정으로 이마에 주름을 잡았다.

"잘 모르겠다고 대답하면 나에 대한 평가가 낮아질까?" 그 질문에 답할 방법은 무수히 많았다. 육체적으로는 욱신거리긴 해도 멀쩡했지만, 정신적으로는… 모의전투가 어떻게 이뤄질지에 대한 불안과 기대로 엉망진창이었다. 우리 분과는 언제나 최종 시험에서 졸업 학년의 10퍼센트를 잃는다는 경고를 받긴 했지만 그것만이 문제가 아니었다. 다만 정확히 무엇 때문에 이렇게 불안한지 정확히 짚을 수가 없었다.

"네가 정직하다고 생각하겠지."

왼쪽을 슬쩍 보았더니 제이든이 개릭과 열띤 대화를 나누고 있었다. 당연히 개릭은 제이든의 본부 대대에 들어왔다.

제이든이 내 쪽을 봤다. 눈이 잠깐 마주쳤을 뿐인데 내 몸은 몇 시간 전에 벌거벗은 그를 안고 있었다는 사실을 다시 떠올렸다. 피부에 팽팽하게 닿아 있던 그의 조각 같은 근육도. 난 저 남자에게 믿을 수 없이 푹 빠져 있었다. 그걸 어떻게 얼굴에 드러내지 않을 수 있겠는가?

사무적으로 굴자. 그게 내가 가져야할 태도다. 하지만 그의 침실을 나선 이후부터 그가 하는 모든 말, 모든 행동에 내가 신경을 곤두세우고 있다는 사실이야말로 왜 1학년이 비행단장과 자면 안 되는지를 알려주는, 걸어다니는 예시였다. 사랑에 빠지는 건 더 말할 필요도 없었다. 제이든이 내 비행단장으로 있을 시간이 일주일밖에 남지 않아 다행이었다.

"자꾸 날 그런 눈으로 보면 30분보다 더 오래 멈춰 있어야 할 거야." 제이든이 나를 쳐다보지도 않고 경고했다.

"약속이야?"

그의 시선이 내 쪽으로 날아왔고, 나는 제이든이 다시 개릭에게 눈을 돌리기 전에 웃는 모습을 본 것 같았다.

"거기 뭐가 오가는지는 모르지만 잘 되어가?" 나는 방심하고 있다가 리암의 질문에 화들짝 놀랐다.

"내가 잘 모르겠다고 대답한다면?" 나는 똑같은 대답을 내놓았다.

"스스로 감당할 수 없는 일을 벌였구나 싶겠지." 리암은 나를 놀리는 표정이었다.

"제이든에게 모든 것을 빚졌다고 말한 사람치고 극찬은 안 하네." 나는 배낭을 바닥에 떨구고 뭉친 어깨 근육을 풀었다. "데인처럼 잔소리하지 마."

"몸은 괜찮아?" 제이든이 물었다.

"좋아. 조금 쓰라릴 뿐이야." 결코 그에게 짐이 되고 싶진 않았다.

"그런 게 아니야." 리암이 얼굴을 찌푸렸다. "단지 난 제이든의 우선순위를 알 뿐이야."

"나 때문에 너까지 끌려오게 해서 정말 미안해." 나는 다른 사람들이 듣지 못하게 조용히 말했다. "넌 보호막 바깥으로 끌려올 게 아니라 데인과 같이 내륙 기지에 갔어야 했어. 에이토스 대령은 공평한 사람이지만, 분명히 이건 '낙인 있는 비행단장에게 알맞게' 배정한 거겠지." 내가 마지막 부분에서 데인의 아버지를 흉내 내자 리암이 눈을 굴렸다.

"난 두렵지 않고, 아무도 날 끌고 오진 않았어. 그리고 바이올렛, 네가 믿거나 말거나 때로는 나에게 내려진 명령이 너 때문에만 정해지는 건 아니야. 나한텐 다른 놀라운 재주도 있거든." 리암은 나를 툭 치면서 잠시 보조개가 패도록 웃었다.

"네가 얼마나 대단한지 잊은 적 없어, 리암." 진심이었다. 리암이 기침을 하자 나는 손을 내저었다. "이제 나 좀 혼자 있게 해줘."

리암은 나에게 우리 뒤쪽의 숲을 소개하는 듯이 한 손을 내저으며 허리를 굽혔고, 나는 그늘진 숲속으로 들어갔다.

잠시 후 호숫가로 돌아가자 개릭과 멀어진 제이든이 손을 올리며 다가왔다.

나는 눈썹을 올렸다. 설마… 아니겠지. 다른 사람들 앞에서 그럴 리가.

그는 내 손을 깍지 껴서 잡았다. 설마가 진짜였네. 심장이 펄쩍 뛰어오른 건 접촉 때문만이 아니었다. 제이든이 자기 규칙을 깨고 있었다.

나는 호숫가에서 다양한 방식으로 쉬고 있는 다른 사람들 쪽을 날카롭게 눈짓했지만, 그러면서도 마주 잡은 손에는 힘을 줬다.

"다들 너에 대해서나 우리에 대해서 입도 뻥긋하지 않을 거야. 여기엔 내가 목숨을 걸고 믿는 사람만 있어." 그는 내 손을 잡고 호수 반대편에 있는, 그의 키 두 배는 되는 바윗돌이 무리지어 선 곳으로 향했다.

"뭐라고들 떠들겠지. 그러라고 해." 나는 그를 사랑하는 것이 부끄럽지 않았고, 나에 대한 악의적인 소문이라면 얼마든지 감당할 수 있었다.

"지금이야 그렇게 말하겠지." 그는 턱에 힘을 줬다. "물은 충분히 마셨어? 식사는?"

"필요한 건 전부 배낭에 챙겨왔어. 내 걱정할 필요 없어."

"네 걱정이 내가 하는 일의 99퍼센트인데." 그의 엄지손가락이 내 손등을 어루만졌다. "기지에 도착하면 너는 우리 시나리오의 목표를 받을 때까지 쉬어. 3학년들을 순찰에 내보내는 동안 리암이 뒤에 남을 거야."

"나도 돕고 싶어." 나는 곧바로 항의했다. 그러라고 날 데려온 게 아니었나? 내 번개 때문에? 물론 정확도가 좀 떨어지기는 하지만.

"충분히 쉬어야 도울 수 있어. 최상의 상태로 고유 능력을 행사해야지, 안 그러면 소진될 위험이 있어. 테른은 지나치게 강력해."

합당한 지적이었지만 그렇다고 마음에 드는 건 아니었다.

다른 사람들이 보이지 않는 곳까지 가자 그는 나를 제일 큰 바위에 기대 세우더니, 내 앞에 쪼그려 앉았다.

"뭐하는 거야?" 나는 그의 머리카락에 손가락을 집어넣었다. 단지 그럴 수 있기 때문이었다. 이 남자를 만질 수 있다는 것 자체가 너무나 흥분되는 일이었기에 나는 그 특권을 가능할 때마다 누릴 작정이었다.

"다리가 뭉쳤어." 그는 내 종아리부터 시작해서 힘센 손으로 뭉친 근육을 꾹꾹 눌렀다.

"어차피 드래곤들이 갈 준비가 될 때까지는 못 떠난다는 거지?" 그의 손길은 너무나 퇴폐적이었다.

"맞아. 아직 10분쯤 시간이 있어." 그는 나에게 짓궂은 웃음을 날렸다.

10분이라. 남은 하루가 어떻게 될지 짐작도 할 수 없다는 점을 감안하면 기꺼이 주어진 시간을 붙잡고 싶었다.

나는 근육이 풀리는 동안 신음하며 바위에 머리를 기댔다. "정말 끝내주는 아픔이야. 고마워."

그는 웃음을 터뜨리며 굳어 있는 내 허벅지 근육으로 손을 올렸다. "내가 이타적인 동기에서 이러는 건 아니야, 바이올런스. 너에게 손댈 만한 핑계를 놓치지 않는 거지."

그의 목 뒤를 받치려고 머리카락을 헤집던 손을 옆얼굴로 내리자, 뺨에 돋아난 수염자국이 내 손바닥을 긁었다. "내가 더하면 더할걸."

그는 허벅지 맨 윗부분까지 손가락을 올리더니 숨소리가 달라지면서 내 근육을 녹진녹진하게 주물렀다. "오늘 아침 일은 미안해."

"뭐가?"

그는 나를 올려다보며 흉터 진 눈썹을 구부렸다. 눈동자에 박힌 금빛 반점이 햇빛을 받아 반짝였다. "혹시 기억할까 모르겠는데 우린 뭔가 하던 중이었잖아."

내 얼굴에 천천히 미소가 번졌다. "아, 기억하지." 그의 비행 재킷 맨 위 단추가 풀렸고, 나는 재킷을 잡고 그를 나에게 끌어당겼다. 대체 언제쯤이면 그에 대한 이 끝없는 갈망이 누그러들까? 지난 24시간 동안 그를 몇 번이나 가졌는데도 아직 한 번은 더… 아니, 세 번쯤은 더 할 수 있었다. "끝낼 시간이 있었으면 좋겠다고 바라면 잘못일까?"

"내가 끝을 낼 수 있을까 모르겠군." 그는 일어서면서 온몸으로 내 몸을 부드럽게 쓸었다. "너에 관해서라면 난 진저리나게 탐욕스럽거든."

그가 내 위로 고개를 비스듬히 기울이더니, 느리면서도 쾌감 가득한 키스로 나머지 세상을 흐릿하게 만들었다. 그의 혀가 내 벌어진 입술 사이로 미끄러져 들어오며 입안 구석구석을 기억하는 것 말고는 오늘 달리 할 일이 없다는 듯이 움직였다.

나는 온몸이 확 타올랐다가 그가 내 목을 따라 키스해 내려가자 지글지글 끓기 시작했다. 그는 내 허리에 손바닥을 대고 끌어당겨 나의 부드러운 곡선에 그의 단단하게 각진 몸을 맞댔다. 나는 온통 열기와 욕망으로 가득찼다. 심장이 어찌나 세게 뛰는지 귓가에 날갯짓 소리처럼 들릴 지경이었다. 맙소사, 아무리 해도 모자랄 것 같아.

그는 신음하면서 한 손을 내 엉덩이로 미끄러뜨렸다. "무슨 생각을 하는지 말해줘."

나는 그의 목에 팔을 감았다. "처음 내 방에서 당신과 했을 때 예상했던 그대로라는 생각."

"오, 그래?" 그는 호기심에 눈을 반짝이며 몸을 살짝 물렸다. "정확히 어떤 예상이었는데?"

"아주 위험한 중독이 될 거라는 생각." 내 시선은 그의 은빛 흉터, 수많은 여자들이 죽도록 갖고 싶어 할 만큼 짙은 속눈썹, 그리고 오똑한 코를 거쳐 완벽하게 조각된 입으로 내려갔다. 이미 그에게 사랑한다는 말도 했으니 이제 와서 비밀로 할 것도 없었다. 젠장, 그에 비하면 나는 활짝 펼쳐진 책이었다. "만족하는 게 불가능한 중독."

그의 눈이 어두워졌다. "난 널 놓아주지 않을 거야." 그는 어젯밤과 똑같이 약속했다. 아니, 오늘 아침이었던가? "넌 내 거야, 바이올렛."

나는 턱을 들어올렸다. "당신도 내 것일 때만 그렇지."

"난 네가 상상도 하기 전부터 네 것이었어." 그는 고삐가 풀린 것처럼 내 목덜미를 움켜잡고 길고 거친 키스로 모든 호흡과 생각을 빼앗아갔다. 오직 그의 혀 놀림과 내 피부를 달구며 점점 강해져가는 욕망밖에 남지 않았다.

제이든이 헉 하고 입을 떼어내더니, 마치 무슨 소리에 귀를 기울이는 것처럼 고개를 옆으로 기울였다.

"무슨 일이야?" 품에 안긴 그의 몸이 굳어 있었다.

"젠장." 다시 나에게 시선을 돌리는 그의 눈이 커져 있었다. "바이올렛, 정말 미안한데…."

"너희 드래곤 라이더들은 정말 이런 식으로 시간을 보내나?" 제이든 뒤에서 어떤 여자가 물었다. 자갈길 위에 벨벳이 끌리는 듯한 목소리였다.

제이든은 잔상만 보일 정도로 빠르게 몸을 돌렸다. 그리고 그림자가 뇌운처럼 두껍게 나를 감쌌다.

아무것도 볼 수가 없었다.

"제이든!" 누군가가 외치더니, 몇 사람의 발소리가 덤불을 헤치고 다가왔다.

보디일까?

"이미 보인 걸 숨기다니 바보 같군." 그 여자는 퉁명스럽게 말했다. "그리고 소문이 사실이라면 죽음 공장 같은 너희 학교에서 은발의 라이더는 한 명 뿐이니까, 저건 소른게일 장군의 막내겠지."

"젠장." 제이든이 욕했다. *"침착해야 해, 바이올런스."*

침착? 그림자가 떨어져 나갔고, 나는 단검을 뽑거나 능력을 행사해야 할 경우에 대비해서 손을 옆에 느슨히 둔 채로 앞을 제대로 볼 수 있게 제이든 옆으로 움직였다.

10터쯤 떨어진 풀밭에 그리폰 라이더 두 명이 서 있었고, 그 뒤에 보이는 짐승은 소름끼치도록 조용했다. 크기는 드래곤의 3분의 1 정도였지만, 그 부리와 발톱은 사람 피부와 비늘을 가리지 않고 찢을 수 있을 것만 같았다.

"테른!"

"가고 있다."

"넌 스게일 옆에 있어." 나는 앤다나에게 말했다.

"여기에서 보니까 그리폰들이 맛있어 보여." 앤다나가 대꾸했다.

"너와 같은 몸집이야. 안 돼."

"망할 소른게일." 그 여자는 나와 몇 살 차이가 나지 않을 것 같은데 베테랑 라이더 같은 모습이었다. 그녀는 검은색 눈썹 한쪽을 올리면서 나를 무슨 말똥 쳐다보듯 보았다. 날갯짓 소리가 사방을 채우면서 드래곤 라이더 한 무리가 들이닥쳤다. 이모젠과 보디, 입술에 흉터가 있는 3학년 한 명, 리암. 그러나 아무도 무기에 손을 뻗지 않았다.

적어도 이제 승산은 우리가 더 높았다. 내 피부 아래에 마력이 퍼졌고, 나는 아카이브 문을 활짝 열고 지글지글 끓는 에너지의 급류를 받아들였다. 그 순간 하늘이 파지직거렸다.

"안 돼!" 제이든이 몸을 돌리더니 나를 품에 끌어당겨 감싸며 두 팔을 움직이지 못하게 고정시켰다.

"뭐하는 거야?" 온몸으로 제이든을 떨쳐내려 했지만 소용없었다. 그는 나를 꽉 붙들어 놓았다.

오른쪽에 돌풍이 밀어닥치면서 테른이 착륙했다.

"세상에, 저건 진짜 크네." 여자가 말했다. 제이든의 강철 같은 팔에 붙들린 나는 그리폰 라이더들이 잽싸게 물러나면서 크게 뜬 눈으로 테른을 올려다보는 모습을 볼 수 있었다.

제이든은 한 손을 들어올려 그를 올려다보는 내 목덜미를 감쌌다. 대체 뭘 하는 거지? 죽기 전에 나한테 키스하려는 건가? "바이올렛, 네가 조금이라도 날 믿는다면, 지금이 날 믿어줘야 할 때야." 나는 그의 눈빛에 담긴 애원을 보고 굳어버렸다. 우리의 적이 바로 앞에 있는데 제이든이… 잠시만 시간을 내달라고 한다고?

"그냥 여기 있어. 침착함을 유지해." 그는 나에게 묻지도 않은 질문의 대답을 찾아 내 눈을 보더니, 나를 리암에게 넘겨줬다.

무슨 짐짝처럼.

리암은 조심스럽지만 단호하게 힘을 주며 내 두 팔을 붙들었다. "미안하게 됐어, 바이올렛."

다들 대체 왜 사과하는 거지?

"이, 손, 놔." 내가 요구하는 사이에도 제이든은 개릭을 옆에 거느리고 그리폰 라이더들에게 걸어가고 있었다. 그가 혼자서 그리폰들과 그리폰 라이더들을 해치울 수 있다고 생각하다니, 두려움이 심장을 쥐어짰다.

"그럴 순 없어." 리암은 목소리를 낮춰서 사과했다. "그러고 싶지만 안 돼."

오른쪽에서 테른이 거칠게 포효했다. 날아온 침이 리암의 얼굴을 때리고 내 귀가 웅웅거릴 정도였다. 리암은 손을 내리고 손바닥을 보이면서 천천히 물러섰다.

"알겠습니다. 이해했어요. 건드리지 않을게요."

그의 손아귀에서 벗어난 내가 몸을 홱 돌리는 순간, 제이든이 그리폰 라이더들 앞에 도착했다.

"너무 일찍 왔잖아." 제이든이 말했다.

그리고 내 심장이 멎었다.

35

심문이 막바지에 이르렀을 때, 펜 라이오슨은 현실 감각을 잃고 나바르 왕국을 욕했다. 그는 타우리 왕과 그 이전에 있었던 모든 왕을 두고 어떤 음모를 고발했는데, 어찌나 입에 담을 수 없는 엄청난 음모론인지 본 역사가는 차마 되풀이할 수가 없다. 수많은 생명을 앗아간 미친 사람에게 그 처형은 신속하고 자비로운 결말이었다.

— 루이스 마컴 대령, 《나바르, 편집되지 않은 역사》

나는 어찌어찌 숨을 내쉬면서 눈매를 좁히고 적을 보았다. 심장이 수백만 조각으로 부서진 기분이라는 점을 감안하면 대단한 일이었다.

그리폰 라이더를 보기는 처음이었다. 보통은 드래곤들이 반은 사자 반은 독수리인 그리폰과 그 라이더를 보자마자 잿더미로 만들어버렸으니까.

"내일 만남은 어떻게 된 거지? 우리에겐 수송품이 다 없는데." 제이든은 침착하고 흔들림 없는 목소리로 그리폰 라이더에게 말했다.

"수송품이 문제가 아니야." 여자는 고개를 저으며 말했다. 우리의 검은 옷과 달리 그들의 가죽옷은 갈색이어서 그리폰의 어두운 깃털색과 잘 어울렸다…. 그리고 그 짐승은 지금 나를 저녁거리처럼 쳐다보고 있었다.

"저것들이 뭐라도 하려고 든다면 내 간식거리가 될 거다." 테른이 말했다.

수송품. 나는 그 말에 충격받은 나머지 테른이 한 말을 제대로 알아듣지도 못했다. 제이든이 그들을 알고 있었다. 그들과 같이 일하면서 우리의 적을 돕고 있었다. 배신감이 유리처럼 목구멍을 찔러서 침을 삼키기도 힘들었다. 이래서 그동안 분과에서 몰래 빠져나갔구나.

"그래서 우리가 하루 일찍 날아올 희박한 가능성에 걸고 근처에서 수다 떨면서 기다리고 있었다고?" 제이든이 물었다.

"우린 어제 드레이터스에서 순찰을 나온 참이었어. 여기에서 남동쪽으로 한 시간쯤 떨어진 곳인데…."

"드레이터스가 어딘지는 나도 알아." 제이든이 대꾸했다.

"그야 또 모르지. 너희 나바르인들은 국경선 너머엔 아무것도 존재하지 않는 것처럼 굴잖아." 남자 그리폰 라이더가 신랄하게 반응했다. "난 왜 우리가 굳이 저것들에게 경고를 해주는지 모르겠어."

"우리에게 경고를 해?" 제이든은 고개를 옆으로 기울였다.

"이틀 전에 베닌 무리에게 인근 마을 하나를 잃었다. 놈들이 전부 죽였어."

나는 화들짝 놀라서 눈을 크게 떴다. 방금 뭐라고 했지?

"베닌이 이렇게 서쪽까지 오는 일은 없어." 왼쪽에 있던 이모젠이 말했다.

베닌. 그래. 둘 다 그렇게 말했다. 이게 대체 뭐야? 라이더들 뒤에 거대한 그리폰 두 마리가 서 있지만 않았다면 누가 나에게 악질적인 장난을 친다고 생각했을 것이다. 하지만 아무도 웃고 있지 않았다.

"지금까진 그랬지." 여자는 대답하면서 제이든을 다시 보았다. "놈들은 확실히 베닌이었고, 한 가지…."

"더는 말하지 마." 제이든이 말을 끊었다. "우리 중 누구라도 자세한 내용을 알면 모든 게 위험해진다는 걸 알 텐데. 한 명만 심문받아도 끝이야."

"이거 무슨 소린지 이해해요?" 테른에게 물으면서 혹시 그 여자의 입에서 나온 소리가 얼마나 터무니없는지 아는 사람이 또 있나 이쪽저쪽을 보았지만, 나 빼고 모두… 섬뜩해하는 얼굴이었다. 정말로 마을 하나가 민담 속 존재에게 파괴당했다는 말을 믿는 것 같은 표정이었다.

"불행히도 그렇구나."

"자세하거나 말거나 그 무리가 북쪽으로 향하는 것 같다." 남자 쪽이 말했다. "애더빈에 있는 너희 수비대에서 국경을 넘어 우리 무역 기지를 향해 똑바로 가고 있어. 무장은 하고 있나?"

"하고 있지." 제이든이 인정했다.

"그렇다면 우리 일은 끝났군. 우리는 경고했다." 남자가 말했다. "이제 우린 국민들을 지키러 가야 한다. 이렇게 곁길로 샌 덕분에 제 시간에 돌아가려면 한 시간 정도밖에 안 남았어."

그 즉시 공기가 달라지고 강렬해지더니 내 주위의 라이더들이 뭔가에 대비하는 것 같았다. 제이든이 어깨 너머로 나를 돌아보았는데, 방금까지 논의하던 우스꽝스러운 이야기에 웃고 있는 게 아니라 암울하게 굳은 얼굴이었다.

"소른게일을 설득해서 국경 바깥에 있는 사람들을 위해 목숨 걸게 만들 수 있다고 생각한다면 넌 바보다." 남자가 내 쪽으로 코웃음을 치며 말했다.

피부 아래에서 마력이 지글거리며 배출구를 달라고 요구했다.

그 남자는 몸을 옆으로 살짝 기울이더니 대놓고 나를 위아래로 보면서 비난했다. "너희 왕이 제일 유명한 장군의 딸을 돌려받기 위해 얼마나 지불할 용의가 있을지 궁금하군. 보나마나 네 몸값이면 드레이터스 전역을 10년은 방어할 무기를 살 수 있을걸."

몸값? 아, 내 생각은 다른데.

테른이 으르렁거렸다.

"망할." 보디가 중얼거리며 내 쪽으로 붙었다.

"어디 해보시지." 나는 그들을 향해 손가락을 구부렸다. 그러고는 딱 우리 머리 위의 구름 속에 번개가 비칠 정도의 힘만 풀어놓았다.

제이든이 두 손을 들어올리자 풀밭 가장자리에 선 소나무 숲에서 위협적인 그림자가 질주해왔고, 그리폰 라이더들은 어둠이 자기네 발치에 딱 멈춰서자 긴장했다. "저 소른게일에게 한 발자국만 내디디면 너희는 자세를 바꾸기도 전에 죽는다." 제이든의 목소리가 치명적으로 낮아져 있었다. "잰 논의대상이 아니야."

여자가 그림자를 흘긋 보더니 한숨을 내쉬었다. "우린 남은 부대원들과 같이 거기 있을 거다. 불신자들에게서 벗어날 수 있으면 신호해." 여자는 남자를 끌고 그리폰 쪽으로 돌아갔다. 그리고 순식간에 그리폰을 타고 날아올랐다.

다들 기대감에서부터 두려움 비슷한 감정까지 다양하게 내보이며 내 쪽으로 고개를 돌리는데, 속이 내려앉는 기분이었다. 아무도 그리폰 라이더들이 친근하게 굴며 '베닌' 같은 말도 안 되는 말을 하는 것에 대해 놀라지 않았다. 그리고 다들 제이든이 적을 돕는다는 사실을 알고 있었다.

나만 외부인이었다.

"행운을 빌어, 라이오슨." 이모젠이 분홍색 머리를 귀 뒤로 넘기고 비행복 소매 위로 반역의 인장을 드러내며 몸을 돌려 우리에게서 거리를 벌렸다.

모두가 천천히 이모젠을 따라서 호수로 돌아가는 동안, 나는 속이 내려앉고 머리가 핑핑 도는 가운데 눈에 뻔히 보이는 충격적인 진실 말고 뭐라도 설명을 찾으려 애썼다. 내 앞을 지나가는 3학년의 팔뚝에도 반역의 인장이 찍혀 있었다. 개릭이었다. 개릭은 전대장인데도 불꽃전대의 어느 대대가 아니라 여기에 있었다. 보디와 이모젠도 마찬가지였다. 코걸이를 한 갈색 머리의 라이더는 아마 솔리엘일 텐데, 그녀의 왼쪽 팔뚝에도 확실히 인장이 있었다. 발톱전대의 2학년? 마찬가지였다.

그리고 리암… 리암도 내 옆에 있었다.

"테른." 나는 제이든이 무감정한 비행단장 가면을 쓰고 나를 빤히 바라보는 동안 최대한 고른 호흡을 유지했다.

"은빛 아이야." 테른의 거대한 머리가 내 쪽을 향했다.

"다들 반역의 인장을 갖고 있어요. 나만 빼고 이 부대의 모두가 분리주의자의 자식이에요."

제이든은 혼란스러운 비행장에서 낙인자로만 이뤄진 부대를 만들었다.

모두가 다, 망할, 배신자였다.

그리고 나는 속아 넘어갔다.

그에게 속아 넘어갔다.

"그래. 그렇구나." 테른은 체념조로 말했다.

진실이 다가오자 가슴이 무너져내릴 것 같았다. 제이든 혼자만 나를 배신하고, 우리 왕국 전체를 배신했다면 차라리 나았으리라. 내 드래곤들이 적 앞에서도 그렇게 얌전했던 데는 한 가지 설명밖에 없었다.

"테른과 앤다나도 나한테 거짓말을 했군요." 너무나 무거운 배신이어서 어깨가 축 처졌다. "둘 다 제이든이 뭘 하는지 알고 있었어요."

"우리 둘 다 널 선택했어." 앤다나는 마치 그걸로 뭐라도 나아진다는 듯이 말했다.

"하지만 알았지." 나는 슬픈 눈으로 나를 보고 있는 리암을 지나쳐서 테른을 보았다. 테른은 제이든을 산 채로 태워버릴지 말지 결정하지 못했다는 듯이 위험천만한 눈빛으로 바로 앞을 보고 있었다.

"드래곤들은 계약에 묶여 있다." 제이든이 다가오는 동안 테른이 설명했다.

"드래곤과 라이더 사이의 계약보다 더 신성한 건 단 하나밖에 없지."

드래곤과 그 반려 사이의 관계.

나만 빼고 모두가 알았다. 심지어 내 드래곤들도 알았다. 맙소사, 데인이 옳았나? 제이든이 지금까지 한 모든 일이 내 신뢰를 얻으려는 책략이었나?

조금 전까지만 해도 가슴속에서 밝게 타오르던 그 달콤한 행복, 사랑, 믿음, 애정이 고통스럽게 꺼져가며, 쓸모를 다한 뒤 물 한 동이에 꺼져버린 모닥불처럼 산소를 찾아 헐떡였다. 나는 그 잉걸불이 사그라들다가 죽는 모습을 지켜볼 수밖에 없었다.

제이든은 다가올수록 불안해하는 눈으로 나를 보았다. 마치 죽어라고 싸워서 도망치려 드는 궁지에 몰린 동물 보듯 보았다.

내가 어떻게 그를 믿을 만큼 어리석었을까? 대체 어떻게 그에게 빠져버린 걸까? 폐가 아프고 심장이 비명을 질렀다. 이럴 수는 없었다. 내가 이렇게 순진할 수는 없다. 하지만 이 상황을 보면 난 그렇게나 순진했던 모양이다. 제이든의 온몸이 경고 그 자체였고, 특히나 지금 그의 목에서 보란 듯이 번쩍이는 검은색 인장은 더욱 그랬다. 그의 아버지가 대반역자였고 내 오빠의 목숨을 앗아갔을지는 몰라도, 지금 이 순간만큼은 제이든의 배신이 더 아팠다.

내가 눈에 힘을 주어 노려보자 제이든이 움찔했다.

"우리가 정말로 친구이긴 했어?" 나는 고함칠 힘을 찾으려 애쓰면서 리암에게 속삭였다.

"우린 친구야, 바이올렛. 하지만 난 제이든에게 모든 걸 빚졌어." 리암이 대답했다. 내가 쳐다보자 어찌나 비참한 표정으로 나를 보는지 안타까울 지경이었다. 거의 그럴 뻔했다. "우리 모두가 그래. 그리고 한 번만 그에게 설명할 기회를 준다면…."

감히. 몰려오는 분노가 상처를 압도했다.

"넌 내가 저놈과 훈련하는 걸 지켜봤어!" 내가 리암의 가슴을 밀자 그는 비틀거리면서 풀밭 위를 뒷걸음질쳤다. "넌 옆에 멀뚱히 서서 내가 저놈에게 빠져드는 꼴을 지켜봤다고!"

"어이구." 보다가 굵은 목 뒤에 두 손을 깍지 꼈다.

"바이올런스, 내게 설명할 기회를 줘…." 제이든이 말했다. 그는 언제나 내 진정한 본성을 알았고, 솔직히 나도 그림자가 그의 본성이라는 걸 알았어야 했다. 그는 비밀에 통달한 사람이었다.

나는 쓰지 않은 마력이 뼛속을 흔드는 가운데 제이든을 마주했다. "나한테 손가락 하나라도 댈 생각을 한다면 죽여버리겠어." 분노와 함께 마력이 피어오르면서 번개가 구름에서 구름으로 건너뛰며 하늘을 갈랐다.

"진심 같은데." 리암이 경고했다.

"진심인 거 알아." 제이든은 이를 악물고 나와 시선을 부딪쳤다. "다들 호숫가로 돌아가. 당장."

그는 불안한 눈으로 나를 보면서 더 가까이 다가왔다.

"네가 무슨 생각하는지 알아." 제이든은 현혹될 정도로 부드러운 목소리로 말했고, 그 오닉스 같은 눈동자에는 두려움이 일렁였다.

"넌 내가 무슨 생각을 하는지 전혀 몰라." 씹어 먹을, 배신자 새끼.

"내가 우리 왕국을 배신했다고 생각하잖아."

"논리적인 추측이네. 잘했어." 또 한 번의 번개가 번쩍하고 구름 사이를 달렸다. "그리폰 라이더들과 일하고 있었다고?" 아직은 그와 상대가 되지 않겠지만, 그래도 나는 능력을 행사할 때 필요할까 봐 두 손을 옆에 늘어뜨렸다. "세상에, 너무 상투적이잖아, 제이든. 뻔히 보이는 곳에 숨은 악당이라니."

그는 얼굴을 찡그렸다. "사실은 라이더가 아니라 플라이어야." 제이든은 나와 눈을 마주친 채 부드럽게 말했다. "그리고 내가 어떤 이들에게 악당일진 몰라도 너에게는 아니야."

"뭐가 어째? 진심으로 말뜻을 따지는 거야?"

"드래곤에겐 라이더가 있고 그리폰에겐 플라이어가 있지."

"그걸 알고 있는 너는 그자들과 한패고." 나는 그의 얼굴을 후려치고 싶은 충동대로 움직이지 않으려 몇 걸음을 물러섰다. "넌 우리의 적과 같이 일하고 있어."

"때로는 올바른 편에서 전쟁을 시작했다가 잘못된 편에 서게 될 수도 있다는 생각을 해본 적이 한 번도 없어?"

"지금 이 경우에? 아니." 나는 호숫가 쪽을 가리켰다. "난 서기 훈련을 받았어. 기억해? 그리고 우리가 한 일이라곤 600년 동안 국경선을 지키는 것뿐이었어. 평화를 해결책으로 받아들이지 않은 건 저놈들이야. 저놈들에게 대체 무슨 수송품을 갖다준 거지?"

"무기야."

내 속이 바닥을 쳤다. "저놈들이 드래곤 라이더를 죽이는 데 쏠 무기?"

"아니." 그는 강조하듯 고개를 저었다. "베닌과 싸우는 데 쏠 무기야."

나는 입을 딱 벌렸다. "베닌은 동화에나 나오는 거야. 내 아버지가 준 책 같은…." 나는 눈을 깜박였다. 그 편지. 아버지가 뭐라고 썼지? '민간전승이 세대에서 세대로 전해지는 이유는 우리에게 과거에 대해 가르치기 위해서야.'

아버지가 하려던 말이 설마… 아니야. 그건 불가능해.

"그 이야기는 진짜야." 제이든은 타격을 줄여보려는 듯이 부드럽게 말했다.

"그러니까 드래곤이나 그리폰 없이 마법의 원천에 접근했다가 구할 길 없이 타락해버리는 사람들이 실제로 존재한다고?" 나는 의미가 분명하도록 천천히 말했다. "만들어낸 이야기 속에만 나오는 게 아니라고?"

"그래." 그의 이마에 주름이 졌다. "그자들은 불모지에서 마법을 모조리 빨아낸 후에 병균처럼 퍼졌지."

"음, 적어도 그건 전설에 부합하긴 하네." 나는 팔짱을 꼈다. "그 동화가 어땠더라? 형제 하나는 그리폰과 계약하고 하나는 드래곤과 계약했는데, 셋째가 질투에 차서 원천에서 직접 마력을 빨아들이다가 영혼을 잃고 둘과 전쟁을 벌였지."

"그래." 그는 한숨을 내쉬었다. "네게 이런 식으로 말하고 싶진 않았어."

"나한테 말하려 했던 것처럼 구네!" 나는 언제든지 제이든을 재로 만들어버릴 수 있다는 듯이 고개를 낮추고 지켜보고 있던 테른을 보았다.

"토론에 더하고 싶은 말 있어요?"

"아직은 없다. 네가 직접 결론을 내는 쪽이 좋겠어. 내가 널 택한 건 지성과 용기 때문이다, 은빛 아이야. 날 실망시키지 마라."

나는 내 드래곤에게 가운뎃손가락을 내밀고 싶은 마음을 겨우 참았다.

"좋아. 내가 베닌이 존재하고 대륙을 쏘다니면서 흑마법을 휘두른다는 사실을 믿는다면, 베닌이 나바르를 공격한 적이 없는 건…." 나는 논리적인 결론에 이르며 눈을 크게 떴다. "우리의 보호막이 드래곤과 무관한 마법은 모두 불가능하게 만들기 때문이라는 것도 믿어야겠네."

"맞아." 제이든이 대답하며 짝다리를 옮겨 짚었다. "그들은 나바르에 들어오는 즉시 힘을 잃게 되지."

젠장. 그건 이치에 맞는데, 나는 정말이지 그게 사실이길 바라지 않았다. "그렇다면 국경선 바로 너머에서 포로미엘이 흑마법을 쓰는 자들에게 끈질기고 무자비한 공격을 받고 있다는 사실을 아무도 모른다고 믿어야 하는데." 이마에 주름이 패였다.

그는 시선을 돌리고 깊이 숨을 들이마신 후에 다시 내 눈을 보았다. "아니면 우리가 알면서도 아무것도 하지 않기로 했다고 믿어야겠지."

나는 분개해서 턱을 들어올렸다. "대체 왜 우리가 사람들이 살육당하는데 아무것도 하지 않는다는 거야? 그건 우리가 지키는 모든 가치에 위배돼."

"베닌을 죽이는 유일한 물건이 우리의 보호막에 동력을 공급하니까."

그는 아무 말도 더하지 않고 서 있었다. 그의 말이 남긴 메아리가 심장 가장자리를 두드리는 동안에 들리는 소리라고는 호숫가의 물결 소리뿐이었다.

"그래서 놈들이 우리 국경선을 습격한 거야? 우리가 보호막에 동력을 공급하는 데 쓰는 물질을 찾으려고?" 나는 물었다. 그를 믿어서가 아니었다. 아직은 아니었다. 그가 나를 설득하려고 하지 않아서였다. '진실에는 노력이 필요 없어.' 아빠가 늘 하던 말이었다.

그는 고개를 끄덕였다. "그 물질을 연마해서 베닌과 싸울 무기를 만들지. 자, 이걸 받아."

그는 오른손을 들어올려 옆구리 칼집에서 검은색 손잡이의 단검을 빼냈다. 나는 그가 원한다면 언제든 나를 죽일 수 있고, 지금 이 순간도 다르지 않다는 사실을 무섭도록 의식하면서 그의 모든 움직임을 혹독하게 마음에 새겼다. 그 단검보다야 등에 매고 있는 장검을 쓰는 쪽이 더 빠른 죽음일 테지만 말이다. 그는 천천히 움직여서 단검을 내밀었다.

나는 날카롭게 갈린 칼날에 주목하면서 그 단검을 받아들였지만, 숨을 들이킨 건 칼자루에 룬 문자를 새겨 넣는 데 쓴 합금 때문이었다. "내 어머니 책상에서 가져온 거야?" 나는 그에게 시선을 획 올렸다.

"아니. 아마 네 어머니도 같은 이유로 하나 가지고 있겠지. 너도 한 자루 가지고 있어야 해. 베닌을 상대로 싸우려면." 그의 눈빛에 가득한 연민 때문에 가슴이 조였다.

그 단검. 그 습격들. 증거는 다 거기 있었다.

"하지만 당신은 우리가 이런 것과 싸울 수 있을 리가 없다고 했잖아." 나는 이 모든 것이 끔찍한 농담이기를 바라는 마음에 매달리듯이 속삭였다.

"아니지." 그는 다가와서 손을 뻗다가 다시 생각한 듯 손을 내렸다. "난 이런 위협이 밖에 있다면 사령부에서 말해주길 바란다고 했어."

"당신은 필요에 맞게 진실을 뒤틀었어." 단검 손잡이를 감아쥐자, 그 칼에서 마력의 진동이 느껴졌다. 베닌은 진짜였다. 베닌은, 진짜, 였다.

"그래. 그리고 바이올런스 네게도 거짓말을 할 수 있었지만 안 했어. 지금 네가 무슨 생각을 하든 간에 한 번도 네게 거짓말을 한 적이 없어."

물론, 그렇겠지. "이게 진실인지는 내가 어떻게 알지?"

"우리가 이런 짓을 하는 국가라고 생각하면 가슴이 아프니까. 네가 안다고 생각하는 모든 것을 재배열하려면 아프니까. 거짓말이 더 마음 편하지. 진실은 아프고."

나는 칼날 안에서 진동하는 마력을 느끼며 제이든을 노려보았다. "당신은 언제든 나에게 말할 수 있었으면서 모든 것을 숨겼어."

그는 움찔했다. "그래. 몇 달 전에 네게 말했어야 했지만 할 수가 없었어. 지금도 너에게 말하느라 모든 것을 걸고 있어…."

"당신이 원해서가 아니라 말해야 하니까…."

"네 절친이 이 기억을 보면 모든 걸 잃게 되니까." 그가 말을 끊고 들어오자 나는 헉 하고 숨을 들이켰다.

"그건 모르는…."

"데인은 네 목숨을 구하기 위해서라 해도 규칙을 어기지 않아, 바이올렛. 그 녀석이 이 사실을 알면 어떻게 할 것 같아?"

데인이 어떻게 하겠냐고? "데인이 우리 국경선 너머에서 고통받는 사람들보다 코덱스를 더 위에 두지는 않으리라 믿어야지. 아니면 데인이 엿보지 못하게 내가 차단막 치는 방법을 배울 수도 있었어. 아니면 애초부터 데인이 내 영역을 존중해서 들여다보지 않았을 수도 있고." 나는 눈을 가늘게 떴다. "하지만 우린 어느 쪽이었을지 영영 모르겠지. 안 그래? 당신은 내가 올바른 일을 할 수 있다고 믿지 않았으니까. 안 그래, 제이든?"

그는 두 팔을 활짝 펼쳤다. "이건 너와 나보다 큰일이야, 바이올런스. 그리고 사령부는 보호막 안에 앉아서 베닌을 숨기기 위해서라면 못할 게 없어." 그는 꾸밈없는 목소리로 호소했다. "난 아버지가 이 사람들을 도우려다가 처형당하는 모습을 내 눈으로 봤어. 너까지 위험에 빠뜨릴 순 없었어." 그는 한마디 할 때마다 조금씩 내 쪽으로 몸을 기울였고, 나는 맥박이 빨라졌지만 더는 내 심장이 머리가 하는 선택을 좌우하게 둘 수 없었다. "넌 나를 사랑하고…."

"사랑했지." 나는 거리를 확보하기 위해 옆으로 비켜서면서 그의 말을 바로잡았다.

"사랑해!" 그가 고함을 치는 바람에 나는 멈칫했고, 들리는 거리에 있던 라이더 모두가 우리를 흘끔거렸다. "넌 날 사랑해."

가슴속에 남아 있던 작은 불씨 하나가 되살아나려 하자 나는 그 불씨가 타오르기 전에 짓밟았다. 그리고 천천히 그에게 얼굴을 돌렸다.

"내가 느끼는 모든 것…." 나는 무너지지 않기 위해 분노에 매달리려고 애쓰며 침을 삼켰다. "내가 당신에게 느낀 모든 감정이 비밀과 속임수에 기반하고 있었어." 애초에 내가 이런 남자에게 빠질 정도로 순진했다는 사실이 수치스러워 뺨이 달아올랐다.

"우리 사이의 감정은 전부 진짜야, 바이올런스." 그의 진지함에 더 마음이 아팠다. "나머지는 내가 충분한 시간을 두고 설명할 수 있어. 하지만 기지에 가기 전에 네가 날 믿는지 알아야겠어."

단검을 흘긋 보자 아버지의 편지에 적혀 있던 말들이 직접 듣는 것처럼 생생하게 들려왔다. '때가 오면 네가 올바른 선택을 할 것을 안다.' 아버지는 아버지에게 가능한 유일한 방법으로, 책을 통해서 나에게 경고했었다.

"그래." 나는 단검을 제이든에게 돌려줬다. "당신이 한 말을 믿어. 그렇다고 당신을 신뢰한다는 뜻은 아니야."

"가지고 있어." 안도감에 제이든의 자세가 누그러들었다.

나는 그 단검을 허벅지에 꽂았다. "날 몇 달 동안 속였다고 말하자마자 무기를 주는 거야, 라이오슨?"

"정확해. 난 그런 단검이 하나 더 있고, 플라이어들 말이 사실이라면 베닌이 북쪽으로 향하고 있으니 네게도 그 칼이 필요할지 몰라. 너 없이 살 수 없다고 했던 말은 거짓이 아니야, 바이올런스." 그는 천천히 물러서면서 서글픈 미소를 지었다. "그리고 무방비한 여자는 취향이 아니거든. 기억하지?"

나는 그와 농담할 기분이 전혀 아니었다. "애더빈으로 가기나 해."

그는 고개를 끄덕였고, 몇 분 후에 우리는 하늘을 날고 있었다.

"우린 거짓말을 하지 않았어. 그저 네게 전부 다 말하지 않았을 뿐이야." 앤다나는 기지로 가는 동안 테른 뒤에서 공기 저항이 제일 적어지는 위치를 날면서 말했다.

"그것도 일종의 거짓말이야." 나는 반박했다. 오늘은 그런 거짓이 많았다.

"그 말이 맞다, 금빛 아이야." 테른의 온몸에서는 물론이고 날갯짓에서도 긴장감이 뿜어 나왔다. "네겐 충분히 화낼 권리가 있다." 테른은 몸을 기울여 국경선 산등성이를 따라갔다. 안장 끈이 내 허벅지를 파고들었다. "우린 널 지키기 위한 선택을 했지만, 네 동의 없이 그렇게 했지. 실수였고, 다시는 그러지 않을 거다." 테른이 느끼는 죄책감이 내 감정을 압도하면서 뜨거운 분노마저 녹여버렸고, 나는 생각하기 시작했다.

정말로, 제대로 생각했다.

베닌이 존재한다면 기록이 있을 것이다. 그런데 아카이브에는 《불모지 민담》이 한 권도 없었다. 지난 400년 동안 나바르에서 쓰이거나 기록된 모든 책의 사본이 있어야 하는 아카이브인데 말이다. 그렇다면 아빠는 나에게 그냥 희귀한 책을 준 게 아니라… 금지된 책을 줬다는 뜻이다.

400년 간의 모든 책이 모여 있는데 단 한 권도….

400년. 하지만 우리 왕국의 역사는 600년이 넘었다. 모든 책이 예전 기록의 사본이었다. 아카이브에서 400년이 넘은 원본 기록은, 그러니까 우리가 포로미엘과 전쟁에 돌입할 시기보다 오래된 기록 원본은 600년도 더 전에 있었던 통일 시기의 두루마리들뿐이었다.

'극단적인 세대가 하나만 있어도 역사를 바꾸거나, 심지어는 지워버릴 수도 있단다.' 맙소사. 아빠가 나에게 다 설명했구나. 아빠는 언제나 서기들이야말로 진짜 권력을 쥐고 있다고 했다.

"그래." 테른이 마지막 봉우리 주위를 돌면서 말했다. 여름의 더위 덕분에 삐죽삐죽한 봉우리의 눈이 녹아 있었다. 그리고 드랄로 절벽과 산비탈에 있는 애더빈 기지가 동시에 시야에 들어왔다. "한 세대가 기록을 바꾸고, 한 세대가 그 기록을 가르치기로 하면, 다음 세대가 자란 후에는 거짓말이 역사가 되지."

테른은 왼쪽으로 몸을 기울여 산의 곡선을 따라가다가 기지 비행장이 가까워지자 속도를 늦췄다. 능선 마지막 봉우리 옆에 우뚝 솟은 구조물 앞에 착륙하면서 나는 폼멜을 꽉 움켜쥐었다. 기지 구조는 몬세라트와 똑같아서, 탑이

네 개 딸린 단순한 사각형의 요새 하나에 드래곤 한 마리가 가까스로 이륙할 두께의 벽이 다였다. 군대란 획일적이기 마련이다.

나는 안장 버클을 풀고 테른의 앞다리를 미끄러져 내려갔다. "그런데도 우리가 모의전투에 집중할 수 있겠냐고." 나는 어깨에 진 배낭을 바로잡고, 곧 신화적인 존재에게 공격받을 수도, 아닐 수도 있는 무역 기지 생각을 하며 중얼거렸다.

다른 사람들도 드래곤에서 내렸다. 뒤돌아보니 앤다나는 이미 테른의 발 사이에 몸을 말고 있었다.

제이든은 개릭과 함께 걸으면서 갈망이 담긴 눈빛으로 내 쪽을 보았다. 나는 그에게 전부 다 줬는데, 그는 한 번도 나를 마음에 들인 적이 없었다. 오직 비통함만이 선사할 수 있는 날카롭고 들쭉날쭉한 고통이 내 가슴을 찢었다. 녹슬고 이 빠진 칼에 가슴이 쪼개지면 이런 느낌이지 않을까. 빠르게 심장이 잘릴 만큼 날이 서 있지도 않고, 상처가 곪을 가능성은 100퍼센트다. 제이든을 신뢰할 수 없다면 우리에겐 미래가 없다.

우리 열 명이 열려 있는 쇠창살문 아래를 지나 기지로 들어가자 날카로운 긴장감이 감돌았다. 기지는 텅 비어 있었다.

"이게 뭐야?" 개릭이 건물 중앙에 있는 안마당을 성큼성큼 가로지르며, 몬세라트와 똑같이 내부에 늘어서야 하는 집합 공간들을 보았다.

"멈춰." 제이든이 사방에 솟아오른 벽을 살피며 명령했다. "여기엔 아무도 없어. 흩어져서 수색한다." 그는 나를 흘긋 보았다. "너는 내 옆을 떠나지 마. 이건 모의전투 같지 않아."

나는 그걸 어떻게 아느냐고 반박하려다가 열린 문으로 휘몰아치는 바람 소리 때문에 멈칫했다. 200명 넘는 사람들이 주둔해야 하는 요새 안에서 들리는 소리라고는 돌바닥을 디디는 우리의 발소리뿐이었다. 제이든이 옳았다. 모든 게 잘못되었다.

"끝내주네." 나는 비아냥을 담아서 대답했고, 다시 내 호위로 붙은 리암을 제외한 전원이 둘이나 셋씩 나뉘어서 이쪽저쪽의 계단을 올랐다.

"이쪽으로." 제이든은 남서쪽 탑으로 직행했다. 계단을 오르고 또 오르다가 마침내 4층 꼭대기에 도착했다. 문밖에 아래쪽 계곡이 내려다보이는 야외 감시 초소가 있었다. 포로미엘 무역 기지도 보였다.

"여긴 우리에게 가장 전략적인 수비 기지 중 하나야." 나는 여기 있어야 할 보병대와 라이더들을 찾아보면서 말했다. "모의전투 때문에 버릴 리가 없어."

"정확히 내가 걱정하는 게 그거야." 제이든이 계곡을 보더니 300미터 아래에 있는 무역 기지를 보고 눈매를 좁혔다. "리암."

"해볼게." 리암이 나서더니, 석조 흉벽에 몸을 기대고 저 멀리 있는 건물에 초점을 맞췄다. 무역 기지는 우리 기지가 있는 산사면에서 구불구불 내려가는 널찍한 자갈길을 20분쯤 걸으면 도착하는 위치에 있었다. 방어용 원형 돌벽 위로 몇몇 건물 지붕이 솟아나 있었고, 남쪽에서 그리폰 한 무리와 플라이어들이 접근하고 있었다.

제이든이 나를 돌아보는데 전혀 반갑지 않은 눈빛이었다. "우리가 떠나기 전에 데인이 너에게 뭐라고 했지? 가까이 몸을 숙이고 뭐라고 속삭였잖아."

나는 눈을 깜박이며 기억을 되살렸다. "뭐라고 했냐면…." 기억을 더듬었다. "네가 그리울 거야, 바이올렛…."

제이든의 몸이 굳었다. "그리고 나 때문에 네가 죽을 거라고 했지."

"그래. 하지만 그런 말은 늘상 했어." 나는 어깨를 으쓱였다. "데인이 전초 기지를 싹 비우는 일과 무슨 상관이 있겠어?"

"뭔가 찾았어!" 개릭이 남동쪽 탑에서 외치더니, 편지봉투 같은 것을 쥐고 이모젠과 함께 두꺼운 성벽을 건너서 우리 쪽으로 다가왔다.

"데인에게 내가 여기 왔었다는 얘길한 적이 있어?" 제이든이 엄해진 눈으로 물었다.

"아니!" 나는 고개를 저었다. "누구와 다르게 난 당신에게 아무것도 숨긴 적이 없거든."

그는 물러서서 황망한 시선으로 생각을 하다가 다시 나를 보고 눈을 크게 떴다. "바이올런스." 그는 조용히 말했다. "혹시 내가 애더빈에 대해 말한 이후에 에이토스가 널 만졌어?"

"뭐?" 나는 이마에 주름을 잡고는 주위에 회오리치는 바람 속에서 얼굴에 흘러내린 머리카락을 걷어냈다.

"이렇게 말이야." 제이든이 내 뺨에 손을 올렸다. "그 녀석의 능력은 누군가의 얼굴을 만져야 발동이 돼. 혹시 이렇게 널 만졌어?"

나는 입술이 벌어졌다. "그래. 하지만 데인은 늘 그런 식으로 날 만져. 하, 한 번도…." 나는 말을 더듬었다. "데인이 기억을 읽었다면 내가 알았겠지."

제이든의 얼굴에서 힘이 빠지더니, 그의 손이 아래로 내려와서 내 목 뒤를 받쳤다. "아니야, 바이올런스. 넌 몰랐을 거야." 그의 목소리에 비난하는 기색은 없었다. 그저 내게 남아 있는 심장을 아프게 하는 체념뿐이었다.

"그럴 리가 없어." 나는 고개를 저었다. 다른 일이라면 몰라도 데인이 그런 식으로 내 권리를 침해하고, 내가 주지도 않은 것을 빼앗을리 없다. 아, 하지만 이미 한 번 시도했었지.

"네 앞으로 되어 있어." 개릭이 제이든에게 봉투를 건넸다.

제이든은 내 얼굴에서 손을 떼고 밀랍 봉인을 깼다. 그가 편지를 열자 나도 글씨를 읽을 수 있었다.

제4비행단장, 제이든 라이오슨을 위한 모의전투 내용

내가 아는 필적이었다. 평생을 봤는데 어떻게 모를 수 있겠는가? "에이토스 대령이 쓴 거야."

"뭐라고 되어 있어?" 개릭이 팔짱을 끼면서 물었다. "우리 임무는 뭔데?"

"여러분, 무역 기지 바로 지나서 뭔가가 보여." 리암이 흉곽에서 말했다. "이런 젠장."

제이든의 얼굴에서 핏기가 싹 빠져나가더니, 편지를 구겨 쥐고 나서 나를 쳐다보았다. "가능하다면 살아남는 게 우리 임무라는군."

신들이시여. 데인이 허락도 없이 내 기억을 읽었다. 그러고는 자기 아버지에게 그들이 어디로 몰래 가고 있었는지 말한 게 분명했다. 나도 모르는 사이에 제이든을 배신했다… 그들 모두를 배신했다.

"그거 설마…." 개릭이 고개를 저었다.

"여러분, 이거 안 좋아!" 리암이 외치자 이모젠이 그 옆으로 달려갔다.

"이건 네 잘못이 아니야." 제이든은 나에게 말하더니 시선을 떼고, 우리에게 합류하기 위해 성벽을 달려오는 친구들 쪽으로 몸을 돌렸다. "우리더러 죽으라고 여기에 보낸 거야."

36

그림자 너머의 땅에는 숲에 가까이 가는 아이들의 영혼을 잡아먹는 깊은 밤의 괴물들이 있기 때문이지.

— 〈와이번의 울음〉, 《불모지 민담》

제이든은 개릭에게 편지를 건넸고, 나머지 우리들은 직면한 문제를 확인하려 성곽으로 달려갔다. 하지만 나는 아래 계곡이나 드랄로 절벽 앞까지 몇 킬로미터를 뻗어나가는 평원에서 아무것도 찾을 수 없었다.

"뭔가 잘못됐다." 테른이 말했다. "호숫가에서도 느꼈지만 여기선 더 강해."

"그게 뭔지 정확히 찾을 수 있어요?" 나는 패닉이 목구멍까지 기어오르는 기분으로 대답했다. 데인의 아버지가 제이든과 다른 사람들이 플라이어들에게 무기를 대고 있다는 사실을 알았다면 어느 모로 보나 이건 처형이었다.

"아래 계곡에서 오고 있다."

"난 저 아래에 아무것도 안 보여." 보디가 돌벽 가장자리로 몸을 기울이면서 말했다.

"음, 난 보여." 리암이 대꾸했다. "그리고 저게 내가 짐작하는 그거라면 우린 망했어."

"짐작 말고 확실한 걸 말해." 제이든이 명령했다.

"이 편지에선 이게 네 지휘 능력 시험이라는데." 전대장이 우리 뒤에서 편지를 읽었다. "너에겐 우리 적의 마을을 버리거나 아니면 네 비행단 지휘권을 버리는 선택이 있다고."

"그게 대체 무슨 소리야?" 보디가 손을 뻗어서 편지를 받았다.

"말만 안 했지, 우리의 충성심을 시험하는 거야." 제이든이 내 옆에 서서 가슴 앞에 팔짱을 꼈다. "편지 내용에 따르면 우리가 지금 여길 떠나면 제 시간에 엘투발에 있는 새로운 제4비행단 본부에 도착해서 모의전투를 수행할 수 있어. 하지만 우리가 떠난다면 레손 무역 기지의 거주자들은 다 죽겠지."

"무엇에?" 이모젠이 물었다.

"베닌에게." 리암이 대답했다.

속이 철렁 내려앉았다.

"확실해?" 제이든이 물었다.

리암이 고개를 끄덕였다. "실제로 본 적이 없긴 하지만 확실해. 총 넷이야. 자주색 로브. 새빨간 눈 주위에 팽창한 붉은 정맥이 거미줄처럼 퍼져 있어. 소름끼쳐."

"맞는 것 같군." 제이든이 무게중심을 옮겼다.

"그냥 무기만 배달할 때가 더 좋았는데." 보디가 중얼거렸다.

"아, 그리고 한 놈은 커다란 지팡이 같은 걸 갖고 있어." 리암이 말을 이었다. "그리고 던 여신에게 맹세하는데, 분명히 비어 있던 평원에 갑자기 그냥… 나타나서 문을 향해 걷고 있어." 리암은 눈을 크게 뜨고, 고유 능력을 써서 계곡 바닥을 보느라 눈동자가 팽창해 있었다.

"붉은 정맥이라고?" 이모젠이 의문했다.

"영혼을 잃으면서 마법이 피를 오염시켰기 때문이지." 나는 제이든을 올려다보면서, 우리가 터널을 통해서 비행장으로 갔던 밤에 앤다나가 했던 말을 기억할까 생각했다. "자연은 균형을 좋아해."

리암만 빼고 모두가 내 쪽으로 고개를 돌렸다.

"민담이 사실이라면 말이야." 내 마음 일부는 그게 사실이기를 빌었다. 아니라면 나는 아래에 있는 적들에 대해 아무것도 모르는 셈이었으니까. 물론 그게 사실이라면….

"그리폰 일곱 마리가 우리 옆에 착륙했다." 테른이 말했다.

다른 모두가 뻣뻣하게 굳는 것을 보니, 다들 드래곤에게 같은 전언을 받은 모양이었다.

"앤다나, 테른에게 붙어 있어." 나는 말했다. 제이든은 플라이어들을 믿을지 모르지만 앤다나는 무방비 상태에 가까웠다.

"알았어." 앤다나가 대답했다.

"지팡이를 가진 놈이 방금…." 리암이 입을 열었다.

그 순간 폭발음이 나무가 듬성듬성한 계곡 위까지 울려 퍼지더니, 푸르스름한 연기 기둥이 올라왔다. 그 모습을 보자 심장이 덜컹거렸다.

"저게 정문이었어." 리암이 말을 맺었다.

"레손에 사람이 몇이나 살지?" 보디가 물었다.

"300명이 넘어." 이모젠이 대답하는 사이에도 폭발음이 다시 한 번 계곡에 울려 퍼졌다. "저긴 해마다 무역을 하는 기지야."

"그렇다면 저기로 내려가자." 보디가 몸을 돌리는데, 제이든이 물러서더니 손을 뻗어 그 앞을 막았다. "왜 이래, 진심이야?"

"우린 어떤 함정이 있는지 전혀 모른다." 제이든의 말투를 듣자 난간다리를 건넌 첫날이 떠올랐다. 완전히 지휘관다운 태세였다.

"그렇다고 민간인들이 죽는데 여기 우두커니 서 있어?" 보디가 묻자 나는 긴장했다. 우리 모두가 긴장해서 제이든을 보았다.

"그런 말이 아니야." 제이든은 고개를 저었다. 그는 선택해야 했다. 그게 모의전투 지시문의 내용이었다. 그는 저 마을을 버릴 수도 있고, 지금 엘투발에서 기다리고 있을 비행단을 버릴 수도 있다. "이건 망할 훈련 시간이 아니야, 보디. 저기로 내려가면 우리 전원은 아니더라도 몇 명은 죽을 거다. 우리가 현역 비행단에 배치되어 있었다면 나이도, 경험도 훨씬 많은 지휘관이 결정을 내렸겠지만 지금은 그런 사람이 없어. 우리에게 반역 인장이 찍혀 있지 않았다면, 우리가 적을 돕고 있지 않았다면…." 그의 시선이 잠시 내 쪽으로 날아왔다. "…그랬다면 우리가 여기에서 이런 선택을 할 일도 없었을 거야. 그러니까 지휘 체계는 다 제쳐놓고, 너희 생각은 어때?"

"수적 우위는 우리에게 있어." 솔레일이 갈색 눈을 가늘게 뜨고 들판을 보면서 밝은 녹색으로 칠한 손톱으로 흉곽 돌기를 리드미컬하게 두드렸다. "그리고 공중에서의 우위도 있지."

"그나마 와이번은 없네." 나는 확실히 하기 위해 하늘을 살펴보았다.

"어, 뭐라고?" 보디가 눈썹을 치켜올렸다.

"와이번. 민담에서는 베닌이 드래곤과 싸우기 위해 와이번을 만들고, 그들에게서 채널링을 받는 게 아니라 거꾸로 마력을 부어준다고 했어." 그 책에 실린 내용이 모두 사실이 아니기를 빌자.

"그래. 쓸데없는 걱정은 하지 말자." 제이든이 나를 곁눈질하더니 하늘을 살펴보았다.

"베닌은 넷이고 우린 열 명이야." 개릭이 흉곽 가장자리에서 멀어지면서 말했다.

"우리에겐 놈들을 죽일 무기가 있어." 리암이 계곡에 등을 돌리며 말했다. "그리고 데이 말로는 그리폰 플라이어 일곱 명이…."

"우린 여기 있어." 호수에서 보았던 갈색 머리 여자가 기지 남동쪽 구석에서 성곽을 걸어오며 말했다. "나머지는 너희 기지가… 버려진 것 같길래 바깥에 두고 왔다." 그녀는 체념하는 표정으로 흉벽 너머에 시선을 두고 계곡에서 올라오는 연기 기둥을 보며 어깨를 늘어뜨렸다. "너희에게 우리와 같이 싸워달라고 부탁하진 않겠어."

"안 한다고?" 개릭이 눈썹을 치켜올렸다.

"그래." 그녀는 슬픈 미소를 지었다. "베닌이 넷이면 사형 선고나 다름없지. 우리 부대 나머지 대원은 신들과 화해하는 중이야." 그녀는 제이든을 돌아보았다. "떠나라고 말하려고 왔어. 너희는 저것들이 뭘 할 수 있는지 전혀 몰라. 저것들 둘만으로도 지난달에 도시 하나를 무너뜨렸어. 둘만으로 말이야. 우린 저것들을 막으려다가 부대 두 개를 잃었어. 저 밑에 넷이 있다면…." 그녀는 고개를 저었다. "저놈들은 뭔가를 쫓고 있고, 그걸 얻기 위해서 레손의 모든 사람을 죽일 거야. 아직 기회가 있을 때 돌아가."

공포가 내 가슴을 움켜쥐었지만, 죽음의 위협 속에 저들을 죽게 두고 떠난다고 생각하자 심장이 아팠다. 그건 우리가 상징하는 모든 것에 반하는 행동이었다. 설령 그들이 나바르 사람들이 아니라 해도 그랬다.

"우리에겐 드래곤이 있어." 이모젠이 목소리를 높였다. "분명히 그게 의미가 있을 거야. 우린 싸움이 두렵지 않아."

"죽기는 두렵고? 전투를 본 적은 있나?" 갈색 머리의 시선이 우리를 쏠었고, 갑자기 내가… 어리게 느껴졌다. 우리는 침묵으로 대답했다. "그럴 줄 알았다. 드래곤에 의미가 있기야 하지. 너희를 태우고 빠르게 멀리 날아갈 수 있으니까. 드래곤의 불은 베닌을 죽이지 못해. 오직 너희가 가져온 단검만이 죽일 수 있는데 그건 우리도 가지고 있어." 그녀는 제이든을 보았다. "너희가 해준 모든 일에 감사한다. 지난 몇 년간 우리가 살아 있고 싸울 기회가 있었던 건 너희 덕분이야."

"죽으러 갈 작정이군." 제이든이 사무적으로 말했다.

"그래." 그녀가 고개를 끄덕이는 사이에도 폭발음이 일었다. "다들 데리고 나가. 빨리." 그녀는 발꿈치를 축으로 해서 몸을 돌리더니 머리를 꼿꼿이 들고 성큼성큼 걸어서 성벽 반대쪽 탑 안으로 사라졌다.

제이든이 이를 악물었다. 나는 그의 머릿속에서 전투가 벌어지고 있음을 알 수 있었다. 마음이 견딜 수 없이 무거웠다.

우리가 떠난다면 그들은 모두 죽을 것이다. 민간인 모두가. 플라이어 모두가. 우리가 죽인 것은 아닐지라도 그 죽음에 책임이 없다고는 할 수 없다.

우리가 싸운다면 그들과 같이 죽을 가능성이 높다.

우리는 겁쟁이로 살 수도 있고, 라이더로 죽을 수도 있다.

제이든이 어깨를 펴자 단단하게 뭉쳐 있던 내 속이 메스껍게 일렁거렸다. 제이든이 결정을 내린 것이다. 그의 얼굴선에서, 그의 단호한 자세에서 알 수 있었다. "스게일이 자기는 싸움에서 도망쳐본 적이 없다고, 오늘 처음으로 도망치는 일도 없을 거라는군. 나도 무고한 사람들이 죽어가는데 비켜서 있을 생각은 없어."

그는 천천히 고개를 저으며 말을 이었다. "하지만 누구에게도 나와 함께 가자고 명령하진 않겠어. 난 너희 모두에 대한 책임이 있다. 너희 중에 원해서 그 난간다리를 건넌 사람은 없어. 단 한 명도 없지. 너희는 내가 한 거래 때문에 난간다리를 건넜어. 너희를 라이더 분과에 밀어넣은 건 나라고. 그러니까 지금 누군가가 엘투발로 날아가고 싶다 해도 결코 낮춰보는 일은 없을 거야. 각자 선택을 해." 그는 머리를 빗어 넘겼다. *"네가 위험에 처하는 일은 없었으면 좋겠어."*

완벽한 세상이었다면 그 말만 들어도 충분했을 것이다. *"다른 사람들이 선택할 수 있다면, 나도 할 수 있어."*

그의 턱에 힘이 들어갔다.

"우린 라이더야." 이모젠이 또 한 번의 폭발음 속에서 말했다. "우린 스스로를 지킬 수 없는 사람들을 지켜. 그게 우리가 하는 일이야."

"형은 여기 있는 우리 모두를 구했어." 보디가 말했다. "그리고 우린 그 점에 감사해. 이제 난 훈련받은 대로 해보고 싶어. 그렇게 해서 집에 가지 못하게 된 다면, 그때는 내 영혼이 말렉에게 맡겨지겠지. 어머니를 만나러 가는 것도 나쁘지 않아."

"난 우리가 탈곡에서 살아남고 무기 밀수를 결정했을 때 했던 말을 그대로 할게." 개럭이 말했다. "넌 3년 내내 우리를 살렸어. 어떻게 죽을지는 우리가 결정할 수 있겠지. 난 너와 함께할 거야."

"바로 그거야!" 솔레일이 허벅지에 찬 단검 바로 위를 손끝으로 두드리면서 말했다. "나도 참여한다."

리암은 앞으로 나서서 내 옆에 섰다. "우린 부모님이 옳은 일을 할 용기가 있었다는 이유로 처형당하는 모습을 지켜봤어. 내 죽음도 똑같이 고결했으면 좋겠어."

나는 가슴이 답답해졌다. 그들의 부모는 진실을 밝히려다가 죽었는데, 내 어머니는 이 끔찍한 비밀을 숨기기 위해 오빠를 희생시켰다니.

"동감이야." 이모젠이 고개를 끄덕였다.

모두가 그랬다.

하나씩, 하나씩, 모두가 동의하고 나자 나만 남았다.

제이든이 나와 시선을 마주쳤다.

'소른게일을 설득해서 국경 바깥에 있는 사람들을 위해 목숨을 걸게 만들 수 있다고 생각한다면 넌 바보다.' 호숫가에서 그 플라이어가 그렇게 말하지 않았던가? 집어치우라지.

"*테른?*" 전쟁에는 나만 나가는 게 아니었다.

"*우린 놈들의 뼈로 포식할 거다, 은빛 아이야.*"

불쾌한 그림이긴 하지만 요점은 전해졌다.

국경선 어느 쪽에 살든 간에 무고한 사람들이 죽게 내버려둘 수는 없다. 제이든이 눈빛으로 아무리 애원을 해도 동료들이 목숨을 거는데 나만 달아날 수는 없다. 그나마 리애넌, 소여, 리독이 여기 없어서 다행이었다. 그 친구들은 2학년까지 살아남겠지. 미라 언니도 이해할 것이다. 언니가 여기 있었어도 분명 똑같이 했을 것이다.

그리고 어머니는… 책상에 그 단검을 놓아두었다는 건 알면서도 아무것도 하지 않았다는 뜻이었다. 나는 어머니가 베닌의 존재를 비밀로 유지하기 위해 희생할 두 번째 자식이 되겠지.

"난 예전에 무방비한 사람이었어." 나는 턱을 들어올리면서 제이든에게 말했다. "그러나 이제는 라이더야. 라이더는 싸우지."

다른 사람들이 함성을 질러 동의했다.

제이든의 얼굴에 무수한 감정이 스치더니 고개를 끄덕이면서 흉벽 쪽으로 걸어갔다. "리암. 보고해."

제이든의 의형제는 그 옆에 서서 눈의 초점을 맞췄다. "플라이어들은 일곱 명 전원… 아니, 여섯 명 교전 중. 민간인들에게서 멀어지도록 포화를 유도하려는 것 같지만, 젠장. 베닌은 내가 라이더들 사이에서는 본 적이 없는 불 같은 걸 쓰고 있어. 셋은 마을 주위에 있고, 하나는 중앙에 있는 구조물을 향해 가는 중. 시계탑이야."

제이든은 고개를 끄덕이더니 우리를 목표물에 따라 나누었다. 개릭과 술레일이 정찰을 위해 주위를 빙 도는 동안 나머지는 레손 주위에 있는 베닌들을 공략하되, 마을을 관통하는 길로 접근할 때마다 시계탑으로 향하는 베닌을 주시해야 했다. "저놈들을 잡는 방법은 단검뿐이다."

"마을 사람들을 안전한 곳을 찾아 데려다준 후에는 내려서 싸워야 한다는 뜻이지." 개릭이 엄숙하게 얼굴을 굳히며 덧붙여 말했다. "조준이 정확해지기 전까지는 단검을 던지지 마."

제이든이 고개를 끄덕였다. "최대한 많은 사람을 구하자고. 가자."

우리는 제이든을 앞장세우고 계단을 내려가서 조용한 안마당을 통과했다. 기지 밖으로 나갔더니 드래곤들이 모두 능선 가장자리에 걸터앉아서 불안하게 기우뚱거리며 저 아래 무역 기지를 살피고 있었다.

나는 곧장 테른과 스게일 사이로 걸어갔다.

"*네가 옳은 결정을 내릴 줄 알았다.*" 스게일이 리암과 함께 걸어오는 제이든 쪽을 흘긋 보면서 말했다. 두 사람의 발걸음은 내 왼쪽 벼랑에 위험하도록 가까웠다. "*제이든도 알았지. 네가 위험에 뛰어드는 걸 좋아하진 않지만 네가 그럴 줄 알았다.*"

"*음, 제가 제이든을 아는 것보다 제이든이 절 훨씬 잘 아니까요.*" 나는 스게일을 보고 한쪽 눈썹을 올렸다.

스게일은 눈을 깜빡였다. "난간다리를 건너고 안마당에 서서 두려움을 감추려 애쓰며 벌벌 떨던 소녀와는 많이 달라졌구나. 인정하마.”

"인정해달라고 부탁하진 않았는데요." 어차피 죽을 거라면 마지막 순간에는 정직해도 되겠지. 스게일은 식식거리다가 머리로 테른의 머리를 밀었지만, 테른은 무역 기지에만 집중하고 있었다.

내가 테른의 앞다리 사이에 서서 아래에 펼쳐지는 공격을 지켜보고 있는 앤다나에게 다가가자 부츠에 돌이 밟히는 소리가 울려 퍼졌다. 나는 앤다나 바로 앞에 서서 아래의 학살극을 가렸다. "넌 여기 남아서 숨어 있어." 어린애를 전투에 데려갈 생각은 없었다. 협상 불가였다.

"네가 여기 남아." 앤다나가 비꼬듯이 응수하며 으르렁거렸다.

나는 서글픈 미소를 눌렀다. 앤다나가 반항적인 청소년기를 헤쳐 나가는 모습을 볼 수 없다니 정말 안타까웠다.

"같은 생각이다." 테른이 나를 위해 한쪽 어깨를 내렸다. "넌 과녁판이나 다름없어, 얘야."

"난 진심이야." 나는 앤다나의 비늘 덮인 코를 쓰다듬으며 말했다. "우리가 아침까지 돌아오지 않으면, 아니면 베닌이 다가오고 있는 것 같으면 베일로 날아가. 무슨 일이 있어도 보호막 안으로 들어가는 거야."

앤다나가 콧구멍을 부풀렸다. "난 널 두고 가지 않아."

가슴이 너무 아파서 심장 위를 문지르고 싶은 충동과 싸워야 했지만, 나는 꾹 참고 어깨를 쫙 폈다. 해야 하는 말이었다. "네가 두고 갈 게 없어지면 바로 느끼게 될 거야. 그러면 심장이 부서질지도 모르지만, 그 느낌이 오면 바로 날아가는 거야. 간다고 약속해줘."

앤다나는 심장이 몇 번 뛰고 나서야 마지못해 고개를 끄덕였다.

"가." 나는 앤다나의 아름다운 턱을 마지막으로 쓰다듬으며 속삭였다. 앤다나는 괜찮을 것이다. 앤다나는 무사히 베일로 돌아갈 것이다. 다른 가능성은 생각할 수도 없었다.

앤다나는 몸을 돌려 기지로 향했다. 나는 어떻게든 정신을 그러모아서 테른의 앞다리 사이를 걸으며 마지막으로 잽싸게 계곡을 보았다. 제이든과 리암도 내 오른쪽에 서서 똑같이 보고 있었다.

그때였다. 날카로운 소리가 하늘에 울리더니 남쪽으로 능선 두 개를 넘어간 계곡에서 거대한 회색 드래곤이 나타났다… 포로미엘 국경 너머였다. 그 드래곤은 육중한 몸 아래 두 다리를 접어 올리고서 우리에게 거리를 두고 곧장 레손으로 날아갔다.

"근처에 우리 군이 있었나?" 리암이 물었다.

"아니." 제이든이 대답했다.

발밑이 흔들리는 기분이었다.

'분명히 국경 너머에서 날아다니는 드래곤을 본 것 같았어.' 미라가 몬세라트에서 그렇게 말하지 않았던가? 그 드래곤은 다시 날카로운 소리를 내지르더니 산비탈 아래로 푸른 불을 쏟아내 작은 나무들을 태우면서 레손이 있는 평원에 도착했다. 푸른 불.

아니야. 아니야. 안 돼. "와이번." 심장이 목구멍으로 뛰어올랐다. "제이든, 저건 다리가 넷이 아니라 둘이야. 드래곤이 아니야. 와이번이야." 몇 번 더 말하면 나도 내 눈에 보이는 걸 믿게 될까.

이런 젠장. 사령부가 기록에서 삭제하고 있었던 게 저건가?

와이번은 살아 움직이는 존재가 아니라 동화여야 했다. 하지만 그렇게 치면 베닌도 마찬가지였다.

"흠, 공중에서의 우위는 사라졌군." 이모젠이 맞은편에서 말하더니 어깨를 으쓱였다. "알게 뭐야. 저것들도 죽을 수 있어."

"놈들이 부정한 존재를 만들어냈구나." 테른이 낮은 으르렁거림으로 가슴을 울리며 말했다.

"알고 있었어요?"

"의심은 했지. 내가 왜 네 비행 기동 훈련에 그렇게 엄하게 굴었다고 생각하는 거냐?"

"우린 의사소통 기술을 발전시킬 필요가 있네요."

"이제야 상세한 내용을 다 안 것 같네." 리암이 말했다.

"마음 바꾸고 싶은 사람?" 제이든이 물었다. 아무도 대답하지 않았다. "없나? 그럼 올라타."

내가 테른의 어깨를 향해 걸어가는 사이 제이든이 내 쪽으로 걸어왔다.

"몸을 돌려, 바이올런스." 그의 지시에 나는 몸을 빙글 돌려서 그를 올려다보았다. 그는 단검 하나를 뽑더니 내 옆구리에 있는 빈 칼집에 밀어넣었다. "이제 넌 무기가 두 개야."

"전초 기지에 안전하게 남아 있으라고 할 생각은 아니지?" 제이든과 가까이 서 있자 감정이 날뛰었다. 이 모든 사실을 나에게 숨겼는데도 그를 보기만 하면 가슴이 아팠.

"뒤에 남아 있어 달라고 하면 그래줄래?" 그의 눈이 내 눈을 마주보았다.

"아니."

"그래, 난 못 이길 싸움은 하지 않아."

나는 눈을 크게 떴다. "싸움에 못 이길 줄 안다고 하니까 말인데, 멜그렌은 여기에서 일어나는 일을 알 거야. 지금도 전투 결과를 볼 수 있을 거라고."

그는 천천히 고개를 내젓더니 목을 따라 올라가는 반역의 인장을 가리켰다. "내가 이게 저주가 아니라 선물이라는 걸 깨달았다고 했던 거 기억해?"

"응." 그의 침대 속에서 들은 말이었다.

"내 말 믿어. 멜그렌은 이것 때문에 아무것도 못 봐."

나는 1년에 한 번씩은 제이든을 봐두고 싶다던 멜그렌의 말을 떠올리며 입술을 벌렸다. "또 나에게 숨긴 비밀이 있어?"

"있지." 그는 내 목을 감싸고 얼굴을 가까이 가져왔다. "살아남기만 해. 그러면 네가 알고 싶어 하는 건 뭐든 말해준다고 약속할게."

그 간단한 고백에 심장이 꽉 죄어들었다. 아무리 화가 났다 해도 제이든 없는 세상은 상상할 수가 없었다. "당신도 살아남아. 내가 아직도 당신을 사랑한다는 사실이 싫긴 하지만."

"그 정도는 감수할 수 있어." 그는 입꼬리를 올리면서 손을 내리더니 등을 돌려 스게일에게 걸어갔다.

테른이 다시 어깨를 내렸다. 나는 올라가서 안장에 앉은 다음, 좌석 뒤에 배낭을 단단히 챙겨놓고 허벅지에 버클을 채웠다. 이제 갈 시간이었다. *"숨기 좋은 곳을 찾아, 앤다나. 네가 다친다고 생각하면 견딜 수가 없어."*

"놈들을 혼쭐내줘." 앤다나는 버려진 기지로 들어가면서 말했다.

오른쪽에서 스게일이 이륙했고, 내가 폼멜을 꽉 붙잡자 테른이 크고 육중한 날개를 치면서 하늘로 날아올랐다.

"저 무역 기지에 뭔가가 있다. 우리 모두 느껴져." 테른은 스게일과 함께 비스듬히 몸을 기울여 날더니 능선에서부터 가파르게 곤두박질을 쳤다. 내장만 뒤에 남겨놓고 떨어지는 것 같은 느낌이었다. 안장 끈이 허벅지를 파고들었지

만, 맡은 일은 잘 해줘서 라이딩 고글을 내려 쓰는 동안 나를 좌석에 붙들어두었다. 우리는 그늘 속으로 날아 들어갔다. 해가 드랄로 절벽 뒤로 가라앉으면서 오후 풍경에 그림자를 드리우고 있었다.

폭음이 한 번 더 울렸는데, 이번에는 기지의 높은 돌벽이 뭉텅이로 떨어져 나갔다. 테른은 그리폰 라이더 한 명과의 충돌을 아슬아슬하게 피하면서 멈춰 섰다가 기지와 수평으로 날았다. 비행 속도가 너무 빠르다 보니 기지 문으로 달아나려 하는 마을 사람들의 비명 소리 말고는 아무것도 들리지 않았다.

"그 와이번은 어디로 간 거죠?" 나는 테른에게 물었다.

"계곡 안으로 물러났다. 걱정 마라. 돌아올 거다."

기쁘기도 해라.

작은 기지의 지붕 위를 쭉 훑어보니 그자가 보였다. 목조 시계탑 꼭대기에 사람 형상이 하나 서서, 바닥까지 끌리는 자주색 로브를 바람에 휘날리며 아래에 있는 민간인들에게 푸른 화염을 단검처럼 던져대고 있었다.

그자는 어떤 화가도 그려낼 수 없을 만큼 무시무시했다. 마법에 먹혀 영혼을 잃은 두 눈 주위로 붉은 핏줄이 줄줄이 뻗어나갔다. 야윈 얼굴에는 광대뼈가 도드라졌고 입술이 얇았으며, 울퉁불퉁하고 비틀린 손은 기형의 나무로 만든 긴 붉은 지팡이를 쥐고 있었다.

"테른!"

"그래. 가자." 테른은 몸을 기울여 스케일과 떨어지더니 격하게 방향을 틀어 마을로 다가갔다. 날개를 몇 번 더 치고 나자 테른의 입에서 불이 쏟아졌고, 우리는 저공비행을 하면서 시계탑을 태워버렸다.

"잡았어!" 나는 안장에서 몸을 돌려 목조 시계탑이 요란하게 무너져내리는 모습을 보았다. 그러나 몇 초 만에 불 속에서 베닌이 걸어나왔는데 생채기가 하나도 없었다. *"젠장, 아직 있어요."* 나는 기지를 다시 가로질러 배정받은 위치로 가면서 외쳤다. 마음속으로는 그렇게 쉬울 거라 생각한 나 자신을 자책했다. 베닌이 나바르인 대부분의 악몽에 나오는 이유가 있었고, 그건 결코 죽이기 쉬워서가 아니었다. 단검을 꽂을 만큼 가까이 가야만 했다.

내가 막 앞으로 몸을 돌렸을 때, 거대한 날개와 이빨 덩어리가 귀를 찢는 울음소리와 함께 우리 앞을 가로질렀다. 테른은 꼬리로 내 뒤에 있던 돌벽을 쳐서 박살을 내면서 와이번을 피했다. 우리는 그놈의 입에서 쉭쉭거리며 뿜어나온 파란 불도 가까스로 피했다. 그 불은 근처에 있던 나무에 맞았다.

"와이번이 돌아왔어요!"

"다른 놈이다." 테른이 날카롭게 말했다. "다른 드래곤들에게 지시를 전달하고 있다."

물론 그렇겠지. 이 전장의 라이더들은 제이든이 지휘할지 모르지만, 드래곤들을 이끄는 건 분명 테른이었다.

와이번이 빙 돌아서 마을 중앙으로 향하더니 거미줄 덮인 날개를 쳤다. 그 등에는 우리와 비슷한 고동색 비행복을 입은 여성 라이더가 타고 있었는데, 그 여자의 눈도 시계탑에 있던 베닌과 똑같이 소름끼치는 붉은색이었다.

"제이든, 와이번이 하나가 아니야."

잠시 침묵이 흘렀지만, 나는 제이든의 충격과 그 후의 격분을 손에 만질 듯이 느낄 수 있었다. "혹시 테른과 따로 떨어지게 되거든 날 불러. 그리고 내가 갈 때까지 버텨."

"그런 일은 없을 거다. 이 아이를 내 등에서 내릴 생각은 없다, 비행단장." 테른이 그르렁거리는 사이에 나는 도시 상공을 처음으로 제대로 보았다. 드래곤과 그리폰과 와이번이 가득한 하늘이라니, 창조 신화 속 같았다.

"솔레일이 광산처럼 보이는 밀폐된 입구를 발견했어." 제이든이 말했다. "네가…."

테른이 갑자기 방향을 바꿔 산맥 쪽으로 날았다.

"개릭과 보다가 마을 사람들을 대피시킬 수 있게 네가 엄호할 수 있을지 봐줘." 제이든이 말을 맺었다. "리암이 가는 중이야."

"알겠음." 맥박이 빨라졌다. "테른, 난 정확히 조준을 못해요."

"하게 될 거다." 테른은 이미 결론이 난 것처럼 말했다. "그리폰들 사이에도 지시가 전해지고 있다."

"드래곤이 그리폰한테도 말할 수 있어요?" 눈썹이 저절로 올라갔다.

"당연하지. 인간과 얽히기 전에는 우리가 어떻게 소통했을 것 같으냐."

나는 도시 위를 쏜살같이 나는 테른의 목에 납작 붙었다. 우리는 진료소, 학교, 그리고 줄줄이 이어지는 야외 시장을 지나쳤다. 지금은 불이 붙어 있었다. 마을 중앙 근처에서 쪼그라든 그리폰과 플라이어의 시신 위를 지나칠 때도 처음에 보았던 자주색 로브 차림의 베닌은 보이지 않았다. 속이 뒤집혔다. 와이번 한 마리가 돌아오고 있는 데다가, 스게일이 그 중간에 있는 게 보였다.

"스게일은 혼자서도 잘 버틸 수 있다." 테른이 나를 일깨웠다. "비행단장도 마찬가지고. 우리에겐 명령받은 일이 있어. 집중해라."

집중. 그래. 우리는 무너진 집에서 도망쳐 나오는 가족들을 지나치고, 성벽을 넘어서 산비탈 공터로 향했다. 솔레일의 브라운 클럽테일이 버려진 터널을 덮은 판자를 꼬리로 때리고 있었다. 도로 양옆에 부속 건축물이 몇 채 있긴 했지만 다른 것은 거의 없었다.

그곳으로 다가가던 테른이 왼쪽으로 세게 몸을 돌리는 바람에 안장에서 몸이 홱 돌아가며 끈이 내 다리를 파고들었다. 테른은 날개를 활짝 펼치고 레손을 마주보는 자세로 솔레일 앞을 체공했다. 사람들이 레손 성벽과 우리 사이의 수백 미터를 비명을 지르며 달려오고 있었고, 그들을 이끄는 그리폰 두 마리의 플라이어들은 계속 뒤를 돌아보며 하늘을 살폈다.

그들은 정문 북쪽에서 우리 쪽으로 걸어오면서 붉은 눈을 가늘게 뜨고 사람들의 움직임을 지켜보는 베닌을 보지 못했다. 그 여자의 눈 양쪽으로 번진 붉은 핏줄은 아까 본 와이번 라이더보다 더 확연했고, 긴 파란색 로브를 보자 시계탑이 터져도 살아남았던 지팡이를 든 베닌이 생각났다.

"이미 퓨일에게 말했다. 퓨일이 솔레일을 보호할 거다." 테른이 위협을 향해 방향을 틀면서 말했다.

"사람들에게서 떨어지죠." 피부 아래에서 마력이 지글거리고 있었다.

어린아이 하나가 흙길에 넘어졌고, 아이 아버지가 딸을 안아들고 계속 달리는 모습을 보자 심장이 떨렸다.

데이가 지나갔고, 나는 시야 한구석으로 데이가 착륙하는 모습을 보면서 두 팔을 들어올려 베닌에게 초점을 맞춰 마력을 풀어놓았다.

쾅! 번개가 쳤다. 성벽 한쪽이 무너졌다.

젠장.

"계속 해라. 데이가 시간이 더 필요하다고 한다!" 테른이 재촉했다.

나는 안장에서 몸을 돌리는 실수를 범했다. 리암과 솔레일은 둘 다 땅에 내려가서 마을 사람들을 광산 안으로 들여보내고 있었고, 데이와 퓨일이 대피로 양쪽을 지키고 있었다. 마을 위를 맴돌고 있는 저 와이번 중에 하나라도 이쪽을 눈치챈다면 둘 다 공격받기 쉬웠다. 하지만 그렇게 치면 그들이 지키고 있는 사람들도 마찬가지였다. 그리폰 세 마리가 날아 들어오더니 발톱에 매달고 있던 마을 사람들을 광산 입구에 떨구고 다시 돌아갔다.

다시 베닌을 겨냥하자 에너지가 나를 훑고 지나가더니, 이번에 친 벼락은 우리 오른쪽 산비탈에 있는 부속 건물을 박살냈다. 건물이 무너지면서 판자가 쪼개지고 나무조각이 날아다녔다.

베닌의 주의가 확 위쪽으로 이끌렸다. 그 여자가 나를 발견하자 속이 뒤틀렸다. 여자는 악의가 가득한 붉은 눈으로 왼손을 앞으로 뻗더니, 그 손을 홱 뒤집으면서 공기를 쥐었다. 산비탈에서 바윗덩어리들이 굴러떨어졌다.

솔레일이 두 손을 들어 돌덩어리들이 광산 안으로 달려가는 사람들을 으깨기 전에 산사태를 멈췄다. 솔레일의 팔이 덜덜 떨렸지만 돌덩어리들은 길을 비워두고 대피로 양옆으로 떨어졌다.

나는 베닌 쪽으로 몸을 돌렸다가 숨을 들이켰다.

공기 중에 날것의 마력이 손에 잡힐 듯했고, 베닌이 손바닥을 땅으로 내리고 서자 팔에 난 털이 다 곤두섰다. 그 여자 주위의 풀이 갈색으로 변했다. 야생 클로버 꽃들은 시들고, 잎은 색을 잃고 말라 비틀어졌다.

"테른, 저 여자…"

"채널링이다." 테른이 으르렁거렸다.

베닌이 땅의 정기를 빨아들이는 것처럼 그림자가 번져나가는 동안 나는 다시 한번 마력을 내던졌지만, 이번 벼락은 마음 불편하게도 도로에서 안전한 곳을 찾아 달려오는 낙오자들과 가까운 곳을 때렸다.

"조심해라. 데이가 그러는데 도로 반대쪽 건물에 리암의 집안 문장이 찍힌 나무상자가 있다고 하는구나." 테른은 내가 베닌에게 가깝지도 않은 곳을 또 때리자 말했다. *"그 물질은 아주… 불안정하다고 한다."* 테른은 정보를 전달하느라 말을 멈췄다가 끝맺었다.

"그 건물 걱정은 하지도 않았는데요." 나는 죽음의 원이 테른의 날개 아래까지 번지는 모습을 보며 대꾸하고는, 다시 공격할 태세를 갖추며 테른에게서 마력을 더 뽑아냈다.

단검을 뽑아든 솔레일이 퓨일을 뒤에 달고 베닌에게 돌진했다. 나머지 마을 사람들은 터널로 들어가고 있었다.

그들이 살아남기만 한다면 이건 가치 있는 일이었다.

베닌에게서 죽음의 파도가 밀려 나오더니 도로 한가운데에서 달아나던 민간인을 잡았다. 그 남자는 넘어지더니 소리 없는 비명을 지르면서 몸이 말려들어 껍데기만 남아버렸다.

폐 속의 공기가 얼어붙는 것 같았고 심장이 덜컥거렸다. 저 베닌이 방금….

"솔레일!" 나는 소리쳤지만, 이미 늦었다. 솔레일은 비틀거리다가 죽음의 원 안으로 몇 걸음을 내디뎠고, 퓨일도 그녀에게 다가가다가 다리가 풀려 쓰러졌다. 퓨일의 육중한 몸이 먼지 구름을 일으켰다.

그들은 순식간에 쪼그라들어 말라붙었다. 나는 바이스에 심장이 조인 것처럼 숨을 쉴 수가 없었다. 베닌에게는 이제 전보다 더 큰 힘이 생겼다.

"데이에게 전해요!" 내가 어깨 너머를 돌아보자 리암이 데이에게 달려가고 있었다. 리암에게는 시간이 필요했다.

"이미 전했다." 테른은 화염이 우리를 향해 날아오자 왼쪽으로 몸을 기울였다. 그것을 시작으로 화염이 연이어 날아오자 우리는 도로 건너편으로 물러날 수밖에 없었다.

"솔레일을 잃었어." 나는 제이든에게 말했다.

알았다는 말 대신 슬픔이 밀려왔고, 나는 그게 제이든의 감정임을 알았다.

그리폰들이 날아올랐고, 플라이어들이 사소한 마법을 베닌에게 날리는 동안에도 라이더가 없는 와이번 두 마리가 접근해왔다.

"저들에게 전술을 바꾸라고 해요. 베닌에게 가까이 다가갈 수 없다면 승산이 없어요." 나는 테른에게 말했다.

그리폰들이 경로를 바꿨고, 그 사이 나는 다시 마력을 풀어 베닌에게 좀 더 가까운 곳을 때렸다. 베닌이 나를 노려보더니 날갯짓 소리에 몸을 돌렸다.

개릭과 다른 3학년 낙인자가 다가오고 있었다. 베닌은 수적으로 열세였다. 젠장, 부디 스스로도 그걸 알면 좋을 텐데.

그리폰들이 협력해서 와이번 한 마리를 공격하는 사이, 리암을 태운 데이가 이륙하면서 아래에 번져나가던 죽음의 원에서 벗어났다. 그러나 다른 한 마리의 와이번이 몸을 낮춰 베닌을 향해 날아가고 있었다.

문제의 건물 옆을 바로 지나가는 경로였다.

"저 건물에 불안정한 물질이 있다고 했죠?" 내가 물었다.

"그래."

내가 맞출 자신은 없었지만….

"*기막힌 아이디어다.*"

테른이 지상 6미터 정도에 체공하며 자세를 잡는 사이, 리암은 우리 위쪽에 있던 그리폰들을 향해 날아가면서 다친 와이번의 목구멍에 얼음창을 꽂아넣었다. 피가 흐르고 와이번이 귀를 찢는 비명과 함께 하늘에서 떨어졌다.

하나 해치웠고.

베닌이 도로에 도착했고, 다른 와이번이 그녀를 태울 수 있게 흙길에 미끄러져 내려갔다.

"*지금!*" 나는 외쳤다.

테른이 숨을 깊이 들이마시더니, 와이번이 이륙하는 순간에 불을 내뿜어 건물을 불덩어리로 만들고 그 안에 있던 정체 모를 물건에도 불을 붙였다. 건물이 폭발하면서 주위의 모든 것을 집어삼키자 몰려오는 열기에 내 뺨이 그슬릴 정도였다.

불의 폭풍에 휘말릴 뻔했지만 테른이 왼쪽으로 선회하면서 아슬아슬하게 피했다. 테른의 날갯짓에 일어난 바람이 화끈거리는 뺨을 식혀주는 동안 나는 고함을 지르며 주먹을 들어올렸다. 우리는 와이번 한 마리를 쓰러뜨렸고, 마을 사람들은 상당수가 대피했다. 아무것도 저 폭발에서 살아남을 수는 없었다.

테른이 오른쪽 날개를 꺾고 날카롭게 방향을 틀어 다시 마을을 통과할 태세를 갖췄다. 나는 오른쪽을 보았다가 숨을 훅 들이켰다. 그 엄청난 폭발로 와이번을 죽이지 못했을뿐더러 베닌도 멀쩡하게 살아 있었다….

젠장. 젠장. 젠장!

남쪽 계곡에는 드래곤보다 와이번이 더 많은 상태였고, 나는 타는 듯한 푸른 불줄기가 우리 옆을 지나가도 패닉에 빠지지 않으려 애썼다. 안장 안에서 몸을 빙글 돌리자 꼬리에 붙은 와이번이 보였다. 우리가 기지 벽 주위를 도는 동안 무섭도록 빠르게 접근해오고 있었다.

"*저 많은 와이번을 어떻게 죽여야 해요?*" 나는 공포가 나를 혼란스러운 상태로 끌어내리려 위협하는 닻처럼 가슴에 얹힌 채 테른에게 물었다.

지금 보이는 것만 해도 와이번은 여섯 마리였고, 하나같이 무시무시한 크기에 날카로운 이빨이 달린 채로 우리를 향해 곧바로 날아오고 있었다.

"*우리를 죽이는 방법과 똑같다.*" 테른은 개릭과 보디가 단검을 손에 든 채로 시계탑 베닌을 쫓고 있는 기지 중앙 쪽으로 와이번이 가지 않도록 유인했다.

"*내 손에 크로스볼트는 없는데요!*"

"*그건 없지만 네겐 번개가 있고, 어떤 드래곤의 심장이라도 멈출 수 있지.*"

"*솔레일과 퓨일이 어떻게 죽었는지 모두에게 경고했죠?*" 땅을 디디고 있다면 누구나 그 공격에 취약하다.

"*다들 어떤 위험이 있는지 알고 있다.*"

맙소사. 저 아래엔 아직 아이들이 있었다. 비명을 지르는 아이도 있었고, 가슴 아프게도 어머니의 품에 안겨 가는 죽은 아이도 있었다.

말하는 사람은 없었다.

"*저놈들을 도시 밖으로 끌고 나가야 해.*" 나는 제이든에게 말하면서 허벅지 끈이 버티는 한도까지 몸을 돌렸다. 와이번을 더 잘 보기 위해서였다. 와이번 몇 마리는 시계탑의 잔해 위를 맴돌기 위해 속도를 늦춘 것 같았다.

"*저것들이 원하는 게 저기에 있을 거다.*" 테튼이 말했다.

"*둘 다 동의. 나머지에게 대피할 시간을 벌어줄 수 있다면 뭐든 해.*" 제이든이 대답했다. "*우린 지금 마을 가장자리를 비우고 있어.*" 그는 잠시 말을 멈췄고, 우리의 감정을 가르는 장벽을 뚫고 걱정의 물결이 밀려왔다. "*죽지 마.*"

"*노력 중이야.*"

한 와이번이 급강하했다가 잇새에 인간 다리를 늘어뜨린 채 다시 올라왔다.

우리는 다시 빙 돌아서 무역 기지를 남쪽으로 관통하는 도시 중앙에 있는 보디와 개릭으로부터 멀어졌다. "*따라오지 않는군.*" 테튼이 투덜거렸다. "*끌어내야 하는데.*"

"*저 베닌은 내가 번개를 쳤을 때 싫어하는 것 같았어요.*"

"*넌 위협적이지.*"

"*그렇다면 저놈들의 관심을 끌고 위협을 해보죠.*"

테튼이 동의의 뜻으로 으르렁거렸다.

나는 테튼의 마력이 흘러드는 수문을 열고, 그 힘이 내 몸속에서 요동치며 부풀어오르게 놓아두었다. 그리고 성벽 바깥으로 나가자마자 두 손을 들어올려 힘을 터뜨렸다. 번개가 하늘을 수놓자 와이번 떼가 우리를 주시했고, 그중 한 마리가 비행 패턴에서 벗어나서 독 가시가 돋은 꼬리를 휘두르며 우리 쪽으로 날아왔다. 어쩌면 좋은 생각이 아니었을지도.

"이제 주목은 끝났다." 테른이 상기시켰다.

그랬다. 놈들이 마침내 성벽 바깥에 있었다. 나는 마력을 더 끌어내 휘둘렀다. 쇄도하는 날것의 에너지를 통제하려니 팔이 덜덜 떨렸다. 번개가 한 번 쳤지만 인정하기 싫을 만큼 와이번과 먼 곳에 떨어졌다. 공포가 재 가루 맛으로 입 안을 채웠다. 난 이런 일을 할 준비가 되지 않았다.

"*다시 해봐라.*"

"*통제력이 충분하지가…*"

"*다시 해봐!*" 테른이 명령했다.

나는 테른과 나 사이의 벽을 무너뜨리면서 다시 능력을 썼다. 테른이 채널링하는 에너지가 내 안으로 마구 밀고 들어왔다. 어스름이 깔린 하늘을 찢는 번개가 너무 눈이 부셔서 눈을 깜박거려야 했다.

"*다시!*"

테른이 날아오는 푸른 불덩어리를 피하는 동안 나는 와이번의 위치에만 집중하면서 다시, 또 다시 마력에 몸을 맡겼다. 마침내 번개가 우리 뒤에 있던 와이번 한 마리를 맞춰서 하늘에서 떨어뜨렸다. 그 와이번은 만족스러운 굉음과 함께 산사면에 충돌했다.

"*저 와이번과 연결된 베닌은 어때요?*" 나는 마력에 주도권을 빼앗기지 않도록 통제하려 애쓰면서 덜덜 떨었다. 얼굴에 땀이 줄줄 흘렀다.

"*저것들도 우리와 비슷했으면 좋겠구나. 와이번을 죽이면 라이더까지 죽는 거지. 하지만 라이더 없는 와이번이 저리 많으니 판단하기 어렵다.*"

"*그랬으면 좋겠다니, 지금으로선 썩 좋은 말은 아니네요….*" 나는 안장에서 몸을 돌려 계곡에서 라이더 없는 와이번 두 마리가 더 날아오는 모습을 공포에 질려서 바라보았다. "*사람들이 광산까지 갈 시간이 더 필요해요. 그 시간을 벌어주죠.*"

테른이 동의하는 소리를 냈고, 우리는 빠르게 기지로 다시 날아갔다.

제이든이 와이번 하나를 붙잡고 그림자로 목을 조르는 동안 3학년 한 명은 그 라이더에게 얼음을 던지고 있었고, 다른 네 명은 드래곤의 불과 마법을 조합해서 온갖 방법으로 새로 도착한 와이번들을 끌어내고 있었다.

연습해본 적도 없을 만큼 많은 번개를 불러내자 마력이 불타는 파도처럼 연이어 내 안을 질주했다. 나는 팔을 돌려 정문, 아니 정문이었던 잔해 근처를 날고 있는 와이번에게 다시 번개를 겨냥했다. 그 와이번은 맞추지 못했지만 번개가 빈 탑을 때리면서 사방으로 돌덩이가 날았고, 그중 큰 돌이 와이번의 꼬리를 때리면서 허공에서 빙빙 돌게 만들었다.

테른이 급격히 선회하며 우리는 다시 돌아갔다. 나는 숨을 깊이 들이마시고 번개를 불렀다. 이번 벼락은 만족스러운 소리를 내며 와이번 한 마리의 등을 제대로 때렸다. 거대한 짐승은 새된 소리를 내지르더니 천둥 같은 굉음을 울리며 근처 산비탈에 처박혔다.

다시 선회하여 방금 죽인 와이번이 있는 곳으로 날아가면서 나는 재빨리 세 번의 벼락을 연이어 떨어뜨렸다. 안타깝게도 속도가 빠르다고 정확도가 좋아지는 건 아니었다. 솟구치는 아드레날린도 정확한 조준에 도움이 되지는 않았다. 그래도 나는 정신이 번쩍 드는 폭발을 세 번 더 일으켰고, 그중 하나는 보디의 꽁무니에 붙어 있던 커다란 와이번의 주의를 빼앗아서 보디에게 약간의 시간을 벌어줬다. 보디의 드래곤은 그 사이에 왼쪽으로 급격히 진로를 바꿔 와이번 뒤로 돌아간 다음, 그 질긴 회색 목에 이를 박아 넣었다. 섬뜩한 뚝 소리가 나고, 보디의 드래곤은 입을 벌려 생명을 잃은 와이번의 몸뚱이를 15미터 아래 땅으로 떨어뜨렸다.

"왼쪽으로!" 나는 뒤쪽으로 와이번 두 마리가 더 보이자 외쳤다.

테른에게 방향 전환을 맡겨두고, 나는 속도를 올려 따라오는 와이번에게 최대한 많은 벼락을 치는 데만 집중했다. 팔이 덜덜 떨렸다. 번개가 우리 라이더들까지 때리지 않게 통제하면서 벼락을 칠 때마다 점점 힘이 빠졌다.

스게일이 기지 서쪽 면에 있었는데, 낮게 날고 있는 그 등에서 제이든이 달리듯이 뛰어내려 바닥에 한 바퀴 구르며 내려앉는 모습을 보자 심장이 목구멍으로 기어오르는 기분이었다. 그 즉시 사방에서 그림자가 일어나더니 비명을 지르며 굶주린 와이번의 이빨에서 달아나던 사람들을 감쌌다.

내 뒤를 따라오던 와이번 한 마리가 제이든이 내려선 것을 알아차렸는지, 잠시 날개를 접고 땅으로 곤두박질치다가 마지막 순간에 날개를 활짝 펴면서 매끄러운 그림자들 바로 위를 활강했다. 젠장. 놈은 곧장 제이든을 향해 날며 제이든을 간식처럼 낚아챌 계획이라는 듯이 입을 쩍 벌렸다.

"*제이든!*" 나는 큰 소리로 외쳤지만, 그는 이미 그 와이번을 눈치 채고 그림자로 만든 밧줄을 건물 위 높이 던져 올려 스게일의 머리에 완벽하게 올가미를 걸었다. 스게일은 곧바로 다가오는 와이번을 피해 그를 당겨 올렸다. 제이든은 잠시 그림자 밧줄에 매달려 있는가 싶더니 다음 순간에는 다시 등에 앉아 있었고, 스게일은 다시 선회해서 저공비행으로 마을을 관통했다.

제이든에게 정신을 쏟은 나머지 내 뒤를 따라오던 와이번에 대해 까맣게 잊는 실수를 범했다. 다행히 테른은 잊지 않았고, 점점 더 높이 올라가면서 어지러울 정도로 빠르게 고도를 올려 와이번을 기지에서 유인했다.

"바이올런스!" 제이든이 외쳤다. "밑에!"

나는 아래를 보고 숨을 들이켰다. 푸른 불길이 우리를 향해 치솟고 있었다. "기울여요!"

테른이 급하게 왼쪽으로 몸을 기울이며 내 엉덩이가 안장에서 떨어져 나왔다. 테른이 아슬아슬하게 불길을 피하느라 위아래로 움직이는 동안 나는 안장 끈에 붙들려 있었다. 하지만 테른이 몸을 바로 했을 때도 그 와이번은 아직 따라오고 있었다. 놈이 입을 벌리고 피투성이의 날카로운 이빨을 딱딱거리며 테른의 옆구리에 달려들자 심장이 철렁했다.

"안 돼!" 나는 그놈 쪽으로 번개를 쏘려고 두 팔을 들어올리며 충격에 대비했다. 그때 푸른 그림자가 우리 사이로 쏜살같이 날아들더니, 와이번이 군청색 드래곤의 몸뚱이에 부딪쳤다. 스게일이었다. 스게일의 턱이 빠르고 무자비하게 와이번의 옆구리를 몇 번 씹으면서 살이 뜯어지고 피가 튀었다. 내 평생 본 가장 포악한 공중 식사였다. 뒤이어 스게일은 몸을 뒤집어서 칼날 같은 대거테일 꼬리로 와이번의 머리를 때려 몇백 미터 아래로 날려 보냈다. 죽은 와이번은 날아가서 땅바닥에 처박혔다.

스게일은 속도를 올리더니 몸을 기울여서 우리 바로 옆으로 날아왔다. 그러고는 애정 어린 몸짓으로 테른의 날개 아래로 날개를 스쳤다. 그 몸짓은 턱에서 와이번 피를 뚝뚝 흘리면서 나에게 꽂은 적의에 찬 시선과 완벽한 대조를 이뤘다. 제대로 알아들었다. 제이든의 등을 지키는 건 스게일이 할 일이었고, 내가 할 일은 테른의 등을 지키는 거였다.

나는 안장 안에서 잽싸게 몸을 돌려 와이번이 더 있나 사방을 확인한 다음 테른에게 말했다. "상황을 더 잘 볼 수 있게 위로 올라가죠."

마을 위로 30미터쯤 올라갔을 때 반대쪽에서 리암과 데이가 빠르게 날고 있는 모습이 보였다. 와이번에 탄 베닌 하나가 그 뒤를 따라가고 있었다.

"리암에게 도움이 필요해요!" 나는 서둘러 설명했다.

"간다." 테른은 공중에서 몸을 뒤집었다. 우리는 잠시 허공에 떠 있다가, 테른의 거대한 날개가 허공을 때리면서 방향을 돌려 리암을 향해 날아갔다.

베닌이 지팡이 같은 것을 들어올려 데이에게 파란 불덩이를 쏘았지만 데이는 공격을 다 피해냈고, 그 사이에 리암은 일어서서 데이의 척추를 따라 꼬리로 달려갔다. 마지막 순간에 데이가 꼬리를 휙 털어서 리암을 와이번 쪽으로 날려보냈다. 내가 비명을 지를 새도 없이 리암이 와이번의 등에 내려앉더니, 제이든이 나에게 준 것과 비슷한 룬 문자가 박힌 단검을 뽑았다.

베닌이 휙 돌아보면서 지팡이를 들었지만, 리암은 무자비하도록 빠르고 소름끼치도록 정확한 솜씨로 베닌의 목을 그었다. 순식간에 와이번이 날갯짓을 멈추더니 무거운 몸뚱이가 그대로 땅을 향해 낙하했고, 리암은 데이가 아래를 날아가는 순간에 맞춰서 뛰어내렸다. 데이는 쉽게 그를 잡았다.

왼쪽에서 와이번 한 마리가 거대한 날개를 치면서 우리를 향해 날아왔다.

"테른!" 나는 혈관을 마력으로 가득 채우며 두 손을 올렸지만, 테른이 더 빨랐다. 그는 몸을 돌려 내 세상을 거꾸로 뒤집고는 발톱과 모닝스타테일로 와이번의 목부터 꼬리까지 쭉 긁었다. 허공에서 반으로 갈라진 와이번이 땅바닥에 피의 길을 만드는 동안 우리는 수평 비행으로 돌아왔다.

내 머리에 피가 몰린 건 테른의 곡예 때문만은 아니었다. 이 무역 기지에 있는 민간인들을 지키자고 다들 동의한 후 처음으로, 베닌이 넷이라 우리가 이길 리가 없다는 말을 들은 후 처음으로, 내 가슴에 똬리를 틀고 있던 공포가 물러나려고 했다. 우리는 오늘 정말로 살아남을지도 모른다. 어쩌면.

바로 그때, 바로 위 구름에서 와이번 한 마리가 튀어나오더니 테른을 향해 급강하했다. 놈은 날개를 접으면서 이빨이 달린 창이 되어 속도를 올렸다.

제대로 피할 시간이 부족했다. 몇 초면 도착할 터였다. 그러나 빨간색 그림자가 내 시야를 가득 채우더니, 데이가 나타나서 그 육중한 회색 짐승의 옆구리를 들이받았다.

안도의 한숨을 내쉴 겨를도 없이 그 충돌로 데이의 등에서 튕겨진 리암이 목이 부러질 듯한 무서운 속도로 테른의 목 아래로 날아갔다.

"바이올렛!"

"리암!" 나는 옆으로 지나가는 리암의 발버둥치는 손을 붙잡고 버텼다. 그의

무게를 버티느라 어깨가 부분 탈구를 일으키자 비명이 새어 나왔다. 테른은 날카롭게 아래로 방향을 꺾어 데이를 따라갔다. "꽉 잡아!"

무리한 각도였는데도 리암은 얼굴을 찡그리며 팔꿈치를 대고 기어올라 안장 폼멜을 붙잡았다. 나는 몸을 던져 그의 머리를 감싸고 매달릴 수 있는 모든 것에 매달렸다. 테른은 데이와 육중한 회색 와이번에게 부딪치지 않으면서 가까이 접근하기 위해 몸을 이쪽저쪽으로 기울였다.

몇 미터 사이를 두고 뒤엉킨 그들은 발톱으로 상대방의 비늘을 찢고 이빨을 부딪쳤다. 그러다가 데이가 고통스러운듯이 무시무시한 포효를 울렸다. 내가 공격하기에는 둘이 너무 가까웠고, 번개가 와이번만 때린다는 보장이 없었다.

나로서는 리암을 붙잡고 있는 것밖에 할 수 있는 일이 없었다.

나는 쓰지 않는 무릎 벨트를 잡아서 리암의 상반신을 감고 버클을 채웠다. "이러면 널 데이에게 다시 태울 때까지 버틸 수 있을 거야. 하지만 데이를 피해서 번개를 때릴 자신이 없어!" 나는 바람 소리 속에서 외쳤다.

리암의 눈빛에 깃든 아픔을 보자 숨이 멈췄다.

"왜 그랬어?" 나는 그를 더 가까이 끌어당기려고 가죽옷에 잡을 곳을 찾으면서 외쳤다. 그러다 목깃 뒤쪽을 겨우 잡아서 당겼다. "왜 그런 위험을 무릅쓴 거야?" 맙소사. 그들에게 무슨 일이라도 생긴다면….

리암의 시선이 나와 부딪쳤다. "저 짐승이 테른을 한 움큼 뜯어내려고 했어. 넌 내 목숨을 구했으니까 이젠 내 차례지. 비밀을 숨긴 것에 대해서는 변명할 말 없지만, 우린 친구야, 바이올렛."

그에 대한 대답은 불가능했다. 테른이 다시 선회하면서 리암의 몸이 붕 떠올랐고, 가죽 벨트는 그의 옆구리로 미끄러져 올라갔다. 내가 리암의 비행복 뒤를 꽉 움켜쥐었지만 그걸로는 부족했다. 심장이 몇 번이나 뛰는 동안, 나는 숨도 쉬지 못했고 리암을 잡아야 한다는 절박함 외에는 아무 생각도 할 수 없었다. 그러다가 테른이 다시 수평 비행으로 전환했고, 우리 중 아무도 위험에 빠뜨리지 않고 최대한 데이에게 접근하려고 했다.

그러나 그 순간에 데이와 와이번이 엉킨 채로 급강하를 하면서 데이의 비명이 내 뼛속까지 파고들어왔다.

"어떻게 할 수 없어요?" 나는 테른에게 애원했다.

"노력 중이다!" 테른은 오른쪽으로 꼬리를 올리고 곤두박질쳐서 나선을 그

리며 아래로 떨어져 내려가는 둘 주위를 돌았다. 지금 목숨 걸고 싸우고 있는 건 리암과 데이가 아니라 우리였어야 했다.

신들이시여, 데이가 지고 있었다. 그건 리암이….

나는 목이 꽉 메었다. 안 돼. 그럴 순 없다.

"*이쪽으로 와!*" 나는 제이든에게 외쳤다. 두 손에서 에너지가 파직거렸지만 과녁이 명확하지가 않았다. 그 둘은 너무 빨리 움직이고 있었다.

"*난 성벽 앞에서 베닌을 쫓고 있어!*" 제이든이 대답했다.

"*데이가 목숨 걸고 싸우고 있어!*"

순간 공포가 내 심장을 꽉 붙잡았다. 그건 내가 아니라 제이든의 감정이었다. "*내가 떠나면 여기 사람들은 다 죽어!*"

우리뿐이었다. 전장을 흘긋 보자 다른 드래곤도 각자의 싸움 중이라는 사실을 알 수 있었다. 테른이 꼬리를 휘둘러서 와이번의 뒷다리를 내리쳤지만, 그 망할 짐승은 피투성이가 되어도 데이를 놓아주지 않았다. 오히려 발톱에 힘을 주어 레드 드래곤의 비늘을 더 깊이 파고들었다.

"데이!" 리암의 비명은 생생했고, 목소리가 끝에 가서 갈라졌다.

테른이 달려들어 와이번의 어깨를 물어뜯었지만 그걸로도 부족했다. 테른은 와이번을 공격하기 더 좋은 각도를 잡으려고 빙 돌았다. 그 속도에 리암이 손을 놓칠 뻔했지만 다행히 버클이 버텨줬다.

오른쪽에서 라이더 없는 와이번 한 마리가 날아왔다. "*오른쪽에!*"

테른이 그 어느 때보다 더 빨리 움직여서 새로 나타난 위협적인 와이번의 목을 찢고 헝겊인형처럼 흔들고 나서 수백 미터 아래 산비탈에 떨어뜨렸다. 그런 다음에 테른은 다시 땅을 향해 곤두박질치는 데이와 와이번을 따라잡으려 급강하했다.

불길하고 무거운 공포가 가슴에 자리를 잡았다.

"*우리가 가는 중이야!*" 제이든이 말했다. 하지만 너무 늦을 터였다.

"바이올렛!" 리암이 바람 속에서 외쳤다. 나는 나선을 그리며 강하하는 동안 옆에서 벌어지던 끔찍한 싸움에서 시선을 떼어냈다. "우린 라이더들을 제거해야 해!"

"나도 알아!" 나는 대답했다. "그럴 거야!" 리암이 버텨줘야 했다. 둘 다 버텨야 했다.

"아니야. 그게 아니라…."

테른이 다시 돌진하더니, 우리를 비스듬히 매단 채 이빨로 그 와이번의 날개에 구멍을 하나 더 내고 발톱으로 꼬리까지 긁어냈다. 그래도 그 와이번은 데이를 꽉 붙들고 있었다. 날개가 너덜너덜한 데도 데이를 죽이기 위해서라면 서슴없이 죽겠다는 듯이 데이의 배에 발톱을 박아 넣기만 할 뿐이었다.

"괜찮을 거야." 나는 뺨이 얼얼해지는 바람 속에서 리암에게 다짐했다. 괜찮을 것이다. 땅이 무서운 속도로 다가오고 있지만, 점점 가까오지만, 그저… 괜찮아야만 했다.

데이가 다시 비명을 질렀다. 이번에는 전보다 약하고 높은 비명이었다. 울음소리였다.

"우린 멈춰야 한다!" 테른이 경고했다.

"죽어가고 있어!" 리암은 테른의 등 위로 몸을 던지더니, 마지막으로 자기 드래곤을 만지고 싶다는 듯이 레드 대거테일에게 손을 뻗었다.

"붙잡…." 데이의 고통스러운 비명에 목이 막혀 말이 더 나오지 않았다. 데이의 내장이 빠져나오는데 우리가 할 수 있는 일이 없었다.

와이번이 승리의 포효를 내지르더니 둘이 소름끼치는 소리와 함께 산비탈에 충돌했다. 와이번은 뒷다리와 날개 끝의 발톱으로 절뚝거리며 움직였다.

데이는 움직이지 않았다.

리암의 원초적인 비명이 내 심장을 갈기갈기 찢었고, 테른은 같은 끔찍한 운명에 처하지 않으려고 날개를 활짝 펼치며 급격히 몸을 기울였다.

"데이." 멀어져가는 와이번의 등에 불을 뿜는 테른의 슬픔이 온몸을 관통하고, 앤다나의 울음소리가 머릿속을 채웠다.

아니야. 데이가 죽었다면….

"데이가…." 나는 차마 말을 맺을 수가 없었다.

"죽었다." 테른은 경로를 바꿔 데이가 떨어진 성벽 바깥의 산비탈로 쏜살같이 날아갔다.

아니야. 아니야. 안 돼. 그러면….

"리암!" 나는 친구를 붙들었다. 빠르게 착륙하면서 테른의 발톱이 땅을 파고들어 데이의 시체 가까이 멈춰섰다.

"몇 분밖에 없다." 테른이 경고했다.

"데이." 리암은 테른의 등에서 축 늘어지며 속삭였다.

"내가 데려다줄게." 나는 버클을 더듬거리면서 약속했다. "*데이가 갔어.*" 나는 형편없이 떨리는 목소리로 제이든에게 외쳤다. "*리암이 죽어가.*"

"*안 돼.*" 제이든의 두려움, 슬픔, 압도적인 분노가 내 마음을 휘감았다. 그 감정이 내 감정과 뒤섞이자 숨 쉬기도 고통스러웠다.

몇 분. 우리에겐 고작 몇 분밖에 없었다.

"잠시만 버텨." 나는 리암이 충격과 고통으로 커진 하늘색 눈동자로 나를 올려다보는 모습에 울지 않으려고 버티며 속삭였다. 리암이 나 때문에 포기한 모든 것을 생각하면 이것만이 내가 할 수 있는 최소한의 보답이었다. 나는 리암을 데이에게 데려다줘야 한다. 같은 상황이라면 리암도 나를 테른이나 앤다나에게 데려다줬으리라. 내가 허벅지 버클을 푸는 동안, 테른은 완전히 엎드려서 육중한 몸을 최대한 납작하게 만들었다. 나는 리암의 덩치 큰 몸을 감싸안고 테른의 옆구리를 미끄러져 내려갔다. 내 발은 무역 기지에서 멀리 떨어진 돌투성이 산비탈을 디뎠다.

데이는 떨어진 곳에서 부자연스러운 각도로 몸을 접고 누워 있었다.

이건 불공평했다. 이건 옳지 않았다. 데이는 아니었다. 리암은… 아니었다. 우리 학년에서 제일 강한 둘이었는데. 우리 중에서 최고였는데.

"못하겠어." 리암은 발을 헛디디며 앞으로 고꾸라지면서 말했다.

얼른 달려가서 쓰러지는 몸을 붙잡았지만 리암의 몸이 나에게는 너무 무거워서 둘이 같이 무릎을 꿇고 말았다. "해낼 수 있어." 나는 그의 팔을 어깨에 걸치면서 목메임 속에 애써 말했다. 이제 코앞이었다.

베닌이 온다면, 내가 처리할 것이다.

"못해." 그는 내 옆에 기댄 채로 허물어졌다. 리암의 몸이 축 늘어지면서 나도 뒤로 넘어졌다. 그대로 내 무릎 위에 그의 머리를 올렸다. "괜찮아, 바이올렛." 리암이 나를 올려다보며 말했고, 나는 친구를 더 제대로 볼 수 있게 고글을 머리 위로 올렸다.

리암은 숨 쉬기 힘들어하고 있었다.

"괜찮지 않아." 이 부당함에 비명을 지르고 싶었지만, 그런다고 상황이 달라지진 않을 터였다. 나는 손을 덜덜 떨면서 리암의 비행 고글을 이마로 올리고 흘러내린 금발 머리카락을 쓸어올렸다. "아무것도 괜찮지 않아. 제발 버텨줘."

결국 밀어 넣지 못한 눈물이 리암의 뺨으로 흘러내리는 가운데 애원했다. "살아남아줘. 제발, 리암. 싸워줘."

"난간다리에서…." 리암의 얼굴이 고통에 일그러졌다. "내 동생은… 네가 돌봐줘야 해."

"리암, 아니야." 나는 눈물에 목이 멘 채로 꺽꺽대며 말했다. "네가 거기 있을 거야." 나는 그의 머리를 쓰다듬었다. 리암은 멀쩡했다. 육체적으로는 더없이 멀쩡했건만 그런데도 내 눈 앞에서 죽어갔다. "네가 거기 있어야지." 리암은 몇 년 동안 보지 못한 동생에게 웃으면서 보조개를 보여줘야 했다. 동생에게 그동안 써둔 편지 다발을 줘야 했다. 이 모든 일을 겪고 나서, 그 정도 보상은 얻어야 마땅했다.

나 때문에 죽어서는 안 되는 사람이었다.

"*테른.*" 나는 울며 애원했다. "*어떻게 해야 할지 알려줘요.*"

"*네가 할 수 있는 일은 없다, 은빛 아이야.*"

"우리 둘 다… 내가 못 간다는 걸 알잖아…. 슬론은 네가 돌보겠다고… 약속해줘." 리암은 호흡이 거칠어지는 와중에도 나와 눈을 마주치며 부탁했다. "약속해."

"약속할게." 나는 눈물을 닦지도 못하고 그의 손을 꼭 잡으며 속삭였다. "슬론은 내가 돌봐줄게." 리암은 죽어가고 있었고, 내가 할 수 있는 일은 없었다. 아무도 할 수 있는 일이 없었다. 어떻게 그 대단하다는 힘이 이토록 쓸모없을 수가 있을까?

내 엄지손가락 아래 맥박이 느려졌다.

"좋아. 잘됐어." 리암은 희미한 미소를 짜냈고, 보조개가 얼핏 나타났다가 표정이 무너지면서 사라졌다. "그리고 네가 배신당한 기분인 줄은 알지만… 제이든에겐 네가 필요해. 그냥 살아 있으라는 의미가 아냐, 바이올렛. 제이든에겐 네가 필요해. 제발 제이든의, 말을 끝까지, 들어줘."

"알았어." 나는 눈물 젖은 미소를 만들어내며 계속해서 고개를 끄덕였다. 지금은 리암이 어떤 요구를 해도 들어줘야 했다. "고마워, 리암. 내 경호원이 되어줘서 고마워. 내 친구가 되어줘서 고마워." 눈물이 더 쏟아지면서 리암이 흐릿하게 보였다.

"내가, 영광, 이었지." 리암의 폐가 몸부림치면서 가슴이 들썩거렸다.

돌풍이 불어와서 내 얼굴에 흘러내린 머리카락을 날렸다. 몇 초 후, 제이든이 우리에게 달려오는 것을 느꼈다. 그의 격한 감정이 내 감정을 압도했다.

"안 돼, 리암." 제이든은 목이 메어 우리 앞에 주저앉았다. 그의 얼굴 근육은 표정을 제어하려고 애쓰고 있었지만, 우리의 정신적인 연결에 밀려오는 절망까지 숨길 수는 없었다.

"데이." 리암이 제이든 쪽으로 고개를 돌리며, 목이 졸리는 듯이 속삭임을 내뱉었다.

"알아, 형제." 제이든의 턱에 힘이 들어갔고 리암 위로 우리의 시선이 얽혔다. 내 눈에는 눈물이 넘치고 있었다. "나도 알아." 제이든은 앞으로 몸을 기울여 리암을 들고 일어섰다. "내가 데려다줄게."

제이든이 데이의 시신이 있는 곳까지 자갈투성이 땅을 천천히 걸어가면서 무슨 말을 했는데, 내가 무릎 꿇고 있는 자리에서는 들리지 않았다. 나는 돌멩이가 가죽옷 위로 무릎을 파고드는 가운데 제이든이 작별 인사 하는 모습을 지켜보았다.

제이든은 리암을 내려서 데이의 흠 없는 어깨에 기대 앉히고 그 옆에 무릎을 꿇고서 리암의 말에 천천히 고개를 끄덕였다.

와이번의 울음소리가 하늘을 찢자 나는 본능적으로 위를 보았다.

계곡 높은 곳에서 퍼덕이는 회색 날개로 이뤄진 구름이 우리 쪽으로 다가오고 있었다. 와이번이었다. 무려 수십 마리의 와이번이었다.

"*계곡을 봐!*"

둘 다 하늘을 보더니 리암의 고개가 천천히 돌아갔다.

제이든이 고개를 숙였다. 내 호흡이 얼어붙는 가운데 순간적으로 위협과 슬픔이 폭발하듯 그림자가 그의 주위를 휘몰아쳤다.

몇 초 후, 소리 없이 영혼을 부수는 그의 비명이 엄청난 힘으로 내 머릿속을 채우면서, 심장이 돌바닥에 떨어진 유리잔처럼 박살이 났다.

물어보지 않아도 알았다. 리암이 죽었다는 것을.

리암, 내 경호원 신세에 조금도 불평하지 않은 리암, 언제나 주저 없이 도와주던 리암, 우리 학년 최고임에도 뻐긴 적이 없던 리암. 그 리암이 나를 지키다가 죽었다. 신들이시여. 그런데 나는 한 시간 전에 그에게 우리가 진짜 친구냐고 소리치며 몰아세웠다.

고작 저 짐승 한 마리가 내 친구를 죽였다. 그렇다면 하늘을 뒤덮은 저 많은 놈들이라면 대체 뭘 더 할 수 있을까? 피투성이 와이번 한 마리가 우리를 향해 급강하하자 테른이 내 위로 날개를 펼쳤다. 머리 위에서 테른의 이빨이 부딪치는 소리와 날카로운 울음소리가 들리더니 날개가 내려갔다.

"*땅 위에 있으면 우리가 과녁이 된다.*" 그 와이번이 날아가는 모습을 보며 테른이 말했다.

"*그렇다면 사냥하는 쪽이 되자고요.*" 내가 비틀거리며 일어나는 순간, 제이든이 내 쪽으로 달려오는 모습이 보였다.

"바이올런스!" 제이든이 결심을 굳힌 얼굴로 내 어깨를 잡았다. "리암이 너에게 저 무리에 라이더가 둘 있다고 전하랬어."

"왜 당신이 아니라 나에게…." 가슴에 쇳덩이가 떨어진 기분이었다.

"내가 최대한 오래 와이번을 막아야 한다는 걸 알기 때문이지." 그는 마치 다시 보지 못할 사람처럼 내 얼굴을 찬찬히 보았다.

"그리고 저것들을 다 죽일 수 있는 건 나고." 그렇게 능력을 많이 쓰면 나도 죽고 말 테지만, 그래도 내가 우리에게 있는 최선의 방책이었다. 제이든이 살아남을 최선의 방책.

"넌 저것들을 죽일 수 있어." 그는 나를 끌어당겨 이마에 키스했다. "네가 없으면 나도 없어." 그는 입술을 댄 채로 말했다. 그리고 내가 반응하기도 전에 계곡 쪽으로 몸을 돌리더니 두 팔을 들어올렸다. 그가 피워올린 그림자 벽이 능선과 능선 사이 공간을 채웠다. "*가! 최대한 시간을 벌어줄게!*"

일분일초가 중요했고, 이게 나의 마지막… 우리의 마지막이 될 것이다.

나는 심장이 한 번 뛰는 사이에 어깨 너머로 테른을 지나 불타는 무역 기지의 폐허를 보았다. 그 위를 맴도는 와이번에게서 달아난 마을 사람들이 성벽에서 도망치고 있었다. 우리의 실패를 보자 속이 내려앉았다. 우리는 민간인을 모두 대피시키지 못했다.

심장이 한 번 더 뛰는 동안 그리폰 한 마리가 연무 속을 날아가고, 그 뒤를 드래곤에 올라탄 개릭과 이모젠이 따르는 모습을 보며, 연기에 흐려진 공기를 더듬더듬 들이마셨다. 다른 사람들이 아직 살아 있기를 빌 수밖에 없었다.

심장이 세 번째로 뛸 때 리암과 데이의 생명 잃은 몸뚱이를 돌아보았고, 분노가 지금까지 휘둘러본 어떤 번개보다 더 빠르게 혈관 속으로 밀어닥쳤다. 제이든의 그림자 벽 뒤에 있는 와이번 떼는 데이에게 그랬듯이 테른과 스게일을 찢어놓을 것이다.

그리고 제이든은… 아무리 강하다 해도 그들을 영영 붙잡아둘 수는 없다. 그는 이미 너무 큰 힘을 통제하느라 팔을 떨고 있었다. 몇 달 전, 참나무 밑에서 제이든이 불렀던 이름 그대로가 되지 못한다면… 바이올런스가 되지 못한다면, 제이든이 제일 먼저 죽을 터였다.

와이번은 수십 마리였고, 나는 하나였다.

나는 브레넌처럼 전략적이면서 미라처럼 대담하게 행동해야 했다.

나는 어머니와 전혀 닮지 않았다는 사실을 스스로에게 증명하려 노력하면서 지난 1년을 보냈다. 나는 냉정하지도 무정하지도 않다고.

그러나 어쩌면 인정하기 싫을 만큼 어머니를 닮은 부분이 있는지도 모르겠다. 바로 지금, 내 친구와 그의 드래곤의 시체를 옆에 두고 서서 나는 오직 저 개자식들에게 내가 얼마나 폭력적일 수 있는지 보여주고 싶을 뿐이니 말이다.

나는 고글을 내려 쓰고 테른의 어깨로 돌아서서 잽싸게 등으로 올라갔다. 지금처럼 서로의 감정이 이어져 있을 때는 이륙하라고 할 필요도 없다. 우리는 같은 것을 원했다.

복수.

내가 허벅지 끈에 버클을 채우는 사이 테른은 무거운 날개를 치면서 튕기듯이 날아올랐다. 피 묻은 와이번이 되돌아오고 있었다. 테른은 곧장 그놈에게 날아갔다. 그게 방금 우리 친구들을 죽인 놈이든 아니든 상관없었다. 놈들은 모조리 죽어야 한다.

나는 거리가 가까워지자마자 두 손을 들어올리고 목청 비명을 내지르면서 마력을 풀어놓았다. 번개는 첫 방에 그 와이번을 때려 성벽 근처에 곤두박질치게 만들었다.

하지만 나는 왼쪽에서 오는 놈을 미처 보지 못했다.

테른이 고통스러운 포효를 내지르기 전까지는.

37

하지만 셋째는 하늘에 명하여 가장 큰 힘을 넘겨받고는, 마침내 시샘하는 형을 굴복시켰습니다. 끔찍하고도 엄청난 대가를 치르고서요.

— 〈근원〉, 《불모지 민담》

안장 위에서 몸을 홱 돌리자 솔리엘을 죽인 베닌이 장검을 쥔 모습이 보였다. 붉은 눈 주위로 핏줄이 나뭇가지처럼 번져나간 베닌이 그 검을 테른의 날개 아래 비늘 사이에 꽂아넣은 참이었다.

"*등 위에 베닌이 있어요!*" 내가 테른에게 소리치는 사이에도 베닌은 내 머리를 향해 불덩이를 던졌다. 뺨을 스치고 지나가는 열기가 느껴질 정도로 아슬아슬했다.

테른이 몸을 기울이고는 내 무게가 안장 뒤로 쏠릴 만큼 아찔한 상승 비행을 선보였지만, 베닌은 발이 날아다니는 공중에서도 비늘에 꽂은 장검을 붙들고 버텼다. 그리고 테른이 수평 비행으로 바꾸자마자 다음 먹잇감은 너라는 듯이 나를 쳐다보더니, 불굴의 의지가 담긴 눈빛으로 나에게 걸어오면서 끝이 녹색인 톱니 모양의 단검을 쥐었다.

"*라이더 없는 와이번 세 마리가 꼬리에 붙었다!*" 테른이 외쳤다.

젠장! 뭔가 내가 놓치고 있는 게 있다. 분명히 공부한 시험의 답안처럼 간질간질하게 떠오를 듯 말 듯했다.

"드래곤 라이더치고 좀 작지 않나?" 베닌이 식식거리는 소리로 물었다.

"널 죽이기엔 충분히 커." 내가 어떻게든 하지 않으면 테른과 나는 죽은 목숨이었다.

"수평을 유지해줘요." 나는 허벅지 끈을 풀면서 테른에게 말했다.

"좌석에서 벗어나면 안 된다!" 테른이 으르렁거렸다.

"저게 테른을 죽이게 둘 순 없어요!" 나는 일어서서 제이든이 오늘 준 단검 두 자루를 뽑았다. 그 모든 시합, 그 모든 장애물, 이모젠과 훈련실에서 보낸 그 모든 시간, 제이든이 매트 위에서 훈련시킨 그 모든 시간이 제값을 할 것이다. 그렇지? 이것도 그냥 시합일 뿐이야…. 진짜 흑마법사와… 난간다리 위에서 벌이는….

그것도 움직이면서 날아다니는 난간다리지.

"좌석으로 돌아가!" 테른이 명령했다.

"저 여자를 떨쳐내야 하잖아요. 저게 테른을 다시 찌를 거예요. 내가 죽여야 해요." 나는 두려움을 밀어냈다. 지금은 두려워할 여유도 없다.

나는 스러져가는 햇빛과 아래에서 불타는 도시의 으스스한 빛에 의지해 첫 번째 단검 공격을 피했고, 두 번째에는 몸을 숙이고 팔뚝을 들어올려 내리찍는 공격을 막았다. 내 얼굴을 향해 날아오던 금속이 멈추면서 그 충격으로 뼈 하나가 부러지는 소리가 났다.

극도의 통증으로 잠깐 멈춘 사이에 내 손에서 단검이 날아갔다. 이제 하나밖에 남지 않았다. 심장이 쿵쾅거리는 가운데 테른의 가시에 발이 걸려 비틀거렸다. 욱신거리는 팔을 붙잡을 틈도 없이 그 여자가 끝이 녹색인 단검을 휘두르며 접근해왔다. 마치 그 여자는 내 움직임을 내보다도 먼저 아는 것 같았다. 잠깐 싸워본 것만으로도 내 방식에 적응했다는 듯이, 모든 공격을 더 빠른 공격으로 받아쳤다. 말도 안 되게 빨랐다. 제이든이나 이모젠이라 해도 이렇게 빠르게 움직인 적은 없었다.

나는 가까스로 공격을 다 피했지만, 내가 방어하는 쪽이라는 건 분명했다. 그 여자는 심지어 가죽옷도 아니고 펄럭이는 로브 차림인데도….

그 순간 옆구리에 뜨겁고 날카로운 통증이 일었다. 그 여자의 단검 하나가 옆구리에 꽂힌 걸 보고 나는 믿을 수 없다는 듯이 뒤로 넘어졌다. 그건 드래곤 비늘 갑옷 바로 아래였다.

테른이 포효하고 앤다나가 날카로운 비명을 질렀다.

"바이올렛!" 제이든이 소리쳤다.

"저 여자 너무 빨라!" 나는 단검이 위치상 치명적인 곳을 찌르지는 않았다고

생각하고, 구역질을 참으면서 하나 남은 단검을 반듯하게 잡고 옆구리에 꽂힌 단검을 잡아뺐다. 하지만 뭔가가 잘못됐다. 상처가 불타는 느낌이었다. 타는 듯한 독이 혈관을 질주하는 가운데 균형을 잡으려고 애써야 했다. 옆구리에서 뽑아낸 단검 끝은 이제 녹색이 아니었다.

"참으로 개발이 안 된 힘이로군. 우리가 여기로 불려온 것도 당연해. 넌 하늘에 명하여 모든 힘을 넘겨받을 수도 있건만 보나마나 그 힘으로 뭘 어떻게 할지 모르겠지? 라이더들은 늘 그렇지. 너를 찢어 열고 그 놀라운 번개가 어디에서 오나 보겠다." 그 여자가 반대쪽 단검을 흔들자, 나는 그녀가 나를 가지고 놀고 있음을 깨달았다. "아니면 그분에게 맡길 수도 있겠지. 내 스승에게 널 넘긴다면 차라리 죽기를 애원하게 될 거다."

베닌에게 선생이 있어?

그렇다면 저 여자도 나처럼 학생이었건만, 치명적으로 나보다 뛰어났다. 그 여자가 단검을 어느 손에 쥐었는지 따라가기에도 벅찼다. 팔은 욱신거리고 옆구리는 비명을 질렀다.

"전장을 유리하게 만들어!" 제이든이 지시했다. 그가 힘을 쪼개자 왼쪽 절벽에서 그림자가 쇄도하며 우리 주위에 칠흑의 구름을 둘렀다.

그리고 나에겐 빛의 힘이 있었다.

이제 통제권을 쥔 쪽은 나였고, 나는 테른의 등을 손바닥처럼 잘 알았다. 테른의 어깨 경사를 느낄 수 있게 오른쪽으로 이동하면서 격투 자세를 취하고 멀쩡한 손에 단검을 쥔 다음, 어둠 속에서 내 힘을 터뜨려 하늘을 밝혔다. 아주 잠깐, 귀중한 한순간의 스파크.

베닌은 어둠 속에서 방향감을 잃고 등을 돌리고 있었다. 나는 그 여자의 갈비뼈 사이, 제이든이 몇 달 전에 알려줬던 바로 그 치명적인 부위에 룬 문자가 새겨진 단검을 꽂았다가 뽑았다. 그 단검을 잃을 순 없었다. 베닌은 뒤쪽으로 비틀거리더니 얼굴이 잿빛이 되어 테른의 등에서 떨어졌다.

나는 비틀거렸다. 혈관에 들어온 독이 점점 더 거칠게 타오르며 안에서부터 내 몸을 태우고 있었다.

"베닌은 죽었어." 가까스로 말했다. 테른, 제이든, 앤다나, 스게일… 누구든 듣고 있을 상대에게 말을 던졌다. 그림자가 떨어져 나가면서 스러져가는 황혼의 빛이 보였다. 나는 칼에 찔린 부위에서 흘러내리는 피를 멈추려고 옆구리를

붙잡은 채 비틀비틀 안장으로 걸어갔다.

"*다쳤구나.*" 테른이 책망했다.

"*난 괜찮아요.*" 나는 크게 뜬 눈으로 손가락 사이에 새어 나오는 검붉은 핏덩이를 보면서 거짓말을 했다. 좋지 않았다. 정말 좋지 않았다. 이런 부상을 입은 채로 격투를 더 할 수는 없을 테고, 곧 능력을 쓰기도 힘들 만큼 약해질 터였다. 피와 함께 힘이 빠져나가고 있었다. 단검을 칼집에 넣었다. 지금 나에게 가장 좋은 무기는 오직 내 머리였다.

나는 심호흡을 하면서 심장 박동을 안정시키고 생각하려 했다.

"*놈들이 떨어지고 있다.*" 테른의 말에 옆구리를 보던 시선을 돌리자, 와이번 세 마리가 하늘에서 떨어져서 땅바닥에 충돌하는 광경이 보였다.

라이더 없는 와이번.

베닌이 만들어낸 와이번.

내가 베닌 하나를 죽였기 때문에 나머지가 죽은 것이다.

리암이 내게 전하려던 말이 바로 그거였다. 드래곤이 죽으면 라이더도 죽는다. 하지만 베닌이 죽으면 베닌이 만들어낸 와이번도 죽는다. 전부 다. 그게 이 전장의 모두를 구할 방법이었다.

제이든이 붙잡아두고 있는 무리에 라이더가 둘 있었다.

"*라이더들을 제거해야 해요.*"

"*그래.*" 테른은 내 생각을 이해하고 동의했다. "*훌륭한 아이디어다.*"

"*목숨 건 도박을 할 생각 있어요?*" 내가 틀렸다면 우리 둘 다 죽을 테고, 제이든과 스게일도 죽을 것이다.

"*널 믿고 내 목숨을 걸겠다. 첫날부터 그랬듯이.*" 테른은 선회하여 계곡으로 다시 날아가면서 말했다. 다른 드래곤들이 라이더를 태우고 따라왔는데, 테른의 명령에 따르는 게 분명했다. 개릭과 개릭의 브라운 스콜피언테일만이 우리보다 앞서 있었는데, 낮고 빠르게 제이든을 향해 날고 있었다. "*베닌 셋은 죽었지만, 하나는….*"

나는 자기 키만 한 지팡이를 든 베닌이 암흑 속에서 걸어나오며 적의로 가득한 시선을 제이든에게 던지는 모습을 보고 공포에 질렸다.

"왼쪽으로!" 나는 제이든에게 소리 질렀다.

스게일이 휙 돌아 베닌에게 화염을 쏘았지만 그건 멈칫거리지도 않았다.

개릭이 좌석에서 몸을 내밀고 단검을 던졌지만, 채 닿기도 전에 로브 입은 베닌이 지팡이로 땅을 내려치더니 처음부터 그곳에 없었던 것처럼 사라져버렸다. 이동한 것이다. 그렇지만 어디로?

"뭐야?" 나는 바람에 대고 외쳤다.

"*장군은 다른 장군을 알아볼 수 있지. 저게 저것들의 지도자다.*" 테른이 말했다. 그 스승이라는 놈?

"*놈들을 더 붙잡아둘 순 없어!*" 제이든이 외쳤다. 우리가 계곡 입구로 맹렬히 날아가는 사이에도 제이든이 쳐든 팔이 어찌나 심하게 흔들리는지 몸이 다 뜯어질 것만 같았다.

"*새로운 작전이야.*" 나는 테른이 최대치로 속도를 내는 가운데 제이든에게 말했다. "*당신이 그림자를 거둬야겠어.*"

"*뭐?*" 그는 이미 약해지고 있었다. 그의 그림자를 뚫고 나오려 필사적인 와이번의 형상을 보면 알 수 있었다.

"*이렇게나 고통이 많다니.*" 앤다나의 목소리에 담긴 아픔이 내 정신을 흐트러뜨렸다.

무역 기지 쪽으로 고개를 홱 돌리자 번득이는 금빛이 보였다. 심장이 멈추는 기분이었다. "*안 돼! 여긴 너에게 안전하지 않아!*"

"*네겐 내가 필요해!*" 앤다나가 외쳤다.

"*제발 숨어. 우리 중 하나는 살아남아야지.*" 내가 말하는 사이에도 테른은 제이든과 스게일을 지나쳐서 날고 있었다.

"*제이든, 그림자를 거둬들여. 그게 유일한 방법이야.*"

"*테른!*" 스게일이 한 번도 들어본 적 없는 공포가 깃든 목소리로 외쳤다.

"*나한테 그런 요구는 하지 마.*" 제이든의 목소리마저 떨렸다. 원하든 원하지 않든 그림자 벽은 내려가고 있었다. 그는 소진되기 직전이었다.

"*제이든, 당신이 나를 조금이라도 믿는다면, 지금 날 믿어야 해.*" 나는 타는 듯한 옆구리의 아픔 속에서 숨을 몰아쉬며 제이든이 했던 말을 되풀이했다. 제이든이 나를 믿어주지 않는다면 그가 소진되어 버리고 말 것이다.

"*젠장!*" 눈 깜박할 사이에 그림자 벽이 사라지더니 와이번이 무시무시한 속도로 우리를 향해 날아왔다. 내가 해내지 못한다면 아무도 살아남지 못할 것이다. 와이번이 너무 많았다.

"*더 강한 쪽 라이더를 찾아줘요, 테른.*" 그게 최선의 도박이었다. 유일하게 가능성 있는 도박.

우리는 충돌하기 직전이었다.

"*제이든, 내가 그 라이더를 제거하면 하나만 남아. 그놈만 죽이면 나머지 와이번은 다 떨어질 거야.*"

"*가고 있어.*"

하지만 내가 먼저 도착할 터였다. 테른이 스게일보다 빨랐다. "*당신은 이렇게 오래 놈들을 붙들어둔 것만으로도 우릴 구했어.*"

제이든이 대답하려는 순간, 나는 집중하기 위해 그를 차단했다.

테른이 고개를 이쪽저쪽으로 돌리면서 탐색을 했고, 나는 마음속 아카이브의 대리석 바닥에 한쪽 발을 단단히 디딘 채로 마지막 남은 벽을 무너뜨렸다.

"*저기다.*" 테른이 오른쪽을 돌아보며 말했다. "*저놈.*"

날아오는 와이번 떼 구석에 진홍색 핏줄이 관자놀이를 지나 뺨까지 내려온 베닌이 앉아 있었다.

"*확실해요?*"

"*그래.*"

와이번 떼에게서 파란 불덩이가 날아왔지만, 내가 숨도 들이키기 전에 계곡 가장자리에서 그림자의 격류가 올라와서 불을 꺼버렸다.

마력이 뼛속에 물결치고, 억지로 몸에 담은 엄청난 에너지 때문에 내 존재 자체가 진동했다.

"*네 작전이라는 게 와이번 등에 뛰어내리는 건 아니겠지?*" 내 숨이 가빠지자 테른이 물었다. 몇 초만 있으면 우리는 그들과 충분히 가까워질 것이었다.

"*그럴 필요가 있나요.*" 나는 말했다. "*그 베닌이 하는 말 못 들었어요? 난 하늘에 명해서 모든 힘을 넘겨받을 수 있다고요. 다만 그러려면 테른의 힘이 모조리 필요하겠죠.*" 나는 고유 능력을 풀어놓고 와이번을 한 번 때렸다가 빗맞히고, 다시 때려서 또 빗맞혔다.

제이든은 나를 산 채로 태울 기회도 주지 않고 파란 불덩어리가 날아오는 족족 꺼버렸고, 내가 한계까지 번개를 때리고 또 때리는 사이에 놈들이 거의 다가왔다.

나는 정확히 겨냥할 수 없었다. 준비가 되지 않았다. 1년이나 2년만 더 연습을 한다면 몰라도 지금은 아니었다. *"더 필요해요, 테른!"*

"네가 소진될 거다, 은빛 아이야!" 테른은 제이든이 놓친 불을 피하면서 으르렁거렸다. *"넌 이미 한계까지 왔어."*

다시 들어올리는 두 팔이 덜덜 떨렸다. *"이게 내가 저들을 구할 수 있는 유일한 길이에요. 난 스게일을 구할 수 있어요. 테른은 살지 말지 결정하기만 하면 돼요. 내가 살지 못한다 해도요."*

"또 한 명의 라이더가 한계를 몰라서 죽는 꼴을 눈뜨고 보진 않겠다. 한 번만 더 번개를 치면 마지막이다. 난 네 체력이 약해지는 걸 느낄 수 있어."

"난 내가 뭘 할 수 있는지 정확히 알아요." 약속하는 사이에 다시 한번 마력이 내 몸을 가득 채웠고, 심장은 적절한 리듬을 찾으려 애쓰며 질주했다. 뜨거웠다. 욕 나오게 뜨거웠다. 몸이 불타오를 수도 있을 것 같았다. 마력을 지나치게 많이 받았다. *"난 나오린이 아니에요."*

베닌 라이더가 이를 드러낸 모습이 보일 정도로 가까이 날아오자 공포가 나를 집어삼키려 했지만, 그건 나의 공포가 아니었다. 테른의 공포였다.

"내가 돕게 해줘!" 앤다나가 외쳤다. 내 심장은 혈관을 타고 흐르는 에너지 때문에 덜컹거리면서도 부풀어 올랐다. 앤다나가 어디 있는지 찾아볼 시간은 없었다. 그저 아직 기지 안에 있기를 빌 뿐이었다.

"나에게 필요한 만큼만이야." 나는 앤다나에게 말했다.

나는 침을 꿀꺽 삼키고 멀쩡한 손으로 피 묻은 단검을 움켜쥐면서 와이번의 벽을 향해 날아갔다. 앤다나의 금빛 마력에 손을 뻗자, 그 힘이 등골을 타고 내려가다가 터지면서 우리 주위의 시간이 멈췄다.

테른이 날개를 펼치고 공중에 체공하는 사이, 와이번은 마력으로 앤다나의 마법과 싸우면서 조금씩, 조금씩, 우리에게 다가왔다.

나는 저 베닌을 죽이고 싶다. 신들이시여, 정말 죽이고 싶습니다.

"지금!" 나는 그 베닌을 향해 두 팔을 밀어내며 번개가 하늘을 찢도록 명했다. 번개는 사방으로 갈라지며 하늘을 찢었다. 그 은청색 가지 중 하나만 통제하면 된다. 베닌에게 제일 가까운 번개 줄기에 집중해서 시간을 거스르며 아래로 천천히 끌어내렸다. 벌벌 떨리는 팔에 마지막 힘을 끌어모아 번개 줄기를 조금씩 베닌 위로 옮기려니 테른의 마력이 내 몸의 한계를 밀어붙이는 느낌이 났다. *"더요, 테른!"*

테른이 포효하자 번개 그 자체가 내 몸을 관통했고, 앤다나의 능력이 사그라드는 가운데 폐를 지글지글 태우며 호흡마저 새까맣게 태웠다. 곁에 없어도 앤다나가 기진맥진하는 것을, 앤다나의 힘이 약해진 것을 느낄 수 있었다. 그러나 나는 필요한 만큼만 썼다. 앤다나는 오늘 살 것이다. 설령 앤다나 혼자만 산다 해도, 살 것이다. 심장이 몇 번 뛸 시간만 있으면 충분했다. 그렇지 않으면 이 어마어마한 힘이 나를 태워버리고 말 것이다.

제이든이 내 차단막을 뚫고 비명을 질렀다. 그의 고통과 두려움은 내가 견딜 수 있는 수준이 아니었다. 그러나 그에게 주의를 돌릴 시간이 없었다. 내가 성공하지 못하면 어떻게 될지 생각할 시간도 없었다. 지금 나는 내 어머니라 해도 자랑스러워할 법한 냉정한 태도로 복수에 집중했다.

피부가 지글지글 끓는 가운데 겨우 번개를 제자리로 끌어내린 나는 시간을 풀고, 똑바로 앉아서 그 번개가 베닌을 때리는 모습을 정확히 지켜보았다. 번개는 닿자마자 베닌을 죽였다. 그의 몸은 마치 시간이 아직 얼어붙어 있는 것처럼 천천히 와이번 위에서 떨어졌다.

다음 순간, 절반이 넘는 와이번이 직접 번개에 맞은 것처럼 하늘에서 떨어졌다. 그리고 내가 목적을 이룰 때까지 기다렸다는 듯이 옆구리 상처가 산 채로 나를 태우려 들었다.

"왼쪽!" 테른이 포효하면서 살의가 가득한 눈으로 우리에게 달려드는 와이번과 라이더를 향해 몸을 돌렸다. 그때 그림자 밧줄 하나가 날아오르더니 베닌의 목에 감겼고, 테른은 왼쪽으로 몸을 기울이면서 공격을 피했다. 그런 와중에도 나는 가까스로 앉아 있었다.

제이든이 베닌을 와이번의 등에서 끌어내려 아래로 잡아당겼다. 정확히 제이든이 뻗은 손에 쥐고 있는 단검 위로.

젠장. 가끔씩 저 남자가 미치도록 위험하다는 걸 잊는다니까.

모두가 안전해진 걸 확인한 후에야 나는 중력에 항복했고, 내 몸은 테른의 등에서 미끄러졌다.

"바이올렛!" 떨어지면서 제이든의 목소리를 들었다.

38

잘 모르는 독을 발견했다면 모든 해독제를 다 써보는 것이 최선이다. 어차피 환자는 죽을 테지만, 이렇게 하면 힐러만이라도 배우는 게 있다.
— 프레데릭 소령, 《힐러를 위한 현대 안내서》

나는 오늘 죽을지도 모르겠다.

맹렬한 바람이 내 옆을 스쳐 지나가고 내장이 저 위 어딘가에 있는 것 같다. 내가 떨어지고 있기 때문이다.

끝없이 떨어진다.

테른이 포효한다. 패닉이 깃든 음성을 듣고 힘겹게 눈을 떠보니 테른이 나를 향해 급강하하는 모습이 보인다. 하지만 머릿속에서는 테른을 느낄 수가 없다. 아카이브 바닥을 디딘 내 발도 느낄 수 없고, 마력에 접근할 수도 없다. 나는 기반을 잃고 잘려 나왔다.

등이 뭔가에 부딪치면서 폐에서 공기가 빠져나가고, 하강이 느려지기는 하지만 멈추지는 않는다. 반짝이는 금빛이 올라오다가 내 주위에서 약해진다. 바람이 잠잠해지고 혼란과 파멸의 소리가 멈추는데도 내 안의 불은 더 맹렬하게 날뛰며 불타는 이빨로 나를 집어삼키려 든다.

시간이다.

앤다나가 남은 힘으로 시간을 멈춘 것이다.

나는 앤다나의 등에 얹힌 채로 떨어지고 있다…. 앤다나는 나를 짊어질 만큼 힘이 세지 않지만, 그래도 이 전장에 날아들 만큼은 용감하니까. 이제는 눈도 타들어가는 것 같다. 앤다나가 여기 있으면 안 되는데. 앤다나는 몸집이 세

배는 큰 와이번에게서 안전하도록 기지 안에 숨어 있어야 하는데.

그런데 와이번이 남아 있던가? 우리가 다 해치웠나?

시간이 다시 움직이자 바람이 드러난 피부를 후려치고, 나는 또다시 앤다나의 등에서 미끄러지다가 강인한 사람의 팔에 붙들린다. "바이올렛." 패닉에 빠진 이 낮은 목소리를 안다. 제이든이다. 하지만 움직일 수가 없다. 입술을 벌려 제이든이 누르고 있는 상처의 아픔을 토해낼 수조차 없다. "젠장. 분명히 독 때문이야. 싸워야 해."

독. 끝이 초록색이었던 단검.

하지만 어떤 독이 육체만이 아니라 마법까지 마비시킬 수가 있지?

"내가 돌봐줄게. 그냥… 그냥 살기만 해. 제발 살아."

물론 제이든이야 내가 살길 바라겠지. 난 그의 생존에 필수적이거든.

나는 온힘을 들여서 겨우 눈꺼풀을 들어올렸고, 제이든의 눈동자에 깃든 노골적인 두려움에 심장이 덜컥했다가… 결국 의식을 잃었다.

"독이 아닐 수도 있어." 나는 낮은 목소리를 들으면서 깨어났지만 눈을 뜰 수가 없었다. 개릭일까? 맙소사, 온몸이 다 아팠다. "마법일지도 몰라."

"얘가 그 베닌 머리에 번개를 내리꽂는 모습 봤어?" 누군가가 물었다.

"지금은 말고." 보디가 으르렁거렸다. "얘가 뭐 같은 네 목숨을 구했어. 우리 모두의 목숨을 구했다고."

하지만 난 다 구하지 못했다. 솔레일과… 리암이 죽었다.

"피가 빌어먹을 검은색이야." 제이든이 날카롭게 말하고는 나를 가슴팍에 단단히 감싸 안았다.

"독이 분명해." 이모젠이 외쳤다. 이모젠이 그런 목소리를 내는 건 처음 들었다. "보라고! 바스지아스로 데리고 돌아가야 해. 놀론이라면 도울 수 있을지 몰라."

그래. 놀론. 나를 놀론에게 데려가야 한다. 하지만 나는 말을 할 수가 없었다. 입술을 움직일 수도 없고, 호흡처럼 친숙해졌던 정신 통로에 닿을 수도 없었다. 테른과 앤다나와… 제이든과 연결이 끊긴 건 그 자체로 고문이었다.

"열두 시간 비행이야." 제이든의 목소리가 커졌다. "그리고 팔이 부러진 게 확실해."

열두 시간이면 난 죽을 거다. 이미 의식의 가장자리에 달콤한 망각의 약속이 맴돌고 있었다. 내가 놓아버리겠다고만 하면 평화가 찾아오리라는 약속.

"더 가까운 곳이 있어." 제이든이 조용히 말했고, 나는 그의 손가락이 내 뺨을 스치는 것을 느꼈다. 불안하도록 다정한 몸짓이었다.

또 한 번 불의 파도가 나를 집어삼키면서 신경이란 신경을 다 태웠지만, 나는 그대로 누워서 받아들일 수밖에 없었다.

그만. 신들이시여, 멈춰주세요.

"진심은 아니겠지." 누군가가 잇새로 말했다.

"모든 걸 위험에 빠뜨리게 돼." 개릭이 경고하는 가운데 잠이 나를 끌어당겼다. 타는 듯한 고통으로부터 탈출할 유일한 길이었다. 테른이 어찌나 크게 포효하는지 갈비뼈가 다 떨릴 정도였다. 그나마 테른이 가까이 있다는 뜻이었다.

"나라면 그런 말을 다시는 하지 않겠어." 이모젠이 중얼거렸다. "그랬다간 테른이 널 잡아먹을걸. 그리고 잊지 마. 얘가 죽으면 제이든도 죽을 가능성이 높아."

"그러지 말라는 말이 아냐. 그저 무엇이 걸려 있는지 일깨워주는 거지." 개릭이 대꾸했다.

테른이 우리 사이의 단절을 느낄 수 있나? 테른도 나와 똑같이 고통받는 걸까? 장검에도 독이 묻어 있었을까? 앤다나는 날 수 있나? 아니면 자야 하나?

잠. 난 자고 싶었다. 서늘하고 행복한 텅 빈 잠을.

"나야 어떻게 되든 아무래도 좋아!" 제이든이 누군가에게 외쳤다. "우린 갈 거야. 이건 명령이야."

"명령은 필요 없어. 우리가 바이올렛을 구할 거야." 보디였다. 아마도.

"네 별명답게 싸워 이겨, 바이올런스." 제이든이 내 귓가에 속삭였다. 그러더니 멀리 떨어진 누군가에게 큰 소리로 말했다. "그쪽으로 데려가야 해. 드래곤에 올라." 제이든이 걷기 시작하자 자세가 달라졌는데, 상처 입은 채로 움직이는 통증이 너무 심했다. 나는 또다시 암흑 속으로 빠져들었다.

몇 시간쯤 지나 난 다시 깨어났다. 어쩌면 몇 초였을지도 모르겠다. 며칠이었을지도. 아니면 그 사이에 영원이 지나고, 나는 무모했다는 죄로 말렉에게 영원한 고문을 선고받았는지도 모르겠다. 하지만 그들을 구한 것을 후회할 수는 없다.

어쩌면 내가 죽는 게 나을지도 모른다. 하지만 그러면 제이든도 죽을지 모른다. 지금 우리 사이가 어떻든 간에 제이든이 죽기를 바라진 않았다. 그것만은 언제까지라도 바라지 않을 것이다.

지속적으로 얼굴에 닿는 바람과 리드미컬한 날갯짓 소리로 우리가 날고 있음을 알 수 있었다. 내게 남은 에너지를 다 끌어다가 한쪽 눈꺼풀을 열었을 때 우리는 드랄로 절벽을 넘고 있었다. 300미터의 절벽을 잘못 볼 수는 없었다. 그 절벽은 티렌더 반란이 가능했던 이유이자 거의 성공할 뻔했던 이유였다.

아무 저항 없이 내 몸을 휘도는 독이 혈관을 태우고, 모든 신경을 태우며 심장박동을 늦췄다. 독에 대해서는 누구에게도 뒤지지 않는 지식을 가졌건만 내가 독 때문에 죽는다니. 이 아이러니 속에서도 입을 열거나 해독제에 대한 생각을 말할 에너지를 짜낼 수가 없었다. 나에게 쓰인 독이 무엇인지도 모르는데 어떻게 해독제를 생각하겠는가. 몇 시간 전까지만 해도 나는 베닌이 실제로 존재한다는 사실조차 몰랐는데, 이제는 고통과 죽음밖에 남지 않았다.

죽음은 시간 문제일 뿐이고, 내게 남은 시간은 짧았다.

이 장작더미 같은 몸으로 조금이라도 더 사느니 죽는 편이 낫겠지만, 화들짝 깨어나면서 보니 그런 자비는 나에게 허용되지 않는 것 같았다.

공기. 공기가 부족했다. 내 폐는 숨을 들이마시려고 안간힘을 썼다.

"정말 이거 확실해?" 이모젠이 물었다.

제이든이 걸음을 옮길 때마다 옆구리에서 새로운 고통의 파도가 일어나며 온몸으로 퍼져나갔다.

"그만 좀 물어봐." 개릭이 날카롭게 말했다. "제이든은 결정을 내렸어. 지지하든가 아니면 빠져, 이모젠."

"그건 좋지 않은 결정이야." 다른 남자 하나가 대꾸했다.

"키아란, 네 등에도 107개의 흉터가 있다면 네가 결정할 수 있겠지." 보디가 으르렁거렸다.

테른의 포효에 화들짝 놀라 경련하자 이미 내 몸을 뒤틀고 있던 형언할 수 없는 고문이 더 심해졌다.

"뭐래?" 개릭이 왼쪽 어딘가에서 물었다.

"내가 실패하면 날 산 채로 구워버리겠다고." 제이든이 나를 바싹 끌어안으면서 대답했다. 그쪽 연결은 아직 이어져 있는 모양이다. 내 뺨이 그의 어깨에 닿았고, 분명히 제이든이 내 이마에 입 맞추는 느낌이 들었지만, 그건 적절하지 않았다.

사랑하는 사람에게는 비밀을 두지 않는 법이다. 그 비밀이 언제든지 내 목숨을 앗아갈 수 있는 비밀이라면 더 말할 것도 없다. 내 헐떡이는 심장이 시사하는 바가 있다면 말이다. 혈관을 지지고 있는 불을 펌프질하려니 너무나 힘들었다.

신들이시여, 제이든이 그냥 내가 죽게 냈두면 좋겠어요.

나는 죽어도 싸다. 리암이 죽은 건 나 때문이었다. 내가 너무 마음이 약한 탓에 데인이 기억을 읽어내서 나에게 불리하게 쓰는 줄도 미처 몰랐다. 나도 나지만, 리암은….

"싸워야 해, 바이." 제이든이 내 이마에 입술을 대고 움직이면서 속삭였다. "깨어나면 얼마든지 날 미워해도 좋아. 소리 지르고, 때리고, 단검을 던져도 되니까, 살아줘. 나를 푹 빠지게 해놓고 죽으면 안 되지. 네가 없으면 이 모든 일에 아무 가치도 없어." 어찌나 진실한 목소리인지 거의 믿을 지경이었다.

애초에 그러다가 이런 상황에 빠졌는데도.

"제이든?" 익숙한 목소리가 들렸는데 누군지 알 수가 없었다. 보디인가? 2학년 중에 누구인가? 낯선 사람은 너무 많고 친구는 없었다.

리암은 죽었는데.

"당신이 바이올렛을 구해야 해."

39

너희는 다 비겁자들이야.

― 펜 라이오슨이 남긴 마지막 말(삭제됨)

제이든

"그애는 괜찮을 거다." 스게일은 지금까지 나에게 이렇게 부드러운 목소리로 말한 적이 없다. 애초에 다정하게 돌봐주려고 나를 선택하진 않았지. 스게일은 내 등의 흉터 때문에, 그리고 단순히 두 번째 라이더였던 사람의 손자라는 사실 때문에 나를 선택했다. 참고로 그 사람은 졸업하지 못했다.

"바이올렛이 괜찮을지는 스게일도 모르죠. 아무도 몰라요." 벌써 사흘이나 지났는데 바이올렛은 아직도 깨어나지 않았다. 이 안락의자에 앉아서, 제정신과 광기 사이의 줄을 타면서 그저 바이올렛이 아직 숨 쉬고 있다는 사실을 확인하기 위해 가슴이 오르내리는 모습만 보면서 보낸 끝나지 않을 듯한 사흘이었다.

내 폐는 바이올렛이 숨을 들이쉴 때만 채워졌고, 심장이 한 번 뛰고 다음에 뛸 때까지의 시간은 온 마음을 빼앗는 날카로운 공포로 채워졌다.

바이올렛은 내 눈에 한 번도 연약해 보인 적이 없었건만, 지금 내 침대 한가운데에 누운 모습은 너무나도 약해 보였다. 입술은 핏기 없이 갈라졌고, 머리카락 끝은 평소의 칼날 같은 빛깔보다 칙칙했다. 지난 사흘 동안은 어느 모로 보아도 마치 생명력이 몸에서 조금씩 빠져나오고, 그 몸 안에는 오직 영혼의 그림자만 남은 것 같았다.

하지만 오늘은 그래도 아침 햇살 속에서 비행 고글이 남긴 어두운 선을 따라 보이는 두 뺨에 핏기가 돌아와 있었다.

나는 구제불능의 멍청이다. 바이올렛을 바스지아스에 두고 왔어야 했는데. 아니면 스게일과 테른에게 부담이 된다 해도 에이토스와 함께 가도록 해야 했는데. 애초에 그녀는 에이토스 대령이 우리에게 내린 벌을 같이 받을 이유가 없었다. 내가 저지르는 범죄를 알지도 못했으니까. 의심조차 하지 않았으니까.

나는 한 손으로 머리카락을 쓸었다. 그녀만 고통받은 것도 아니었다.

내가 그렇게 했다면, 리암도 살아 있었을 것이다.

리암. 죄책감과 끔찍한 슬픔이 함께 찾아와서 숨도 제대로 들이쉴 수가 없었다. 나는 내 의동생에게 바이올렛을 지키라고 명령했고, 그 명령 때문에 그가 죽었다. 리암의 죽음은 내 탓이었다.

애더빈에서 우리를 기다리고 있는 게 무엇인지 알았어야 했는데….

"넌 그 애에게 베닌에 대해 말했어야 했다. 난 네가 그 정보를 알리기만 기다렸는데, 이제 그 애가 고통받고 있구나." 테른이 으르렁거렸다. 그 드래곤은 살아서 불을 내뿜는 내 수치심의 화신이나 다름없었다. 하지만 테른이 직접 그녀와 소통하진 못해도 우리 넷을 묶어놓는 결속은 아직 유지되고 있다고 했다. 그건 바이올렛이 살아 있다는 뜻이었다.

"내가 다르게 했어야 하는 일은 많죠." 다만 그녀에 대한 내 감정과 싸우지는 말았어야 했다. 첫 키스 후에 마음이 원하는 대로 그녀를 붙잡아서 내 옆에 두고 전부 다 털어놓았어야 했다.

눈을 깜박일 때마다 속눈썹이 사포처럼 눈을 긁는 느낌이었지만, 나는 온몸으로 잠과 싸웠다. 잠들면 심장이 부서지는 그녀의 비명이 들리고, 리암이 죽었다는 그녀의 울부짖음이 들리고, 나보고 빌어먹을 배신자라고 외치던 목소리가 계속해서 들렸다.

바이올렛이 죽을 수는 없다. 그랬다간 나도 살아남지 못할 가능성이 있어서만이 아니다. 설령 살아남는다 해도 그녀 없이는 내가 살 수가 없다. 망루 위에서 만난 첫날에, 난간다리에 선 그녀가 목숨을 걸고 부츠 한 짝을 다른 사람에게 줬다는 사실을 깨달았을 때도, 참나무 아래에서 그녀가 내 머리를 향해 단검을 던졌을 때도, 나는 그녀에게 충격적인 매력을 느끼고 흔들렸다.

매트 위에서 그녀를 눕히고 얼마나 쉽게 나를 죽일 수 있는지 알려줬던 순간, 내가 다른 누구에게도 허용하지 않았던 무방비한 모습을 보여줬던 그 순간에, 위험이 너무 가까이 있다는 사실을 깨달았어야 했다. 나는 그걸 누구나 특별히 아름다운 여자에게는 매력을 느끼기 마련이라는 식으로 치부했다.

그녀가 건틀릿을 정복하는 모습을 보고, 또 탈곡 시간에 앤다나를 지키는 모습을 보았을 때는 그 영리함과 고결함에 놀라 휘청거렸다. 방문을 부수고 들어갔다가 오렌 그 배신자의 손이 그녀의 목을 잡은 모습을 보고 격분해서 눈 하나 깜짝 않고 여섯 명을 죽여버렸을 때, 그때 이미 내가 벼랑 끝으로 달려가고 있음을 알았어야 했다. 그리고 그녀가 순식간에 차단 방법을 익히고 나를 보며 미소 지었을 때, 눈송이가 흩날리는 가운데서 얼굴에 빛을 밝혔을 때, 나는 그녀에게 빠져들고 말았다.

아직 키스도 하기 전이었는데, 사랑에 빠져버렸다.

아니, 어쩌면 그녀가 발로우에게 단검을 던졌을 때, 아니면 에이토스가 나는 꿈만 꾸던 키스를 그녀에게 하는 모습을 보고 질투에 불탔을 때인지도 모르겠다. 돌이켜보면 지금 내가 상상만 해보던 침대 안에서 잠들어 있는 이 여자에게 미친 듯이 끌린 사소한 순간이 수없이 많았다.

그런데 나는 한 번도 말하지 않았다. 그녀가 중독되어 혼미해질 때까지 말하지 않았다. 왜? 그녀에게 나를 지배할 힘을 주기가 무서워서? 이미 완전히 사로잡혀 있으면서도? 그녀가 릴리스 소른게일의 딸이라서? 그녀가 계속 에이토스에게 두 번째, 세 번째 기회를 줘서?

아니다. 완전히, 철저하게 솔직해지지 않고는 그 말을 할 수가 없기 때문이었다. 호숫가에서 그녀가 나를 보던 모습, 그 철저한 배신감을 생각하면….

이불이 움직이는 소리에 내 시선이 휙 바이올렛의 얼굴로 향했다. 그리고 그녀가 테른의 등에서 떨어진 후 처음으로 숨을 제대로 들이마셨다. 그녀의 눈이 뜨여 있었다.

"깼구나." 내 목소리는 자갈 위에 질질 끌고 다닌 것처럼 거칠었다. 사실은 심장 속에서만 갈가리 찢겼을 뿐이지만.

나는 비틀거리면서 나와 침대 사이를 갈라놓는 두 걸음을 내디뎠다. 바이올렛이 깨어났다. 바이올렛이 살아 있다. 바이올렛이… 미소를 짓고 있다? 그건 분명히 빛의 장난이겠지. 이 여자는 나를 불태우고 싶은 심정일 텐데.

"옆구리를 확인해봐도 될까?" 내가 그녀의 옆구리쯤에 앉자 매트리스가 살짝 꺼졌다. 그녀는 고개를 끄덕이더니, 햇빛 속에서 졸던 고양이처럼 기지개를 켜고 담요에 손을 뻗었다.

나는 이불을 젖히고, 첫날 저녁에 내가 갈아입힌 짧은 잠옷을 덮은 로브를 풀고 천천히 그녀의 피부 위로 옷자락을 들어올렸다. 비행하는 동안 상처 주위로 핏줄이 검은 촉수처럼 새까매졌다가 이곳에 도착하고 나서 천천히 가라앉았는데, 이제는 완전히 사라졌다. 엉덩이뼈에서 3센티미터쯤 위에 가느다란 은빛 선이 남았을 뿐이었다. 안도감에 내 폐가 숨을 토해냈다. "기적적이야."

"뭐가 기적적이야?" 그녀는 새로 생긴 흉터를 내려다보며 쉰 목소리로 물었다.

젠장. 나는 형편없는 간병인이었다. "물." 협탁에 놓인 주전자에서 물 한 잔을 따르는데, 내 손이 떨리는 이유가 피로 때문인지 안도감 때문인지는 중요하지 않았다. "분명 목이 마르겠지."

그녀는 일어나 앉더니 물잔을 받아들고 단숨에 마셨다. "고마워."

"네가…." 나는 빈 잔을 협탁에 놓고 다시 고개를 돌려, 난간다리에서 본 순간부터 내 머릿속을 떠나지 않았던 헤이즐색 눈동자를 응시했다. "네가 기적적이라고." 나는 속삭였다. "미치도록 겁이 났어, 바이올렛. 적절히 표현할 말이 없어."

"난 괜찮아, 제이든." 그녀가 부드럽게 말하더니 손을 들어 쿵쾅거리는 내 심장 위에 올렸다.

"널 잃는 줄 알았어." 내 고백은 마치 목이 졸린 듯한 억누른 소리가 되어 흘러 나왔다. 그리고 내 운을 너무 밀어붙이는 건지 모르겠지만, 나는 더 참지 못하고 몸을 숙여 그녀의 이마에, 이어서 관자놀이에 입술을 댔다.

신들이시여, 다가오는 말다툼을 막을 수만 있다면 언제까지라도 키스하겠습니다. 정말로 우리 사이가 괜찮을 거라고, 나에게 일어난 최고의 일을 내 손으로 돌이킬 수 없이 망쳐버리지 않았다고 믿을 수 있는 이 순백의 한순간을 계속 붙들어둘 수만 있다면….

"날 잃긴 왜 잃어." 그녀는 내가 이상한 말을 했다는 듯이 웃으면서 어리둥절한 눈으로 나를 보더니, 몸을 기울여 키스했다.

그녀는 아직도 날 원했다. 그 사실을 깨닫자 심장이 날아올랐다. 나는 키스를 깊이 받아들여 혀로 그녀의 부드러운 아랫입술을 쓸고 그 부드러운 곡선을 가볍게 빨았다. 그것만으로도 뜨겁고 강렬한 욕망이 쇄도했다. 우리 사이는 언제나 이랬다. 아주 작은 불씨만 있어도 들불처럼 번져서, 그녀의 신음을 이끌어낼 무수한 방법 외에는 아무 생각도 할 수 없게 되어버렸다. 우리 앞에는 이런 순간이 평생 있을 것이다. 내가 그녀를 알몸으로 만들고, 그 몸의 모든 곡선과 빈 곳을 숭배할 수 있는 순간이.

하지만 그녀가 깨어난 지 5분도 안 된 지금은 그때가 아니었다. 나는 천천히 그녀의 입술을 놓아주고 물러났다. "내가 다 만회할게." 그녀의 섬세한 두 손을 내 거친 두 손 사이에 붙잡고 약속했다. "우리가 싸우지 않을 거라거나, 내가 또 재수 없게 굴어서 단검을 던지고 싶어지는 일이 없어질 거라는 보장은 못하지만, 내가 언제나 더 나아지려고 노력할 거란 맹세는 할 수 있어."

"뭘 만회할 건데?" 그녀가 호기심 어린 미소를 지으며 몸을 물렸다.

나는 이마에 주름을 잡으며 눈을 깜박였다. 혹시 기억을 잃은 걸까? "얼마나 기억해? 우리가 여기 도착했을 때는 독이 네 뇌까지 퍼져 있었는데…."

그녀의 눈이 확 커지더니 뭔가가 변했다. 그녀가 손을 빼자 뱃속에 돌덩이가 떨어지는 것 같았다. 시선을 돌리면서 흐릿해지는 눈동자를 보니 자기 드래곤들을 확인하고 있음을 알 수 있었다.

"당황하지 마. 다 괜찮아. 앤다나는 전과 똑같지는 않지만… 그래도 앤다나야." 앤다나는 이제 말도 안 되게 컸지만, 그 사실을 아직 바이올렛에게 말할 생각은 없었다. 테른에 따르면 앤다나의 타고난 능력도 없어졌는데, 그런 소식을 알릴 시간은 많다. 나는 대신 다른 말을 했다. "힐러가 그 독은 한 번도 본 적이 없어서 지속 효과가 어떨지 모른다고 했어. 혹시 영구적인 손상이 있다면 네 기억을 되찾는데 얼마나 걸릴지 아무도 몰라. 하지만 내가 알려…."

그녀는 두 손을 들어올리더니, 처음으로 우리가 어디에 있는지 알아차렸다는 듯이 방을 둘러보고는 로브를 여미며 침대 뒤쪽으로 내려섰다. 비틀거리며 침실 벽을 차지한 큰 창문으로 걸어가는 그녀의 눈빛을 보자 심장이 쥐어짜지는 기분이었다.

그 창문에서는 이 요새가 지어진 산에서부터 저 아래 계곡으로 돌까지 싹 다 타버렸던 땅을 표시하는 새까만 나무들의 선이 보인다. 그리고 예전에는 도시였던 조용한 마을 아레티아도.

잿더미와 폐허에서부터 우리가 힘들여 다시 지어 올린 마을.

"바이올렛?" 나는 그녀의 사생활을 존중하려고 차단벽을 올린 채 옆으로 걸어갔지만 마음속은 무척 초조했다. 신들이시여, 제발. 그녀가 무슨 생각을 하는지 알아야만 한다.

그녀는 눈을 크게 뜨고 마을을, 똑같은 초록 지붕을 얹은 건물들을 훑어보다가 도서관 옆에 가장 눈에 띄는 건물인 아마리 신전에서 시선을 멈췄다.

"여기가 어디야? 감히 나한테 거짓말은 하지 마." 그녀가 말했다. "다시는 안 돼."

다시는 안 된다니. "기억하는구나."

"기억해."

"신들이시여, 고맙습니다." 나는 머리카락 속으로 손가락을 밀어넣으며 중얼거렸다. 바이올렛이 정말로 나았다는 사실을 증명하는 좋은 일이었지만… 젠장.

"여기가, 어디냐고." 그녀는 나를 돌아보고 눈을 가늘게 뜨며 힘주어 말했다. "말해."

"날 쳐다보는 표정을 보니 이미 아는 것 같은데." 이 똑똑한 여자가 저 신전을 못 알아볼 리 없었다.

"아레티아 같은데." 그녀는 몸짓으로 창문을 가리켰다. "저 기둥을 쓰는 신전은 딱 하나뿐이야. 그림을 본 적이 있어."

"맞아." 정말 욕 나오게 똑똑한 여자였다.

"아레티아는 완전히 불탔어. 그 그림도 봤거든. 서기들이 대중에게 알리려고 가지고 돌아온 그림들. 내 어머니는 잔불까지 직접 봤다고 했어. 그래서 여긴 어디야?" 그녀의 목소리가 커졌다.

"아레티아야." 그녀에게 진실을 털어놓으니 놀랍도록 해방감이 들었다.

"다시 지은 거야, 불탄 적이 없는 거야?" 그녀는 나에게 등을 돌렸다.

"다시 짓는 중이야."

"왜 난 이런 소식을 읽지 못했지?"

내가 대답하려고 했다가, 그녀가 한 손을 들기에 입을 다물고 기다렸다. 그녀는 순식간에 그것도 알아냈다.

그녀는 내 반역의 인장을 가리키며 말했다. "멜그렌은 당신들이 셋 이상 모이면 결과를 볼 수 없는 거구나. 그래서 당신들이 모이는 걸 금지한 거야."

어쩔 수가 없었다. 나는 결국 미소 짓고 말았다. 이 미치도록 똑똑한 여자가 내 여자였다. 아니, 지금도 그런지는 모르지만 얼마전엔 그랬다. 내 마음대로 된다면야 다시 내 여자가 되겠지만, 아마 내 마음대로는 안 되겠지. 나는 곧바로 웃음기를 잃고 한숨을 내쉬었다.

망했다.

아니, 그래도 바이올렛이 포기하라고 할 때까지는 포기하지 않겠다.

상황이 복잡할지는 모르지만, 그건 우리 둘 다 그랬다.

"그렇기도 하고, 지금 여기는 서기들의 주의를 끌 만큼 크지 않거든. 우린 숨어 있지 않아. 단지… 존재를 알리지 않을 뿐이야." 그게 엄밀하게 말하면 이 마을이 아직… 내 것인 이유이기도 했다. 귀족들은 불타버린 도시에 돈을 뿌리거나, 쓸모없는 땅에 세금을 물게 하지도 않았다. 결국에는 그들도 알아차리겠지. 그럼 결국에는 나도 이 마을을 잃게 되겠지. 그때는 머리통도 같이 잃을 것이고. "네가 알고 싶은 건 뭐든 알려줄게. 묻기만 해."

바이올렛의 몸이 굳었다. "당장은 한 가지만 말해줘."

"뭐든."

"혹시…." 그녀는 어깨를 떨면서 숨을 들이마셨다. "리암이 정말 죽었어?"

리암. 새로이 슬픔이 가슴을 찔렀다. 나는 심장이 몇 번이나 뛰는 동안 적당한 말을 찾아 헤맸지만, 어떤 말도 찾을 수가 없었기에 주머니에서 갓 완성된 손바닥만 한 앤다나 조각상을 꺼냈다. 리암이 조각하던 물건이었다.

바이올렛은 내 쪽을 돌아보더니 그 조각상에 시선을 붙박았다. 그 눈에 눈물이 고였다. "내 잘못이야."

"아니, 내 잘못이야. 내가 진작 모든 걸 털어놓았다면 너도 준비가 되어 있었겠지. 어쩌면 네가 그놈들을 죽일 방법을 우리 모두에게 가르쳐줬을지도 몰라." 바이올렛이 손등으로 두 줄기 눈물을 닦는 모습을 보자 내 영혼은 다시 한 번 산산조각이 났다. 나는 그녀의 손에 조각상을 쥐어주었다. "태워야 한다는 건 알지만 차마 그럴 수가 없었어. 리암은 어제 매장했어. 음, 나는 아니고 다른 사람들이 했지. 난 여기 도착한 후부터 이 방을 떠나지 않았어." 우리의 시선이 충돌했다. 그녀에게 손을 뻗고 싶어 참을 수가 없었지만, 그녀가 위안을 구할 상대는 결코 내가 아니라는 걸 알고 있었다. "네 옆을 내내 지키고 있었어."

"그야 당신은 내 생존에 관심이 많을 수밖에 없지." 그녀는 눈물 섞인 빈정거림과 함께 냉담한 미소를 비췄다. "나한테 옷 갈아입을 시간을 줘. 그다음에 애기하자."

"내 방에서 날 내쫓는 거야?" 나는 바이올렛과 말할 때면 너무나 쉽게 나오던 빈정대고 놀리는 말투를 되찾으려 하면서 뒷걸음질쳤다. "새로운데."

"당장, 라이오슨."

나는 얼굴을 찡그릴 수밖에 없었다. 바이올렛은 나를 성으로 부른 적이 거의 없다. 펜 라이오슨의 아들이라는 사실이나 내 아버지가 한 짓을 되새기기 싫어서일지도 모르지만, 나는 그녀에게 언제나 제이든이었다. 그 이름을 잃어버리다니, 아찔한 치명타에 끝없는 심연으로 떨어지는 기분이었다. "욕실은 저쪽이야." 나는 반대쪽 벽을 가리키고, 출구로 성큼성큼 걸어나가면서 장검을 등으로 넘겼다.

내 사촌은 복도 벽에 기대선 채 관자놀이에서 턱까지 새로 생긴 20센티미터짜리 흉터를 자랑하는 개릭과 대화 중이었다. 그러나 내가 나가서 등 뒤로 문을 닫자 조용해졌다. 둘 다 긴장하더니 개릭이 몸을 펴고 일어섰다. "꼈나 보군."

"아마리여, 감사합니다." 보디가 어깨를 늘어뜨리며 말했다. 그의 팔은 아직 삼각건에 걸려 있었고, 베닌에게 당한 네 군데의 상처에서 회복하는 중이었다.

"바이올렛은 선택해야 할 거야." 나는 개릭을 보고, 그의 눈에 깃든 걱정을 알아보았다. 그는 이미 그녀가 우리의 비밀을 지켜줄 거라고 믿는다고 말했다. 지금의 가장 큰 걱정은 그녀가 좀 더 빨리 말하지 않은 나를 용서하지 않을 경우에 남겨질 내 정신 상태뿐이었다. "우리의 비밀을 지키거나, 지키지 않거나."

"그건 네가 알아내야 할 문제지." 개릭이 대꾸했다. "선택을 하고 나면 바이올렛에게 에이토스로부터 비밀을 지키는 방법을 가르쳐줘."

"플라이어들의 전언은?"

"시레나는 살아 있어. 그걸 묻는 거라면." 보디가 대답했다. "그 동생도 살았지. 하지만 나머지는⋯." 보디는 고개를 저었다.

적어도 그들은 살아남았고, 이제 바이올렛도 깨어났으니, 나는 겨우 숨을 쉴 수 있었다. "레손으로 크라드를 끌어당긴 상자는 뭐였는지 알아냈어?" 개릭의 드래곤인 크라드는 룬 문자에 놀라울 정도로 민감했기에, 그들은 시계탑의 폐허 아래에서 작은 철제 상자를 찾아냈다.

"지금 알아보는 중이야. 잘하면 몇 시간 안에는 답을 알 수 있을 거야. 바이올렛이 무사해서 다행이야, 제이든. 다른 사람들에겐 내가 말할게." 개릭은 고개를 한 번 끄덕이고 복도를 걸어갔다. 나만큼이나 이 성의 구조에 친숙한 모습이었다. 나바르인들이 아버지의 '반역'이라고 부르는 전향 또는 분리독립 사건 이전에는 개릭도 여름마다 이곳에서 보냈으니 당연했다.

사람들은 무엇이든 불편하게 느껴지면 이름을 새로 붙인다. 재미있지. 우리는 우리의 왕이 옳은 일을 하리라는 믿음을 잃었는데, 그들은 우리를 배신자라 부르다니.

보디가 코에 주름을 잡았다.

"뭐야?"

"드래곤 똥 같은 냄새가 나."

"꺼져." 쿵쿵거려 보니 반박할 순 없었다. "네 방 좀 쓴다."

"내가 친히 호의를 베푼다고 생각할게."

나는 가운뎃손가락을 들어 보이고 보디의 방으로 향했다.

한 시간 뒤, 나는 목욕을 하고 새 가죽옷을 입고서 내 방 밖에서 초조하게 기다렸다. 보디는 함께 있어주면서 언제나 그랬듯이 최선을 다해서 내 기분을 풀어주려 했다. 그때 문이 열렸고, 바이올렛이 그곳에 서 있었다.

나는 바이올렛의 묶지 않은 젖은 머리카락이 가슴 바로 아래까지 흘러내린 모습만 보고도 말문이 막혔다. 그 머리카락이 왜 나를 곧바로 욕망의 영역으로 밀어넣는지 알 수도 없었고, 그 이유를 묻기에는 늘어뜨린 두 손을 움직이지 않으려 애쓰기만도 너무 바빴다. 바이올렛이 존재하기만 해도 나는 흥분해버렸다. 지난 1년 동안 그 사실을 받아들이게 됐다.

보디가 예전의 고모와 똑같은 웃음을 비쳤다. "일어나서 돌아다니는 모습을 보니 반갑다, 소른게일." 그러더니 내 어깨를 때리고 걸어가면서 어깨 너머를 돌아보았다. "난 만약의 수단을 챙기러 갈게. 행운을 빈다."

신들이시여. 나는 그녀를 품에 안고, 우리가 함께 있으면 얼마나 좋은지만 빼고 전부 잊어버릴 때까지 그녀를 사랑하고 싶지만, 분명히 그건 그녀가 가장 바라지 않는 일일 것이다.

"다시 들어와." 바이올렛이 부드럽게 말하자 심장이 요동을 쳤다.

"네가 날 초대하는 동안만이야." 나는 그 눈에 깃든 불신을 애석해하며 안으로 들어갔다. 바이올렛이 믿거나 말거나, 나는 한 번도 그녀에게 거짓말을 하지 않았다. 단 한 번도. 단지 완전히 솔직했던 적이 없었을 뿐이다.

"여기는 다 원래 있던 대로야?" 바이올렛이 내 침실을 쓸어보며 물었다.

"이 요새는 대부분 돌로 만들어졌지." 나는 그녀가 천장에 있는 상세한 아치 문양들, 서쪽 벽을 차지한 창문들에서 흘러드는 자연광을 살펴보는 동안 대답했다. "돌은 타지 않아."

"그렇지."

나는 침을 삼켰다. 힘겹게. "네가 본 모든 것을 감안하면, 내가 전부 말하기 전에 간단한 질문을 하나 해야겠어. 너도 낄 건가? 우리와 같이 싸울 뜻이 있어?" 그녀는 고발하기로 마음먹을 수도 있다. 이전에는 우리에게 사형선고를 내릴 만큼 알지 못했지만, 지금은 잘 알고 있었으니.

"나도 낄게." 그녀는 고개를 끄덕였다.

순간 쏟아져 들어온 안도감은, 스게일에게서 채널링으로 받는 마력보다 더 강력했다. 나는 바로 그녀에게 손을 뻗었다. "비밀을 숨겨야 했던 건 정말 미안…." 그런데 그녀가 나를 피해 물러서자 하려던 말이 사그라들었다.

"어림없어." 헤이즐색 눈동자에 상처가 비치는 걸 보자 나는 말라죽을 지경이었다. "내가 당신 말을 믿고 또 같이 싸울 뜻이 있다고 해서 다시 진심으로 당신을 믿는다는 뜻은 아니야. 그리고 난 신뢰하지 않는 사람과는 함께할 수 없어."

가슴속에서 뭔가가 허물어졌다. "난 네게 거짓말한 적이 없어, 바이올렛. 단 한 번도. 앞으로도 없을 거고."

바이올렛은 창문으로 걸어가서 아래를 내려다보더니 천천히 내게 등을 돌렸다. "이걸 나한테 숨겨서가 아니야. 그건 이해해. 다만 당신이 너무 쉽게 그랬다는 게 문제야. 나는 그렇게 쉽게 당신을 마음에 들였는데, 똑같은 보답을 받지 못했다는 게 문제야." 그녀가 고개를 젓는 순간 나는 그곳에 깃든 사랑을 보았지만, 그 사랑은 어리석게도 내가 쌓게 만든 벽에 가려졌다.

나는 그녀를 사랑했다. 당연히 사랑했다. 하지만 지금 그 말을 했다간, 내가 온갖 잘못된 이유와 변명으로 그 말을 한다고 생각할 게 뻔했다. 그리고 솔직히 그녀의 말이 옳았다. 하지만 그렇다고 해서 내가 사랑에 빠진 유일한 여자를 손 놓고 잃을 수는 없다. "네 말이 맞아. 난 비밀을 지켰어." 나는 인정하면서 한 걸음 한 걸음 앞으로 다가가다가 바이올렛과 30센티미터도 채 되지 않는 거리에 섰다. 그녀의 머리 양쪽 유리창에 손바닥을 대고 느슨히 가두기는 했지만, 우리 둘 다 그녀가 원한다면 언제든 빠져나갈 수 있다는 걸 알고 있다. 그렇지만 그녀는 움직이지 않았다. "너를 신뢰하는데 오래 걸렸고, 너에게 빠졌다는 사실을 깨닫는데도 오래 걸렸어."

누군가가 문을 두드렸다. 나는 무시했다.

"그 말은 하지 마." 그녀는 턱을 들어올렸고, 나는 그녀가 내 입술을 훔쳐보는 시선을 놓치지 않았다.

"난 너에게 빠져버렸어." 고개를 기울여 그녀의 아름다운 눈동자를 똑바로 들여다보았다. 바이올렛이 제대로 화가 났을지는 몰라도, 분명히 말렉만큼이나 마음이 잘 변하지 않는 사람이었다. "그리고 그거 알아? 이제 날 신뢰하지 않을진 몰라도 넌 여전히 날 사랑해."

그녀의 입술이 벌어졌지만 내 말을 부정하지는 않았다. "난 당신에게 아무 대가도 없이 믿음을 줬고, 그건 딱 한 번이 다야." 그녀는 얼른 눈을 깜박여서 상처받은 마음을 가렸다.

'다시는 안 돼.' 그 눈은 두 번 다시 내가 준 상처를 비추지 않을 것이다.

"내가 더 빨리 말하지 않아서 모든 걸 망쳤어. 내 이유를 정당화하려고 하지도 않을 거야. 하지만 지금 난 내 목숨을 걸고 너를 믿어. 모두의 목숨을 걸고." 내가 그녀의 시체를 바스지아스로 가지고 돌아가는 대신 여기로 데려온 것만으로도 이미 그랬다. "네가 알고 싶은 건 뭐든, 아니 네가 알고 싶지 않다고 해도 전부 다 말할게. 네 신뢰를 되찾는 데 남은 평생을 바칠게."

나는 사랑받는다는 것. 정말로, 진실로 사랑받는다는 것이 어떤지 잊고 있었다. 아버지가 죽은 지 너무 오래됐고, 어머니는… 거기론 가지 말자. 어쨌든 그러다가 바이올렛이 사랑의 말을 속삭이고, 나를 믿어주고, 심장을 내어주자 기억이 났다. 그런 사랑을 지키기 위해 싸우지 않는다면 내가 저주받을 놈이지.

"그래도 불가능하다면?"

"넌 여전히 날 사랑하잖아. 가능해." 신들이시여. 정말이지 그녀에게 키스하고 싶어 참을 수가 없다. 우리가 함께인 그 기분을 되살리고 싶지만, 내 마음대로 그러진 않을 것이다. 그녀가 원하기 전까지는 절대로. "힘든 노력쯤은 두렵지 않아. 특히나 보상이 얼마나 달콤한지 알 때는 더 그렇지. 너 없이 사느니 이

전쟁에서 지고 말겠어. 나를 거듭 거듭 증명해야 한다면 그렇게 하겠어. 넌 내게 네 심장을 줬지. 난 그걸 간직하고 있어." 내 심장은 이미 바이올렛이 가지고 있다. 본인이 깨닫지 못한다 해도.

그녀는 드디어 내 눈에서 결의를 보았는지 눈을 크게 떴다.

이제 그녀가 전부 다 알 때였다. 바이올렛이라면 바스지아스의 벽 안에 안전하게 숨어 있을 리 없다. 특히나 그 벽이 얼마나 부패했는지 아는 지금은 어림도 없다.

그녀는 내 곁에서 이 전쟁을 치를 것이다.

계속 문 두드리는 소리가 울렸다.

"정말 인내심도 없군." 나는 중얼거렸다. "내가 저 사람을 아는데, 너에겐 질문할 시간이 딱 20초쯤 남았을 거야."

바이올렛은 눈을 깜박였다. "난 아직 애더빈에 있던 편지가 진짜 모의전투 내용이라는 희망을 품고 있어. 우리가 그 기지에서 어쩌다가 와이번 공격에 휘말린 가능성은 정말 없을까?"

"그건 절대로 사고가 아니었단다, 동생아." 문가에서 목소리가 날아왔다.

나는 한숨을 내쉬고 옆으로 비켜섰다. 바이올렛은 문가에 선 그를 보고 눈을 휘둥그레 떴다. "내가 너보다 더 독에 뛰어난 사람을 안다고 했지." 나는 그녀에게 부드럽게 말했다. "넌 치료를 받은 게 아니야. 복원된 거지."

"브레넌?" 그녀는 충격에 입을 벌린 채 오빠를 응시했다. 브레넌은 씩 웃으면서 팔을 활짝 벌릴 뿐이었다.

"혁명에 합류한 것을 환영한다, 바이올렛."

감사의 말

무엇보다 먼저 하늘에 계신 아버지께 감사드립니다. 저를 꿈에서도 바라기 힘들 만큼 축복해주셔서 고맙습니다.

남편인 제이슨에게, 작가가 가질 수 있는 가장 완벽한 책 속 남자친구의 원천이 되어주고 내가 꿈을 좇는 길을 끝없이 지지해줘서 고마워. 세상이 기우뚱거릴 때 내 손을 잡아주고, 의사와의 약속마다 데려다주고, 결합 조직 질환이 있는 아들 넷과 아내를 두는 바람에 쏟아지는 모든 일정을 관리해줘서 고마워. 끝없이 이어지는 수술과 전문가들 사이에서 당신만이 우리의 든든한 기둥이었어.

내가 가르쳐준 것보다 배운 게 더 많은 여섯 아이들아, 고맙구나. 너희는 내 삶의 이유야. 너희가 내가 살아가는 데 꼭 필요한 존재라는 사실을 절대 의심하지 말아주렴. 케이트 언니, 사랑해. 진심이야. 내가 필요할 때마다 언제나 그 자리에 있어주는 부모님께도 고마워요. 내 절친한 친구 에밀리 바이어, 내가 글 쓰는 동안 동굴에 몇 달씩 틀어박힐 때마다 찾아줘서 고마워.

레드타워의 우리 팀도 고마워요. 내게 날개를 펴고 판타지를 쓸 기회를 준 데다가, 교정을 끝내는 데 걸린 21일간의 여정 동안 나를 계속 먹이고 웃겨준 담당 편집자인 리즈 펠레티어에게는 아무리 감사의 말을 전해도 부족하군요. 이 책을 만드는 과정에서는 부서진 노트북이 없었어요. 하지만 진지하게 말하면, 이 책은 제 꿈입니다. 충고와 의견과 인내심과 끝없는 지지로 이 꿈을 실현시켜줘서 고마워요. 당신이 없었으면 불가능했을 거예요. 잠 못 드는 여러 밤에도 교열을 봐준 스테이시에게 고마워요. 헤더, 커티스, 몰리, 제시카, 리키, 그 밖에 끝없이 쏟아진 이메일에 답해주고, 이 책을 시장에 내놓아준 출판사의 모든 분에게 고맙습니다. 검토 기간에 엄청난 노트들을 남겨주고 밤새 깨어 있어준 매디슨과 니콜에게도요.

　엘리자베스, 이 아름다운 표지를 만들어줘서 고마워요. 브리와 에이미의 정교한 그림도 고맙습니다. 내가 판타지를 쓰고 싶다고 했을 때 눈 하나 깜짝 안 하고, 단지 내 등 뒤에 서 있는 것만으로도 내 인생을 좀 더 편하게 만들어준 경탄스러운 에이전트, 루이즈 퓨리도 고마워요.

　우리의 불경한 삼위일체의 자기들, 지나 맥스웰과 신디 매드슨… 두 사람이 없었으면 난 길을 잃었을 거야. 이 책을 가능하게 만들어준 카일라도 고마워. 내 오리들을 지켜주고 언제나 내게 가장 기운을 북돋워준 셸비와 캐시에게도 고마움을 전해요. 우리에게 닥치는 모든 일을 웃으면서 우아하게 정리해주는 캔디에게도. 시간을 들여 읽어준 스테파니 카더에게도. 지난 몇 년 동안 나를 발견해준 모든 블로거와 독자들에게는 아무리 감사해도 부족할 거예요. 나의 팬그룹인 플라이걸스, 매일 기쁨을 줘서 고맙습니다.

　마지막으로, 나의 시작이자 끝이니까… 다시 한번 제이슨에게 고마운 마음을 전합니다. 내가 쓴 모든 주인공 속에 당신이 조금씩 들어 있어.

레베카 야로스

제이든 외전

09

'망할. 이건 위험하다. 이 여자는 위험해.'

"칼이 필요할 거라는 생각은 안 해?" 소른게일이 단검 두 자루를 쥐고 매트 위에서 나를 마주하며 묻는다. 떨지 않는다는 점이 인상적이군. 아무리 내가 이모젠에게 무기를 넘겨줬다고 해도 그렇지, 나한테 죽을까 봐 겁내기보다는 열받은 모습인데.

"*무모한 짓이다*." 스게일이 잔소리를 했다.

"아니. 네가 우리 두 사람이 써도 넉넉할 만큼 가져왔으니 필요 없지." 나는 입매를 비틀면서 어디 덤벼보라고 손짓하고는 차단벽을 세웠다. 에이토스가 근처를 맴돌고 있어서였다. 저 2학년은 너무 보수적이라 이 학교에서 최고가 되진 못하겠지만, 그래도 매트 위에서의 실력은 괜찮았다.

"어디 해볼까."

소른게일이 격투 자세를 취했고, 나는 매트를 둘러싼 2대대원들과 이번 주말에 수행해야 할 임무도 잊은 채 그녀에게 오롯이 집중했다. 바이올렛 소른게일. 내 아버지를 처형한 장군의 150센티미터짜리 딸. 코덱스에 따르면 나에겐 얼마든지 저 여자를 죽여버릴 권리가 있다. 내 지휘하에 있지만 나와 같은 비행대대는 아니니까.

내가 저 목을 부러뜨린다 해도 이 방에 있는 아무도 끼어들지 않을 것이다. 하지만 내가 책임진 107명이 그 대가를 치르겠지. 대체 난 이 매트에서 뭘 하는 거지?

그녀의 자세가 미묘하게 바뀌고, 손목을 턴다 싶더니 내 가슴으로 단검이 날아왔다.

나는 바로 그 단검을 잡아채고는 혀를 찼다. "그 동작은 이미 봤는데."

지금 내가 하는 짓이 바로 그거다. 보는 것. 그녀가 대련 상대를 알아내 중독시키고 있었다는 사실을 알아채는 데 꼬박 2주가 걸렸다. 저 교활한 영리함이 매력적이긴 하지만, 거기에만 의존해 카니발 놀이처럼 단검을 던져대다간 그녀도 죽고 말 것이다. 놀랍게도 그런 생각을 하면 마음이 편하지 않다. 아니, 그녀에 대해서는 어떤 생각도 마음이 편하지 않다.

그녀의 공격은 전형적인 1학년의 기술이라 막기도 쉽고 예측하기도 쉽다. 나는 그녀의 손에서 어설프게 잡힌 단검을 빼내고, 허벅지를 잡은 다음에 본인의 운동량과 가벼운 몸무게를 이용해서 바닥에 쓰러뜨렸다.

그녀는 연한 헤이즐색 눈동자를 크게 뜨고 나를 올려다보며 숨을 쉬려 애썼고, 나는 빼앗은 단검을 그 옆에 떨구고 멀찍이 걷어찼다. 그녀를 더 잘 가르쳤어야 마땅한 대대장을 향해서.

다른 상대였다면 이쯤에서 목에 칼을 대는 방식으로 내가 하려는 말을 전하며 시합을 끝냈을 테지만, 짜증스럽게도 그녀가 우리의 모임을 비밀로 해준 것 때문에 빚을 진 기분이었다. 내 감사의 표현은 발치에 누워서 씨근대고 있는 그녀를 죽이지 않는 것이었다.

마침내 소른게일이 갈비뼈를 부풀리더니, 몸을 밀어 올려 앉는 자세를 취하고는 내 허벅지에 단검을 찍으려고 했다.

아, 제발 좀.

나는 오른쪽 팔뚝으로 그 공격을 막은 다음, 왼손으로 그녀의 손목을 잡아서 단검을 빼냈다. "오늘은 피를 보려고, 바이올런스?" 나는 몸을 기울여 얼굴을 바싹 갖다대며 속삭였다.

이번 단검도 매트에 떨궈서 손이 닿지 않는 곳으로 차버리자 그 매혹적인 눈동자가 격분으로 번쩍였다. 너무나 쉽게 칼을 빼앗기는 주제에 틀려먹은 자신감까지 갖고 있다니. 죽음을 자초하는군. 게다가 왜 자기 체형과 격투 방식에 어울리는 무기를 쓰지 않는 거지? 아직까진 격투 방식이라고 할 것도 제대로 없지만 말이다.

"내 이름은 바이올렛이야." 쏘아붙이는 모습이 고양이가 하악질 하는 것 같다. 날렵한 몸 선과 드러낸 발톱이 딱 고양이다. 손끝에서 느껴지는 펄떡이는 심장 박동으로 그녀가 두려워하고 있음을 알 수 있었다.

바이올렛은 그녀에게 너무 부드럽고 연약한 이름이다. 다들 떠들어대는 그녀의 약하디약한 뼈와 관절에 대해서라면 나도 잘 알지만, 지금까지 내가 본 이 여자는 강철 같은 내면을 가졌다.

"바이올런스가 더 잘 어울리는데." 그녀의 손목을 놓고 바로 선 나는 한 손을 내밀면서, 속으로는 그녀가 그 손을 잡지 않을 만큼 영리하기를 기대했다. "아직 안 끝났다."

하지만 그녀는 내 손을 잡았다.

순진하기도 하지. 그녀를 붙잡아 일으키자마자 몸을 휙 돌려서 등 뒤로 팔을 꺾은 다음 내 가슴팍에 잡아당겼다. 이 학교에 있기엔 너무 순진해.

"망할!" 그녀가 소리쳤다.

그녀의 허벅지 칼집에 꽂힌 보기 흉하게 큰 단검을 하나 뽑아서 부드러운 목에 칼날을 댔다. 그녀는 끝이 은빛인 머리카락을 땋아 왕관처럼 틀어 올린 머리를 내 가슴에 젖혔다. 정수리가 내 쇄골에도 닿지 않아서 다른 사람들이 듣지 못하게 말하려 고개를 숙이는데, 순간 좋은 냄새가….

저 여자 냄새가 어떤지 생각하지 마, 이 멍청아.

"이 매트에서 마주하는 사람은 단 한 명도 믿지 마라." 나는 입술이 닿지 않도록 주의하면서 그녀의 귓바퀴에 대고 조용히 훈계했다. 내가 대체 언제부터 적에게 닿고 말고를 고려했지?

"내게 빚진 게 있는 사람이라도?" 그녀도 작은 목소리로 받아쳤다.

그 신중함, 이 수업 내용을 모두에게 알릴 게 아니라는 사실을 빠르게 알아차린 관찰력에 가슴 한편이 따뜻해졌다. 나는 또다시 단검을 떨궈 에이토스에게 걷어차면서 그 녀석의 심각한 표정에 담긴 위협을 무시했다.

"그 빚을 언제 갚을지 결정하는 사람은 나야. 네가 아니라." 나는 그녀의 어깨 관절을 뽑지 않으려고 팔을 풀고 뒤로 물러섰다.

즉시 반응한 그녀는 주먹을 들어 올리면서 몸을 휙 돌렸고, 나는 그 주먹을 내 목 앞에서 쳐냈다.

"좋아." 다음 공격도 손쉽게 막으면서, 떠오르는 미소를 참을 수 없었다. "목을 노리는 게 네게는 가장 좋은 선택지지. 노출되어 있기만 하다면."

그녀는 뺨을 붉히고 분노로 눈에 힘을 주면서 이전에 시도했던 것과 같은 조합으로 발차기를 했고, 나는 다시 그녀의 허벅지를 잡고 거기에 꽂혀 있던 마지막 단검을 뽑아서 떨군 다음에 손을 놓았다. 그리고 흉터 진 눈썹을 들어 올려 순수한 실망을 표현했다. 넌 이것보단 영리하잖아. "실수로부터 배우길 기대했는데." 나는 떨어진 단검을 또 에이토스에게 찼다.

그녀는 옆구리에서 다음 단검을 뽑더니 방어 자세로 내 주위를 맴돌았다. 짜증이 나다 못해 한숨이 나올 지경이군. 눈을 돌리지 않아도 뒤에서 머뭇거리며 매트를 밟는 소리가 들렸다.

"뛰어오를 건가, 아니면 칠 건가?" 이러면 움직여야지.

매트에 드리운 그림자 때문에 움직임이 뻔히 보였고, 드디어 그녀가 앞으로 팔을 뻗으며 공격하는 순간 몸을 비틀어 숙였다. 단검은 내가 서 있던 자리의 허공을 갈랐다. 그나마 제대로 찌르긴 했지만, 그 동작 때문에 방어가 풀렸다. 나는 그녀의 팔을 당겨 내 상반신 옆으로 뒤집어 넘겨서 얼굴부터 매트에 처박고, 뒤따라 자세를 낮췄다.

단검을 떨구도록 팔을 꺾어 쥐자 그녀가 숨을 들이켰다. 나는 몸무게 대부분을 오른쪽에 실은 채 왼쪽 무릎을 그녀의 등에 대고 압박을 가했다. 그녀는 압박 속에서 움직이는 방법을, 죽음 앞에서 생각하는 방법을 배워야 한다. 나는 단검을 또 한 자루 뽑아서 에이토스의 발치에 던진 다음, 옆구리 칼집에서 또 한 자루를 뽑아서 그녀의 턱 아래 드러난 피부에 갖다 댔다.

나는 우리 사이의 얼마 안 되는 공간을 침범했다. "싸움을 하기도 전에 적을 제거하다니 그거 하나는 인정해." 귓가에 속삭이자, 내게 깔린 몸이 긴장했다. 그래, 바이올런스. 난 네가 지금까지 무슨 짓을 했는지 알아.

"문제는, 네가 여기에서 스스로를 시험하지 않는다면…." 나는 피가 나지 않도록 주의하면서 칼날로 그녀의 목을 내리 긁었다. "너는 전혀 발전하지 않을 거라는 거야."

"너야 당연히 내가 죽는 쪽이 더 좋겠지." 그녀는 매트에 얼굴 옆을 짓눌린 채로 쏘아붙였.

"그러면 너와 같이 지내는 즐거움을 못 누리잖아?" 대꾸하는 내 말에서 비아냥이 뚝뚝 떨어졌다.

"재수 없는 새끼."

자연스럽게 한쪽 입꼬리가 올라갔다. 입놀림 하나는 스게일 못지않게 무자비하다니까. "너에게만 특별히 그런 것도 아냐."

일어서서 빼앗은 단검들을 에이토스에게 차버리고, 소른게일에게 싸울 수 있는 단검 두 자루만 남겨둔 채로 다시 손을 내밀었다.

그녀는 험상궂은 얼굴을 했지만, 이번에는 내 도움을 받아들이지 않고 알아서 일어섰다. 다시 한번 미소가 흘러 나왔다. 언제 이렇게 즐거웠는지 기억도 나지 않는다. 소른게일은 모든 표정이 아름다울 정도로 노골적이다. 음흉하지도 않고, 교활하지도 않다. 하지만 통제를 못한다. "가르칠 만한 학생이군."

"그 학생은 빨리 배우거든." 그녀가 쏘아붙였다.

"그건 두고봐야지." 나는 두 걸음 물러서서 덤비라고 손짓했다.

"빌어먹을 요점은 전달됐어." 그녀의 목소리는 모두에게 들릴 만큼 컸고, 뒤에서 이모젠이 숨을 들이켜는 소리를 들으니 내가 성질이 나서 1학년을 죽여버릴까 봐 걱정하는 눈치였다.

하지만 나에겐 그녀를 죽일 생각이 한 톨도 없다.

"설마, 이제 겨우 시작인데." 나는 팔짱을 끼고 무게중심을 발꿈치 쪽으로 이동시켰다. 그녀가 다음엔 어떻게 할지 궁금했고, 대체 내가 왜 이렇게까지 신경 쓰는지 당혹스러웠다.

그야 물론 소른게일이 아름답긴 하지만, 난 누군가의 이목구비 같은 것에 흔들린 적이 없다. 그녀의 변화무쌍한 눈동자에 담긴 뚜렷한 분노 때문도 아니다. 혐오의 대상이 되는 데는 익숙하다. 하지만 그렇게 날 미워하면서도 낙인자들의 만남에 대해 입을 다무는 모습은 무시하기엔 너무 흥미롭다….

잠시 정신이 산만해진 나머지, 그녀의 움직임에 평소처럼 반응하지 못했다. 그래서 그녀가 뒤쪽에서 내 오금을 걷어찼을 때 넘어지고 말았다.

이런 젠장.

"*내가 무모하다고 했지?*" 스게일이 차단벽을 뚫고 말했다. "*저 은발 여자애는 네가 감당할 수 없는 방해*…."

나는 머릿속의 티렌더 산비탈에 두 발을 단단히 디디고 차단벽을 강화해서 스게일을 밀어냈다. 이번 일을 두고 날 평생 놀려먹겠군.

소른게일이 내 등에 올라타더니 헤드록을 시도했다. 잘했어. 견실한 선택이야. 하지만 내 숨통을 틀어막을 힘이 없지. 그녀는 자기 근력에 맞게 싸우지 않고, 실제보다 20센티미터는 크고 20킬로그램은 더 나가는 사람처럼 싸운다.

나는 그녀의 두 팔에 신경 쓰지 않았다. 재빨리 몸을 비틀어서 손아귀를 풀고 한 동작으로 이어서 허벅지 뒤쪽을 잡은 후, 한 바퀴 굴러서 그녀의 등을 매트에 눕혔다. 그리고 그녀가 숨을 들이마시기도 전에 그 섬세한 목선에 팔뚝을 댔다. 누르지는 않았다.

이 자세에서 그녀를 죽일 방법이 열 가지도 넘었고, 주도권은 완전히 나에게 있었다. 하지만 엉덩이로 그녀를 매트에 찍어누르면서도 몸무게 대부분은 왼팔에 실었다.

그녀는 제대로 붙들렸고, 눈동자에 두려움이 비쳤다가 얼른 분노로 가리는 모습을 보니 그녀도 그 사실을 알고 있었다.

젠장. 정말로 이 여자를 으스러뜨리고 싶지 않다.

대체 나한테 무슨 일이 생긴 거지?

그녀는 단검을 뽑더니 내 어깨를 노리는 엄청난 실수를 저질렀다.

나는 그녀의 손목을 잡아 머리 위로 눌렀다. 순식간에 충격받아 눈을 크게 떴다가, 긴장 속에서 두려움을 보였다가, 입을 꾹 다물고 화내는 그녀의 표정 변화를 넋 놓고 들여다보았다. 이렇게 빠르게 정보를 처리하고 감정을 바꾸는 건 엄청난 강점이건만, 스스로는 알지 못하는 듯했다.

그녀의 목을 타고 올라간 분홍빛이 뺨까지 번졌고, 정신 차리고 보니 나는 완전히 다른 이유로 그녀를 보고 있었다. 홍조, 빨라진 맥박, 1초도 안 되는 찰나지만 그녀의 시선이 내 입술로 움직이는 모습…. 지금 끌리는 사람이 나 혼자는 아니군.

망할. 이건 위험하다. 이 여자는 위험해.

매트 바깥세상이 사라지고 내 주의력은 오직 바이올런스에게 쏠린다. 그녀는 아름답고, 열받았을 땐 특히 더 매력적이다. 우리 사이에 팽팽한 긴장감이 커지고, 평정을 지키려 최선을 다하는데도 심장 박동이 급격히 빨라진다. 하지만 내 아래에 깔린 그녀의 감촉, 내 손에 닿는 그녀의 따뜻한 피부, 내가 천천히 고개를 내릴 때 빨라지는 그녀의 숨결을 날카롭게 의식할 수밖에 없다.

나는 그녀의 손바닥으로 손끝을 미끄러뜨려 빼낸 단검을 매트 저편으로 던져버린 후에야 손목을 풀어줬다.

"단검 잡아." 나는 단호하게 말했다.

"뭐?" 그녀가 눈을 크게 떴다.

"네, 단검, 잡으라고." 나는 되풀이하면서 그녀의 손을 잡고 옆구리 칼집에 꽂힌 마지막 단검 앞으로 끌고 간 후, 그녀와 손을 겹쳐서 칼자루를 잡았다.

손마저 부드럽군. 섬세하고 부서질 것 같은 손이다. 그리고 내가 이 작은 몸집을 유리하게 이용하는 방법을 가르치지 않는다면, 다음 상대가 그 점을 이용해서 그녀를 박살 내겠지. 정확히 어떤 이유인지 인정하고 싶지 않지만… 신경이 쓰인다.

제대로 망했어.

"넌 작아." 뱃속에 분노가 끓는다.

"잘 알거든." 그녀가 눈을 가늘게 떴다.

"그렇다면 큰 동작으로 몸을 노출시키는 짓은 그만하지." 나는 겹쳐 잡은 두 손을 내 옆구리로 가져와서 칼끝으로 가볍게 그었다. "옆구리 공격도 똑같이 잘 먹혔을 거다." 다음엔 내 등으로 손을 옮겨서, 이 감옥 같은 군사학교에 걸어 들어온 후 처음으로 나를 취약한 상태에 놓았다. "이 각도에서는 신장 공격도 적합하지."

그녀는 침을 꿀꺽 삼켰고, 나는 그 움직임을 보고 싶은 충동과 싸우며 눈만 보았다. 정말이지, 들여다볼 때마다 달라 보이는 눈동자다. 내가 눈을 뗄 수 없는 것도 당연하다. 나는 그 눈을 들여다보면서 겹쳐 잡은 손을 내 허리로 옮겼다. "네 상대가 갑옷을 입고 있다면 아마도 여기가 약할 거다. 이 세 곳이 상대방에게 널 막을 시간이 주어지기 전에 공격할 수 있는 쉬운 지점들이다."

그녀는 입술을 벌리고 떨리는 숨을 들이쉬었다.

"내 말 듣고 있나?" 이 수업을 반복할 생각은 없다.

그녀는 고개를 끄덕였다.

"잘됐군. 네가 마주치는 모든 적에게 독을 먹일 순 없거든." 속삭이는 내 비난에 핏기가 사라지는 그녀의 얼굴이 보였다. "브레이빅의 그리폰 라이더가 날아올 때는 차를 먹일 시간이 없을 거야."

"어떻게 알았어?" 아래에 깔린 몸이 긴장하는데, 젠장. 그녀의 허벅지가 내 엉덩이를 조였다.

그녀에게 나를 상대로 쓸 수 있는 무기가 하나 더 있다는 사실을 알려주기 전에 얼른 이 몸 위에서 비켜야 한다. "아, 바이올런스. 네 솜씨가 좋긴 하지만 난 더 뛰어난 독 전문가와 알고 지냈어. 그렇게 뻔하게 만들면 안 되지."

자기 동생이 얼마나 뻔하게 굴었는지 알면 브레넌이 좌절의 한숨을 내쉴 테지. 내가 바이올런스를 어떤 자세로 잡고 있는지 보면 내 엉덩이도 걷어차려고 할 테고.

입안에 쓴맛이 돌았다. 바이올런스는 브레넌이 살아 있음을 꿈에도 모른다. 그녀가 무슨 말을 하려는 것처럼 입을 열었다.

"이 정도면 하루 가르침으로는 충분했다고 생각합니다." 에이토스가 또 짖어댔다.

우리 둘만 있는 게 아니라는 사실을 깨닫고 놀란 티를 내지 않으려 내가 가진 모든 통제력을 끌어와야 했다. "저 녀석은 언제나 저렇게 과보호인가?" 나는 몸을 살짝 떼어내면서 중얼거렸다.

"날 걱정하는 거야." 바이올런스가 나를 노려보는데, 아무래도 그게 기본 표정인가 싶다.

"널 방해하는 거겠지. 걱정 마. 네가 독을 쓴다는 작은 비밀은 지켜줄 테니까." 흉터 진 눈썹을 구부리며 내 비밀도 지키라는 뜻을 그녀가 알아들었기를 빌었다. 겹쳐 쥔 손을 그녀의 옆구리로 내려서 도무지 어울리지 않는 보석 자루 단검을 칼집에 꽂았다. 그 칼은 그녀에게 너무 크다. 쳐내기는 너무 쉽고.

"날 무장해제 하지 않는 거야?" 손을 풀고 일어서려는데 그녀가 물었다.

그녀에게 내 엉덩이를 허벅지 사이에서 풀어줄 분별력이 있어서 다행이다. 내 분별력은 어딘가로 달아나버렸다. 내 엉덩이를 그 자리에 그대로 둔 채 그녀를 제일 가까운 빈방으로 데려가서 우리가 서로에게 얼마나 끌리는지 알아보고 싶은 충동만 남아 있었으니 말이다.

하지만 그 길에는 확실한 재앙뿐이다.

"안 한다. 무방비한 여자는 내 취향이 아니거든. 오늘 수업은 여기까지." 나는 벌떡 일어나서 매트 가장자리로 걸어가 이모젠에게 무기를 돌려받았다.

"대체 그건 뭐였어?" 이모젠이 마지막 단검을 건네주면서 소곤거렸다.

"에이토스." 나는 그 질문을 무시하고, 늘 그랬듯 바이올런스를 어르고 달래느라 바쁜 대대장에게 돌아섰다. 에이토스가 홱 돌아보는데, 그 얼굴에 생생한 분노를 보자 웃음이 나올 지경이었다. "걘 보호 대상이 아니라 가르칠 대상이다." 나는 비난하는 눈빛으로 쳐다보다가, 에이토스가 마지못해 고개를 끄덕이고 나서야 몸을 돌려 걸어갔다.

"네가 1학년과 대련을 할 기분이 들었다고?" 내가 2대대에서 몇 걸음 물러서자마자 개릭이 따라붙으며 묻는데, 입가에 웃음기가 감돌고 있었다. "아니면 저 특정 1학년만이야?"

"가끔은 네 관찰력이 정말 싫다."

"네가 걔 쳐다보는 눈빛은 누가 봐도 티가 나." 개릭이 목소리를 낮췄다.

"내가 걔 죽이고 싶어 한다는 거?" 나는 발톱전대에서 벌어지는 흥미로운 시합을 보며 대꾸했다.

"죽이고 싶은 건지 아니면…."

"그 문장 끝맺지 마라. 누굴 때리고 싶은 기분이니까." 우리는 제대로 싸우면 서로 다칠 수밖에 없다는 점에서 완벽한 대련 상대지만, 지금 나는 절친한 친구에게 크게 한 방 먹이고도 남을 만큼 짜증이 난 상태였다. 개릭의 몸집이 더 크다는 건 문제가 아니다.

"오, 제발 그래 줄래?" 개릭은 가슴께에 손을 올리고 히죽거렸다. "너의 그 크고 힘센 손을 이용해서 제발 나한테…."

개릭이 비틀거리며 옆으로 물러설 정도로 세게 어깨를 민 다음, 개릭의 전대를 벗어나서 발톱전대로 넘어갔다. 소른게일은 멀리 둘수록 좋다.

16

'에이토스 저 개새끼가 내 바이올런스에게 입 맞추다니.'

"어떻게 된 일인지 모르겠어? 제이든이 뭘 한 건지?" 에이토스가 소른게일에게 묻는다. 보병이나 돼야 했을 놈답게 전전긍긍하면서 내가 탈곡의 결과를 바꿨다는 듯이 암시를 흘린다.

누가 내 이름을 끌어다가 헛소리를 늘어놓을 때마다 일일이 반응했다면 난 아무것도 못 했을 것이다. 대체로 나는 모욕을 기억에 저장해놓고, 일단 치워둔 다음에 다른 일을 한다. 스게일이 자주 일깨워주다시피, 드래곤은 양들의 생각에 개의치 않는 법이다. 인간들이 하는 생각에도.

하지만 에이토스의 손가락이 소른게일의 제복 어깨를 파고들자, 그것도 테른이 불태운 찌질이의 칼에 맞은 상처 바로 위를 누르는 모습을 보자 설명할 수 없는 분노가 치밀어오면서 날카로운 칼날처럼 앞길에 있는 모든 것을 잘라낸다. 나는 정신 차단벽을 쾅 닫았다. 누가 근처에 있을 땐 늘 그랬거니와, 기억을 읽는 놈 앞에서는 당연한 일이었다.

"부탁인데 내가 무슨 짓을 했다고 생각하는지 말해주지 그래." 나는 비행장 대부분을 비추는 달빛 속으로 걸어 들어가면서 스게일로부터 흘러드는 마력을 끊고, 이 개새끼가 나를 선명하게 볼 수 있도록 밤의 그림자들을 자연스러운 상태로 돌려보냈다.

"당신이 탈곡을 조작한 거지." 에이토스는 소른게일의 어깨에서 손을 뗐고, 나는 놈의 손을 자르지 않기로 결정했다. 일단은.

정말이지. 내가 이 학교에서 어긴 법이 몇 개인데, 하필 그런 고발을?

웃음을 터뜨릴 뻔했지만, 그때 그 개새끼가 소른게일 앞에 나섰다. 바이올런스에게 자기 보호가 필요하다는 듯이. 그놈은 오늘 탈곡에서 내가 본 그녀를 보지 못했다. 그 모습을 봤다면 보모처럼 곁을 맴돌지도 않을 것이다.

"데인, 그건…." 소른게일이 그 뒤에서 걸어 나왔다.

"그건 공식적인 고발인가?" 신들이시여, 제발 저 젠체하고 코덱스만 사랑하는 놈을 두들겨 팰 이유를 주십시오. 딱 한 번만.

"기껏해야 짜증 나는 놈일 뿐이다. 자제해라." 스게일이 잔소리를 했다. 애초에 스게일이 그 금빛 드래곤에게 품은 애정 때문에 이런 개 같은 상황에 놓인 건데 말이다.

나는 에이토스에게 시선을 고정시키고, 소른게일의 크게 뜬 헤이즐색 눈동자와 그 피부에 남은 상처들을 보지 않으려고 했다. 특히 그 몸의 곡선에 시선을 두는 건 절대 안 될 일이지…. 젠장. 그녀가 내 주의를 흐트러뜨린다. 그럴 여유가 없는데도, 난 방금 저주받은 여생 동안 저 여자와 한배를 타고 말았다. 그리고 지금 달빛을 받는 그녀의 눈동자는 내가 도무지 눈길을 떼어낼 수가 없는 분노의 푸른 불길 대신 두려움이 깃들어 호박색으로 빛난다.

두려움은… 에이토스에 대한 걱정인가? 왠지 뱃속이 꼬인다.

"당신이 개입했어?" 에이토스가 징징대며 묻는다.

"내가 뭘 했냐고?" 나는 혐오감을 드러내면서 눈썹을 치켜올렸다. 저 작고 매혹적인 독덩이가 죽을 뻔한 직후인데, 이 녀석은 규정이나 걱정한다고? "내가 저 녀석이 수적으로도 밀리는 데다 이미 부상당한 걸 봤냐고? 내가 저 녀석의 용기가 무모하긴 하지만 존경스럽다고 생각했냐고?" 그녀를 쳐다보는 기념비적인 실수를 저지르는 바람에 꾹 참았던 성질이 터지고 말았다. 그녀는 그 자리에서 죽을 수도 있었다. 거의 죽을 뻔했다. 내 눈앞에서.

"난 또 그렇게 할 거야." 그녀는 나를 보고 고집스럽게 턱을 들었다.

"아주 잘 알고 있네!" 젠장. 통제력이 삐끗한 정도가 아니라 방금 증발해버렸다. "내가 저 녀석이 몸집이 더 큰 생도 세 명과 싸우는 걸 봤냐고? 그런 질문이라면 대답은 다 그렇다야. 하지만 넌 나에게 엉뚱한 질문을 던지고 있어, 에이토스. 내가 아니라 스게일도 그 꼴을 봤냐고 물어야지."

"방금 이 헛짓거리에 날 끌어들인 거냐."

"스게일이 날 끌고 들어간 거 맞잖아요. 언제부터 작은 드래곤에게 무르게 군 거예요?" 그 금빛 드래곤이 귀엽지 않다는 건 아니다. 하지만 여기에서 귀여운 상대에게 마음이 약해졌다간 죽기 십상이고, 바로 그래서 소른게일이 나에게 위험한 거다.

에이토스가 초조한 얼굴로 시선을 피했다. 그래야 마땅했다.

"테른의 반려가 말한 거구나." 소른게일이 속삭였다. 테른과 스게일이 반려 관계라는 걸 누군가 말해준 모양이다.

"넌 언제부터 인간 여자를 두고 감정적으로 굴었는데?" 스게일이 대꾸했다.

"감정적인 게 아니라 화가 난 거예요." 나는 그 말을 바로잡았다. "스게일은 깡패들을 좋아하지 않거든. 하지만 그게 너에 대한 친절이었다는 오해는 하지 마. 스게일이 그 작은 드래곤을 좋아해서 그래. 불행히도 테른은 자기 뜻으로 널 선택했어."

"망할." 드디어 상황을 이해한 에이토스가 중얼거렸다.

"내 생각도 그래." 나는 에이토스를 보고 고개를 절레절레 저었다. "소른게일이라니, 이 대륙을 통틀어서 가장 엮이기 싫은 사람이지. 내가 한 짓이 아니야." 그 숲속에서 바이올런스에 대한 내 태도는 1초 만에 '내가 죽일지도, 아니 안 죽일지도'에서 '무슨 일이 있어도 지킨다'로 바뀌었다.

그녀가 영리해서도, 아름다워서도, 열받게 내가 주의 깊게 쌓아 올린 통제력을 갈가리 찢을 수 있어서도 아니다. 심지어 그 셋 다여서도 아니다. 내겐 이 문제에 선택권이 없었다. 내가 아니라 테른이 그렇게 결정해버렸다.

"그리고 설령 내가 개입했다 하더라도…." 나는 에이토스에게 바싹 다가섰고, 그 녀석은 내 위압에도 뒷걸음질은 치지 않았다. "그 행동이 네가 가장 친한 친구라고 부르는 사람을 구했다는 걸 알면서도 정말 그런 비난을 할 건가?" 언젠가는 소른게일도 분과에서 보낸 1년이 어린 시절의 친구를 모르는 사람으로 바꿔놓았다는 사실을 받아들여야 할 것이다. 녀석의 침묵이 달콤하군. 내가 무슨 말을 해도 이만큼 유죄로 보이게 하진 못할 텐데.

"세상엔… 규칙이 있어." 에이토스는 키가 더 큰 나를 내려다보려고 갖은 애를 쓰면서 더듬더듬 말했다. 등뼈를 늘리기엔 어색한 순간이지만, 잘해보라지.

"그러면 호기심에서 묻는데, 너라면 그 공터에서, 그 소중한 바이올렛을 구하기 위해, 그 규칙을 어겼을까?" 바이올렛이라는 이름을 혀끝에 올리는 느낌이 이상하다. 내가 부르던 별명보다 부드러운 이름.

"아무리 너라도 이건 잔인하구나." 스게일이 재미있다는 듯이 말했다.

"소른게일에게 상처가 될 건 안타깝지만, 저 여자가 우리의 동반자 관계에서 살아남으려면 강해져야 하고, 에이토스는 우리 주위에 둘 수 없어요."

"아, 그러니까 테른이 도착했을 때 네가 이미 움직이고 있었다는 이야기는 쏙 빼기로 한 거냐?" 스게일이 비아냥거렸다. "테른이 오지 않았다면 네가 에이토스 대령의 아들이 비난하는 바로 그런 짓을 해버렸을 거라는 사실도?"

"제가 움직인 건 본능적으로…."

"그 문장을 끝맺어서 우리 둘 다 민망해지는 사태는 피하자꾸나."

스게일이 저럴 때가 정말 싫다. 이 대륙에서 나보다 심한 독설가는 스게일뿐이다. 음, 바이올런스라면 맞상대가 될지도.

"데인에게 묻는 건 불공평해." 소른게일이 에이토스 옆에 서는데, 드래곤의 리드미컬한 날갯짓 소리가 울려 퍼졌다. 엠피리언이 결정을 내린 모양이다.

"명령이다. 대답해, 대대장." 나는 에이토스와 시선을 마주쳤다.

어서 네 진짜 모습을 보여줘.

에이토스는 내 귀에도 들릴 만큼 큰 소리로 침을 삼키더니 눈을 꽉 감았다. "아니요. 안 그랬을 겁니다."

나는 코웃음을 쳤다. 규칙성애자 같은 겁쟁이 새끼. 저놈에겐 바이올런스와 같은 공기를 마실 자격도 없다. 바이올런스는 몸집이 절반인데도 저놈의 천 배는 용감하다. 정말 안 어울리는 관계지. 이 저주받을 학교에서 내가 보디, 개릭, 리암의… 이제는 저 여자의 목숨까지 구하는 걸 막을 규칙 따윈 없다.

에이토스가 소른게일에게 얼굴을 돌렸지만, 나조차도 이미 그 대답이 끼친 여파를 못 알아볼 수가 없었다. 소른게일은 제일 아끼는 책이 갈기갈기 찢어진 꼴을 본 듯한 얼굴이었다. 젠장. 폐가 무겁게 내려앉는 이 불편한 기분은 뭐지? 설마… 아니야, 죄책감일 리가. 내가 죄책감이라는 걸 느낀 게 언제인지 기억도 안 난다. 낙인자에 얽힌 문제도 아닌데.

"바이, 너에게 무슨 일이 생기는 모습을 지켜보는 건 죽기보다 싫지만, 규칙은…." 에이토스가 또다시 징징거린다.

"괜찮아." 소른게일은 말을 끊으며 그의 어깨에 손을 올렸다.

그것만으로도 죄책감이 욕지기로 바뀌었는데, 이상하게 그게 고마웠다.

"드래곤들이 돌아오는군." 나는 뻔히 보이는 사실을 말했다. 드래곤들이 착륙하면서 생도들이 우왕좌왕 비키고 있었다. "대열로 돌아가라, 대대장."

에이토스는 쥐새끼답게 쪼르르 도망쳤다.

"왜 그런 짓을 한 거야?" 소른게일이 나에게 고함치듯 말하더니 고개를 저었다. "관두자." 그녀는 내 존재를 무시하고 말없이 걸어가버렸다.

나는 눈을 껌벅였다. 아마리에게 맹세코, 감히 나를 무시할 배짱이 있는 인간은 저 150센티미터짜리 골칫덩이가 유일하다. 그녀의 말대로 내버려두자고 판단하기도 전에 내 몸이 움직였다.

"네가 저 녀석을 지나치게 신뢰하니까. 그리고 누굴 믿어야 할지 알아야만 네가, 아니 우리가 계속해서 살아남을 테니까. 분과 안에서만이 아니라 졸업 후에도."

"우리 따윈 없는데." 그녀가 쏘아붙이다가 다른 라이더와 부딪칠 뻔하는 모습에 심장이 덜컹 내려앉았다. 어제까지만 해도 신경 쓰지 않았을지 모르지만, 이제는 그녀가 피를 흘리면 내가 피를 흘리는 것 같았다.

"아, 너도 곧 달라졌다는 걸 알게 될 거야." 나는 그녀의 팔꿈치를 잡아서 다른 라이더와의 충돌 경로에서 빼냈다. 이 여자를 살려두려고 애쓰는 게 계속 이런 식일까? 이 여자는 작디작은 드래곤을 지키려고 무장한 깡패 셋과도 맞서면서 왜 걸을 때는 주위를 보지 않는 거지? "테른의 유대는 아주 강해. 반려와도 강하고 라이더와도 강하지. 테른이 워낙 강력하기 때문이야. 지난번에 테른이 라이더를 잃었을 때는 거의 죽을 뻔했고, 따라서 스게일도 죽을 뻔했어. 반려를 맺은 한 쌍의 목숨은…."

"상호의존적인 건 나도 알아." 그녀는 날카롭게 대꾸한 뒤 착륙하는 드래곤들을 보았다. 지금의 눈동자는 분노 때문에 푸른색이 돋보이는군.

이따위 것들에 신경 쓰고 있다니, 대체 난 뭐가 잘못된 걸까.

"이젠 무르게 구는 게 누구지?" 스게일이 물었다.

"끌리는 것과 무르게 구는 건 다르거든요." 그리고 나는 이미 첫 번째 부분만으로도 스스로에게 화가 나 있었다. 두 번째까지 저지르는 건 절대 안 될 일이다. "드래곤이 라이더를 선택할 때마다 그 유대는 전보다 더 강해져. 그렇다는 건, 바이올런스 네가 죽으면 연쇄반응이 일어나서 나까지 죽을 수도 있다는 얘기지. 그러니까 맞아, 관계자 모두에게는 불행한 일이지만 엠피리언이 테른의 선택을 승인했다면 이젠 너와 내가 우리가 된 거야."

그녀가 눈을 크게 뜨고 입을 벌렸다. 난 절대로 그 입술에 대해 생각하고 있지 않다. 저 여자를 어떻게 살려두느냐 같은 중요한 문제를 앞에 두고 내가 그럴 리가. "그리고 이젠 테른이 나타났고, 다른 생도들도 테른이 계약할 뜻이 있다는 걸 알았으니…." 빌어먹을. 놈들이 이 여자를 노릴 거다. 매트 위에서, 복도에서, 내가 제대로 감시할 수 없는 망할 놈의 욕실에서도. 나는 억지로 시선을 떼어내고 한숨이라고 해도 무방할 큰 숨을 내쉬었다.

"그래서 테른이 당신과 같이 있으라고 한 거구나." 그녀는 이제야 상황이 얼마나 심각한지 이해한 듯 속삭였다. "미계약자들 때문이었어."

"미계약자들은 혹시나 테른과 계약할 수 있을지 모른다는 희망을 품고 널 죽이려고 할 거다." 개릭이 내 쪽으로 오려고 하자, 고개를 저었다. 어젯밤 임무에서 무슨 소식을 가져왔든, 그 이야기는 미뤄야 했다. *"분과에 이렇게 많은 사람이 있는데 테른은 하필 소른게일과 계약해야 했대요?"* 인생이 어마어마하게 복잡해지기 직전이다.

"무슨 의도에서 그랬는지 직접 물어보렴." 스게일이 대답했다.

"됐거든요. 머리통은 붙인 채 살고 싶네요." 테른은 성질 더럽기로 둘째가라면 서럽다고.

"테른은 이 대륙에서 가장 강력한 드래곤 중 하나고, 테른이 쏟아내는 막대한 마력은 곧 네 것이 될 테지. 미계약자들은 앞으로 몇 달 동안 새로운 라이더들을 죽이려고 할 거다. 그동안은 아직 유대관계가 약하고, 드래곤이 마음을 바꿔서 자기들을 선택할 가망이 있으니까. 그러면 1년을 꼬박 되풀이하지 않아도 되니까. 그런데 심지어 테른이라고? 무슨 짓이든 하고도 남지." 이번에는 정말로 한숨을 내쉴 수밖에 없었다. "현재 미계약 라이더는 41명이고, 네가 그들의 최우선 목표물이야." 나는 집게손가락을 들어 보였다.

"그리고 테른은 당신이 경호원 역할을 할 거라고 생각하고." 그녀는 콧방귀를 뀌었다. "당신이 날 얼마나 싫어하는지 모르나 봐."

"테른은 네가 저 아이를 얼마나 싫어하는지, 얼마나 자주 쳐다보는지 정확히 알…."

"그만하지 않으면 추운 날씨에 나가는 임무란 임무는 다 자원할 거예요."

"무례하긴. 네가 호르몬 조절을 못한다고 왜 내가 불편해야 하는 거냐." 스게일은 정신적으로 몸서리를 쳤다. 내 여신은 무자비하고 악랄한 주제에 추위는 싫어한단 말이지. 아레티아로 날아갈 때만 예외고.

"테른은 내가 내 목숨을 얼마나 아끼는지 알아." 맞받아치면서도 내 시선은 소른게일의 몸 위를 떠돌았다. 아마리 여신이 직접 나를 파멸시킬 여자를 설계한다면 딱 이런…. 망할. 바이올런스는 정말로 내 파멸일지도 모르겠다. 부드러운 피부에 영리한 머리, 격렬한 성격. 단검을 쥐면 치명적이고, 지나칠 정도로 용감하다. 그리고 지극히 이성적이다. "이제 곧 사냥당할 거라는 말을 들은 사람치고는 소름 끼치게 침착하군." 어떻게 하면 저 여자가 완전히 통제력을 잃을까? 어떤 남자 앞에서 흐트러질까?

"저 아이는 너보다 2년 어린 데다 네 지휘하에 있다."

"그리고 스게일은 테른보다 50년 연하죠. 하고 싶은 말이?"

"나한테야 새로운 일도 아니라서." 소른게일이 어깨를 으쓱였고, 내 시선은 그 뺨의 홍조에 붙박였다. 아닌 척해도 나에게 영향을 꽤 받는다는 사실을 알 수 있다. "솔직히 말하면, 41명에게 사냥당하는 정도는 당신 때문에 끊임없이 어두운 구석을 살피는 일에 비하면 큰 위협도 아니야."

일리 있는 지적이군. 금빛 드래곤이 우리 뒤에 착륙하고, 뒤이어 스게일이 반려라고 부르는 괴물이 내려섰다. 소른게일은 이제 안전하니, 나는 최대한 빨리 비행장을 가로질러 다른 비행단장들의 드래곤들과 함께 줄 끝에서 기다리는 스게일에게로 향했다.

개릭은 자기 브라운 스콜피언테일인 크라드 옆에 서 있었는데, 내가 다가가자 눈썹을 치켜올렸다. "그러니까 너하고 장군의 딸이…."

"안 웃겨." 나는 고개를 젓고 스게일이 웃는 소리를 무시했다.

멜그렌 장군이 연단 앞에 섰다. 그자가 가까이 있으면 늘 그랬듯 소름이 끼쳤다. 살인자 새끼. 그놈이 하는 말을 흘려듣기는 어렵지 않다. 몇 년이나 놈을 무시하는 연습을 했다. 게다가 무슨 말을 할지는 듣지 않아도 알았다.

테른은 뜻대로 할 것이고, 소른게일은 두 드래곤과 계약할 것이다. 엠피리언이라 해도 대륙에서 두 번째로 큰 드래곤이 계약을 하겠다는데 안 된다고 할 리는 없다. 그들은 테른을 전장에 다시 데려가고 싶어 하니까.

"이게 문제가 될까?" 멜그렌이 지껄여대는 소리를 배경으로 개릭이 물었다.

"아니."

"그러시겠지." 비꼬는 기색이 역력했다.

"난 괜찮아." 탈곡에서 살아남은 1학년들을 훑어보며 대답했다.

"너보다 괜찮은 시체도 본 기억이 있는데." 내 절친이라는 놈이 중얼거렸다.

"시체들이야 당연히 괜찮겠지. 걱정할 게 없잖아." 그리고 난 방금 살고 싶으면 바이올렛 소른게일을 지키라는 임무를 맡았다. 그렇게 하긴 할 거다. 아니, 그래야 한다. 방금 멜그렌이 소른게일이 드래곤 둘과 계약했다는 사실을 선언했으니 더 그렇지.

나는 차단벽을 살짝 내리고 연결된 감각을 느꼈다. 스게일과의 단단한 사파이어빛 연결은 언제나처럼 잘 붙어 있지만, 연결선이 두 개가 더 늘었다. 오닉스 빛깔은 테른일 테고, 다른 하나는 반짝이는… 은빛이다. 그녀의 머리카락 끝과 같은 색깔. 젠장. 테른이 정말로 그녀와 계약했군.

소른게일이 비행장 너머에서 나를 보았고, 나는 집게손가락을 들어 올렸다. 그녀는 이제 여기에서 첫째가는 목표물이고, 내 제일 큰 골칫거리다.

"우리가 쟬 살려둬야겠군." 개릭이 중얼거리는데, 소른게일 장군이 가족 같은 생도들에게 연설을 하러 나섰다. 진짜 가족은 드래곤들에게 던진 주제에.

"그래." 나는 늘 그녀 옆에 있을 수도 없는데 그 1학년들의 개짓거리에서 어떻게 그녀를 지키지? 비행장 저편을 보는데 의형제인 리암이 선택받은 레드 대거테일 앞에 서 있었다. "리암을 바이올렛의 대대로 이동시켜야겠어."

"리암을?" 개릭이 의아해했다.

"리암은 1학년 중에서 최고야." 나는 1학년들이 축하하러 흩어지는 모습을 보며 고개를 끄덕였다. "내가 격투 훈련을 시켰으니, 걜 지킬 능력이 있어." 더해서, 내가 리암에게 의리를 지키는 만큼이나 리암도 나에게 충실하다.

"아니면 우선 혼자 살아남을 기회를 줘볼 수도 있겠지."

그 말이 맞을 만한 이유는 산더미처럼 많다.

"하지만 그 길을 택하겠다면야. 누구나 리암을 좋아하니 개도 리암을 좋아하길 빌어보자. 그러면 지키기는 게 좀 수월해지겠지."

"걘 리암을 좋아할 거야." 다시 불편한 느낌이 퍼지면서 속이 뒤틀렸다.

개릭이 히죽 웃었다. "걱정 마. 리암이 개랑 자진 않을 거야."

나는 개릭을 노려보았다. "내가 그딴 걸 왜 신경…." 에이토스가 소른게일 뒤쪽으로 빠르게 다가가서 등에 손을 뻗는 모습을 보자 말이 끊겼다. 저 개자식이 그녀의 갑옷 끈을 풀고 있잖아. 그녀의 몸에 손을 대다니. 나는 빠르게 솟구치는 구역질을 가라앉히려 코로 숨을 들이마시고 입으로 내뱉었다.

"진정해. 다시 묶어주고 있잖아." 개릭 이 자식이 아직도 실실거리고 있다는 건 보지 않아도 알 수 있었다. "보여? 벌써 몸을 돌렸네."

소른게일이 에이토스의 품에서 몸을 돌려 마주봤고, 이번엔 에이토스가 그녀의 얼굴에 두 손을 올렸다. 보나 마나 내가 정말로 개입하지 않았는지 확인하려고 기억을 도둑질하고 있겠지.

"걱정할 게 없…. 이런." 개릭의 목소리가 작아지는데, 에이토스가 고개를 숙여 소른게일에게 키스를 했다.

혈관에 불길이 내달리고 주위 그림자들이 발작을 일으키면서 잠시 시야가 뒤틀렸다. 에이토스 저 개새끼가 내 바이올런스에게 입을 맞추다니. 아니, 내 여자는 아니지. 하지만 온몸에 산을 들이부은 것처럼 가슴이 타고 숨쉬기가 힘들어지는 건 어쩔 수가 없었다. 그놈의 코흘리개 얼간이가 고개를 들 때까지 그랬다.

"젠장. 너 괜찮냐?" 개릭이 웃음기 가득한 목소리로 물었다.

"난…." 당장이라도 에이토스에게 달려들어 주먹질할까 봐 그림자로 내 발을 들판에 고정시켰다. 저 새끼가 감히 그 입술에 키스를 해? 규칙에 연연해서 그 여자도 지키지 못하는 놈이? 나는….

"그래. 넌 어떻게 할 건데?" 스게일이 물었다.

망할. 내가 뭔들 못 할까.

"너 지금 얼굴이 녹색이야." 개릭은 대놓고 웃음을 터뜨렸고, 나는 소른게일이 에이토스에게서 물러설 때까지 억지로 숨을 들이쉬고 뱉었다.

에이토스가 소른게일을 보면서 히죽거리는데…. 잠깐만. 그녀는 같은 감정이 아니다. 아니야. 소른게일은 실수로 사촌에게 키스했다가 재빨리 물러서지 못한 사람 같은 얼굴이야. 저렇게 어색할 수가.

"난 20년 동안 한 번도 네가 질투하는 모습을 본 적이 없는데. 이거 정말 놀랍다." 개릭이 내 어깨를 두드렸다.

질투. 마음을 갉아먹는 이 뜨거운 감정이 바로 그거군. 질투. 그런데 난 남은 평생 이 여자와 연결됐단 말이지. 저 여자에게서 최대한 거리를 둬야 해.

"하지만 그러지 않겠지." 스게일이 미래를 예측했고, 나는 가운뎃손가락을 들어 보이고 싶은 충동을 느꼈다. 그랬다간 스게일에게 내 손가락을 물어뜯기겠지만…. 진심이었다.

27

'신들이시여. 저 입술, 저 입술을 꿈에서도 본다.'

데인 에이토스가 아주 내 신경을 박박 긁는군. 오후 내내 형편없는 지적질에다 자기 딴에는 위협이랍시고 노려보는 눈길까지. 저놈의 면상을 몬세라트의 브리핑 테이블에 처박아줄까.

하지만 바이올런스가 좋아하지 않을 테지. 반질반질한 나무에 녀석의 코가 으스러지는 소리야 만족스럽겠지만, 내 행동 때문에 이 사소한 훈련 시간이 빨리 끝나버리기라도 했다간 이모젠의 임무가 위태로워진다. 지금 이모젠이 병동에서 토하고 있는 게 아니라는 사실을 대대원들이 알게 되면 곤란하지.

이모젠의 편리한 고유 능력 덕분에 힐러는 이모젠이 내내 거기에 있었다고 기억할 테지만 말이다. 예정대로라면 이모젠은 지금 내가 가져온 물량을 배달하고 돌아오는 중일 것이다. 그러고 보니 차단벽을 강화해야겠군. 에이토스가 지금 눈빛에 담은 위협대로 행동할 경우에 대비해야지. 물론 저 재수 없는 놈의 손이 내 근처에도 닿게 둘 생각은 없지만.

"그래서 우리가 할 일이라고는 뭔가 벌어지길 기다리는 것뿐인가요?" 리독 갬린이 물었다. 던의 이름에 걸고, 저 녀석이 지금 지저분한 부츠를 브리핑 테이블에 올린 건가?

"그렇다." 내 왼쪽, 테이블 상석에 앉은 언니 쪽 소른게일이 대꾸하더니 오른손을 휘저어 단순 마법으로 갬린을 엉덩방아 찧게 했다. "그리고 테이블에서는 발을 떼도록."

기지에 주둔한 키 큰 라이더 한 명이 낄낄거리더니 바이올렛의 언니 뒤에 걸린 전투 지도를 업데이트했다. 그러다 내가 지켜보는 걸 눈치채더니 재빨리 안면을 바꾸고 의심하듯 눈을 가늘게 떴다. 나는 목의 낙인이 보이는 위치를 긁으면서 놈이 먼저 눈을 내리깔 때까지 노려봤다.

바로 저래서 내가 바이올렛에 대한 곤란한 감정을 혼자 간직하는 거다. 바이올렛이 아무리 예뻐도, 내 옆에서 얼마나 좋은 냄새를 풍겨도… 감귤 향기 같군. 저 목에 얼굴을 묻으면 얼마나 분홍빛으로 달아오를지 보고 싶어지는데. 아니, 그랬다간 이 방 안의 모든 라이더가 그녀를 다른 눈으로 볼 테고, 그게 좋은 방향은 아니겠지. 대륙 전체에서 절대 내가 가질 수 없는 한 여자한테 빠진다? 아주 잘하는 짓이다.

그럼에도 여전히 나는 바이올렛과 리암 사이에 앉았고, 내가 바이올렛에게 제일 가까운 자리를 차지하자 의미심장하게 웃어대는 리암은 무시했다. 아무 일 없긴 하지만, 내가 있을 때는 리암이 물러나도 괜찮다.

"이걸 너희의 전투 브리핑 시간이라고 생각해라." 리독 갬린이 허둥지둥 테이블 끝자리로 돌아오는 사이, 미라 소른게일이 설교했다. "오늘 오전은 원래 우리가 정기적으로 비행하는 순찰의 4분의 1 정도였으니까, 평소라면 지금쯤 막 돌아와서 지휘관에게 발견 사항을 보고하고 있었을 것이다. 하지만 오후의 대응 비행 때문에 기왕 이 방에 앉았으니, 시간을 유용하게 활용하겠다. 자, 적이 우리 국경을 넘어와서 새로 쌓은 기지를 발견했다고 가정해보자." 미라는 몸을 빙글 돌려 지도상의 가까운 위치에 빨간 깃발을 꽂았다. "여기에서."

에이토스가 나를 노려보느라 지도는 쳐다보지도 않기에, 나도 의자에 등을 기대고 내 장기를 발휘했다. 마주 노려보기.

"그냥 하룻밤 사이에 솟아난 걸로 치자고요?" 에머리 바네스의 말투에 살짝 비판 조가 섞였지만, 나는 에이토스를 최대한 불편하게 만들어주는 일에만 집중했다. 그냥 재미 삼아서.

"어디까지나 토론을 위해서다, 3학년." 미라가 쏘아붙였다.

에이토스가 테이블 위로 주먹을 쥐는 모습을 보자 입꼬리가 올라갔다. 불쌍할 정도로 자극하기 쉬운 놈이라니까.

"이 게임 좋은데." 여기에 주둔한 소위 중에서 키 작은 쪽이 미라 옆에서 중얼거렸다.

"우리의 목적은 무엇일까?" 미라가 물었다. "에이토스?"

에이토스가 흠칫 놀라서 지도로 관심을 돌렸다. 내가 이겼군. "어떤 유형의 방어 시설입니까? 되는 대로 지은 나무 구조물입니까? 아니면 더 튼튼한 건물인가요?"

그래도 괜찮은 질문은 할 줄 아네.

"하룻밤 사이에 요새를 지을 시간이 있었다면…." 리독이 빈정댄다. "나무여야 하지 않나?"

"하나같이 진절머리 나게 상상력이 부족하군." 미라는 우리가 걷어치울 수 없는 두통거리라는 듯이 이마를 문질렀다. "좋다, 적이 이미 세워져 있던 성채를 차지했다고 치자. 돌로 만든 걸로."

그렇다면 민간인이 있거나 내부에 포로가 있을 가능성이 있군. 광범위한 드래곤 화염 공격은 제외. 좋아. 리암이 놈들의 방어 시설을 정찰한 다음, 내가 그림자로 흠뻑 적셔놓고 공격하면 되겠어. 절반은 드래곤에서 내리고 절반은 공중에서 그리폰들을 제거. 퀸을 정찰로 쓰고 에머리가 바람을 조종하면서 통제된 화염 공격을 넣는 동안 내가 어둠을 타고 들어가서 포로들을 풀어준다.

머릿속으로 연이어 세 가지 전술을 검토하다가 바이올렛 쪽을 흘긋 보는 바람에 네 번째 전술이 막혔다. 바이올렛이 집중하느라 입술을 오므리고 있었다.

신들이시여. 저 입술, 저 입술을 꿈에서도 본다. 아무 때나 저 입술을 떠올린다. 그때의 키스는 낙인처럼 내 기억에 새겨져, 다시는 일어나지 않을 일이자 애초에 맛보지 말았어야 할 시간을 끊임없이 상기시키며 나를 조롱한다.

미라와 퀸이 시나리오 조건에 대해 논쟁을 벌이기 시작했고, 나는 애써 브리핑으로 관심을 돌렸다.

"너희 3학년 중에서 호출받은 경험이 있는 사람은 몇 명이지?" 미라가 팔짱을 꼈다.

에머리가 손을 들고, 나는 손가락 몇 개만 들어 올렸다.

바이올렛이 눈썹을 들어 올렸지만, 오후 내내 그랬듯이 말은 하지 않았다. 나는 차단벽을 살짝 내렸다. 우리 둘 사이에서 자라나고 있는 가느다란 은빛 연결 통로를 감지할 만큼만. 바이올렛은 아직 그 연결선을 눈치채지 못했다.

"내가 말했지. 반려 드래곤의 라이더끼리도 결속이 일어난다는 건 알려진 사실이야." 스게일이 짜증 섞인 투로 나를 일깨웠다.

"테른도 쟤한테 말해줬대요?"

스게일은 내 질문에 굳이 대답하지 않았다.

에이토스의 얼굴이 토마토처럼 붉어졌다. "그럴 리 없습니다. 우리는 졸업할 때까지 투입되지 않습니다."

나는 웃음을 누르고 비아냥을 담아 녀석에게 엄지손가락을 들어 보였다.

"그래, 알겠다." 에머리가 비웃음을 흘렸다. "내년까지만 기다려봐. 우리가 중부지방 요새의 바로 이런 방에 앉아 있던 적이 얼마나 많은지 셀 수도 없어. 라이더들이 긴급 상황 때문에 전방으로 호출받은 요새들이었지."

에이토스 얼굴이 창백해졌다. 저 놈은 국경선 너머에서 실제로 무슨 일이 일어나는지 절반만 알아도 기절하겠지.

"이제 정리됐나." 미라가 테이블 가운데에 18센티미터짜리 성채 모형을 내려놓았다. "잡아라." 그러고는 우리에게 나무로 만든 드래곤 모형도 하나씩 던졌다.

"네 드래곤이 더 낫네." 리암에게 속삭였다.

"그러게." 리암이 드래곤 모형의 두툼한 날개 부분을 엄지손가락으로 쓸면서 씩 웃었다.

"저 뒤에 앉아 있는 메시나와 엑설은 없는 걸로 치고, 저 성채를 되찾을 수 있는 가용 비행대대는 우리뿐이라고 치자. 이 방 안에 있는 능력을 생각해라. 각 라이더가 무엇을 제공할 수 있는지 생각하고, 어떻게 각자의 힘을 조화롭게 사용해서 목적을 달성할지 생각해라."

"하지만 1학년에게 그런 건 안 가르치는데요." 어렸을 때부터 전술을 배운 리암이 모른 척하며 말했다. 처형 이후에 우리를 맡은 르웰른은 그 부분의 교육을 확실하게 했다.

미라의 시선이 리암의 손목에 보이는 반역의 낙인으로 향했고, 나는 턱을 치켜들었다. 이런 방에 우리가 존재하는 데 익숙해지는 게 좋을 거다. 우린 계속 있을 테니까. 적어도 아레티아의 대장간을 정비해서 활동을 시작하기 전까지는.

바이올렛이 목청을 가다듬자 미라가 동생에게 시선을 옮겼고, 눈동자가 조금 커진 채로 다시 리암에게 시선을 돌렸다.

짜증스럽게 가슴이 답답해진다. 바이올렛이 제 언니에게 어떤 표정을 지었는지는 몰라도 우리를 감싼 건 분명했고, 그 사실은 내 심장을 직격했다.

"학교에서 1학년인 너희들에게 이 전술을 가르치지 않았다면, 아마 너희 모두가 드래곤 등에 앉아 있기만도 바빠서였을 거다. 너희가 처음으로 전술 맛을 본 건 대항전 중이었을 텐데, 이제 거의 5월이니 최종 모의전투 훈련을 시작할 때겠지, 맞아?"

"2주 남았습니다." 에이토스가 대답하는 꼬락서니라니, 모두에게 자기가 아직 테이블에 있다는 사실을 알려야 직성이 풀리나.

"딱 좋은 시기로군. 준비하지 않는다면 너희 모두가 모의전투에서 살아남지는 못할 거다." 미라의 시선이 바이올렛에게 오래 머무는 것을 보자 성질이 난다. 이 방 안에서 누구보다 더 바이올렛의 능력을 알아야 할 사람 아닌가. "이런 식으로 생각하면 너희 대대, 나아가서는 너희 비행단 전체에 이득이 될 거다. 장담하는데 너희 비행단장은 이미 모든 라이더의 개별 능력을 평가하고 있을 테니까 말이다."

나는 여기에 없어야 할 몸이기에, 드래곤 모형을 손마디 위로 굴리면서 입을 다물고 있었다.

"그러니 이렇게 해보자." 미라가 물러나고, 나는 테이블을 훑어보다가 호기심 때문에 에이토스에게 시선을 두었다. "누가 지휘관이지? 그리고 내가 너희 중에 제일 높은 직급보다도 3년 선배라는 사실은 잠시 잊어라."

"그럼 제가 지휘관입니다." 에이토스는 누가 점호라도 외친 것처럼 뻣뻣하게 고쳐 앉았다.

말해두는데, 난 안 웃었다.

"우리 비행단장이 여기 있는데요." 리암이 내 쪽을 가리켰다. "그러면 단장이 지휘관 아닌가요."

가느다란 은빛 연결 통로가 단단해지더니 갑자기 어떤 감정이, 정확히는 자부심이 춤추듯 전해져 왔다. 바이올렛은 근육 하나 움직이지 않았는데 말이다. 젠장, 우리가 정말로 연결됐군. 이건 어쩌면….

"위험하다? 무모하다? 감당 못하게 주의를 흐트러뜨릴 수도 있다?" 스게일이 끼어드는데, 낄낄거리는 소리가 들리는 것만 같았다.

"재미있을 수 있겠다고요." 저기 연결 통로가 마법 불빛처럼 찬란하게 반짝이고 있는데 우리 사이의 결속을 부정할 수야 없다. "연습을 위해서 나는 여기 없는 걸로 칠 수 있지." 드래곤 모형을 테이블에 내려놓고 의자에 등을 기댄 나는 바이올렛의 의자 등받이에 팔을 두르며 에이토스가 이를 가는 모습을 즐겼

다. "여기 에이토스가 그렇게나 갈구하는 직위를 주자고."

에이토스의 턱에 근육이 불거지고, 나는 전투 기념비처럼 결연하게 팔을 고정시켰다. 지휘권이야 가지든 말든. 녀석이 그걸 가지고 뭘 할지 궁금한 마음도 조금은 있다. 하지만 내가 저 어리광쟁이에게 양도할 위치는 그것뿐이다.

"재수 없게 굴지 마." 옆에서 바이올렛이 소곤거렸다.

"넌 내가 진짜 재수 없게 구는 모습을 아직 보지도 못했는데."

내가 우리의 정신 연결로 말하자, 바이올렛이 고개를 홱 돌리더니 대놓고 나를 쳐다보면서 입을 딱 벌렸다.

통했군. 심장이 덜컹했지만 나는 애써 웃음을 눌렀다. 내 생각이 틀렸다. 이건 그저 나의 유희가 아니라 생존 필수품이 되어버렸다. 나는 한쪽 입꼬리를 슬그머니 올리면서 몸을 틀어 빨려 들어갈 듯한 그녀의 헤이즐색 눈동자와 마주했다. *"빤히 쳐다보긴. 그만 쳐다보지 않으면 30초쯤 있다가 어색해질걸."*

"어떻게?" 그녀가 비난하듯 속삭임을 내뱉었다.

"네가 스게일에게 말하는 요령과 똑같아. 우리는 모두 멋지고도 짜증 나게 연결되어 있거든. 이건 그 특전 중 하나에 불과해. 그 재미있는 표정을 보니 더 빨리 시도해볼걸 그랬다 싶긴 하지만 말이야." 눈을 찡긋한 뒤, 테이블 건너편에서 부글부글 끓고 있는 질투의 화신에게 관심을 돌렸다.

"비행, 단장은, 그쪽, 이야." 에이토스가 꾹꾹 눌러 말하는데, 내 직위에 복종한다는 뜻인지 아니면 하급자에 대한 부적절한 처신을 비난하는 것인지 궁금했다.

어느 쪽이든 내 알 바는 아니지만 말이다. 바이올렛이 안전하기만 하다면야 부적절한 처신을 화끈하게 저질러주지. 끝내주게 부적절할 거야. 내 침대에서. 그녀의 침대에서. 아카이브 테이블 위에서. 욕실에서. 그리고 다른 누구도 내 여자를 보지 못하게 잠가둘 문만 달려 있다면 모든 방에서. 매일같이 내 이름을 부르짖다가 목소리가 쉬어버릴 정도로 퇴폐적인 부적절을 보여줄 수 있지.

하지만 바이올렛이 내게 일어난 최고의 일인 반면에, 나는 그녀에게 일어난 최악의 일일 테지. 뱃속에 돌이 떨어지는 듯한 진실이었다.

"난 여기 있지 않아야 하잖아." 나는 어깨를 으쓱하며 말을 이었다. "하지만 혹시 이걸로 기분이 나아진다면, 모의전투를 위해서 너는 전대장인 개릭 태비스에게 명령을 받고, 태비스는 나에게 명령을 받는 입장인 거야. 너는 비행단의 이익을 위해 대대장으로서 작전을 수행하게 될 거야. 그냥 나를 네 대대원으로 취급하고 원하는 대로 이용해, 에이토스." 나는 바이올렛의 의자 등받이에서 팔을 거두고 팔짱을 꼈다.

"애초에 여긴 왜 있는 겁니까?" 에이토스가 징징거렸다. "공격하려는 건 아니지만, 이번 견학에 선임지휘관이 올 거라고는 예상하지 않았는데요, 단장님."

"그러게. 네가 왜 여기 있지?" 스게일은 놀리는 투를 감추지도 않는다.

"너도 스게일과 테른이 반려라는 건 아주 잘 알겠지." 나는 침착함을 유지했다. "*단검을 가져오자는 건 스게일 생각이었어요.*" 스게일과의 연결로만 말하도록 조심해야지.

"*그게 분별 있는 행동 노선 같았지. 네가 장군의 딸과 떨어져 있는 걸 못 견디고 안달복달하니까 말이야.*" 스게일이 씩씩거렸다.

"3일 만에?" 에이토스가 몸을 내밀면서 반격했다. "고작 3일도 못 참아?"

"안달복달? 그건 좀 심한데요."

"바이올렛은 지금 어디 있지?" 스게일이 내 흉내를 냈다. "*지금은 뭘 하고 있지? 내 생각을 하나? 날 보고 싶어 하나? 에이토스에게 가까이 다가가나? 바이올렛도 그 키스에 대해 꿈을 꿀까? 바이올렛이 올 때까지 며칠이나…*"

"확실히 알아들었어요." 집에 돌아가는 길에도 못살게 굴겠군.

"그건 단장과는 아무 상관도 없어." 바이올렛이 테이블에 드래곤 모형을 쾅 내리쳤다. "테른과 스게일에게 달렸지."

또 나를 변호하는군. 망할, 난 이 여자가 정말 좋다니까.

"*내가 도저히 너와 떨어져 있는 시간을 견디지 못했다는 생각은 전혀 안 하고?*"

내 말이 끝나자마자 그녀가 팔꿈치로 찔렀고, 입꼬리가 올라가는 것을 애써 참아야 했다. 나는 바이올렛이 나를 무서워하지 않는다는 사실, 스게일 말고는 다른 누구도 하지 않는 방식으로 싸움을 건다는 사실을 사랑한다. 그녀가 하는 모든 행동이, 심지어는 대대원들 앞에서 대놓고 나를 팔꿈치로 찌르는 행위까지도 자극적이다.

바이올렛 소른게일에 관해서라면 모든 수준에서 난 망한 셈이다.

"*저런, 저런. 계속 그렇게… 폭력적으로 굴다간 우리 사이의 비밀스러운 통*

신 수단이 드러나 버리겠어."

"당연하다는 듯이 얼른 감싸는구나." 에이토스가 다시 징징댄다. "6개월 전만 해도 저 사람이 널 죽이고 싶어 했다는 사실을 어떻게 잊을 수 있는지 이해가 안 가."

그 말이 거짓은 아니지만, 그건 내가 바이올렛 소른게일이라는 개념을 증오하던 때의 이야기다. 그녀를 알기 전, 그녀를 사랑하기 전에.

바이올렛이 몸을 굳혔다. "네가 그런 말을 하다니 믿을 수가 없다."

그 상처받은 말투에 내가 다 성질이 났다. "공적인 태도를 아주 잘 유지하는군, 에이토스." 녀석에게 내가 누구인지 정확히 상기시키려고 일부러 목의 낙인을 긁었다. "정말이지 지휘관 자질을 최대한 발휘하는군."

주둔 중인 라이더 한 명이 휘파람을 불었다. "너희들 그냥 바지 벗고 그걸 재보지 그래? 그러면 진행이 더 빠르겠다."

리암이 웃음을 터뜨리려다 참는 게 뻔히 보여서 곁눈질로 노려봤다.

"거기까지!" 미라가 두 손으로 내리치자 테이블이 흔들렸다.

"아, 그러지 말고, 소른게일." 미라 왼쪽에 앉은 키 작은 라이더가 농담조로 징징거리자 소른게일 두 명이 동시에 그쪽을 쳐다봤다.

"아니 내 말은… 큰 소른게일 말이야. 이렇게 재미있는 오락거리를 본 게 얼마 만인데."

바이올렛이 질렸다는 듯 고개를 내저었다. "미라에겐 보호막이 내려가 있을 경우에 개인 차단막을 확장하는 능력이 있으니까, 나라면 제일 먼저 미라와 테인을 보내서 그 지역을 정찰하겠어. 우리가 보병을 상대하는지, 그리폰 라이더를 상대하는지 알아야 해…."

훌륭한 지적이야. 나도 미라는 계산에 넣지 않았군.

"좋아." 미라가 자기 드래곤을 성 근처에 놓았다. "이제 그리폰이 있다고 가정하자."

"그리폰 하니 말인데…." 스게일에게 물었다. "*글레인에게서는 아직 소식이 없어요?*"

"*범위 밖이다.*" 스게일이 대꾸했다.

이모젠을 남쪽으로 한 시간 거리인 브레이빅 국경 쪽으로 보낸 건 시레나의 부대에게 전언을 보낼 시간이 부족했다는 점을 고려해 감수하기로 한 위험 부담이었다. 그래도 시그니슨 플라이어들에게 잡힐 위험보다는 브레이빅 경계선에서 만나는 게 훨씬 나은 선택이었다. 시그니슨 플라이어들이라면 단검만 받고 이모젠을 죽여서 자기네 주장을 피력할 것이다. 고집스러운 개자식들.

"맡은 일을 할래 말래?" 바이올렛은 그야말로 독이 든 설탕물이 뚝뚝 떨어지는 듯한 살벌한 미소를 에이토스에게 돌렸다. "난 네가 어떻게 대대장이라는 사실을 잊을 수 있는지 이해가 안 가거든."

정말이지, 욕 나오게 사랑한다니까.

드래곤 모형을 잡은 에이토스의 손마디가 하얗게 질렸다. "퀸, 네 드래곤에 앉은 채로 영체를 투사할 수 있어?"

"응." 퀸이 대답했다.

"그러면 난 너에게 영체를 요새 안으로 투사해서 약점이 있는지 확인해보라고 하겠어." 에이토스가 말했다. "그리고 네 보고를 받겠어. 리암도 마찬가지야. 우린 너의 천리안을 이용해서 그리폰 라이더들의 위치를 찾을 수 있는지, 혹시 함정이 있는지 볼 거야."

"좋아. 약점은 목조 정문이다." 두 생도가 드래곤 모형을 움직이자 미라가 덧붙였다. "그리고 현재 나바르 국민들은 적이 지하 감옥에 포로로 잡아놓았다."

"통째로 터뜨리긴 글렀네." 리독이 중얼거렸다.

"선배는 공기를 조종하지?" 에이토스가 에머리에게 물었다. "그러면 드래곤이 내뿜는 화염을 잘 조종해서 시민들을 죽이지 않으면서 성 안에 점거된 곳을 훑도록 할 수 있겠지."

"그래." 에머리가 고개를 끄덕였다. "하지만 그러려면 내가 성 안에 있어야 해."

"그러려면 성 안에 들어가야겠지." 미라가 어깨를 으쓱였다.

에머리가 눈을 크게 떴다. "내 드래곤을 두고 걸어서 이동하라고요?"

"우리가 왜 격투 훈련을 그렇게 받는다고 생각해? 아니면 그 무고한 사람들을 다 죽게 둘 건가?" 미라가 손목을 털자 에머리의 드래곤이 그의 손에서 날아갔다. 미라는 그 드래곤을 잡아서 성 한가운데에 놓았다. "진짜 문제는 이거지. 어떻게 하면 안 죽고 충분히 가까이 접근할 수 있을까? 일단 불꽃놀이가 시작되면 다른 라이더들은 날아오른 그리폰들과 싸우느라 바쁠 테니까 말이지."

"네 고유 능력이 뭐지, 에이토스?" 퀸이 물었다.

"네 등급으로는 알 수 없어." 에이토스가 대꾸했다.

저 녀석, 정말로 그렇게 생각하는 건가? 아니면 아빠에게 하도 세뇌당해서 놈들이 자기를 다른 라이더들에 대한 무기로 쓸 거라는 사실도 알아차리지 못하는 건가?

놈은 나만 빼고 모든 생도를 돌아보다가 한숨을 내쉬었다. "아이디어 있어?"

바이올렛이 고개를 절레절레 내젓더니 말했다. "물론 있지." 그녀는 내 드래곤을 집어서 성 앞으로 밀더니, 손을 펼쳐서 드래곤을 성 위에 띄웠다. 단순 마법에 불과하니 감명받을 것도 없지만, 지도자 자질을 보일 때의 그녀는 미치도록 섹시하다. "놀랍도록 강력한 그림자 지배 능력이 네 지휘하에 있다는 사실을 무시하지 말고, 아무도 네가 착륙하는 걸 보지 못하게 일대를 깜깜하게 만들라고 해."

정답.

"틀리지 않은 말이야." 미라가 씹어뱉듯이 말했다.

"그럴 수 있냐?" 에이토스가 천천히 내 쪽을 보았다.

"진지하게 묻는 거냐?" 스게일의 마력에 마음을 뻗자, 혈관으로 힘이 쏟아져 들어왔다.

"저렇게 넓은 영역을 덮을 수 있는지 확신이 없어서…."

손바닥을 테이블 위로 살짝 들어 올려 서늘하고 어두운 그림자를 소환했다. 테이블 밑에서 흘러나온 그림자들이 순식간에 모든 빛의 흔적을 집어삼키고 방 안을 뒤덮었다.

은빛 연결선으로 파드득거리며 당황하는 감정이 느껴졌다.

"진정해. 그냥 나야." 손가락 하나를 구부려서 단단해진 그림자 한 가닥으로 바이올렛의 뺨을 쓸었다.

"어우 깜짝이야." 왼쪽에서 누군가가 말했다.

"이 기지 전체를 감쌀 수도 있지만, 그랬다간 화들짝 놀랄 사람도 있겠지." 내가 두 손을 쥐자 그림자가 화르륵 자연 상태로 돌아가면서 창문으로 빛이 쏟아져 들어왔다. 재미있었어. 내 위험도를 평가하는 미라의 눈길마저 감수할 가치가 있었다. 바이올렛도 그 시선을 알아차린 것처럼 긴장했다. *"우리가 어둠 속에 있는 동안 무슨 엉뚱한 생각이라도 한 건 아니겠지."*

바이올렛이 내 쪽을 보지도 않고 가운뎃손가락을 들어 올렸지만, 미라가 나머지 훈련 시간을 이끄는 내내 내 입에선 자꾸 웃음이 새어 나왔다.

"잘했다." 미라가 마침내 시간을 확인하며 말했다. "에이토스, 라이오슨, 그리고 소른게일. 너희는 복도에서 보자. 나머지는 해산."

이거 재미있겠는데.

앞장서서 나간 미라는 모두가 계단에 서자 등 뒤로 문을 닫고 파란 에너지 파를 던졌다. 흥미로운 마력 사용법이었다. 나야 사생활을 지키기 위해 투명한 방음막을 칠 수 있지만.

"방음막이라니." 에이토스가 미소 지었다. "멋진데."

별 아첨을 다하는군.

"닥쳐." 미라가 나에게서 몇 계단 위, 바이올렛에게서는 한 계단 위에서 몸을 홱 돌리더니 에이토스의 얼굴에 삿대질을 했다. "대체 어떤 벌레가 네 엉덩이로 기어 들어갔는지 모르겠는데, 대대장이라는 걸 잊었냐, 데인 에이토스? 내년에 비행단장이 될 가능성이 크다는 것도?"

그런 사태가 일어나면 생도들을 애도할 수밖에.

바이올렛이 내 쪽으로 한 계단 물러서는 모습에 이마가 구겨졌다. 친형제 관계란 내가 영영 이해할 수 없는 면이 있다.

"미라…." 에이토스가 입을 뗐다.

"소른게일 중위님이다." 미라가 말을 끊었다. "넌 얼빠진 짓을 하고 있어, 데인. 난 네가 내년에 저 녀석 자리를 얼마나 원하는지 알아." 그녀는 그 손가락을 내 쪽으로 돌렸다. "우리가 3미터도 떨어지지 않은 거리에서 성장했다는 거 잊지 마. 그런데 네가 기회를 날려먹고 있는 이유가 뭐지? 바이올렛이 저 녀석 드래곤의 반려와 계약해서 화가 났다고?"

가혹하지만, 저런 솔직함은 존중하겠어.

"저놈은 바이올렛에게 일어날 수 있는 최악의 사태야!" 에이토스가 목소리를 높였다.

허. 우리가 같은 의견일 때가 다 있군.

"아, 나도 그 의견에 반대하진 않아." 미라가 에이토스에게 위협적으로 몸을 기울였다. "하지만 드래곤들의 선택에 대해서는 아무도 어떻게 할 수 없어. 드래곤들은 한낱 인간의 견해 따위에 신경도 안 쓰거든. 하지만 너희 둘 사이에 벌어지는 일은…." 그녀의 손가락이 에이토스와 나를 번갈아 가리켰다. "너희 대대를 개판으로 만들고 있어. 내가 겨우 나흘을 보고도 알 정도라면 학교에서 절대 모를 수가 없지. 그리고 네가 바이올렛이 통제할 수도 없는 일들에 대해 융통성이라고는 손톱만큼도 없이 구는 놈일 줄 알았더라면, 난간다리를 건넌 후에 널 찾으라고 말하지 않았을 거야. 너희 둘은 다섯 살 때부터 제일 친한 친구 사이였잖아. 알아서 해결해." 마지막은 두 사람 모두에게 하는 말이었다.

에이토스는 뻣뻣하게 굳더니 바이올렛 쪽을 보고 고개를 끄덕였고, 바이올렛도 마주 고개를 끄덕였다.

비합리적이고 추한 감정이 내 속을 갉아먹었다. 그 둘 사이에는 쉽게 사라질 수 없는 역사 있다. 그건 내가 '질투'라는 단어를 떠올리게 하는 관계였다.

"글레인이 남쪽에서 오고 있다." 스게일이 말했다. *"임무는 성공했어."*

"고마워요." 이제 병동에만 데려다주면 아무도 이모젠이 여기에 없었다는 사실조차 알지 못할 것이다.

"좋아. 이제 안으로 돌아가." 미라가 고갯짓으로 문을 가리키자 에이토스가 방음막을 뚫고 들어갔다. "그리고 너 말인데." 미라가 두 계단을 내려오더니 나를 보고 눈을 가늘게 떴다. "이게 바이올렛이 내년에 겪을 일인가?"

"에이토스가 재수 없게 구는 거 말입니까?" 나는 손을 무기에서 멀리 두었다. 미라를 죽이면 내 안에 도사린 복수욕이 덜어질지도 모르지만, 바이올렛을 상심하게 만들거나 소른게일 남매의 맏이를 상대할 가치까지는 없다. "아마도요."

미라가 나를 노려보는 모습이 모친을 너무 닮아서 소름이 끼쳤다. "반려 드래곤들이 보통 같은 학년 라이더들과 계약하는 데엔 이유가 있어. 네가 배치된 비행단에서나 교수들이나 너희 둘이 3일에 한 번씩 날아가게 해주길 기대할 순 없어."

"내 선택은 아니었습니다." 나는 어깨를 으쓱였다.

거짓말은 쉬운데, 바이올렛에 관한 문제만은 예외다. 그 부분은 아직 잘 모르겠다.

"우리가 어떻게 해야 해? 불꽃을 내뿜는 거대한 드래곤들에게 이래라저래라 해야 해?" 바이올렛이 물었다.

"그래!" 미라가 동생을 보면서 외쳤다. "넌 이런 식으로 살 수 없어, 바이올렛. 지금 당장은 둘 중에서 저놈이 더 강하니까 네가 자꾸만 필요한 훈련을 빼먹게 될 거야. 하지만 네가 훈련에 집중하지 못한다면 항상 저놈이 강한 상태로 남겠지. 넌 영영 테른이 너를 밀어붙일 수 있는 한계까지 성장하지 못할 거야. 그게 네가 원하는 건가, 라이오슨?"

분노에 속이 뒤틀리면서 마력이 몸속을 달렸다. 망할, 바이올렛도 결국에는 언니의 죽음을 극복하겠지.

"언니." 바이올렛이 고개를 저으며 속삭였다. "언니가 잘못 생각하는 거야."

다 잘못 본 건 아니야. 심장이 분노를 누그러뜨리고, 마력이 물러났다.

"내 말 잘 들어." 미라가 바이올렛의 어깨를 움켜잡았다. "저놈이 그림자를 지배할진 모르지만, 바이올렛, 저놈 뜻대로 하게 놔뒀다간 네가 그림자가 될 거야."

그 말에 마력이 다시 솟구쳐오르고, 계단 가장자리에서 그림자가 맥동했다. 나는 바이올렛을 애처럼 다루는 쪽이 아니라 밀어붙이는 쪽이다. 에이토스 뜻대로 됐다면 바이올렛은 크림색 로브에 싸여 질식했을 것이다.

"그렇게 되진 않을 거야." 바이올렛이 장담했다.

"저놈 뜻대로 하게 두면 그렇게 될 거야." 미라는 나에게 못마땅한 시선을 던졌다. "죽이는 것만이 누굴 파괴하는 방법은 아니야. 네가 네 잠재력을 다 발휘하지 못하게 만드는 것도 저놈이 우리 어머니를 상대로 맹세한 응징을 실현하는 좋은 방법 같은데. 길게, 제대로 생각해봐. 넌 정말로 저놈에 대해서 얼마나 알아?"

바이올렛이 훅 들이키는 숨소리가 내 옆구리를 칼날처럼 베었다.

"그럴 줄 알았어." 미라의 표정이 누그러웠고, 나는 그 여자가 에이토스의 전철을 밟을지 기다려봤다. "왜 저놈이 우리 어머니를 그렇게 미워하는지 알긴 해? 왜 저런 애들이 난간다리에 서게 됐는지…."

아니, 그건 아니지. 바이올렛은 자기 어머니가 나에게 한 짓에 대해 절반도 들을 준비가 안 됐어.

"혹시 못 봤나 해서 말하는데…." 나는 바이올렛 옆으로 올라섰다. "난 여기 있습니다."

"너 같은 놈을 못 보긴 힘들지." 미라가 대꾸했다.

"제대로 안 듣고 있군요." 비난이 담긴 미라의 시선을 받아내면서 목소리를 깔았다. "내가, 여기, 있다고요. 테른은 이 녀석을 바스지아스로 끌고 오지 않았습니다. 테른은 이 녀석이 쳐놓은 차단막을 부수고 자기 감정을 쏟아 넣지도 않았습니다. 빌어먹을 대륙을 가로질러 여기로 날아가라고 하지도 않았습니다. 당신 동생은 여전히 여기 있어요. 내 자리와 직위를 떠나서, 내 비행단을 부단장에게 맡겨놓고 날아와 버린 사람은 납니다. 이 녀석은 뭐 하나도 놓친 게 없습니다."

그 말에는 쓰라린 진실이 담겨 있었다. 이번에는 그 위험한 배달에 성공했을지 몰라도, 스게일 말이 맞다. 우리가 여기에 있는 건 내가 바이올렛이 국경에 가깝게 와 있다는 사실 때문에 다른 일에 집중할 수 없었기 때문이다. 결국 비행단이 아닌 바이올렛을 선택한 것이다.

"그러면 내년에는? 네가 갓 임관한 소위가 됐을 때는? 그때 바이올렛은 대체 뭘 놓치게 될까?" 미라가 물었다.

내가 그걸 알면 좋게. 이런 식으로 가다간 날 바스지아스에 배치해야 할 거다. 이토록 내가 마음을 통제하지 못하고, 극복하지 못하면….

"*사랑은 극복할 게 아니란다.*" 스게일이 나를 일깨웠다. "*내가 왜 널 태우고 여기까지 날아왔다고 생각하느냐?*"

"*반려와 희희낙락할 겸 날 놀리려고요?*"

"*나름의 즐거움이 없었다곤 안 하겠다만.*"

"우리가 방법을 알아낼 거야." 바이올렛이 미라의 손을 잡았다. "언니, 제이든은 남는 시간을 다 투자해서 매트 위에서 내 격투 훈련을 시켜주고, 테른이 붙잡아주지 않아도 내가 그 망할 자리에 붙어 있을 방법을 찾으려고 비행 연습에도 데려가고 있어. 제이든은…."

미라가 움찔했다. "자리에 붙어 있을 수가 없어?"

이런 젠장.

"응." 바이올렛의 목소리가 확 작아졌다.

"어떻게 그걸 못할 수가 있어?" 미라가 입을 딱 벌렸다.

망할. 자매 사이에 끼어들 때는 규칙이 어떻게 되지? 내가 개입해야 하나? 바이올렛이 해결하게 둬야 하나? 르웰른은 리암과 내가 싸우면 서로를 죽도록 두들겨 패게 놔뒀는데, 지금은 그게 올바른 접근법 같지는 않다. 게다가 미라가 바이올렛을 제대로 어린애 취급하고 있는데, 나까지 그럴 생각도 없고.

"난 언니가 아니니까!" 바이올렛이 소리쳤다.

미라가 흠칫하며 물러섰다. "하지만… 하지만 지금 넌 전보다 훨씬 튼튼해 보이는데."

"이모젠이 무시무시한 중량 운동을 시킨 덕분에 관절과 근육이 전보다 튼튼해지긴 했지만, 그런 걸로 날… 고치진 못해." 바이올렛이 어깨를 늘어뜨리는 모습을 보자 계단 가장자리의 그림자들이 맥동했다.

미라의 얼굴에서 핏기가 빠져나갔다. "아니. 그런 뜻은 아니었어, 바이. 넌 고쳐야 할 존재가 아니야. 난 그저 네가 자리에 붙어 있지 못한다는 걸 몰랐을 뿐이야. 왜 그 얘긴 안 했어?"

"말해도 언니가 어떻게 할 수 있는 게 없으니까." 바이올렛의 미소는 좋게 말해도 행복한 웃음은 아니었다. "내가 이렇게 생겨먹은 건 아무도 어떻게 할 수 없는 일이야."

바이올렛이 어떻게 생겨먹었길래? 완벽 그 자체지. 그녀의 모든 면이 그녀를… 바이올렛으로 만든다.

침묵이 어색해지자 내 마력도 사그라들었다. "점점 나아지고 있긴 해." 나는 어디까지나 미라의 주의를 바이올렛에게서 돌리려고 말했다. "처음 몇 주는… 재난이었지."

"이봐, 테른이 내가 바닥에 떨어지기 전에 잡았잖아." 바이올렛이 전혀 도움이 안 된다는 눈빛으로 나를 쏘아보았다.

"가까스로 잡았지." 바이올렛에게서 시선을 떼고 미라를 마주했다. "날 믿을 필요는 없지만…."

"잘됐군. 안 믿거든." 미라가 말했다. "너 같은 과거사가 있는 사람 손에 그런 엄청난 힘이 있는 것만 해도 나쁜데, 둘의 드래곤이 얽혀 있는 바람에 네가 바이올렛과 사흘 이상 떨어져 있지 못한다는 건 내가 생각할 수 있는 모든 면에서 용납할 수 없는…." 미라의 눈동자가 초점을 잃고 얼어붙었다.

부자연스러운 정적이 내려앉고, 불안감이 등골을 타고 흘렀다. 마력 저장고 근처에 있을 때마다 조용한 배경 소음처럼 꾸준히 느껴지던 진동이 없었다. 뱃속이 뒤틀렸다. 보호막이 내려갔다는 뜻이다.

"*동쪽에서 그리폰 떼 접근!*" 스게일이 으르렁거렸다.

"*어디 맞혀볼까요. 우호적이진 않겠죠?*" 나는 계단 위쪽으로 시선을 올렸다. 30초 안팎이면 바이올렛을 성벽 위에 올릴 수 있다.

"전혀 아니다."

"제기랄! 보호막이 내려갔어." 미라가 바이올렛을 끌어안았다. "넌 가야겠다."

"우리가 도울 수 있어!" 바이올렛의 목소리가 공포를 담고 높아졌다.

"이거 우리 짓인가요?" 보호막이 이렇게 빠르게 내려가는 건 마력 공급이 교란되었거나… 도난당했을 경우뿐이다.

"아니다."

그렇다면 요새 안에 적이 있었다는 뜻이군.

"안 돼." 미라의 목소리는 강철 같았다. "그리고 널 자리에 붙들어두는 데 힘을 쓰고 있다면 테른도 힘이 줄어든 상태야. 넌 가야 해. 여기에서 벗어나. 바이올렛, 날 사랑한다면 떠나. 그래야 내가 네 걱정까지 안 하지."

"서쪽 성벽으로 와요." 바이올렛을 당장 하늘로 띄워야 한다.

"우리가 진작 움직이지 않았을까 봐?" 스게일이 쏘아붙였다. *"너도 같이 있는 게 좋을 거다."*

브리핑실에서 뛰쳐나온 비행대대가 서둘러 계단을 달려 내려가는 사이, 미라는 바이올렛을 풀어주더니 명령과 자포자기가 반씩 담긴 눈빛으로 나를 쏘아보았다. "얘 여기서 데리고 나가."

"가자!" 에이토스가 외쳤다. "당장!"

"날 믿지는 않는다 해도, 난 당신이 가진 최고의 무기입니다." 나는 상냥하지 않은 말투로 미라를 일깨웠다.

"네 말이 사실이라면 넌 쟤가 가진 최고의 무기지. 너희 대대의 나머지 절반이 곧 올 거야. 테인 생각에 그리폰들이 도착할 때까지는 20분 정도가 있어." 미라가 나를 보고 잠시 노골적으로 간청하는 표정을 지었다가 동생에게 시선을 돌렸다. "넌 안전한 곳으로 가야 해, 바이올렛. 사랑한다. 죽지 마라. 난 하나 남은 자식이 되기 싫어."

"바이올렛을 내보내야 누가 보호막을 무너뜨렸는지 추적할 수 있어요."

"네가 남으면 그 애도 남을 거다." 스게일이 그르렁거렸다. *"그리고 네가 수완을 뽐내는 사이에 그 애가 죽기라도 하면 우리 모두가 어떻게 될지 다시 일깨워줘야 할까?"*

망할. 딱 하나만 빼고 모든 본능이 나에게 싸우라고 외쳤지만, 바로 그 하나,

무슨 일이 있어도 바이올렛을 지켜야 한다는 엄청나게 고집스러운 직감 하나가 다른 모든 충동을 짓밟았다. 나는 숨을 훅 들이켰다가 순수한 좌절을 담아 내뱉고 새로운 계획으로 마음을 돌리며 바이올렛의 허리를 잡아 내 옆으로 끌어당겼다.

미라가 지붕을 향해 달려 올라가는 모습을 본 바이올렛이 죽어라 발버둥을 쳤다.

"싫어!" 바이올렛이 내 손에서 벗어나려고 했지만, 나는 단단히 잡고 버텼다. "언니! 언니가 다치면 어떻게 해? 그때는 테른의 속도가 있어야만 언니를 구할 수 있을지도 몰라. 우리가 여기 남게라도 해줘."

미라가 문 앞에서 몸을 돌려 우리를 마주했다. "내가 널 믿었으면 하나, 라이오슨? 걔 여기서 데리고 나가서, 자리에 붙어 있게 할 방법을 찾아. 그러지 못하면 죽은 목숨인 걸 우리 둘 다 알잖아."

고개를 끄덕인 나는 바이올렛의 섬세한 허리 곡선에 팔꿈치를 붙이고 들어 올리다시피 해서 계단 아래로 내려갔다.

"언니!" 바이올렛이 내 팔뚝을 할퀴었다. "사랑해, 미라!" 그러면서 어깨 너머로 비명처럼 외쳤다.

그 울음소리가 내 영혼을 찢는 기분이었지만, 바이올렛의 목숨을 위험하게 할 마음은 없다. 아무리 친자매를 위해서라 해도 안 된다. 그림자가 우리를 앞서 달리며 계단 아래로 쏟아져 내려갔다. 누구든 이쪽으로 올라온다면 그자가 우리를 보기 전에 내가 먼저 알 것이다.

"아직 멀었어요?" 병영층으로 접어드는 계단 굽이를 돌면서 스게일에게 물었다.

"아직이다. 글레인도 경로를 바꿨다."

잘됐군. 가방을 챙겨올 시간이 있겠다. 누군가가 가방에 든 합금 손잡이 단검들을 발견하면 끝장이다.

"네가 배낭을 가지러 갈 거라고 믿어도 되나?" 바이올렛을 내려놓고 물었다. "아니면 네가 가져온 물건은 버려두고 너만 짊어지고 나가야 할까?"

"내가 가져올게." 바이올렛이 나를 밀어내기에 손을 풀었다.

그녀는 2초 뒤 리애넌 마티아스와 함께 쓰는 방에 들어가면서 내 면전에 대고 방문을 쾅 닫았고, 같은 복도에 있는 내 방으로 가보니 리암이 배낭을 등에 지고 방 한가운데에 팔짱을 끼고 서 있었다.

"그거 우리였어?" 리암의 말은 질문이라기보다 비난에 가까웠다.

"아니." 나는 몇 안 되는 소지품을 배낭에 밀어 넣었다.

"우리였어?" 이번에는 리암이 소리를 치면서 문으로 돌아서는 내 앞을 막았다. 그래봤자 내가 나가는 것을 막을 수도 없을 텐데.

"아니야." 나는 리암의 눈을 똑바로 보고 다시 말했다. "내가 이미 스게일에게 물어봤어. 우린 이 지역에서 벌이는 작전이 없고…."

"이모젠이 오늘 빼낸 게 있잖아." 리암이 주먹을 꽉 쥐고 응수했다.

턱에 힘이 들어갔다. "이번 일은 우리가 한 게 아니야, 리암. 너도 내가 기지 전체를 무너뜨려서 민간인 사상자를 무릅쓸 리 없다는 걸 알 텐데. 이모젠이 단검 24자루를 국경 너머로 가져가긴 했지만, 그 정도의 마력 저하로는 이런 사고를 일으킬 수 없어." 나는 장검 두 자루를 배낭에 붙은 칼집에 꽂아 넣고 등에 짊어졌다.

리암의 어깨가 축 처졌다. "우리가 한 일이 아니구나."

"아니라니까." 나는 고개를 내젓고 나서 리암의 어깨를 두드렸다. "지붕으로 올라가. 드래곤에 타야 해."

그는 고개를 끄덕였다. "바이올렛은 내가…."

"내가 데려갈게." 나는 손을 내리고 리암 옆을 지나서 복도로 통하는 문을 열었다. "떠나기 싫어하거든. 먼저 가라."

우리는 복도에서 헤어졌고, 바이올렛은 1분도 채 지나지 않아서 배낭 두 개를 짊어지고 문밖으로 튀어나오더니 내 시선을 피하면서 안뜰로 이어지는 문을 향해 걸어갔다.

그녀의 팔꿈치를 잡고 올바른 방향으로 돌려세웠다. "안 돼. 요새 벽에서 떠나는 건 너무 위험해. 우린 위로 간다." 바이올렛에게 맞서 싸울 틈도 주지 않고 허리에 팔을 감은 후, 북적이는 계단으로 들고 가서 내려놓았다. "올라가."

"이건 개짓거리야!" 대대원들이 밀고 지나가는 와중에도 바이올렛은 나를 노려보며 뺨을 붉혔다. "테른이 도울 수 있다고!"

그리고 그 과정에서 네가 죽을 수도 있지. 내 결심은 돌처럼 단단해졌다. "네 언니 말이 맞아. 넌 살아남아야 하고, 그러니 우린 떠난다. 이제 계단이나 올라가."

아니면 내가 모두가 보는 앞에서 그녀를 어깨에 짊어질 수밖에.

"데인." 그녀의 시선이 우리 바로 앞에 있던 대대장에게로 향했다. 지금 그놈이 무슨 쓸모가 있을 것 같나.

그는 바이올렛이 들고 있던 마티아스의 배낭을 받아들었다. "이번만은 라이오슨과 의견이 같아. 우리가 떠나야 하는 건 너 때문만이 아니야, 바이올렛. 다른 1학년 모두를 생각해." 에이토스가 계단을 오르기 시작했고, 다행히 바이올렛도 따라 움직였다. "훈련도 못 끝낸 대대원 전원에게 사형 선고를 내릴 작정이야? 나는 살아남을 거야. 시애나, 에머리, 히튼도 그렇겠지. 그리고 라이오슨이 살 거라는 건 우리 모두가 알아. 하지만 리애넌은? 리독은? 소여는? 넌 그 친구들의 죽음에 책임을 지고 싶어?"

내 기분 탓인가, 아니면 저 녀석이 벌써 숨이 차나? 우리는 3층을 통과하여 지붕 밖으로 나갔다. 드래곤들이 짜증스럽게 좁은 성벽에 앉아 있었다. 그리폰 플라이어들의 착륙을 막기엔 좋은 설계지만, 지금은 우리에게 좋을 게 없었다.

"리독과 퀸은 이미 이륙했어." 리암이 브라운 클럽테일을 타고 날아오르는 에머리를 지켜보면서 말했다.

캐스 옆에서 얕게 날갯짓하고 있는 데이가 보였다.

"네가 다음이야!" 나는 리암에게 명령했고, 다행히 에이토스도 동의했다. 저놈을 죽일 필요가 없다면 시간을 아낄 수 있지.

데이가 내려앉자 석벽 한 덩어리가 아래로 떨어졌고, 리암은 시간을 낭비하지 않고 르웰른에서 수백 번 연습한 대로 빠르게 달려가서 성벽을 떠났다.

"네가 다음이다, 에이토스." 나는 테른의 흔적을 찾아 하늘을 뒤졌다.

"네 뒤로 가고 있다." 이런, 성질 나쁜 괴물이 나에게 친히 말씀을 거시고. *"그 애는 그 방법을 좋아하지 않을 거다."*

"바이가…." 의외로 에이토스에겐 반대할 배짱도 있었다.

"명령이다." 멍청하게 웃어대는 저 어리광쟁이가 싫긴 해도, 후배 생도의 죽음을 초래하고 싶은 마음은 없다. 더해서, 내 인생을 지옥으로 만들 아빠 쪽 에이토스를 감당할 여력도 없다. "이 녀석은 내가 챙겼다. 가라."

"가." 바이올렛이 애원조로 말했다.

에이토스가 내 쪽으로 몸을 돌리더니 최선을 다해서 위협적인 눈을 했다. "당신이 바이올렛을 데리고 나가리라 믿겠어."

이런 헛짓거리할 시간이 없다. "오늘은 그 소리를 많이도 듣는군." 나는 매섭게 대꾸했다. "이제 네 드래곤에 올라라. 그래야 이 녀석도 드래곤에 태우지."

에이토스가 캐스를 향해 성벽을 달려갔지만, 리암의 속도에는 비교도 되지 않았다.

"어떤 방법을 바이올렛이 싫어할 거라고요?" 나는 테른과 마찬가지로 바이올렛을 빼놓고 물었다.

"내가 그 애를⋯." 테른이 멈칫했고, 바이올렛은 하늘을 살피고 있었다. *"잡아 들어야 할 거다. 별로 품위 있는 순간이 되진 않겠지."*

아, 바이올렛이 정말 좋아하겠군.

"난 이렇게는 못해." 내 팔에 안긴 바이올렛이 헤이즐빛 눈동자로 나를 보며 말했다. "다른 사람들은 갔으니까 말할게. 나에게 빚진 걸 이번에 갚는다 쳐. 우린 남아도 되잖아. 난 언니를 여기 두고 그냥은 못 가. 잘못된 일이고 언니라면 절대로 날 두고 가지 않았을 거야. 난 언니를 위해 남아야 해. 그래야 해."

망할. 이해한다. 정말로 이해한다. 나에겐 리암과 보디가 친형제에 제일 가까운 존재인데, 나 같아도 그 녀석들을 위태로운 상황에 두고 가진 않을 거다. 하지만 이건 리암이 아니다. 보디도 아니다. 바이올렛이다. 그리고 여긴 바스지아스가 아니다. 다가오는 그리폰 떼는, 그리고 보호막의 마력 공급을 교란한 누군가는 기회만 있다면 바이올렛을 죽일 텐데, 결코 그런 일이 일어나게 할 수는 없다.

하지만 젠장, 바이올렛을 마주하니 마음이 흔들린다.

"접근 중이다." 스게일이 알렸다.

"충분히 빠르지 않아요."

바이올렛이 자진해서 떠날 리는 없다. 눈을 보면 알 수 있고, 단단히 긴장한 등에서도 느낄 수 있다. 차단벽을 내리자 그녀의 감정이 쏟아져 들어온다. 결의와 두려움과⋯.

도망칠 생각이군.

그녀를 막을 방법은 하나뿐이다. 나는 허리를 잡고 있던 두 손을 벨벳처럼 부드러운 그녀의 두 뺨으로 올리고, 그녀의 눈동자에 깃든 모든 빛깔을 기억에 새기면서 목덜미를 잡아, 그녀가 용서할 수 없는 죄악이라고 여길 짓을 저지르려고 준비한다.

그녀에게 키스한다. 열렬하고도 노골적이며, 격렬하고 절박한 키스. 그녀가 입술을 열고 거리낌 없이 화답하자 무릎이 풀릴 것 같다. 신들이시여. 난 이 여자에게 도무지 질리지 않을 거다. 그녀의 지성에도, 끈기에도, 이 입술에도.

나는 지금이 바이올렛이 나를 받아줄 마지막 순간일지 모른다는 기분으로 키스했다. 이것이 현실이고, 그녀도 나를 사랑할 가능성이 있다는 듯이….

그녀가 내 여자라는 듯이….

이건 잠시 훔친 시간일 뿐 결코 그 이상이 될 순 없겠지만, 그래도 우리의 시간이었다.

다가오는 날갯짓 소리를 무시하고 그녀의 입속을 몇 번이고 휘저었다. 그녀의 탄탄한 몸 구석구석을 탐험하고 싶은 충동을 무시하고 목덜미만 잡고 있으려니 의지력을 총동원해야 했다. 어떤 여자도 이런 식으로 원했던 적이 없었다. 어떤 여자의 웃음도 그녀의 손길 한번만큼 갈망한 적이 없고, 상대방의 신뢰가 산소처럼 간절했던 적도 없었다.

오직 바이올렛뿐이었다.

겨우 입술을 떼어냈을 때는 테른과 스게일이 접근하면서 들리는 꾸준한 날갯짓 소리를 못 들을 수가 없었다. 돌풍이 흘러내린 바이올렛의 머리카락을 흔들고, 나는 그녀의 이마에 내 이마를 맞댔다. "날 위해서 가줘, 바이올렛."

바이올렛이 뻣뻣하게 굳더니 순식간에 비난하는 눈빛으로 돌변했다. 내가 방금 우리 사이의 끌림을 이용해서 정신을 흐트러뜨렸다는 사실을 이해했다는 뜻이다. "당신을 미워할 거야."

아프군.

"그래." 내 행동의 결과는 받아들여야지. 나는 고개를 끄덕였다. "그건 감당할 수 있어." 그녀가 숨 쉬고 있기만 하다면야 뭐든 감당하며 살 수 있다. 나는 두 손을 내려서 그녀의 두 팔을 벌렸다. "두 팔을 들고. 단단히 붙잡아."

"꺼져." 바이올렛이 잇새로 말을 뱉고, 거대한 그림자가 우리 위로 떨어지는 순간에 나는 바닥으로 몸을 날려 두 손을 짚었다. 검은 발톱이 조금 전까지 내가 있던 공간을 차지하며 바이올렛의 두 팔을 잡아 하늘로 낚아 올렸다.

"바이올렛은 절대로 날 용서하지 않을 거예요." 나는 앞쪽의 좁은 벽에 내려앉는 스게일에게 말했다. *"자기 언니에게 무슨 일이라도 생기면 더 그렇겠죠."*

내가 일어서서 성벽을 달려가는 동안, 스게일은 고개를 비딱하게 기울이며 특유의 짜증스러운 태도로 나를 보았다. 우리는 순식간에 하늘로 날아올랐고, 스게일은 내가 앉을 자리까지 가기도 전에 허공을 가르고 있었다. "*네가 저지른 가장 사소한 죄도 용서하지 못한다면, 널 얻을 자격이 없는 거지.*"

"*바이올렛이 그런 식으로 생각할 것 같진 않네요.*" 나는 스게일의 비늘을 단단히 잡고 비행 자세를 잡았다.

"*그렇다면 그 애의 언니가 살아남게 해달라고 네 신들에게 기도나 하려무나.*"

포스 윙 〈소프트커버 에디션〉

초판 1쇄 인쇄 2025년 11월 14일 | 초판 1쇄 발행 2025년 11월 28일

지은이 레베카 야로스 | 옮긴이 이수현

펴낸이 신광수
출판사업본부장 강윤구 | 출판개발실장 위귀영
단행본팀 오유미, 김혜연, 조기준, 조문채, 정혜리
출판디자인팀 최진아, 당승근 | 출판기획팀 정승재, 김마이, 박재영, 이아람, 전지현
출판사업팀 이용복, 민현기, 우광일, 김선영, 이강원, 허성배, 정유, 정슬기, 박세화, 정재욱, 김종민, 정영묵
출판지원파트 이형배, 이주연, 이우성, 전효정, 장현우

펴낸곳 ㈜미래엔 | 등록 1950년 11월 1일(제16-67호)
주소 06532 서울시 서초구 신반포로 321
미래엔 고객센터 1800-8890
팩스 (02)541-8249 | 이메일 bookfolio@mirae-n.com
홈페이지 www.mirae-n.com

ISBN 979-11-7548-322-4 (03840)

* 북폴리오는 ㈜미래엔의 성인단행본 브랜드입니다.
* 책값은 뒤표지에 있습니다.
* 파본은 구입처에서 교환해 드리며, 관련 법령에 따라 환불해 드립니다.
  다만, 제품 훼손 시 환불이 불가능합니다.

북폴리오는 참신한 시각, 독창적인 아이디어를 환영합니다.
기획 취지와 개요, 연락처를 bookfolio@mirae-n.com으로 보내주십시오.
북폴리오와 함께 새로운 문화를 창조할 여러분의 많은 투고를 기다립니다.